OS MAMBO KINGS
TOCAM CANÇÕES DE AMOR

OS MAMBO KINGS
TOCAM CANÇÕES DE AMOR

Oscar Hijuelos

Tradução
Adalgisa Campos da Silva

Do original *The mambo kings play songs of love*
Copyright © 1989 by Oscar Hijuelos
Primeira publicação por Farrar, Straus and Giroux
Todos os direitos reservados

Nenhuma parte desta publicação poderá ser reproduzida por qualquer meio ou forma sem a prévia autorização da Editora Livros de Safra.
A violação dos direitos autorais é crime estabelecido na Lei n. 9.610/98 e punido pelo artigo 184 do Código Penal.

Gerência de produção: Marcela M. S. Magari Dias
Revisão: Márcio Campos e Deniz Adriana Santos
Capa: Adriana Melo
Foto da capa: Marcio Scavone
Foto do autor: Dario Acosta
Indorzinho: Adriana Melo
Diagramação: Kathya Yukary Nakamura

Dados Internacionais de Catalogação na Publicação (CIP)
(Câmara Brasileira do Livro, SP, Brasil)

Hijuelos, Oscar
Os mambos kings tocam canções de amor / Oscar Hijuelos; tradução Adalgisa Campos da Silva. - São Paulo: Virgiliae, 2013.

Título original: The mambo kings play songs of love.

1. Americanos de origem cubana - Ficção
2. Ficção norte-americana 3. Irmãos - Ficção
4. Músicos - Ficção 5. Nova York (N.Y.) - Ficção
I. Título.

13-01869   CDD-813.5

Índices para catálogo sistemático:
1. Ficção: Literatura norte-americana 813.5

 um selo da:

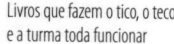

Livros que fazem o tico, o teco
e a turma toda funcionar

A gente aduba, planta
e colhe palavras!

Livros de Safra
tel 55 11 3094-2511
www.livrosdesafra.com.br
Rua Simão Álvares, 663
cep 05417-030 São Paulo - S.P.

... basta um leve toque no controle do aparelho para que a imaginação das ondas do mar ou da companheira de dança num salão ou boate de Havana se tornem realidade. Se você não encontra tempo para ir até lá ou quer reviver lembranças de uma viagem passada, esta música tornará tudo possível...

"The Mambo Kings Play Songs of Love"
TMP 113
Orchestra Records
1210 Lenox Avenue
Nova York, Nova York

Era uma tarde de sábado na rua La Salle, há muitos e muitos anos, e eu era apenas uma criança. Lá pelas três, a senhora Shannon, uma irlandesa pesadona, num vestido todo respingado de sopa, abriu a janela dos fundos de sua casa e gritou: "Ei, César, u-hu, acho que você está na televisão, juro!". Quando ouvi os acordes da abertura do programa "I Love Lucy", fiquei ansioso porque sabia que ela estava falando de um pedaço da eternidade, do episódio em que meu falecido pai e meu tio César, no papel de primos cantores de Ricky Ricardo, recém-chegados da província do Oriente no interior de Cuba, foram parar em Nova York para trabalhar na Tropicana, a boate de Ricky.

Era um papel inspirado na vida real: ambos eram músicos e compositores, e que, em 1949, trocaram Havana por Nova York formando os Mambo Kings; uma orquestra que lotava clubes, cabarés e teatros por toda a Costa Leste. Um dos momentos inesquecíveis foi a lendária viagem num ônibus salmão até o Sweet's Ballroom, em São Francisco. Uma noite inteira dedicada ao mambo só com gente famosa. Uma verdadeira noite de glória, sem espaço para a morte, a dor ou o silêncio.

Desi Arnaz vira-os em ação numa boate do West Side e, talvez por já se conhecerem de Havana ou da província do Oriente, era natural que os convidasse para cantar em seu programa. Arnaz gostou particularmente de uma das músicas, um bolero romântico de autoria deles, chamada "Beautiful Maria of My Soul".

Alguns meses depois (não sei quantos, eu não tinha nem cinco anos), eles começaram a ensaiar para a participação imortal do meu pai nesse programa. Para mim, aquelas batidinhas de meu pai na porta de Ricky Ricardo sempre foram um chamado do além, como nos filmes do Drácula ou nos de fantasma, em que os espíritos surgem de dentro de túmulos e atravessam janelas rachadas e tábuas podres dos assoalhos nos casarões lúgubres. Lucille Ball, atriz de cinema e teatro, ruiva, que fazia o papel da mulher de Ricky, limpava a casa quando ouviu as batidas de meu pai na porta.

"Já vaaaaai", respondeu com sua voz musical.

Na porta, dois homens de terno de seda branca e gravata-borboleta ao lado de seus instrumentos guardados em estojos pretos, cada um segurando o seu chapéu palheta. Meu pai, Nestor Castillo, magro e largo de ombros, e meu tio César, forte e imenso.

Meu tio: "Sra. Ricardo? Eu sou Alfonso e este é o meu irmão Manny..."

Com rosto iluminado, ela diz: "Ah, sim, o pessoal de Cuba. O Ricky me contou tudo sobre vocês".

E, num segundo, estão todos no sofá, quando Ricky Ricardo entra e diz mais ou menos isso: "Manny, Alfonso! Nossa! Que coisa boa vocês terem conseguido chegar de Havana para fazer o show".

É quando meu pai sorri. A primeira vez que vi uma reprise dessa cena, me lembrei de outras coisas sobre ele. Ele me levantando no colo e o cheiro de sua colônia, me fazendo carinho na cabeça, me dando moedas, passando a mão no meu rosto, assoviando, me levando com Letícia, minha irmãzinha, para passear no parque... e tantas outras cenas se passaram ao mesmo tempo em minha mente como se assistisse a um espetáculo fora do comum, como a Ressurreição, por exemplo. Cristo deixando o sepulcro, inundando o mundo de luz – o que aprendíamos, ali, naquela igreja católica de portas vermelhas enormes –, porque meu pai agora estava vivo de novo e podia tirar o chapéu e sentar no sofá da sala de Ricky, com o estojo preto no colo. Ele podia tocar o trompete, mexer o pescoço, piscar, balançar a cabeça, atravessar a sala e dizer "obrigado" quando lhe ofereciam uma xícara de café. Para mim, de uma hora para outra, a sala foi inundada por uma luz esplendorosa. E agora eu sabia que iríamos tornar a vê-lo. A senhora Shannon gritara da janela para avisar meu tio. Eu já estava no apartamento dele.

Com o coração aos pulos, liguei o enorme aparelho de televisão em preto e branco da sala e tentei acordá-lo. Meu tio estava dormindo na cozinha – trabalhara até altas horas, numa apresentação qualquer num clube do Bronx, cantando e tocando trompete com um grupo de músicos. Ele roncava e estava com a camisa aberta faltando alguns botões na altura da barriga. Tinha, entre os dedos finos da mão direita, uma guimba acesa de Chesterfield já no filtro e, na mesma mão, ainda segurava um copo até a metade de whisky de centeio que ele bebia sem parar, pois, ultimamente, andava tendo pesadelos, visões, sentindo-se amaldiçoado e, apesar de todas as mulheres que levava para a cama, começava a achar a vida de solteiro solitária e enfadonha. Na época, porém, eu não sabia disso e achei que ele estava dormindo porque tinha trabalhado demais naquela noite, cantando e tocando trompete umas sete ou oito horas. Estou falando de uma festa de casamento num salão repleto, cheio de fumaça (com as saídas de emergência trancadas) e que durou das nove da noite às quatro ou cinco da manhã com a orquestra tocando uma ou duas horas seguidas de cada vez. Simplesmente, achei que ele precisava descansar. Como iria saber que ele chegava em casa e, para relaxar, bebia um copo de whisky, depois outro e mais outro e assim por diante até plantar o cotovelo na mesa para apoiar o queixo, pois, de outro modo, não conseguiria equilibrar a cabeça. Nesse dia, porém, entrei correndo na cozinha e o chamei para ver o episódio também. Sacudi-o de leve e o puxei pelo cotovelo, o que foi um erro, porque foi como puxar os pilares de uma igreja medieval: ele simplesmente foi caindo e se estatelou no chão.

Estava na hora dos comerciais e, sabendo que tinha pouco tempo, comecei a bater na cara dele, puxar suas orelhas em brasa até que ele afinal abriu um olho. Ao tentar focalizar a vista, parece que não me reconheceu, pois perguntou: "Nestor, o que está fazendo aqui?"

"Sou eu, tio, o Eugênio."

Eu falei isso num tom seríssimo, como o do menino que fica amigo do Spencer Tracy no filme "O Velho e o Mar", acreditando, de verdade, em meu tio e me fiando em cada palavra sua. Sentindo, em cada toque seu, o alimento de um reino da maior beleza, muito além de mim, em seu coração. Puxei-o de novo e ele abriu os olhos. Dessa vez me reconheceu.

"Você?"

"Sim, tio, levanta! Por favor, levanta! Você está de novo na televisão. Vem."

Uma coisa precisa ser dita sobre tio César: não havia quase nada que ele não fizesse por mim naquela época. Assim, ele aquiesceu com um gesto de cabeça, tentou erguer-se do chão, ajoelhou-se, não conseguiu se equilibrar e caiu de costas. Deve ter machucado a cabeça, pois uma careta de dor se formou em seu rosto. E pareceu pegar no sono de novo. Da sala, veio a voz da mulher de Ricky confabulando, como sempre, com a vizinha Ethel Mertz para ver como arranjaria um papel no show de Ricky no Tropicana. Nessa altura do programa, eu sabia que os irmãos já tinham passado no apartamento; foi quando a senhora Shannon gritou para a área que, em cinco minutos, meu pai e meu tio estariam no palco do Tropicana, prontos para cantar de novo aquela música. Ricky pegaria o microfone e diria:

"Bom gente, agora tenho uma atração muito especial para vocês. Senhoras e senhores, Alfonso e Manny Reyes. Vamos ouvir!". Em seguida, ali estavam meu pai e meu tio, juntos, vivos, respirando, na frente de todo mundo e afinados num dueto daquela *canción*.

Quando sacudi meu tio, ele abriu os olhos, deu-me a mão grossa e calejada do seu outro emprego daquela época, o de zelador, e gemeu: "Eugênio, ajude-me. Ajude-me".

Puxei-o com toda força, mas foi inútil. Ele tentou de novo. Com muito esforço, conseguiu se equilibrar num joelho; depois, com a mão apoiada no chão, recomeçou a fazer força para levantar. Dei-lhe mais um puxão e, milagrosamente, ele começou a se erguer. Então afastou a minha mão e balbuciou: "Já vou ficar bem, menino".

Apoiando-se com uma das mãos na mesa e a outra no encanamento, ele se pôs de pé. Por um instante, ficou me olhando do alto, cambaleando, como se o apartamento estivesse sendo varrido por um vendaval. Feliz, conduzi-o pelo corredor até a sala, mas ele tornou a cair ao lado da porta – cair não, projetar-se para frente como se, de repente, o chão afundasse, ele fosse lançado como uma bala de canhão: e tumba! Lá foi ele de encontro à estante do corredor. Havia pilhas e pilhas de discos nessa estante, entre eles, vários daqueles 78 rotações muito frágeis que gravara com meu pai e os Mambo Kings. Os discos, como cascata, espatifaram-se no chão. As portas de vidro da estante se escancararam e os 78 foram estalando e rodopiando como se fossem discos voadores num filme, partindo-se em pedacinhos. A próxima foi a própria estante, desabando ao lado dele, junto com as músicas "Besame Mucho", "Acércate Más", "Juventud", "Twilight in Havana", "Mambo Nine", "Mambo Number Eight", "Mambo for a Hot Night" e a grande versão de "Beautiful Maria of My Soul" – tudo ficou em cacos. Com esse desastre, meu tio ficou sóbrio. De repente, sem ajuda, ajoelhou-se, levantou apoiando-se primeiro numa perna e depois na outra, encostou na parede e balançou a cabeça.

"*Bueno*", suspirou, desalentado.

Seguiu-me até a sala e desabou num sofá atrás de mim. Sentei numa poltrona que tínhamos trazido do porão. Ele apertou os olhos na direção da tela, vendo a si próprio com o irmão caçula a quem, apesar dos problemas que tinham, ele adorava. Parecia que estava sonhando.

"Bom gente", disse Ricky Ricardo, "agora tenho uma atração muito especial para vocês..."

Os dois músicos de terno de seda branca e gravatas-borboleta enormes, dirigindo-se ao microfone. Meu tio com um violão e meu pai com um trompete.

"Obrigado, muito obrigado. E agora uma musiquinha que fizemos..." – E quando César tocou os primeiros acordes no violão, meu pai levou à boca o trompete, tocando a introdução de "Beautiful Maria of My Soul", uma melodia maravilhosa que se elevou e encheu a sala.

Cantavam, seguindo a versão escrita da música, em espanhol. Com a orquestra de Ricky Ricardo acompanhando, eles concluíram a introdução e entraram afinados cantando um verso que a grosso modo quer dizer: "Como é gostosa essa dor que o amor trouxe pra mim em forma de mulher".

Meu pai... Parecia tão vivo!

"Tio!"

Tio César acendera um cigarro e adormecera. O cigarro escorregara e queimava o punho engomado de sua camisa branca. Apaguei o cigarro e meu tio, tornando a abrir os olhos, sorriu.

"Eugênio, faça-me um favor. Traga-me um whisky."

"Mas tio, você não quer ver o programa?"

Ele fez um esforço tremendo para prestar atenção, para se concentrar.

"Olha, é você e o Poppy."

"*Coño, si...*"

A cara de meu pai com aquele sorriso equino, sobrancelhas arqueadas, orelhas grandes e carnudas – um traço de família –, aquele olhar meio sofrido, aquela voz trepidante, como isso tudo me parecia lindo naquela época...

Fui num pulo até a cozinha e voltei com um copo de whisky, correndo o mais que podia sem deixar entornar o líquido. Ricky estava ao lado dos irmãos no palco. Parecia realmente satisfeito com a apresentação, pois, quando a última nota soou, ele cortou o ar com a mão e gritou "Olé", com uma mecha do cabelo muito preto caindo na testa. Eles agradeceram, e a plateia aplaudiu.

O programa prosseguiu. Vieram alguns quadros cômicos: um sujeito vestido de touro com flores em volta dos chifres apareceu dançando uma dança irlandesa e dando chifradas no traseiro de Ricky. Este, de tanta irritação e com os olhos esbugalhados, bateu na testa e desandou a falar um espanhol aceleradíssimo. No entanto, àquela altura, tanto fazia para mim. O milagre passara: a ressurreição de um homem, a promessa de Nosso Senhor em que eu acreditava até então, o alívio da dor e dos problemas deste mundo.

Lado A
No Hotel Splendour
1980

Quase vinte e cinco anos depois de ter se apresentado com o irmão no programa "I Love Lucy", César Castillo, sentindo-se mal com o calor escaldante de uma noite de verão, serviu-se de outra dose. Estava num quarto do Hotel Splendour, na esquina da 125 com a Lenox Avenue, perto de uma escadaria estreita que dava nos estúdios de gravação da Orchestra Records, onde seu conjunto, os Mambo Kings, gravaram o primeiro 78 da carreira. Na verdade, talvez fosse o mesmo quarto em que ele uma vez comera uma garota gostosa, de pernas enormes, chamada Vanna Vane, a Miss Mambo do mês de junho de 1954. Tudo era diferente naquela época: a Rua 125 possuía uma boate ao lado da outra, havia menos violência, menos mendigos e mais respeito entre as pessoas. Ele podia sair a pé de madrugada do apartamento da La Salle, descer até a Broadway, pegar a Rua 110 para atravessar para o lado leste pelo Central Park e ir passeando por aquelas trilhas sinuosas, atravessando as pontezinhas sobre riachos e pedras, sentindo o cheiro de mato e curtindo a natureza despreocupado. Ia caminhando até o Park Palace Ballroom na 110 Leste para ouvir Machito ou Tito Puente, procurar colegas músicos no bar, paquerar e dançar. Nessa época, era possível qualquer pessoa atravessar o parque com a sua melhor roupa, com um bom relógio, sem ser atacada pelas costas com uma faca no pescoço. Cara, essa época acabou.

Ele riu: daria tudo para ser o atleta que era aos trinta e seis quando levou a Miss Mambo para o quarto por aquelas mesmas escadas. Seu único pensamento era estar na cama com uma mulher nua. A senhorita Vanna Vane, do Brooklyn, Nova York, tinha um sinal bem embaixo do mamilo direito e, pimba, aquela sua peça enorme subia na mesma hora. Bastava tocar um seio, estar perto de uma mulher e sentir o seu calor entre as pernas. As mulheres se vestiam melhor naquela época. As roupas eram mais elaboradas, mais finas e era mais divertido espiar quando se despiam. Sim, aquele talvez fosse o quarto onde César passara tantas noites de amor gloriosas e intermináveis com Vanna Vane.

Ele ficou sentado junto à janela iluminada com uma luz incerta que subia da rua. A cara langorosa e bochechuda de perdigueiro com um brilho marmóreo. Trouxera uma vitrola portátil, que tinha sido do sobrinho Eugênio, e um pacote de discos velhos gravados por seu conjunto, os Mambo Kings, no início dos anos 50. Uma caixa de whisky, um pacote de cigarro Chesterfield com filtro ("Fumem Chesterfield, uma preferência nacional, o favorito dos Mambo Kings!"), que acabou estragando sua bela voz de barítono, e umas poucas outras coisas: papel, envelopes, umas canetas Bic, sua agenda de endereços despencada, comprimidos para o estômago, uma revista de sacanagem – uma coisa chamada *El mundo sexual* –, algumas fotos desbotadas e uma muda de roupa, tudo dentro de uma mala de vime. Planejava ficar hospedado no Hotel Splendour até acabar com aquele whisky (ou até suas veias da perna arrebentarem), imaginando comer, se precisasse, no chinês da esquina com aquele anúncio que dizia: "Só Pra Viagem".

Quando estava botando um disco chamado "The Mambo Kings Play Songs of Love" na vitrola cheia de chiados, ouviu pessoas na escada, a voz de um casal, o homem dizendo: "Chegamos, amor". Depois o barulho da porta abrindo e fechando e um arrastar de cadeiras, como se eles fossem sentar juntos diante de um ventilador para beber e namorar. Voz de negro, pensou César, antes de ligar a vitrola.

Arranhões em excesso, um trompete, um baixo de *habanera* e um piano tocando acordes tristes e sentimentais em tom menor. Seu irmão Nestor Castillo em algum lugar distante, num mundo sem luz, levando o trompete à boca, olhos fechados, feições se movendo no enleio da concentração... e a melodia de Ernesto Lecuona: "Juventud".

Quando ele bebia whisky, sua memória se embaralhava toda. Já tinha sessenta e dois anos. O tempo ia virando uma piada. Num dia, jovem e no outro, velho. Agora, com a música tocando, ele quase esperava abrir os olhos e dar com senhorita Vanna Vane sentada na cadeira em frente, calçando uma meia de náilon naquelas pernas imensas, a claridade quente da Rua 125, numa manhã de domingo, infiltrando-se pela persiana entreaberta.

NUMA DAQUELAS NOITES em que não conseguia ficar sossegado em sua casa na Rua La Salle, nos idos de 1954, ele ia à boate Palm, ouvir o fabuloso Tito Rodríguez e sua orquestra e ficar de olho na moça dos cigarros: era uma loura, numa malha colante com um estampado de onça, o cabelo comprido ondulado e jogado para o lado, cobrindo metade do rosto, como o de Verônica Lake. Toda vez que essa moça passava, César Castillo comprava um maço e, quando ela pousava a cesta cheia de cigarros na mesa, ele a pegava pelo braço e a olhava bem nos olhos. Depois, dava-lhe uma gorjeta e um sorriso. Contido num corpete acetinado, o busto dela era perfeito e farto. Um dia César ouviu um marinheiro bêbado falar para um amigo num bar: "Olha só que torpedos aquela gatona tem, *mamma mia!*". Apreciador de expressões americanas, ele pensou em torpedos terminando em ponta e encantou-se com o fio de suor escorrendo pelo colo dela.

Depois do oitavo maço que comprara da moça, César convidou-a para beber alguma coisa. Já que era bastante tarde, ela resolveu sentar com aqueles dois irmãos bonitões.

"Eu sou o César Castillo e este é meu irmão Nestor."

"Vanna Vane. Muito prazer."

Em pouco tempo, César estava na pista de dança com a senhorita Vane. Deram um espetáculo e tanto para o público na hora em que a percussão fez um improviso de arrebentar: a conga, o bongô e a bateria num diálogo frenético e redondo. O ritmo era tão convidativo que ele sacou o lenço do bolso do paletó e, numa variação da dança dos véus, mordeu uma das pontas e mandou Vanna morder a outra. Unidos por um lenço rosa e azul-celeste seguro pelos dentes, César e Vanna começaram a fazer piruetas como dois acrobatas de circo. Enquanto eles rodopiavam, o público aplaudia e vários casais os imitavam na pista. Depois, tontos, os dois voltaram ziguezagueando para a mesa.

"Então você é cubano como o Desi Arnaz?"

"É isso aí, gata."

Mais tarde, às três da manhã, ele e Nestor acompanharam a moça até o metrô.

"Vanna, quero que você faça uma coisa para mim. Eu tenho uma orquestra e a gente acabou de gravar um disco que está pensando chamar de 'Mambos for the Manhattan Night'. Essa é minha ideia, estamos precisando de alguém, de uma moça bonita como você... Quantos anos você tem?"

"Vinte e dois".

"... de uma moça bonita para posar com a gente para a capa desse disco. O que eu quero dizer" – e ele ficou confuso e encabulado – "é que você seria perfeita para isso. O cachê é cinquenta dólares".

"Cinquenta!"

Todos alinhados, vestindo terno de seda branca numa tarde de sábado, os irmãos se encontraram com Vanna na Times Square e foram a pé até o estúdio fotográfico que ficava no 548, lado oeste da Rua 48, o Olympus Studio; onde o fotógrafo decorara uma sala dos fundos com palmeiras falsas. Chegando com seus instrumentos, um trompete, um violão e um tambor, eles pareciam bem janotas e com a vasta cabeleira armada num topete lustroso. A senhorita Vane trajava um vestido de baile com uma saia de babados bem rodada e justo na cintura, meias de náilon pretas brilhantes, com costura atrás, e sapatos de salto dez que a deixavam com o traseiro empinado e realçavam-lhe as belas pernas (e essa lembrança trouxe-lhe uma associação: ele não sabia o nome daquele músculo lá em cima, entre as coxas das mulheres, aquele músculo que cortava o clitóris e se torcia todo, pulsando de leve quando ele beijava uma mulher ali). Experimentaram centenas de poses, mas a que foi aproveitada na capa do disco foi a seguinte: César Castillo com uma expressão sacana, uma conga pendurada ao pescoço e a mão descendo para tocá-la, a boca aberta numa risada, o corpo inteiro curvado para a senhorita Vane. Ela, com as mãos entrelaçadas junto ao rosto, os lábios formando um "Ahhh" de excitação, as pernas dobradas para dançar e um pedaço da liga aparecendo. À sua esquerda, Nestor, de olhos fechados e cabeça inclinada para trás, tocava seu trompete. Depois, o arte-finalista, que trabalhava para Orchestra Records, montaria essa foto contra um fundo com a silhueta de Manhattan e, em volta dos três, uma fieira com um ou dois rabinhos saindo do trompete de Nestor.

Como a Orchestra Records tinha preços competitivos, quase todos os seus discos eram de 78 rotações, embora conseguisse produzir alguns de 33, com quatro músicas de cada lado. Naquela época, a maioria das vitrolas ainda tinha três rotações. Prensados no Bronx. Esses 78 eram feitos de um plástico pesado, mas, por serem frágeis, nunca vendiam mais que umas poucas mil cópias. Podiam ser encontrados nas *botânicas* – lojas de quinquilharias religiosas – ao lado de Jesus Cristo e seus discípulos atormentados, velas mágicas e ervas curativas, em lojas de discos como o Almacén Hernandez, na 113 com Lexington Avenue, no Harlem, e em cestas nos mercados de rua, em bailes e nas mesas dos amigos. Os Mambo Kings gravariam quinze desses 78, vendidos a 69 centavos cada, entre 1949 e 1956, e três LPs de 33, entre 1954 e 1956.

Os lados A e B desses 78 intitulavam-se: "Solitude of My Heart", "A Woman's Tears", "The Havana Mambo", "Conga Cats and Conga Dolls", "The Sadness of Love", "Welcome to Mamboland", "Jingle Bells Mambo!" ("Quem é esse gordinho simpático de barba branca dançando no meio da tempestade com aquela garota?... Papai Noel, Papai Noel, dançando o 'Jingle Bells Mambo!'"), "Mambo Nocturne", "The Subway Mambo", "El Campesino", "Alcohol", "Traffic Mambo", "The Happy Mambo!", "The New York Cha-cha-cha", "Cuban Cha-cha-cha", "Too Many Women (and Not Enough Time!)", "Mambo Inferno!", "Noche Caliente", "Malaqueña", "How Delicious the Mambo!", "Mambo Fiesta!", "The Kissing Mambo!" (e os 33: "Mambo Dance Party" e "Manhattan Mambo" – de 1954 – e o "The Mambo Kings Play Songs of Love", de junho de 1956.) Os Mambo Kings, além de exibirem lindas garotas sensuais, como Miss Mambo, em cada disco, às vezes incluíam na capa um quadro de instruções de como dançar (no fim da década de setenta, quase todos esses discos haviam desaparecido da face da terra. Toda vez que passava por um sebo de discos ou por uma prateleira de "clássicos", César catava uma cópia nova para substituir alguma quebrada, que ele tivesse dado, emprestado ou que estivesse arranhada por excesso de uso. E quando encontrava um disco desses por 15 ou 25 centavos, voltava para casa feliz da vida com o pacote debaixo do braço.).

Agora, a entradinha apertada da Orchestra, onde estes discos eram gravados, estava fechada com tapumes. As vitrines guardavam vestígios do que veio a ser uma butique: viam-se alguns manequins de costas para a rua encostados no vidro. Naquela época, César e os Mambo Kings subiam a escadinha estreita carregando seus instrumentos e o imenso contrabaixo sempre batia nas paredes. Uma porta vermelha com a inscrição "ESTÚDIO" dava numa salinha de espera com uma escrivaninha e uma fileira de cadeiras de ferro batido. Na parede, um painel de cortiça cheio de fotografias dos outros artistas da gravadora: um cantor chamado Bobby Soxer Otero; um pianista, Cole Higgins; e, ao lado dele, os majestosos Ornette Brothers. Depois, uma dos Mambo Kings com seus ternos de seda branca num cenário *art-déco* em forma de concha, coberta de autógrafos enviesados.

O estúdio era mais ou menos do tamanho de um banheiro grande, todo atapetado com um carpete espesso. Além do revestimento de cortiça, as paredes ainda levavam uma cortina e havia um janelão dando para a Rua 125. Era uma sala quente e abafada nos dias de calor, pois não tinha ar condicionado, e sua única fonte de ventilação era um ventilador de pás enferrujadas que ficava em cima do piano e era ligado entre uma gravação e outra.

Três microfones RCA no meio da sala para os vocais e outros três para os instrumentos. Durante as gravações, os músicos tiravam os sapatos e andavam pela sala sem fazer barulho, tomando cuidado para não pisar forte, senão a gravação saía cheia de estalos. Não se podia rir, respirar e nem cochichar. Os metais ficavam de um lado e a seção de ritmo – bateria, contrabaixo e piano – do outro.

César e seu irmão Nestor, juntos, e os Mambo Kings nas claves (instrumentos de madeira que dão som de estalido na marcação 1-2-3/1), nas maracas ou no violão. Uma vez ou outra, César e Nestor tocavam trompete juntos, mas, em geral, César recuava e deixava o irmão solar em paz. Mesmo assim, Nestor sempre esperava o sinal do irmão mais velho – um aceno de cabeça – para começar. Só então Nestor se adiantava, com seus solos plangentes, pairando como anjos negros sobre as orquestrações rebuscadas do conjunto. Depois disso, César voltava ao microfone, ou o pianista solava ou o coro cantava. Às vezes, essas sessões iam até a madrugada, com algumas músicas fluindo com facilidade e outras repetidas até todo mundo ficar rouco e a cidade parecer se dissolver numa luz fantasmagórica.

Assim como sua música, o Mambo King era muito direto nessa época. Levou Vanna para jantar no Club Babalu e foi logo lhe dizendo, enquanto ela comia um croquete de banana: "Vanna, estou apaixonado por você e quero que você veja o que é ser amada por um homem como eu". E como eles já tinham virado algumas jarras da sangria especial do Club Babalu, como ele a levou para assistir a um bom filme – "A Condessa Descalça", com Humphrey Bogart e Ava Gardner –, como lhe conseguiu um cachê de cinquenta dólares para fotografar e um rico vestido de baile rodado para ela posar entre ele e o irmão caçula para a capa do "Manhattan Mambo" e, talvez, como ele era um homem razoavelmente atraente e sabia o que queria dela – ela via isso nos olhos dele –, estava tão lisonjeada que quando lhe perguntou: "Vamos pra um hotel?" – ela respondeu: "Vamos".

Talvez tenha sido naquela cadeira em que ela assentou pela primeira vez o seu lindo rabo, enquanto executava a delicada tarefa de levantar a saia desabotoar as ligas. Com um sorriso tímido, enquanto tirava as meias, que depois ela colocou sobre a cadeira. Ele deitou na cama. Tirara o paletó, a camisa de seda, a gravata salmão e a camiseta sem manga. De modo que estava com o peito nu, a não ser por um crucifixo escurecido que a mãe lhe dera de presente de primeira comunhão em Cuba, pendurado numa correntinha de ouro que ele usava no pescoço. A luz se apagou, ela tirou o sutiã 46 meia-taça, reforçado com armação de arame, e a calcinha de fundilhos rendados. Ele disse-lhe exatamente o que fazer. Ela desabotoou a braguilha e agarrou aquela peça grande com sua mão fina e elegante, e logo começou a vestir nela um preservativo de borracha. Gostou daquilo, gostou da virilidade e da arrogância dele, de como ele virava na cama, fazendo-a ficar ora de bruços, ora de costas, ora com o tronco para fora da cama, fodendo-a tão furiosamente que ela se sentiu como que atacada por um animal selvagem. Com a ponta da língua, ele lambia aquele sinal que ela tinha no seio e que achava feio, enquanto César dizia que era bonito. E fodeu-a tanto que o preservativo furou, mas ele continuou mesmo sabendo disso. Continuou porque aquilo estava muito bom e ela gritava, sentindo-se desmanchar, e, tcham!, ele gozou; ficou flutuando num espaço aberto entre rouxinóis negros.

"Diz de novo *aquilo* em espanhol. Eu gosto de ouvir."

"*Te quiero.*"

"Ai, que lindo, diz de novo."

"*Te quiero*, meu bem, meu bem."

"Eu também *te quiero.*"

Cheio de si, ele lhe mostrou a sua *pinga*, como a chamavam grosseiramente quando era garoto. Ele estava recostado na cama, no escurinho do Hotel Splendour, e ela na porta do banheiro. E só de vê-la nua com aquele corpo bem feito, suado e satisfeito, tornou a ficar de pau duro. Aquele pau em brasa na penumbra do quarto parecia grosso e escuro como um galho de árvore. Naquela época, ele irrompia como uma planta por entre as suas pernas, alçado por uma veia importante que dividia seu corpo com precisão, e ia se ramificando para o alto como a galhada de uma árvore ou, como certa vez pensou ao olhar para um mapa dos Estados Unidos, o rio Mississipi com os seus afluentes.

"Vem cá", chamou-a.

Naquela noite, como em muitas outras, César levantou as cobertas amarfanhadas para ela tornar a vir deitar com ele. E logo Vanna Vane estava se esfregando toda, roçando aquela bunda molhada no seu peito, sua barriga, sua boca, as madeixas oxigenadas intrometendo-se entre os seus lábios quando se beijavam. Depois, ela montava nele e se movia para frente e para trás até que tudo se contorcia e se acendia lá dentro e seus corações explodiam (batendo como um tambor de conga) e eles caíam exaustos, descansando até estarem prontos para a próxima... e aquela trepada girava sem parar na cabeça dele, como uma canção de amor.

Pensar em Vanna abriu a porta para aquela época. César se viu entrando de braço dado com ela – ou alguma mulher parecida – no Park Palace Ballroom, uma grande boate na 110 com Quinta Avenida. Aquele era o lugar que mais gostava de frequentar nas noites de folga, quando queria se divertir. Era ótimo aparecer de braço dado com uma bela mulher, uma loura alta e boazuda. Vanna Vane, de ancas e bustos fartos, com um vestido justo e cintilante de paetê preto, chamando atenção quando atravessava uma sala. Ele ia como um pavão ao lado dela, com um terno azul-claro riscado, camisa de seda branca, gravata azul-celeste, gomalina no cabelo, recendendo a Old Spice, a colônia dos marujos.

Isso era o quente da época: ser visto com uma mulher como Vanna dava o prestígio de um passaporte, um diploma de curso secundário, um emprego de tempo integral, um contrato com uma gravadora ou um DeSoto 1951. Alguns negros, como Nat King Cole e Miguelito Valdez, apareciam nos cabarés com namoradas louras. E Cézar gostava de fazer o mesmo, embora fosse branco como Desi Arnaz (ora, um desses sujeitos que vivia na noite até mandara a namorada morena oxigenar os pentelhos. Ele sabia disso porque transara com a moça no tempo em que ela era morena e depois ainda saíram escondidos uma vez, talvez para ir ao Hotel Splendour, onde ele lhe sapecou um beijo no umbigo e tirou-lhe as calcinhas, dando um banho de língua naquele triângulo melhorado, alourado a Clairol.). Uma coisa que lhe dava prazer quando chegava numa boate era ver a cara de admiração das pessoas que se viravam enquanto ele desfilava com a namorada até o bar sempre cheio. Ali, ele bancava o mão-aberta e pagava a bebida dos amigos – nos anos cinquenta, a moda era rum com Coca-Cola. Contava piadas e conversava até a orquestra começar a tocar algo tipo "Hong Kong Mambo" ou "Mambo De Paree". Então, ele tirava a namorada para dançar e ia para a pista.

Depois, ele, às vezes, ia até o cavernoso toalete do Park Palace para engraxar os elegantes sapatos de duas cores ou apostar com um dos bookmakers que fazia ponto numa lojinha comprida que vendia revistas e jornais, camisinhas, flores e baseados. Uma gorjeta de um dólar para o engraxate, uma mijada no mictório, uma penteada no cabelo ondulado e volver. Os saltos metálicos toc-toc ressoando na cerâmica dos corredores, como os sapatos nas arcadas de Cuba, para aquela música maravilhosa. E voltava a dançar ou ia se juntar ao irmão, calado na mesa, para beber e observar, agradecido, as gatinhas gostosas na sala (É. Mesmo estando ali no Hotel Splendour, é como se ele estivesse novamente naquela boate, observando tudo e reparando que tem uma morena linda de olho nele. E quem se aproximará quando sua namorada levantar para ir ao banheiro senão essa morena. E mesmo não sendo loura, parece que está bem de porre, com um vestido rosa justo, e vem para cima dele com um copo na mão e, *Dios mío!*, ela parece afogueada depois de tanto dançar. Tem gotinhas de suor escorrendo do queixo para o busto e a barriga molhada aparece debaixo do tecido colante do vestido. E o que diz ela senão: "Você não é o César Castillo, aquele cantor?". E ele faz que sim com a cabeça, agarra-lhe o braço e diz: "Nossa, mas você é cheirosa". E pergunta o nome dela, diz uma gracinha que a faz rir e, então, antes que a namorada volte, tenta: "Porque você não vem aqui de novo amanhã à noite pra gente conversar e se divertir mais um pouco?". E ele vai em frente, sentindo o mamilo dela endurecer na sua boca e depois está de volta no Park Palace, olhando-a se afastar – consegue perceber a calcinha dela sob a transparência do vestido e ela está na cama atormentando-o com o dedo, uma massagem na braguilha, que deixa a cabeça do seu pênis do tamanho de uma maçã, e aí sua namorada chega e os dois tomam mais uns copos, pelo que ele se lembrava.[1]).

---

[1] Depois, por trás desta, outra lembrança sobre a moda feminina daquela época quando as mulheres usavam turbantes, *cloches*, boinas, chapeuzinhos de plumas no alto da cabeça. Pesados brincos falsos de rubi, cristal e pérola; colares de pérolas esbranquiçadas entrando nos decotes, seios fartos e doces por baixo da roupa; vestidos de paetê com uma fenda na saia, corpo drapeado e cinto preto de zibelina. Calcinhas enfeitadas, calções, cintas e ligas, sutiãs rendados e transparentes nos mamilos. Bom para uns beijos na barriga, um banho de língua no umbigo, com o nariz roçando a nascente de pentelhos pretos. Calcinhas provocantes, calcinhas brancas debruadas de preto, calcinhas com botões forrados, calcinhas fofas, calcinhas que apertavam na cintura e deixavam a pele sedosa das mulheres marcada de cor-de-rosa; ancas quentes no seu rosto; calcinhas pretas de zibelina, calcinhas de onça, calcinhas vê-oito. (E se essas senhoras não estavam com a roupa certa por baixo, César entrava na seção de lingerie de uma loja como a Macy's ou o Gimbels, ficava flertando com as vendedoras, olhando essas pecinhas todas em exibição. Como um estudante preparando-se para a prova, ele fazia uma cara compenetrada conferindo os nomes nas etiquetas: Rapsódia Tropical, Crepúsculo de Bronze, Tigresa, Noites de Desejo. Oh lá lá – exclamava ele para a vendedora, balançando a mão direita como se tivesse queimado os dedos. – E qual é o modelo que você usa?)

O Mambo King desabrochou naquele salão de baile com seus frequentadores simpáticos, boa comida, boa cana, boa companhia e boa música. E quando não saía para ir dançar ou tocar com seu conjunto, César estava em casa de amigos do Park Palace e de outros cabarés, patrícios de Cuba ou porto-riquenhos que o convidavam para jantar, jogar cartas, ouvir disco e acabavam numa roda animada na cozinha, cantando e se divertindo sempre.

Foi no Park Palace que ele e seu irmão descobriram vários músicos que entraram para o conjunto. Quando surgiram em Nova York nos idos de 1949, início da febre do mambo, quem lhes arranjou emprego foi um primo gordo chamado Pablo, com quem ficaram morando, trabalhando num frigorífico na Rua 125 durante o dia para arranjarem dinheiro para sair à noite e tratar da vida. Conheceram muita gente nessa época, muitos músicos, como eles, bons instrumentistas. Tinha Pito Pérez, que tocava timbales; Benny Domingo, congas; Ray Alcazár, piano; Manny Dominquez, que tocava violão e *cencerro*; o porto-riquenho Xavier, trombone; Willie Carmen, flauta; Ramón "El Jamón" Ortiz, saxofone baixo; José Otero, violino; Rafael Guillón, chocalho; Benny Chacón, acordeão; Johnny Bing, saxofone; Johnny Cruz, pistom; Francisco Martínez, vibrafone; Johnny Reyes, o *três* e o *quatro* de oito cordas. E, entre estes, os próprios irmãos: César, que cantava e tocava trompete, violão, acordeão e piano, e Nestor, que tocava flauta, trompete, violão e era vocalista.

Como os irmãos, muitos músicos eram operários de dia, mas quando subiam num palco para tocar ou chegavam numa pista de dança, eram reis por uma noite. Reis da boca-livre, reis das novas amizades, reis da paquera. Alguns já tinham a fama que eles gostariam de ter. Conheceram o percussionista Mongo Santamaria, que na época tinha um conjunto chamado Black Cuban Diamonds; Pérez Prado[2], o imperador do mambo; a intérprete

---

[2] Baforada de fumaça, um trago de whisky, a sensação de um beliscão nas suas costas, umas garras afiadas enfiando-se pelas misteriosas passagens dos seus rins e do seu fígado... Pérez Prado. Quando César, enfurnado em seu quarto do Hotel Splendour, lembrou-se de Pérez, veio-lhe à mente a imagem da primeira vez que o viu em cena, completamente na dele, saracoteando como se fosse de borracha. Ora parecia um cão à espreita, ora um gato crispado, ora uma árvore de galhos espalhados, ora um avião decolando, ora um trem acelerado, ora uma máquina de lavar trepidando, ora uma pedra quicando... e seu rosto era uma máscara de concentração, de convicção e de puro prazer. Um ser de outro mundo, mas o palco era o outro mundo. O magro Pérez oferecendo ao Mambo King uma de suas apresentações quentes. O Pérez alegre e falastrão ali no bar, dizendo a todo mundo em volta: "Gente, vocês têm que vir me visitar no México! A gente vai se divertir à beça, meus amigos. Vai às corridas e às touradas, vai comer feito príncipes e beber feito o papa!"

Graciela; o pianista Chico O'Farrill e aquele crioulo que tanto gostava dos cubanos, Dizzy Gillespie. E conheceram o grande Machito, um mulato de ar nobre e elegante, frequentador assíduo do bar no Park Palace, onde ficava, do lado da esposa insignificante, recebendo amigos que lhe davam jóias de presente, tranquilamente embolsadas. As joias depois iam parar na sala de Machito, dentro de uma caixa chinesa de teca. Quando iam à casa de Machito, para cima da Rua 80 Oeste, os irmãos viam essa caixa abarrotada de relógios, pulseiras e anéis gravados, com sua tampa entalhada com arabescos chineses e uma incrustação de madrepérola representando um dragão devorando uma flor. E César dizia: "Não se preocupe, irmão, um dia a gente ainda chega lá".

César tinha uma fotografia de uma dessas noites guardada num compartimento da mala no Hotel Splendour. Os dois irmãos todos enfarpelados com aqueles ternos de seda branca em volta de uma mesa e, ao fundo, refletindo nas paredes e colunas espelhadas, as luzes, as pessoas dançando e os metais de uma orquestra. César, meio alto e satisfeitíssimo consigo mesmo, com um copo de champanhe numa das mãos e, na outra, o ombro macio e curvilíneo de uma moça não identificada – Paulita? Roxane? Xionara? –, mas a cara da Rita Hayworth, com um busto lindo modelado pelo vestido e um sorriso engraçado, pois César acabara de beijá-la, dando-lhe uma lambida na orelha. Ao lado dele, Nestor, um pouco afastado e meio de canto, sobressaindo, com os olhos meio arregalados de espanto.

FOI A ÉPOCA em que formaram os Mambo Kings. O conjunto começou com *jam sessions* que enlouqueciam a senhoria, a senhora Shanon e a vizinhança toda, basicamente composta de irlandeses e alemães. Músicos que eles conheciam das boates chegavam com seus instrumentos e se instalavam na sala, normalmente barulhenta com aquele som enlouquecido de saxofones, violinos, percussão e contrabaixos reverberando pela área do prédio e pela rua numa zoeira infernal que fazia os vizinhos baterem as janelas e ameaçarem dar marteladas nos cubanos. As *jam sessions* esporádicas acabaram virando regulares, com alguns músicos assíduos, de modo que, um belo dia, César disse: "Vamos fazer uma orquestrazinha, hein?".

Seu melhor amigo, porém, era um sujeito chamado Miguel Montoya, que tocava piano e era ótimo profissional, sabendo tudo sobre arranjo. Montoya era cubano também e já tocava em Nova York desde o início dos anos trinta, tendo passado por várias orquestras. Era bem relacionado e já tocara com Antonio Arcana e com Noro Morales. Os irmãos iam ver Montoya no Park Palace. De branco dos pés à cabeça, ele usava uns anéis enormes de safira e andava com uma bengala com castão de marfim e cristal. Falava-se que, apesar de ser visto nas boates sempre com uma mulher, ele era efeminado. Uma noite, os dois foram jantar na casa de Montoya na Riverside Drive com a Rua 155. Ali tudo era brando e fofo – das peles de cabra e das plumas que decoravam as paredes, passando pelas imagens de Santa Bárbara e de Nossa Senhora vestidas de seda, até os sofás, poltronas e cadeiras forrados de pele. Em um canto, o piano Steinway de meia cauda, que ele enfeitara com um vaso de tulipas. No jantar, foi servida uma vitela finamente fatiada, que Miguel assara temperada com limão, manteiga, alho, sal e azeite, acompanhada com batatas rendilhadas e uma salada farta que eles comeram acompanhados de uma garrafa de vinho atrás da outra. Depois, com o luar prateando o rio Hudson e as luzes de Nova Jersey piscando ao longe, eles deram risadas, ligaram o som e passaram metade da noite dançando rumba, mambo e tango. Cortejando Miguel para cultivar sua amizade, César tratava-o com uma afeição autêntica, como a um tio querido, sempre lhe dando abraços e tapinhas carinhosos. Mais tarde, naquela mesma noite, perguntou se Montoya arranjaria tempo para tocar com eles na orquestra e o mesmo acabou cedendo, dizendo sim.

    Formaram uma banda de mambo. Isto é, uma banda tradicional de música latina, animada por saxofones e trompetes. Essa orquestra era composta por uma flauta, um violino, um piano, um sax, dois trompetes e dois percussionistas, um na bateria e outro nas congas. César teve a ideia do nome Mambo Kings ao passar os olhos pelos classificados do *Herald* do Brooklyn, onde metade das orquestras tinha nomes do tipo Mambo Devils, Romero and the Hot Rumba Orchestra, Mambo Pete and His Caribbean Crooners. Tinha um Eddie Reyes King of the Bronx Mambo, Juan Valentino and His Mad Mambo Rompers, Vic Caruso and His Little Italy Mambonairs e conjuntos como Havana Casino Orchestra, o Havana Melody Band, o Havana Dance Orchestra. Essas mesmas páginas anunciando: "AULAS DE DANÇA JÁ! APRENDA MAMBO, FOXTROTE, RUMBA. CONQUISTE SUA GAROTA DANÇANDO!". Por que não César Castillo e os Mambo Kings?

    Embora se considerasse um cantor, César era também um instrumentista bastante talentoso e bom percussionista. Dotado de uma energia fantástica e uma força adquirida à custa das bofetadas que levara do pai temperamental, Pedro Castillo, e uma sensibilidade musical que devia à mãe e a Genebria, a empregada carinhosa que o ajudou a vir ao mundo. (Aqui, ele escuta um trompete longínquo num disco dos Mambo Kings, "Twilight in Havana", e suspira. Sente-se de novo o garoto correndo pelo centro de lanternas enormes e sacadas engalanadas com fitas, velas e flores. E correndo ele vai passando por milhares de músicos. Músicos por toda parte. Nas esquinas, na escadaria das igrejas, nos pórticos das casas, e vai voando para a praça onde se encontra a grande orquestra. É este o trompete que ele ouve ecoando nas arcadas da sua cidade quando vai passando desabalado pelas colunas e pelas sombras dos casais que se escondem por trás delas e se atira pelas escadas de um jardim, abrindo caminho entre o povo, entre aquela gente dançando, para ir até o coreto onde o trompetista, obeso, de terno branco e chapéu caído para trás, sopra música para o céu. E isso é que faz tremer as paredes de uma outra arcada em Havana, onde ele agora está tocando trompete às três da manhã, rodopiando e rindo depois de uma noitada pelos clubes e bordéis com o irmão e uns amigos, rindo com as notas que açoitam o vazio da escuridão e retumbam dentro dele como a juventude.)

Ele e o irmão, na verdade, gostavam mais de baladas e boleros mais lentos, mas juntaram-se a Montoya para formar uma boa banda de música para dançar porque era isso que as pessoas queriam. Foi Montoya quem fez os arranjos de composições como "Tu Felicidad", "Cachita", "No Te Importe Saber", que se tornaram conhecidas graças a gente como René Touzet, Noro Morales e Israel Fajardo. Afinal, Montoya sabia ler música, coisa que os irmãos nunca aprenderam direito. Embora, a duras penas, conseguissem seguir uma partitura, César e Nestor apresentavam suas músicas com acordes simples e com a melodia exercitada em algum instrumento ou na cabeça. Isso, às vezes, irritava os outros músicos, mas César costumava lhes dizer: "Eu estou é com gente que consiga realmente sentir a música e não que só saiba tocar pela partitura". E aí falava do imortal *conguero* Chano Pozo, assassinado em 1948 por causa de um negócio de drogas[3] e cujo espírito

---

3 De Manuel Flanagan, um trompetista que conheceu Chano: "Lembro quando Chano morreu. Eu estava na 52 e ouvi tudo. Chano esteve na Rua 116 no Caribbean Bar and Grill, procurando aquele cara que vendia droga para ele. Isso foi de manhã. Foi encontra-lo naquele bar, puxou uma faca e pediu o dinheiro de volta. Ora, o homem não estava com medo de Chano nem Chano com medo dele. Chano já tinha levado tiro e facada em Havana e estava vivo, entende, então Chano puxou a faca e pulou em cima do homem, apesar do cara ter sacado uma arma.

já andava baixando nos mambos de Havana e de músicos como o grande Mongo Santamaria. "Olha só o Mongo", dizia César ao irmão. "Ele não sabe ler. E o Chano, sabia? Não, *hombre,* ele tinha o espírito da coisa, e é isso o que a gente quer também".

Eles ensaiavam na sala da casa do primo Pablo na época em que o encanamento do *boiler* costumava dar ataques e ficar chacoalhando na parede e o chão dançava quando o metrô passava, parecendo que estava havendo um terremoto. Ensaiavam quando o *boiler* desligava e fazia tanto frio que saía vapor das unhas dos músicos e eles retiravam os olhos, dizendo: "Quem precisa dessa merda?". Mas continuavam porque César Castillo lhes dava um bom trato: quando chegavam do trabalho mortos de cansaço e tocavam com toda a alma, já sabiam que depois do ensaio iam à cozinha apertadinha e a mulher de Pablo preparava uns bons bifes e costeletas de porco – levadas do frigorífico debaixo da roupa –, arroz, feijão e tudo que quisessem. Depois de consumirem grandes quantidades de comida e cerveja, riam e voltavam ao universo gelado sentindo que César Castillo e seu irmão realmente tinham cuidado deles.

Gesticulando com as mãos em movimentos circulares (depois de um gole de cerveja e uma tragada de Chesterfield), César explicava as ideias que lhe ocorriam sobre uma música: "Nessa balada, a gente tem que entrar de mansinho feito um gato. Miguel, primeiro você no piano, as notas mais altas com os acordes menores e aquela coisa toda, depois, Manny, você entra com o contrabaixo, mais *suavecito, suavecito,* e aí, Nestor, entra você com o pistom, taratatatá, depois as congas e os outros metais. A gente toca um verso, aí a orquestra repete e eu canto o verso".

"A gente toca", dizia Manny, o baixista, "e você canta com aquela cara de padre".

Afinal, quando estavam com as músicas bem trabalhadas, sabendo a letra e os acordes simples, a melodia bem decorada, César os levava ao arranjador, o elegante Miguel Montoya. Sentado ao lado de Miguel, César assoviava a melodia ou a tocava direto no piano para que pudesse transformá-la em escrita musical. Muitas vezes, quem passava à noite pela Broadway, na altura da Tieman Place, escutava essas melodias sendo trabalhadas pelos dois irmãos. As pessoas olhavam para cima e viam o vulto deles na

---

Chano continuou partindo para cima dele porque sabia que tinha proteção dos espíritos, mas esses espíritos, iorubás, não conseguiram impedir que ele ficasse todo furado de bala e foi isso aí".

janela, com a cabeça para trás. Ou, de vez em quando, eles iam para a cobertura do edifício levando umas garrafas de cerveja e uns sanduíches de pão italiano com filé acebolado bem salgado, esticavam uma manta, comiam e bebiam até se fartarem, passando a noite fazendo improvisos para os prédios iluminados da cidade.

No início era difícil arranjar trabalho, tamanha era a concorrência de bons conjuntos de música para dançar. Nos dias de folga, César batia muita perna pela rua, percorrendo todas as boates da Oitava, Nona e Décima avenidas, do Bronx, do Brooklyn e até as do Harlem. Estava sempre tentando marcar uma audição com uns gângsteres porto-riquenhos escolados, sempre de terno marrom, donos de metade dos cantores de mambo de Nova York. Assim mesmo, eles conseguiam alguma coisa: bailes de paróquia, festas de escola, casamentos. Muito ensaio para pouco cachê. Ajudou muito o fato de César Castillo ser um cantor de bolero branco e cubano como Desi Arnaz: tipo amante-latino, bem moreno e de pele "escura", como se dizia. Escura para os americanos, mas branca comparada à de muitos amigos seus. Pito, um cubano enxuto de Cienfuegos, era da cor do mogno da poltrona de sua casa na La Salle. Boa parte dos sujeitos que apareciam naquele apartamento com suas esposas e namoradas estridentes e boazudas era escuros e magros.

Um panfleto de 15 de maio de 1950:

O Friendship Club na Rua 79 com Broadway apresenta, para você dançar, um programa duplo do melhor Mambo. Hoje e amanhã (quinta e sexta) temos o orgulho de apresentar a Gloriosa Gloria Parker com sua Orquestra de Rumbeiras! E em seguida, o fabuloso César Castillo com seus Mambo Kings de Cuba! Ingressos a $1.04. A casa abre às 21h. Exige-se traje adequado.

Eles começaram a pegar trabalho por toda a cidade. No café Society na Rua 58, no Havana Madrid na Broadway com a 51, no Biltmore Ballroom na Church com Flatbush, no Clube 78, no Stardust na Boston Road no Bronx, no Pan-American Club e no Gayheart Ballroom na Avenida Nostrand, no Hotel Manhattan Towers na Rua 76 e no City Center Casino.

César subia ao palco e ficava dançando na frente do microfone enquanto os músicos tocavam. A glória de estar num palco com o irmão Nestor, tocando para o público do café-society que pulava, rebolava e saracoteava na pista de dança. Enquanto Nestor solava, as pálpebras pesadas de César batiam como as asas de uma borboleta sobre uma rosa; nos solos de percussão, ele se requebrava e balançava os braços: dava uns passos para trás, com uma mão segurando o cinto e a outra o vinco da calça, puxando-a para cima, como se quisesse acentuar a masculinidade viril ali dentro: a silhueta de um pau grande sob a seda branca dos *pantalones*. Piano uma nona abaixo acompanhando um solo e ele fixava os refletores de luz rosa e vermelha e mostrava os dentes para a plateia. Uma mulher com um vestido sem alça, dançando uma rumba lenta e sensual, fitava César Castillo. Uma velha com um coque banana no alto da cabeça, fitava César Castillo. E algumas senhoras se assanhando e requebrando como garotas, olhos arregalados de admiração e prazer.

TODAS AS PLATEIAS pareciam gostar deles, mas onde eram mesmo os "donos da bola" era no Imperial Ballroom, na Rua 18 Leste com a Avenida Utica no Brooklyn. Lá, eram a banda da casa – contratada graças à ajuda de Miguel Montoya, mas mantida graças à popularidade de César e de Nestor. Viviam tocando em concursos cujo prêmio era vinte e cinco dólares. Concurso de bombacha, de camisa espalhafatosa, de beleza, de dança com guarda-chuva, de pernas, de sapato esquisito, de chapéu escandaloso e, num sábado, houve o dos carecas, que atraiu um mundo de gente. O momento mais glorioso que tiveram no Imperial foi naquela noite memorável em que participaram de uma batalha da guerra entre Cuba e Porto Rico. Sob o comando legítimo de César Castillo, que se contorcia em meneios e requebros, a orquestra marcou um tento na "devastação da derrota", segundo a página de programa do *Herald's*.

E, em outra noite, César conheceu um de seus melhores e mais constantes amigos, Frankie Pérez. Isso foi em 1950 e a orquestra estava tocando uma música de autoria de César e Nestor, "Twilight in Havana". Frankie dançava demais. Sabia qualquer passo de rumba, de mambo e de cubop[4].

---

4 "Cubop" é o termo usado para descrever a fusão da música afro-cubana com o bebop quente do jazz no Harlem. Seu maior expoente foi o maestro Machito, que, juntamente com Maurio Bauza e Chano Pozo, ligou-se a Dizzy Gillespie e a Charlie Parker. Os músicos de jazz americanos pegaram a batida cubana e os cubanos pegaram a batida em escalas do jazz. A orquestra de Machito, com Chico O'Farril como arranjador, tornou-se famosa por seus solos espantosos acompanhados por longas improvisações, os montunos. Nesses improvisos alucinados, quando bateristas como Chano Pozo e instrumentistas como Charlie Parker endoidavam, os bailarinos

Era um *suavecito* que, desde garoto, em Havana, tinha uns pés mágicos e conseguia fazer qualquer par parecer dançar bem com ele. Nessa época, ele fazia a ronda dos maiores cabarés da cidade três ou quatro vezes por semana: o Park Palace, o Palladium, o Savoy e o Imperial. Naquela noite, ele estava com um terno de malandro, verde, e um chapéu rosa com uma fita roxa, um tamanho acima do seu, sapatos creme com uns tacões altos e meias verdes com losangos. Estava feliz da vida, dançando perto do palco, sem pensar em nenhum problema, quando ouviu um ruído seco vindo do escritório do gerente. Em seguida, vidros se quebrando e gritaria. Alguém gritou: "Abaixa!". E todo mundo foi saindo da pista de dança e se escondendo atrás das colunas de espelho e debaixo das mesas. Outros dois estampidos e a orquestra parou de tocar, os músicos se esquivaram atrás das estantes das partituras e pularam do palco lá para baixo.

Dois sujeitos vieram correndo do escritório do gerente para a pista, atirando a esmo até chegarem à porta. Um deles era magro, tinha um nariz aquilino e levava uma maleta de dinheiro. O outro era mais corpulento e parecia correr com alguma dificuldade, como se puxasse a perna ou tivesse sido atingido por um dos tiros que vieram do escritório. Parecia que iam conseguir. Mas quando chegaram à rua, deram com um tiroteio cerrado: uns guardas passavam por ali e ouviram a confusão. Um dos assaltantes foi baleado na nuca e o outro se entregou. Depois, quando todo mundo estava bebendo no bar, César e Nestor puxaram conversa com Frankie. Quando terminaram a bebida, os três foram para a rua, onde uma aglomeração se formara. O morto continuava na sarjeta. Tinha os ombros largos e estava com um paletó riscado. Nestor não tinha estômago para aquilo, mas César e Frankie se aproximaram para ver melhor o corpo. Num canto escuro, encostados num muro, com aquelas caras solenes espiando o mundo, ficaram pensando, deprimidos e perplexos, no destino do morto. César olhava a cena com o pé apoiado no muro, calçado com um sapato esporte de couro, e acendia um cigarro ouvindo o barulho das sirenes, quando um flash espocou.

---

como Frankie Pérez iam para o meio da pista e rodopiavam, atiravam-se, pulavam e saltavam em improvisações sobre os passos básicos do mambo semelhantes às dos músicos quando solavam (É, e ainda tinha aquele passo astucioso que ele copiou de César Castillo. Dançando com uma moça bonita, ele punha o dedo na testa e emitia um chiado como se estivesse em brasa, se abanava para esfriar do calor do amor, emitia outro chiado e saltitava como se estivesse andando sobre carvão em brasa, tornava a se abanar e jogava um beijo, com aquela loucura do *cubop* o tempo todo, cara).

Além de terem se tornado amigos naquela noite, ele e Frankie acabaram na página 3 do *Daily News* do dia seguinte, numa foto cuja legenda era: "ASSALTANTE DE BOATE MORRE EM POÇA DE SANGUE".

Uma noite espetacular entre tantas outras. O rum corria naquela época... as garrafas de bebida se multiplicavam assim como os preservativos e os orgasmos femininos como no milagre da multiplicação dos pães.

Munidos de vistos e auxiliados pelo primo Pablo, César e Nestor chegaram a Nova York com a leva de músicos que começou a sair de Havana nos anos vinte, quando a febre do tango e da rumba invadiu os Estados Unidos e a Europa. Essa explosão foi uma consequência da onda de desemprego que atingiu as orquestras quando o cinema falado desbancou o cinema mudo. Era ficar em Cuba e morrer de fome ou ir para o norte e tentar entrar para uma banda de rumba. Mesmo em Havana, com tantos hotéis, cabarés e boates, o mercado estava saturado. Quando lá chegara em 1945, ingenuamente pensando em grandes sucessos, César era apenas mais um entre os milhares de cantores de bolero batalhando para ganhar a vida. Havana estava cheia de cantores e músicos de primeira linha mal pagos como ele e Nestor, músicos nativos fazendo um som que parecia arcaico comparado ao das grandes bandas de metais de jazzistas americanos como Artie Shaw, Fletcher Henderson e Benny Goodman que estavam muito em moda na época. A vida de um músico em Havana era pobre, comunitária. Intérpretes bonitinhos, trompetistas e congueros se reuniam em qualquer lugar – nas arcadas, nas praças, nos bares. Com a orquestra de Paul Whiteman tocando no cassino, a música cubana de raiz ficava relegada aos becos. Mesmo integrantes de orquestras tropicais conhecidas, como a de Enric Madriguera e a de René Touzet, queixavam-se do tratamento que recebiam dos mafiosos que mandavam nos cassinos e pagavam uns salários de merda aos músicos cubanos. Dez dólares por noite, com direito a lavagem dos uniformes, músicos de cor por uma porta e brancos pela outra, sem bebida por conta da casa, sem hora extra e, no Natal, umas garrafas de whisky batizado como presente. Isso em boates como Tropicana e o Sans Souci.

Os melhores – Olga Chorens, Alberto Beltrán, Nelson Piñedo e Manny Jimenez – trabalhavam em casas como o Night and Day, o New Capri e o Lucky Seven. Os fabulosos Ernesto Lecuona, no Montmarte e Benny Moré, no Sierra.

Em Havana, os irmãos basicamente trabalharam como menestréis de rua e como integrantes de um conjunto pobre, os Havana Melody Boys. Tocavam no salão de um cassino, entretendo jogadores banhados em álcool e turistas solteironas do Meio-Oeste americano; sacudindo coquetéis, tocando violão e trompete. Usavam camisas de mangas bufantes e calça de toureiro tão justa que seus *paterfamilias* se acentuavam como um nó de pinho (outra imagem dos Havana Melody Boys guardada no compartimento da mala de vime que o César levou para o Hotel Splendour, num maço de fotografias velhas entre cartas e ideias para músicas: uma fileira de músicos de mambo com mangas bufantes e *pantalones* azuis com riscas brancas num palco todo de bambu para dar a ideia de uma cabana. Há nove músicos. Atrás deles, uma janela se abre para uma reprodução da vista do porto de Havana numa noite estrelada com uma meia lua). O conjunto chegou a gravar um disco na época, apresentando o Fabuloso César Castillo, chamado "El Campesino" (César gravaria outra versão dessa música com os Mambo Kings, em 1952). Prensando cerca de mil cópias deste 78 para divulgação, o conjunto enviou discos às rádios locais e até conseguiu colocá-los em duas jukeboxes, uma no parque de diversões de Havana e outra na praia de Marianao. "El Campesino" não emplacou e se perdeu naquele mar de boleros e baladas de Havana. Milhares de cantores e cantoras de músicas românticas e, para cada um, um disco preto de matéria plástica, um disco para cada ondinha perdida no oceano do mambo.

Cansado dos Havana Melody Boys, César Castillo desejava formar sua própria orquestra. Natural do vilarejo de Oriente, ficara estimulado por vários casos de cubanos que foram para os Estados Unidos. Uma mulher de Holguín começara a fazer cinema e fora para Hollywood, onde ficara rica filmando com George Raft e César Romero (Raft fez o papel de um gaúcho argentino que aparecia com um sombreiro na cabeça e dançava tango com essa mulher num filme chamado "Passion on the Pampas"). Ela ganhou o suficiente para morar numa esplendorosa casa cor-de-rosa num lugar chamado Beverly Hills. Houve também aquele sujeito que dançava rumba, chamado Ernesto Preciosa, que César conhecia dos cabarés de Santiago de Cuba e que fora descoberto por Xavier Cugat. Ele apareceu dançando num curta-metragem de Hollywood com Xavier Cugat, "The Lady in Red", e também num outro filme com o pianista Noro Morales, "The Latin from Staten Island".

Outros que se deram bem? Alberto Socarrás, tocando numa boate chamada Kubanacam, no Harlem; Miguelito Valdez (O Magnífico), cantando para Xavier Cugat no Hotel McAlpin; Machito, com toda aquela fama em Nova York e aquelas suas turnês europeias; Tito Rodrigues, na boate Palm e os Irmãos Pozo.

A história mais famosa, porém, seria a do cantor que os irmãos conheciam de Santiago de Cuba, onde, às vezes, se apresentavam nos cabarés e nas *placitas* tocando violão ao luar: Desi Arnaz. Arnaz chegou aos Estados Unidos na década de trinta e foi conquistando a noite nova-iorquina com seu bom caráter e acabou famoso com sua conga, a sua voz e seu sotaque exótico. E havia outros como César Romero e Gilbert Roland, cubanos que fizeram sucesso no cinema no papel de gigolôs de boate e *vaqueiros* que andavam armados, de sombreiro na cabeça e espora nas botas. César ficava pensando no sucesso de Arnaz e, às vezes, sonhava em chegar lá (agora ele ri disso). O fato de César ser branco como Arnaz (embora alguns americanos o considerassem um "cucaracho"), com uma voz de barítono trepidante e uma cara bonitinha, parecia fadado a trazer-lhe vantagens.

De qualquer maneira, o quadro deve ser em Nova York. Amigos músicos de Havana foram para o norte e conseguiram entrar para orquestras como as de Cugat, Machito, Morales e Arnaz. César ouvia rumores e recebia cartas falando de dinheiro, cabarés, contratos para gravar, bons salários semanais, mulheres e cubanos simpáticos por toda parte. Imaginou que se fosse para lá poderia ficar com o primo Pablito, entrar para uma orquestra, sair da fria e ganhar algum dinheiro. E quem poderia dizer o que mais lhes aconteceria?

QUANDO OS IRMÃOS chegaram em Nova York, direto de Havana, em janeiro de 1949, a cidade se encontrava debaixo de sessenta centímetros de neve. Depois de voarem pela Pan Am para Miami por $ 39.18, pegaram o Florida Special para o norte. Em Baltimore, começaram a ver neve e, ao atravessarem uma estação no norte de Maryland, cruzaram com uma caixa-d'água rompida com o congelamento da água, que formou uma cascata de gelo, parecendo uma orquídea de várias pétalas. Pablo foi esperá-los na Pennsylvania Station e, *hombre*, irmãos com aqueles sapatos de sola fina e sobretudos ordinários da Sears estavam enregelados até os ossos. Na rua, as pessoas e os carros pareciam sumir na nevasca como uns fantasmas. (Tudo se dissolvia numa neve que não tinha nada a ver com a que viam no cinema em Havana, nada a ver com a neve angelical do sucesso de Bing Crosby "I'm Dreaming of a White Christmas" e nem com a neve de seus sonhos, morna como o gelo, que aparecia nos cartazes onde se lia Ar-Condicionado pendurados nos cinemas.) Com os sapatos cubanos encharcados, mal chegaram à portaria da casa de Pablo e já foram sentindo o bafo das caldeiras a gás e elétricas pelos corredores.

Pablo morava com a família na La Salle, 500, na altura da Rua 124 com a Broadway, na zona norte de Manhattan. O prédio tinha seis andares e era uma construção do começo do século com uma marquise simples guarnecida com um gradil de ferro forjado e uma porta estreita em arco com uma moldura de tijolos aparentes fazendo ameias. Para cima, erguiam-se seis andares de escadas de incêndio de ferro batido e janelas de venezianas iluminadas. Ficava a dois minutos do elevado da Rua 125, a um dia de trem ou a quarenta e cinco minutos de vôo de Havana e a cinco minutos do Harlem, o coração do ritmo sincopado, como se dizia. Da cobertura, avistava-se o rio Hudson, o domo e os pilares do mausoléu que era o túmulo de Grant no extremo norte do Riverside Park, na altura da Rua 122, todas as docas e as filas de passageiros e de carros para as barcas que faziam a travessia para Nova Jersey.

Naquela mesma noite, a mulher de Pablo preparou-lhes um banquete e, como eles estavam com os pés gelados por causa da neve, um escalda-pés e friccionou-lhes os dedos dormentes. Era uma mulher dedicada e prestimosa, de Oriente, que considerava o casamento e os filhos os grandes acontecimentos de sua vida. Vivia para os homens daquela casa e trabalhava como uma escrava: lavava a roupa toda, limpava a casa, cozinhava e cuidava das crianças. Naqueles primeiros dias gelados, César passava a maior parte do tempo na cozinha bebendo cerveja e vendo-a preparar panelões de feijão com arroz e croquetes de banana. Fritando bifes, costeletas de porco e umas fieiras compridas de linguiça que Pablito trazia do frigorífico onde era chefe de seção. A fumaça saía pelas janelas, e alguns vizinhos, como a senhoria, a senhora Shannon, balançavam a cabeça. A mulher de Pablo fazia o café da manhã, ovos com *chorizos*, e ia passar roupas. Ela suspirava um bocado, mas logo estava sorrindo, numa afirmação de força. Tinha o rosto redondo, com covinhas, realçado por cílios imensos cuja sombra parecia uns ponteiros de relógio. E ela era assim, como um relógio, governando o seu dia pelas tarefas e pontuando as horas com seus suspiros.

"Uma família e amor", tornou ele a ouvir. "Isso é que faz um homem feliz, não é só tocar mambo".

E nessa época Pablo os levava para dar uma volta no Oldsmobile e conhecer a cidade ou eles iam passear de metrô pelos quatro bairros, com a cara colada no vidro, como se, para se distrair, estivessem contando os pilares e as luzes que piscavam. César gostava de parque de diversões, circo, espetáculos burlescos e beisebol. Já Nestor, uma pessoa mais sossegada, dócil e atormentada, apreciava a natureza e gostava de ir aos lugares preferidos dos filhos de Pablo. Adorava levar as crianças ao Museu de História Natural, onde se divertia passeando entre os vestígios de todos aqueles répteis, mamíferos, aves, peixes e insetos que já haviam vibrado, pulsado, rastejado, voado e nadado pela face da terra e que agora estavam preservados em fileiras e fileiras de caixas de vidro. Num desses dias, ele, Pablo e os garotos posaram orgulhosos para uma foto em frente ao esqueleto do Tiranossauro Rex. Depois foram passear no Central Park, os irmãos caminhando juntos, como em Havana. Naquela época, o parque era sossegado e limpo. As velhinhas tomavam banho de sol em qualquer lugar e os rapazes deitavam na relva abraçados com as namoradas. Lanchando sanduíches de filé alto e Cola-Cola, eles aproveitavam o sol enquanto contemplavam os barcos no lago. O melhor era o zoológico do Bronx, com aqueles leões espreitando nas jaulas, os búfalos de chifres enormes, muito peludos e com aquela baba esbranquiçada escorrendo, as girafas de pescoço comprido com a cabeça enfiada na copa das árvores. Belos dias, distantes de toda dor e de todo sofrimento.

Nessa época, havia em Nova York um clima meio preconceituoso, uma xenofobia de pós-guerra, e começava a delinquência juvenil nas ruas. E agora? Anos depois? Os poucos irlandeses que lá continuam de teimosos ficam impressionados com o que aconteceu com a rua deles: atualmente com as calçadas apinhadas de gente jogando dominó, bolinha, cartas, de rádios, carrocinhas de fruta e os velhinhos se esgueirando no meio disso tudo como umas almas penadas. César lembrava-se de terem-no mandado calar a boca uma vez, quando ele vinha pela rua conversando com Nestor em espanhol, e de ter sido atingido por uma saraivada de ovos atirados de cima de um telhado quando ia subindo a ladeira da casa de Pablito com um terno salmão. Eles procuravam evitar certas ruas e não passar pelas docas à noite. E, apesar de, a princípio, acharem esse aspecto da vida em Nova York deprimente, encontravam conforto na casa hospitaleira de Pablo: a música da vitrola, o aroma dos croquetes de banana, a afeição e os beijos da mulher de Pablo e de seus três filhos deixavam-nos mais felizes.

Era assim com a maioria dos imigrantes cubanos nos Estados Unidos naquela época em que todos se conheciam. Os parlamentos lotados de viajantes, primos ou amigos de Cuba – igualzinho ao que acontecia no programa "I Love Lucy", quando os cubanos iam visitar Ricky em Nova York, aparecendo na porta, de chapéu na mão, cabeça cortesmente inclinada e com um olhar de gratidão e amizade. Cubanos que tocavam castanhola, maracas, dançavam *flamenco*, batiam varetas, que treinavam animais e cantavam. Os homens de estatura mediana e sorridentes e as mulheres baixas e roliças, tão sossegadas e agradecidas pela hospitalidade.

Dormindo em camas armadas na sala, os irmãos, às vezes, ficavam enregelados com o vento do rio Hudson que entrava pelas frestas, assustavam-se com os sinos dos carros de bombeiro que passavam na rua ou ficavam sobressaltados (a princípio) quando o chão tremia e o prédio balançava com o movimento dos trens no elevado da Rua 125. Tremeram no inverno, mas na primavera foram homenageados por um grupo de menestréis italianos – bandolim, violino, guitarra e vocalista. Nas tardes de domingo, procuravam músicas boas no rádio e escutavam o programa de Machito, "ao vivo da boate El Flamingo", na WHN. Os irmãos ficaram felizes quando o maestro percussionista dizia umas palavras em espanhol entre um número e outro: "E esta é uma musiquinha para meus *compadres* de lá...". Da janela, observavam o amolador de tesouras com seu capote preto, curvado para trás, com uma barba grisalha, passar mancando com uma pedra de amolar a tiracolo e tocando uma sineta. Compravam baldes de gelo para a bebida no vendedor que passava numa caminhonete preta. Aqueciam-se com o carvão que era jogado por um duto para o porão, levavam corrida de bandos de vira-latas e eram abençoados pelo pároco da igreja católica de porta vermelha.

Quando não estavam passeando ou fazendo alguma visita, os dois irmãos vestiam uma camiseta sem manga e ficavam estudando inglês, sentados na cozinha. Liam uma gramática chamada *A better english grammar for foreign speakers*, gibis do Capitão Marvel e do *Tiger Boy*, o *Daily News*, o *Herald* do Brooklyn, as páginas "azuis" de corridas e os livros infantis de lombada dourada, com histórias da Floresta Negra e seus cisnes encantados e árvores que enxergavam, que os filhos de Pablo traziam da escola paroquial. Embora os irmãos já soubessem uns rudimentos daquelas fórmulas de cortesia, que aprenderam na subsede de Havana do Clube dos Exploradores, na velha Rua Netuno onde ficam garçons ("sim, senhor, não, senhor. Por favor, senhor, não me chame de Pancho"), as consoantes difíceis e enroladas e as vogais breves do inglês jamais lhe soaram bem ao ouvido. Durante o jantar, com uma pilha de travessas de bifes e costeletas, *plátanos* e *yuca* em cima da mesa, César comentava sobre o ruído constante que ouvia na rua: o inglês enrolado e truncado, falado com o sotaque judeu, irlandês, alemão, polonês, italiano e espanhol que lhe parecia complicado e pobre de melodia. Ele tinha um sotaque carregado, enrolava os erres, pronunciava "jojô" ao invés de "ioiô" e o fonema /th/ como /t/ de "tambor", igual a Ricky Ricardo. Isso já dava para encantar as americanas que ia conhecendo e para cantar "In the Still of the Night" ao violão, sentado na escada de incêndio, quando o tempo estava bom. Dava também para chegar ao armazém de bebidas da rua e pedir: "Um Bacardi escuro, por favor...". E depois de algum tempo, com um ar fanfarrão: "Como é que vai a força, amigo?".

Orgulhava-se de si mesmo, pois naquela época os cubanos consideravam falar inglês um sinal de sofisticação. Frequentavam as festas que os cubanos estavam sempre dando e nas quais quanto melhor o inglês, melhor era o status do convidado. Conversando num espanhol corrido, César dava provas de sua facilidade para línguas soltando uma expressão do tipo: *"reis do suingue numa jam session"*. De vez em quando, César conhecia uma turma do Greenwich Village, umas americanas boêmias que apareciam no Palladium ou na boate Palm: umas moças da pesada que não usavam sutiã por baixo de uns vestidos zebrados. Elas conheciam César na pista de dança e se impressionavam com seu jeito de dançar e com aquela mística de amante latino. Então, levavam-no para seus ninhos no Village (com banheiras na cozinha) onde queimavam fumo (que dava a ele uma sensação de ter um canavial brotando no cérebro), escutavam bebop, trepavam no chão, em cima de uns tapetes felpudos e nuns sofás de molas furados. Ele aprendeu as expressões "papo-furado" e "máximo!" (como em: "Que máximo, cara, me dá uma grana!") e, com um paternalismo machista, emprestava-lhes dinheiro e levava-as para comer fora. Durante o pouco tempo em que trabalhou na gráfica Tidy Print na Rua Chambers, para inteirar o que precisava para comprar um carro, ele passava as horas de almoço ensinando espanhol àquele judeuzinho do Brooklyn, Bernardito Mandelbaum. Nessas aulas, aprendeu algumas expressões em ídiche. Os dois faziam uma troca de palavras: *schlep* (bobo), *shmuck* (idiota), *schnook* (ignorante) e *schlemiel* (vagabundo, idiota) por *bobo* (bobo), *vago* (lesma), *maricón* (bicha) e *pendejo* (chato). Em algumas daquelas festas em que só se falava inglês, ele era conhecido por impressionar até um professor cubano dos mais secos com a riqueza do seu vocabulário. E também era um bom ouvinte, passando tardes inteiras com a mão no queixo, balançando a cabeça e repetindo: "Ah, sim?". Depois, voltando para casa com Nestor, ia recitando as palavras novas que aprendera como se recitasse um poema.

NAS MALAS DE VIME que os irmãos trouxeram de Cuba vieram vários maços de papel onde eles haviam anotado muitas ideias para futuras músicas. Eram, na sua maioria, ideias inspiradas em pequenas passagens de suas vidas. Achando graça nas coisas românticas e na vida de caipira, César fazia umas letras escrachadas e meio obscenas. A graça estava na mudança de uma palavra (*Bésame Mucho* para *Bésame Culo*). Às vezes, uma ressaca o inspirava. No tempo em que ele e Nestor dormiam nas camas armadas na sala de Pablo, depois de uma noitada épica por cabarés e restaurantes, quando ele acordava cheirando a cigarro, perfume e álcool, às vezes, lhe batia uma inspiração. César, com muito custo, se levantava, pegava seu violão de laranjeira, ensaiava uns acordes e, de chinelo, com um pé em cima do aquecedor e a ironia e a dor latejando na cabeça, compunha uma música.

Compôs "Alcohol", uma balada de 1950, num dia em que acordou no sofá da sala com um par de meias de seda enrolado no bolso e uma mordida no lábio, parecendo ter um urubu dentro da cabeça. Inspirado, pegou o violão, assoviou uma melodia, colocou uma letra em cima e saiu a versão primitiva da música que os Mambo Kings gravariam em 1952. A letra dizia: "Oh, álcool, por que me arrancaste a alma?".

Outras composições ocorriam-lhe com a mesma facilidade, músicas feitas para levar o ouvinte de volta às praças das cidadezinhas de Cuba, a Havana, aos namoros, amores e paixões do passado e uma vida que estava acabando.

Suas músicas (e as de Nestor) enquadravam-se mais ou menos no estilo da época: baladas, boleros e uma variedade infinita de músicas animadas para danças (*son montunos, guarachas, merengues, guaracha mambos, son pregones*). As composições captavam momentos da jactância da juventude ("Satisfiz mil mulheres sem cessar, porque sou um homem amoroso!"). Músicas que falavam de namoro, magia, noivas ruborizadas, maridos infiéis, chifradas e chifrados, belas paqueras e humilhação. Alegres, tristes, animadas e lentas.

E canções falando de tormentos, além da dor.

Isso era especialidade de Nestor. Enquanto César compunha suas músicas de primeira, Nestor fazia e refazia as mesmas composições. Deleitando-se na tortura da composição, ele passava horas em cima de um caderno com o violão ou o trompete tentando compor uma balada ou uma bela música. Rafael Hernandez conseguira com "El Lamento", Moisés Simón com "The Peanut Vendor", Eliseo Grenet com "La Ultima Rumba". E naquela época, com o coração despedaçado, Nestor compunha a música que iriam tocar na televisão, aquela canção triste que lhes daria o gostinho da fama, "Beautiful Maria of My Soul", e que, nos estágios iniciais, consistia de uns lamentos sofridos: "Maria... meu amor... Maria... minha alma" – as palavras aprisionadas em volta de três acordes: lá menor, ré menor e mi com sétima. E tanto ele tangia esses acordes, cantando o seu lamento num tom tão plangente, que até o atordoado César Castillo dizia, com um ar cético: "Que coisa horrível! Se eu ouvir você falando mais uma vez dessa Maria, eu atiro o seu violão pela janela".

E em seguida: "Por que você não deixa essa música pra lá e vem sair comigo? Vem, mano, sou quase dez anos mais velho que você... e não quero ficar em casa..."

"Não, vai sem mim".

Elegante e imponente, César Castillo balançava a cabeça e saía porta afora, desaparecia no meio das pessoas, subindo aquela escada em forma de quiosque, toda cercada de vidro fumê e com um teto de pagode, para pegar o trem para *downtown*. Quando isso ocorria, lá pela madrugada, quando não tinha o que o distraísse, Nestor ficava pensando no passado do qual não havia escapatória. As entranhas se contorciam em merda e o peso do seu crânio esmagava o travesseiro; ali, enrolado nos lençóis com uma veia grossa e sinuosa a latejar na cabeça melancólica. Às vezes, ouvia todos os barulhos de fora: os gatos caminhando sorrateiros pelo porão escuro, o vento açoitando as antenas de TV de encontro aos muros, louça sendo lavada, gente falando baixinho na cozinha, barulhos de cama, alguém dando um arroto, o programa de Jack Benny na casa do vizinho e, zombando dele, a respiração excitada da vizinha da frente, Fiona, a irlandesinha enorme, de peito caído e bunda sardenta, que ele sempre via pela janela, fazendo amor e gritando a plenos pulmões, em êxtase.

Naquelas noites, Nestor ia para cama esperando sonhar com coisas boas, com jardins e a luz da aurora que associava ao amor, mas acabava atravessando um túnel negro de tristezas para chegar a uma câmara de torturas onde a Bela Maria da Sua Alma, nua e desejável, pendurava-o numa cruz e girava uma roda enorme cujas cordas lhe arrancavam os braços e as pernas e o capavam. Ele acordava com o coração aos pulos, como se fosse explodir, vendo sombras dançando na parede. E assim, nesse estado, suando em bicas, sentava na beira da cama e acendia um cigarro, arrependido de não ter saído com o irmão mais velho.

E então, o que acontecia?

O telefone tocava, ele atendia e ouvia mais ou menos isso: "Ei, irmão, sei que amanhã a gente tem que trabalhar, mas por que você não bota uma roupa e vem já para cá? Estou aqui no El Morocco e o Eddie está preparando uma festinha que vai estar cheia de gatas". E ao fundo, mulheres dando gritinhos de alegria e uma orquestra de vinte pessoas botando pra quebrar.

Nestor respondia com aquela sua calma: "Tá bem, em uma hora estou aí".

E apesar do seu temperamento prático e introspectivo, vestia-se e ia para boate.

Toda vida o mais fechado e calado dos dois, Nestor era aquele sujeito orelhudo que precisava de uns cinco copos para começar a se soltar e abrir um sorriso. Numa mesa animada, com muito champanhe rolando, mulher gostosa, de vestido transparente, que começasse a se encostar para o lado dele não tinha vez. Podia ser meiga, carinhosa, ávida por sexo e bonita. Ele parecia sempre em outra. Com uns poucos copos, seu olhar mergulhava em sombras; no espelho do banheiro masculino, essas sombras aumentavam e acariciavam seu rosto como a mão de uma mulher. Quando chegou aos Estados Unidos, achava todas as mulheres com cara de boneca e sem vida. Ele não conseguia olhar para outra mulher, e o único jeito de superar essa dor insuportável era pensar em Maria. Iria ela lhe mandar a mais adorável das cartas? Iria ela aparecer no próximo avião carregando uma malinha com aquelas roupas íntimas vaporosas? Iria ela chorar aos prantos no telefone, implorando o seu perdão?

César, apesar dos defeitos, deu-lhe os seguintes conselhos: não seja idiota, não pense mais nela. Mas Nestor não conseguia. Ficava revivendo tudo de novo, de tal maneira que, às vezes, tinha a sensação de estar sendo enterrado pelo passado, como se os detalhes do seu amor despedaçado (e de suas outras tristezas) se tivessem transformado em pedra, erva-daninha e pó, e estivessem se amontoando em cima dele.

Sonhava com Maria até no frigorífico onde Pablo lhe arranjara um emprego. Ele trabalhava no tonel, onde os ossos e as vísceras de certos animais eram triturados para fazer salsicha. As lâminas iam se movendo e ele passava o tempo contemplando as entranhas sendo batidas – intestinos, estômagos, espinhas, miolos –, como se aquilo fosse um jardim ensolarado. O barulho dos ossos, o ronco das máquinas e seus sonhos com Maria. A fábrica ficava na beira do rio. Era um galpão comprido, de pé-direito baixo, com enormes portões de ferro por onde passavam os caminhões frigoríficos dos fornecedores e das entregas. Nestor trabalhava ali das sete da manhã às quatro da tarde, todo esse tempo no tonel, assoviando para si mesmo, tentando improvisar uma canção sobre Maria. O que desejava ele conseguir? Compor uma canção que transmitisse um amor e um desejo tão profundos que Maria, lá longe, tornaria a colocá-lo, magicamente, no centro de seu coração. Achava que ela "ouviria" essas melodias em seus sonhos e algo aconteceria dentro dela: ela sentaria para lhe escrever uma carta implorando o seu perdão, uma carta admitindo que se enganara e fora tola, que largaria o marido – se aquele fosse o marido dela. E depois ele ouviria alguém bater à porta, seguiria pelo corredor com o cachorro, que se esforçava para acompanhá-lo, e lá estaria Maria da sua alma, essa mulher que se tornara, de certa forma, a chave perdida da felicidade.

No entanto, por mais que lhe escrevesse, ela nunca lhe respondeu. Por mais presentes que lhe mandasse, nunca recebeu um obrigado. Durante mais de dois anos, não houve um só dia em que ele não pensasse em pegar um avião e ir vê-la em Havana. Não tinha jeito, ele sentia o coração apertando, encolhendo. Ele não falava da Maria de Havana, mas passava a vida pensando nela.

Andava sempre com uma fotografia da sua Maria com um maiô cintado, emergindo das ondas brancas de uma praia de Havana, e, às vezes, falava com o retrato como se ela fosse ouvi-lo. Depois do trabalho, caminhava solitário até o túmulo de Grant para ver o Riverside Park, encostava-se num muro de pedra e ficava olhando as banquisas de gelo cintilando no rio e se imaginava dentro delas. Constrição em seus sonhos. Debaixo da terra, em túneis, em blocos de gelo. Analisava tanto seus sentimentos em relação a Maria que eles acabaram virando uma massa como aquela dos miúdos nas moendas da fábrica. Quanto mais pensava nela, mais ela virava um mito. Cada grama de amor que tinha recebido durante sua curta existência era absorvido e engolido pela imagem de Maria. (*Mamá*, eu desejava Maria como desejava a senhora quando era pequeno e me sentia desamparado naquela cama, com o peito coberto de lanhos e os pulmões cheios de algodão. Eu não conseguia respirar, *Mamá*, lembra como eu chamava a senhora?).

Aquele era o Nestor jovem, cujo corpo parecia um K, de camiseta sem manga na janela do apartamento da La Salle, com uma pá sobre o parapeito, o braço levantado apoiado na esquadria, fumando um cigarro como um artista lânguido, esperando uma ligação do estúdio e assoviando uma melodia. Aquele era Nestor, no sofá da sala, tocando um acorde ao violão, olhando para cima e anotando num caderno. Aquela era a voz de Nestor que se ouvia à noite na rua, na La Salle, na Tiemann Place, na Rua 124 com Broadway. Aquele era Nestor, ajoelhado no chão, brincando com as crianças, empurrando um caminhãozinho por uma cidade de blocos alfabéticos e as crianças montando nas suas costas como se ele fosse um cavalo. E em sua cabeça mil imagens de Maria se formando: Maria nua, Maria de chapéu de praia, o bico do peito escuro de Maria preenchendo a sua boca, Maria com um cigarro, Maria falando da beleza da lua, Maria dançando com aquelas pernas compridas e gingando o corpo num ritmo perfeito entre coristas com turbantes de plumas, Maria contando os pombos numa praça, Maria tomando um suco de abacaxi de canudinho, Maria se contorcendo, com os lábios molhados e o rosto vermelho de tanto ser beijada, em êxtase, Maria rosnando como uma gata, Maria passando batom na boca, Maria pegando uma flor...

Aquele era Nestor, de cenho franzido, compenetrado como um estudante de física, lendo revistas em quadrinho de ficção científica na mesa da cozinha. Aquele era Nestor, em cima do telhado, deitado numa colcha, tomando whisky, acordando aos gritos no meio da noite com uma fatiota de seda branca, tocando trompete no palco, de ponche, numa festa no apartamento, sonhando com uma daquelas noites com Maria em Havana. A presença dela tão forte em sua lembrança que lá pelas três da manhã a porta da casa se abria e Maria entrava como um fantasma pela sala, tirava a calcinha e se enfiava na cama de armar, escorregando tão de mansinho que Nestor primeiro sentia uma coisa subir pela canela, vir chegando até o joelho e era a vagina de Maria. E aí ela pegava o pau dele e dizia: "*Hombre!*".

ELE ERA O HOMEM perseguido pela memória, como viria a ser seu irmão César Castillo, vinte e cinco anos depois: o homem com a ilusão de que compor uma canção sobre Maria a traria de volta. Ele era o homem que escreveu vinte e duas versões diferentes da "Bella María de Mi Alma", primeiro com o título de "The Sadness of Love", depois "Maria of My Life", antes de chegar, com a ajuda do irmão mais velho, à versão que cantariam no Mambo Nine Club, "Beautiful Maria of My Soul", uma canção de amor, naquela noite em que chamaram a atenção do patrício cubano Desi Arnaz.

Chegando tarde das noitadas, os irmãos se viam com frequência subindo os quatro lances da escada do edifício do primo Pablo às cinco da manhã. Os telhados com um reflexo vermelho e os melros voando em volta das caixas-d'água. César tinha trinta e um anos na época e só pensava em se divertir, preferindo olhar sempre para frente e nunca para o passado: deixara uma filha em Cuba. Às vezes, angustiava-se pensando na filha; outras, lamentava que as coisas não tivessem dado certo com a ex-mulher, mas continuava decidido a se divertir, a paquerar as mulheres, beber, comer e fazer amigos. Ele não era uma pessoa fria. Tinha momentos de ternura que surpreendiam as mulheres com quem saía, como se estivesse realmente querendo se apaixonar, e chegava a pensar com ternura na ex-mulher. Às vezes, porém, nem ligava. Casamento? Nunca mais, dizia a si mesmo, embora mentisse no ouvido das mulheres que desejava seduzir dizendo que queria casar com elas. Casamento? Para quê?

Ouvia a mulherzinha gorda de Pablo falar muito em "uma família e amor". "Isso é que faz um homem feliz, não é só tocar mambo", dizia ela.

Às vezes, ele pensava na ex-esposa, sentindo um vazio de tristeza no coração, mas nada que um golpe de bebida, uma mulher ou um chá-chá-chá não dessem jeito. Amarrara-se nela há muito tempo, por causa de Julián Garcia, conhecido maestro da província de Oriente. Nestor era então apenas um jovem novato de Las Piñas, um cantor e trompetista integrando uma trupe de músicos *guajiros* que tocava nas praças das cidadezinhas e nos cabarés das províncias de Camaguey e Oriente. Aos dezesseis anos, fugiu para os cabarés, divertiu-se conhecendo o povo dos vilarejos, oferecendo-lhes uma distração e traçando qualquer camponesinha pobre que lhe passasse pela frente. Era um cantor bonito e exuberante, com um estilo ainda por polir e uma tendência a floreios operísticos que o faziam sair do tom.

Esses músicos não ganhavam nada. Um dia eles estavam tocando num baile numa cidadezinha chamada Jiguaní quando sua exuberância juvenil e seu tipo físico chamaram a atenção de alguém no meio daquele povo e esse alguém falou com Julián Garcia sobre ele. Nessa época, Garcia precisava de um cantor para sua boate e escreveu uma carta endereçada, simplesmente, a "César Castillo, Las Piñas, Oriente". César estava com dezenove anos e ainda acreditava nas coisas. Levou a sério o convite e partiu para Santiago uma semana depois de ter recebido a carta.

Nunca se esqueceu das ladeiras íngremes de Santiago de Cuba, uma cidade cujo relevo lembrava (anos mais tarde ele acharia isso) San Francisco, na Califórnia. Julián morava em cima do cabaré de sua propriedade. O sol batendo nas pedras da rua e nas portas das casas arejadas que eram invadidas pelo cheiro dos almoços e o som confortador das famílias à mesa. Vassouras varrendo uma passagem, salamandras passeando pelos arabescos dos ladrilhos. O cabaré de Garcia era um refúgio de arcadas sombreadas com uma grande galeria interna muito fresca. Não havia mais ninguém na casa a não ser Garcia, no meio de uma pista de dança rodeada de colunas, sentado ao piano, brincando com as teclas, forte, suado e com a cabeça emplastrada de tintura de cabelo a escorrer.

"Meu nome é César Castillo e recebi o seu convite para vir aqui um dia cantar para o senhor".

"Sim, pois não".

Para começar a audição, César escolheu "María de la O.", de Ernesto Lecuona.

Nervoso com a apresentação para Julián Garcia, César pôs toda a alma na interpretação exuberante, estendendo as notas altas, alongando as palavras e gesticulando dramaticamente. No fim, Julián aprovou com um gesto de cabeça e guardou-o ali, cantando, até as dez horas da noite.

"Volte amanhã. Os outros músicos estarão aqui, certo?"

Então, abraçado a César numa atitude simpática e paternal, Julián o acompanhou até a porta.

César tinha algum dinheiro no bolso. Sua ideia era se divertir um pouco pelo porto e dormir em algum cais à beira-mar, com os braços cobrindo o rosto, como já havia feito tantas vezes por campos do interior, praças e escadarias de igrejas. Já estava tão acostumado a se virar sozinho que ficou surpreso quando Garcia perguntou: "E hoje você tem onde dormir?"

"Não", respondeu dando de ombros.

"*Bueno*, então pode ficar lá em casa. Sim? Eu devia ter dito na carta".

Aceitando a hospitalidade, o futuro Mambo King gozou o conforto que o bondoso Julián lhe proporcionou. Encarapitado numa ladeira, de frente para o porto, o apartamento era uma novidade agradável para ele. Ter direito a um quarto só seu, dando para uma varanda, e poder comer até se fartar. Era a norma da casa: todos na família de Garcia, a mulher e os quatro filhos, viviam para o jantar de cada dia. Os filhos, que tocavam com ele, eram imensos, superalimentados, alegres e uns anjos. Tudo porque Julián era uma pessoa maravilhosa, um homem tão afetuoso que até balançou o machismo de César, decidido a ser autossuficiente.

César entrou para o conjunto de Julián, uma orquestra de vinte músicos, em 1937. O grupo tinha um som "tropical" agradável, cuja tônica estava nos violinos e nas flautas. O ritmo era arrastado como nos foxtrotes dos anos vinte, e Julián, que regia e tocava piano, tinha preferência por umas orquestrações oníricas. As nuvens de música pareciam ir subindo nas ondas do trêmulo em surdina do piano. O Mambo King tinha uma fotografia dessa orquestra – a foto estava no Hotel Splendour naquele envelope – com ele sentado entre os colegas, de terno preto e luvas brancas. Ao fundo, um cenário com o Porto de Havana e o castelo de El Morro, ladeado de pedestais onde Julián tinha colocado esculturas antigas – um vencedor alado, um busto de Júlio César e vasos enormes cheios de plumas de avestruz. Que expressão era aquela no rosto de César? Com o cabelo preto repartido ao meio e penteado para trás, ele sorria satisfeito, comemorando aqueles bons tempos da sua vida.

A orquestra de Julián lotava os cabarés de Oriente e de Camaguey. Ele era conservador. Seu repertório não tinha lugar para composições novas e constituía-se basicamente de músicas de compositores cubanos da moda: Eduardo Sanchez de Fuentes, Manuel Luna, Moisés Simón, Miguel Matamoros, Eliseo Grenet, Lecuona. Julián era a pessoa de maior calor humano que César Castillo jamais conhecera. Aquele chefe de orquestra corpulento só transmitia amor – "Uma família e amor, é o que faz um homem feliz" – e demonstrava esse sentimento aos seus músicos. Foi a época em que o Mambo King esteve mais próximo de se modificar como pessoa.

César nunca deixou de ser mulherengo. Conservava aquela arrogância de machão, mas quando estava com Julián e a família dele sentia uma paz tão grande que ficava mais calmo. E notava-se isso em sua maneira de cantar. Foi ganhando mais controle, mais ritmo e desenvolvendo um modo afetuoso de interpretar que conquistava as pessoas. Ele ainda não arranjara um jeito de mudar para aquele tom desencanado dos discos gravados a partir de 1955. (E comparando a voz estragada de César em 1978 àquela do César dos anos trinta e quarenta, não dá para acreditar que fossem da mesma pessoa.)

Tocavam por todo o interior, em cidades como Bayamo, Jobabo, Minas, Miranda, Yara, El Cobre e em cidades maiores como Camaguey, Holguín e Santiago. Viajavam em três caminhões, gramando estradas de terra que cortavam a mata e levavam às montanhas. Tocavam para *campesinos*, soldados, burocratas e empresários. Tocavam para gente que morava em choupanas de sapê, em mansões de estilo espanhol, em engenhos de açúcar ou em belas plantações de limão. Tocavam para os americanos que tinham feito umas casas de madeira no estilo da Nova Inglaterra, com um jardinzinho nos fundos e uma varanda na frente. Tocavam em cidades sem luz nem água encanada onde pessoas mal tinham ouvido falar em Hitler e num breu tão completo que as estrelas eram um manto de luz e o vulto fosforescente dos espíritos aparecia pelas ruas e em cima de muros à noite. E a chegada da orquestra de Julián era saudada como a Segunda Vinda de Cristo, acompanhada por um séquito de crianças, cães e bandos de adolescentes aplaudindo e assoviando onde quer que fossem. Tocavam em casamentos, batizados, crismas, aniversários de quinze anos e *fiestas blancas*, nas quais os participantes se vestiam de branco dos pés à cabeça. Tocavam valsas e *danzones* para os velhos, tangos arrastados e rumbas quentes para os jovens.

Julián era um bom chefe de orquestra e um bom homem. César pensaria nele como um "segundo pai", caso a palavra "pai" não lhe desse vontade de esmurrar a parede. Naquela época, aprendeu muito com Julián sobre a formação de uma orquestra, sobre canto e se sentia gratificado com a glória de cantar para o público. Entregava-se totalmente quando cantava e vivia para aquela hora em que o salão em peso estivesse de pé, dançando ou aplaudindo.

"Basta fazer as pessoas sentirem que você se importa com elas. Não é preciso exagerar porque elas percebem, mas é necessário causar essa impressão".

Cantando com a orquestra de Julián, o Mambo King tornou-se conhecido. Em várias cidadezinhas, quando passava na rua, sempre alguém se aproximava dele e perguntava: "Você não é aquele cantor, o César Castillo?". Ele foi adquirindo uma maneira aristocrata, embora ela fosse por água abaixo quando se tratava de paquerar as mulheres. Cada vez que chegava na fazenda de Las Piñas para a visita mensal, sentia que voltava para uma casa assombrada. Local de inúmeras brigas com o pai, aquele era um ambiente carregado de tristeza, a tristeza do pranto da mãe. Ele chegava trazendo presentes, conselhos e querendo paz. Em dois dias, porém, já estava de novo às turras com o pai, Dom Pedro, que achava que todo músico era efeminado, um homem perdido. Ele voltava e dava aulas de música a Nestor e o levava à cidade. Cada vez mais impressionado com a musicalidade do irmão, planejava levá-lo para a orquestra de Julián quando tivesse idade e a família o deixasse sair de casa.

Agora, ele lembra e dá um suspiro. O caminho comprido até a fazenda, beirando o rio e a floresta, a estrada de terra que passava pelas casas e por cima d'água, o sol filtrado pela copa das árvores. O Mambo King numa mula emprestada, violão a tiracolo...

Um fim de semana, quando já tocava na orquestra há quatro anos, ele foi a uma festa na casa de Julián em Santiago e conheceu a sobrinha dele, Luísa Garcia. Era ele o cantor bonitão na cabeceira da mesa, comprazendo-se com a amizade daquele homem mais velho, entornando conhaque espanhol a noite inteira e perturbado o suficiente para se apaixonar facilmente. E lá estava ela, a Luísa. Sentado em frente, passou a refeição encarando-a e sorrindo, mas ela desviava o olhar. Tímida e magra, com um rosto comum, Luísa tinha um nariz aquilino, olhos bonitos e uma expressão simpática. Gostava de se vestir com simplicidade. Embora não tivesse um corpo espetacular, sua pele era perfumada de óleo e perfume e, quando ele chegou perto dela para encher o copo de ponche, viu que seria uma amante apaixonada.

Ela era professora e tinha vinte e seis anos, três anos mais velha que o Mambo King. A família, que já perdera as esperanças de vê-la casada, depois daquela noite, não parou de comentar os olhares que César lhe lançava.

Julián não podia ter ficado mais feliz. Chamou-os e disse: "Eu queria mostrar a vista dessa janela para vocês. Não é um espetáculo, o sol com esses raios todos se espalhando. *Que bueno, eh?*".

E quem sabe o que ela sentiu? Tinha a expressão melancólica de uma mulher que só se olha nervosamente de relance no espelho e acostumada a cuidar de si mesma. E César? Ali, naquela mesa alegre, ao lado do primeiro homem que cuidara dele, sentiu que desejava entrar para aquela família. E começou a cortejar a moça com a maior obstinação. Ao reparar como ele olhara para sua prima Vívian, os olhos seguindo as curvas do traseiro da moça, Luísa pensou: de jeito nenhum, diga ele o que disser. Mas acabou cedendo e começou a sair para passear com César pelas ruas de Santiago. Sempre um cavalheiro, segurava as portas quando ela passava e nunca dizia impropérios. Perto dela, gesticulava afetadamente e sempre se vestia com discrição: em geral, com um paletó de linho branco, uma calça limpa e o chapéu de palha, vincado na frente, caído no rosto.

Tiraram um retrato em frente a um cartaz anunciando o filme "Moon Over Miami" com Betty Grable.

Às vezes, ficavam a sós, os dois sentados num parque deserto cercados de flores. O Mambo King achava graça na resistência férrea de Luísa. Ela lhe concedia alguns beijos e abraços e uma vez ele desabotoou os quatro botões de pérola da blusa e conseguiu enfiar a mão ali, tocando os seus seios macios, mas jamais permitiu que ele fosse mais longe. Ele ria e lhe dizia: "Você não sabe que mais cedo ou mais tarde isso vai acontecer, mesmo que eu tenha de casar com você?".

Era até engraçado aquele homem que transara com tantas mulheres ser repelido por essa moça que lhe soprava na boca e cruzava as pernas toda vez que ele ia enfiando a mão com aqueles seus dedos compridos de músico debaixo da saia à procura do tesouro mais precioso que ela guardava. Como esse namoro acabou em casamento, ninguém explica.

Durante algum tempo, ele confiou em Luísa como jamais confiara em ninguém. Ela não fazia o gênero do Mambo King, ainda mais se comparada às piranhas com quem ele gostava de sair. Mas César, que andava em busca de paz desde pequeno, queria casar com ela.

Quando estavam a sós, longe do resto do mundo, ele ficava satisfeito. Bastava sair na rua que mudava completamente. Quando uma mulher passava, ele olhava, seu pênis endurecia dentro das calças, e Luísa percebia.

Apertando o passo, ela o deixava para trás. O machismo dele nunca soube lidar com isso e passavam-se dias até que a solidão e o amor pela família os unissem novamente.

Quando ele a pediu em casamento, Luísa, em dúvida, temendo virar uma solteirona velha, e já que Julián tinha posto a mão no fogo por César, acabou aceitando. Isso foi em 1943 e eles foram morar num apartamento pequeno em Santiago (outra bela lembrança: a casinha deles numa rua de pedra, o dia inteiro ensolarada e com um movimento contínuo de mercadores e crianças). Quando a levou para conhecer a família em Las Piñas, sua mãe, Maria, gostou muito dela, e Nestor, também. Todos, incluindo o irascível Pedro, trataram-na com cortesia.

E o que aconteceu? Ele pintou e bordou. Em mais ou menos um ano, o entusiasmo de ter entrado para a família de Garcia esgotou-se. Naqueles jantares na casa de Garcia, o Mambo King surpreendia-se pensando nas mulheres que encontrava na rua. Até andava irritado com Garcia, que colocara a seus pés uma mulher que ficava chorosa quando era ofendida. Como ela conhecia a agenda do tio, tornava-se difícil para César passar dois ou três dias seguidos fora de casa, e isso o aborrecia. Então, arranjou a desculpa de ir para a casa em Las Piñas, onde se enfiava com uma camponesa qualquer, ressentido e irritado com aquela situação. Ao voltar dessas estadas, passava uma semana sem falar com a mulher. Ficava andando pela casa resmungando coisas do tipo: "Pra que é que eu fui me deixar prender?" e "O que estou fazendo da minha juventude?", na cara de Luísa. Durante certo tempo, ela não mediu esforços para fazê-lo sentir-se melhor... Pedia a ele que mudasse e ele saía de casa com aquela ladainha de "Por que você é tão cruel comigo?" zumbindo na sua cabeça feito um mosquito.

Um dia, em 1944, Luísa contou toda feliz a César que estava grávida, como se o nascimento de uma criança no fim do ano pudesse sustentar aquele casamento que desmoronava. Eles iam jantar na casa de Julián uma vez por semana e pareciam felizes juntos. Uma noite, Julián, que não era cego e nem surdo e tinha visto como aquele seu cantor andava tratando a sua sobrinha, chamou César na varanda e, olhando para a Baía de Santiago, disse: "Eu me sinto muito chegado a você, meu filho, mas em hipótese alguma vou admitir que você falte ao respeito com minha família. E se o *señor* não estiver gostando disso que estou dizendo, pode sair que a porta é ali".

Essa severidade deixou César deprimido. Aquele homem andava doente, com falta de ar e edema nas pernas. Quase já não tocava piano com a orquestra e preferia reger sentado numa cadeira, meio desanimado, agitando a batuta. O homem mal podia andar (como o Mambo King agora). Parecia que seu peso todo esmagara os pulmões, sua respiração era difícil e ele mal conseguia se mexer. E, assim, o Mambo King atribuiu a irritação de Julián à doença.

"O que você andou ouvindo não é verdade, Julián. Eu amo muito a Luísa e nunca desejaria nenhum mal a ela".

Julián deu um tapinha no ombro de César, abraçou-o com aquele seu jeito carinhoso e sua raiva pareceu acalmar. Essa chamada transformou o Mambo King num marido melhor por algum tempo. Ele e Luísa passaram uma fase feliz, pensando numa felicidade doméstica futura, durante a qual César era o chefe-de-orquestra-cantor-marido, com a mulher e o(s) filho(s) felizes em casa esperando por ele com carinho para dar.

No entanto, ao imaginar essa cena tranquila, César se via abrindo a porta com um chute, como seu papi fazia. Via-se aos gritos, irritado, esbofeteando o filho como fora esbofeteado, andando em círculos e xingando todo mundo em volta, como seu pai. Pensara que, ao entrar para família de Julián, garantiria uma felicidade comum e normal para si, mas já se arrependera de tudo outra vez. Não porque não amasse Luísa, mas porque os desaforos e insatisfação ferviam dentro dele e ele não queria magoá-la...

E a gravidez, que tornava o ato do amor uma operação das mais delicadas, também o incomodava (aqui, ele se lembra da primeira vez que fizeram amor. A pele dela era branca, as ancas angulosas, o triângulo de pelos estava úmido no centro depois de todas aquelas carícias. Ele ainda não era um homem pesado, mas era o dobro dela e tirou-lhe a virgindade com um só empuxo, que levou, dali em diante, a muitos outros empuxos. Faziam amor tantas vezes que ela vivia com a região ilíaca e as nádegas cobertas de manchas roxas. E o pau dele, que sempre levantava, afinal brochou às três da manhã de um domingo, devido ao calor e ao cansaço. Mas quando estava apaixonado por ela, gostava era da Luísa, a solução para o seu tio Julián Garcia, a Luísa frágil e melancólica que estava ali para lhe dar prazer sem nada esperar em troca). Ele andava nervoso e passava muitas noites com as prostitutas daquelas cidadezinhas. Luísa sabia. Sentia o cheiro dessas mulheres na pele e no cabelo dele. Via pelas olheiras, por aquela expressão de cansaço e saciedade em seu olhar.

"Por que você é tão cruel comigo?", perguntava ela muitas vezes.

(E essa crueldade... eu não queria que as coisas chegassem a esse ponto. Eu só estava desempenhando o meu papel de homem e fazendo o que eu achava certo, Luísa, mas você não sabia da minha insatisfação e nem que eu nunca acreditei em coisas simples, como uma vida conjugal tranquila. Você não podia perceber como, de repente, eu vi tudo nitidamente como num passe de mágica, vi que o que eu ia encontrar pela frente era escravidão e humilhação. Essa situação já estava me afastando do seu tio Julián, que antes me olhava com tanto carinho. Então, o meu pênis me levou para o mau caminho. E daí? O que é que umas boas risadas, umas trepadas com mulheres que eu nunca mais ia ver na vida tinham a ver com alguma coisa, especialmente com o nosso amor? Por que você precisava ficar tão danada com isso? Por que precisava chorar e gritar comigo?)

Foi então que ele começou realmente a beber. Um dia bebeu tanto rum na casa de Julián que se sentiu como se estivesse boiando num rio. Quando foi embora, trôpego, mandaram dois colegas da orquestra ajudá-lo a descer a escada. Naturalmente, ele os repeliu, repetindo: "Não preciso de ninguém" e rolou dois lances de escada, batendo com a cabeça nos degraus.

Teve uma ideia: ir para Havana.

Longe, bem longe daquilo tudo, era como César via a coisa. Ele tinha muitas razões para ir para Havana: para um músico, era o lugar para se morar. Também achava que poderia resolver sua situação com Luísa em Havana e, ao mesmo tempo, longe da família dela, poderia fazer o que bem entendesse. Além do mais, estava com vinte e sete anos e queria trabalhar numa orquestra onde pudesse cantar algumas músicas novas. Ele e Nestor compunham boleros e baladas há muito tempo e nunca haviam cantado nada disso com Julián Garcia. Em Havana, talvez pudessem fazer alguma coisa juntos. Qual era a outra alternativa? Continuar com Julián e passar o resto da vida tocando nos mesmos cabarés?

De qualquer modo, a situação mudara na orquestra de Julián. O regente estava tão doente que quase não saía da cama. Seu filho Rudolfo assumira o comando e quisera dar uma lição de humildade a César pela maneira como ele tratava sua prima. Relegou-o à ala dos trompetes, ao lado do seu irmão Nestor, que recentemente entrara para o conjunto. Essa lição apenas precipitou a decisão que César tomara de deixar a orquestra e, em 1945, ele pegou a mulher e a filha e foi para Havana.

Já viviam havia dois meses na capital, num solar no bairro pobre de La Marina, quando receberam a notícia do falecimento de Garcia. Com a morte do maestro, o Mambo King sentiu-se como um príncipe que, de repente, se livra de um encanto. Depois do enterro, quando regressaram de Oriente com a filha, ele já não aguentava mais o vínculo matrimonial. (Agora vocês precisam vê-lo por volta de 1949, numa festa em Manhattan, com a mão direita no coração, o braço esquerdo esticado como se estivesse prestando juramento à bandeira, a testa molhada de suor, rebolando todo com um copo na mão, feliz da vida.)

Embora o solar fosse alegre e ruidoso, o apartamentozinho acanhado de dois quartos em que moravam era um lugar sombrio. César chegou a trabalhar num grande cinema, integrando a orquestra que acompanhava os cantores e comediantes que se apresentavam para a plateia durante o intervalo entre os filmes. Foi também carregador de feira e acabou arranjando para ele e para o irmão Nestor, graças a uma pessoa de suas relações, um emprego de garçom na subsede do Clube dos Exploradores, em Havana. Fora de casa, César era alegre com todo mundo, mas com a mulher era diferente: passava horas sem lhe dizer uma palavra e a ignorava totalmente. Ela virara aquela coisa invisível que, às vezes, partilhava o seu leito e passava pela sala com a sua filha ao colo para sentar numa nesga de sol.

Durante meses a vida em família tornou-se uma completa agonia. Todas as mulheres que ele via na rua pareciam-lhe infinita e dolorosamente mais belas e desejáveis que a esposa. Chegava em casa à noite, vestia-se e ia direto para os cabarés. Um almofadinha de palheta na cabeça. Fazia ouvidos de mercador quando ela gritava: "Por favor, por que você não fica em casa comigo?" e fingia que nem ouvia aqueles "Por favor, não vá."

Vivia assoviando para as moças no passeio do Prado; era o machão elegante de chapéu caído na testa em frente às lojas de roupa do El Dandy, comendo as mulheres com os olhos; era aquele seresteiro de sobrancelhas levantadas cantando atrás das turistas bonitas a caminho do Hotel Nacional; o homem de camiseta e calção xadrez esgueirando-se pelas varandas do hotel à procura de uma escada para escapulir dali sem ser visto e o sujeito se contorcendo numa tarde de terça-feira na cama banhada pelo sol de um quarto de frente ao mar.

Depois de certo tempo, ele simplesmente fazia de conta que não era casado. Deixava a aliança fininha guardada numa mala com as folhas de papel onde anotara ideias para canções que se intitulariam "Ingratitude", "Deceitful Heart", "A Tropical Romance". Às vezes, sentia certa saudade dos bons tempos, quando ganhara a intimidade de Julián e sua família e se apaixonara por Luísa. Então sossegava e passava semanas de bem com a mulher. Com ele, porém, tudo era cíclico. A criança dificultou muito as coisas. Volta e meia ele explodia: "Se não fosse a garota, eu seria um homem livre". Horrorizava a mulher que continuava tentando fazê-lo feliz. Essa situação durou seis meses, até que a corda arrebentou.

Havia um mercado em sua rua, um local movimentadíssimo, cheio de carroças, barracas e gente vendendo gelo, café, peixes e aves. Ele estava ali passeando entre tubérculos e cachos de bananas quando viu uma mulher, nem mais bonita e nem mais feia que as outras, mas, para ele, de uma sensualidade irresistível. Tinha uma aliança no dedo. Estava com uma cara de tédio. Talvez o marido já não lhe fizesse amor à noite, fosse tão efeminado que mal conseguisse levantar a peça ou talvez fosse violento com ela, apertando tanto os seus peitos que os cobria de hematomas. Dando a volta no mercado, César seguiu a mulher, que ia se esquivando e escondendo-se atrás das colunas como se estivessem brincando.

Ele aparecia no solar dela à tarde, quando o marido estava no trabalho. Esquecera o seu nome, mas, ali no Hotel Splendour, o Mambo King lembrava da violência dessa moça durante o ato de amor e da sua mania de lhe puxar os testículos com tanta força quando ele chegava ao clímax que o resultado eram dias de dor. Anos depois, essa sordidez toda enjoava. Contudo, na época, César não tinha maiores considerações com essa mulher, assim como não tinha com a esposa nem com qualquer outra mulher. Até que um dia se deu mal. Já se cansara da moça e passara para outra, quando ela foi à sua casa e contou tudo a Luísa. (E será que ela descreveu o anjo tatuado que ele tinha em cima do mamilo direito, a cicatriz de queimadura que ele tinha no braço direito, a marca de nascença parecendo um chifre em suas costas ou o seu cacete que, levantado, passava um palmo do umbigo?) Nessa noite, quando voltou da rua, Luísa tinha saído de casa.

Ele encontrou uma carta dizendo que seus abusos a levaram àquilo. A família a receberia, ela estaria melhor sozinha com a filha do que com um homem que não dava valor às coisas boas que tinha, que passava a vida paquerando as vagabundas.

Ouvindo a palavra "cruel, cruel, cruel" enquanto dormia, ele sonhou que estava subindo aquela ladeira e vendo Julián Garcia pela primeira vez. Então, reatou com Luísa e a dor e o sofrimento passaram por algum tempo. Escreveu uma carta pedindo-lhe perdão e ela respondeu dizendo que talvez o perdoasse se ele voltasse a Oriente para terem uma conversa. Ele ficou aliviado por ela ainda ligar para ele, mas acabou declarando, com aquele seu jeito de machão: "Mulher nenhuma manda em mim". Achava que, como fora ela quem o deixara, ela é que tinha obrigação de voltar. Esperou durante alguns meses, achando que aquela porta do solar iria abrir a qualquer momento e ela chegaria. Isso não aconteceu. Não conseguia entender os problemas que a mulher tinha com ele. Será que ela não via que ele era bonito e ela era sem graça? Não via que ele ainda era jovem e queria se divertir com as mulheres? E com que direito ela privava a sua filha de ter um pai? Não o vira com Mariela? Não vira como a menina balbuciava aquelas gracinhas para ele e adormecia feliz em seus braços... Ele já não lhe contara como tivera uma infância dura?

(Você não acreditava que, quando eu era pequeno, era uma bofetada na cara com um pontapé no fundilho, em nome do meu pai, que fazia o que queria e depois me enrabava).

No início, foram muitas noites sentindo falta dela, uma dor humilhante corroendo-o por dentro e dizendo que a vida era triste. Se ela soubesse o que era ser um *caballero* atraente com uma bela voz, uma peça fogosa entre as pernas e a juventude fervendo nas veias, será que teria feito o que fez?

Aquela vida sem ela em Havana foi deixando César realmente perturbado: às vezes, saía correndo como um desvairado, de porre, pelas ruelas de La Marina.

"Minha filhinha, minha filhinha querida, Mariela".

Gole de whisky.

"Mariela..."

Depois, com o tempo e a saudade, foi amolecendo e abandonando aquela atitude inflexível. Já tinha o discurso preparado. Voltaria para Oriente e falaria manso com ela.

"Não tenho desculpa nenhuma... Não sei o que é. Sempre fui sozinho. Meu pai, sabe, era um bruto com a minha mãe, eu não aprendi outra coisa".

Resolveu voltar a Oriente para buscar a filha e apareceu na casa dos sogros, onde estava Luísa, aos pontapés na porta, exigindo ser tratado com o devido respeito.

"Se você tivesse tido um comportamento mais civilizado...", ele ouviu. Esperava encontrá-la maldisposta, abatida e magra. Mas ela estava mais feliz, o que o incomodou e enfureceu. Ela não devia gostar muito de mim, foi o que pensou. Os dois sentaram cara a cara na sala de estar, a família rondando pela casa. O formalismo daquela situação deixou-o perplexo. Conversaram como velhos conhecidos que se visitassem e não como marido e mulher com três anos de casados. Ele havia procurado as palavras certas para dobrá-la, para forçá-la a aceitá-lo. Recusava-se a admitir ter feito qualquer coisa errada, recusava-se a reconhecer tê-la maltratado. Disse que já confessara seus pecados nas cartas. Por que deveria se humilhar novamente? Embora fosse um compositor de talento e fizesse aqueles lindos boleros românticos que transmitiam os sentimentos mais doces, quando chegava na hora de falar era um desastre. Foi a única vez na vida, como mais tarde ele reconheceria, em que realmente perdeu a pose e acabou se arrependendo amargamente depois. Tendo pedido que Luísa voltasse para ele, ouviu dela, num tom calmo e delicado:

"Só se você se comportar como um cavalheiro decente, eu volto com você".

Durante dois meses viveram sob o mesmo teto em Havana. Naquela cidade, com aquela vida noturna animada, ele foi ficando angustiado e essa angústia levou-o novamente a procurar outra mulher de vez em quando. Ele amava a filha e nunca voltava para casa sem lhe trazer uma coisa qualquer: uma boneca, um saco de balas, um espelhinho de cabo, o que encontrasse no mercado que pudesse agradá-la. Cobria a menina de beijos e embalava-a no colo junto à janela que dava para a rua. Momentos de ternura como estes, às vezes, inspiravam uma reconciliação. No entanto, bastava César ficar com a mulher um pouquinho para recomeçarem a brigar. Ao fim desses dois meses, Luísa estava esgotada, exausta e impaciente por uma solução.

Ele se mudou para a casa de Nestor, que tinha conseguido o seu canto, e só via a mulher uma vez por semana, quando lhe entregava religiosamente a metade do salário que recebia no Clube dos Exploradores. Não que ele não ligasse: quando estava com ela, era educado e quase conciliador. Era ela quem lhe dizia: "Nunca mais". Ele brincava com a filha cavalgando em seus joelhos, andava com ela ao colo, enchendo-a de beijos. Durante algum tempo, quando saía com uma mulher, falava com pesar sobre a perda da filhinha. César e Luísa conseguiram o divórcio, por intermédio da família dela, e ela acabou casando novamente com um rapaz de Havana.

Agora, ali no Hotel Splendour, sua vida com Luísa voejava como uma mariposa preta pelo seu coração. Sentia uma imensa tristeza, lembrando que, quando era jovem, jamais acreditara que o amor realmente existisse – para ele. Naquela época, uma vez em Havana e, depois, em Nova York, quando tocava violão na sala de Pablo, pensou com seus botões: é a vida. E espantava aquela tristeza, colocando uma parede de machismo entre ele mesmo e os seus pensamentos.

Assim, num estalar de dedos.

Quando o casamento já estava no fim, ela lhe disse uma vez: "Para quem canta tantas canções de amor, você é cruel".

"Minha filhinha, minha filhinha querida e adorada... Mariela".

Gole de whisky.

"Mariela... Luísa..."

Pelo menos isso lhe rendeu uma música, pensava ele agora – "Solitude of My Heart", um bolero de 1949.

UM DIA, EM 1950, uma bela jovem latina esperava o ônibus no ponto da Rua 62 com a Madison Avenue. Teria os seus vinte e um anos e estava de capa de chuva e tênis brancos. Ao seu lado, uma sacola de compras com sabão, trapos, uniforme de trabalho, cachecol e espanador. Concentrada num livro, ela acompanhava a leitura com um movimento quase imperceptível dos lábios. Já estava ali havia uns quinze minutos quando tirou os olhos do livro e reparou no rapaz bem vestido ao lado de um estojo preto de algum instrumento musical. Voltado para a rua, atento aos ônibus que passavam, ele assoviava para si mesmo. Tinha uma expressão bem pensativa e, embora houvesse olhado para ela e feito um pequeno cumprimento com um gesto de cabeça, parecia concentrado na canção que assoviava, com o cenho franzido no fervor da criação. A moça gostou daquilo e, apesar de conhecer o trajeto do ônibus, perguntou em espanhol ao rapaz: "Por favor, o ônibus desse ponto sobe até a 125?".

"Sobe, esse é o ponto dele. Ele vai embora lá para cima."

Depois de algum tempo, ele perguntou: "Você é cubana? *Tu eres cubana?*"

"Ah, sou sim."

"Eu sabia." Ele olhou para ela, estudando-a de cima a baixo.

"O que você faz? Trabalha?"

"Sim. Faço faxina na casa de um milionário. É tão rico que é infeliz. E você?"

"Eu sou músico."

"Ahhhh, dá para ver na sua cara que é bom músico. Tem tido sorte?"

"Bom, tenho um conjuntinho com o meu irmão mais velho. Ele é o cantor, mas, às vezes, eu canto também. A gente está batalhando, não está fácil. Por isso, de dia, tenho que trabalhar numa fábrica."

"Garanto que você vai se dar bem em qualquer coisa que quiser."

"Todo mundo diz isso, mas quem sabe? Como é que você se chama?"

"Delores Fuentes. E você?"

"Nestor Castillo."

Ela estava acostumada a encontrar homens alegres e agressivos e lá estava aquele músico, calmo, educado e meio tristonho.

Subiram a Madison juntos, sentados no mesmo banco. Ele rascunhava uma letra de música num pedaço de papel. De quando em quando, assoviava uma frase melódica, olhava para os edifícios cinzentos lá fora e assoviava de novo.

"Isso aí é alguma coisa que você está compondo?"

"É, um bolero."

"É uma canção de amor, é?"

"Mais ou menos. Estou trabalhando nessa música há um tempão."

"Como é que vai se chamar?"

"'Beautiful Maria of My Soul', ou algo assim."

"E essa Maria?"

Ele parecia em outro lugar, embora encarasse a moça.

"É só um nome. Quem sabe não uso o seu?"

Ambos saltaram na Rua 125. Ele viraria para a esquerda, até a Broadway, para depois subir a ladeira da Rua La Salle, onde, como explicou, morava com o irmão. Ela ia pegar o ônibus 29 para o Bronx.

Antes de deixá-la, Nestor perguntou: "Você gosta de dançar?"

"Ah, gosto."

"*Bueno*, nessa sexta-feira a gente vai tocar no Brooklyn. Num lugar chamado Imperial Ballroom, já ouviu falar? Fica na rua 18 Leste, perto da Utica Avenue, umas das últimas paradas da linha 4. Vou anotar pra você, tá?"

"Tá."

Ela levou mais uma hora para chegar em casa. Naquelas suas longas viagens de ida e volta ao Bronx, Delores preferia ir de ônibus a ir de metrô. Não se incomodava com o longo percurso porque sempre levava livros para ler. Naquele dia estava no meio de um romance de James M. Cain, *O destino bate à sua porta*. Também estava lendo uma gramática chamada *A simple english grammar*, de Hubert Orville, estudando com afinco para seu curso noturno de inglês. Gostava de ler porque assim não pensava na solidão, sentindo-se, ao mesmo tempo, isolada e acompanhada. Começou a fazer faxinas porque não aguentou mais trabalhar na Woolworth's da Fordham Road, sobretudo porque estava sempre cortando um dobrado com os beliscões e a mão boba do gerente. Era isso o que lhe acontecia com quase todo homem na rua. Parecia que todos viviam querendo comê-la. Delores tinha um rosto elegante, com olhos grandes, bonitos e inteligentes, cabelos pretos até os ombros e uma expressão curiosa e introspectiva que os homens interpretavam como solitária. Os homens viviam paquerando-a e tentando agarrá-la. Milicos, empresários, garotos, universitários, tipos intelectuais que entravam naquela Woolworth's para comprar lápis. Homens querendo olhar para seus seios toda vez que ela se abaixava, olhando-a com o rabo dos olhos enquanto examinavam a qualidade de uma caneta, interessados no seu decote, ali onde a carne dos seus seios se encontrava com o tecido branco do sutiã. Alguns propunham: "Quem sabe a gente pode sair hoje à noite", querendo dizer: "Quem sabe eu possa comer você hoje à noite".

Morava com a irmã mais velha, Ana Maria, que viera de Cuba para ficar com ela depois da morte do pai, com quem Delores vivia. Ana Maria era um foguete. Gostava de sair para dançar e namorar e sempre procurava convencer Delores a acompanhá-la.

"Vamos, vamos dançar, nos divertir um pouco!"

Porém, ela gostava de ficar em casa lendo. Uma das vantagens de ser faxineira de gente rica era a quantidade de livros que ela ganhava. O milionário da 61 com a Park Avenue sempre lhe dava uma folga durante o dia para ela fazer o que bem entendesse. Dizia que ela podia pegar qualquer um daqueles livros, enfileirados às centenas em sólidas estantes que chegavam até aquele teto florentino trabalhado. Ela se sentava feliz da vida perto da janela que dava para a Park e almoçava um sanduíche de rosbife malpassado e salada, com um livro aberto no colo. Gostava de todo tipo de leitura, contanto que não fosse de linguagem muito difícil, e se orgulhava de ler no mínimo dois livros por semana. Nada mau para a filha de um semianalfabeto. E ainda em inglês! Além do mais, os livros distraíam seus pensamentos de terrores do mundo e da tristeza que lhe atravessava o coração. Engraçado, ela percebeu uma tristeza do mesmo tipo no coração do músico ali no ponto do ônibus.

Delores lia tanto que Ana Maria, que gostava de boate, um dia lhe disse: "Você vai acabar uma velha sozinha em casa, sem filhos, sem netos, sem marido e nem amor. A única coisa que você vai ter é livro saindo pelas orelhas, a não ser que você comece seriamente a pensar em arranjar um homem".

Assim, diante da insistência da irmã, ela saía com alguém. Uns eram americanos, outros eram "romeus" recém-chegados de Cuba ou Porto Rico, simpáticos, alegres e mais infantis do que adultos. Ela achava um ou outro americano agradável, mas não queria nada com eles. Sempre sentiu que estava se "guardando", mas para quê ou para quem ela não sabia. Às vezes, deprimia-se com sua crescente indiferença pelos homens, mas pensava: "quando encontrar o homem certo, vou saber na hora".

Ela saía, fazia algumas sacanagenzinhas, dava a esses homens uma oportunidade de sentirem seu corpo. No entanto, não levava isso muito a sério, considerando que amor e namoro eram coisas que davam muita confusão. Um rapaz a levava para ver "Pecos Bill Meets the Apaches" e, enquanto se concentrava no filme, empolgada com o galope dos cavalos e a algazarra dos índios, o rapaz murmurava em seu ouvido: "Você é tão bonita... Por favor, *querida*, me dá um beijo". E às vezes ela dava só para ser deixada em paz. Saía com Ana Maria, mas não gostava quando as noitadas acabavam às três ou quatro da manhã. Saía porque não queria ficar sobrando, mas sempre adorava chegar na privacidade do seu quarto, onde podia ligar o rádio e ler. Devorava livros em espanhol e fazia uma leitura cuidadosa dos livros em inglês. Tendo completado apenas dois anos do segundo grau, tinha aulas à noite duas vezes por semana.

Naquele dia, quando Delores chegou em casa, Ana Maria estava passando roupa na cozinha, ouvindo uma música animada no rádio e cantarolando junto. Como de costume, Delores se despiu para entrar no banho. Ana Maria sempre perguntava: "Será que eu faço alguma coisa para o jantar?" e "Quem sabe a gente pega um cinema? Hein?". Mas naquela noite, no corredor a caminho do banheiro, foi Delores quem perguntou: "Que tal a gente ir dançar no fim de semana?"

"De onde vem uma ideia dessas? Meu Deus, alguém convidou você para sair?"

"Um músico."

"Ah, músico é o máximo!"

"Esse é do meu tipo, uma pessoa sossegada."

"Bom, se você está querendo ir, eu vou."

Naquela noite, ela tomou um banho gostoso e demorado. Às vezes, levava um livro para a banheira e lia umas doze páginas seguidas, segurando o livro fora d'água, os seios e os pentelhos boiando na superfície. Leu umas páginas do romance de Cain, a cena em que o homem e a mulher matam o grego. Depois, largou o livro e ficou ali, de papo para o ar, curtindo a água e os pensamentos que lhe passavam pela cabeça sobre aquele músico jovem e simpático que, em alguns aspectos, lembrava o seu pai.

ASSIM COMO O pensamento do Mambo King ficava girando em torno de certos fatos, naquela estufa em que se transformara o quarto do Hotel Splendour no verão, muitos anos depois; assim como outras pessoas da família pensavam no passado, Delores Fuentes ficou ouvindo o seu tipo de música e fechou os olhos.

FOI EM 1942 que Delores Fuentes, com treze anos, e seu pai, Daniel, chegaram ao Bronx procedentes de Havana. A irmã mais velha, Ana Maria, ficara em Cuba com a mãe, que se recusara a acompanhá-los. Daniel veio do interior e só teve azar na cidade, problemas que Delores, ainda muito criança, não podia compreender. "E por que razão a sorte dele haveria de mudar em Nova York, onde tudo era mais difícil?" perguntava a mãe. Ela se recusou a ser atirada às feras e mandou o marido ir sozinho. Teimoso, ele arranjou um visto e saiu de Havana, levando a filha.

Daniel tinha quarenta anos e não falava inglês, o que dificultava a possibilidade de arranjar um emprego, independentemente de oferta ou escassez de mão de obra. Todas as tardes, a filha ia à janela esperá-lo, atenta aos seus passos no corredor. Durante três meses, ele procurou trabalho, mas não obteve sucesso. Sem inglês, não havia emprego. Afinal, acabou arranjando um na expedição de uma engarrafadora de água gasosa. Era um subir e descer escadas de um prédio atrás do outro com caixotes pesados de garrafas de soda com tampinha de metal nas costas. Seu turno ia das seis e meia da manhã às seis da tarde. A única sorte que tiveram foi encontrar um lugar para morar graças a um cubano simpático que Daniel encontrou na rua. Quando ele chegava naquele apartamento na Rua 169 com a Terceira Avenida, vinha todo encurvado, os músculos tão doídos que mal tinha forças para comer em silêncio. Depois, tomava um banho e recolhia-se naquela cama grande e vazia, deitando, nu, em cima da toalha nos dias quentes de verão.

Imitando o que fazia a mãe em Havana, Delores cozinhava para o pai, virando-se com o que encontrava no mercado naqueles tempos de racionamento de guerra. Um dia, resolveu fazer uma surpresa ao pai. Quando já estava deitado, Delores fez um flã caramelado, um café gostoso e foi levando aquele pudim trêmulo numa bandeja para o quarto do pai. Ao abrir a porta, encontrou-o dormindo, nu, num estado de extrema excitação sexual. Paralisada com o susto, ela fingiu que o pai era uma estátua, embora seu peito subisse e descesse e seus lábios se mexessem como se ele estivesse conversando no sonho... Ele ali, com a expressão sofrida, e aquilo, o pênis, enorme... O engraçado era que, apesar do medo, Delores sentiu vontade de pegar a peça do pai e levantá-la como uma alavanca, de deitar-se com ele e pôr a mão ali, aliviando-o da dor. Vontade de que ele acordasse; de que ele não acordasse. Naquele instante, que ela nunca esqueceu, sentiu a alma escurecer como se tivesse acabado de cometer um pecado terrível e se condenado ao canto mais negro do inferno. Achava que viraria para o lado e daria com o diabo em pessoa, sorrindo com aquela cara encardida, dizendo: "Bem-vinda à América".

POR ESSA ÉPOCA, uma floresta densa de pelos escuros foi brotando em volta do seu sexo. Os fios enroscados projetavam-se como chamas, que ela uma vez arrancou por curiosidade e viu que tinham mais de um palmo. Eram tão grandes que ela precisava apará-los com uma tesoura. Os seios pesavam e doíam e, às vezes, pela manhã, havia manchas de sangue naqueles lençóis que ela fazia questão de manter imaculados. E outras coisas começaram a acontecer: os garotos da rua passaram a convidá-la para brincar de esconde-esconde no porão do prédio e tentavam tocar no seu seio ou enfiar os dedos por dentro do seu sutiã. Ela se olhava no espelho atrás da porta do quarto e pensava: "é isso que eu quero?". Quereria ela que os homens a olhassem daquele jeito? Experimentou vestir-se de menino, usando calças, mas a vaidade feminina acabou fazendo-a voltar aos poucos vestidos que possuía, peças essas que iam ficando cada vez mais apertadas e sedutoras.

Uma noite, perto do Natal e um ano depois de lá estarem, seu pai chegou em casa bêbado com uns colegas da engarrafadora: uns italianos, um judeu e um porto-riquenho; todos contentes depois de uma festa de Natal e felizes por terem aqueles feriados de folga. Apareceram trazendo umas caixas grandes de pizza e *calzone* de queijo. Seu pai não costumava beber, mas naquela noite ela o viu tomando bastante whisky com os amigos. Com uma expressão transtornada, eles batiam palmas para a música da orquestra de Guy Lombardo no rádio. Delores assistia a isso calada, ali, sentadinha, com as mãos entrelaçadas no colo. A toda hora o pai lhe perguntava: "O que há com você, querida? O que há? Conta pro seu *papá*, conta".

E o que poderia ela contar? Aquele desejo estranho, quase insuportável que sentia de se deitar nua na cama com ele para aliviá-lo da dor? Que nunca faria isso, mas sentia que deveria fazer? Que se sentia uma estranha em sua própria casa?

O italiano aumentou o rádio, e o pai disse à filha: "Vem cá, Delorita, vem se divertir um pouco com a gente. Hoje é Natal".

E o italiano arrematou: "Vem, sim, boneca, deixe de ser chata!".

Então, o pai pegou-a pela mão e saiu girando com ela pela sala, cambaleando de porre. Depois, suado e ofegante, ficou encostado na parede, secando a testa com um lenço. Fitava a filha e via que parecia a mãe; seguramente, surpreendeu-se ao constatar que a filha era uma bela mulher. Deixou-a nervosa, e ela fechou os olhos.

Talvez o pai tenha interpretado mal a sua expressão, mas o que ele falou ecoaria dentro dela durante muitos anos: "Não tenha vergonha do seu pai e nem tenha medo que eu vá deixar você constrangida, *niña*, porque um dia você vai se ver livre de mim para sempre."

Aqui, ela não desejava puxar pela memória. O que ele queria dizer com isso? Que de algum modo ela aumentava o seu desgosto? Teria a ver com a maneira como ela o tratava? Ela só sabia que, com o tempo, parece que a infelicidade do pai aumentou e ela passou esse primeiro ano nos Estados Unidos procurando tomar conta dele. Entrou para uma escola católica e, para ajudar a pagar as contas, conseguiu um emprego na Woolworth's da Fordham Road. Essa foi uma das vezes em que sua beleza lhe serviu para alguma coisa. O gerente contratou-a porque gostava de garotas bonitas.

Ela se sentia grata por ter arranjado o serviço, trabalhava meio expediente e voltava para casa para cuidar do pai. Cozinhava para ele, fazia a cama, lavava a roupa, preparava a marmita e, à noite, escutava-o falar da solidão.

"O homem não é nada sem família, Delorita. Absolutamente nada. Nada sem uma família, nada sem amor."

Agora ele chegava do trabalho com umas garrafas de vinho italiano caseiro que lhe custavam dez centavos cada. Sentava-se na sala e bebia até passar a dor nas costas e no coração; até seus lábios ficarem azuis.

Normalmente ele não saía à noite, mas uma vez, quando ela estava com dezesseis anos, o vinho deixou-o tão animado que ele se vestiu todo e disse a Delores: "Sou muito moço para ficar trancado em casa. Vou sair".

Ele achara nos jornais o endereço de uns cabarés de que seus amigos lhe haviam falado.

"Não se preocupe comigo. Daqui a pouco estou de volta", disse ele, com aquelas mãos quentes no rosto da filha. Ela ficou estudando gramática até uma da manhã, sentada na sala perto da janela, vigiando a rua. Depois, acabou dormindo e sonhando que brincava com a irmã mais velha, Ana Maria, em Havana, num dia radioso de sol e cheio de promessas para o futuro. Aí, ouviu os passos do pai no corredor. Lá estava ele, encostado na parede, bêbado e exausto. Custou um pouco a focalizá-la e depois disse: "Só fui me divertir um pouco. E você?".

Ela o levou para a cama e tirou os sapatos. Quando olhou para a mesa-de-cabeceira, o relógio marcava 4h45 e o coitado precisava se levantar exatamente dali a quarenta e cinco minutos para ir trabalhar. Delores ficou com ele, sentada na beira da cama, olhando seu *papá* roncando, com a respiração agitada e a cabeça virando de um lado para o outro. Olhando aquele corpo potente, viril e assustador, sentia-se confusa com os sentimentos de ternura que aquele homem inspirava. Às vezes, ele falava alguma coisa e a lembrança dessas palavras "Meu Deus, aliviai-me" recorreria a Delores mais tarde, quando já era uma mulher casada, com a sua própria família e os seus próprios problemas. "Aliviai-me", quando o despertador tocou e ela viu aquele homem abrir os olhos. Como um cadáver voltando à vida, ele levantou-se, bocejou, espreguiçou, foi ao banheiro, lavou-se e vestiu o uniforme cinza de carregador da engarrafadora.

Na semana seguinte foi a mesma coisa. Aí, em pouco tempo, ele já estava saindo uma, duas ou três noites por semana, como fazia em Havana.

"O homem tem que fazer o que gosta, senão não é homem", dizia ele. "Sabe que para mim não é fácil viver sozinho o tempo todo", acrescentava.

E eu? Perguntava-se a moça. Ela passava essas noites preocupada com ele, procurando não pensar na solidão. Sua principal fuga? Ouvir rádio e estudar aqueles livros. Às vezes, ia à casa de alguma vizinha conversar um pouco. Com o trabalho na Woolworth's, a escola e as amizades do prédio foi ganhando fluência no inglês. Porém, de que adiantava essa fluência se ela era tão só. Gostava de gente, mas sempre foi muito tímida. Era linda, com um corpo que provocava olhares gulosos nos homens. Mesmo assim, achava-se feia e imaginava que alguma coisa errada havia no modo como as pessoas a enxergavam. Se ao menos não se sentisse tão só quando o pai saía, se não ficasse com aquela sensação de que alguma coisa dentro dela ia explodir!

E seu pai, por que estava sempre saindo, se parecia tão exausto?

"*Papi*", perguntou uma vez, "a*dónde vas?*"

"Vou dançar."

"Sozinho?"

"Com uma amiga."

O pai estava saindo em Nova York da mesma maneira que saía em Havana. De repente, Delores começou a sentir o que a mãe sentira. A gritaria daquelas noites não se perdera no ar. Os gritos permaneciam dentro dela e, quando via o pai todo engomado para encontrar a mulher dele, Delores acabava falando:

"*Papá*, acho que você não devia sair, você vai se cansar."

"Não se preocupe comigo."

Dava-lhe um beijo e ia descendo as escadas. Quase sempre, já saía de casa bêbado. Ela o seguia até a escada, vendo-o desaparecer na penumbra. Primeiro, pensava: tomara que não caia. Depois: tomara que caia e não levante.

Lá vai ele para um cabaré com alguma vagabunda, era o que ela pensava na janela, vendo-o descer aquela ladeira íngreme da 169 para tomar o trem. Imaginava a mulher com um chapéu enfeitado de flores, um vestido muito justo, explodindo no busto. E devia ter uma boca carnuda emplastrada de batom, e ser muito, muito cadeiruda.

Sozinha de noite naquele apartamento do Bronx, ela procurava se acalmar. Amava o pai, que trabalhava para sustentar a família. Não era justo que ele saísse? É, coitado do *Papi*... E ia sentar-se à janela, onde ficava ouvindo o rádio de algum vizinho na área do prédio ou lendo aqueles livros que a vizinha professora, impressionada com o esforço que ela fazia para melhorar a leitura, deixava à sua porta.

Às vezes, ela escrevia uma carta compreensiva para a mãe, com frases do tipo: "*Mamá*, à medida que vou ficando mais velha, vou vendo o quanto *Papá* deve ter magoado a senhora".

A recusa da mãe em vir com o marido para os Estados Unidos fez Delores julgá-la mal. Achá-la cruel. Tem certas coisas entre nós que você não entende, dizia ela a Delores. Mas agora ela começava a entender. Quantas noites o pai não passara fora de casa? Desde quando?

As semanas se passavam e ela não recebia uma resposta da mãe. Mas dava-lhe razão se a odiasse por ter tomado o partido do pai. Naquelas noites, ali, sozinha, Delores se perguntava: "E, agora, o que é que eu tenho? Nem minha mãe e nem meu pai?".

Lembrava-se da mãe tensa, sentada de braços cruzados, a posição de revolta que adotou quando *papá* ia fazer o que bem queria. Delores também se retesava, esperando, de braços cruzados, ouvir os passos do pai no corredor e desejando gritar com ele.

Mas sempre acabava amolecendo e cuidando dele.

De certa forma, Delores foi-se tornando uma mulher estóica. A vida tinha alguns prazeres. O sol, os rapazes e os homens que olhavam para ela na rua; as cartas divertidas da irmã mais velha, Ana Maria, lá em Cuba; os filmes de Hollywood naquele cinema enorme da Fordham Road; os romances de amor; as caixinhas de bombom; os bebês de dois anos andando com fraldas arrastando na calçada do prédio; as flores do parque e os vestidos bonitos nas vitrines. Mas nada era mais forte que aquela sensação de que o mundo era envolto por um manto de melancolia, emanada da tristeza de seu pobre pai. Seu estoicismo fazia com que pouca coisa a incomodasse e, embora ela estivesse na idade em que as mocinhas se apaixonam, isso não lhe passara pela cabeça até o dia em que resolveu seguir o seu pai até o cabaré.

NESSA NOITE, QUANDO o pai já havia saído, Delores estava procurando uma folha de papel pela casa e encontrou um folheto do Dumont Ballroom, na Kingsbridge Road Leste. Ficou louca de vontade de ver o pai.

Toda arrumada, desceu a ladeira, entrou na estação de Jerome Avenue, pegou um trem para aquela direção e chegou ao cabaré. De repente, estava no paraíso da malandragem e dos almofadinhas. Vários ali eram veteranos de guerra, rapazes fortes e enxutos que assoviavam quando ela passava e diziam gracinhas do tipo: "Belezinha, aonde é que você está indo?".

"Belezinha" encontrou o pai bebendo no bar, a camisa empapada de suor. Estava conversando com uma mulher que era exatamente como Delores imaginara. Tinha uns trinta e tantos anos, bem cheia de corpo, já meio passada, e estava com um vestido barato. Tem cara de puta, pensou logo Delores, porém, quando o pai apresentou a amiga à filha com a maior naturalidade, o rosto da mulher iluminou-se com uma expressão simpática.

"Nossa, mas você é linda", disse ela a Delores.

Delores corou com o elogio. Por que haveria de ficar com raiva? O pai tinha o braço em volta das ancas carnudas da mulher. Estava com um sorriso como há muito ela não via, feliz. E a expressão de cansaço desaparecera de seu rosto. Por que haveria de ficar com raiva daqueles dois seres solitários tentando se consolar no bar de um cabaré? No palco, a orquestra tocava *Frenesi*. O pai chegou-se a Delores e perguntou: "Delorita, o que é que você quer?".

"Papi, eu quero que você venha para casa."

Ele nem respondeu. Apenas fez um gesto com o cigarro e disse à mulher: "Ora, você está vendo só? Minha própria filha me dando ordens. A mim, o homem".

E sorriu.

"Ora, deixe de ser como a sua mãe."

Então, a orquestra começou a tocar um tango e os três se juntaram à multidão de vultos. Imediatamente, Delores percebeu que o pai dançava maravilhosamente bem e que, quando dançava, esquecia um pouco a dor. Ele lhe deu a mão e começou a ensinar-lhe os passos do tango. De rosto colado ao do pai, com as luzes girando à sua volta, no meio de todos aqueles vultos perfumados, ela fantasiou que dançaria assim com ele para sempre... Aí, terminou a música e a mulher veio se juntar a eles. Delores afastou-se e ficou vendo o pai voltar para a pista e os dois girando pelo salão. Ele dançava bem. Sabia todos os passos e dançava os ritmos quentes tão bem quanto os melhores pares do salão. No palco, a Art Shanky Orchestra, um conjunto de músicos de terno risca-de-giz, tocava com toda a animação. Aqueles trompetes dourados pareciam mágicos e rejuvenesciam seu pai.

Ele dançava diante de um foco de luz e sua sombra, projetada nas cortinas do cabaré, ficava com uns trinta metros de altura. O vocalista levantou-se e começou a cantar "Moonlight Becomes You". Então, seu pai e a mulher voltaram para o bar. Exausto com aquela dança animada, ele falou para a filha: "Esse lugar até que não é dos piores, não é?".

Ficou ali, encostado no bar, e à medida que a mulher ia enxugando o suor do rosto com um lenço, parecia que se apagavam anos de tensão e sofrimento. Por um momento, enfeitiçado pela luz e pela música, ele sentiu-se sair de si e flutuar para um lugar de alívio e consolo eternos. Acendeu um cigarro e disse: "Delorita, olhe ali, aquele americano está olhando para você".

Na ponta do bar, estava um homem alto, parecendo irlandês ou alemão, de cabelos louros ondulados. De paletó esporte e gravata-borboleta, parecia bastante distinto. Tinha uns vinte e poucos anos. Delores estava com dezessete.

O homem abriu um sorriso. Logo se aproximou e, respeitosamente, tirou Delores para dançar. Ela já recusara vários outros convites e recusou este também.

"De qualquer maneira, eu só queria falar com você. Eu me chamo... E sei que você vai achar que isso não é verdade, mas é... Sabe, trabalho na fábrica de dentifrícios Pepsodent e a gente vai fazer um concurso de beleza lá em Coney Island daqui a umas semanas. Então eu achei que talvez fosse uma boa você se inscrever. Quer dizer, basta você me dar seu nome e etc. que eu trato de tudo... O primeiro prêmio é cem dólares". E desviando o olhar, acrescentou: "E é lógico que você tem chance de ganhar..."

"O que é que eu preciso fazer?"

"É só botar um maiô... você tem?... e desfilar na frente das pessoas. Vai ser num domingo de manhã... Não quer me dar seu endereço, hein? Vai ser uma boa para você."

Ele fez um gesto como se quisesse dizer: não estou armado...

Ela corou, desviando os olhos.

"Você pode me encontrar na Woolworth's da Fordham Roan. Trabalho lá, meio expediente." E escreveu seu nome num papel: Delores Fuentes.

Ele olhou o papel e comentou:

"Você tem uma letra muito bonita."

"Posso escrever umas poesias para você. Escrevo as minhas e estou aprendendo poemas em inglês."

"É?"

"Quer que eu escreva um?"

"Claro."

Ela virou para o bar e escreveu, com perfeição, o poema "Annabel Lee", de Edgar Allan Poe.

"Você está me gozando?" E ele coçou a cabeça, guardou o poema no bolso e disse: "Você tem muita classe, sabe?".

Depois, lá pelas três, quando o baile já estava acalmando, a raiva e a apreensão de Delores pelo pai haviam passado. Na verdade, agora ela estava gostando do cabaré. E o pai nem parecia bêbado. Quando foram embora, ele estava empertigado, de cabeça erguida. Ela se animou com a ideia de voltar ali. Recebiam-se elogios e convites para concursos de beleza! Ela e o pai andavam para o ponto de ônibus e, quando iam atravessar a rua para pegar o que descia para a cidade, o americano deixou Delores boquiaberta ao encostar no meio-fio com um Oldsmobile 1946. Um conversível, com a capota arriada.

"Eu levo vocês para casa."

Os dois entraram no carro, comparando-se às pessoas ricas. O pai afundou no banco traseiro de couro macio. Abraçado a Delores, acabou cochilando e roncando durante a viagem.

O RAPAZ QUE ela conheceu no cabaré era um bom sujeito. Apareceu no Woolworth's para garantir que ela se inscreveria no concurso, levou-lhe uma caixa de chocolate, um buquê de flores e um ursinho de pelúcia. No dia do concurso, ele saiu de casa, na Rua Dyckman, com o seu conversível, foi apanhá-la no Bronx e a levou à avenida litorânea de Coney Island. Era um sujeito elegante. Estava com um terno leve azul-claro, uma camisa rosa e um lenço vermelho no pescoço. No caminho, seu cabelo louro ia tremulando como uma bandeira ao vento. Era *muy guapo* e tinha um ar próspero. Naquele dia, a areia da praia aquecia o traseiro de mais de um milhão de pessoas e, ao olhar do palco para aquela gente toda, Delores sentiu uma vertigem. Ser vista por aquela multidão era como voar pelos ares, especialmente quando ela tirou o roupão e marchou com aquele corpaço para o campo visual da plateia. Recebida com uma sinfonia ensurdecedora de uivos e assovios, obteve o terceiro lugar no concurso e ganhou vinte e cinco dólares. O rapaz simpático levou-a ao parque de diversões e deixou que se esbaldasse nos brinquedos e nas guloseimas, pagando tudo. Então, foi ficando tarde, e ele disse: "Agora a surpresa". E rumaram para um restaurante italiano de frutos do mar perto da avenida X, depois de Coney Island.

A toda hora ele dizia:

"Bom, esse é o nosso jantarzinho especial."

Num brinde à moça, ele comentou: "É incrível que você não tenha ficado em primeiro, só pode ter sido marmelada, mas o ano que vem está aí".

Daí voltou ao assunto e disse: "A Pepsodent faz esse concurso todos os anos. Não seria o máximo se a gente pudesse voltar no ano que vem?"

"Seria sim."

"E é bom sair um pouco daquele calor todo. É o problema de Nova York em agosto. Faz um calor do cão."

O garçom trouxe uma travessa grande de espaguete ao vôngole, e depois um grande peixe prateado feito no vapor. E o rapaz falou: "Nossa, isso é um banquete, não é?".

Ele vibrava por quase tudo e ela não entendia como ficara tanto tempo sem sair de casa, sem aceitar um convite daqueles americanos que a olhavam na rua.

"Você é cubana? Meu tio vai a Cuba religiosamente todo inverno. Para Havana. Diz ele que é uma cidade agradável."

"É sim, mas faz tempo que não volto lá. Preciso voltar qualquer hora."

Então ela falou da sua vida e dos livros que gostava de ler, romances de amor e policiais, e contou que não se importaria de estudar para ser professora. O rapaz concordava com eloquentes gestos de cabeça, sorria bastante e quando ele se recostou na cadeira ela reparou que o vinho lhe deixava as orelhas vermelhas. Era um restaurante barulhento e alegre. O garçom italiano estava encantado com ela, todo mundo era muito agradável.

"Acho que está na hora de voltar", disse o rapaz simpático, olhando para o relógio, "já são quase onze horas". Depois, quando estavam pegando umas balinhas de hortelã no pote ao lado do caixa, ele parou e falou: "Eu cresci neste lugar, será que você vai gostar de ver a casa onde eu morei?".

"Vou sim."

Ela foi toda séria no carro, sem saber direito como agir. Temia que ele perdesse o interesse por ela. Uma senhora do prédio muito experiente com os homens lhe dissera: "se ele te trata bem, pode beijar e deixar ele se divertir um pouco, mas sem botar a mão debaixo da tua saia".

Passaram o restaurante, seguindo pela avenida litorânea, onde as praias começavam a avançar mais para o mar e as casas eram mais espaçadas.

"Se a gente for toda a vida, vai dar em Long Island", disse ele.

Ela reparou que já não havia tantas ruas residenciais, somente um ou outro sinal de trânsito ao longe. O mar estava cinzento e batido, com uma espuma amarelada pelo luar.

"Já estamos chegando?"

"Já."

Ela achou que ele dobraria à esquerda, mas ele dobrou à direita. Nesta altura, estavam numa rua bem depois das Rockaways e de Coney Island, onde a linha do metrô dava uma guinada para o interior e sumia. De repente, ele fez uma curva e pegou um caminho deserto, à beira-mar, atravessando uma floresta de pilastras podres antes de parar.

"Sabe da maior", disse ele, com um grande suspiro de preocupação, "meu carro ferveu, olha só o painel."

Ela colocou a mão no painel e estava mesmo quente.

"Que tal a gente dar um tempo aqui curtindo esse ar fresco?"

Os dois ficaram um pouco ali, olhando o mar e o rapaz contou que a mãe costumava leva-lo à tarde àquele local e ele ia brincar na área com um baldinho e uma pá, fazendo castelos – sua casa não era longe. E Delores só na expectativa de que ele se virasse para ela poder lhe dar um beijo, e aí, de repente, aconteceu: ele tomou um trago de whisky de uma garrafinha, segurou-a pelos pulsos e disse: "Delores, passei o dia todo querendo beijar esse seu rostinho lindo".

Ela sentiu o corpo dele junto ao seu e disse, baixinho: "Eu também".

Então começaram a se beijar: ele lhe deu beijinhos no rosto e em volta do nariz e depois passou aos beijos de verdade, enquanto a apalpava toda. Ela permitiu que ele acariciasse os seus seios; depois ele tentou enfiar a mão no maiô para chegar entre as pernas dela, que foram trancadas com toda força. E, na mesma hora, o sujeito fez uma cara de espanto, aliás, já estava com uma cara meio alterada, e disse: "O que foi?".

"Me desculpe."

"Ora, relaxa, sim? Eu não vou te devorar."

Mesmo assim, ele tentava levantar-lhe a saia para enfiar os dedos lá embaixo no maiô. Ela o empurrou.

E assim, sem mais nem menos, ele ficou com um ar mais arrogante e começou a arrancar o maiô, puxando as alças e abaixando a frente para poder chegar com a boca nos seios. Ela se contorcia embaixo dele, daqueles beijos e daquela língua grossa.

"Se você soubesse, Delores, tudo o que estou sentindo", repetia ele. Ela tentou empurrá-lo, mas ele era forte. De repente, irritado com aquela resistência, ele a esbofeteou e disse: "Ora essa, Delores, eu não estou brincando com você. O que é que há?".

Então se deu conta de que iria perder a virgindade da pior forma possível. Com aquele *pendejo!* Ah, *Papi!* E não havia nada a fazer. Ir para onde? Fugir por baixo daquela passagem e cair numa daquelas ruas desertas? Era tudo tão ermo que ela desejou ser uma sereia para poder fugir a nado mar afora. Ela avaliou as possibilidades de resistência ou capitulação e ficou totalmente desalentada. Como podia ter sido tão crédula, tão idiota? O que mais podia fazer senão ficar ali sentada, com pena e vergonha de si mesma e uma ponta de satisfação pelo arroubo do rapaz. Essas ideias todas se transformaram numa tristeza avassaladora pelo fato de ela ser mulher. E onde estava aquela simpatia do rapaz? Ela se recostou no banco, ele levantou, tirou os sapatos e as meias. Depois, com a mesma devoção insana com que rasgara a roupa de banho da moça, puxou o pau duro de dentro das calças, e o segurou com orgulho...

Quando ele abaixou o zíper, ela já queria acabar logo com aquilo. Ele abriu a porta do carro e foi para cima dela, arriando as calças e as cuecas de bolinha. E lá estava aquilo, o membro dele, ligeiramente vergado, e balançando ao vento. Delores pensou: parece de criança.

Uma expressão de dó, alegria e total desprezo passou pelo seu olhar quando ela lhe disse: "Vá para o inferno, *hombre*".

E enquanto ela se revirava naquele banco, pensando em outras coisas e deixando-se levar como um daqueles tocos que vinham dar ali na praia, o rapaz continuava tentando enfiar-lhe a peça, na maior irritação. Mas para ela era como estar naquele quarto com o pai no dia em que o viu nu; como se estivesse deitada ao lado dele olhando para aquele membro, enorme e potente, uma entidade superior às fraquezas físicas que acabariam dando cabo dele.

Seu pobre pai viria a falecer em 1949, caindo fulminado numa escada quando fazia uma entrega de soda, bum!, rolando dois lances dali para baixo, atordoado e vendo, como última imagem, vinte garrafas de soda quicando nos degraus, explodindo e se espatifando. Anos depois, ela pensaria: digam o que disserem, *Papi*, mas você era uma pessoa trabalhadora, protetora e um homem, um homem meigo e carinhoso, *Papi*. Não era como aquele filho da mãe que me violentou.

   Naquela noite, enquanto ela era estuprada na praia, a palavra "viril" pairava em sua cabeça, roçando de leve as especulações que fazia sobre a sexualidade do pai. Ela não estava na praia, mas sentada na beira da cama, passando óleo nas costas doloridas do pai, massageando seus ombros e o ouvindo exclamar: "*Ay, qué bueno!*" – "Como é bom!". E ficou feliz com os suspiros de prazer do pai, mesmo que ele fosse um fantasma em seus pensamentos. Naquela hora, enquanto o rapaz da Pepsodent tentava penetrar no seu útero, agora seco como palha, ela o ouvia gritar frustrado: "Me dá agora!" e depois: "Droga!". Abrindo os olhos, Delores viu o rapaz se masturbando para ajudar a ejaculação que começara, à sua revelia, durante aquele fracasso... Achando uma certa graça, ela ficou olhando para a expressão daquele rosto que ia perdendo a força e a paixão, para aquele homem puxando as calças e o resto, de costas para ela. Ele falou: "Eu deveria jogar você na água. Agora suma da minha frente".

   Naquela noite, ele a deixou na praia com os mosquitos, as pulgas e os siris que pulavam na areia, alimentando-se devagar, e ela teve que perambular pelas ruas à procura de ajuda. De manhã, ela estava sentada no meio-fio a sete quadras dali, onde havia casas. Um caminhão de leite parou e o entregador, de branco, inclinou-se para fora da janela e gracejou: "Noite pesada, hein, dona?".

   E a levou até a estação de metrô, a quinze minutos dali.

NO DIA DO BAILE, Delores pensava no que sua irmã Ana Maria lhe dissera: "O amor é o sol da alma, a água das flores do coração e o vento doce da aurora da vida" – sentimentos tirados de boleros melosos ouvidos no rádio, mas talvez verdadeiros, apesar de toda a crueldade e idiotice de que os homens eram capazes. Talvez exista um homem diferente, que vai ser bom para mim.

   E assim Delores pôs um vestido vermelho drapeado no busto e com uma fenda na saia, meias de náilon escuras e sapatos pretos de salto alto, um colar de pérolas falsas e fez um penteado como o de Claudette Colbert. Passou um pouco de Chanel No. 5 atrás da orelha, entre os seios e pingou umas gotinhas nos fundilhos da calcinha previamente empoados de talco, de modo que a mulher que entraria no cabaré apenas lembrava, de longe, a faxineira que Nestor conhecera no ponto de ônibus.

O cartaz que Delores e Ana Maria viram afixado na porta de metal amarelo do cabaré dizia:

> **!!!CONCURSO!!!!CONCURSO!!!!**
> ********
> NO IMPERIAL BALLROOM
> **DOS**
> **MELHORES**
> e
> **MAIS CHOCANTES**
> **CASAIS DE CARECAS**
> *
> Primeiro prêmio de $50! + CAIXA DE CHAMPANHE
> +
> UMA COLEÇÃO DOS SEUS DISCOS PREFERIDOS
> !!!!!!!MUITO MUITO MAIS!!!!!
> ********
> Apresentando
> **OS FABULOSOS MAMBO KINGS!!!**
> *
> Ingr. $1.06. A casa abre às 21h

Depois de deixarem os chapéus e os casacos na chapelaria, Delores e Ana Maria, beliscadas na bunda por umas mãos safadas, foram entrando pelo salão no meio daquela gente toda, carecas e cabeludos, reunida no Imperial Ballroom. Delorita estava agora naquele mundo da paquera para o qual achava que não servia. Porém, na véspera, ela sonhara com o músico que encontrara no ponto do ônibus. Ela, nua, numa cama, abraçada a ele, os dois se beijando longamente e tão juntos que o cabelo dela se enroscava nele como uma corda. A pele deles ardia e, ao mesmo tempo, era como se estivesse com todos os poros abertos e de cada um deles escorresse um líquido feito mel. E, de repente, esse sonho desaguou num funil de sensações no qual ela flutuava como uma nuvem: acordou de madrugada, imaginando o dedo sensível do músico tocando a válvula mais suculenta do seu corpo. Ao dirigir-se ao palco para mostrar Nestor à irmã, Delores corou pensando nesse sonho.

Os Mambo Kings estavam ali no palco, do mesmo jeito que apareciam nas fotos daquela época: de terno de seda branca, formados em duas alas que se confrontavam. O elegante Miguel Montoya, sentado ao piano de cauda, um percussionista diante das congas, bongôs e timbales, outro diante de uma bateria. Em seguida, Manny com seu contrabaixo, o trombonista e dois trompetistas. E na outra fileira, o saxofonista e o flautista, os dois violinistas, depois os irmãos, lado a lado diante do microfone. Os refletores focalizavam o atraente César Castillo, e Ana Maria, achando-o bonito, perguntou: "É ele?".

"Não, ele é aquele mais tímido ali do lado."

E lá estava Nestor, aguardando o fim da introdução. Após o sinal de César, ele se aproximou do microfone, inclinou a cabeça para trás e iniciou o seu solo. Assim como o irmão mais velho, que recuara um pouco, ele estava de terno branco de seda, camisa salmão e gravata azul-celeste. Solava uma música de autoria do irmão, "Solitude".

"Ele não é lindo?", perguntou Delores.

E, então, quando a orquestra repetiu o refrão e César cantou a última frase, ela se colocou na plateia diante do trompetista e sorriu para ele. Nestor estava tão concentrado que seu rosto era uma máscara contraída, mas ficou feliz ao vê-la ali. O número seguinte foi uma música rápida, um mambo. Com um sorriso irônico, César fez um sinal para o percussionista que, com as mãos enfaixadas como as de um boxeador, atacou – tam, tam, tam! – o seu *quinto* e aí entrou o piano com aquele som latino, alternando com o baixo. Novo sinal, os outros entraram e César começou a dançar na frente do microfone, com aqueles sapatos de couro branco e fivelas douradas, movendo-se como dois ponteiros numa bússola descontrolada. E Nestor, ao lado dos metais e feliz por ver Delores, cuja presença parecia aliviar a sua dor, soprou tão forte no seu trompete que ficou todo vermelho, como se o seu rosto melancólico estivesse prestes a explodir. E o pessoal na pista de dança saracoteou e gingou. Os músicos gostaram do solo de Nestor, aprovaram com a cabeça, e ele tocou com alegria, só pensando em impressionar Delores.

Veio outra música lenta, um bolero.

Nestor falou no ouvido de César, que anunciou: "Agora vamos apresentar uma composição de nossa autoria, a canção intitulada 'Twilight in Havana', e meu irmão aqui ao meu lado deseja dedicá-la a uma moça bonita chamada Delores".

Cabeça pra trás, ele se postou ao lado do microfone, diante do foco que vinha dos fundos e projetava a sua sombra na pista, que se refletia para o meio das pernas bem feitas da moça, para aquela região molhada onde se deixou ficar a lambê-la.

Naquele dia, Delorita e a irmã Ana Maria estavam com a corda toda e dançaram a noite inteira com pares diferentes. Ana Maria, esfuziante e Delorita, melancólica e doce, com o queixo no ombro de seu par, os olhos no palco, com foco no microfone e na expressão sofrida e sentida de Nestor Castillo. Delores poderia ter ficado com um daqueles rapazes, mas esperou Nestor. Ao descer do palco no intervalo, quando a outra orquestra assumiu, ele estava com um ar feliz, como se a ideia de um novo amor tivesse quebrado o encanto de dois anos de sofrimento por causa da Bela Maria. Desdobrou-se com Delores como se não houvesse no mundo o que não fosse capaz de fazer por ela. Pagou tudo que as irmãs quiseram beber, enxugou uma gota de suor da testa de Delores com o seu lenço cheirando a lavanda e, quando ela disse que gostaria de dançar, mas estava com os pés doendo, ofereceu-se para massageá-los.

Quando ela perguntou: "Por que você está me tratando tão bem?". Ele respondeu: "Porque, Delores, parece que é esse o meu destino".

Ficou o tempo todo com ela, como se a conhecesse a vida inteira. Uma hora, sem motivo aparente, ele abaixou a cabeça com um ar de tristeza e ela encostou de leve a mão em sua nuca, pensando: o coitadinho do meu *Papi* era assim. E como se ela parecesse entender o seu sofrimento e como se ele não precisasse ficar fazendo piadas e nem pensando em esquemas românticos para fisgá-la, à sua maneira, sentiu que era possível uma ligação forte nascer entre eles. Como um pássaro infeliz num bolero, sentiu as chamas de um amor eterno chamuscando suas asas.

Quando os músicos voltaram ao palco, apareceu o apresentador da noite – um sujeito atarracado, de bigode, com um smoking preto e uma faixa de seda vermelha em volta da imensa pança, parecendo um embaixador. Ele foi ao microfone e anunciou o evento daquela noite: "E agora, senhoras e senhores, chegou a tão esperada hora do nosso concurso de carecas! Os jurados desta noite são, ninguém mais e ninguém menos que o famoso dançarino de rumba Palito Pérez e sua esposa Conchita". E o casal fez uma mesura do palco. "O sensacional Rei da Dança, nosso 'Killer' Joe Piro em pessoa, e, para terminar, este assombro vocal da orquestra do Mambo

Kings, o espetacular César Castillo! Antes de dar início ao concurso, eu gostaria de lembrar ao distinto público que este evento tem o patrocínio conjunto da Organização dos Filhos da Itália e da Cervejaria Rheingold. Maestro, é com você."

Com a divulgação do concurso, feita principalmente por meio de folhetos, cartazes e algumas chamadas no rádio, houve uma corrida às barbearias do centro de Brooklyn, do Bronx e do Harlem. Um grande público lotava a casa, inclusive centenas de casais com a cabeça raspada zero: cabeças ovóides roxas e verdes, carecas de smoking branco e vestido de baile, carecas de fraldas gigantes (a fralda feminina formando uma frente única recatada), o sr. e a sra. Lua, carecas fantasiados de laranja, de marciano, de bomba de hidrogênio, de pintinho e sabe-se lá o que mais. Havia palhaços e arlequins, casais com bolas aplicadas na roupa, casais com plumas e sinos. Os participantes do concurso precisavam se destacar não só pela originalidade da fantasia, mas também pela graça e desenvoltura ao dançarem mambo, rumba, tango e chá-chá-chá.

Em meio a uma plateia já um tanto alta, Delores torcia por uma dupla que formava o mais lindo par de carecas. A mulher parecia a rainha Nefertiti, com colares e pulseiras faiscantes cintilando feericamente e um vestido vermelho cujas mangas se abriam como asas de borboleta e a saia se enrolava como um teto de pagode. Seu par tinha um colar de penas de pavão, enormes pingentes na orelha e calça roxa vários tamanhos acima do seu, o que lhe dava um ar de gênio da lâmpada. Mas o principal detalhe era que o casal parecia apaixonadíssimo, rindo e se beijando a cada passo.

Não ganharam, embora dançassem bem. Outra dupla venceu: o homem tinha um despertador amarrado na careca e o couro cabeludo pintado com números. Estava de bombachas largas, sapatos de bico fino rosa, camisa e paletó lavanda. Seu par conquistou os corações masculinos da plateia requebrando-se num vestido preto longo tomara-que-caia. Sua consagração ocorreu durante um rodopio rápido, quando as forças centrífugas lhe rasgaram o corpo do vestido, revelando um par de seios generosos, fartos e trêmulos, tão reluzentes quanto a sua careca.

DEPOIS DO CONCURSO, Delores e Ana Maria foram até o toalete, que estava apinhado de carecas e cabeludas muito compenetradas, retocando o delineador, o rímel e o batom. Delores sentou-se na frente de um espelho para se retocar também e ficou apreciando o entra e sai daquelas jovens que estavam ali para conhecer rapazes e se divertir[5].

A música latina de uma orquestra grande a todo volume entrava ali cada vez que a porta abria, senhoras nos cubículos urinando, um perfume de Chanel No. 5 por toda parte e chicletes estourando nas bocas. Garotas cubanas, porto-riquenhas, irlandesas, italianas, lado a lado, diante dos espelhos, passando rímel e ruge ou retocando o batom. Mulheres puxando as saias e endireitando as cintas, coxas grossas imaculadamente alvas ou cor-de-mel debaixo dos refletores.

E vozes:

"Vou te contar, meu amor, tem cada homem aí, uau! Esse cara é fogo, a gente acabou de se conhecer e ele já vem logo se encostando de pau duro."

"Eu estou bem? Você acha que ele vai gostar se eu prender o meu cabelo assim?"

"E ele quer me levar para um hotel em San Juan... Com tudo pago."

"E o filho da puta me levou pra passear. Eu estava meio de porre e fiquei ali com ele no carro naquele estacionamento. Eu só queria ficar ali no carro e pegar um pouco de ar puro. De repente, ele partiu pra cima de mim, como se nunca tivesse tido uma mulher na vida. Eu mal conhecia o cara, só sabia que era casado, e vi logo que era mal casado pelo jeito que estava me agarrando... Teve um pouco de luta livre. Até que eu não sou de frescura, mas não adianta que eu não dou pra um cara se eu não sentir alguma coisa por ele, você entende? E o que você acha que ele fez? Sacou aquela peça roxa e não parava de pedir: 'ah! Por favor, gatinha, por que você não dá um beijinho nele?' e 'ah, por favor', todo franzido, como se estivesse morrendo de dor. Aí eu mandei ele ir pro inferno e larguei ele lá com a peça na mão.

---

[5] A mulher dava duro para realçar a beleza a fim de conseguir um bom partido definitivo, fugir da solidão, beijar, abraçar, dormir, fornicar e poder tremer em braços masculinos. Encontrar um homem para cuidar dela, protegê-la, amá-la. Um homem para aquecê-la quando soprassem os ventos gelados da vida (agora, vejam essas mulheres se vestindo. Um leve toque de talco em volta dos seios e mamilos gostosos, uma passadinha lá embaixo, uma floresta densa de pentelhos escuros, empoada e gostosa, e toca a botar a calcinha, roçando a vara dele – quanto maior melhor – ora, senhoras, sejam sinceras! A mulher querendo o homem dentro dela, mas rejeitando-o, com as pernas trancadas e as entranhas derretendo. O homem beijando-a todinha e fazendo promessas, até que ou ele a pede em casamento ou passa para outra, ou ela o fisga, chorando lágrimas de crocodilo, e ele casa com ela sincero e meigo e atencioso e, às vezes, eles envelhecem felizes, juntos, mas outras... O homem sempre procurando outra, e a mulher sabendo de tudo, mas o que pode ela fazer quando vai perdendo aquela graça que o conquistou no início? Com pneus de banha pulando em volta da barriga toda estriada... O que ela pode fazer, senhoras?).

E eu estava certa, só que depois ele já estava na boate dançando com outra, e pela cara dela garanto que ela chupou aquele pau. Acabei voltando pro Bronx sozinha naquele ônibus da linha 2 que sobe até a Allerton Avenue..."

"Bom, esse cara tem um metro e noventa, deve pesar uns cem quilos, trabalha no município, sabe, mas... o pinto dele é desse tamanhinho, que fria!"

"Por mais bonita que a gente seja, tem sempre outra mais bonita."

"Eu trocava tudo por uma aliança de noivado."

"Ai, meu Deus! Alguém aí tem umas meias sobrando?"

"... *Qué guapo* que é aquele cantor, hein? Eu saía com ele na hora que ele quisesse."

"Bom, eu já saí com ele."

"E aí?"

"Ele faz gato e sapato da gente."

"O irmão também não é de se jogar fora."

"Quem está dizendo é você."

Delores lembra que, ao voltar para o salão, passou pela lojinha dos engraxates, com aquele monte de marmanjos fumando feito umas chaminés e tentando pegar um pouco de ar fresco na frente de uma janela. Casais se beijando e se bolinando em cabines telefônicas e pelos corredores, lustres que eram uma verdadeira cascata de cristal e luz, e a música ao longe, parecendo vir por um túnel imenso: o contrabaixo, a percussão, com aquela vibração de pratos, aquele rufar de congas e timbales, pairando como uma nuvem carregada, quebrada de quando em quando pela entrada de um metal ou pelo crescendo do piano. A vida era engraçada: ela estava indo para o bar pensando em Nestor Castillo quando sentiu alguém gentilmente segurar seu braço. E era Nestor, como que materializado pelo seu desejo. Ele a levou para o bar, tomou um copo de whisky e disse: "A gente ainda tem mais uma vez para tocar. Depois, lá pelas três, vamos sair pra comer alguma coisa. Por que você não vem com a gente... Você pode conhecer meu irmão e uns outros músicos".

"Posso levar a minha irmã?"

"*Cómo no*. A gente se encontra lá fora."

O FECHO DE OURO da noite foi a conga. O fabuloso César Castillo chegou, à la Desi Arnaz, com uma conga a tiracolo, dando aos Mambo Kings aquela marcação 1-2-3/1-2 que botou uma fila de gente serpenteando na pista. Todo mundo dançando conga, requebrando, pulando para trás e para frente, levantando a perna no ritmo, sacudindo o esqueleto e se divertindo...

Acabaram seguindo para a zona norte da cidade no Oldsmobile 1947 de Manny, e lá se encontraram com outros Mambo Kings, formando uma mesa grande no fundo de um restaurantezinho chamado Violeta's que ficava aberto até tarde para que os músicos, esfaimados depois do trabalho, pudessem fazer uma boa refeição. Na parede do fundo, um mural representava um mar tropical refletindo um eterno crepúsculo no porto de Havana, o sol se pondo atrás do castelo de El Morro. Em cima do bar, a parede era coberta de fotografias autografadas de músicos latinos clientes da casa. Todo mundo, desde o flautista Alberto Socarrás, até o Imperador do Mambo em pessoa, Pérez Prado.

Naquela noite, enquanto os Mambo Kings e seus amigos ceiavam, chegaram à casa os famosos líderes de orquestra Tito Rodríguez, da Orquestra Tito Rodríguez, e Tito Puente, líder de um conjunto chamado os "Picadilly Boys". E embora César tenha fechado a cara e dito a Nestor que lá vinha o inimigo, os irmãos cumprimentaram-nos como se fossem amigos da vida inteira.

"*Oigamme, hombres! Qué tal?*"

Olhando os dois irmãos ali juntos, Delores fez uma boa avaliação de suas personalidades. Eles eram como os respectivos autógrafos na fotografia dos Mambo Kings que havia no bar. Aquela foto do grupo, num cenário *art-déco* em forma de concha, todos de terno branco de seda, com o instrumento musical ao lado. A foto estava autografada por todos eles, e a assinatura mais exagerada era a de César Castillo, que a princípio não lhe inspirou nenhuma simpatia. A assinatura dele era vaidade pura. Com tantos floreios e voltas, as letras pareciam velas enfunadas ao vento (Ah, se ela pudesse vê-lo no apartamento da La Salle, debruçado horas e horas na mesa da cozinha em cima de um bloco de papel, com um lápis na mão e um livro de caligrafia na frente, treinando a assinatura). E ele era assim, Delores pensou, cheio de vento e gestos sem sentido. Ela não confiava naquele seu risinho de malandro escolado. Com toda a corda após uma noite de espetáculo, o Mambo King mais velho não parava quieto, brincando com os colegas, falando apenas de si mesmo e da alegria de tocar em público, paquerando a garçonete e devorando Delores e Ana Maria com os olhos. Uma coisa era olhar assim para sua irmã, que estava sozinha. Mas para o novo par do seu próprio irmão! *Qué cochino!* Pensou ela. Grosseiro e presunçoso.

A assinatura de Nestor era mais simples e cuidadosa, com uma letra quase infantil, como se ele tivesse custado muito a desenhá-la direito. Ele era mais para calado, sorria quando se fazia uma piada e balançava a cabeça com um ar sério ao olhar para o menu antes de encomendar o prato. E fazia o maior esforço para ser gentil com as pessoas. Tratava com cortesia a garçonete e os outros músicos. Era educado, parecendo temer ser repreendido por seus modos à mesa, mesmo diante daquele irmão que avançava no prato de *tostones* à sua frente e devorava tudo avidamente, falava de boca cheia e mais de uma vez soltou um arroto no meio de uma gargalhada que o deixou de olhos arregalados, chorando de tanto rir. Um homem egocêntrico, nunca satisfeito com a sua porção: comeu cinco costelas de porco, dois pratos de feijão com arroz, um prato de *yuca*, tudo muito temperado com sal, limão e alho. Porção de um líder de banda, Delores garantia. Não era à toa que aquele garotão charmoso estava ficando barrigudo e empapuçado! Para culminar, depois que encheu o pandulho, resolveu ignorar todo mundo na mesa e passou o resto do jantar flertando e se engraçando para cima de Ana Maria. *Dios mio*, como aquela voracidade era típica...

Nestor era mais reservado, o que lhe agradava. E era atencioso com ela, puxando a cadeira, segurando as portas e fazendo questão que ela pedisse o que quisesse. Quer uns *plátanos*? Um frango? Umas costeletas de porco? Tratando-a como se ela fosse tão importante quanto qualquer um dos músicos... Ela gostou dele, achou-o um homem refinado; o tipo do poeta que deveria escrever canções de amor. Estava nervosa, mas, de repente, resolveu que o deixaria fazer de tudo com ela. Havia um algo a mais que a atraía imensamente na atitude solene, na passividade e na dor daquele homem.

Depois, César deixou Manny em casa na Rua 135 e ficou com o carro para levar as duas irmãs até o Bronx. Foi uma viagem perigosa, em que as moças se agarravam ao assento, apavoradas, cada vez que César dava uma guinada e catava o meio-fio, o que aconteceu muitas vezes na subida da West Side Highway. Saía fogo das calotas quando ele passava ventando pelos outros carros, buzinando e fingindo-se de bêbado. Enfim, ele as deixou em casa, inteiras, e ficou esperando no carro enquanto Nestor foi acompanhar Delores e Ana Maria até a porta do apartamento. Delorita lembra que queria que ele lhe desse um beijo dos bons, com um pouquinho de língua, mas ele estava tão arredio e educado que ela foi dormir pensando se havia algo errado com ela. E pensando se ela é que deveria ter tomado a iniciativa de abraçá-lo e lhe enfiar a língua na boca.

Delores e Nestor começaram a sair. Encontravam-se nas noites de folga dos Mambo Kings, iam a um restaurante chinês, desciam para o centro para pegar um cinema, fazer alguma visita ou ir a uma boate. Delorita falava dos livros que lia e do milionário para quem trabalhava. "Ele é bonzinho, mas é tão rico que chega a ser infeliz". E ele ficava calado, ouvindo, quase nunca tendo muito que contar. Parecia sempre preocupado com alguma coisa, mas nunca falava nisso. O homem de quem a gente estava gostando devia ter muito o que dizer, pensava ela, mas tem uma coisa linda ali dentro, naquele peito largo... Embora Nestor não fosse de falar muito, Delores tinha certeza de que aos poucos ele iria se abrindo. E foi. Começou a falar da infância em Cuba, do arrependimento que, às vezes, sentia por ter saído da fazenda – era mais talhado para uma vida simples de fazendeiro, ele costumava dizer.

"Eu não sou do tipo aventureiro como meu irmão mais velho. Não, senhor, eu era feliz sentado ali na varanda de noite olhando as estrelas no céu e vivendo *tranquilito, tranquilito*; mas este não era o meu destino, o meu destino era vir aqui para Nova York."

No início, ela pensava que o que o fazia sofrer era a saudade da terra natal e daquela vidinha muito mais simples do interior. Ela sempre sentiu nele o cheiro do campo cubano e achou que ele não tinha um pingo de maldade.

Mas coitado! Delores imaginava que ele tinha passado por coisas terríveis na infância. Ele lhe contara que tinha sido uma criança tão doente que recebeu os últimos sacramentos pelo menos duas vezes: "Lembro de um padre de batina roxa, rezando na minha cabeceira. Velas em volta e óleo sendo esfregado na minha testa. E minha mãe chorando num canto".

E uma vez, num dia ensolarado, o dia em que ele lhe cortou o coração, quando estavam passeando no Riverside Park, ele falou: "Olha que dia lindo, né?".

"É, é mesmo, meu amor."

"Mas sabe de uma coisa, por mais lindo que seja, sinto que eu não participo."

"Como assim?"

"Às vezes me sinto como um fantasma, *tú sabes*, como se eu não fosse desse mundo."

"Essa não! *Bobo!* Você é sim."

E foram sentar na relva, numa colinazinha. Tinham trazido uns pãezinhos de gergelim com queijo, presunto e maionese e umas cervejas geladas. Crianças jogavam bola numa quadra e, aqui e ali, viam-se algumas colegiais bonitinhas de bermuda e tênis brancos deitadas numa manta, estudando. O sol a pino, um zumbido de insetos no ar, navios e barcaças passando no rio Hudson. Duas abelhas pairando sobre uma moita de dentes-de-leão como um casalzinho apaixonado olhando para uma casa. E aí um *tlim-tlim*, um sorveteiro com a sua carrocinha branca. Nestor foi até lá e voltou com dois picolés, o dele de morango, o dela de laranja; eles tomaram os picolés já meio derretidos e se deitaram. Ela estava vibrando com aquele dia lindo e com a sua paixão correspondida. E Nestor?

Ele estava de olhos fechados e de repente estremeceu. Não foi um tremor físico, mas um estremecimento do espírito. Foi tão forte que Delores sentiu que a penetrava como o bafo quente de um forno.

"Ah, Nestor, por que você está assim?" E o beijou dizendo: "Senta aqui perto de mim, *mi corazón*".

E ele começou a chorar.

"Delores... homem não chora. Me desculpe."

E embora estivesse com o rosto todo contraído, ele se controlou e voltou ao normal.

"É que às vezes eu fico muito cansado", explicou.

"De quê?"

"Cansado, só cansado."

Ela não sabia o que fazer. Pegou a mão direita dele e a beijou.

"É que às vezes eu não tenho vontade de viver."

Depois não quis mais falar no assunto e foram dar uma volta. O dia terminou bem. Foram ao cinema Nemo na Broadway ver umas comédias de Abbott e Costello e, depois, comer uma pizza. A essa altura, ela já estava apaixonada.

Delores devia estar gamada, devia ter olhado para o namorado com um olhar derretidíssimo, porque quando já saíam há quase dois meses e se beijavam no *hall* de entrada do apartamento dela, ele disse: "Sabe, Delorita, eu não queria que você olhasse assim para mim. Eu não sou esse santo que você está pensando".

E, num impulso, ele a agarrou, apertando-a e fazendo-a gemer com a pressão que lhe fez entre as pernas com o cacete em brasa dentro das calças.

"Você está vendo, Delorita", dizia ele, "eu sempre quis te respeitar, mas agora... nem consigo dormir de tanto que penso em você... E tem mais uma coisa, eu não falei nada nem me abri porque sou uma pessoa cautelosa, mas Delorita", e ele a chocou pegando-lhe a mão e colocando-a em cima da braguilha das calças, "você não está vendo meu estado?".

Começaram um longo beijo, até que ela falou:

"Vamos entrar. A Ana Maria saiu e só vai voltar tarde."

Ela não ficou nervosa, despindo-se na frente dele e deitando no sofá onde seu pai costumava adormecer de cansaço. Nestor a agarrava toda, com aquela língua grossa dentro da sua boca, os dedos tentando entrar por baixo da armação de arame do seu sutiã. Ele sussurrou: "*Querida*, desabotoa a minha calça".

E, sem olhar, ela desabotoou a braguilha e afastou as metades de pano, ao mesmo tempo em que os dedos dele iam afastando os lábios da sua vagina, e puxou a peça para fora; ela era potente e grande o bastante para fazê-la prender o fôlego e abrir as pernas para ele.

E como já estava com a calcinha toda molhada, ela falou: "Tira, meu amor". E enquanto se beijavam, ela tornou a pensar em outras coisas, relembrando as tardes em Havana em que, para fugir da gritaria que enlouquecia sua casa, ela se refugiava num quarto cujas venezianas filtravam a claridade do dia, deitava-se na cama e se acariciava para esquecer a gritaria; esquecer tudo graças às sensações de prazer como essas que agora a arrebentavam. As pernas afastaram-se mais um pouco e ela se sentiu tomada por uma força tremenda, suas estranhas encheram-se da cera quente de um círio, e, conforme o som da respiração frenética daquele homem ia ficando mais forte, tornava-se igual àquele vento que, às vezes, ela ouvia nos sonhos. Os poros dela se abriram e soltaram aquele líquido quente e doce do seu sonho e ela pensou: "meu Deus, isso é um homem!" Passaram horas brincando e Delores estava tão agradecida que o deixou fazer tudo o que quis. Naquela noite, ela passou da completa ignorância à experiência do ato amoroso. Ao ouvi-lo gemendo de prazer e vê-lo com aquela expressão extática de alívio estampada no rosto, determinou-se a lutar por um novo objetivo: aliviar o sofrimento daquele jovem músico.

(E o infeliz Nestor? Pensou que estava com Delores e devorava-lhe os seios de mamilos grandes. Contudo, ao fechar os olhos e não ver mais o seu rosto, beijava era o seio da "Bela Maria de Sua Alma", lambendo-a toda. E, ao estremecer com essa fraqueza, lembrou-se do quanto gostava de Delores, de como se sentia bem dentro dela, e saiu das trevas para onde começara a escorregar. Nesse momento, abriu os olhos e fitou-a bem. E como estava gozando, sentindo os ossos se desmanchando e o corpo invadido por um calor cremoso que lhe subia do pênis e lhe explodia no cérebro, tornou a fechar os olhos e sentir a maior das tristezas por Maria. Contudo, quando imaginava Maria, ela aparecia num quarto, onde havia uma porta e depois o seu leito de menino doente, e ele ali, sem poder se mexer, gritando *Mamá*! E esperando, esperando. Então tornou a abrir os olhos e fodeu Delores com mais força, mas não conseguiu tirar a outra da cabeça, e quase deixou escapulir algumas vezes o nome de Maria.)

Naquela época, o primo Pablo já se mudara com a família para uma boa casa no Queens e deixou o apartamento para os irmãos. César ficou com um quarto grande dos fundos e Nestor com o menor, perto da cozinha. Ele passou a convidar Delorita para jantar e, como ela morava muito longe, às vezes ficava para dormir. Nestor ia esperar o ônibus que trazia Delorita do Bronx na esquina da 125 com Broadway. Às vezes, ela vinha direto do trabalho para o apartamento da La Salle, com uma muda de roupa dentro de uma sacola. Ela não se importava com o fato de dormirem juntos sem serem casados. Achava que aquilo não era da conta de ninguém, embora ela tivesse só vinte e um anos. Além do mais, não tinha dúvidas de que acabariam se casando.

No início, sem a família de Pablo, o apartamento, quase sem móveis e atulhado de instrumentos musicais, era meio triste. Mas Delorita começou a trazer flores e papéis Contact. Nestor e ela iam fazer compras em Chinatown e voltavam cheios de vasos chineses e velas de jasmim. Ela cuidava da limpeza da casa e começou a cozinhar para eles. Às vezes, iam para os lados da Universidade de Colúmbia e às livrarias da Broadway e, enquanto ela vasculhava os cestos e as prateleiras dos sebos à cata de histórias de aventura, espionagem, amor e romances policiais, tudo a um centavo, ele ficava pacientemente esperando. Saíam bastante nessa época. Às vezes, César pegava um carro emprestado e eles iam até o campo num daqueles passeios perigosos. Iam também ao Park Palace, tão chique quanto o La Conga ou o Copacabana, para ver o Machito ou Israel Fajardo, e depois iam passear pelo Central Park, às duas da manhã. Uma vez, depois de uma apresentação dos Mambos Kings no Brooklyn, foram até Coney num dia de maré baixa e o incidente com o rapaz da Pepsodent pareceu tão distante quanto a lua branca ali no céu.

QUANDO NÃO TINHA aula à noite, ela estudava. Aprendeu inglês às custas de muito esforço e humilhação numa escola católica no Bronx, onde as freiras literalmente batiam na sua cabeça com um dicionário quando se confundia ou não se lembrava de algumas palavras. Erros de pronúncia crônicos fizeram dela o objeto de muitas brincadeiras, mas ela aguentou, estudou e se destacou, tirou dez em ortografia e teve boas notas, tornando-se uma daquelas latinas que, depois de um aprendizado terrível, sabiam falar inglês tão bem quanto qualquer pessoa (e com um ligeiro sotaque do Bronx). Vivia tentando ensinar alguma coisa a Nestor, incentivando-o a ler um livro. Ele dava de ombros e dali a pouco ela o encontrava no sofá da sala com um violão, lápis e papel, assoviando e trabalhando a melodia de várias músicas.

Pela primeira vez na vida, ela se sentia feliz e adorava Nestor por causa disso. Às vezes, ia para a sala, fechava as venezianas e tirava a roupa, ou ia para perto dele só para lhe fazer companhia e, em pouco tempo, ele já arriava sua calcinha e levantava seu vestido. Sempre se sentia feliz com ele porque, quando faziam amor, o Mambo King mais moço ficava dizendo, "*Te quiero, Delorita, Te quiero*". Durante o orgasmo, as feições dele se alargavam e achatavam-se como aquelas máscaras do carnaval de Veneza que o patrão dela tinha em casa. E ele ficava vermelho durante o êxtase de alívio. Não havia nada que ela não fizesse por ele. Untava os seios e as coxas com óleo de bebê, passava geleia lubrificante entre as pernas, entrava no quarto quando Nestor estava descansando, chupava-o e empalava-se com o seu membro.

Ele não dormia bem e costumava ter pesadelos. Muitas vezes, quando estavam na cama, ela pensava na tristeza dele e queria ajudá-lo. Parecia, no entanto, nada haver ao seu alcance para arrancá-lo daquela melancolia. Fazer amor tirava-o um pouco desse estado. Ele adormecia encaixado nela, pressionando a ereção contra o seu corpo. Devem ter feito amor inúmeras vezes dormindo. Uma vez, enquanto sonhava que estava colhendo flores, Delores sentiu o pênis dele penetrá-la por trás. Não na vagina. Como estava semiacordada, custou a perceber de onde vinha aquela sensação. Primeiro, sentiu como se estivesse recebendo uma injeção de argila quente no rabo. Em seguida, aquela substância macia virou uma coisa dura que foi aumentando de tamanho, esgarçando-a, a princípio, e depois se tornando novamente quente e macia. Ela mudou de posição para facilitar o prazer dele e ficou mexendo o corpo até ele gozar. Depois, ambos tornaram a dormir profundamente e os pesadelos voltaram para Nestor.

Agora, os acordes da introdução de "Beautiful Maria of My Soul", e Nestor nos braços de Delores sonhando com o ano de 1948. De madrugada, depois do expediente no Clube dos Exploradores em Havana onde trabalhava com o irmão mais velho, ele ia passear pelos bairros da cidade; gostava de perambular pelas arcadas, andar no mercado entre fazendeiros e gaiolas de galinhas e porcos. Num beco nos fundos de um restaurante chinês chamado Papo-lin's em La Marina, bairro perto do porto onde moravam, ele assistia à briga de dois galos vermelhos, dois machos valentes a se digladiarem com seus esporões afiados. Em pé num bar, comia seu prato de feijão com arroz e costeleta de porco carregado no sal e no limão, a vinte e cinco centavos, apreciando o movimento alegre da rua fervilhando de vida. Homens puxando carroças de trapos; trabalhadores chineses, de sapatos de veludo e túnicas de algodão, a caminho das fábricas de charuto; barracas com os pobres de Las Yaguas vendendo bens e serviços: leitura de sorte, sapateiros, suco de fruta a dez centavos, relógios, guitarras, ferramentas, rolos de corda, brinquedos e artigos religiosos, imagens e amuletos, flores, poções de amor e velas mágicas, "tire sua foto por vinte e cinco centavos, a cores!". Ele olhava as roupas para ver o que podia comprar com seu salário de quinze dólares por semana: uma boa *guayabera* extravagante com acabamento de renda, $2; uma camisa lisa, $1; um par de sapatos, $4; *pantalones* de linho, $3,50. Uma barra de chocolate? Dois centavos. Pepsi ou Spur cola, dez centavos... E cachos de banana pendurados como lustres, carroças e carroças de frutas, carroças de gelo e uma roda de homens jogando dados à porta de uma casa. Flores em potes, flores jorrando dos balcões e líquens nas paredes comidos pela maresia. Cercas de astrágalos e portas antigas, cornijas marrons e laranja, cabeças zoomorfas ou angelicais nas aldravas das portas. Prateleiras de tachos e panelas de cobre, crianças entrando e saindo correndo das barracas, marinheiro indo às putas da cidade, uma corda com uma bicicleta pendurada em cima de uma fila de pneus de bicicleta. Gaiolas de papagaios, um cavalheiro soturno com olhos de tartaruga, pacatamente sentado diante de uma mesinha dobrável exibindo suas fotos "artísticas" a eventuais compradores e mais araras de vestidos por onde circulavam moças bonitas e música fluindo de dentro das casas. Cheiro de sangue e serragem, berros de animais sendo abatidos, cheiro de sangue e tabaco e um passeio pelo beco que dava para os fundos de um matadouro de frente a outro: um jovem jogando baldes de água para limpar o sangue do chão e, atrás dele, uma carreira de doze carcaças de porcos esquartejados. E as lojas de artigos de couro, madeira, praia...

Depois passava pelas prostitutas que ficavam na porta, de calcinha e penhoar com um peito ou pedaço de coxa de fora, lambendo os lábios como se tivessem acabado de tomar um sorvete: elas avaliavam o volume da peça dele, riam e chamavam: "*Psst. Ven, macho, adónde vas?*" Sempre que passava por ali, ele as cumprimentava com um aceno. Para elas, ele era o músico pacato passeando na rua delas, o sujeito sem a ousadia do irmão. Elas o chamavam e passavam a mão nos peitos. Uma vez levou um beliscão na bunda de uma dama dessas que saiu correndo atrás dele. "*Guapito!* Ei bonitão, por que tanta demora?" Mas ele nunca quis ir, porque, já quando o irmão o levava às prostitutas em Oriente, aquilo tinha um lado que o deprimia profundamente. Não o contato de peitos e pélvis, o jorro do seu esperma, nem a bacia branca com água debaixo da cama cheia de preservativos boiando. Deprimia-o a situação dessas mulheres obrigadas a trepar com os homens por quem não tinham amor, abrindo as pernas por cinquenta centavos, às vezes, um dólar, quando se tratava de uma mulher realmente bonita.

Ele, porém, não era nenhum santo. Uma vez se meteu com uma moça bonita, uma jovem casada, como se verificou depois, que estava necessitadíssima de um homem para amá-la. Transara quatro vezes com ela e já estava ficando gamado quando viu que era exclusivamente por dinheiro que ela vinha lhe chupar o membro e deixá-lo de quatro. Passou semanas acabrunhado com essa decepção e resolveu voltar aos velhos hábitos. (Não como César. Este, com problemas conjugais, entrava com estardalhaço num daqueles bordéis levando sua garrafa de rum e pegava três mulheres de uma vez. Depois, voltava saciado para o apartamentozinho onde moravam, com os olhos irônicos brilhando de satisfação. Não como César, que ia para esses bordéis e passava noite a noite com essas mulheres, cantando para elas com aquela trepidação em sua voz de barítono: cantava e elas lhe davam de comer; às vezes, ele dava uma escapulida e ia transar num quarto com alguma delas.)

    Assim as putas de La Marina acabaram descobrindo que era de saudade da terra natal e carência de amor aquela eterna expressão estampada no rosto de Nestor durante a noite. Já naquela época, ele sofria de insônia. Só soube o que era um bom dormir nos braços da mãe quando era bebê. O resto era mortal, como as noites que passava quando era uma criança enferma com falta de ar, o coração aos pulos e o corpo todo lanhado. Era o pesadelo de abrir os olhos e ver a mãe sentada à sua cabeceira chorando e a figura fúnebre de um padre ungindo a sua testa com o polegar, fazendo o sinal da cruz com um óleo que recendia a canela, e ele ali pensando que ia morrer. A paz do sono nos braços da mãe era o que lhe faltava. Ficava, então, perambulando pelas ruas, agoniado com a noite e desejando nunca ter saído de Las Piñas nem do aconchego da mãe. Mas era um homem, *coño*! Fadado a viver no mundo e a ocupar seu lugar entre o resto dos homens que estavam em toda parte, comandando as coisas, dando ordens, enfrentando a vida a cada instante. Por que haveria ele de ser diferente?

    Percorria essas ruas sonhando acordado; sem ter um trajeto fixo, gostando de perambular por becos, aleias e escadarias, e sem saber aonde ia dar. Às vezes, nesses passeios, ele sentia uma afinidade com as estrelas. Passava horas no porto olhando para o céu. Estrelas cadentes, estrelas com um brilho rosa-azulado num céu infinito. O que estavam fazendo ali? Murmurando, suspirando e olhando as loucuras de amor aqui embaixo, como nas músicas? Será que se sentiam solitárias ou tristes, querendo escapar da escuridão que as nutria? Ou estariam condenadas à solidão e à eterna busca da felicidade, como Nestor?

    Uma noite ele foi até um parque em Marianao onde, no meio do arvoredo à beira de um rio, os *rumberos* se reuniam para tocar com seus incríveis *batá*, maracás e trompetes. Naquela noite, ele tocou trompete com eles e voltou para casa andando. Num bar de esquina, tomou um café e ficou olhando as crianças dançarem ao som de um realejo. Depois, pensou em ir ao cinema ver um filme de caubói, mas o caminho que fez o levou a passar por uma casa e ouvir um quebra-quebra de pratos com uma gritaria e um tumulto numa escada. Tivesse ele passado por ali cinco minutos antes ou depois do início da briga, as coisas talvez se arrumassem sozinhas sem sua intervenção e a mulher de vestido rasgado com aquele rosto lindo banhado em pranto voltasse para dentro de casa ou fizesse as pazes com o seu homem. No entanto, por acaso, ele ia passando por ali na hora da gritaria e, em seguida, ouviu uma correria numa escada, bofetadas, o casal saiu para a rua aos tapas, o homem tentando imobilizar a linda boca e ela, aos prantos, puxando-lhe o cabelo. Muito sofrimento naqueles rostos, e o homem enfurecido.

Num gesto heróico, Nestor interveio, aproximando-se do homem e dizendo: "Olhe aqui, pare com isso, não machuque a moça. Em mulher não se bate". Aí a coisa virou. O homem, danado com aquele fresco que teve a audácia de se meter com ele, reagiu: "E o que é que você tem com isso?", disse empurrando Nestor.

Nestor revidou e os dois saíram no tapa. A briga terminou no meio da rua, com os dois ensanguentados e sujos. Tendo assistido àquilo tudo de longe, enquanto terminava seu prato de arroz com frango, linguiça e *tostones* num botequim da rua, um policial veio apartá-los.

Quando se acalmou, o homem agarrou a mulher, trocou desaforos com ela e partiu furioso, anunciando: "Você não precisa de mim? Então está ótimo, você não vai me ver nunca mais". Ela ficou vendo o homem se afastar. Ele virava para trás toda hora e a xingava: "Sua vagabunda! Sua puta!". Ela chorava, e Nestor parou na esquina, já sem vontade de continuar o passeio. Ele não queria arredar o pé de perto dela e, embora os dois não tivessem muito o que dizer, ficaram ali, lado a lado, calados. Então a convidou para ir até o botequim: "Vai fazer você se sentir melhor", ele disse.

Ela deixou Nestor atordoado: era mais linda que o mar, que a luz da aurora, que um campo de flores. Daquele corpo agitado e suado do calor da briga vinha um odor de fêmea, uma mistura de cheiro de carne, perfume e mar, invadindo as narinas de Nestor, depositando-se em seu corpo como mercúrio e retorcendo-se em suas estranhas como a flecha perigosa do Cupido. Ele era tão tímido que não conseguiu mais fitá-la, o que lhe agradou, por que os homens não paravam de observá-la.

"Eu me chamo Maria", disse.

"E eu, Nestor", emendou ele num tom calmo.

Era uma moça de vinte e dois anos que saíra de seu *pueblo* à beira-mar e fora para Havana, onde residia havia alguns anos, dançando em infernichos da cidade para ganhar a vida. Não foi surpresa para Nestor ouvir que ela era bailarina. Bem feita de corpo, com pernas fortes e bem torneadas, uma musculatura arredondada e delicada. Era um belo tipo de mulata, com as maçãs do rosto salientes de uma estrela de cinema dos anos quarenta; uma dublê zangada e sedutora de Rita Hayworth. E o homem com quem ela teve a briga?

"Uma pessoa que já foi boa para mim."

Passaram a noite no botequim, comendo *paella*, bebendo vinho e ele contando-lhe toda a sua curta vida, da infância doente, da falta de autoestima, do medo de nunca conseguir ser um machão de verdade naquele reino de machões. Identificou-se com o sofrimento e a vulnerabilidade palpitante da moça. Maria compreendeu todas aquelas histórias. Maria, sua nova confidente, a única mulher no mundo com quem falara assim. Maria, para quem essas confidências todas acabariam não significando nada.

Naquela noite, e em muitas outras, ela foi educada, grata e afetuosa. Na porta da casa dela, Nestor fez uma mesura com um gesto de cabeça e virou as costas. Maria era uma mulher tão atraente que ele jamais imaginou ter alguma chance com ela. Mas aí ela o puxou para junto de si e os dois se beijaram. Ela fechou os olhos sentindo certa atração. Ficaram colados um ao outro, ela segurando-lhe a nuca. A pele quente e macia dentro daquele vestido. A sensação daquela língua...

"Quer ir comigo ao Luna Park amanhã?", convidou ela. "Dá para você passar aqui à tarde?"

Era o dia da folga dele.

"Dá."

"Então me chame ali daquela janela", disse, apontando para uma sacada do segundo andar do prédio, onde havia um lençol e alguns vestidos pendurados.

Ele foi para casa naquela noite caminhando com a barriga para dentro, o peito para fora e um tesão na *pinga* dentro das calças, extasiado com as possibilidades amorosas. Ficou horas dando voltas pelo seu bairro. Afinal, subiu para o solar que dividia com o irmão mais velho. Encontrou-o preparando umas costeletas de porco no pequeno fogão da casa. Ele estava de camiseta e cueca, com um ar soturno. Passava por uma fase difícil desde que saíra de casa deixando a mulher e a filha. Também andara bebendo. Havia uma garrafa de conhaque Tres Medallas no parapeito da janela, e ele estava meio grogue.

"O que houve com você?"

"Conheci uma pessoa. Uma moça chamada Maria."

César aprovou com um gesto de cabeça, deu um tapinha nas costas do irmão, esperando que essa mulher ajudasse a quebrar a sua sisudez.

E Nestor sentou-se à mesa com o irmão, sentindo o sangue correndo nas veias, explodindo de vida, devorando mais uma costeleta de porco, embora tivesse acabado de fazer uma lauta refeição havia poucas horas. Mastigando ruidosamente como um cão faminto. Ruídos de vida, da digestão, uma expressão de felicidade e esperança no olhar. Passou a noite em claro, mas foi uma insônia agradável, que o deixou tão eufórico que ele tinha vontade de chegar à janela e gritar para todo mundo ouvir. Em vez disso, ficou na cama tocando o seu violão, num acorde de lá menor, seu tom preferido para compor. Tocava e sonhava com melodias que se materializavam em sua mente como colares de pérolas nacarados. Olhava para a janela para ver se estava amanhecendo. Imaginava-se aparecendo em Las Piñas com aquela mulher, correndo com ela por um campo e dizendo à sua mãe: "Olha, *Mamá*, esse aqui é o Nestor, o filho que a senhora achou que nunca seria feliz! *Pobrecito*! Olha só para mim, tenho uma mulher linda que me ama".

Esperou até escutar os primeiros ruídos da manhã e conseguir distinguir a linha da balaustrada lá fora, uma coroa de flores, através da persiana esfarrapada. O rádio na área do prédio: "E agora da Casa das Meias, emissora CMQ de Havana..." Homens de camiseta fritando linguiça nas escadas. O irmão mais velho se revirando na cama, suspirando. Passos nos corredores, uma menina pulando amarelinha lá embaixo, outra pulando corda...

Naquele dia, até a tarde, a ansiedade o torturou. E mesmo naquela sua felicidade toda, a insegurança, outro mal de família, ia se infiltrando em seus pensamentos luminosos. Ali na rua, ele gritou por Maria quase vinte minutos, mas ela não apareceu. A essa altura, Nestor já se convencera de que Maria mentira quando disse que iria ao Luna Park com ele e que a alegria o iludira. Então foi embora com a ideia de passar a tarde num cinema do centro. Estava desanimado quando Maria dobrou a esquina, quase sem fôlego, com muita pressa.

"Tive que levar uma encomenda para a minha prima e demorei mais que imaginava."

O DIA ESTAVA LINDO. Com a fé restaurada, Nestor ficou o tempo todo de mão dada com a moça e passearam pelo parque no meio da multidão.

Toda hora ele a fitava nos olhos, pensando: sei que estamos nos apaixonando, não estamos? E ela ria, mas olhava para o outro lado, como se sentisse uma pontada de dor. Ela parecia cautelosa com ele. Sem dúvida, havia alguma coisa entre ela e aquele outro homem. Nestor não se meteu, ficou quieto, mas sempre que mencionava "aquele incidente", ela dizia: "Nem quero pensar naquele homem, ele foi um *cabrón*". Então por que aquela melancolia nos olhos dela?

"Vem", e ela o puxava pela mão. "Vamos nos divertir!"

À tardinha, os dois estavam namorando sentados num píer, ele com a cabeça do pênis chorando seu sêmen. Nem se incomodava com a facilidade com que ela se entregava, embora as senhoras e suas damas de companhia lhe lançassem olhares enjoados. Pensou que se ela o beijava daquele jeito era porque estavam apaixonados. Por que ela fechava tanto os olhos como se ele não estivesse ali? Os dois saíam todos os dias durante várias semanas. Ele ia à sua casa, que era um quarto alugado, e saíam para a rua: ele, gingando, lépido e fagueiro. O caso deles se resumia a um namoro às escondidas com muitos beijos e esfregação, à masturbação mútua num beco ou num cinema, o que, como não podia deixar de ser, acabou acarretando a consumação desse amor num quarto com uma claridade azulada, perto do porto, numa cama branca como a neve, no apartamento de um amigo.

Nesse dia mesmo, ele pensou imediatamente em escrever uma *canción* sobre o seu amor por ela. Saciado e sentindo-se no paraíso, o Mambo King caçula, que não entendia realmente de mulher, pensou nessa letra: "Quando o desejo toma conta de um homem, para tudo ele está perdido, menos para o amor..."

Ele e Maria se saciaram durante vários meses. Encontravam-se numa praia deserta fora de Havana ou no apartamento do amigo de Nestor perto do porto. Nestor nunca a levou ao solar que dividia com o irmão mais velho por achar que a alegria do seu amor faria mal a César, que largara a mulher e a filha, e também estava sofrendo com isso... Além do mais, e se César não gostasse dela? Seu irmão, sua carne, seu sangue. Naquela época, Nestor subia correndo as escadas do solar, os tacões dos sapatos ressoando, refletindo o seu namoro escondido com Maria. Eles se amavam na cama e às vezes no chão, deitados numa pilha de roupa suja. Demonstravam se amar tanto, emanavam uma sensualidade tão quente e um perfume tão forte que atraíam bandos de vira-latas na rua.

Um dia, quando César estava fora, ela foi à casa dos irmãos e resolveu fazer o jantar para Nestor. Estava preparando um arroz com frango no fogão branco de pés de garra e, com a concha na mão, espichou o rabo, suspendeu o vestido e disse: "Vem, Nestor".

Ela gostava de todo jeito: por trás, na boca, entre os peitos e no cuzinho apertado. Deixava o pênis dele de um tamanho que agoniava. Ele às vezes achava que ia rasgá-la, mas quanto mais lhe dava, mais ela abria as pernas. Quando iam ao cinema, sentavam-se no balcão e, no meio das cenas mais quentes de amor, ele ia enfiando um dedo de cada vez até estar com quatro dentro dela. Num corredor de algum prédio, ele levantava sua saia e lambia suas coxas. Ele se encostava nela como um cão, pressionando a língua no fundo das suas calcinhas. Tinha dias que esquecia seu nome, onde morava e onde trabalhava: de dia no Clube dos Exploradores de Havana e à noite, numa pequena boate-cassino chamada Club Capri. Ela tinha peitos grandes e firmes. Os mamilos eram escuros e do tamanho de uma ficha telefônica com bicos pequeninos que cresciam quando ele os sugava. O prazer desabrochava como flores miúdas e ele sentia o sabor doce do leite dela. Ela recebia na boca aquele pênis intumescido, com o diâmetro do seu pulso, e afastava as nádegas do amante, introduzindo sua mão dentro dele, explorando-o. Ele estava vivo então, *coño*! Vivo.

Tão apaixonado estava que morreria feliz nos braços dela. Amava-a tanto que lhe chupava o buraco do cu. Ela gozava e ele gozava e, naquele clarão matizado que explodia na sua frente e estremecia seu corpo, ele sentia a realidade de uma presença, como um espírito a entrar nele. Ficava deitado ao lado dela, sentindo que seu corpo era um campo sobre o qual ambos pairavam em êxtase nas asas do amor. Pensava nela enquanto limpava as manchas de tônico capilar das cadeiras do clube. De jaqueta branca curta com três botões dourados e um chapeuzinho como os dos mensageiros do hotel, ele levava as bandejas com os pedidos dos sócios do clube, sonhando em chupar os mamilos dela. Cheiro de lustra-móveis, colônia, fumaça de charuto azulada, flatulência. Cheiro de couro, poltronas manchadas de tônico capilar, espessos tapetes orientais. Nestor rindo, Nestor feliz. Nestor batendo nas costas do irmão mais velho, então com problemas. Trabalhava na pequena cozinha atrás do bar, fazendo sanduíches de pão de forma sem casca com presunto e preparando bebidas. Assoviava, ria, cantava feliz. Seu olhar atravessava a sala de jantar, perdendo-se no pátio e no jardim. Pensava nas curvas arrasadoras das nádegas dela, na penugem escura e grossa que se entrevia quando ela abria as pernas deitada de bruços. Perfume de glicínias lilás cobrindo os muros, jasmins frondosos e hibiscos chineses. O sabor daquela vagina toda aberta, vermelha e úmida com o brilho do prazer, uma orquídea oferecendo-se à sua língua.

Ansioso para estar com Maria, para ele era um suplício as noites em que tinha que tocar trompete e cantar com o irmão no conjunto Havana Melody Boys. A sua Maria era corista do Havana Hilton, uma das dez "belas bailarinas café-com-leite", e era lá que Nestor desejava estar, os olhos voltados não para a plateia nem para os refletores, mas perdidos ao longe. Ele não conseguia tirar Maria da cabeça. Quando não estava com ela, sentia-se desgraçado e sempre corria para vê-la quando terminava de tocar.

César, por sua vez, queria conhecer aquela Bela Maria que lhe arrebatara o irmão sentimental e pacato e o fizera feliz. Então, finalmente, Nestor combinou um encontro para apresentá-los. Escolheram um bar frequentado por vários músicos, perto da praia de Marianao. *Dios mío*! César ficou surpreso com a beleza de Maria e manifestou sua aprovação ao irmão, mas, àquela altura, todo mundo já havia aprovado. Ele ficou ali, como o resto dos homens, tentando imaginar de que jeito Nestor arranjara aquela moça. Não haveria de ser por experiência; seu irmãozinho nunca fora mulherengo. Na verdade, sempre pareceu se assustar um pouco com as mulheres. E agora lá estava ele com uma bela mulher e aquela cara de felicidade. Ele não a conquistara pela aparência agradável. Aliás, não com aquele rosto fino de toureiro, aquela expressão sensível e sofrida nos olhos grandes e escuros e aquelas orelhas enormes. Talvez tenha sido pela sinceridade e inocência, qualidades que uma mulher fatal parece valorizar. Vendo-a ali dançando na frente da jukebox, ao som da orquestra de Beny More a todo volume, rebolando e gingando, os homens todos fascinados com a sua beleza, Nestor sentiu-se triunfante porque conhecia de cor e salteado o que os outros desejariam conhecer: sim, os peitos dela eram tão redondos e suculentos quanto pareciam dentro do vestido, os mamilos cresciam e se intumesciam em sua boca, aquela bunda grande de rumbeira queimava; sim, os espetaculares lábios da vagina dela se abriam e cantavam como os lábios carnudos e sedutores daquela boca rasgada e pintada de batom; sim, os pentelhos dela eram escuros e espessos, ela tinha um sinal na face direita e um correspondente na parte interior de um de seus pequenos lábios: ele conhecia a penugem escura que ia subindo da fenda da suas nádegas e sabia que durante o orgasmo ela jogava a cabeça para trás, rangia os dentes, e seu corpo se convulsionava em pequenos espasmos depois do gozo.

Altivo, ali, no bar, ao lado do irmão mais velho, Nestor ia tomando uma garrafa de cerveja atrás da outra, até que o reflexo azulado do mar lá fora começou a falhar como um manto e ele pôde fechar os olhos e flutuar como a fumaça densa que deslizava entre os pares a dançar no salão, envolvendo-se naquela volúpia que era Maria.

Engraçado, aquele também era o nome de sua mãe. Maria. Maria.

Relembrando aquela época, Nestor nunca pensava nos longos intervalos de silêncio durante seus passeios no parque. Afinal, ele era apenas um matuto introvertido que não terminara o segundo grau e entendia mais de músicos e criação de gado do que de qualquer outra coisa. Depois de ter contado a sua vida, foi ficando sem assunto. "E como vão suas primas?", "Como vai a boate?", "Que dia lindo, não é?", "*Bueno*, que dia maravilhoso!", "Vamos dar uma volta e comer alguma coisa gostosa?". O que tinha ele a lhe dizer? Era humanamente impossível conversar com ela. Ela gostava quando ele lhe fazia uma seresta tocando violão no parque em frente à ópera e juntava gente para ouvir e aplaudi-lo. Às vezes, ela ficava com um ar muito triste e desamparado que a deixava ainda mais linda. Ele caminhava ao seu lado, querendo descobrir o que se passava na sua cabeça e o que dizer para fazê-la rir.

Aos poucos, esses passeios se tornaram longas vigílias noite adentro, até que eles chegavam ao lugar em que tudo se resolvia: a cama. No entanto, de certa forma, até aquelas brincadeiras animadas de cama já não eram as mesmas. Ela parava e caía em prantos nos braços dele, um pranto tão violento que ele não sabia o que fazer.

"O que é isso, Maria? Pode me dizer?"

"QUER UM CONSELHO, IRMÃO?", perguntava César a Nestor. "Se quiser ficar com uma mulher, dê um bom trato a ela de vez em quando, mas não deixe que ela se acostume. Mostre a ela que você é macho. Um pouco de dureza nunca estragou nenhum romance. Mulher gosta de saber quem é que manda."

"Mas dar duro na Maria? Na minha Maria?"

"Pode acreditar no que estou dizendo... Mulher gosta de receber ordens e ser posta no seu lugar. Aí ela vai parar de chorar."

TENTANDO INTERPRETAR A lição do irmão, Nestor passou a se impor a Maria e, naqueles passeios mudos no parque, mostrava-lhe que era macho, agarrando-a pelos braços e dizendo: "Sabe, Maria, você deve se sentir uma felizarda por sair com uma pessoa como eu".

Quando ela se maquiava na frente do espelho, ele a censurava: "Nunca pensei que você fosse tão fútil. Isso não é bom, Maria, você vai ficar uma velha feia se olhar demais no espelho".

Fez com ela outras coisas que o deixariam revoltado consigo mesmo mais tarde. Mesmo que ela fosse linda daquele jeito, ele começou a imitar o irmão e olhar para todas as mulheres que passavam na rua. Achava que se pudesse rebaixá-la, ela sempre ficaria com ele. As coisas não melhoraram. E os silêncios deles foram aumentando. Quanto mais a situação piorava, mais confuso ficava Nestor.

Nessa época em que as coisas não andavam bem com eles, Nestor escreveu uma carta para a mãe dizendo: "*Mamá*, acho que encontrei uma moça para casar."

E quando contou à mãe, aquele romance ganhou uma aura de magia, de coisa inevitável. Era o destino, dizia ele. Primeiro, fez a ela um pedido de casamento formal, ajoelhado, no jardim nos fundos de um clube, com aliança e flores. Baixou a cabeça, aguardando uma resposta: fechou os olhos, pensando na luz toda do paraíso, e quando foi olhar para o rosto lindo da namorada, ela já ia embora correndo, deixando a aliança e as flores perto dele ali no chão.

Quando faziam amor, Nestor pensava no homem que estava com Maria no dia em que se conheceram e em como ela chorara depois. Então, agarrava-a com violência durante o ato, deixando as pernas e os seios dela marcados para mostrar que era forte. Ele levantava da cama e perguntava: "Você vai me deixar, não vai?". Um mal-estar o corroía dizendo que alguma coisa dentro dele a estava afastando. Nessas noites, ele desejava ter uma *pinga* tão grande que a rasgasse toda, liberando, como uma *piñata* quebrada, todas as dúvidas recentes que ela tivesse a respeito dele.

Achando que acabaria vencendo pela persistência, declarava:

"Vou continuar insistindo todo santo dia para você casar comigo até você me dizer sim."

Saíam para passear, iam ao cinema, e a bela moça tristonha.

"Eu queria dizer uma coisa a você...", começava ela.

"Sim, Maria, que a gente vai ficar juntos para sempre?"
"... É, Nestor."
"Ah, eu sabia. Sem você eu morro."

Um dia eles, haviam combinado de ir ao cinema para ver um filme com Humphrey Bogart e marcado encontro no lugar de sempre, em frente à padaria De Leon's. Ela não apareceu e ele a procurou pela cidade até as três da manhã. Quando chegou em casa e contou ao irmão o que tinha acontecido, César lhe disse que ela deveria ter uma boa justificativa para faltar ao encontro. Nestor sempre respeitava a opinião do irmão e se sentiu bem melhor. No dia seguinte, foi à casa de Maria e ela não estava. Voltou no dia seguinte e ela não estava. Aí foi ao Havana Hilton e ela não estava. E se lhe tivesse acontecido alguma coisa? Continuou voltando ao prédio dela, mas ela nunca estava, e toda a noite César, então numa fase difícil, o consolava. Depois de cinco dias, o irmão mais velho, cuja filosofia de vida agora se resumia a rum, rumba e xoxota, disse a Nestor: "Ou bem aconteceu alguma coisa com ela ou bem ela largou você. Se aconteceu alguma coisa, ela vai aparecer, mas se ela se mandou... você nunca vai se esquecer dela".

Um dia de manhã, ele ficou tanto tempo batendo na porta de Maria que o proprietário veio ver o que era. "A Maria Rivera? Ela se mudou."

Nestor voltou inúmeras vezes à boate do hotel, mesmo depois de ouvir que ela havia largado o emprego e voltado para o *pueblo*.

Passou semanas sem conseguir comer nem beber nada, emagreceu e sua insônia piorou. Ia à cobertura do *solar* e ficava sentado olhando para o céu, para as estrelas da lamentação, da devoção, do amor eterno. "Por que vocês estão zombando de mim?", perguntava. Ia trabalhar num estado lastimável, esgotado e sisudo. Sua tristeza era tão extática quando fora a sua felicidade.

Até o líder dos Havana Melody Boys percebeu a depressão de Nestor. Enquanto os músicos gingavam pelo palco dançando o mambo, ele mal se mexia. Alguém comentou: "Parece que ele está com uma dor de cotovelo daquelas".

"Coitado, parece até que alguém morreu."

"Deixa ele em paz. Não adianta. Só o tempo pode curar isso."

Ele acabou indo procurá-la no *pueblo*, que ficava a umas quatro horas de Havana de ônibus. Indagou pelas ruas se alguém conhecia alguma Maria Rivera. Ele viajara sem dizer uma palavra ao irmão e se hospedara numa estalagem da cidade. Quatro dias depois de ter chegado, quando tomava um café com leite num bar, viu o homem que estava brigando com Maria no dia em que se conheceram. Agora que podia olhá-lo sem medo, constatou com surpresa que ele era atraente. O homem estava com uma *guayabera* azul, *pantalones* de linho branco, meias amarelas e sapatos brancos. Tinha um rosto musculoso e marcante: olhos escuros e penetrantes, grande bigode viril e pescoço forte. Tomou sua bebida sossegado, mas saiu apressado do bar. De longe, Nestor o seguiu. Chegaram a uma rua simpática, uma ladeira estreita com calçamento de pedra. Muros antigos ocre e rosa, cobertos de trepadeiras floridas. Palmeiras e acácias sombreando a calçada. E, ao longe, o esplendor do mar.

Ali havia uma casa. Uma casa linda, com telhado de zinco, de frente para o mar. Cheiro de abacaxi e um jardim. Na casa, a felicidade e vozes. A voz de Maria, rindo e rindo, feliz da vida.

Ele ficou ali na rua como um fantasma atormentado, esperando vê-la ao menos de relance. E foi pior. Olhou pela janela e ouviu gente conversando, ruídos domésticos de croquetes de banana sendo fritos, a vida de Maria prosseguindo alegremente sem ele. Foi uma humilhação. No primeiro momento, ele não teve peito para esmurrar a porta e enfrentá-la, não quis ver a realidade. Depois encontrou forças num bar e voltou de madrugada, todo empertigado e arreliado. Um lamento prolongado saindo de um trompete, subindo na noite e rodeando as estrelas. Perfume de mimosa no ar. Riso. Ele ficou esmurrando a porta até o homem aparecer.

"O que o senhor deseja?"

"A minha mulher."

"O senhor quer dizer a minha esposa?", corrigiu o homem.

"Não me diga!"

"Já há uma semana."

"Mas ela odiava você."

O homem deu de ombros.

"Era o nosso destino."

Ah, Maria, por que você foi tão cruel comigo, se nos seus cabelos eu via tantas estrelas e nos seus olhos a melancolia do luar?

NESTOR DESCEU A LADEIRA e foi até um quebra-mar, onde ficou encostado na estátua do poeta cubano José Martí, olhando o amanhecer no oceano. Pensou em como poderiam ter sido felizes, não fosse ela tão cruel, se ele tivesse mais assunto ou mais ambição na vida. Quem dera ela não tivesse percebido a sua fraqueza! Como num sonho, Maria apareceu atrás dele, e vinha sorrindo. Quando foi tocá-la, não sentiu nada. Não havia ninguém. Apesar disso, Maria estava ali. Foi tão meiga com ele, contou seus tormentos com tanta ternura que, quando o deixou, ele sentia uma estranha sensação de calma.

O que lhe disse ela?

"Aconteça o que acontecer, eu sempre vou te amar."

Para sempre até a morte.

Ele passou aquela noite acampado na frente da casa dela, gemendo. Quando acordou, viu que ela havia deixado ali na calçada um prato com um sanduíche de presunto, que amanheceu infestado de formigas.

Nestor voltou para Havana e contou a César o que Maria lhe disse.

Ele usava um cordão com um crucifixo que ganhou da mãe quando fez a primeira comunhão e esse crucifixo costumava tocar a fartura dos seios da Bela Maria. Agora sentia um aperto no peito, como que soterrado por pedras, uma aflição nas juntas, os ossos moles como se o seu esqueleto fosse desmontar.

"Ela disse que ainda me ama. Que pensa em mim o tempo todo. Que nunca quis me magoar. Que, às vezes, quando está deitada, pensa em mim e me sente dentro dela. Que..."

"Nestor, para com isso."

"Ela disse que só não casou comigo porque tinha aquele sujeito na vida dela, um *prometido* antigo da aldeia dela. Que ela queria esquecer esse *prometido*. Um matuto, que nem ligava para ela quando estavam juntos, logo agora achou de vir atrás dela e...", ele apertou o rosto com as mãos, "ela achou que devia voltar para ele e..."

"Nestor, para com isso".

"Ela disse que o tempo em que a gente esteve junto vai ser sempre maravilhoso, mas ele chegou antes de mim e, bom, nosso destino está selado. Disse que casou com ele porque, no fundo, sofria. Diz que nunca quis me enganar, que me amava de verdade. Diz que não se conforma por não ter me conhecido há mais tempo, mas que aquele homem fora sempre o seu amor..."

"Nestor, ela foi uma *puta*."

"Ela disse que eu era o amor da sua vida, mas..."

"Nestor, para com isso. Você não tem colhão, cara? Você está bem melhor sem ela."

"É, bem melhor."

E O QUE ACONTECEU? Com aquele amor despedaçado, Nestor mudou e assumiu o ar assustado da sua infância, quando ficava encolhido na cama com medo do escuro, sentindo-se condenado. No Clube dos Exploradores de Netuno, trabalhava feito um sonâmbulo, circulando por aqueles salões revestidos de madeira, cheios de mapas, globos, cabeças de leões, antílopes e carneiros nas paredes, servindo os daiquiris e os whiskies dos americanos e ingleses endinheirados, sem um sorriso e nem uma palavra simpática.

Um dia, ouviu-se um tiro vindo de um dos luxuosos banheiros do clube. Os empregados correram para ver o que tinha acontecido e encontraram um senhor conhecido como sr. Jones morto, com a arma ainda fumegando na sua mão. Soube-se, depois, que seu nome verdadeiro era Hugo Wuershner e que ele resolvera dar cabo da própria vida por causa de outro sócio do clube que descobrira que Wuershner fora agente do Terceiro Reich em Havana. Não aceitando ser chantageado, Wuerschner, já desencantando depois da queda do seu Fuhrer, preferiu pôr fim ao seu sofrimento. A expressão contraída e desiludida do rosto do cadáver era igual à de Nestor, tão profunda era a sua dor.

O irmão levava Nestor para todo canto, ao cinema, aos bares da vida, aos bordéis e vivia dizendo: "Ela não merece nada. É bom dar um pouco de duro nessas mulheres porque, quando a gente é muito bonzinho, a gente acaba se estrepando. Esquece, ela não vale nada... não vale nem uma lágrima, está entendendo?".

Toda vez que a vida o fazia sofrer, o Mambo King mais velho ia se consolar nos braços de uma mulher. Por isso achou que encher o Nestor de mulheres era o melhor remédio. Lembrança de uma noitada de porre em Havana em 1948; os dois irmãos num bordel do porto chamado Palace; movimentos de quadris e sexos exuberantes para cima e para baixo a noite inteira. Línguas enroladas, barrigas estaladas, coxas úmidas. Treparam, treparam e desceram num porre federal até o porto, Nestor, atirando garrafas nos marinheiros e querendo um padre para se confessar. Lá embaixo, Nestor resolveu roubar um veleiro para dar uma volta ao mundo, mas acabou saindo num barco a remo mesmo e, depois de uns dez metros, perdeu os remos e vomitou no mar. De pé, às gargalhadas, ele mijou na baía, encapelada ao luar e refletindo os letreiros luminosos em triângulos vermelhos, amarelos e azuis. Ao longe, ele ouviu o apito de um navio, chamando: "Castillo, Castillo" e gritou: "Eu quero que tudo vá pro inferno!". E rindo, pensava: a Maria pode ir pro inferno, que eu estou vivo.

Depois foram para casa, César trôpego, arrastando Nestor pela rua, passando pelos prédios que pareciam se curvar em mesuras como uns chineses velhos. Encontraram o portão e a escada de casa, dez degraus para cima, depois mais quinze para baixo, César acalmando o irmão e ele, às gargalhadas.

"Eu quero que tudo vá pro inferno!"

CONTUDO, NEM MESMO essa noite quebrou a gloriosa máscara do seu sofrimento. Que poderes Maria tinha sobre ele, ninguém sabia. Isso seria sempre um mistério para César.

"Você sempre foi assim, chorando por nada", disse César. "Ela não vale o ar que respira, é pior que veneno para você. Será que não viu isso desde o início?"

"Mas eu gosto dela."

"*Hombre*, ela é um lixo."

"Sem ela eu quero morrer."

"Deixe de ser burro."

"Se você soubesse como estou sofrendo..."

"*Por Dios*, você tem que parar de se humilhar desse jeito."

(Nesse momento, as vozes continuam até o trompete exalar o último lamento de "Beautiful Maria of My Soul", uma tragada no cigarro, um gole de whisky e o braço da vitrola torna a levantar.)

Embora usasse um modelo de preservativos de borracha forte, da Segunda Guerra Mundial, Nestor era bastante descuidado ao fazer amor com Delores. Às vezes, não colocava o preservativo e só interrompia o coito muito depois do primeiro jato de ejaculação. Ela ia para o banheiro lavar o útero com uma ducha parecendo uma seringa de rechear carne, que ela enchia com uma mistura de soda e bicarbonato de sódio. Um dia, quando encerava o assoalho da casa do milionário, Delores sentiu seu útero se acender como céu do crepúsculo na hora em que as estrelas aparecem e pensou que essas insinuações luminosas fossem a manifestação de uma alma, de um sopro, da vida mesmo. Um velho médico cubano que clinicava na Columbus Avenue, esquina com Rua 83, diagnosticou uma gravidez. Ela subiu as escadas do apartamento da Rua La Salle imaginando que Nestor ficaria extasiado com a notícia. Quando entrou, encontrou-o trabalhando aquela mesma música que ele assoviava quando se conheceram, havia quase um ano. Aquela melodia sempre lhe lembrava aquele dia, e ela agora considerava seu esse bolero. Chegou perto dele, abraçou-o e anunciou: "Tenho uma novidade para você. Estou grávida".

Nestor respirou fundo, ficou olhando para o meio da sala onde havia uma pequena plataforma com a caixa preta de um surdo de bateria, piscou, deu um suspiro e então perguntou: "Você tem certeza?".

Ao ver que ela foi ficando murcha, acrescentou: "Não, eu estou feliz, sim, querida. De verdade".

Então a abraçou, cabisbaixo, parecendo olhar para a janela que tinha uma fresta aberta para a escada de incêndio e, naquela hora, teve a impressão de que queria escapulir por aquela janela e nunca mais voltar.

O jovem músico tomou a atitude correta: casou-se com Delores diante de um juiz de paz numa cidadezinha em Nova Jersey. Após a cerimônia, Nestor continuou na mesa em que César Castillo colocara uma caixa de champanhe gelado, virando um copo atrás do outro. Não tiveram lua de mel, mas deram uma festa que começou num restaurante em Chinatown e terminou no Mambo Nine, cujo barman e gerente era conhecido deles, e a música foi tocada por um conjunto formado por seus amigos da noite e colegas de profissão. Radiante com o casamento, Delores beijava e abraçava a irmã Ana Maria, desejando que o pai estivesse vivo para vê-la assim tão feliz. Pensou nele com tristeza. A exemplo de todos aqueles amigos alegres, ela abusou do champanhe. Vítima da própria inexperiência, ela rodopiava pela sala dançando um mambo, vendo aquelas caras todas se alongando e orelhas se espichando como orelhas de lobo com aquelas luzes vermelhas e amarelas. Aos poucos, as formas foram se dissolvendo dentro de uma moldura preta e grossa. Depois ela acordou no sofá da sala do apartamento ao lado de Nestor. Ele continuava vestido e, com a cabeça para trás no sofá, roncava e falava sozinho. Ela passou um lenço na testa dele, deu-lhe um beijo e pensou: meu marido, meu marido.

Prestou atenção no que ele falava baixinho e, como alfinetadas em sua carne, ouviu distintamente: Maria, Maria.

Tiveram dois filhos: Eugênio, nascido em 51 e Letícia, em 54. Nestor não sabia direito o que fazer no papel de pai. Sentia-se completamente despreparado como homem para aquelas obrigações. Percebeu isso quando Eugênio nasceu. No primeiro momento, comemorou com alegria. Em sua fantasia, o futuro era um sonho dourado, só de alegrias, para onde ia com a mulher e filhos. Uma coisa, porém, o impressionava: a extrema fragilidade da criança, aquele choro para chamar atenção e aquela necessidade de cuidado. Com Eugênio ao colo, vendo as veiazinhas delicadas sob a penugem de sua cabecinha cheirosa e macia, assustava-se pensando em todas as possibilidades de acidente. Pensava naquele seu colega do frigorífico que deixara a filhinha de um ano sozinha e, quando voltou, encontrou-a morta e pensava também naquele baterista conhecido seu, um cubano simpaticíssimo chamado Papito, que, de uma hora para outra, perdera o filho de dezenove anos porque o cérebro do garoto tinha uma veia com as paredes finas demais para aguentar a pressão do sangue durante uma partida de beisebol no Van Cortland Park. Nestor cobria Eugênio de beijos, brincava com seus pezinhos, fazia cócegas e cantava para ele. Adorava quando o menino ria e parecia reconhecê-lo, mas quando mostrava algum sinal de desconforto, ficava com um remorso terrível, andando pela casa como se estivesse assistindo a uma tragédia. Meu filho está sofrendo! E esse simples fato parecia insuportável.

"Delores, faça alguma coisa com o nenê! Veja se o nenê está bem! Não se esqueça do nenê!"

Ele chegava do frigorífico e ia ver se Delores cuidara bem dos filhos. Como um inspetor, debruçava-se no berço e balançava a cabeça com um ar pensativo, examinando se suas perninhas estavam bem gordinhas e se estavam corados. Ficava perplexo com as crianças no colo. Era um pai carinhoso, mas sempre inseguro do seu papel. Estava sempre preocupado com os filhos e com a saúde deles. Considerava-os tão frágeis e vulneráveis que, às vezes, revivia o pesadelo terrível da sua infância cheia de ansiedade. De repente, pensava em como Eugênio gostava de brincar perto da janela. E se ele despencar e se estatelar lá embaixo? *Dios mío!* Começava então a andar de um lado para o outro e logo já estava ligando para a casa para saber se ia tudo bem. Ele tirava os quartos de carne gorda da esteira rolante e os carregava até o caminhão frigorífico. Usava uma túnica branca comprida, sempre suja de sangue e botas de borracha. O cheiro de sangue no ambiente, as carcaças e ossos espalhados por todo lado, não ajudaram muito.

Não ajudava o fato de Letícia sofrer de asma e ter passado um bom tempo adoentada. Afligia-se tanto com a falta de ar da menina que todo dia lhe trazia presentes e balas. E, como era um pai sensível, sempre tinha alguma coisa no bolso para Eugênio. Pasmava-se ao constatar que as crianças tivessem vingado, mas vivia tenso com o problema de Letícia. Às vezes, não aguentava ficar em casa só de pensar que poderia presenciar um acidente; no entanto, quando estava na rua, afligia-se também. Bom mesmo era quando a casa se enchia de amigos, quando os músicos vinham para uma *Jam session*, ou para jantar com suas esposas. E o irmão César, de porre, colarinho aberto e aquele volume todo nas calças, abraçado com uma moça bonita.

Quando havia por perto alguém responsável, maduro, bondoso e de iniciativa, Nestor ficava descontraído. Na maior parte, vivia tenso. Quando relaxava? Na hora em que o esperma explodia em seu pênis, obliterando o seu temperamento e lançando-o num paraíso de cores matizadas onde ele flutuava, e na hora em que ele tocava o trompete e se perdia na melodia. No resto do tempo, sentia-se inseguro. O peso da responsabilidade lhe fazia mal. Ele somatizava a ansiedade. Quando tentava adormecer e vinha aquele medo terrível do escuro, ele ficava suando e com uma taquicardia tão forte que poderia jurar que ia ter um infarto. Às vezes, como o pai, tinha ataques terríveis. Estava apenas com vinte e oito anos em 1954 e, embora não tivesse hábitos alimentares dos mais saudáveis, gostando daquela comida cubana típica, era magro e enxuto. No entanto, toda noite aquela taquicardia o afligia, convencendo-o de que havia algo errado com ele. Mas nunca lhe passou pela cabeça ir ao médico.

Ele escrevia cartas carinhosas para a mãe, naquela sua caligrafia simples, falando da segurança do lar que tinha – ou julgava ter – em Cuba. Era muito sentimental pensando na sua infância e na dedicação que recebia quando estava doente. Esquecia os terrores da sua solidão e se fixava nos beijos da mãe e da empregada Genebria, no cuidado que todos pareciam ter com ele, especialmente César. Iniciava essas cartas com a saudação "*Querida Mamá*" e encerrava-as com a fórmula "Aqui em casa todos nós lhe enviamos mil, não, um milhão de beijos. Com todo amor do meu coração, seu *hijito*, N."

Sempre assinava essas cartas com a letra "N".

Suas noites eram um desastre. Com frequência, chegava sozinho depois de uma apresentação, despia-se, e deitava ao lado de Delores e tentava conseguir as atenções dela. Ficavam abraçados trocando carícias até pegarem no sono. Ele sempre acordava de madrugada, pensando que faltava alguma coisa em sua vida. O quê? Ele não sabia. Às três e meia da manhã, levantava e ia para a sala tocar violão, pertubando o sono de Delores, que acabava indo procurá-lo.

"Nestor, por que não vem pra cama?"

E ele continuava a tocar. Ficava perto da janela, olhando para a rua com aquele lusco-fusco da claridade do poste de ferro.

"É só uma música."

Às vezes, ele passava três dias sem dormir. Não sabia o que era. Os cubanos daquela época (e os de hoje também) nunca tinham ouvido falar em problemas psicológicos. Quando se sentiam mal, procuravam os amigos, comiam, bebiam e iam dançar. Quase não pensavam nos problemas. Os problemas psicológicos faziam parte de um traço da personalidade da pessoa. César era *un macho grande*; Nestor *um infeliz*. Se o caso era sério e a pessoa quisesse uma solução, esperava que fosse uma coisa imediata. César se dava com umas *santeras,* umas senhoras que vieram da província de Oriente e se estabelecido na Rua 110, esquina com a Manhattan Avenue. E quando César precisava, se entrava em depressão por ter que continuar trabalhando num frigorífico para manter aquele padrão de vida extravagante, ou quando lhe batia aquela culpa em relação à filha em Cuba, ia consultar as amigas, esperando uma ajudinha mágica. Essas *santeras* passavam o dia ouvindo rádio e adoravam viver cercadas de crianças e adultos. Quando precisava, César ia até as *santeras*, jogava uns dólares numa cesta, deitava de bruços numa esteira no chão, tocava um sino mágico (que representava a Caridade, sua entidade protetora) e reverenciava a deusa Mayarí, de quem aquelas mulheres eram intermediárias. Pronto! Seus problemas desapareciam. Às vezes, elas rezavam. Às vezes, ele ia a uma *botânica* que havia na rua 113 com Lenox para fazer uma "limpeza". Era aspergido com ervas mágicas pela mãe de santo e descarregava tudo. O sacramento da confissão lhe dava a mesma sensação: ele abria o coração, confessava seus pecados e sentia-se purificado. (Mas nem pensar em confissão em leito de morte ou em garantir o paraíso à custa de uma extrema-unção. Esses cubanos não mudavam na hora da morte e quem não se confessara até os vinte e cinco anos não o faria aos setenta.)

Nestor foi com César e descarregou, rendeu homenagem aos santos, e sentiu-se melhor por uns dias. Contudo, a sensação voltou e ele não conseguia se mexer. Sentia-se imobilizado pela escuridão, que ora era um labirinto enrolado, ora uma linha reta. Mover-se ali era sempre difícil. Ele até apelava para a confissão quando tinha algum pecado. Naquela igreja de grandes portas vermelhas, com cheiro de velas de cera de abelha e incenso, ele marchava para a mesa de comunhão, lembrando-se da igreja de Las Piñas onde se ajoelhava ao lado da mãe e rezava a Jesus Cristo, aos santos todos e a Nossa Senhora. Ficava de olhos fechados e com a testa tremendo no esforço de entrar em contato com Deus.

E um dia, quando a cara do padre apareceu na penumbra do confessionário, ele falou: "Padre... eu vim aqui para me aconselhar".

"Que tipo de conselho você busca?"

"Meu coração está... triste."

"E o que vem causando essa tristeza?"

"Uma mulher. Uma mulher que conheci há tempos."

"E você está apaixonado por ela?"

"Estou padre."

"E ela te ama?"

Silêncio.

"Bem, ela te ama?"

"Não sei, padre."

"Você deseja que ela te ame?"

"Sim."

"E a sua situação permite esse amor?"

"Não, padre, eu tenho mulher e filhos."

"E é isso o que traz você aqui?"

"É, padre."

"Você se deixa levar por esse sentimento?"

"Meu coração, sim."

"Sendo casado, você não deveria."

"Eu sei."

"Mas essa tentação... meu conselho é você rezar. Você tem um terço?"

"Tenho, padre."

"Então reze o terço que se sentirá fortalecido."

E Nestor rezou o terço, gozando a companhia das imagens dos santos e de Deus; rezou até as ave-marias brotarem espontaneamente dele, mas seu sentimento de culpa persistiu. Às vezes, sentia-se tão mal que pensava:

se eu tivesse ficado com Maria, teria encontrado a felicidade. E não parava de recordar aquele amor, mesmo depois de tantos anos. Entregara-se a ele tão feliz, com tanta ingenuidade, tanta inocência... e agora sua alma estava perdida.

Mesmo amando Delores, não conseguia deixar de pensar em Maria. Uma dor começava a latejar nos seus joelhos, vinha subindo pelas coxas e voltava até os tornozelos, um ataque de melancolia que materializava a imagem de Maria. O que dissera ela em 1948 naquele dia?

"Eu sempre vou te amar."

Ele ia até o parque escrever-lhe às escondidas pelo menos uma vez por mês, mas nunca recebeu resposta. Ficava olhando o movimento dos barcos no rio Hudson, barcaças carregando manilhas e lixo, e pensava em Maria, nua numa cama. Lembrava-se com amargura da sensação do corpo dela. A sensação de desânimo diante da vida sempre o levava a pensar em Maria e quando pensava nela o desânimo tomava conta dele. Amava Delores, amava os filhos. Então, por que tudo acontecia como não devia? Rasgou todas as fotografias dela, menos uma, que escondeu em uma caixa cheia de partituras entre um surdo e um *quinto*. Ficava meses sem pegar no retrato, mas acabava não resistindo e ficava contemplando a foto em que Maria parecia cada vez mais bonita. O fato de ter sido cruelmente abandonado por ela não diminuía seu desejo. Sabia que algo tinha que mudar, mas não sabia o que fazer para isso.

E pegou uma mania estranha. Nos dias quentes, ele e a família gostavam de fazer piquenique na cobertura do prédio. Numa dessas ocasiões, debruçou-se tanto para fora que Delores gritou: "Nestor!" – e as crianças riram, excitadas com a prova de coragem. Naquela hora, ali do alto, vendo a garotada jogar beisebol lá embaixo e os pássaros voando em volta das caixas-d'água, ele cogitou cair do telhado, como se, largando-se dali, pudesse voar entre os prédios, descendo como uma borboleta até pousar no chão. Pensando na família, resistiu a essa tentação. Passou então a se debruçar na janela de casa, como se quisesse se livrar daquela ideia. Nestor pensava nisso no dia em que chegou da rua com um presente para Eugênio, então com quase três anos. Era uma pipa, e os dois ficaram um bom tempo correndo com ela na laje, rindo e vendo-a subir para o céu, com a cruzeta arqueada e o papel tremulado ao vento. Nestor ficou na beira da laje com Eugênio ao colo. Beijos no seu rosto e tapinhas nas costas.

Muitas vezes, em longos passeios pela cidade, ele sonhava encontrar alguém que lhe desse um bom conselho, alguém que tivesse a chave da felicidade. Achava que o fruteiro italiano poderia ser essa pessoa ou um daqueles judeus, com ar sábio, que subiam a La Salle a caminho do Seminário Teológico Israelita. Que eles lhe diriam o que fazer em relação a essas ideias que o deixavam cabisbaixo, como a de se atirar na frente de um ônibus ou aquela que o faria colar na parede do metrô, com medo, pois a beira da plataforma parecia demasiado convidativa.

Ensimesmado, ficava passeando no centro da cidade, no meio da multidão. Pessoas com um ar compenetradíssimo e determinado andando apressadas pela rua, como se estivessem indo para uma Dança dos Sabres. Quando ele se sentava numa praça, os desocupados se aproximavam e ele lhes dava um cigarro ou dinheiro. Os cães gostavam de ficar se espreguiçando aos seus pés. E, ocasionalmente, uma mulher bonita de sapato alto branco e chapéu de plumas, fascinada com aquele garotão de ar sentimental, típico de amante latino, vinha sentar-se a seu lado, querendo puxar conversa.

O que desejava ele? Apenas encontrar abrigo no seio do amor, não ter que viver correndo, e que lhe tirassem aquele peso dos ombros.

Uma coisa que Nestor passou a admirar em Delores foi o seu hábito pela leitura. Ela lia sem parar e parecia mais talhada para isso. E lhe dissera, entre beijos e abraços, num daqueles dias em que ele não conseguia dormir: "Nestor, você devia se habituar a ler até pegar no sono".

Fora os jornais e as histórias do Capitão Marvel que comprava nas bancas, ele pouco lia. Tinha curiosidade de saber o que havia naqueles livros que Delores devorava com tanta atenção, sentada no parque ou embalando as crianças no carrinho, naquelas edições baratas cujas páginas ela ia virando, enquanto a panela de *yuca* fervia no fogão. A leitura lhe dava um ar ligeiramente ausente, embora ela nunca tenha relaxado nos seus deveres domésticos; e ele não tinha motivo de queixa, pois ela cuidava dele de fato.

Um dia, porém, Nestor comprou um livro. Tinha atravessado a Times Square, deprimido, e parou numa banca para olhar as revistas quando um livro lhe chamou atenção. Com uma capa vermelha brilhante que sobressaía entre exemplares velhos de novelas de faroeste e de sacanagem numa prateleira de metal no canto. O título do livro era *Forward America*! (Para frente, América) e o nome do autor era D. D. Vanderbilt.

Foi a sobrecapa do livro que chamou a atenção do Mambo King caçula:

Não há uma criatura nesse mundo que, de boa vontade, admita não serem as coisas tão cor-de-rosa quanto deviam. Conheci um sujeito que passou a metade da vida atormentado pela insegurança. Essa insegurança prejudicou enormemente a sua visão de mundo e sua alegria de viver. Ele não conseguia dormir e sentia-se deslocado quando as pessoas em volta pareciam divertir-se. Ganhava um salário decente, mas com família para sustentar, não conseguia fazer um pé-de-meia para uma emergência. Para culminar, nunca procurava sobressair quando estava no meio de pessoas mais agressivas. Sofria com esse defeito e questionava a sua própria virilidade. Muitas vezes, ele sonhou com uma vida melhor, mas, na hora de agir, parecia completamente incapaz.
Um dia, esse homem se olhou bem no espelho e exclamou: "já sei!" – Passou a noite em claro pensando nas perspectivas do seu futuro e descobriu os princípios para a conquista da felicidade nesse mundo agitado e conturbado de hoje. Segredos e princípios práticos que funcionarão com você! No dia seguinte, ele procurou o patrão e expôs algumas ideias que tivera para a empresa. E sua nova visão foi tão convincente que o patrão lhe deu uma bela promoção e um prêmio... Em poucos meses, ele tornou a ser promovido e, em poucos anos, tornou-se sócio da firma.
Esses princípios serviam para resolver os outros problemas de sua vida. Desde então ele obtém o maior sucesso entre os amigos e a família. Ganhou o respeito e amizade das pessoas e encontrou a felicidade ao Estilo Americano! Leia, caro potencial comprador. Qualquer que seja o seu padrão de vida. Seja você rico ou pobre, chinês, índio ou marciano, este livro pode mudar a sua vida!
Sei que esses princípios funcionam, porque eu era aquele homem! Os segredos da felicidade de D. D. Vanderbilt hão de ajudar você.

Animado, de imediato, Nestor pagou 79 centavos mais taxas (.04) por esse livro e tomou o ônibus para casa, esperando encontrar a revelação ali, naquelas páginas.

A vida continuava na mesma e, no entanto, aquele livro tornou-se o companheiro inseparável dele. O *Forward America!* ficou cheio de orelhas no bolso de sua calça. Ele precisava de ajuda para o espírito, mas não para o corpo: seu trabalho no frigorífico Kowolski na Rua 125 deixava-o tão exausto que ele tinha de descansar um pouco antes de se vestir para uma apresentação noturna que iria até as 4 da manhã. Apesar disso sempre encontrava forças para comer Delores. Delores, jovem e firme, de pele tão quente e macia que bastava desabotoar a blusa para logo estarem fazendo amor. E César? Embora abafasse seus gemidos de amor num travesseiro, o cunhado parecia um perdigueiro ou um Sherlock Holmes no que dizia respeito ao conhecimento dos hábitos íntimos deles e saía de casa para conferir as garotas da esquina ou ia para o parque olhar os barcos no rio, dando o desconto de uma hora antes de voltar e encontrar Delores corada e cantarolando feliz, ocupada com a tarefa feminina da preparação do jantar.

Quando Delorita foi morar lá, César foi obrigado a mudar vários hábitos. Seu quarto dava para a área interna e, da janela, ele via a janela do irmão. Um dia, teve a sorte, ou o azar, de, enquanto dava os restos do seu almoço para os gatos da vizinhança, olhar para o quarto do irmão e ver, por uma fresta da cortina, a cunhada nua, muito sensual e apetitosa, em pé diante de um espelho. Ele sabia que a bela Maria era boa, porém, quando viu Delores nua, pensou: *Dios mío!* Respirou fundo, balançou a cabeça e resolveu, para o seu bem e para a paz da família, ficar longe de Delores. Fez isso sem muita dificuldade, já que tinha suas namoradas; assim mesmo não aguentava quando passava no corredor, ou mesmo sentado na sala lendo o jornal ou tocando violão, e ouvia a cama sacudindo, a cabeceira batendo na parede, a respiração sôfrega do irmão e a preocupação de Delores para ele não fazer barulho – sssssh, ssssssh – pois não queria que as pessoas os ouvissem e nem soubessem o que estavam fazendo. O que era até piada, considerando-se como o seu corpo fecundo enchia a casa daquele cheiro de carne, canela e sangue. Por isso, César saía para dar seus passeios e sonhar acordado.

E, AGORA, ESTE 78 DE METAL, QUE CUSTOU dez centavos, gravado numa cabine: "Grave Suas Recordações" em Coney Island em 1954.

> (Risos) (Estática) (Risos) (Uma voz de homem e uma voz de mulher brincando, falando baixinho, o homem falando) Anda, fala...
> Tá bom. (Estática) Aaai! Aí não (Risos) (Ao fundo o estrondo dos

carrinhos passando numa curva da montanha-russa e um garoto gritando em inglês): "Eeeei Johnny, eu tô aqui, seu babaca.") (Risos) Bueno, alô vocês aí na terra do rádio! (Risos) Aqui é a Angie Pérez e eu (sons de beijos e chupões) (Risos) (Estática) eu... eu.... aaaí! só estou querendo dizer que estou aqui com meu namorado novo, o César, quer dizer, o famoso César Castillo, em Coney Island, no dia 10 de julho de 1954, e só estou querendo dizer que ele é o *cochino* mais sacana desse mundo aaaí! (Risos) E a gente tá se divertindo à beça. E ele está me mandando dizer, OOOOi, Nestor e oi para todo mundo aí em casa! E... (Estática) Ah, o tempo está acabando. A luz vermelha começou a piscar. A gente tem que dar tchau. Tchau! Tch (Estática e clique).

Embora os Mambo Kings estivessem entre os conjuntos mais conhecidos de Nova York e, num mês em 1954, tivessem ficado em quinto lugar numa pesquisa do *Herald* do Brooklyn (atrás de Tito Rodríguez, Machito, Israel Fajardo e Tito Puente), César nunca ganhou muito dinheiro. Quanto poderiam faturar treze músicos mais um empresário mais o sindicato mais o imposto de renda mais os técnicos e os motoristas se recebiam quinhentos dólares para tocar num fim de semana? Um dos maiores problemas era que César nunca concordara em assinar um contrato de exclusividade com empresário nenhum. Sabia de muitas histórias de cantores e conjuntos que se comprometeram por contrato a abrir mão de parte de todos os seus futuros ganhos só para conseguir uma boa cotação numa boate de prestígio como o El Marocco. Esses contratos permitiam que o cantor se apresentasse em outro lugar, mas sempre dando uma porcentagem ao dono da boate, mesmo que o artista não voltasse a cantar na casa. Contratos assim arruinaram a vida de muitos artistas, afastaram vários da profissão, lançando-os na Marinha Mercante ou no Exército, motivaram trocas de nome e, em alguns casos, assassinatos. (Uma música na cabeça de César? Máfia, máfia, máfia. Máfia italiana, porto-riquenha, judia. Smokings pretos, Smokings brancos.)

Por causa dessa posição, César vivia discutindo com os donos da noite que o pressionavam. Isso lhe causou problemas com as pessoas erradas. Havia boates que lhes pagavam o que eles mereciam. Algumas eram comandadas por gângsteres porto-riquenhos de terno marrom que detestavam os cubanos. César costumava mandar esses tipos irem tomar no cu e enfiarem as respectivas espeluncas nos *fondillos* das respectivas calças esportes.

Entretanto, como o mau gênio de César estava deixando seus colegas do conjunto sem emprego, Nestor dizia: "Seja sensato, *hombre*" e o Mambo King voltava a procurar aqueles mesmos tipos e se desculpava. Depois se sentia um merda.

Estava sempre tentando descolar alguma grana para poder ter bons ternos e relógios caros, sair com uma mulher como Vanna Vane e se divertir com os colegas nos bares. Gostava de dar presentes para a família e para os amigos. Fazia questão de pagar a conta do restaurante ou os ingressos do cinema quando saía com a família. Era o tipo do sujeito que andava trinta quadras para poupar os quinze centavos do trem, só para pagar uma rodada de bebida no bar. Tinha despesas de todo tipo, principalmente com a sua vida social, mas vivia apostando fiado nos cavalos e recorria aos amigos e colegas quando perdia. Estava sempre precisando de dinheiro. Dinheiro nunca parou no seu bolso em Cuba e não parava em Nova York. Ele gastava bem; sua infância pobre em Cuba que se danasse.

Havia outra coisa também. Ainda que estivesse decidido a não tornar a casar, não esquecia a filha Mariela, que deixara em Cuba. Vez ou outra, quando conseguia descolar alguma coisa – se recebia um cachê por uma gravação ou um cavalo realmente saísse vencedor para ele – comprava uma ordem de pagamento e mandava para a filha. Agora ela estava com nove anos e, de vez em quando, ele recebia uma carta sua, agradecendo os presentes. Em 1952, depois de alguns problemas com a esposa, ele conseguiu autorização para visitar a pequena Mariela, em Havana. Àquela altura, a ex-mulher já estava casada pela segunda vez, morando perto da Calle 20, com o marido professor, um sujeito mais velho chamado Carlos Torres. Decidido a conquistar Mariela, ele a levou a todas as grandes lojas de departamento – Fin de Siglo, La Época, e El Encanto – comprando-lhe vestidos e brinquedos. Comprou também todas as guloseimas que a menina quis e, aos olhos dela, ele passou a ser o homem bonzinho que cheirava a água-de-colônia e já a pegara no colo. Mariela até que era uma boa menina, carinhosa e afetuosa. No fim daquela temporada, deixá-la foi mais difícil do que imaginara. Assim, para se fazer lembrar, queria mandar-lhe presentes sempre. Contudo, vivia duro, não importava o que fizesse para ganhar dinheiro.

E ele queria comprar um bom carro zero quilômetro. Comprara de segunda mão o Oldsmobile do baixista Manny por um preço em conta e, embora andasse bem, o carro estava bem baleado de tanto rodar com os

Mambo Kings. Largado na rua em frente às boates ou nos estacionamentos dos cabarés, estava sempre com gente sentada no capô, pulando ou namorando ali em cima. E, ainda por cima, já levara algumas batidas. César queria um DeSoto 1955 e, volta e meia, ia até a revendedora para examinar a forração do carro, o painel e o motor V-8 turbinado, a embreagem "aveludada" e o vidro com visão panorâmica de 180 graus. E ele gostava daqueles contornos femininos, daquela pele creme lustrosa, dos paralamas que se projetavam como dois seios, daquele capô ondulado e sinuoso como uma bunda de mulher. Todo produzido, de terno rosa, camisa lilás, gravata branca e chapéu palheta, César Castillo entrava nas lojas e perguntava sobre as condições de pagamento do carro, ficava falando sozinho na direção e depois se recostava, sonhando com os dias maravilhosos que esperavam por ele caso fosse proprietário de um carro tão sensacional.

EM 1955, NA NOITE de uma terça-feira, o homem de televisão e líder de orquestra cubano Desi Arnaz foi ao Mambo Nine Club na Rua 58 com a Oitava Avenida para uma avaliação. Alguém falou sobre os irmãos cubanos César e Nestor Castillo, dizendo que, além de bons cantores, eram bons compositores e talvez pudessem ter alguma coisa para o programa de Arnaz. O palco do Mambo Nine, com apenas três metros de largura, era mais apropriado para um show de um só artista do que para uma orquestra de treze componentes. Mas o conjunto dos irmãos, o Mambo Kings, de algum jeito conseguia se arrumar atrás dos microfones com aquilo tudo: congas, trompetes, trombones, flauta, contrabaixo, saxofone e um piano de cauda. Era ali que os Mambo Kings testavam as novidades do seu repertório com o pessoal do ramo que frequentava a casa: gente como Machito e o grande Rafael Hernández, autor do "El Lamento Borinquem", que os aconselhava e incentivava. Era um lugar frequentado por músicos dos melhores conjuntos da cidade, que ali iam beber, falar de música e ver as modas. Sob o trilho de refletores brancos e vermelhos, os Mambo Kings tocavam músicas animadas, como "El Bodeguero", e arranjos inspiradores e lentos, com boleros românticos como "Bésame Mucho". Arnaz ficou numa mesa ao fundo com a sua bela esposa. A luz alaranjada de uma vela permitia que se distinguissem os seus olhos escuros e penetrantes, com um ar de quem estava apreciando muito o que via e escutava... Todos de branco, cantando juntos diante do grande microfone, e os irmãos demonstravam sentir uma grande afeição um pelo outro, pela plateia e pela música. Arnaz, com o queixo apoiado na mão, tirou as suas conclusões sobre eles.

Sob os refletores, com gestos largos e com um resplendor luminoso em volta da cabeça, César Castillo lembrou a Arnaz os cantores antigos dos salões de festas e dos cabarés de Cuba, figuras de cabelo gomalinado repartido ao meio e penteado para trás, bigodinhos finos e gravatas-borboleta. Sim, a voz de César evocava noites de luar, perfume de flores e rouxinóis voando. Era uma voz de eterno *caballero* em serenata diante da janela de uma mulher, a voz de um homem que daria a vida pela sedução do amor.

"Senhoras e senhores, a próxima música é uma pequena *canción* que eu e meu irmão Nestor começamos a fazer quando chegamos aqui nos Estados Unidos há uns anos. Chama-se "Bella María de Mi Alma", ou "Beautiful Maria of My Soul" e fala da tristeza e da tortura do amor. Esperamos que gostem.

César fez sinal de longe para o pianista, o inigualável e sempre elegante Miguel Montoya, de branco dos pés à cabeça, que deu um lá menor para as congas e os trompetes entrarem, e o solo de abertura do Nestor vibrou na sala, fazendo o copo de Arnaz dançar. César começou a cantar a letra que Nestor fizera na solidão de uma noite fria, enregelado ao lado do aquecedor, versos inspirados pela bela cubana que lhe despedaçara o coração. Um trecho da letra dizia:

> ... *How can I hate you*
> *if I love you so?*
> *I can't explain my torment,*
> *for I don't know how to live*
> *without your love...*
> *What delicious pain*
> *love has brought me*
> *in the form of a woman.*
> *My torment and ecstasy,*
> *Maria, my life,*
> *Beautiful Maria of my soul...*

Arnaz ouviu com atenção. Na hora do coro, com os irmãos cantando harmoniosamente como dois anjos pairando em cima de uma nuvem e falando de sua dor, Arnaz pensou em seu amor passado, em seu amor pela esposa e por outras pessoas, como aquelas da sua família lá em Cuba e por velhos amigos que havia muito não via. Olhando para a pista de dança, onde jovens casais suspiravam e se beijavam, aproximou-se da mulher e disse:

"Preciso convidar esses camaradas para tocarem no programa."

Depois, quando os irmãos estavam no bar, Arnaz fez jus à sua fama de homem simpático e se apresentou estendendo a mão, dizendo: "Desi Arnaz". Ele vestia um terno elegante de sarja azul, camisa de seda branca, gravata de bolinhas e um lenço com uma bainha de franjas que despontava do seu bolso feito uma tulipa. Cumprimentou os irmãos e ofereceu uma rodada de bebida a todos os músicos, elogiou a apresentação e convidou os irmãos e o pianista e arranjador Miguel Montoya a virem sentar em sua mesa. Depois, conheceram Lucille Ball, que falava um espanhol surpreendentemente fluente. Ela vestia uma blusa de botões de pérola, um colete de veludo com broche de brilhantes e uma saia longa. Anéis e pulseiras faiscavam em suas mãos e em seus pulsos. Seu cabelo era ondulado e ruivo, penteado num pajem armado que lhe emoldurava os belos olhos azuis. Ao lado do marido, passara a noite atenta, tomando notas num caderninho cheio de datas, números e nomes. Recebeu os irmãos com um sorriso simpático e logo apontou para o relógio mostrando a hora para Arnaz.

Em pouco tempo, já havia uma garrafa de champanhe sobre a mesa, gelando em um balde dourado, e todos bebiam. Lucille Ball balançava a cabeça, abria um sorriso bonito e toda hora dizia alguma coisa no ouvido do marido. Não demorou muito a se retirar para um canto, deixando os homens à vontade para fumarem seus *panatelas* de havana, brindarem e conversarem. Como aquela era uma época em que todos os cubanos de Nova York se conheciam, a pergunta era inevitável: "E de que região de Cuba vocês são?".

"De uma cidade chamada Las Piñas, você certamente deve conhecer, uma cidade açucareira do Oriente."

"Claro, eu sou de Santiago de Cuba. Sou do Oriente também!"

A ideia de serem todos da mesma parte do mundo fez os conterrâneos se apertarem as mãos e balançarem a cabeça olhando para Arnaz em um sinal de reconhecimento, com uma intimidade de velhos amigos.

"Crescemos no engenho de açúcar e depois nos mudamos para uma fazenda quando o meu pai resolveu criar gado", contou César a Arnaz.

"Mas eu tive que me mandar dali e trazer meu irmão comigo. Decapitar bicho não era com a gente. Além do mais, eu sempre quis ser cantor, *tú sabes,* desde pequeno, eu sempre fiz tudo para andar no meio dos músicos."

"Comigo foi exatamente a mesma coisa", disse Arnaz.

Falando da noite do Oriente, descobriram que tinham outra coisa em comum: ambos trabalharam em Cuba sob a liderança do mesmo homem, Julián Garcia e sua Orquestra Típica.

A menção desse nome levou Arnaz a bater na perna. "O Julián Garcia era uma figura e tanto. Lucy, você devia ter conhecido ele. Obrigava todo mundo a andar uniformizado e com luvas brancas no auge do calor, mesmo os músicos para quem isso era problema. E vivia descolando umas palmeiras e umas estátuas pra dar um pouco de classe à orquestra. Com você também era assim?"

"Exatamente!", disse César, soltando uma baforada de fumaça azulada. "Sabe de uma coisa, Sr. Arnaz, garanto que vi o senhor uma vez em Santiago. O senhor estava na boate do Julián, sentado no palco... atrás de uma harpa ou coisa assim, não lembro exatamente quando, mas lembro de ver o seu nome nos cartazes da porta do cabaré onde o Julián ensaiava."

"Naquela ladeira puxada que do alto dava para ver o Porto?"

"Isso mesmo. Um cabaré na rua Zayas".

"E que ano foi isso, *coño*?"

"Mil novecentos e trinta..."

"E sete! Deve ser, porque eu vim para os Estados Unidos nesse ano."

"E o Julián falou que eu estava substituindo um cantor que estava indo para os Estados Unidos! Agora que estou pensando, era você ali sentado tocando violão. Era?"

"... Era, estou me lembrando. Eu estava esperando um amigo. Espera aí, a gente não se falou?"

"Falou, sim!"

Daí em diante, com aquele jeito afetuoso dos cubanos, Arnaz e César reinventaram o passado como se, de fato, tivessem sido grandes amigos.

"Quase vinte anos, dá para imaginar? *Dios Mío*", exclamou Arnaz. "Quase vinte anos passando, assim, num instante."

E, de repente, voltou claro como água o dia em que ele conheceu Arnaz em Cuba: tinha dezenove anos. Estava subindo uma ladeira em Santiago de Cuba e, naquela hora, a claridade do poente lançava no infinito as sombras das sacadas e dos telhados. Ali sempre havia uma mulher oferecendo água gelada a quem vinha exausto da subida. No alto da ladeira, um sol vermelho, depois o cabaré, cujo interior, protegido por arcadas e portas sólidas de carvalho, era sempre muito fresco. César lembrava que olhou para o palco e viu, por entre as cordas de uma harpa, um jovem bonitão ao lado do piano. Achou que, pela pinta, devia ser *gallego* como ele. Ao piano, o imenso Julián Garcia, a cabeça coberta de suor e tintura de cabelo, dava uma olhada numas partituras.

"Então, meu amigo, com qual vai começar?"

"*María de la O.*"

Julián começou a tocar os acordes dessa *canción* de Lecuona. César, segurando a palheta e ainda nervoso com a perspectiva de trabalhar com Julián Garcia, interpretou com toda emoção, num estilo exagerado, esticando as notas altas no fim de cada frase e gesticulando dramaticamente. Quando terminou de cantar, Julián falou: "Muito bem". O jovem cantor agradeceu com um gesto de cabeça e Julián o fez cantar mais algumas músicas. Então, satisfeito com o desempenho de César, disse: "Volte amanhã para a gente ensaiar com os outros músicos, com a orquestra toda, certo?".

Foi aí que aquele jovem moreno de topete ondulado caído no rosto olhou para César e sorriu. Estava ali fazendo hora, tocando violão, esperando por um amigo seu que tinha carro, e viu Julián fazendo César repassar o repertório, composto basicamente dos boleros e das habaneras tristes de Ernesto Lecuona, que era o compositor cubano do momento. Quando Julián acompanhava César até a porta, Arnaz chamou: "Ei, meu amigo, foi muito bom. Meu nome é Desiderio Arnaz" – e estendeu a mão num gesto cordial. E quando se cumprimentaram Arnaz, cansado de esperar no cabaré, sugeriu que descessem a ladeira e fossem a um barzinho que havia lá embaixo.

"Quando o meu amigo aparecer", pediu ele a Julián, "diga que estou lá no bar".

Tomaram umas cervejas, falaram de Julián, de mulher e da vida de músico, até que o amigo de Arnaz apareceu na porta do bar. "Espero que você se dê bem na orquestra! Eu estou indo para Havana."

"Então era você. Bem que achei que seu rosto não me era estranho. A vida é engraçada, não é? Quem diria que a gente iria se reencontrar aqui tantos anos depois?"

E ergueu a taça borbulhante de champanhe em outro brinde.

"Eu tinha dezenove anos", disse César. "Era um matuto. Fora umas excursões por Oriente e umas viagens em lombo de burro pelo interior, era a primeira vez que eu caía no mundo. E que época! Foi uma época maravilhosa da minha vida, cantando na orquestra de Julián. Uma beleza de época, tocando para as pessoas."

Arnaz concordou com um aceno de cabeça:

"Também acho. Eu não era muito mais velho que você e estava indo para Havana com alguns pesos no bolso, um violão e planos de me mandar para os Estados Unidos. Primeiro Miami, talvez Tampa, Hialeah e Fort Lauderdale." Ficou com o olhar perdido, com uma expressão triste de saudade da juventude.

"Acabei vindo parar em Nova York, trabalhando aqui nessas boates. Do mesmo jeito que você agora. Eu tive sorte. Alguém me ouviu cantando e tocando conga e dali a pouco eu já estava em Nova York, num musical da Broadway. Fiz o papel de um desses Don Juans da vida numa comédia chamada 'Too Many Girls'. Foi ótimo, desde então as coisas têm me corrido bem."

Mas aí, por um momento, Arnaz pareceu fitar o canto da sanca do palco com uma expressão repentina de cansaço e um certo desgosto no olhar.

"... Mas nessa vida, é sempre muito trabalho", suspirou. "Vocês sabem o que eu quero dizer?"

"Sabemos", atalhou César. "Eu sei o que é isso, *hombre*. Um dia, nos trópicos e outro, com neve até a canela. Um dia, numa varandinha na Sierra e no outro, dentro de um trem de metrô. Agora a gente está aqui, daqui a pouco não está, e assim, segue."

Nesse momento, os demais Mambo Kings, cada qual trazendo o seu instrumento dentro de um estojo preto, vieram despedir-se e agradecer ao Sr. Arnaz pelas bebidas. Ficaram todos ali em volta da mesa, rindo e balançando a cabeça com as brincadeiras de Arnaz em espanhol e seus cumprimentos pelo desempenho deles. Foi então que César chegou-se ao irmão, os dois confabularam alguma coisa e, depois que os músicos partiram, ele disse a Arnaz:

"Vai ter uma ceia hoje lá em casa, lá em cima, na Rua La Salle. Será que eu poderia convidar você e sua mulher para virem também? A minha cunhada é uma banqueteira de mão-cheia e hoje vai ter *arroz com pollo, feijão e plátanos*."

"É?"

E Arnaz consultou a mulher. Os irmãos ouviram-na dizer: "Mas amor, a gente tem um compromisso de manhã".

"Eu sei, eu sei, mas eu estou com fome e quem é que vai querer ir a um restaurante a essa hora?"

Então, virou-se para os irmãos e falou: "E por que não?"

E logo estavam na rua com aqueles sobretudos e aqueles chapéus, soprando com as mãos em concha e saltitando na calçada. Começara a nevar enquanto estavam na boate, e ainda continuava uma nevasca densa, os flocos caindo, em profusão, em todas as direções, em todas as ruas e edifícios, toldos, carros e árvores. César estava no meio da avenida chamando um táxi e logo se apertaram no banco de trás do veículo. Nestor e César foram sentados em pequenos assentos extras, virados para o vidro traseiro e para os novos amigos.

OU VAI VER QUE simplesmente se encontraram com Arnaz e este, que gostara da música dos irmãos, chegou para eles no bar e falou: "Vocês gostariam de fazer o programa?". Num tom bem profissional, com o cansaço da responsabilidade estampado no rosto. Ou vai ver que ele tinha um ar esgotado que fez César e Nestor se lembrarem do pai, Dom Pedro, lá em Cuba. Vai ver que ele bocejou com um ar triste e disse: *"Me siento cansado y tengo hambre"*. O que interessa é que Arnaz e a mulher foram com os irmãos até a casa deles na Rua La Salle.

O TÁXI TINHA virado na altura da Broadway com a Rua 124 para pegar a La Salle. Na hora em que Arnaz saltou, seguido da mulher, um trem do metrô, descendo a toda, passou no elevado da Rua 125. Fora isso, o silêncio reinava. Nos prédios ao longo da rua, viam-se janelas iluminadas e vultos nos apartamentos. Arnaz levava uma pasta italiana, César, um violão e Nestor, o seu trompete. Miguel Montoya, que também tinha sido convidado, vinha atrás. Com aquele seu trompete, seu sobretudo de gola de pele, luvas brancas delicadas e bengala de castão de marfim e cristal, ele parecia um dândi, efeminado, porém digno. Tinha cinquenta e três anos e era de longe o mais requintado dos Mambo Kings. Fazia mesuras e segurava a porta para as pessoas passarem, soltando, de vez em quando, uma palavra em francês – *"Merci"* ou *"Enchanté"* – o que impressionou e conquistou a mulher de Arnaz.

O prédio da Rua La Salle não era nada parecido com a que Arnaz e a mulher estavam habituados: eles possuíam uma casa em Connecticut, uma na Califórnia e um apartamento em Havana. Também não era nada parecido com o que os irmão conheceram em Cuba: uma casa modesta de madeira dando para um campo rodeado de árvores frutíferas. Um lugar melodioso com o canto dos pássaros ao cair da tarde, o céu incendiado de clarões vermelhos, amarelos, rosas e prateados que banhavam a copa das árvores. Um lugar de melros alaranjados. Não, aquele era um prédio de seis andares, do tipo onde ninguém sonharia morar para o resto da vida, situado quase no fim de uma ladeira, com uma marquise sem graça, uma escada para o porão e uma portaria estreita e mal iluminada. Seu principal elemento decorativo, uma íbis esculpida em pedra guarnecendo a porta de entrada, datava de 1920, época da moda egípcia. Abrindo a porta do prédio, Nestor ficou um pouco nervoso e constrangido. Estava assim desde que chegara aos Estados Unidos, havia seis anos. As mãos tremiam e ele não conseguia enfiar a chave na fechadura. O frio também não ajudava, devia ter causado uma reação no metal. Todos esperaram pacientemente e, afinal, a porta abriu dando para um hall apertado, com uma lâmpada solitária pendurada num fio preto, curvada como um ponto de interrogação sobre as caixas de correio. Um espelho sujo e uma escada. Da segunda porta, onde morava a senhoria, a senhora Shannon, vinha um cheiro forte de cachorro e repolho e, não tão forte, de urina.

Nestor, que gostava de se gabar do seu asseio pessoal, fez uma expressão de desgosto e quis se desculpar por aquela agressão aos olhos e narizes dos amigos, mas Arnaz, sentindo o seu constrangimento, deu-lhe um bom tapa nas costas, à moda cubana, e disse, da forma mais consoladora possível:

"Ah, que prédio simpático esse aqui."

Mas a mulher revirou os olhos, lançou um olhar significativo ao marido e colocou aquele seu famoso sorriso encantador nos lábios de rubi.

Na subida para o quarto andar, onde César morava com Nestor e família, Arnaz foi assobiando a melodia da canção que ouvira aquela noite, "Beautiful Maria of My Soul", e pensando na enorme tristeza que parecia afligir Nestor. É claro, ele é *gallego*[6] e o *gallego* é uma pessoa melancólica

---

6   E quem era galego? Os cubanos mais arrogantes, dizem alguns; os mais trabalhadores, dogmáticos, determinados e orgulhosos, dizem outros. O termo "galego" refere-se aos cubanos cujos ancestrais emigraram da Galícia, uma província do nordeste da Espanha, uma região de portos, campos orvalhados (azulados e enevoados, como na Escócia) e relevo rugoso. Ao norte de Portugal – o Porto da Gália – e, projetando-se no oceano Atlântico, a Galícia sofreu invasão de romanos, celtas, gauleses, suevos e visigodos, o que inculcou em seus habitantes um gosto pelas

por natureza, dizia a si mesmo. De qualquer modo, Arnaz ficou com pena do irmão caçula que quase não sorria, uma pessoa completamente diferente da alma gregária do irmão mais velho.

No momento em que sentiu o aroma da comida bem feita no hall do apartamento, Arnaz bateu palma e declarou:

"*Qué Bueno!* Que maravilha!"

Ele se viu entrando num hall cujas paredes eram cobertas de fotos emolduradas de músicos e quadros de Jesus Cristo e dos santos.

"Fique à vontade, *compañero*", disse César com a simpatia de sempre. "A casa é sua, está entendendo, Sr. Arnaz?"

"Para mim está ótimo. E para você, Lucy, não está bom?"

"Está sim, Desi, maravilha."

"Ah, por acaso esse cheiro é de *plátanos?*"

"*Plátanos* verdes", respondeu da cozinha uma voz de mulher.

"E de *yuca* com *ajo?*"

Hoje, em Cuba, pelo termo galego designa-se qualquer cubano de pele clara e qualquer falante de espanhol não nascido em Cuba.

"É", disse César satisfeito. "E tem vinho, tem cerveja!", levantou os braços. "Tem rum!"

"*Qué bueno!*"

Era por volta de uma da manhã e Delores Castillo estava na cozinha, esquentando as panelas de arroz com frango e feijão, enquanto as frituras chiavam na frigideira. Tinha o cabelo preso num coque e um avental manchado amarrado na cintura. Quando se apertaram todos na cozinha, Delores reconheceu o famoso casal.

"*Dios mío!*", exclamou. "Se eu soubesse que vocês viriam aqui em casa, teria feito uma faxina completa".

Voltando ao natural, Delores abriu um sorriso tão encantador, que Arnaz lhe disse:

"A senhora é maravilhosa, dona Delores."

Os casacos dos convidados foram guardados no quarto e logo já se achavam todos em volta da mesa da cozinha. Enquanto os homens devoravam a

---

batalhas sangrentas e certa melancolia. El Cid era galego. Idem, idem, a maioria dos soldados espanhóis enviados no século XIX para sufocar revoltas em Cuba. Outro galego? Franco. Outro mais? Angel Castro, um soldado espanhol que se estabeleceu na província de Oriente em Cuba e tornou-se um latifundiário. Seu filho Fidel, ambicioso, arrogante e convencido, viria a ser comandante absoluto na ilha.

comida, Delores correu para acordar as crianças. Nem bem Eugênio abrira os olhos, quando percebeu que estava no corredor, no colo da mãe, que lhe dizia:

"Quero que conheça uma pessoa."

Ela o colocou no chão antes de entrar na cozinha e o que ele viu era uma cena costumeira naquela casa: a cozinha apinhada, gente comendo, garrafas de cerveja e de rum abertas sobre a mesa. Mesmo o sujeito simpático que deixava sua mãe tão empolgada era igual a qualquer outro músico que já aparecera por lá. E Desi Arnaz era um nome que não lhe dizia nada, pois ele ouviu pela primeira vez quando a mãe o apresentou.

"Sr. Arnaz, esse aqui é o nosso filho, Eugênio. E essa aqui é a Letícia."

Desi Arnaz então beliscou a bochecha do menino e passou a mão na cabeça de Letícia. Em seguida, as crianças foram levadas de volta para o quarto e adormeceram ao som daquelas vozes falando espanhol na cozinha e da música na vitrola da sala, entre risos e palmas, exatamente como em tantas outras noites.

Todo mundo ria. Lucille Ball contou sua experiência com a culinária cubana quando foi pela primeira vez a Cuba e quis impressionar a família de Desi.

"Eu quase pus fogo na casa!"

"Ai, conta essa", brincou Arnaz.

"No fim deu tudo certo. Pode estar descansada, *señora,* que eu sei como é isso. Amassar essas bananas e essa coisa toda em papel pardo e dar o ponto certo."

De repente, lembrou-se dos passeios que fazia com Arnaz pelo engenho da família em Oriente. A princípio, tinha medo do escuro, mas depois passou a apreciar a beleza do céu, riscado de estrelas cadentes.

"Eu acabei aprendendo a amassar as bananas no papel pardo, com a quantidade certa de sal, alho e limão. Do jeito que a senhora fez aqui!"

O fundo musical vinha da sala, da Victrola, como César ainda chamava o fonógrafo RCA. Primeiro colocou um disco do fabuloso Benny Moré, um de seus favoritos, e depois uma das gravações de "Twilight in Havanna" pelos Mambo Kings. Arnaz parecia feliz ali na mesa da cozinha, devorando a comida colocada à sua frente e fazendo comentários do tipo: "*Qué sabroso!* Vocês não sabem como é bom a gente relaxar de vez em quando".

Os anfitriões ficaram satisfeitos ao notarem que Arnaz estava gostando. Depois de alguns copos, César já não se impressionava tanto com a fama do homem; estava vibrando por receber um *compañero* em sua casa e, depois que o rum foi fazendo efeito, começou a sentir pena de Arnaz.

Tão famoso e tão feliz com uma refeição das mais simples, pensou. Já deve estar cansado de tanto jantar com os Rockefellers!

Nestor, porém, começava a sentir que eles tomavam intimidades demais. Ele estava num canto da sala, brincando com a corrente do seu relógio. Tinha visto Lucille Ball corar quando César abriu mais uma garrafa de rum.

"Querido, talvez seja melhor a gente começar a pensar em ir pra casa", disse ao marido.

E aí César apareceu com seu violão de laranjeira e o entregou a Arnaz.

"Você cantaria para nós, Sr. Arnaz?"

"E por que não?", respondeu, abraçando o violão. Deu um dó menor com batidas rápidas, tirando um som que lembrava o vento numa persiana, e começou a cantar um de seus maiores sucessos, "Babalu".

"Baabaaluu, uh, por que me abandonaste?"

César batucava na mesa e Nestor, entrando no clima de animação, acompanhou com a flauta... E, quando Arnaz começou a tocar "Cielito Lindo" logo a seguir, todo mundo ali na cozinha estava feliz, embalando-se numa roda na cadência da música.

Tocada em ritmo de valsa, "Cielito Lindo" parecia uma canção de ninar. Daí as lembranças maravilhosas que os dois Mambo Kings tiveram da mãe deles, e Arnaz ter fechado os olhos, feliz na contemplação da imagem adorada da mãe em Cuba.

Nestor lembrou daqueles seus medos, quando era pequeno e acordava no meio da noite com pesadelos, todo suado, o coração aos pulos, sentindo-se perdido: o luar entrava agourento pelo quarto, e o mosquiteiro pendurado no teto parecia respirar como uma criatura viva e as sombras tomavam formas de animais e ele gritava para que alguém viesse salvá-lo, o pai, mas melhor seria sua mãe, abrindo o mosquiteiro e sentando ao seu lado, contando histórias no seu ouvido e cantando baixinho. E César lembrava da voz dela a lavar-lhe a cabeça numa bacia no quintal, os espirros d'água descompondo a luz do sol em reflexos vermelhos e rosa e a sensação maravilhosa dos movimentos das mãos dela pela sua nuca e pelos seus cabelos. E para Arnaz? Aquilo trazia a imagem da mãe tocando cravo para passar o tempo no salão da suntuosa casa de Santiago. Só essas meras lembranças trouxeram lágrimas aos olhos daqueles três homens.

Lá pelas três horas, Lucille Ball tornou a apontar para o relógio e a dizer ao marido: "Amor, agora a gente tem que ir".

"É, está certo. Amanhã é dia de trabalho, pra variar. Estou com pena de ter que ir embora e quero dizer uma coisa antes de ir. Aquela *canción* que vocês tocaram hoje lá na boate, 'Beautiful Maria o*f* My Soul', eu adorei e acho que vocês deviam ir ao meu show apresentá-la."

"É show de boate?"

"Não, no meu programa de televisão."

"Sim!", disse César. "Claro, depois você diz o que a gente tem que fazer. Vou lhe dar o nosso endereço."

E foi correndo pegar uma caneta e um pedaço de papel. Pouco depois estava na Broadway chamando um táxi para Arnaz e a mulher, que esperavam na calçada. Miguel Montoya resolveu passar a noite lá, aventurando-se a dormir no sofá-cama da sala. O táxi demorou vinte minutos para aparecer e vinha pesado, com correntes nos pneus para vencer aquela neve toda.

Arnaz apertou a mão de César Castillo. "Foi ótima essa oportunidade de nos conhecermos, meu amigo. Não vou demorar a entrar em contato com você. Certo? Então, *cúidate*."

Aí Arnaz e a mulher entraram no carro e sumiram na noite.

Desi Arnaz cumpriu a promessa e três meses depois os irmãos estavam a bordo de um avião seguindo para Hollywood, Califórnia. César adorou a viagem, adorou voar num daqueles grandes quadrimotores, apreciando as nuvens incendiadas pelo sol. E Nestor? Este custava a crer que aquela geringonça se sustentasse no ar. O longo voo de onze horas sem escalas o assustava. Ele permanecia em sua poltrona, as mãos nervosamente entrelaçadas, olhando, apavorado, as nuvens lá fora. César ia tranquilo, escrevendo cartões-postais e algumas letras de música, lendo revistas e curtindo tudo. Os dois estavam na primeira classe, o que significava que as comissárias se desdobravam em atenções com os passageiros. César gostou especialmente daquela comissária com o mais lindo par de *nalgitas* – nádegas –, a coisa mais séria em termos de *nalgitas* que já vira nos últimos tempos, e quando ela vinha pelo corredor, César cutucava o irmão para que ele não perdesse aquele gingado fascinante. Mas Nestor ia completamente absorto, aflitíssimo, pensando se as coisas dariam certo; como se fosse morrer se algo não saísse nos conformes. A ideia de fazer o programa o apavorava.

Para César, o programa era uma coisa simples, sem nada demais, por isso não perdeu muito tempo pensando no assunto. Só achava que seria uma boa oportunidade de ganhar algum dinheiro, tornar-se conhecido do público cantando aquela música e talvez de despertar o interesse das pessoas por aquele bolero, "Beautiful Maria of My Soul". Torná-lo o primeiro grande sucesso dos Mambo Kings. E quanto à ideia de aparecer na televisão? César não sabia nada de televisão. Assistiam a uma ou outra luta de boxe em casa de amigos, a algum programa em vitrines de lojas de eletrodomésticos, mas nenhum deles jamais sonhara aparecer no programa "I Love Lucy".

E a música que chamara a atenção de Arnaz naquela noite no Mambo Nine Club? Até César era obrigado a reconhecer que era uma música fantástica, que pegava, uma música pungente. Já não aguentava mais ouvir falar em Maria, mas um dia entrou na sala e Nestor estava cantando de novo aquela *canción* para a qual havia feito vinte e duas versões diferentes. E a música pareceu tão boa quanto qualquer um daqueles clássicos antigos que deixam as pessoas com lágrimas nos olhos no meio da noite. Normalmente, César se irritava quando via Nestor trabalhando em mais uma versão, mas naquele dia disse ao irmão caçula: "Pode parar agora. Está perfeita. É uma música e tanto, irmão", e lhe deu um tapinha nas costas. "Agora relaxe e goze."

Nestor não gozava nada, sempre cismando como um poeta fracassado ou um velho.

"Nestor, você está quase com trinta anos, tem uma mulher que te adora e dois filhos", disse César. "Quando é que vai virar homem e parar de se matar de preocupação? Quando é que vai deixar de ser tão fresco?"

Aquilo fez Nestor estremecer.

"Sinto muito", desculpou-se César. "Só estou querendo ver você feliz. E não se preocupe, mano, você tem seu irmão César aqui para tomar conta de você."

Enquanto César dizia isso, o avião entrou num vácuo, perdeu bastante altitude e começou a sacudir.

E, como o avião, Nestor tremia por dentro. Não que ele fosse um caso perdido: tocar trompete e cantar eram coisas que sempre tiveram um efeito calmante sobre ele e o mesmo aprendera a se acalmar diante dos filhos, Letícia e Eugênio.

"Você pode fazer o que for", disse César certa vez, "mas seja homem na frente dos seus filhos. Não vai querer que eles cresçam cheios de grilos."

A Desilu Produções colocou-os no Hotel Garden of Allah, com piscina, palmeiras espinhosas e jovens atrizes espreguiçando-se ao sol. Sempre que saíam do hotel para os ensaios, Nestor virava um copo de whisky, às vezes dois. Ficara desse jeito, tocando nos grandes cabarés. O estúdio de televisão ficava na Selma Avenue e era tão movimentado que ninguém reparava quando Nestor chegava meio alto. A gravação do programa deveria ser numa sexta-feira e os músicos teriam três dias para ensaiar. Todas as pessoas envolvidas no programa foram simpáticas com os irmãos. Desi Arnaz foi de uma amabilidade e uma generosidade toda especial com os cubanos que contratara. Qualquer pessoa a quem se perguntar sobre Arnaz naquela época dirá que ele era simpático e preocupado com quem trabalhava para ele, como um *patrón* responsável. Afinal, o homem era cubano e sabia passar a imagem de um sujeito correto.

Eles chegavam para os ensaios às dez e passavam quase o dia inteiro conversando com os músicos e assistindo à formação da orquestra: muitos de seus componentes eram americanos que já tinham tocado nas grandes orquestras da Califórnia, mas havia alguns cubanos com quem os irmãos jogavam cartas para passar o tempo.

Os dois não tinham muito o que fazer no programa. Uma ponta numa cena e depois a música. E quanto às suas habilidades como atores, Arnaz, que punha o dedo em tudo, dizia que simplesmente fossem eles mesmos – e sempre com um tapinha nas costas. Nestor toda hora sacava as páginas do script com as poucas linhas de diálogo e ficava lendo e relendo. (Uma parte desse script, amarelada com os anos e rasgada, seria encontrada entre os objetos pessoais do Mambo King no quarto do Hotel Splendour.) Mesmo depois de Arnaz dizer: "Não se preocupem, mesmo se vocês errarem a fala, dá-se um jeito. *Pero non te preocupes*, está bem?".

Assim mesmo, Nestor parecia preocupadíssimo. Era um homem engraçado, ora senhor de si e sensato, ora alheio e distraído.

Na noite em que o programa foi gravado diante de uma plateia, Nestor mal conseguia se mexer, louco para cair fora. Passou a tarde andando de um lado para o outro no quarto do hotel, suando em bicas, uma pilha de nervos. E, no estúdio, ficou nos bastidores encostado a uma máquina de Coca-Cola, observando o corre-corre de eletricistas, técnicos de som e iluminação, câmeras e assistentes de direção à sua volta, como se a vida estivesse passando por ele. Cantar aquela música, a música de Maria, diante de milhões de pessoas, tinha alguma coisa que o apavorava. Seu medo esfriou César, que ficava dizendo: "*Tranquílo, tranquílo, hombre*. E não se esqueça de uma coisa, temos o Arnaz lá com a gente".

Nestor devia estar com uma aparência terrível porque um dos músicos de Arnaz, um careca simpático e rechonchudo de Cienfuegos que tocava as congas e os bongôs na orquestra, chegou perto dele e perguntou: "Tudo bem com você, amigo?". Depois puxou Nestor para um canto e lhe deu uns goles de rum de uma garrafinha que trazia no bolso. Isso de fato o acalmou. Logo chegou uma maquiadora e empoou-lhes a testa e o nariz. Outro assistente afinava a guitarra de César com o piano. Um terceiro conduziu-os ao ponto de onde entrariam em cena. Depois, o próprio Arnaz saiu de seu camarim, sorriu e acenou para os irmãos. Então, como sempre fazia antes de qualquer apresentação, César olhou o irmão de alto a baixo, espanou a poeira de seu paletó, esticou-o para endireitar os ombros e deu um tapinha nas costas de Nestor. Aí a orquestra começou a tocar o tema do "I Love Lucy", alguém lhes deu a deixa e juntos, violão e trompete em punho, os dois entraram.

Era o ano de 1955 e Lucille Ball estava na sua casa em Manhattan, arrumando a sala, quando ouviu baterem de leve na sua porta. "Já *vaaai*", respondeu, alisando o penteado e indo ver quem era.

Deparou-se com dois indivíduos de terno branco de seda e gravatas-borboleta, cada qual com seu instrumento dentro de um estojo – uma guitarra e um trompete, respectivamente – segurando a palheta que haviam acabado de tirar ao vê-la. Os dois homens fizeram uma pequena mesura e sorriram, mas com um ar meio triste, ao menos retrospectivamente, como se soubessem o que lhes esperava. O mais alto e mais forte dos dois, que usava um bigodinho de cafetão, então em moda, pigarreou e disse suavemente: "Senhora Ricardo? Eu me chamo Alfonso e este é o meu irmão Manny..."

"Ah, sim, o pessoal de Cuba. O Ricky já me contou tudo a respeito de vocês. Entrem e fiquem à vontade. O Ricky vem já."

Com a maior das cerimônias, os irmãos fizeram uma mesura e sentaram-se na pontinha do sofá, muito empertigados e cuidando para não se deixarem afundar naquelas almofadas macias. Manny, o mais moço, aparentava mais nervosismo, com o pé batendo no chão, os olhos escuros e um tanto cansados fitando o vazio com uma expressão de inocência e apreensão. Atrás deles, um cravo em cima do qual havia uma jarra baixa de flores e uma estatueta com a figura de um picador. Na frente, uma janela com uma cortina de renda ao fundo e uma mesa onde a ruiva Lucille Ball pousava uma bandeja com biscoitinhos e café. Isso foi em questão de segundos, como se ela tivesse previsto a hora da chegada dos irmãos. Mas não importava – o mais velho colocou uns cubinhos de açúcar no café, mexeu e agradeceu à anfitriã com um gesto de cabeça.

E eis que chega Ricky Ricardo, o cantor de boate e empresário musical – a personagem que Desi Arnaz fazia no seu programa de televisão. Era um homem bonitão, de olhos grandes irradiando simpatia, com uma vasta cabeleira negra, lustrosa como pele de foca. De bombachas, paletó jaquetão, camisa de colarinho baixo e uma gravata preta estampada com um teclado de piano e um prendedor em forma de jacaré, indiscutivelmente, ele tinha um ar próspero e seguro de si. Entrou com a mão direita no bolso do paletó e, ao ver os irmãos, deu-lhes tapinhas nas costas, dizendo: "Manny, Alfonso! Nossa, que bom ver vocês! Como vão as coisas lá em Cuba?".

"Bem, Ricky."

"Bom, vamos sentando. Quero saber se vocês já decidiram o que é que vão cantar no meu show no Tropicana?"

"Já", respondeu o mais velho. "Decidimos cantar uma música chamada 'Beautiful Maria of My Soul.'"

"Que legal, gente. Olha, Lucy, espere só até você ouvir o que eles vão cantar fechando o meu show da semana que vem. 'Beautiful Maria of My Soul.'"

A ruiva mudou de expressão, murchou, como se alguém tivesse morrido.

"Mas Ricky, você tinha prometido que me daria uma chance de cantar no show!"

"Bom, agora não vai dar pra gente discutir isso, Lucy. Tenho que levar esses nossos amigos lá na boate."

"Por favor, Ricky, deixa dessa vez que eu nunca mais te peço. Por favor."

Pediu com um olhar tão doce, batendo as pestanas com tanto charme que ele já estava reconsiderando: "Vamos ver, Lucy."

E balançando a cabeça, começou a falar com os irmãos num espanhol corrido: *"Si ustedes supieren las cosas que tengo que aguantarme todos los dias! Dios mio! Me vuelvo loco com estas americanas! Mi mamá me lo dijo, me dijo: 'Ricky, no te cases con una americana, a no ser que quieras um grande dolor de cabeza! Estas americanas te pueden volver loco.' Mi mamá tenía razón, debía haberme casado com esa chica bonita de Cuba que nunca me puso problemas, que sabía quién le endulzaba el pan. Ella no era maluca, ella me dejaba tranquilo, saben ustedes lo que quiero decir, compañeros?"*

E voltando ao inglês: "Vamos".

Os irmãos puseram o chapéu na cabeça, pegaram os instrumentos e seguiram o cantor de boate. Quando ele abriu a porta, deparou-se com um casal de vizinhos, um careca corpulento e uma loura bonitona meio amatronada, ambos de chapéu de palha na mão. Os dois irmãos cumprimentaram o casal com um gesto de cabeça ao passar e seguiram para a boate.

Depois, um enorme coração de cetim foi se dissolvendo numa bruma onde apareceu o interior da boate Tropicana. Virada para uma pista de dança e um palco, distribuída por umas vinte mesas com toalhas de linho e velas no centro, via-se a clientela típica da casa, pessoas comuns, mas vestidas com elegância. Cortinas pregueadas de alto a baixo e vasos com palmeiras pelo ambiente. Um maître de smoking segurando uma carta de vinhos imensa, uma vendedora de cigarros de pernas esguias e os garçons circulando por entre as mesas. Depois, a pista de dança propriamente dita e, por fim, o palco, a boca de cena e os bastidores pintados para dar ideia de tambores africanos, com pássaros e inscrições de vodu, o mesmo padrão se repetindo nas congas e nas estantes das partituras, atrás das quais se viam os músicos da orquestra de Ricky Ricardo, que eram uns vinte, dispostos em quatro fileiras de arquibancadas, todos de camisas de mangas bufantes e coletes com palmeiras bordadas em paetê (exceto a harpista de vestido longo e óculos de estrasse). Os músicos parecendo bem humanos, comuns, melancólicos, indiferentes, felizes, compenetrados e a postos com seus instrumentos.

No centro do palco, um grande microfone, refletores, rufar de tambores e Ricky Ricardo.

"Bem, gente, hoje eu tenho uma atração especial para vocês. Senhoras e senhores, tenho o prazer de apresentar, diretamente de Havana, Cuba, Manny e Alfonso Reyes cantando um bolero de sua própria autoria, 'Beautiful Maria of My Soul'."

Os irmãos se adiantaram, ambos de branco, um com um violão e o outro com um trompete, fizeram uma mesura para o público e assentiram com um gesto de cabeça quando Ricky Ricardo olhou para a orquestra e, erguendo a batuta, pronto para começar, perguntou: "Estão prontos?".

O mais velho deu o tom da música no violão, lá menor; a harpa entrou como que descendo das nuvens; o baixo iniciou uma habanera, e aí o piano e os metais executaram uma variação em torno de quatro acordes.

Juntos diante do microfone, de cenho franzido na concentração, expressão sentida, os irmãos começaram a cantar aquele bolero romântico chamado "Beatiful Maria of My Soul". Uma canção falando de um amor tão distante que chegava a doer; uma canção falando de prazeres perdidos e juventude, do amor tão fugidio que está sempre nos escapando; de um homem tão apaixonado que não se assusta com a morte; uma canção falando dessa paixão que não se esgota nem depois que o nosso amor nos abandonou.

Cantando ali com aquela voz trepidante, César parecia estar contemplando uma cena profundamente bela e dolorosa. Seu olhar apaixonado tinha uma expressão sincera que parecia perguntar: você está vendo quem eu sou? Mas o caçula conservava os olhos fechados, a cabeça ligeiramente para trás. Parecia um homem à beira de um abismo sem fundo de saudade e solidão.

O líder do conjunto acompanhou os irmãos nos versos finais. Afinado com eles, ficou tão empolgado com a música que arrematou a interpretação com um gesto cortando o ar e, com uma mecha do cabelo grosso caída na testa, gritou: "Olé!". Enquanto os irmãos sorriam e agradeciam Arnaz que, no papel de Ricky Ricardo, repetia: "Vamos dar a eles um bom incentivo, gente!". Os irmãos tornaram a agradecer os aplausos, apertaram a mão de Arnaz e saíram acenando.

Nestor bem que tentava. Que os céus o ajudassem. Todos os dias ele lia aquele livro de autoaperfeiçoamento do Sr. D. D. Vanderbilt, estudando-o cuidadosamente com um dicionário do lado. E assim estava ele naquele hotel da Califórnia, às três da manhã, sentado na beira da cama de cueca e roupão, trabalhando para superar o ceticismo em relação à vitória de uma atitude positiva e da persistência sobre o desespero e o sentimento de derrota. Após seis anos de Estados Unidos, ele continuava cada vez mais apavorado diante da vida. Não que tivesse um medo específico. Apenas tinha a sensação de que as coisas não iam dar certo, de que o céu ia desabar sobre a sua cabeça e um raio ia fulminá-lo quando estivesse andando na rua ou de que a terra se abriria para engoli-lo. Não ficava pensando conscientemente nessas coisas. Sonhava-as. Havia anos que seus sonhos tinham essa estrutura, a mesma que o perseguia desde a infância em Cuba quando acordava no meio da noite todo suado, vendo o quarto infestado de corvos ou se sentindo emaranhado numa teia de corda em brasa. Ou com a corda misteriosamente lhe entrando pelas orelhas e lhe devorando as entranhas ou quando acordava e via o padre à sua cabeceira com os paramentos fúnebres e uma cara sinistra parecendo feita de cera derretida, as vestes e as mãos com um cheiro estranho de *rijolesnegros* e incenso.

Ultimamente, voltara a ter um sonho em que rastejava por um túnel estreito onde ele mal cabia; o túnel parecia se prolongar indefinidamente até uma claridade fraca. E enquanto rastejava sentindo os limites do túnel no corpo, ouvia vozes falando baixinho a ponto de poder ouvi-las, mas não o suficiente para entender o que diziam.

Estava tendo esse sonho quando acordou com a claridade do sol da Califórnia que entrava por uma fresta da veneziana e inundava o quarto de luz. Sentiu uma aflição no estômago, um arrepio no corpo e abriu os olhos. Era por volta de meio-dia e a primeira coisa que ouviu foram as brincadeiras do irmão César, de trinta e sete anos, na piscina, com as novas amigas: três garotas recém-saídas da adolescência, com reduzidos maiôs, rindo e absolutamente encantadas com César Castillo que, bancando o mão-aberta, as enchia de coquetéis de frutas com rum, açúcar, laranja e gelo picado, com os cumprimentos da Produções Desilu.

Aquele era o último dia que passariam na Califórnia e César se divertia e como nunca. Lá estava ele, corrente no pescoço com um pequeno crucifixo fosco, peito cabeludo molhado com os fios grisalhos sobressaindo, charutão na boca, cabeça inclinada para trás – atitude não de sofrimento, mas de felicidade – curtindo o sol, tomando a sua bebida e flertando com as garotas. As moças correram para ele porque, no primeiro momento, quando o viram passeando como um pavão em volta da piscina, elas o tomaram pelo ator de cinema Gilbert Roland. De qualquer maneira ficaram encantadas em conhecê-lo, encantadas por terem sido convidadas pelo boa-pinta César Castillo para jantar naquela noite num restaurante elegante.

"*Señoritas*", disse ele, "é só escolher!".

Pela veneziana, Nestor observava César chapinhando a borda da piscina, espalhando água para todo lado – ele não sabia nadar. A natureza chamava, e ele precisou ir ao banheiro no chalé do Garden of Allah. A urina saiu ruidosa, com grande pressão.

"Aqui é uma beleza, né? Que pena que já temos que ir embora."

Ouviu-se a descarga do banheiro e ele acrescentou:

"Irmão, por que você não vai para lá com a gente?"

"Tá, daqui a pouco."

Um vulto feminino curvilíneo delineou-se no vidro fosco da porta do chalé e chamou: "Oiii!". E quando César abriu a porta, a figura perguntou: "Posso usar o toaletezinho de vocês?".

"Claro."

De maiô vermelho, saiote plissado e sapatos vermelhos de salto alto, a loura, um colosso de bunda, peito e pernas, foi rebolando porta adentro. Quando ela entrou no banheiro, César fez um gesto como que avaliando o tamanho daqueles quadris e inspirou por entre os dentes. A loura deve ter ficado meio constrangida de urinar no banheiro deles, pois abriu uma torneira, o que fez com que César se mancasse e saísse para esperar do lado de fora do chalé. Ali ficou, meio cambaleante encostado na porta, empertigado, olhando a piscina e as palmeiras ao longe, os arbustos profusamente floridos – uma vez brincou com Nestor dizendo que as flores eram "os pentelhos da natureza". E pensando em coisas boas, começou a assoviar.

Logo César e a loura já estavam de volta à piscina, mergulhando e jogando água nas outras. A moça nadava bem e deslizou com graça por baixo d'água até o lado mais fundo, onde emergiu com aquele corpo firme e bronzeado. Nestor achou que devia ir lá para fora, beber alguma coisa e relaxar, mas disse a si mesmo: sou um homem casado com dois filhos. Porém, continuava ouvindo César, relaxado e rindo. Olhou para a piscina e viu César ajoelhado perto das três moças; elas estavam de bruços nuns colchões colocados lado a lado e César passava bronzeador nas costas e nas partes mais carnudas, cheias de gotinhas de suor, das coxas delas.

Nestor estremeceu, chocado. Por que essa cena alegre haveria de fazê--lo sentir-se prestes a explodir, como se aquela dor fosse uma lama viscosa correndo em suas veias? Ele se abalava pelos sofrimentos passados: quando se sentia assim, atribuía o problema a Maria, mas quando pensava na mulher e nos filhos ficava ainda mais soturno.

Assim mesmo, vestiu um calção e foi para a piscina. O garçom lhe trouxe rum tropical servido num copo longo e o primeiro gole acalmou-lhe o espírito. Começou a ver com melhores olhos aquelas garotas e a separação da família. E foi nesse estado de espírito que reagiu quando uma das moças, uma morena, veio sentar-se ao seu lado, perguntando: "Você vai sair com a gente hoje à noite? Vamos ao El Morocco para ouvir a orquestra e dançar..."

E gritou para César: "Como é mesmo o nome daquela orquestra?".

"René Touzet. Irmão, por que você não vem com a gente?"

"Vou ver", respondeu hesitante, embora fosse para todo lado com o irmão e detestasse ficar sozinho.

Continuaram na piscina bebendo até sete e meia. Às quatro horas, o garçom trouxe uma bandeja com sanduíches de peru, presunto e queijo, e os irmãos ficaram contando a participação no programa "I Love Lucy" e comentando sobre como haviam sido bem tratados por todo mundo. E mencionaram que tinham uma orquestra de mambo em Nova York. Uma das moças fizera uma ponta num filme com Ricardo Montalban chamado "Desperadoes from the and of the Solden Sun". Ricardo era um "avião", comentara. Ao que César revidou: "Bom, você é uma esquadrilha inteira, gatinha".

Pobre Nestor. Não conseguia tirar os olhos de uma das moças, uma morena. Seu corpo era dourado do sol da Califórnia e parecia refletir o prazer que ela tinha para dar. Embora não tivessem trocado mais que umas poucas palavras, pareciam formar um bom par e a moça estava interessada nele e lançava olhares quando ele a olhava. Enquanto as outras duas brincavam na piscina com César, ela continuou deitada no colchão perto de Nestor, que achou essa uma atitude mais "classuda". A moça chamava-se Tracy Belair e, quando os dois se separaram para se vestirem para sair, ela lhe deu um beijo doce com a pontinha da língua. No chuveiro, ela lhe veio à mente e uma rápida ereção se instalou. Mas prometeu a si mesmo não fazer nada.

No entanto, lá pelas oito horas, graças a outra dose de bebida, ele estava sentindo uma leveza e uma euforia que de repente o encheram daquela confiança descrita no livro do Sr. Vanderbilt. Às oito e quinze, sentia-se imortal.

O telefone tocou e foi Nestor quem atendeu.

"Alô, aqui é Desi Arnaz. Como é que vocês vão? Olhe, só estou ligando para saber se está tudo bem com vocês. Estão gostando do hotel? Ótimo." E mais uma vez agradecendo aos irmãos, acrescentou: "E vamos ver se agora a gente não se esquece um do outro. Certo?".

Depois disso, Nestor só se lembrava de estar numa mesa no El Morocco, tomando champanhe, os cinco reunidos, sorrindo para um fotógrafo. Aquele era indiscutivelmente um lugar de classe. O menu era todo escrito em francês, com uma caligrafia floreada, e muitos pratos valiam tanto quanto o que ele ganhava por semana no frigorífico.

"Podem pedir o que quiserem", falou César.

E por que não? Arnaz havia dito que lhe mandassem a conta. Num instante a mesa estava entulhada, com quase todos os pratos do cardápio:

uma travessa de prata com umas lesminhas muito murchas como aquelas que infestavam o pátio da casa deles em Cuba depois da chuva, todas pretinhas e tristes, feitas com alho; bandejas de filé mignon, lagosta, camarão, batatas rendilhadas; e garrafas e mais garrafas de champanhe. Depois de tudo isso, surgiu de maneira desafiadora uma combinação do Alasca com a Itália, uma enorme taça com bolas de sorvete de creme com confeitos de chocolate e uma calda quente misturada com conhaque francês. Tudo regado a intermitentes beijos. A certa altura, a morena de Nestor ficou olhando para ele e declarou: "Sabe de uma coisa, meu amor, você é a cara do, como é mesmo o nome dele? Do Victor Mature, ele não é espanhol?". Depois, ele virou Gilbert Roland.

A música estava ótima, e dali a pouco os cinco se divertiam na pista de dança. No meio disso tudo, porém, Nestor resolveu ligar para Nova York, o que o deixou passado no dia seguinte, pois não se lembrava do que tinha dito nem de que jeito tinha falado. Por que pensava que tinha feito Delores chorar?

Quando saíram da boate, tudo se dissolveu e aí ele já entrava trôpego pelo quarto, beliscando a bunda da companheira por cima do vestido de lamê prateado. Garrafas de champanhe continuavam espocando. Depois, ele só se lembrava de abrir os olhos e olhar para o irmão: César estava sentado no chão de costas para a parede, com o sutiã de uma das mulheres amarrado no pescoço feito uma gravata, brindando com champanhe: "A América! A Desi Arnaz! A René Touzet! E ao amor!".

Ziguezagueando pelo quarto, os dois irmãos e as companheiras tentavam dançar um mambo. César começou a fazer uma serenata para as suas duas mulheres e foi com elas para o quarto que era só dele, deixando Nestor com a tentação em forma de gente.

Como foram parar ali no sofá, aos chupões? A jovem ia ficando mais felina a cada beijo. Tinha um sutiã vermelho-sangue, uma calcinha vermelha e um sinal preto em forma de flor bem acima do umbigo. Seu corpo lustroso parecia a coisa mais perfeita, mais saudável, mais cheia de vida. Ele foi à loucura beijando-a. Nua e toda molhada depois daqueles beijos, ela disse: "Um minutinho, *amigo*, você precisa tirar a roupa".

Ao ficar sem calças, ele sentiu um arrepio de vergonha, pois, afinal de contas, era um homem casado, um bom cubano e um católico conservador, com dois filhos em Nova York. O que não deteve a Mãe Natureza e nem impediu que a mulher dissesse, depois de olhar bem para ele: "Cara, por onde você tem andado esse tempo todo?".

Depois ele acordou e conseguiu chegar com as pernas bambas até o banheiro, onde vomitou. Saiu para fumar um cigarro: a noite estava clara, toda estrelada, e a piscina refletia as estrelas faiscando. Por que estava se sentindo tão mal? Por que sempre se sentiu mal durante a sua curta vida?

Lá pelas cinco da manhã, ele acordou a morena, que sorriu e o abraçou dizendo: "Oi, amante".

Mas ele falou: "Agora você tem que ir para casa, tá?".

E foi só. Ela se vestiu e ele ficou sentado, assistindo e sentindo-se mal. Talvez pelo tom que usou, sem um pingo de sentimento, depois de tudo aquilo o que devia ter dito a ela quando estavam na cama.

Tentou dormir mais um pouco – tinham reserva no voo das oito para Nova York – mas o dia já estava raiando. Então ele pegou aquele seu livro e começou a ler uma passagem sugestiva que sublinhara: "Na América de hoje, é preciso pensar no futuro. Alie-se ao progresso e ao amanhã! O homem confiante e seguro olha para o futuro e nunca para o passado. Na base de todo sucesso está um plano que nos leva adiante. Nos momentos de dúvida é preciso lembrar que todos os obstáculos não passam de um pequeno atraso. Que todos os problemas têm solução. Quando há vontade há saída. Você também pode ser um homem do amanhã!".

LOGO DEPOIS DA TRANSMISSÃO do programa, os irmãos viraram celebridades na Rua La Salle. Irlandeses magros e muito vermelhos saíam do ambiente escuro do Shamrock, o bar da esquina, ao cair da tarde e vinham dizer a eles: "Podemos convidar vocês para uma cerveja?".

As pessoas iam para a janela olhar e cumprimentar, eles eram parados no meio da rua e recebiam votos de boa sorte. Velhinhas fofoqueiras conversando na frente do prédio sentadas numas cadeiras frágeis de perna fina falavam na fama que chegara de repente para aqueles dois "castelhanos" que moravam no 500. Por muitas semanas, os irmãos tiveram um fã-clube regular entre os irlandeses e alemães do quarteirão e até quem não tinha assistido ao programa ficou sabendo e passou a tratar os músicos com outro respeito. A maior fã era a senhoria, a senhora Shannon, que soubera do programa por Delores e espalhara a notícia por toda a vizinhança, orgulhosa de tê-los como inquilinos.

Porém, não fora sempre assim. Desde que foram morar com Pablo – "Ora, tinha um bom castelhano para você" – começaram as festas, toda semana, até de madrugada, e tão barulhentas que ela passava quase a noite inteira batendo nos canos e chamando a polícia para dar um jeito neles. Ela aceitava bem o gordinho Pablo com a esposa séria e obediente – ele sempre foi atencioso com a senhora Shannon, presenteando-a com filés e costeletas do frigorífico – mas não esses dois machões com aquele séquito de mulheres e amigos mal-encarados, sempre bebendo e cantando na maior sacanagem pela noite adentro no apartamento de cima. Quando Pablo se mudou em 1950, os irmãos tinham transformado aquilo numa "casa do pecado".

A pior fofoca sobre o que acontecia naquela "casa do pecado" ali em cima foi feita por uma das vizinhas, a senhora O'Brien que, nas noites de calor, costumava sentar-se na cobertura perto da caixa-d'água com o marido para pegar a brisa do rio Hudson, quem sabe tomar umas cervejas e comer uns sanduíches de queijo, presunto e maionese. Numa noite dessas, o senhor O'Brien estava inquieto e resolveu passear pela cobertura e dar uma olhada na cumeeira. Os irmãos davam uma festa lá embaixo: seis janelas com as persianas entreabertas, som aos berros, algazarra, um quarto apinhado de pernas e mãos bobas, mãos segurando copos – foi só o que pôde ver. Ali estava ele, olhando aquela cena, quando ouviu uns barulhos – uma respiração ofegante e entrecortada de gemidos como a de uma pessoa subindo uma ladeira. O barulho vinha da cobertura ao lado. Ele olhou naquela direção e viu o que parecia um homem e uma mulher deitados numa manta, escondidos na noite, fazendo amor. Da forma masculina despontava um pênis grande e lustroso que no escuro parecia um pedaço de cano lubrificado. A esposa veio acompanhá-lo e os dois ficaram um bom tempo assistindo ao desenrolar daquilo, pasmos e com inveja, e resolveram chamar a polícia. Quando relataram o caso de fornicação animalesca, a senhora Shannon corou e perguntou: "O que é que eles ainda vão aprontar agora?".

Apesar das muitas queixas que tinha deles, ela, aos poucos, foi se afeiçoando ao irmão mais velho. Ele ia sempre à sua casa pagar o aluguel, levando-lhe presentinhos: comidas e doces que sobravam dos casamentos e festas em que tocavam, filés do frigorífico. E quando saía um disco novo dos Mambo Kings, ele lhe oferecia um. E parecia realmente sincero quando se desculpava depois daquelas festas, dizendo num tom educado: "Estamos muito chateados com aquele tumulto todo de ontem. Mas a gente não tem condição de saber se o barulho está demais".

Isso sempre fazia a senhora sentir-se melhor. Mas havia um algo a mais nele que lhe agradava. Com os seus cinquenta anos, forte, desgrenhada e com uma papada tripla, ela acreditava que o Mambo King de alguma forma a achava atraente. Toda vez que aparecia em sua porta, César fazia-a sentir que a achava bonita: olhava-a no fundo dos olhos azuis, com a cara mais deslavada, franzia levemente o cenho e dava um risinho como se dissesse: "minha nossa!". Ela chegou a ser um belo tipo de irlandesa, mas, devido a um temperamento masculino, em pouco tempo virou aquela matrona curtida em cerveja. O fato de César dar-se conta, ainda que muito remotamente, da sua antiga aparência, inspirava-lhe fantasias românticas com ele, mas ela não ia além disso. Ficava na fantasia.

Então os irmãos apareceram na televisão e ela os viu falando de verdade com Lucille Ball. Seu coração disparou e ela sentiu uma tonteira que se intensificava com a ideia de vê-los. Dias depois da transmissão do programa, ela foi fazer o cabelo, comprou um vestido novo, preparou um bolo de maçã para os Mambo Kings e acabou chocando o seu irmão ao anunciar: "Vou lá em cima fazer uma visita àqueles dois cubanos".

Foi César quem abriu a porta. Ali, diante dele, ela sentiu como se estivesse à beira de um precipício – com falta de ar e a sensação de que seria tragada para o fundo.

"Pois não, senhora Shannon."

"Eu só estava precisando dizer uma coisa para vocês. Vocês foram mesmo o máximo. Vi-os na televisão."

"Obrigado."

"E eu, eu fiz uma coisinha para vocês, está vendo. É um bolo. Tem tempo que não faço um bolo, mas eu fazia sempre."

Com uma pequena mesura, César agradeceu: "Muito obrigado. A senhora não quer entrar para tomar uma bebida ou comer alguma coisa? Vai sair?", perguntou. "Está toda arrumada."

"Não, posso entrar um pouquinho."

Ela seguiu César pelo corredor até a sala de jantar, passando pelo carrinho e pelos velocípedes das crianças e pela cozinha. A mesa ainda estava posta com travessas de bacalhau no alho, feijão-preto, arroz, uma enorme salada, costeletas de porco e filés do frigorífico e uma grande tigela de *yuca*:

Nestor, de gravata-borboleta e suspensórios, estava na cabeceira, com um palito na boca. As crianças brincavam no chão da sala de visitas enquanto Delores, do outro lado da mesa, olhava petrificada para o marido.

"Gente, olha quem veio nos visitar!"

"A senhora está servida?"

Ela olhou para a comida e disse: "Só uma costeletazinha basta. Com arroz".

"Delores", ordenou César, "faça um prato de comida para a senhora Shannon".

Delores levantou-se e obedeceu, enchendo o prato com feijão, salada e bacalhau também. A senhora Shannon sentou-se, pondo de lado as coisas que se recusara a provar, mas foi devorando as costeletas e o filé.

César observou-a e insistiu:

"Mas a senhora devia provar a *yuca*. Parece batata, mas é mais saborosa. Pelo menos é a minha opinão", acrescentou levando a mão ao peito.

A senhora Shannon ia mastigando a carne, encantada. César fez-lhe outra gentileza e ela perguntou: "E como é que eles são, o Desi Arnaz e a Lucy? Me conte da Lucy".

"Uma mulher fantástica. Uma dama."

Aí ele começou a discorrer sobre o tratamento que Hollywood dispensa às celebridades, falou das casas em tons pastel de Beverly Hills, de um flagra que deu no ator William Holden abraçado com uma garota bonita num reservado de uma boate chamada Ciro's. A senhora Shannon saboreava cada palavra e, tendo uma certa tendência ao exagero, César enfeitou a curta estada deles com tudo o que tinha direito: visitas a mansões luxuosas, uma celebridade em cada esquina, dinheiro correndo solto e, no meio disso tudo, eles, dois mortais comuns. Toda hora a senhora Shannon levava a mão ao peito e exclamava: "Deve ter sido uma coisa!".

Delores estava ali, inconformada, diante da crescente distância que se abria entre ela e o marido. Ele estava nervoso, não parava quieto na cadeira, fumava um cigarro atrás do outro, parecendo ter algum problema a atormentá-lo por dentro, dava umas tragadas profundas e, às vezes, quase perdia o fôlego. Desde que voltara da Califórnia, tinha mais pesadelos e parecia que ficava mais tempo andando de um lado para o outro na sala. E mais: ele andava com o ar de um condenado, mesmo quando lia aquele livro muito manuseado do Vanderbilt.

Pouco depois, a senhora Shannon abriu o embrulho de papel alumínio e colocou na mesa o bolo de maçã, um bolo bem crescido com pedaços de casca de limão, cerejas e passas. As crianças avançaram logo exigindo suas fatias, enquanto os adultos não escondiam a sua admiração. O bolo era uma delícia. Parece o primeiro beijo de uma mulher, pensou César; parece abacaxi no rum, pensou Nestor; parece o flã que eu comia com o Poppy, pensou Delorita; parece chocolate, pensou Eugênio; parece bolo de maçã com frutas cristalizadas, pensou a pequena Letícia. E imaginar que tinha sido feito pela mesma mulher que gritava da janela às duas da manhã com aquela voz esganiçada: "Desliga essa merda, porra!". A mesma mulher que uma vez apareceu ali à porta brandindo um martelo, muito vermelha, apoplética. Terminada a refeição, César lhe disse: "Senhora Shannon, tenho uma coisa para a senhora" – e foi até a sala de visitas. Ele sempre deixava uma pasta preta sobre um surdo de bateria, que ficava com outros instrumentos num estrado no canto da sala ao lado do sofá. César abriu a pasta e pegou uma foto em preto e branco onde ele aparecia ao lado de Nestor e de Desi Arnaz. A foto foi tirada no final daquela interpretação emocionante de "Beautiful Maria of My Soul", os três alinhados, de boca aberta, dentes aparecendo e coroados por halos luminosos. Na pasta havia umas trezentas cópias dessa foto, feitas pelo amigo Benny the Baby, fotógrafo pra toda obra, com o negativo do estúdio. César pregaria uma delas na janela ao lado do seu retrato de primeira comunhão e outro de um pracinha chegando da guerra. Tinham uma no corredor – a original – autografada por Arnaz: "Aos bons amigos César e Nestor Castillo, com um grande carinho *y un abrazo siempre*. Desi Arnaz 17/5/55". César voltou trazendo uma das fotos, com uma dedicatória para a senhora Shannon, e deu-a para o irmão assinar. A senhora Shannon levou a foto ao peito e falou: "Ah, obrigada".

E lá ficou até dez horas. No corredor, logo depois da estante com os romances que Delores colecionava, César e a senhora Shannon deram uma paradinha. César lançou-lhe um olhar penetrante e quase amoroso, como se fosse beijá-la, mas apenas a segurou pelo cotovelo e apertou seus ombros recheados, dando-lhe tapinhas nas costas, como costumava fazer com os amigos. Acompanhando-a até a porta, agradeceu-lhe o bolo e ficou debruçado no corrimão apreciando aquela robustez que era a senhora Shannon desaparecer na escadaria. Voltando à sala de jantar, ele puxou uma cadeira e perguntou ao irmão Nestor: "Quer mais um pedaço desse bolo, irmão?".

E, depois de mais uma fatia: "Imagine só, a senhora Shannon fazendo um bolo pra gente e, ainda por cima, gostoso. Imagine só".

A participação deles no programa acabou sendo uma coisa boa. Desi Arnaz gostou tanto da música dos irmãos que pagou mil dólares pelos direitos para gravar "Beautiful Maria of My Soul", no outono de 1955, quando a canção atingiu o oitavo lugar nas paradas e passou uma semana encostada nos sucessos de gente do quilate de Rosemary Clooney e Eddie Fisher. Entre os aficcionados de boleros românticos, na mesma hora "Beautiful Maria of My Soul" virou um clássico do nível de "Bésame Mucho" e "Siempre en Mi Corazón". O próprio Arnaz apresentou-se cantando "Beautiful Maria of My Soul" no programa de Ed Sullivan, e logo vários cantores fizeram o mesmo, entre eles, Nat King Cole (que a gravou em Havana para o disco *Cole Español*. Era uma música perfeita para a sua voz suave e refinada e o arranjo ainda incluía um solo de pistom de ninguém menos que Chocolate Armenteros). A Ten Thousand Strings Orchestra de Hollywood também fez a sua gravação. (Ainda se pode ouvi-la nas fitas de música ambiente em supermercados, shopping centers, aeroportos e estações rodoviárias pelo mundo afora, em uma versão acompanhada por órgão, insuportavelmente animada de "Guantanamera" e "Quizás, Quizás, Quizás!".) E um belo dia, César recebeu um telefonema de um sujeito chamado Louie Levitt da RCA Victor, dizendo que Xavier Cugat estava interessado em fazer uma versão instrumental da música. A autorização foi dada mediante a quantia de mil dólares. Com os direitos dessas gravações, os irmãos, de repente, tinham algum dinheiro no bolso. Ao todo, faturaram cerca de dez mil dólares entre 1956 e 1957 em direitos autorais.

Os Mambo Kings gravaram "Beautiful Maria of My Soul" em 45 rotações e essa gravação entrou num LP chamado "The Mambo Kings Play Songs of Love", com a coletânea das músicas românticas do grupo. Esse disco vendeu dez mil cópias; foi o maior sucesso deles. Como jamais haviam, ao menos, chegado perto das paradas de sucesso antes disso, César vivia tentando inventar um novo ritmo que pegasse e ensaiava passos na frente do espelho, na esperança de lançar uma nova moda como Antonio Arcana fizera em 1952 com o chá-chá-chá.

Eles ganharam bastante espaço nas rádios, em emissoras como WPIX e a WOR. Começaram a ser convidados para tocar em lugares de primeira como o McAlpin Ballroom e o Hotel Biltmore, e ainda arranjavam mais uns trocados tocando em shows de fim de semana. Eram chamados para tocar por toda a cidade em lugares de clientela misturada – italianos e negros, de judeus e latinos. E foram contratados para tocar nos fins de semana durante um mês no Grossinger's, o hotel da comunidade judaica, que lhes permitiu o luxo de trazer mais dois conjuntos como segundas atrações: o Johnny Casanova Rumba Boys e a gloriosa Gloria Parker com Sua Orquestra de Rumbeiras. Mas o que os deixou ainda mais honrados foi serem apresentados como segunda atração no dia em que a orquestra de Machito tocou no Grossinger's. Este foi o período em que as adolescentes vinham todas excitadas pedir autógrafo aos irmãos Castillo. Essas meninas não sabiam bem se César era um astro, mas, seguramente, ele começava a se dar ares de celebridade, usando uns óculos escuros italianos, um plastrão branco acetinado e oito anéis nos dedos. E concedia os autógrafos com a maior naturalidade. Em pouco tempo, choviam tantos convites para apresentações fora da cidade que eles fizeram uma vaquinha e compraram um ônibus escolar de segunda mão. A primeira providência que tomaram foi pintar o ônibus de salmão, uma das cores favoritas de César. E para manter certa unidade cromática, os Mambo Kings passaram uma temporada se apresentando de terno salmão com a lapela preta. Depois, César pediu ao seu amigo artista Bernardito Mandelbaum para decorar o ônibus com palmeiras, claves de sol e notas musicais. Deixavam-no estacionado na Rua 126 perto da Amsterdam Avenue. Foi feita uma nova foto publicitária do conjunto: os músicos dentro do ônibus segurando os respectivos trombones, saxofones e violinos para fora da janela. Instalaram na capota um alto-falante que ampliava o som que faziam lá dentro e usavam o veículo em excursões a Jersey City, Newark e Danbury no estado de Connecticut. Não faziam viagens longas: a cidade mais a oeste onde tocaram foi Filadélfia, onde se apresentaram para a colônia cubana local.

Isso mudou quando fizeram a famosa turnê da Mambo USA pelo país afora. Escolhidos pela agência de reservas Mambo USA como uma das orquestras que divulgariam o mambo pelo país, eles partiram na primavera de 1956 numa peregrinação de dois meses que os levou a cabarés e teatros de milhares de lugarejos e de cidades grandes como Chicago e San Francisco. A cena típica repetiu-se quando foram tocar no velho Pavilhão dos Legionários numa cidade chamada Quincyville, na Pensilvânia. A cidade ficava depois da região montanhosa e das tranquilas pastagens da comunidade Amish. Nestor ia sentado na frente do ônibus ao lado da dupla de bailarinos de mambo Elva e René, encantado com a paisagem verde, com os lagos, os silos altos e as árvores num dia ensolarado. Passou a viagem jogando cartas com César e lendo aquele livrinho.

Cada vez que passavam por um cemitério, César brincava: "Olha lá, irmão, é pra lá que vai o futuro".

Quando o ônibus despontou na rua principal de Quincyville com um mambo rasgado saindo dos alto-falantes, cães começaram a latir, crianças a assoviar, garotos de bicicleta a buzinar e sinos a repicar. Juntou gente na rua para ver aqueles músicos e, ao saltarem em frente ao Pavilhão dos Legionários Americanos E. Dewey, eles foram recebidos com sorrisos e gestos de simpatia. (Mais uma vez, em Tanglewood, Nova Jersey, quando voltaram para o ônibus às três da manhã e encontraram as janelas e o corredor lambuzados de excremento.)

Naquela noite, tocaram para uma plateia de fazendeiros broncos e suas respectivas esposas, todos completamente por fora da música deles. Atrás dos músicos havia uma faixa com os seguintes dizeres, em letras garrafais: A MAMBO TUR USA APRESENTA: O FABULOSO CÉSAR CASTILLO E SEUS MAMBO KINGS!

César cantava diante do microfone, com uma aura de santidade à luz dos refletores, aquele tremor nas cordas vocais, aquela voz rouca de tanto cigarro, os braços que se abriam para abraçar o mundo. Aquela gente boa da Pensilvânia não atinava o que fazer com a música deles. Era sempre uma alegria ver César dançando os ritmos animados, deslizando e se dobrando, movendo os braços em floreios estranhos, ora para frente, sapateando, ora pulando reto como um ponto de exclamação; o rosto contraído, a boca fazendo um "O", como um "Ooooo" de Vanna Vane; os dentes entreabertos como uma armadilha e a língua em movimentos rápidos; aquela profusão de anéis e pulseiras chacoalhando; aquelas piruetas todas e ele comandava a orquestra com "us" e palmas, chamando os músicos pelo nome.

"Uhhhhh! *Vaya*, Pito! *Vaya*, Nestor!", e novamente "Uhhhhh!".

Às vezes, isso era demais para plateias mais conservadoras e então o grupo partia para um repertório balanceado de música americana e latina. Ele interpretava "In the Still of the Night", "Moonlight Becomes You", "Somewhere Over the Rainbow", depois "Bésame Mucho" e "María de la O".

Para o "Peanut Vendor", César aparecia de boné empurrando uma carrocinha com a inscrição "Vende-se Amendoim" do lado. Segurando o microfone e sacudindo uma coqueteleira, César cantava uma versão em inglês da música: "Ah, vem provar os meus amendoins, você nunca vai encontrar nada igual", que, mesmo assim, a maioria da plateia não entendia, pois César ainda conservava um sotaque cubano carregado. Mas os músicos conheciam o significado dessas palavras e sempre davam boas gargalhadas com as músicas. A outra grande novidade do repertório era um arremedo de tango que César fez, plagiando trechos da música "Malagueña" e da "Habanera" da ópera "Carmen" de Bizet. Ele anunciava a música explicando: "Agora uma música sobre um gato que está sempre tendo que brigar com o touro... e que touro!".

Nesse número, Xavier, o enorme trombonista, investia como um touro para cima de César, que se fazia de toureiro, agitando um pano vermelho e apontando com gestos largos para uma bela mulher fora de cena. O número foi criado para divertir o público e apresentar a dupla de bailarinos Elva e René. No final da música, Elva, com um vestido vermelho sangue, vinha rodopiando para os braços do toureiro. Acordes finais e corta. A plateia sempre aplaudia.

Toda vez que Elva chegava dançando, César lhe lançava um olhar de alto a baixo, como se fosse o Super-homem com a visão de raio-X enxergando o que havia por baixo do seu vestido. Ele já a vira de maiô uma vez em que se apresentaram na região dos Catskills. Elva se bronzeava à beira de um lago e, ao vê-la, César resolveu perguntar se ela queria tomar um refrigerante. Olhou para ela e corou; sentiu um aperto no coração quando viu aqueles pentelhos saindo do maiô. Tinha tesão nela, mas achava que ela devia ser meio maluca. Pobre René! Diziam que ele não conseguia satisfazê-la e que ela gostava mais de homens de "vara régia", homens realmente dotados... Pelo menos era isso o que os músicos espalhavam.

Ele tinha tesão, mas não seria capaz de tocá-la. René era seu amigo e ele nunca transava com mulher de amigo. Assim mesmo, passou muitas noites pensando nela.

O pessoal gostou da música, mas aquela gente da Pensilvânia acostumada com dança folclórica teve problemas para pegar o mambo. Assim, parte da noite incluiu aulas grátis de rumba, mambo e chá-chá-chá.

René, o bailarino, acompanhou Elva no palco. Era um homem franzino, com cerca de um metro e setenta, com salto de dez centímetros. Careca, tinha olhos azuis meigos e aristocráticos e um nariz comprido marcado. Estava com quarenta e cinco anos e descobrira Elva havia cerca de dez, quando ela era uma jovem apetitosa de dezesseis anos dançando rumba por qualquer tostão no parque Marianao, em Havana. René contratou-a para se apresentar com ele dançando rumbas antigas na boate Tropicana, em Havana. Os dois foram para Nova York em 1947 e se sustentaram dando aulas de dança nos estúdios do Fred Astaire, no Palladium e no Savoy. E às vezes se apresentavam no Teatro Hispano no Harlem, onde René flagrou o diretor de palco bolinando Elva nos bastidores e o atacou com um martelo. Foi nessa época que César os contratou para trabalhar com os Mambo Kings.

Depois da música da tourada, os Mambo Kings partiram para "Mambo Nocturne", outra música de autoria deles. A dupla de bailarinos valsava pelo palco. No número seguinte, "El Bodeguero", – um chá-chá-chá – Elva e René estavam na pista dançando e ensinando os passos às pessoas: "É um, dois, três e escorrega. Para. Um, dois, três, escorrega e para... Ah, minhas senhoras, vocês estão ótimas, mas os seus maridos estão todos duros!".

Os homens prestavam atenção ao que ela dizia e logo já estavam flexíveis, rodopiando e saltitando no ritmo da música, felizes, corados, parecendo estudantes tímidos em baile de formatura. Os homens ficaram babando com a gostosa da Elva; e suas belas esposas de pernas grossas ficaram encantadas com aquele colosso sedutor que era César Castillo.

César aproveitava as aulas para se misturar às pessoas. Descia do palco e dançava com mais de dez mulheres diferentes durante uma única música, pegando-as com aquelas mãos quentes e ásperas pela cintura e fazendo-as girar como uma flor caindo do galho. A noite terminava com um pot-pourri das "canções de amor" dos Mambo Kings: "Twilight in Havana", "Solitude of My Heart" e "The Sadness of Love". César cantava músicas que falavam do murmúrio do mar, da tristeza da lua, do amor arrebatador, alegre, cruel, enganador, zombador e desdenhoso – de olhos fechados, seu rosto era uma máscara de paixão sentida.

Todo mundo se divertiu. A plateia e os músicos. A plateia foi generosa nos aplausos e os músicos saíram pensando na viagem do dia seguinte. Reuniram-se para tomar umas doses de rum e se prepararem para a noite de sono antes da partida para o compromisso do dia seguinte: um chá dançante no auditório Plainfield, em Plainfield, Nova Jersey.

E as mulheres? Mesmo quando estava no fim do mundo, numa cidadezinha onde todo mundo o observava, o Mambo King não mudava e, quando podia, saía com as garotas, mas raramente com o tipo de sucesso que conseguia em Nova York, onde a vida mais difícil levava a uma busca mais insistente do prazer. Mesmo assim, o homem nunca desistia! Nos bailes, às vezes, ele perguntava discretamente se uma determinada moça o levaria para conhecer a cidade na manhã seguinte antes da partida do ônibus. Às vezes, marcava encontros à noite e se via numas esquinas de ruas com nome de árvore, às três da manhã, andando de um lado para o outro. Cigarro na boca, mãos nos bolsos e esperando esses encontros arriscados com uma Betty, uma Mary-Jo ou uma Annette da vida. Quando estava com uma dessas, passava-lhe uma boa conversa, refletia sobre a beleza das estrelas e depois tentava dar o bote: às vezes era um beijinho, um chupão, uma luta-livre ou um sarro nos parques dessas cidadezinhas ou no banco de um carro no posto de observação de corrida de submarinos local. Em geral, o seu ego ansioso e voraz se satisfazia com a tensão amorosa desses encontros.

(E ali, sentado no Hotel Splendour bebendo seus últimos whiskies, ele ainda pensava em outras mulheres. Um meia-nove com uma garota em Conney Island, às dez e meia da noite, debaixo de um cobertor. Uma mulher de perna engessada dentro de uma cabine telefônica durante uma tempestade em Atlantic City, as rajadas de vento açoitando as vidraças e um breu tão completo em volta que ninguém ia ver; de modo que no meio do vendaval eles começaram a se beijar, ele com o joelho enfiado entre as pernas da mulher e ela dizendo que se dane e levantando a saia e arriando as calcinhas por cima daquele gesso pesado abaixo e ele a puxou para si; ela encostada na parede, rindo e pensando: "esse homem é louco", rindo e vendo estrelas enquanto as pessoas lá fora pareciam uns rabiscos ziguezagueando para fugir do dilúvio. E teve aquela mulher no meio do povo assistindo à parada de Thanksgiving da Macy's. Ela estava ao lado dele, de Letícia e Eugênio, cujas presenças certamente facilitaram as coisas, já que essa mulher parecia gostar muito de criança e sorria cada vez que ele levantava Letícia para ela poder ver as bandas de música e os carros da parada. Mas ele realmente fez a mulher sorrir quando perguntou: "Posso levantar você também?". Acabou que os dois foram juntos para a estação de metrô e César marcou um encontro com ela para a semana seguinte. Ela tinha um corpo bom, era de fato uma mulherona. De peitos caídos, mas, *coño,* maternal ela era e gostava que ele mamasse nela e brincava de bater na cara dele com os peitos. Mas era uma mulher séria demais. Como é que ele ia podia transar com uma viúva de guerra, com aquela tristeza nos olhos, mesmo quando estava toda bonita com um daqueles sutiãs rendados "Tigresa da Noite". Ele ficou com dó de magoá-la. Gerente de um escritório do centro, quarentona mas bonita, ela simplesmente levava tudo muito a sério, mas, cara, engraçada ela era; outra que gostava de homem "dotado" ou, como dizia, "homem de vara king-size". E teve aquela outra de casaco branco elegante que ele viu na Quinta Avenida, seguiu até a luvaria da Saks, e ficou fingindo que estava fazendo compras, de olho nela, quando ela se olhava naqueles espelhos. Ela era magra e tinha um corpo de manequim, alta e rija. Vendo-a calçar as luvas, boas luvas macias de couro, ele fechou os olhos e imaginou como ela vestiria a calcinha depois do banho ou da brincadeira, com os dedos molhados, com a peça dele, botando uma camisinha nele do mesmo jeito que botava aquela luva. Ela era impossível, muito sebosa para o gosto dele. Ele a seguiu pela loja toda e achou que estava se dando bem porque toda hora ela olhava bem nos seus olhos, e ele considerava isso uma forma de fazer amor, mas quando estava prestes a entrar em ação, a abordá-la, aqueles dois caras saíram de trás de um balcão, eram seguranças da loja, e lhe disseram: "Cavalheiro, achamos que o senhor está incomodando uma de nossas clientes". E acabou-se. Ele ficou roxo de vergonha e, enquanto era levado para fora da loja, ainda fez uma última tentativa, lançando-lhe esse olhar que dizia: "Você não sabe quem eu sou, nem sabe o que está perdendo, garota". E houve outras mais, como aquela senhora europeia que ele conheceu na noite em que foi contratado para cantar no Bateaux Mouche num passeio ao luar. Era francesa e nem assim tão bonita, mas ficou olhando-o enquanto ele cantava. E foi agressiva quando se juntou a ele na amurada do barco para apreciar o luar no mar, porque isso foi na época em que havia muitas europeias solitárias, pois a guerra matara muitos homens. E ela lhe disse com um sotaque francês carregado: "Gosto do jeito que você usa as suas mãos e sacode aquelas maracas. Você tem umas mãos lindas, posso dar uma olhada nelas?" – E começou a ler-lhe as mãos, falando: "Você tem uma linha da vida comprida e pode ter sucesso, se quiser. Mas vejo problemas pela frente, uma coisa para a qual você precisa se preparar. Está vendo essa marca aqui que parece uma estrela explodindo? Isso quer dizer que alguma coisa vai explodir na sua vida. Eu vi isso muitas vezes na Europa em muitas e muitas mãos". Ela era tão magra que tinha o monte de Vênus protuberante como figo grande e, quando faziam amor, ele ficava pensando na cidade de Paris e na Torre Eiffel e em todos aqueles jornais que passavam no cinema sobre a França Livre e as tropas aliadas marchando vitoriosas na libertação da cidade. E houve outras: Glória, Ismelda, Juanita, Alice, Conchita, Vívian, Elena, Irene...)

Contudo, sempre que voltava desses encontros e via o insone Nestor acordado à sua espera na cama do motel, ele dizia: "Ah, cara, a gata que eu peguei, puxa, cara, você precisava ver que corpo!".

E falava isso para fazer ciúme ao irmão, porque em muitos aspectos tinha ciúme de seu casamento com Delores. Ou talvez sempre tivesse que tratar Nestor como um pobre coitado e, portanto, o atormentava com relatos de suas conquistas amorosas.

... Quando eu soube que ele estava sofrendo...

Pobre Nestor, ele sofria à noite nessas viagens. Sentia falta de casa e morria de saudades de Maria. Naqueles quartos de motel mobiliados com simplicidade, passava metade da noite em claro, abraçado com o travesseiro, fisicamente dilacerado por uma dor espiritual. Às vezes, ele se levantava e dava uma volta, ficava encostado num poste do estacionamento do motel ou arranjava um parceiro para um joguinho de cartas a alguns tostões o ponto. E não se importava de perder, mas em matéria de insônia ele ganhava de todos. Nessas noites, ficava arrasado quando pensava que estava olhando para a mesma lua triste e as mesmas estrelas que lhe contavam segredos na época de seu namoro com Maria em Havana. Ficava sentado na cama fumando, depois ia limpar o trompete, arriscar compor uma letra ou ler o seu livro, procurando uma resposta para as suas tristezas. Parecia que ia ter uma coisa. A dor o deixava de perna bamba. Ele ficava zanzando até o irmão mais velho chegar com aquela cara de felicidade, o irmão mais velho assoviando, o irmão mais velho bocejando, o irmão mais velho pulando na cama. Aí, enquanto César roncava do outro lado, Nestor ficava fazendo o reconhecimento do teto, vendo caras, estradas e estrelas girando lá em cima.

Será que ele pensava em Delores e nos filhos Letícia e Eugênio? Pensava e não suportava a ideia de magoá-los. Mas, que jeito? E ele sentava na cama, suspirando, louco para se ver livre desses pensamentos.

Um *cabrón* a essa altura já teria voltado para Cuba, pensava consigo mesmo. Um *cabrón* teria sido infiel.

O irmão era aquele conquistador inveterado, mas Nestor carregava a sua fidelidade como símbolo de santidade. Só que, às vezes, isso lhe pesava muito e ele queria um pouco de colo, de conforto, de alguém que lhe dissesse: "Eu te amo Nestor, todo mundo te ama". Como essa carência o deixava revoltado com o casamento, ele descontava em Delores.

Ele só adormecia quando o dia já estava raiando. Aí os seus sonhos ganhavam outro brilho. É pra lá que vai o futuro, pensava adormecendo. É pra lá que vai o futuro. E ele se via atravessando um cemitério, exultante com aqueles obeliscos, aquelas cruzes e aqueles monumentos cheios de anjos de raios de sol. Cristo ressuscitado (Salvai o meu corpo, Senhor), Cristo juiz (Perdoai-me, Senhor), Cristo crucificado (Colocai-me em Vosso coração). E ele ficava perambulando pelo cemitério, sentindo-se inteiramente em casa, até que algum barulho – César roncando, César dizendo "ah, gatinha", César arrotando – o acordasse daquele sono difícil e ele voltasse para esse mundo.

E no dia seguinte, naquela região montanhosa perto do Delaware Water Gap, o ônibus ferveu e ficou uma hora parado no acostamento. De repente, os irmãos estavam passeando numa estrada secundária com Manny. Foram dar numa pastagem de ovelhas e viram ao longe um campo cheio de montes de feno. A natureza era uma coisa viva no zumbido dos insetos e no canto dos pássaros. Eles avistaram um moinho e uma mureta de pedra e acharam que seria um bom fundo para uma foto. César trouxera uma pequena Kodak e chamou Nestor para posar com ele em frente à mureta. E assim estavam, ali abraçados, quando ouviram um sino de vaca. Não um daqueles sinos de orquestra latina naquela marcação 3/2, mas um sino de vaca mesmo. E eis que eles veem a vaca propriamente dita. Vinha do pasto envolvida por um enxame de moscas e era malhada de preto. Essa característica fez os irmãos pensarem em botar os óculos escuros. E posaram diante da vaca, até revelando um ar de parentesco com ela.

Um fazendeiro que estivera olhando aquela cena falou com sotaque alemão: "Pode deixar que eu tiro a foto de vocês três".

E assim Manny, Nestor e César, os três Mambo Kings, posaram para a posteridade.

Era junho de 1956.

Em seguida, o fazendeiro os convidou para irem até a sua casa, que ficava na descida. Seu jardim era todo florido e as flores pareciam suspirar para se erguer mais alto. E era como se as raízes da terra bocejassem.

No Hotel Splendour, o Mambo King teve a sensação da beleza desse dia e se serviu de mais um whisky. A casa era de pedra, entranhada com um ranço misturado ao cheiro de lenha e cachimbo. Os homens tomaram café com broa de milho e presunto – *Sabroso!* –, geleia de uva e ovos mexidos. Depois, cada um tomou um copo de cerveja. Os três quiseram pagar a refeição, mas o fazendeiro não aceitou e ainda os acompanhou até o ônibus, onde César lhe deu o disco "Mambo Dance Party" autografado na capa. O homem riu e eles ficaram comovidos diante da insistência com que os convidava a aparecer a qualquer hora para comer com ele.

Graças à turnê, César fez trinta e oito anos em Chicago. Estavam instalados num velho hotel de doze andares chamado Dover House, na zona nordeste da cidade, de frente para o lago Michigan, e ele tinha aproveitado bem o dia passeando na beira do lago com o irmão e mais uns membros do conjunto, fazendo palhaçadas, comendo bem e, como sempre, matando tempo antes do show. Sem dúvida, ele esperava mais dos amigos. Ele, que se considerava o pai, o papai noel, o conselheiro espiritual, o objeto das piadas daquela gente, estava ali, no dia de seu aniversário, depois de um show, sem nenhum indício de que haveria comemoração. Logo, não era como se ele fosse imune ao sofrimento. Numa noite comum, ele teria sugerido uma festa, mas não gostava muito da ideia de tomar a iniciativa para festejar a si mesmo. Ao separar-se dos colegas e ir para o quarto com o irmão, surpreendentemente, era César quem tinha o ar solene.

"Bom, feliz aniversário, *Hermano*", disse Nestor com um certo constrangimento na voz. "Acho que eu devia ter dado um toque no pessoal".

E esse pequeno incidente bateu com o sentimento que César tinha desde os tempos de Cuba: ninguém faz nada pela gente, logo, é a gente que tem que se virar.

Deprimido por estar fazendo trinta e oito anos e passar a noite do aniversário sozinho, César abriu a porta do quarto e acendeu a luz. A cama em que ele dormia ficava encostada numa parede revestida de pastilhas espelhadas. E eis que, deitada diante daquele revestimento espelhado, havia uma linda mulher, de pernas esguias, cabelos bem pretos, um braço apoiando a cabeça, deliciosa de corpo e ainda por cima nua.

Ao dar-se conta do contorno espetacular de uma figura que, de frente, chegou a espantá-lo, e cuja bunda bem feita, macia e curvilínea como um pescoço de cisne, aparecia refletida no espelho, ele exclamou: *"Dios mio!"*.

E a mulher, uma morena de olhos castanhos enormes, falou com um sorriso: *"Feliz Compleaños".*

Ela era mais uma conhecida sua, uma bailarina exótica chamada Dahlia Múñes, cujo nome artístico era Chama da Paixão Argentina. Com alguns Mambo Kings, ele a havia visto dançar numa boate da zona Sul. Ao repararem que César não tirara os olhos dela naquela noite, os colegas a contrataram para oferecê-la de presente a ele. E lá estavam os dois: ela abrindo os braços e as pernas para ele e César se despindo às pressas, largando a roupa amontoada no chão. Cada uma das mulheres com quem transou tinha uma característica própria no jeito de fazer amor, pensaria ele anos depois no Hotel Splendour. E o que destacava a Chama da Paixão Argentina era o quanto ela curtia a prática da felação, como ela gostava mesmo de sentir na boca o jato do seu leite – ou pelo menos era o que demonstrava. (E que técnica! Ela deixava aquele seu membro espetacular ainda mais espetacularmente gigantesco. Pegava o seu pênis bem na altura dos testículos, que pareciam bochechas e eram do tamanho de um bom jambo, e apertava com tanta força que a sua peça ficava roxa com a falta de circulação e crescia ainda mais: aí ela a lambia, enfiava-a na boca, dava-lhe um banho de língua completo, puxava, espremia e massageava o seu membro até ele gozar.) A moça tinha outras virtudes, que os mantiveram ocupados até depois das sete da manhã; dormiram felizes até às dez e meia, quando o Mambo King e essa tal Dahlia deram mais uma trepada, tomaram banho juntos, vestiram-se e apareceram na sala de jantar do hotel onde os músicos estavam reunidos esperando o ônibus. Quando ele entrou, foi um aplauso geral. (Ele passou muito tempo mandando cartões-postais para Dahlia, convidando-a para visitá-lo em Nova York e prometendo ir visitá-la em Chicago.)

Os irmãos adoraram a imensidão dos Estados Unidos e conheceram tanto os prazeres quanto a monotonia das cidadezinhas do interior. Acharam Wisconsin a cidade mais bonita do Meio-Oeste, mas também gostaram do Extremo-Oeste. Tocaram em Denver, onde César, que sempre curtiu filmes de faroeste, viu, em pessoa e pela primeira vez, aqueles tipos de pernas arqueadas e fala arrastada encostados num bar, botas de caubói guarnecidas de esporas apoiadas na barra junto ao chão, um piano tocando animadamente "The Streets of Laredo". E era "Oi, colega" e "Muito obrigado" com aquela fala mole. De todos os lugares que visitavam, César e Nestor levavam lembrancinhas para a família. De Denver, levaram chapéus de caubói, machadinhas de borracha, bonequinhas e, para Delores, um vestido "legítimo" de índia navajo. Como todo turista, enviavam para casa dezenas de cartões-postais mostrando desde o monte Rushmore até a ponte Golden Gate. Tirando alguns momentos de estranheza em que se sentiam deslocados, acharam a viagem maravilhosa.

Quem penou foram os músicos negros que, às vezes, eram tratados como leprosos. Não encontravam violência, apenas um silêncio incômodo quando entravam numa loja, um constrangimento quando chegavam na sala de jantar do hotel para tomar o café da manhã: os pratos eram atirados na mesa, as bebidas servidas de qualquer jeito e os olhos evitados. Em Indiana, tiveram um problema sério com o proprietário de um cabaré. Ele queria Desi Arnaz, não aqueles cubanos retintos como Pito e Willy. Esse proprietário barrou-os na porta e César cancelou a apresentação da orquestra, dizendo: "Vá pra puta que o pariu, meu senhor!". Havia lugares em que os músicos negros eram obrigados a entrar pela porta de serviço e não podiam usar o mesmo banheiro que as outras pessoas. Tinham que mijar na rua. O astral não era dos melhores, sobretudo quando o tempo estava ruim, porque, nessas viagens pelo coração da América, aquela gente, às vezes, recebia um "gelo ártico", o que fazia Nova York parecer Miami Beach.

Eles chegaram a passar duas semanas viajando sem cruzar com um conterrâneo cubano, e um mês sem ver nenhum outro negro.

San Francisco era diferente. César gostou da cidade à primeira vista, pois seu relevo o lembrava Santiago de Cuba. Gostava de subir e descer aquelas ruas, de apreciar a variedade de cores das casas com balcões de ferro trabalhado e janelas salientes. Era a última parada da turnê e onde os Mambo Kings tocariam no Sweet's Ballroom num programa que incluía as orquestras de Mongo Santamaria e Israel Fajardo. Essa foi uma apresentação da maior importância para os Mambo Kings, pois lhes rendeu um cachê de duzentos dólares – muito mais do que já haviam faturado por um trabalho semelhante. Naquela noite, quando subiram ao palco, receberam clamorosos aplausos e a orquestra começou a tocar, como sempre fazia, "Twilight in Havana". César Castillo teve certeza de que, dali em diante, as coisas para a banda ficariam cada vez melhores e que eles teriam muitas outras noites em que faturariam daquele jeito. Oras, dava para se viver bem com umas poucas centenas de dólares por semana! Como gente rica.

Aquela sempre seria uma noite inesquecível. Cada música era recebida com o maior entusiasmo, os pares dançavam indo ao delírio, felizes com a honra de participarem de um espetáculo com músicos daquele quilate! E também sempre tinha aquela hora em que a plateia reconhecia a introdução de "Beautiful Maria of My Soul", a única música deles que chegou às paradas, a música que os levou mais perto da fama.

COM AQUELE DINHEIRO todo, os irmãos compraram ternos novos, brinquedos para as crianças, roupas. Nestor comprou uma estola de pele para Delores. Para a casa, comprou um sofá-cama novinho em folha e o grande televisor RCA preto e branco que moraria naquela sala de visitas durante os próximos vinte anos. E vivia indo ao banco, fazendo um pé-de-meia para uma emergência. Seu seguro era a sua caderneta azul do American Savings Bank, com juros garantidos de quatro ou cinco por cento ao ano. Manny, o baixista, achava que Nestor era uma pessoa de boa-fé e queria que ele entrasse de sócio na *bodega* da Rua 135, mas, avesso a qualquer espécie de risco, Nestor recuava. Ele vivia tão ansioso e preocupado com o futuro que continuava trabalhando no frigorífico, a toda hora procurando saber de Pablo se havia alguma tarefa a ser feita, de modo que a família vivia folgada. Até César, em cuja mão o dinheiro não parava, conseguiu poupar algum, embora não fosse muito. Ele gastava em corridas de cavalos, boates e com as suas amizades masculinas e femininas. Por três meses, teve uma vida de opulência. Mesmo depois de mandar alguns dólares para a filha, a quem vivia prometendo ir visitar em Cuba, ainda lhe sobrara para dar a entrada no automóvel dos seus sonhos, um DeSoto 1956.

À tarde, César estava sempre na rua lavando orgulhosamente o seu DeSoto com água e sabão, para depois lhe dar um brilho com cera. Depois, polia os cromados até a máquina ficar tinindo. César tratava aquele carro com o mesmo cuidado com que tratava as unhas. Não ficava nem uma marquinha nos vidros e nem no capô liso e inclinado. Ele sentia o maior prazer em olhar para o carro. Instalava-se no banco da frente e ficava ouvindo rádio e conversando com os amigos até que resolvia dar uma volta com alguém até a ponte George Washington. Era uma máquina tão grande e tão lustrosa que impunha respeito à criançada pobre.

"Sim, senhor", pensava César. "Este aqui é o meu belo carro."

Era sempre com relutância que o deixava estacionado em frente ao prédio sem alguém tomando conta. A La Salle era uma rua em que os maus elementos não se contentavam em sentar nos carros; arrancavam pedaços do para-choque para servir de bastão de beisebol e ficavam dançando em cima da lataria. Em geral, César guardava o seu na garagem da 126; às vezes, estacionava-o num lugar visível. Quando alguém o chamava lá em cima, ele ia toda hora na janela se certificar se estava tudo bem. Adorava aquele DeSoto. Era grande. Era esplêndido. Era macio. Era turbinado e tinha três metros de comprimento. Era tão maravilhoso que não havia mulher que não sorrisse ao vê-lo. Aquele carro era tão potente que quando ele precisava parar bruscamente, com um "leve toque" no freio automático, máquina e motorista eram uma coisa só e era como se uma turbina o estivesse impulsionando por entre a densa mediocridade do mundo.

Ele levava todo mundo para passear, cotovelo para fora da janela, e dadinhos de feltro pendurados no espelho. Seus melhores amigos nessa época eram Manny, o baixista; Frankie Pérez, o almofadinha dos cabarés; Bernardito Mandelbaum, artista plástico aficcionado por mambo e cubanófilo; Pablo, seu primo gordo, e o pequeno Eugênio. Todos eles iam passear com o Mambo King. Um dia, César foi fazer um passeio com a família e uma namorada até o norte de Connecticut e parou num lugar chamado Little America, um chalé de troncos de madeira cheio de souvenirs. Nas paredes e prateleiras só se viam cabeças de animais, mosquetes, chapéus de caubói com distintivos, soldadinhos de chumbo, índios Mohawk, machadinhas de borracha, cartolas, cinzeiros com a inscrição "Bem-vindo a Connecticut", miniaturas da bandeira americana, toalhas de mesa com o padrão da bandeira americana, canetas com a bandeira americana. César, um homem rico, comprou montes desse lixo para as crianças. Depois, foram para o café-restaurante do lugar, onde tomaram refrigerantes e chocolates. Saíram de lá carregados de pacotes de batata frita e barras de chocolate. Então seguiram viagem e uma hora depois estavam num trecho da estrada que cortava prados, riachos e bosques. Vacas e cavalos tranquilos nos pastos, cães latindo na beira da estrada. Bing Crosby no rádio cantando "Moonlight Becomes You". César guiava fazendo os pneus pretos e brancos cantarem nas curvas. A família segurava-se no banco, mas César ria e assoviava. Às vezes ele catava um meio-fio e o atrito provocava fagulhas. Ele entrou num parque estadual, com pinheiros majestosos erguendo-se altaneiros. Serenamente, a família passou por um corredor dessas árvores, carregando as cestas de piquenique, os violões e uma geladeira portátil com cervejas e refrigerantes. Seguiam sinais que diziam: "LAGO".

Abelhas voejavam em volta de César e de sua namorada Vanna Vane. Ele passara tanta loção no cabelo que atraía as abelhas como se fosse um campo de flores. Naquele dia, Vanna estava perfumadíssima e com um vestido xadrez vermelho, muito simples e antiquado. Formavam um casal feliz mesmo não sendo verdadeiramente um casal. Ficavam de mãos dadas e falavam baixinho, fazendo gracinhas e rindo. Ela estava querendo engrenar com César, que era generoso com ela. César gostava disso. Francamente, uma moça da sua idade precisava pensar em casar, e, embora ele já tivesse dito mais de cem vezes que só estava a fim de se divertir com ela e ir para o Hotel Splendour, ela achava que existia um algo mais. Chegou a chorar nos seus braços algumas vezes, sentindo realmente certa ternura da parte dele. E foi como se vê-la sofrer fosse demais para ele. "Espere aí, Vanna. Pare de agir feito uma garotinha". Então ela continuou mantendo uma distância, esperando pacientemente que a atitude de César mudasse.

Ela o achava parecido com o ator Anthony Quinn e gostava de como ele chamava a atenção nos lugares e da inveja que parecia provocar nas mulheres quando estavam juntos. E agora ele estava por cima, cheio de projetos. O produtor de cinema mexicano Aníbal Romero convidara o Mambo King para fazer uma participação especial num filme rodado no México, onde "Beautiful Maria of My Soul" era sucesso nas paradas. E ele aparecera no programa "I Love Lucy" e estava tão cheio da nota que comprara um DeSoto e lhe dera um colar de ouro porque estava se sentindo um homem de sucesso. (Nenhum dos dois gostava de pensar no verdadeiro motivo daquele presente. O sentimento de culpa do Mambo King por ter que levar Vanna Vane naquele paquistanês moreno de olhos negros da Rua 155, um médico que anestesiou Vanna para uma rápida cirurgia, raspando-lhe o útero até o fruto que conceberam ser extirpado da face da terra. E César esperando lá fora, fumando desbragadamente porque Vanna estava chorando e danado da vida com aquilo tudo. Depois, foram para o Brooklyn, e ele a levou para tomar um banana-split na esquina e ficou espantado de ver que ela estava revoltada. "Muitos caras não teriam nem ido com você", disse ele. Depois dessa, ela saiu da loja, triste, e levou meses para voltar a falar ou se deitar com ele.) Para a família, porém, eles eram o típico casal feliz, completamente diferentes de Delores e Nestor que, ultimamente, só andavam lado a lado com um ar solene, dirigindo-se apenas aos filhos: "Venham cá, *nenes*!", "Não ponham a mão na boca depois de pegar naquilo!", "Dá um beijinho no Papi!".

Era uma mudez total. Nestor já não era o mesmo, desde que os irmãos tinham chegado perto da fama. Saía sozinho para longos passeios e as pessoas estavam sempre dizendo a Delores ou a César que tinham visto "Nestor parado numa esquina" ou que ele "parecia lá, mas não estava, sabe como é?". E mais: ela passou a encontrar umas cartas no bolso dele, cartas para Maria, dizendo coisas que Delores não aguentava ler. Corria os olhos pelas páginas e encontrava frases que eram como punhaladas em seu coração: "... E apesar de todas as minhas dúvidas, eu ainda te amo... Tem sido sempre uma tortura... Esse amor nunca vai parar de crescer no meu coração... Se ao menos eu tivesse provado a você o meu valor...". E outras frases que lhe davam vontade de esbofeteá-lo e dizer: "Se você não está satisfeito com a sua vida, volte para Cuba!". Mas como? Ela estava enredada pelo amor que sentia por ele. A ideia de, por ciúme, ter descoberto aquele belo sonho de amor do marido levava-a ao desespero. Ela se agarrava aos livros e ficava quieta. Por três meses essa atitude manteve o casal em paz.

Aos vinte e sete anos, Delores continuava atraente. Mas sua dedicação total a Nestor e à família foi-lhe dando um olhar duro e esgazeado. Uma foto sua com os irmãos e uns amigos músicos também cubanos mostra uma mulher inteligente e bonita literalmente aprisionada entre uma massa de homens. (Nessa foto, tirada diante da estátua de Abraham Lincoln na Rua 116, o grupo está bem junto. Espremida no meio daquele machismo reunido, ela saiu com um ar aborrecido, como se estivesse esperando ser içada dali.) Nunca se esqueceu daquele homem triste e bonito que conhecera no ponto de ônibus havia alguns anos. Ela o amava muito, e também os filhos.

Mas tinha dias em que pensava em outra vida além de cozinhar, limpar a casa e cuidar da família. Às vezes, ia passear com as crianças em frente à Universidade de Colúmbia e dava uma espiada nas salas de aula ou ficava perto de uma janela, ouvindo as palestras do curso de verão. Pensava em todos aqueles universitários do bairro e suspirava. Por algum motivo que não conseguia entender, aquelas coisas todas que ela aprendia lhe davam uma profunda satisfação, mas será que aquilo lhe serviria para alguma coisa?

Parecia não haver saída. Largara o emprego de faxineira e terminara o curso noturno na Charles Evans Hughes High School, onde um professor, entre sedutor e sincero, sugeriu que ela se matriculasse na universidade pelo menos em meio turno. Ela sempre tirava boas notas e poderia ter entrado para o City College, a apenas dez minutos a pé da Rua La Salle. Ela sempre dizia não aos professores. Mas sonhava com a vida que teria, ficava roxa de inveja dos acadêmicos que viviam cercados de livros e respeitados por colegas e alunos.

Durante um tempo, aqueles interesses pareciam supérfluos diante do esquema da vida familiar, mas toda vez que tinha a casa cheia, com aquele pessoal da noite conhecido de César e de Nestor, todos esperando que ela os servisse, ficava histérica. Percebia que era inteligente, e mais do que qualquer conhecido seu. Ia lhe dando uma espécie de náusea e ela mal se aguentava de dor de estômago.

Foi ganhando um ar sisudo no desempenho dos seus deveres domésticos nessas ocasiões.

"O que você tem? Por que você está triste?", perguntava Nestor.

"Desculpe", dizia ela. "É o meu estômago. *Tengo ganas de arrojar*. Estou com vontade de vomitar."

Estava tão agoniada que, depois de algumas semanas, resolveu discutir o caso com Nestor.

"Querido, quero fazer uma pergunta a você."

"Sim?"

"O que você acha de eu me matricular em alguns cursos na universidade?"

"Pra quê?"

"Pra me aperfeiçoar."

Ele não disse não, mas o sangue lhe subiu e ele ficou com um ar perplexo.

"Pode fazer o que bem entender", respondeu, com um suspiro. "Matricule-se e acabou a nossa vida normal!", exclamou, levantando-se da cadeira. "Faça o que quiser, não estou nem aí."

"Mas o que é que tem demais, Nestor? Qual é o problema?"

"O problema é que quem ganha o pão de cada dia aqui sou eu, mas se é isso o que você está querendo fazer, problema seu."

Ela ficou quieta, esperando que a expressão dele mudasse, ficasse mais descontraída.

Mas ele prosseguiu: "Vá em frente e me humilhe perante os outros".
"Ah, Nestor, por favor."
"Então não me venha com essas ideias."
"Eu só estava querendo a sua autorização para estudar."
A palavra "autorização" acalmou-o.
"É?", falou com um ar mais pensativo. "Bom, talvez a gente ainda tenha que conversar sobre isso. Mas eu só quero dizer que uma mulher com dois filhos não deve ficar fora de casa mais do que o necessário."
Então ele ficou muito meigo, abraçando-a e dando-lhe um beijo terno.
"Desculpe", falou. "Parece que eu ando meio estourado ultimamente."
Depois disso, foi difícil Delores aceitar aquela rotina. Ela ia à Broadway com as crianças, passear no meio dos alunos e professores da Colúmbia. Uns tinham um ar aloprado, outros pareciam gênios. Uns seguravam as portas para ela, outros lhe davam com a porta na cara. Uns eram homossexuais, outros lhe lançavam olhares lascivos. Por que eles estudavam e ela não? Às vezes, ela deixava os filhos com a irmã, Ana Maria, que adorava as crianças e dava um jeito de entrar naquelas grandes bibliotecas da universidade para ficar folheando os livros. Fingia que estava matriculada na faculdade e ia dando bom dia e sorrindo para os colegas. Ficava pensando na natureza das coisas e como estava tudo determinado. Por que seu pai foi cair morto numa escada no meio do expediente exaustivo, com aqueles problemas todos lhe entristecendo o coração? Por que aquele bibliotecário sisudo de óculos bifocais na ponta do nariz a olhava com um ar desconfiado? Por que seu Papi não estava numa daquelas salas de aula, discorrendo sobre a ascensão dos Papas de Avignon, e sim apodrecendo debaixo da terra? Por que ela ia para casa apavorada, pensando no marido, que ela tanto amava, perdido naquele seu mundo de sofrimento e música? Por que passava tanto tempo calada ao lado dele, já que ele parecia nunca se interessar pelo que ela tinha a dizer e nem pelas suas leituras? Na hora do mambo, com a casa cheia de músicos e de mulheres de músicos, o som ligado, por que é que ela tinha que trabalhar como uma escrava, sem fazer cara feia, servindo aqueles homens todos, sem ter nenhuma afinidade com aquelas mulheres e nem prazer na companhia delas, ao contrário de sua irmã Ana Maria e da mulher de Pablo, Miriam, que estavam sempre alegres na cozinha, sempre alegres quando vinham trazendo aquelas bandejas de comida para a sala. Por que ela acabava sentada no sofá, olhando a animação do pessoal dançando, de braços cruzados e

dizendo *no, no, no,* balançando a cabeça, cada vez que alguém como o cunhado vinha tirá-la para dançar? Por que ela chegou em casa um dia quando morava no Bronx e encontrou Giovanni, aquele italiano da engarrafadora, com uma cara inchada, ali, sentado, de chapéu na mão, para lhe dizer que o *Papi* dela tinha morrido? Por que ela gostava de mergulhar em livros como *Huckleberry Finn*, de Mark Twain, que estava lendo na cama ao lado do marido uma noite e os dedos dele começaram a fazer uma exploração entre as suas pernas e ele caiu de boca no seu peito? Por que já não sentia aquele ímpeto de fazer exatamente o que ele queria, de aliviá-lo da dor? Ela não sabia porque e continuava fazendo tudo direitinho para ele, abrindo o robe e beijando o queixo e o peito másculos dele e lá embaixo, onde esses beijos rapidamente o derretiam.

Ambos caminhavam em silêncio, Nestor de *guayabera* azul e *pantalones* de xadrez, olhando os raios de sol brincarem entre as árvores da floresta. Com uma mão no ombro de Eugênio e a outra puxando a filhinha assustada. Nem uma palavra para Delores a não ser: "Que dia lindo, hein?". E havia sido sempre assim com eles desde que se conheceram no ponto do ônibus. O músico introvertido e triste, que sabia fazer declarações simples a respeito da vida e do mundo, e mais nada. Um homem bom, ainda infeliz por causa de um alguém, pensava Delores. E foi por isso que ele me quis, achava ela, para ajudá-lo a esquecer o que ele não tinha esquecido. Ele estremecia quando pensava nisso. Nada jamais foi falado, mas perto de Delores ele parecia prender a respiração de vergonha. Temia deixá-la ir para a faculdade achando que ela ficaria sabendo mais das coisas e perceberia o motivo da sua perturbação. Amava-a, sim. Diria isso a ela um milhão de vezes se preciso fosse, mas continuava sendo puxado por alguma coisa e continuava pensando que era Maria. O que mais seria?

Passeando ali no bosque, Nestor e Delores estavam tensos. As crianças sentiam, embora não tivessem idade para saber por que, e César sabia. Vinha toda hora para perto deles e ficava fazendo brincadeiras. Viu umas margaridas e as colheu para Vanna Vane e Delorita. Deixou cair uma flor que, por uma fração de segundos, ficou suspensa no ar, pairando entre eles. Como se tivesse feito um truque com um ímã, Nestor deu um passo atrás, e a flor caiu no chão. Depois Nestor pensou ter visto um veado na floresta e foi averiguar. A família ficou esperando e viu quando, por um momento, ao entrar numa zona de claridade, ele pareceu invisível. Então ele gritou: "E é um veado!".

O lago ficava no alto de uma colina, com montanhas ao fundo. Em sua margem, viam-se grupos de veranistas aqui e ali e uma cabine onde a família foi trocar de roupa. As crianças ficaram brincando na parte rasa. Eugênio tinha cinco anos, mas não se esqueceria do saboroso frango assado que comeu nesse dia, dos insetos de pernas compridas que pairavam na superfície da água, da sua mãe, mais bonita do que nunca, sentada na manta em frente ao seu pai que repetia: "Por que a gente está assim? Você não entende? *Yo te quiero*. Quando entender isso, você vai voltar a ser feliz!".

Mas cada vez que ela se afastava dele, Nestor buscava o apoio dos outros com o olhar, como se alguém fosse intervir dizendo: "É, não seja tão dura com ele, Delorita, ele é uma boa pessoa".

César e Vanna Vane não se desgrudavam. Deram uma caída naquela água fria e voltaram correndo para se deitar na toalha onde ficaram tomando cerveja Rheingold e curtindo o sol. Nestor, o Mambo King caçula, prestava atenção neles, e cada vez que a garrafa de César ficava vazia, ele levava outra. De vez em quando, ele dizia a Delores: "Me perdoa?".

Então, Vanna Vane, de maiô verde, os mamilos marcados e toda arrepiada, correu para a água. César seguiu-a, mas como não sabia nadar, ficou basicamente chapinhando na água, rindo como uma criança. Vanna, que era uma moça urbana, também não sabia nadar e os dois ficaram brincando de afundar, abraçados e se bolinando. Encantados, eles se beijaram. Delores ficou na margem, lendo. Nestor brincava com as crianças quando, de repente, resolveu provar que era homem. Havia uma ilhota no meio do lago, uns cem metros para dentro, e ele decidiu alcançá-la a nado. Porém, pouco antes de atingir o objetivo, já estava afundando, debatendo-se freneticamente, o rosto contraído no esforço de se manter à tona. Ao afundar, sentiu uma fisgada aguda no peito e de sua boca brotaram bolhas. Por vezes, pareceu que ele se afogaria, já que ninguém sabia nadar para socorrê-lo. Então, Delores largou o livro e começou a gritar: "Nestor! Nestor! Volta!". Ele aí bateu os pés violentamente e com um esforço hercúleo conseguiu chegar à praia. Enrolando-o numa toalha, Delores cobriu-lhe o corpo trêmulo com o seu. Um vento gelado começara a soprar, escurecendo a água esverdeada, como se enchesse o lago de sombras. E uma trovoada forte como um batuque de conga começou a roncar vindo das nuvens negras ao longe. Num segundo o tempo fechou e aquele dia quente de sol radioso esfriou de repente. O ar ficou carregado de estática e começou a chover. Todos correram para se abrigar embaixo do toldo das cabines de banho, e lá ficaram uma meia hora olhando a chuva. Depois se vestiram e foram para o carro. César Castillo deixou a família em casa e foi com Vanna Vane para o Hotel Splendour.

Eles iam tocar em Nova Jersey. César estava diante do espelho da sala dando um laço na gravata-borboleta. Quando começou a escovar para trás aquele cabelo lustroso, reparou que as cortinas estavam se agitando e ouviu as sirenes do corpo de bombeiros. A corrente de ar trouxe um cheiro de fumaça: num prédio no início da ladeira, um apartamento em chamas e três criancinhas gritavam por socorro a plenos pulmões (uma fumaça negra invadindo os cômodos, o chão esquentando com o incêndio que se alastrava no apartamento de baixo). Nestor acabara de sair do banho e também foi para a janela. E a família inteira ficou assistindo ao trabalho dos bombeiros com picaretas e mangueiras, equilibrando-se em escadas muito altas. Janelas explodindo com o calor, vidro se espatifando na rua – e uma multidão assistindo. Os irmãos ficaram nervosos com o incêndio e foram para a cozinha se servir de umas doses. Havia algo naqueles gritos, naqueles rolos de fumaça. Uma noite de fumaça e pranto no ar. A tristeza baixou naquela casa; havia morte no ar. Eles tomaram duas cervejas e dois whiskies.

César, com aquelas suas feições fortes, deu de ombros e procurou esquecer a cena toda, enquanto Nestor recordava algumas regras do pensamento positivo, mas em suas mentes ecoavam os gritos daquelas crianças. Nas paredes, dançavam sombras pontudas, cortando a luz.

Os dois se vestiram e se prepararam para sair, com seus estojos pretos. Era uma despedida como outra qualquer, sem nada de extraordinário. César estava na porta com o seu violão dentro da caixa e os instrumentos de percussão numa caixa menor. Nestor veio em seguida, carregando o seu trompete, com o chapéu caído no rosto. Com aquele olhar profundamente triste, ele se ajoelhou e chamou Eugênio, fascinado diante do televisor RCA, para um beijo de despedida. (Esse mesmo olhar pode ser visto em seu rosto quando ele foi ao programa "I Love Lucy" e, às vezes, essa mesma melancolia cubana podia ser identificada na expressão de Ricky Ricardo, uma expressão vulnerável e ao mesmo tempo sensível de alguém que já passara por muita coisa e não queria mais sofrer.) Eugênio deu um beijo no pai e voltou depressa para a televisão. Estava assistindo ao "Super-Homem". E na hora em que o menino saiu correndo, Nestor tentou segurá-lo para lhe dar mais um beijo.

Ele falara com Delorita na cozinha.

"*Bueno*", dissera. "A gente já está indo."

"A que horas vocês voltam?"

"Bom, é uma festa de quinze anos em Nova Jersey. A gente vai ver se está de volta lá pelas cinco ou seis."

Ela estava fumando e, soltando lentamente a fumaça pelo nariz, deu um beijo automático em Nestor. Letícia, que estava ao lado, escondeu-se nas saias da mãe. O que mais Delores podia fazer a não ser assentir com um gesto de cabeça?

"Certo, *Mamá*. Até logo", despediu-se Nestor.

Depois, Delores se instalaria na sala, onde as crianças assistiam à televisão, feliz de ter a noite só para ela e poder ficar lendo e fazendo o que bem entendesse. Quem sabe tomar um banho gostoso e bem demorado?

Às oito da manhã, ela já se amaldiçoava por não ter demonstrado mais carinho por ele. Via as paredes ruírem e, como personagem de romance, andava pelo corredor em meio a um turbilhão de sombras.

Ele estava assoviando – ou pelo menos era o que todo mundo lembraria – "Beautiful Maria of My Soul". Já estava se dissolvendo, portanto. O seu ser já estava comprometido pela memória, como um fantasma. Na rua fazia frio e os irmãos batiam com os pés no chão e o ar que lhes saía das narinas e da boca se condensava. Era a época do ano em que ainda se viam algumas luzes da decoração natalina piscando nas casas, algumas ainda acesas naquele prédio. Sobreviventes agasalhados com capotes e cobertores lá embaixo e um leque luminoso de água pulverizada coroando as lâmpadas dos postes de ferro. A lua por cima dos telhados, uma lua com cara de cantor de mambo com bigodinho e estrelas brilhando como pontinhos cintilantes de lamê dourado. Eles desceram e ficaram algum tempo no meio da multidão olhando o incêndio, à espera de Manny com sua perua Studebaker com faixas de madeira na carroceria. César e Nestor seguiriam no DeSoto. A respiração vinda dos pulmões de Nestor, rolos de nuvens de fumaça negra subindo na escuridão. (Como o céu visto da varanda Cuba, pensaria o Mambo King no Hotel Splendour, com estrelas se alastrando até não acabar mais.) Hora e meia depois, eles ainda pensavam no incêndio, como tudo sobe nas chamas. Já haviam chegado ao seu destino em Nova Jersey. Uma caravana de cinco carros estava parada na porta do clube. E do carro de Ramón, o "jamón", vindo do Brooklyn, saltou Vanna Vane, que ganhara uma carona para ter a oportunidade de ficar com aquele "boçalão" do César.

Os Mambo Kings se instalaram no clube, num palco iluminado por um jogo de luzes vermelhas. Balões de gás por todo lado, dançando molemente encostados no teto. Metade do salão estava atravancado com mesas compridas, amigos e parentes da homenageada. Num dos extremos, do lado oposto ao bar, uma mesa de avós com broches de estrasse e tiaras nos cabelos, cada uma virando copos de sangria e de olho nas manobras dos casais mais jovens do baile, *suavecitos* engomados e suas garotas, os adolescentes em outra mesa com um ar de tédio e ansiosos para a festa começar. Numa espécie de maca, dois cozinheiros vieram trazendo dois leitões, tostadinhos e crocantes e os colocaram numa mesa enorme coberta com uma toalha vermelha. E mais travessas de comida vieram, até chegar ao ponto alto: um bolo Saint Honoré de chocolate de um metro de altura encimado pelo número 15. Quem dava a festa era um sujeito chamado López, e ele deu a César a lista das músicas que desejava que fossem tocadas, como "Quiéreme Mucho", "Andalucia" e a música do namoro dele com a mulher, "Siempre en Mi Corazón".

E acrescentou: "E dá para vocês tocarem um pouquinho desse rock para os *nenes*?".

"*Seguro.*"

"E mais uma coisa, aquela música que vocês cantaram na televisão?"

"'Beautiful Maria of My Soul'?"

"É, essa mesma."

E eis que entra a filha do Sr. López, com um vestido de seda em cinco camadas, um modelo antiquado com uma saia balão, equilibrando-se nos sapatos de salto alto e acompanhada por um séquito de amigas e tias. Levava um grande buquê de flores, tinha uma coroa na cabeça e, ao olhar para os convidados, passou a imagem de ser uma menina aristocrática e triste, sendo ao mesmo tempo arrogante e agradecida por isso.

De óculos escuros verdes fechados nas laterais, Nestor se aproximou do microfone e, com a cabeça inclinada para trás, ergueu o seu trompete e começou a tocar – pela última vez na vida – a melodia pungente de "Beautiful Maria". Depois, ao seu lado, o fabuloso César Castillo tirou do bolso um lenço vaporoso e perfumado, que passou na testa suada. De olhos fechados, César esperou o piano de Miguel Montoya terminar aquela introdução em trêmulo tocada em surdina e, de braços bem abertos, uma expressão nobre no rosto e um sorriso que lhe mostrava os dentes, começou a cantar.

Com isso, o Sr. López pegou a mãozinha da filha vestida em luvas brancas e a levou para o meio da pista de dança. Com elegância, ele girou pelo salão, orgulhoso, sorrindo de orelha a orelha. Os convidados aplaudiram e rodearam o par. E todo mundo dançou.

No intervalo, Nestor foi para um canto e ficou assistindo às crianças atacarem uma *piñata* estufada de caramelos, brinquedos e moedas; uma a uma, as crianças batiam na *piñata* com uma vara, fazendo um barulho que lhe trazia recordações da infância (alguém apanhando no quarto ao lado – seu irmão mais velho, César –, encolhido num canto e com os braços como escudos para se defender de *Papi*). Mas essas crianças de olhos vendados estavam felizes. Um garoto forte estourou a *piñata* e as crianças se embolaram para pegar os brindes. Barulhos de talheres e mastigação, vozes de gente mais velha passando sermão nos mais moços, garrafas de champanhe espocando e, no palco, atrações variadas: um malabarista dos Knights of Columbus da região, fumaça de cigarro a lhe entrar direto nos olhos, fazendo das tochas uma girândola luminosa. Em seguida, um número de sapateado realizado por duas meninas com cabelo à la Shirley Temple com laçarotes vermelhos. Depois um sorteio comandado por um cômico de peruca vermelha e nariz de palhaço. Os prêmios eram uma caixa de charutos Partagas & Co, uma caixa de champanhe rosé, uma caixa de dois quilos de bombons Schrafft e uma quantidade de prêmios menores, suficiente para que quase todo mundo saísse contemplado com alguma coisa: esferográficas, caixas de pó compacto, bolsinhas, carteiras de cigarro, tudo com a inscrição: "Parabéns, Carmencita López, 17/2/1957".

A senhorita Vanna Vane ganhou um estojinho de pó compacto madrepérola com um espelho automático e levou o prêmio até a mesa para mostrá-lo ao seu homem, César. O Mambo King estava bebendo naquela noite. Ultimamente dera para beber assim em serviço e, sempre que podia, dava um pulo até o bar ou ia à mesa de alguém para tomar uns copos. Com o braço em volta da cintura de Vanna Vane, ele lhe deu um beijo atrás da orelha e puxou a cadeira dela mais para perto, a fim de sentir em sua perna o contato e qualquer vibração daquela coxa quente por baixo da saia de fenda. A vibração em silêncio dizia: "César, você vai se divertir e eu vou te mostrar como eu te amo".

Ela era uma pessoa boa e carinhosa que dançava muito bem e nunca decepcionou César, a não ser no que dizia respeito à aparência. Ela não podia se queixar do que aqueles programas com César estavam fazendo com o corpo dela. Ele não parava de levá-la a restaurantes e festas e ela acabava comendo tudo o que engordava. Conseguia traçar um prato de arroz com frango, outro de *tostones* crocantes, acompanhando tudo isso com algumas cervejas e, no dia seguinte, passava horas em frente ao espelho encolhendo a barriga e depois se apertava toda dentro de uma cinta. Que ela ficasse deprimida com isso espantava César, que curtia sua exuberância madura e sua carne macia. (Agora ele estremece lembrando como ela, quando montava nele, gostava que as suas *nalgitas* fossem apertadas com força cada vez que ele chegava no fundo dela: aí ela mexia o corpo e vinha uma sensação toda cremosa. Outro estremecimento: ela passava perfume no pescoço, entre os seios e no meio da zona molhada da calcinha Lily de Paris. No quarto do Hotel Splendour, ela fazia stripteases só para ele e envolvia o membro com as suas meias e o cobria com a sua calcinha. Novo estremecimento).

Vanna estava sentada entre os irmãos e deu um pulo porque sentiu a mão de César se instalando em seu busto. Ela tentou se esquivar, mas ele continuou com a mão lá. Então, sem dizer nada e nem olhar para ela, começou a bolinar sua coxa. Ela tornou a se esquivar, deu um gole na bebida e sorriu, de novo. Afinal disse baixinho: "Por favor, aqui tem gente. O seu irmão está bem ali".

César esvaziou o copo e deu de ombros.

Nestor estava no mundo da lua, olhando pensativo para as pessoas dançando e a confusão das mesas. No início da festa, sentira-se abatido; era como se soubesse. No palco, quando tocava o solo de "Beautiful Maria", teve um mau pressentimento como um arrepio partindo dos joelhos, subindo lentamente, costela por costela, pelo seu peito, pelo seu pescoço, até se instalar nos seus pensamentos. Era simplesmente a sensação de que os seus desejos de certa forma não condiziam com os seus propósitos: escrever boleros tristes, ficar de cama, sofrer por amores antigos, almejar o que nunca poderia ter.

No fim da festa, os músicos foram tratar daquela coisa enfadonha que era guardar os instrumentos e esperar o cachê. Depois, recolheram algumas sacolas de comida e docinhos que haviam sobrado. E Nestor encheu os bolsos de caramelos, chicletes, bolas de gude e outros brindes. César apanhou uma garrafa de rum, pegou Vanna e foi para o carro.

"Irmão", disse para Nestor, "você dirige".

NESTOR HAVIA FEITO o derradeiro xixi, ceado, soprado a derradeira frase no trompete. Havia coçado o nariz, estremecido, ao ouvir uma nota fora do tom, tomado o derradeiro gole de rum e, após tirar o celofane de uma bala, provado o derradeiro doce. No banheiro masculino do clube, ele havia lavado o rosto com água fria e, sem querer, havia olhado para o decote de Vanna Vane ao se debruçar na mesa para pegar a vela e acender um cigarro. Quisera ligar para Delores, mas mudara de ideia. Quando pensava nas regras do pensamento positivo, descobrira uma mancha na lapela esquerda do paletó. Olhando-se no espelho, imaginara ter um líquido escuro e denso como tinta de polvo correndo nas veias. Sentia-se levitar ao inclinar o corpo para trás enquanto solava, sentira-se passar por uma parede. Durante o xixi, sentira uma dor, ao pensar em Maria nua na cama, uma dor por não compreender as coisas.

Quase matara uma mosca, mas ficara com pena, a coitadinha estava quase morta grudada no canto do espelho do banheiro, e vira uns machões fazendo queda de braço numa mesa no fundo do salão. Examinara a estrutura complicada de uma moeda de dez centavos. Assoara o nariz. Suado por causa do calor que fazia dentro daquele clube e querendo pegar um pouco de ar fresco na cara, abrira a porta dos fundos e olhara para o céu, que parecia quase encostado na terra, e identificara a constelação de Cygnus. Ficara vendo a neve cair nos fundos do clube e notara que ela se acumulava nos galhos inferiores da árvore para depois ir caindo macia. Imaginara como seria partir para uma viagem eterna. Pensara que o passado não tinha fim. Quisera saber se os anjos existiam, como a mãe dizia. Lembrando-se de como ela apontava para a Via Láctea e dizia: "Olha como tem gente ali". Ele imaginou um paraíso repleto de almas. Sentiu o crucifixo que usava em volta do pescoço e pensara no dia em que o ganhara da mãe. Ele tinha doze anos e estava tremendo, ajoelhado na mesa de comunhão para receber a eucaristia. E naquela noite, há tempos, sentiu uma dorzinha atrás da orelha esquerda. Arrependeu-se de não ter comprado havia poucos dias uma revista de sacanagem na banca da Rua 124. Lembrou-se de ter prometido levar Letícia e Eugênio outra vez ao museu para ver os esqueletos de dinossauro e de ter dado uma prensa em Delores quando ela estava cozinhando. Ela lia um livro com uns caubóis na capa. Ele já estava com uma ereção quase completa e ela começara a empurrar o traseiro para o corpo dele. Aí apareceram as crianças e o irmão. E o encanamento chacoalhava, parecendo que havia gente batendo lá dentro com facas e colheres. Ele pensara em Jesus crucificado e se perguntara se Ele, que tudo via, presente, passado e futuro, vira-o atravessando o salão do clube. Lembrara-se de como gostava de pensar em Jesus pescando no mar da Galileia. Pensara em comprar no frigorífico, por um preço de ocasião, dez quilos de costelas de carneiro de primeira para oferecer à cunhada Ana Maria. Lembrara do gosto do mamilo da esposa. Resolvera perder um pouco de peso, pois estava ficando barrigudo. Pensara numa melodia com a qual vinha brincando ultimamente. Desejara poder desmanchar certas coisas, não os filhos e nem a felicidade da esposa, mas de algum jeito poder voltar aos braços de Maria em Cuba. Lembrara-se de ter-se perguntado: por que esse sofrimento todo me aperta o coração e quando é que isso vai terminar?

Agora, a parte mais difícil para o Mambo King ou qualquer outra pessoa imaginar. Instalado no banco traseiro do DeSoto, César Castillo brincava com Vanna Vane: ambos iam bêbados a ponto de César ficar lhe enfiando a mão por baixo da saia para atingir a área quente onde meia e liga se encontravam e ela adorando aquilo, enchendo-o de beijos carinhosos e rindo. Ambos continuando a beber rum enquanto Nestor, na frente, ia prestando atenção na estrada, procurando controlar o carro nas curvas escorregadias por causa do gelo, para não perder a direção naquela bela nevasca que continuava a cair. Vanna colocava a mão na parte interior da coxa de César, que colou o rosto no dela e começou a falar nas sacanagens que fariam ao chegar em Manhattan. Do banco traseiro, impregnado de perfume e fumaça de cigarro, vinha uma algazarra de beijos e gargalhadas, e os dois estavam tão agarrados que chegavam a esquecer que Nestor estava guiando. Ele passou a ser um motorista anônimo, enquanto eles brincavam um com o outro sem pensar em mais nada; era uma pessoa de sobretudo, chapéu palheta e cachecol, tendo ao lado um estojo de trompete em cima do banco e uma caixa de instrumentos de percussão no chão.

Nestor não dizia uma palavra havia bastante tempo, mais atento à estrada do que àquele namoro ali atrás, quando lembrou de perguntar se queriam que ele ligasse a calefação. E aí, de repente, o carro começou a dançar e derrapou numa placa de gelo e ele se apavorou. Pisou no freio, rodou o volante e o DeSoto voou para uma mata cerrada e foi bater num carvalho imenso. Ouviu-se um estrondo seguido de uma espécie de bocejo muito alto, como o som de um grande mastro se partindo, e o robusto motor V8 turbinado soltou-se da carroceria e mandou o volante de encontro ao peito de Nestor.

E acabou-se. Ele perdeu os sentidos atrás do volante, exalando um suspiro profundo. Fechou os olhos e sentiu um óleo quente derramando sobre seu corpo e quis saber de onde vinha aquela sensação de molhado que sentia por dentro; folhas de palmeiras, flores apodrecidas, com as hastes esmagadas e ensanguentadas; partituras soltas, papel higiênico, camisinhas, páginas da Bíblia, de um roteiro de televisão, do *Forward America* de D.D. Vanderbilt, tudo isso molhado dentro dele. O volante atingira-o como um soco certeiro no peito, nem assim tão violento, e ele ouvira o bocejo e, em seguida, o som de sinos repicando ao longe. Então viu estrelas pretas e brancas revolvendo-se dentro dos seus olhos, como se tivesse olhado fixamente para o flash de uma máquina fotográfica, abriu os olhos e aquela cortina de neve tinha se aberto e dava para ele ver o céu com o mesmo aspecto do céu que ele via do alpendre da casa dos pais em Cuba: lá estavam as constelações de Cygnus, de Cisne, de Hércules, de Capricórnio e uma infinidade de outras, mais radiantes do que nunca, e com as estrelas piscando como uma criança feliz. E elas começaram a girar como os pares dançando num salão. Ele fechou os olhos e quis chorar, mas não conseguiu. Tentou falar. Podem dizer à família que eu pensei em cada um, queria dizer, mas até pensar já ficava mais difícil e foi adormecendo. Pensou que estava fazendo o possível para permanecer acordado, mas seus pensamentos tornaram-se mais oníricos e obscuros, imaginou que alguém lhe afagava os cabelos grossos e ondulados, e não acordou.

Arrancados subitamente daquele namoro inebriante, César e Vanna perderam os sentidos por uns dez minutos. Os outros, que vinham atrás, chegaram ao local do acidente e tiveram que empurrar o banco para trás para tirar Nestor, que foi colocado sobre um cobertor no meio da neve. Saía-lhe um vapor do nariz e da boca, vapor, fumaça, cheiro de borracha queimada e de gasolina. Disseram que Nestor abriu os olhos e olhou para o céu, com um sorriso triste. César foi reanimado com um trago de rum e, por um instante, pensou que era domingo e ele estava acordando no

Hotel Splendour com uma ressaca terrível. Vanna Vane chorava, e havia uns Mambo Kings com umas lanternas na mão, depois uns policiais, uma gente estranha e um barulho de sirenes se aproximando. Ajoelhando-se ao lado de Nestor, o Mambo King surpreendeu-se fazendo o sinal da cruz. Ali ficou um longo tempo, tocando o rosto de Nestor e repetindo: "Espera aí, irmão. Espera aí". Porém nada mais aconteceu, ou pelo menos nada que o Mambo King quisesse lembrar.

ELE LEMBROU, SIM, de Nestor subindo as escadas do prédio correndo, feliz como uma criança, feito um Papai Noel, carregando um violão embrulhado para lhe dar de presente, uma coisa quente que ele arranjara perto das docas. Lembrou daquele homem sentado na pontinha do sofá, escondendo o rosto com as mãos quando achava que não havia ninguém olhando para ele. Lembrou da primeira vez que ouviu falar em Maria e da primeira vez que o irmão tocou os acordes dessa música quando ainda moravam com Pablo. E, de certa forma, não conseguia separar a morte de Nestor desta música. Fantasiou que Nestor ouvira aquele seu namoro lascivo com Vanna Vane – e a verdade era que ele já estava de sacanagem com ela, apertando-lhe a vulva com o polegar por cima da calcinha e se sentindo glorificado pela umidade que ia aumentando ali – e que Nestor não suportava ver tantas pessoas gozando a vida, enquanto ele ficava só com seus pensamentos; que, por causa disso, ao invés de seguir reto pela estrada escorregadia, ele dera uma guinada para a direita, desejando bater numa árvore. E aquela frase do irmão, à qual nunca dera muita atenção, veio-lhe à mente, veio à mente de todos: "Às vezes, eu não sinto vontade de viver".

LEMBROU AINDA DE outra coisa, do enfermeiro no hospital para onde Nestor foi levado dizendo: "Não foi tão ruim assim. Ele só teve o esmagamento de uma veiazinha perto do coração, deu azar".

"Azar."

O PIOR FOI dar a notícia a Delores. Ela viu que havia alguma coisa quando César apareceu no dia seguinte com Manny às nove e meia da manhã. Ela sentiu quando estava dormindo: o livro que estava lendo, *Double identity*, caiu da mesa de cabeceira às três e meia da manhã e ela sentiu um arrepio lento percorrendo seus ossos, como naquele dia no Bronx quando abriu a porta e soube do falecimento do pai. Assim, o que lhe restava fazer senão ficar andando pela casa e vigiar da janela, esperando a notícia? O que lhe restava fazer senão se olhar no espelho e desejar que as coisas estivessem melhores entre eles?

Quando César anunciou que acontecera um "acidente com Nestor", na mesma hora ela balbuciou: "Ele morreu. Pode repetir o que você acabou de dizer, *cuñado*?".

Ele repetiu.

Então, com uma voz calma e emocionada, ela disse: "Preciso ligar para Ana Maria, minha irmã, e contar a ela".

César disse que daria a notícia às crianças. Eugênio e Letícia dormiam no quarto dos fundos e, por volta da hora do acidente, os dois ouviram um barulho vindo da sala das caldeiras, como se os canos estivessem se retorcendo e batendo e fossem explodir ou se soltar da parede. Em seguida, ouviu-se um bocejo metálico que levou Eugênio a se sentar na cama. Eles aproveitavam que era domingo para dormir mais um pouco, até a mãe vir buscá-los para a missa solene das onze. Naquele dia, porém, César abriu a porta, ainda com o sobretudo cheirando a neve. Ele tocou o rosto das crianças e disse: "O *Papi* de vocês foi pra muito longe".

"Pra onde?"

"Pra um lugar muito longe."

E apontou para oeste. Parecia uma boa direção.

"E ele vai voltar?"

"Não sei, gente."

Enfiou a mão no bolso e pegou umas balas cor de laranja e vermelhas daquelas que o irmão apanhara para as crianças na festa em Nova Jersey. E deu-lhes, dizendo: "O *Papi* pediu pra eu dar essas balas pra vocês. Agora vocês têm que se vestir que vem gente aqui".

A gente era um padre, o padre Vincent, da paróquia, Bernardito Mandelbaum, Frankie Pérez, Miguel Montoya, Ana Maria, Manny e mais os outros Mambo Kings, entrando com os respectivos filhos e mulheres ou namoradas ou, simplesmente, postando-se isolados no hall e segurando o chapéu, cabisbaixos. O padre ficou sentado na sala, falando sobre "graça", e as crianças, sem saber por que, tiveram que vestir a melhor roupa dominical. Mas foi bom, pois tinha aquelas visitas ali sendo boazinhas com eles, passando-lhes a mão na cabeça e dando-lhes dinheiro para comprar bala e gibi.

Ora, não fosse aquele clima tão carregado de luto, aquilo seria realmente uma festa para as crianças.

Ficou decidido que não haveria velório, mas esperaram dois dias a chegada de um dos três irmãos de Cuba, Eduardo, que era um palito de magro e nunca andara de avião. Nova York pareceu-lhe uma cidade escura e cinzenta. À noite, ele ficava zanzando pela casa, de roupão atoalhado, meias brancas e sapatos de sola fina. Era uma pessoa bastante hesitante em relação a tudo. Tinha um ar confuso quando andava na rua, bombardeado pelo barulho do tráfego, das obras, do metrô. Apesar de seus quarenta e poucos anos, ele parecia mais velho. Tinha a cabeça grisalha e falava tão baixo que quase não se ouvia o que ele dizia. Tinha a pele castigada pelo sol e passeava pela casa, balançando a cabeça, como se quisesse dizer: coitado do Nestor, não dá pra entender.

A morte e o enterro de Nestor permaneceram na memória das pessoas, como nuvens de dor. Ninguém queria lembrar.

Ainda no Hotel Splendour, o Mambo King precisava dominar o impulso de botar o disco na faixa de "Twilight in Havana" ou de "Beautiful Maria of My Soul" e voltar ao passado, recordando o acontecimento mais doloroso de sua vida: a perda do irmão. Melhor, talvez, ouvir "Manhattan Mambo" e recordar os primeiros tempos de boate ou voltar ao tempo da orquestra de Julián Garcia.

Um detalhe fácil e agradável de lembrar? O da escapulida de uma hora que deu com Vanna Vane até o Hotel Splendour dias antes do enterro do irmão. Durante uma hora, os dois fingiram que nada de terrível havia acontecido. Ela queria esquecer e ele também. Então ele a jogou na cama e foi por cima dela. Estavam tão arrasados que nem tiraram a roupa. Ele só levantou a saia dela, puxou a peça chorosa para fora das calças e meteu-a entre as pernas da mulher. Nem chegou a fodê-la, apenas ficou se roçando em sua vulva, querendo pensar que estava vivo.

Ele não conseguia deixar de pensar em Vanna Vane com aquelas coxas grossas. A imagem dela não lhe saía da cabeça. Via a senhorita Vane calçando as meias naquelas pernas roliças e bem feitas, a senhorita Vane abotoando as ligas. Ele, deitado, naqueles lençóis frescos e alvos se esfregando com ela. Beijos que não acabavam mais e aquela bunda carnuda da senhorita Vane subindo e descendo em cima dele.

"Sabe uma coisa que eu gosto que você me faça?"

"O quê?"

"Que você morda bem o bico do meu peito quando eu estou gozando."

"Tá. E sabe do que eu gosto? Quando a gente está na posição normal e eu estou quase gozando e aí eu tiro e ponho na sua boca e quando estou de novo para gozar, torno a tirar e volto para a primeira posição e a gente continua fazendo isso até eu não aguentar mais."

Eugênio desconfiou por causa do enterro. Tanta gente passando a mão na cabeça deles e dando moedas de vinte e cinco centavos. Eles não sabiam o que era "morrer". Até então, só Cristo havia morrido na cruz, e isso só queria dizer que ele tinha ido para o céu e voltado à terra. Ganharam terços das irmãs dominicanas e um monte de garotos da rua, irlandeses e não irlandeses, foram ao enterro, mesmo os que quase não falavam com eles ou nem gostavam muito de sua família. Ana Maria falou dos anjos da guarda que iam protegê-los caso o diabo os ameaçasse. Ouviram que Deus estava tomando conta deles lá do céu. Mas nem sonhavam que o pai tinha morrido. Letícia achava que ele tinha ido para os lados do mausoléu de Grant, atravessado o rio e seguido para o oeste. O que foi mesmo que ouviram o pai dizer um dia? "Estão vendo lá, crianças? Se vocês forem sempre naquela direção, vão chegar na Califórnia. Foi para lá que eu e o tio de vocês fomos uma vez."

(E na Califórnia? Desi Arnaz chegava em sua casa perto de San Diego, num carro igual ao de César, um DeSoto. Ele saltou do carro e passou por um jardim cercado por sebes de buganvílias que lhe lembravam os muros floridos de Cuba. Morava num casarão rosa de telhado de zinco parecendo uma casa de fazenda, com jardim, pátio e piscina. Entrou pelo pátio, onde se sentaria para tomar um café e ler a correspondência. Havia uma carta de um amigo seu, mencionando o falecimento prematuro daquele compositor cubano, César Castillo. Uma coisa repentina! Lembrando do caçula dos irmãos que passara um mau bocado em seu programa, ele ficou triste e tentou imaginar o que poderia fazer para ajudar a família. Seu rosto se contraiu como o de qualquer cubano se contrai ao ler uma má notícia, os lábios foram se curvando para baixo e a boca se rasgando, numa expressão patética. Sabem o que ele desejou? Desejou entrar numa sala e dar com César e a família do irmão no bar, convidá-los para jantar, com bebida à vontade, pegar a carteira e dar à família umas cinco ou seis notas novinhas de $100. Contudo, o que fez foi o seguinte: sentou-se e escreveu um bilhetinho de pêsames para a família de Nestor Castillo. Foi bem sucinto: "Fiquei desolado com a má notícia que recebi aqui na Califórnia. Se precisarem de alguma coisa, por favor, me informem. Seu amigo de sempre, Desi Arnaz.")

A igreja estava apinhada de músicos. Machito, Puente e Mongo Santamaria vieram para o enterro. E havia vários músicos menos conhecidos, homens simples que chegaram de sobretudo, cabisbaixos, chapéu na mão, gente que uma vez ou outra chegara a ir àquela casa com a esposa ou a namorada. Havia alguns colegas do frigorífico. Elva e René, espremidos no meio daquela multidão, só pensavam em fugir dali para dançar. Manny, o baixista, postou-se à porta da igreja cumprimentando os que entravam. Miguel Montoya estava acompanhado por uma senhora idosa, sua tia.

O órgão tocou o *Te Deum*. O altar estava enfeitado com flores brancas, assim como o caixão, coberto com manto bordado com motivos sacros.

A família e os amigos mais íntimos ocuparam os bancos próximos do altar. Delores ficou entre César e os filhos. César estava com o rosto vermelho, como se tivesse levado umas boas bofetadas. Sua mão estava pousada no ombro de Letícia. A menina tinha apenas três anos e não fazia ideia do que acontecera. Mesmo depois que lhe explicaram que o pai havia viajado, ela continuava esperando vê-lo entrar em casa a qualquer momento. Sem parar quieta, ficava chutando a trave do genuflexório com seus sapatinhos de verniz preto e chupando os dedos, com as mãozinhas meladas e vermelhas das balas que César lhe dera antes da cerimônia. Com pancadinhas em sua cabeça, ele apontava para o altar onde os milagres aconteciam. E Delores? Estava com uma cara controlada, com o rosto chupado e a boca tão contraída para não chorar que parecia estar batendo o queixo. Em sua mente, uma tempestade de ideias: perdera o pai cedo e agora perdia o marido.

(Durante certo tempo, era como se as pessoas não existissem. Os rostos pareciam máscaras soltas diante dela; as vozes não tinham origem. Mãos puxavam-na pela mão. Os filhos pareciam bonecas gigantes. Ela trocaria de lugar com qualquer outra pessoa, até com o crioulo Jim daquele livro que leu. Tinha uma vaga ideia de ter recebido ajuda para subir e descer a escadaria da igreja. Um monte de gente dizendo-lhe palavras reconfortantes, desejando o melhor para ela e os filhos. É, a gente se apaixona pelas pessoas, dedica-se, deseja os seus carinhos e elas fazem a gente sofrer e morrem. Elas nos deixam cachos de cabelo, chapéus velhos e lembranças. É assim que os homens fazem. Enchem a gente de carinho se querem alguma coisa de nós e, de repente, somem. *Os homens! Qué cabrones!* O pai, fulminado numa escada, Nestor, desaparecendo na noite com aquele estojo preto na mão. E de repente ela se deu conta: "Eu estava apaixonada, apesar das nossas desavenças. Ai, me ajude, me ajude, meu Deus, me ajude.")

Ana Maria ficou ao lado de Delores. E lá estava Eduardo, vindo de Cuba. Ele não parava de passar a mão no nariz e apertar os olhos, como se estivesse com uma terrível dor de cabeça. O primo Pablo, nervoso, atrás dos parentes mais próximos da família, com a mulher e os filhos. E outros mais, Frankie, Pito e, no fundo da igreja, entre a colônia irlandesa, Vanna Vane soluçando.

Coroas e ramos de flores foram enviados por Maurio, Bauza, "Killer" Joe Piro, "Symphony" Sid Torrin e outros.

"À família Castillo com as mais profundas condolências, Carlos Ricci e a direção do Imperial Ballroom."

"Sinceros pêsames, Tito Rodríguez."

"Partilhamos a sua dor... Vicentico Valdez."

"Que Deus a abençoe e lhe dê forças nessa hora de dor... são os votos da família Fajardo."

Benny, o fotógrafo predileto, veio com a namorada, por quem estava profundamente apaixonado. Era um homem baixo e de aparência agradável, com o cabelo preto macio e cortado rente, fazendo o tipo da cabeça que as criancinhas gostavam de alisar. Ele estava feliz porque estava apaixonado, rindo sozinho e fazendo poemas para a namorada. Agora o amigo tinha morrido e parecia uma coisa muito trágica, porque Nestor tinha apenas trinta e um anos.

O sermão foi feito pelo padre Vincent, um irlandês alto e careca. Ele falou do destino do homem: "... Aquele que sabe como é trágica a vida dos que só pensam nos prazeres físicos deste mundo sabe também que há uma vida de esplendor à nossa espera. Aqui jaz um homem que se entregou a tudo o que fez. Foi alguém que chegou de Cuba e agora partiu para um reino mais glorioso, o reino da luz eterna e radiante do amor de Deus, que está em toda parte em seu universo infinito. Deus, que está em toda parte, porque ele é o universo".

"Nestor", gritou alguém.

O altar era encimado por um tríptico que parecia ter vida própria, "A História do Homem". Adão, nu, no meio de um belo jardim, envergonhado e cabisbaixo, com Eva, nua em segundo plano. Pássaros voavam por toda a paisagem e as árvores que iam diminuindo para dar profundidade à cena estavam carregadas de frutos. Enrolada numa macieira, via-se a serpente da tentação, com uma língua bifurcada saindo da boca, feliz por ter arrastado o casal para o pecado. Adão e Eva passavam por um portão e entravam numa floresta escura. Um anjo de cabelos dourados os perseguia, brandindo uma espada. Dor e desespero na expressão de Adão, como que dizendo: "nunca mais conheceremos aquela felicidade". E, ao lado desta cena, uma tumba num rochedo. Uma laje enorme fora afastada da entrada, diante da qual dois musculosos soldados romanos contorciam-se de medo no chão ao lado das espadas e das lanças, cobrindo o rosto com as mãos. Em primeiro plano, o homem crucificado, Jesus, com uma túnica branca, os braços erguidos para mostrar ao mundo que morrera e, agora, estava vivo. As chagas em suas mãos e seus pés eram profundas e vermelhas, assim como os olhos; seu rosto era sereno. (E as crianças estão loucas para saber o que havia dentro daquela caverna e além daquelas colinas para onde Jesus está se dirigindo.) E, no terceiro painel, Cristo ressuscitado, sentado num trono, a pomba dourada do Espírito Santo acima de sua cabeça e Jesus julgando a humanidade: os anjos, os homens penitentes e os santos aglomerados em nuvens como ciprestes – foi para lá que o Papi foi?

"Nestor."

O caixão foi carregado para fora da igreja. Era a primeira vez que alguém da família andava de limusine. Aquele cortejo até o cemitério de Flushing no Queens tinha alguma coisa de empolgante. Houve mais discursos à beira da sepultura e ali, com a cidade toda cinza ao fundo, as flores sendo jogadas sobre o caixão, as crianças ficaram com vontade de brincar de pega-pega no meio dos túmulos.

Sentado no Hotel Splendour, o Mambo King estremeceu porque não conseguia tirar da cabeça esses pensamentos sobre a morte do irmão. De algum modo, escaparam-lhe aquelas imagens alegres de coxas femininas trêmulas e agora ele tentava voltar a elas. Tomou um trago de whisky, olhou para a charge engraçada na capa do "Mambo Inferno", mostrando um inferno apinhado de diabos de ambos os sexos, todos de vermelho, com rabo e chifres. Chamas subindo! Ele botou o disco para tocar. Estava amargurado: nos últimos vinte e três anos não deixara de pensar no "coitado do Nestor" uma hora sequer. Foi o fim, imaginava ele, da sua vida "feliz e despreocupada".

"Nestor."
"Em nome do Pai, do Filho e do Espírito Santo."

QUANDO FOI OLHAR no relógio para saber as horas, César se deu conta de que estava completamente bêbado. Os algarismos dançavam no mostrador como se fossem crianças montadas nos ponteiros. Assim mesmo, ele tomou mais um trago. Tornou a ir ao banheiro para urinar, escorando-se na parede com uma das mãos, olhando para aquela peça grande e o jato da urina, louco para saber quando é que ela se intumesceria.

Lembrou-se de quando se masturbava umas cinco ou seis vezes por dia, anos e anos atrás.

Lembrou-se das festas que davam naquela época feliz. Era forte o apelo do passado. Na sala do apartamento: muita fartura nas mesas, luz vermelha, pilhas de discos. Um mundo de jovens meigos, desordeiros, ruidosos, educados, tímidos, arrogantes, calmos e violentos saindo porta afora, descendo para aquele cheiro de repolho que impregnava a portaria, chegando à rua, onde às vezes começava uma briga. Enquanto isso, chegavam bandos de moças lindas, perfumadas e suadas, a música tocava tão alto que dava para se ouvir a várias quadras dali, a dona lá de baixo apavorada que o teto lhe caísse na cabeça de tanto que balançava, os tiras irlandeses solicitando, com uma certa hesitação, que eles desligassem o som e parassem de bater com os pés no chão, e os últimos convidados saindo de madrugada, cantando e falando alto na rua.

O disco começou a tocar, trazendo para o Hotel Splendour a voz cadenciada de um trompete e a animação de uma bateria.

Em nome do mambo, da rumba e do chá-chá-chá.

AGORA ELE SEPARAVA as coisas do falecido irmão e o sobrinho Eugênio assistia sentado numa cadeira. No último mês, César distribuíra todos os sapatos 42 de Nestor, os chapéus e as roupas, artigos de primeira, também, que ele deixava dentro de umas caixas na sala do apartamento na Rua La Salle. Havia muitos candidatos e César, então à frente das coisas, era bem objetivo no que dizia respeito à distribuição desses artigos. Ficava sentado numa poltrona, fumando sem parar, e dizendo: "Tudo isso aí é de primeira. A gente nunca poupou em roupa".

Ele guardou alguma coisa para o seu uso: uns paletós, que levou àquele alfaiate judeu com um ar acabado da Rua 109 para soltar na cintura.

Bernardito Mandelbaum ficou com o terno branco de seda, aquele que Nestor usou na televisão. Frankie ficou com o paletó creme. Eugênio olhava aquelas pilhas de roupa, louco para se atirar ali, mergulhar naqueles montes e se deleitar com o cheiro de colônia e cigarro impregnado nas roupas que lhe lembravam o pai. Durante algum tempo, foi essa a sua brincadeira: ficava sentado em frente ao prédio, tentando identificar as roupas do pai nos homens que passavam.

César também guardou o trompete do irmão e as folhas com as composições dele, o crucifixo e a corrente que a mãe lhe dera de presente de primeira comunhão.

E tinha aquele livro, *Forward America!* Outra coisa que o Mambo King encontrou no bolso de Nestor.

E NESSA ÉPOCA Eugênio pegou a mania de cochilar ao lado do tio, os dois bem abraçados. Isso durou meses. Sempre que ouvia passos no hall, como o toc-toc-toc dos tacões cubanos, Eugênio chegava a escutar a porta abrindo e o pai assoviando, com aquela nitidez, a melodia de "Beautiful Maria".

Como uma forte gripe se instala no organismo, a saudade foi abatendo César aos poucos, deixando-o num estado que culminou numa crise de melancolia aguda. Acarretou-lhe uma paralisia da ambição e uma queda da autoestima que o levaram a quase não sair de casa. Essa terrível depressão chegou a provocar-lhe alucinações. Era comum ele ficar todo animado ao ouvir da janela o elevado trepidando com a chegada de um trem e prestar atenção na massa humana emergindo daquela passarela em forma de quiosque. Perto da esquina, ficava a entrada escura e estreita do Mulligan's Bar and Grill. Depois vinha um muro grande onde a garotada da rua brincava de "chinês". Mais adiante, a brincadeira era "mamãe posso ir" e "vaca no pasto". Um dia, ele estava na janela e viu um sujeito bem vestido encostado nesse muro. O sujeito estava de chapéu palheta e sobretudo. Ao seu lado, havia um estojo preto para carregar instrumentos musicais.

"Vou comprar cigarro", anunciou. Vestiu o casaco e saiu atrás do homem que se dirigia para a escada do elevado. César correu e conseguiu pegar na hora H um trem que descia para a cidade e começou a procurar por todos os vagões aquele homem de palheta com o estojo preto. Não o encontrou. Outra vez, ele saltou na estação da Rua 59, para onde convergiam três linhas de trens do Brooklyn e do Bronx, e viu esse mesmo homem encostado numa parede. Foi a mesma coisa, só que dessa vez César pegou a linha A para o Brooklyn, saltou meia hora depois e foi parar num bar sedento e faminto. Estava tão afogueado e com o coração batendo tão forte que precisava se acalmar. Mas tanto se acalmou que, na saída, foi seguido por um bando de maus elementos de jaquetas de couro até um local deserto, onde havia um obra, e uns cinco deles, de boné de marinheiro e com cigarros Marlboro enrolados na manga da camiseta, caíram-lhe em cima e o deixaram no chão. Aquele seu terno salmão e os sapatos creme com aqueles tacões não ajudaram. Além de ser assaltado, ele quase teve a cabeça arrebentada a chutes. (Escapou porque um dos bandidos ficou com pena dele e chamou os companheiros.)

Ao voltar a si, viu Nestor, ou o homem ou o espírito que parecia com ele, ao lado de um poste do outro lado da rua, fumando um cigarro. César acenou, pedindo ajuda, mas, num piscar de olhos, o homem havia sumido.

FOI UMA ÉPOCA tumultuada para ele – e para todos. Delorita também andava estranha.

Aparentemente ela vinha enfrentando bem a morte de Nestor. À noite, ficava em casa com as crianças, Ana Maria e o seu noivo – o Raulito, que era do sindicato da Marinha Mercante. Ana Maria veio morar com ela. As irmãs dormiam juntas, como faziam quando eram pequenas, de camisola de flanela comprida, abraçadas. Quando não conseguia dormir, Delores lia. Os vizinhos, que conheciam o seu gosto pela leitura, enchiam-na de livros e havia uma pilha deles ao lado da sua cama. Sua maior alegria era ir até a livraria da universidade, bisbilhotar aquelas cestas e prateleiras de livros usados e voltar para casa com sacolas de romances. E ainda havia os livros que comprava nos bazares da paróquia. Ela gostava de dedicar pelo menos duas horas diárias à leitura desses livros, incentivada por um dicionário e o simples desejo de adquirir mais conhecimento. Ela gramava lentamente os mais áridos textos de biologia, agricultura ou história. Embora lesse sobre qualquer assunto, ainda preferia os romances policiais. Adormecia sem apagar a pequena lâmpada de cabeceira, o braço caído para fora da cama, sempre com um livro na mão. Ler lembrava-lhe das noites em que ficava até tarde esperando o pai ou o marido músico.

César sabia como a cunhada gostava de livros e, em suas andanças pela cidade, entrava nas livrarias e ficava olhando as estantes procurando alguma coisa para ela com mais paciência do que se fosse para ele. Deu-lhe pelo menos dois romances nessa época, *Moby Dick* e *E o vento levou*. Com a dedicatória: "Para a minha querida cunhada, com amor e afeição, César", os livros iam para a estante. Ele lhe deu outros presentes: um lindo vestido preto de botões de pérola, um lenço de seda chinesa, um chapéu de veludo azul, um espelho de cabo e, graças a uma persuasiva vendedora da Macy's, um vidro de Coco Chanel de Paris. E mandou enquadrar uma ótima foto de Nestor e Delores tirada no parque num dia de primavera para pendurar na parede do seu quarto. (Não que a casa estivesse precisando de mais quadros. As paredes do apartamento eram cobertas de fotos dos irmãos com o conjunto ao lado de Cugat, Machito e Desi Arnaz, ao lado de quadros de santos e do Sagrado Coração.) Apesar de ter-se tornado uma pessoa estourada e mal-humorada com todo mundo, em casa César era atencioso e quase dócil, sobretudo quando estava perto de Delores. Ele faria quase tudo por ela, costumava dizer.

Os dois saíam juntos para fazer compras, levavam as crianças para passear, iam ao cinema.

Nenhum deles sabia o que estava acontecendo. Não só Delores passou a ficar ansiosa pelos momentos que passaria com César, como também, agora, se produzia toda para essas ocasiões. Trancados em casa numa tarde chuvosa, quando se cruzavam no corredor, exalavam um leve cheiro de canela e assado de porco. Por várias vezes, vendo-se na cozinha atrás de Delores, César teve vontade de abraçá-la pela cintura, puxá-la para junto de si, afagar todo o seu corpo e tocar nos seus seios. Macambúzio, ele ficava pensando no tempo em que o irmão vivia. Lembrou-se daquela vez em que viu pela janela Delores nua na frente do espelho, um corpo explodindo de juventude e encanto. E o pior era agora que ela não estava ligando muito para a aparência e passava o dia com um roupão rosa de toalha, sem nadinha por baixo. O pior era entrar no banheiro e encontrar aquelas peças vaporosas de roupas íntimas penduradas no chuveiro: sutiãs, calcinhas e meias sensuais. O pior era aquele corpo que balançava quando ela passava, era aquela tortura quando ele não conseguia tirar os olhos dos seios fartos quando ela se debruçava na mesa para limpar uma mancha da toalha. E pior ainda passar pelo banheiro e, pela porta entreaberta, vê-la nua, pingando do banho. Ele sonhava com ela. Estava descansando na cama, fazendo pressão no colchão, enrolado nos lençóis, a porta se abria e ali surgia a cunhada com aquele roupão. Ela abria o roupão e vinha para a cama: um cheiro forte de carne com legumes inundava o quarto e ele se via beijando Delores que, então, deitava ao lado dele, se abria e se entregava para ele. Ela abria bem as pernas e dela saía um raio de sol. Em seguida, faziam amor e a peça dele ardia como se ele estivesse comendo o sol. Às vezes, o sonho tinha um final triste. Ele atravessava a densa floresta dos seus desejos, pensando em Delores e depois em Nestor. Essa ligação sempre o espantava e ele acordava envergonhado.

Enfrentando mal aquela situação, ele ficava sentado na sala, com as mãos entrelaçadas, pensando que Nestor se fora, morrera na direção do seu DeSoto de luxo, e lembrando as palavras do médico: "Foi só uma veiazinha perto do coração". E parecia que suas pernas ficavam ocas, sem sangue, sem tendões, sem ossos. Ele imaginava uns canos de latão no lugar das pernas e sentia os joelhos tão bambos que mal conseguia se levantar.

Para tentar se animar, começou a se mandar para a rua e voltou a paquerar mais do que nunca. Então, meteu-se com uma turma mais pesada, uns marginais cuja violência o distraía. Toda noite ele fazia a ronda dos cabarés e boates da cidade com balzaquianas sedutoras ou gatinhas gostosas, umas mulheres que poderiam ter saído da capa de "Mambo Inferno": de unhas compridas, boazudas, essas mulheres tinham cara de más, umas bocas enormes, batom no dente, cabelos armados como labaredas e rímel escorrido nos olhos. Ele se entregou a essa vida de sensualidade para não pensar em outra coisa. Se antes ele atraía as mulheres por ser um cantor boa-pinta e impetuoso com cara de garotão, agora era um conquistador mais experiente e sentimental. Seu ar agoniado, seus olhos pesados, sua melancolia e a história da sua tristeza despertavam a caridade das mulheres. Assim, quase toda noite, César namorava em algum beco, algum hall ou no escurinho das últimas filas de algum cinema. Para provocar Delores, ele passou a levar essas mulheres para casa, mas desistiu, depois que ouviu a cunhada chorando no quarto, imaginando que o motivo do choro era seu comportamento desrespeitoso.

E assim, por uns tempos, a vida dele foi uma enxurrada de calcinhas, cintas arrochadas, biquínis, meias de náilon, camisinhas resistentes, duchas de bicarbonato com Coca-Cola, pentelhos louros, ruivos e pretos enroscados. Ele gostava da companhia de negras de bunda empinada, coxas suadas e entranhas sedosas, mulatas com força nas pernas para levantá-lo da cama. Comeu lindas coristas italianas que trahalhavam no Mambo Nine e solteironas que conhecia na pista de dança durante o intervalo quando se apresentava com os Mambo Kings nos fins de semana nas estâncias de Catskill. Pegou vendedoras de cigarro e moças que tomavam conta dos vestiários, recepcionistas e garotas que cobravam vinte e cinco centavos para dançar com o freguês nos cabarés da Rua 43 com a Oitava Avenida. Foi com três meninas que tocavam com a gloriosa Tina Maracas e Sua Orquestra de Rumbeiras. Entre elas uma trombonista lituana chamada Gertie, que ele traçou numa parede de sacos de farinha no depósito do Pan-American Club no Bronx.

Na cama, ele, que nunca fora um parceiro dos mais delicados, foi ficando cada vez mais grosseiro e violento. Arrastava Vanna Vane pelo braço nas escadas do Hotel Splendour. Em geral, quando abria a porta, sua peça já estava dura. Ele ia entrando atrás dela, batendo-lhe com o pênis enfurecido no meio da bunda. Então, imprensava-a contra a parede, enfiando-lhe a mão por baixo do vestido de paetê prateado, os dedos sensíveis de músico explorando libidinosamente a região acima das meias, subindo pelas coxas, descendo por baixo do cós da calcinha e entrando na floresta de pentelhos. Ela estava tão arrasada com a morte de Nestor que deixava César fazer o que quisesse. Eles se despiam: ele a fodia na boca, entre as pernas, na bunda. Às vezes, ela achava que César era maluco pelo jeito que ele ficava quando estavam fazendo amor, como se, além do seu pênis, o seu coração também fosse explodir. Era uma coisa de louco, os dois agarrados, "eu te amo, garota" para cá, "eu te amo" para lá, sem parar. E ele se consolava com isso até a hora em que chegava em casa e via, mais uma vez, que era Delores, e não Vanna Vane, que ele queria.

(E coitada de Vanna. Ela aguentou o Mambo King durante mais três anos e depois casou com um bom sujeito que trabalhava nos correios. Enquanto César Castillo terminava sua vida enfurnado no Hotel Splendour, ela vivia com o marido e dois filhos num condomínio no Bronx. Estava alguns quilos mais gorda, mas continuava bonita. As pessoas costumavam dizer que ela se parecia com Shelley Winters. E ela era a primeira a dizer que agora estava feliz, especialmente depois daquela época de vida airada, sofrendo na mão dos homens. Apesar disso, a senhorita Vane, atual senhora Friedman, lembrava-se com carinho daquelas noites caóticas e densas, perguntando-se, como tantas outras, o que fora feito do Mambo King César Castillo.)

Como as mulheres não aplacavam a sua dor, César deu para beber demais. No Palladium, ele era aquele que não saía do bar, aquele que mal reconhecia as pessoas que vinham cumprimentá-lo. Uma vez, Marlon Brando passou dez minutos ao seu lado e ele não reconheceu o famoso ator de cinema. Ele confundia as pessoas. Chegou a confundir um músico chamado Johnny Bing, que tinha uma vasta cabeleira preta encaracolada, com Desi Arnaz. "Se você soubesse o que a família está passando, Desi", desabafou cambaleando e rindo, tão extasiada era a sua dor.

Depois disso, ele só se lembrava da hora em que, trôpego, subia para o seu apartamento. Quando chegava ao andar, o chão girava como um disco de 78 rotações. Ele tentava acertar a chave na fechadura, mas o buraco ora desaparecia ora desdobrava-se em dois e voltava como uma miragem. Quando, afinal, conseguia mirar a chave no lugar certo, ela entortava feito o pênis flácido de um bêbado. Ele acabava tendo que tocar a campainha, Delores vinha atender e o levava para a cama. Ele ia caindo pelos cantos, fazendo uma barulheira que sempre assustava as crianças.

Aquela tristeza permanente era um monumento à melancolia galega. Ele se arrastava pela casa, sentindo um peso enorme nos ombros, como se estivesse carregando um cadáver. Não entendia aquilo e tinha saudades da boa vida de antigamente. Isso vai passar, dizia a si mesmo. Ia dormir e via--se acordando na fábrica, entre aquelas peças de carne penduradas, tirando um Nestor perplexo e assustado daquela câmara fria e levando-o para o sol. Sonhou que estava examinando o carimbo de aprovação do governo americano e dentro do círculo estava escrito: "O amor por uma mulher pode deixar um homem infeliz".

Ele dormia e acordava nesse estado de embriaguez, desejando Delores. Rindo de si mesmo. Achava que estava pagando pela morte do irmão. Queria sofrer e se afastava das pessoas. Não entendia, e como poderia saber, que queria manter o irmão vivo transformando-se nele?

NO BAILE REALIZADO em memória de Nestor no Imperial Ballroom, que levantou quinhentos dólares para ajudar a custear as despesas fúnebres, Delores apareceu com um ar de vedete de Hollywood. Ainda jovem e bonita, ela foi com um vestido preto sexy de Ana Maria, equilibrando-se em saltos agulhas de dez centímetros. Os homens abriam alas para ela como se ela fosse a rainha de Sabá. (Foi uma bela festa, também. Deu tudo certo, o anúncio do baile saiu no *La prensa*, no *Daily news*, e no *Herald* do Brooklyn. O apresentador da noite foi o *disc jockey* "Symphony" Sid e a orquestra reunia o que havia de melhor na cidade em matéria de músicos: gente como Maurio Bauza, Mongo Santamaria e Vicentico Valdez. As senhoras, muitas delas casadas com os músicos, ofereceram a comida – tigelas de arroz com frango, sopa de feijão e leitões – e fizeram um tonel de sangria, outra preferência dos Mambo Kings. E barris de chope da Rheingold. Um grande público pagou US$ 1,04 pelo ingresso e foi feita uma coleta de dinheiro pelo salão. Acompanhada dos filhos e de Ana Maria, Delores sentou-se perto do palco, cercada de flores, emburrada como uma atriz mimada.

Em sua mesa, ela conheceu e cumprimentou amigos da família. Abanava-se e beliscava a comida que era colocada à sua frente. Eugênio e Letícia se portaram como as boas crianças que eram, aguentando aquilo tudo com estoicismo. Letícia estava linda de vestido rosa e laçarote no cabelo. Alegre, prestava atenção na banda, esperando o pai aparecer no palco. César tocou nessa noite. Enquanto a orquestra evoluía e ele se dirigia ao microfone para cantar um bolero, seus olhos pousavam em Delores, desejando-a.

Naquela noite, Delores prestou especial atenção a um determinado homem. Não no Imperador do mambo, Pérez Prado, que veio apresentar-lhe os seus respeitos, nem em Ray Barreto, que botou Letícia no colo e deu um dolar para os irmãos comprarem bala. Não. Ela prestou especial atenção a um contador chamado Pedro Ponce. Ele era um quarentão sisudo e careca, com um bigode espetado. Estava de paletó xadrez, gravata-borboleta e uma calça marrom maior que ele, com o cós no peito de tão puxada pelos suspensórios. De moderno, a sua indumentária tinha apenas os sapatos bicolores café com leite. Pedro morava na Rua 122 e aconselhava os irmãos na contabilidade e no pagamento de impostos. Eles conheciam Pedro "da redondeza", pois eram fregueses do mesmo barzinho cubano onde iam tomar café. Na festa, ele foi até a mesa de Delores, de chapéu na mão, com o maior respeito. Ele gaguejava e evitava encará-la, desviando os olhos para o palco; foram coisas que comoveram a viúva. Pensou que ali estava um homem que não lhe causaria problemas.

"Sinto muito por você", disse ele. "Foi uma coisa horrível isso que lhe aconteceu. Meus sentimentos."

E tirou do bolso um envelope contendo duas notas de vinte dólares.

"Uma pequena ajuda... de minha parte."

"Que Dios te bendiga", respondeu Delores.

NAQUELA NOITE, CÉSAR fez Delores passar por maus momentos. Em casa, depois da festa, com as crianças já na cama, ele pediu à cunhada uma xícara de café. Ela foi para a cozinha e, quando César se deu conta, estava abraçando a cunhada por trás.

"Delores... Delores."

Logicamente, ela se virou e o afastou, repetindo: *"Déjame tranquila!".*

"Desculpe, Delores. Eu estou bêbado, você não está vendo?"

"Estou. Agora é melhor você ir dormir."

E o levou para o quarto. Ele se sentou na beirada da cama e disse, esfregando os olhos:

"Aquele careca está gostando de você, hein?"

Ela o ajudou a tirar os sapatos e as meias.

"Delorita... quero perguntar uma coisa a você", conseguiu dizer depois de muito custo.

"O quê?", retrucou ela, levantando as pernas do cunhado, esticando-as na cama e pensando, naquela hora, que seria ótimo se ela fosse forte como um homem.

"Encoste", e, com grande esforço, conseguiu levantar aquele peso.

"Só uma coisa. Eu só quero lhe fazer uma perguntinha, mana. Você me odeia?"

"Nao, *hombre.*"

"Então, o que é que você sente por mim, mana?"

"Às vezes, eu tenho pena de você, *hombre*. Eu me preocupo com você. Você não acha que está na hora de ir dormir?"

"Mas você sabe o que eu sinto por você?"

"Sei, sim, mais é uma coisa absurda. Agora vai dormir."

"Muita mulher já gostou de mim, Delorita. Eu satisfiz a todas."

"Vai dormir."

Ele se encolheu na cama, ela o cobriu e ele tornou a abraçá-la pela cintura e falou:

"Fica assim comigo só mais um pouquinho, me dá um pouco de carinho."

E ele começou a apalpar todo corpo da cunhada e a afagar-lhe os seios.

"Não, *hombre*, me larga!", reagiu ela.

Ele não a largou, ela deu-lhe uma bofetada com toda a força e já ia buscar a vassoura, quando ele arregalou os olhos, inteiramente sóbrio por um instante.

"Tá bem, tá bem, tá bem", repetiu sacudindo as mãos como se para mostrar que aquilo tudo fora um terrível engano.

"Tá?"

Como eu estava *jodido* naquela época, pensou o Mambo King no Hotel Splendour. A tristeza estava me fundindo tanto a cuca que eu devo ter passado dos limites, mas, se passei, foi porque eu estava louco para dar a ela tudo o que Deus achou melhor tirar.

E NÃO FOI só isso. Ele perdeu o gosto pela música e a sua alma murchou. Parou de compor, não pegava no violão e nem no trompete. E embora os Mambo Kings continuassem arranjando trabalho, César já não se entregava mais ao que fazia. O astral do conjunto andava baixo: o negócio não era arranjar um novo trompetista – havia centenas de trompetistas com a mesma competência – mas César perdeu o interesse por tudo depois da morte do irmão. Bem que se esforçou para reagir como um profissional, mas suas apresentações eram tão retraídas e hesitantes que não dava para imaginar que ele fosse a mesma pessoa que tinha tanta presença no palco poucos meses atrás. De uma hora para outra ele adquiriu o aspecto de alguém que não dormia havia séculos. Para culminar, começou a beber descomedidamente para conseguir aparecer em cena. E isso já se notava: ele matava as letras e os solos. Às vezes, cambaleava para trás quando ia dançar, como se alguém tivesse inclinado o chão do palco. Cantava as músicas inteiras sem abrir os olhos, repetia os mesmos versos, entrava na hora em que não devia, não dava e nem entendia as deixas.

Pensava no irmão, morto debaixo da terra, e dizia: "Se eu pudesse, eu trocaria de lugar com você, mano".

O público notou essa mudança e começou a correr que César Castillo estava ficando meio maluco.

Uma vez ou outra ele ainda exibia aquele sorriso que lhe revelava todos os dentes, cantava, tocava trompete e se descontraía a ponto de brincar com a plateia. Era quando queimava um fumo. Isso durou pouco. Uma vez, durante uma apresentação no Imperial Ballroom, César esqueceu-se de onde estava e saiu de cena no meio de uma música, com um ar esgazeado, como se tivesse visto alguma coisa nas coxias.

O pior é que foi ficando agressivo com as pessoas. A orquestra estava procurando um trompetista, mas os dois que apareceram ficaram pouco tempo porque César os menosprezava, ficava fazendo caretas quando eles solavam, interrompendo-os e descompondo-os. E começou a puxar briga com qualquer estranho. Um infeliz teve o azar de esbarrar nele na porta do banheiro do Park Palace e foi a conta: César caiu de porrada em cima do indivíduo. Foram precisos quatro homens para acalmá-lo. Cenas desse tipo estavam sempre se repetindo nas boates da cidade quando os Mambo Kings tocavam.

"Eu estava perdido", pensou César no Hotel Splendour. "Estava fodido e não sabia o que fazer comigo."

Miguel Montoya já estava profundamente irritado com esse seu comportamento e acabou falando, num jantar no Violeta's: "Olha, todo mundo está sabendo que você está revoltado por causa do Nestor, nós todos estamos, você sabe disso, mas o pessoal da orquestra está achando que talvez fosse bom para você dar um tempo agora".

"Quer dizer, sair do conjunto?"

"Por uns tempos."

"É, tem razão. Ultimamente eu tenho sido um escroto."

E, "por uns tempos" acabou sendo para sempre, porque a orquestra dos Mambo Kings nunca mais voltaria a se apresentar com César Castillo cantando e comandando-a.

Quando saiu do conjunto, César foi a Cuba visitar a família. Precisava sair de Nova York, disse a si mesmo. Ele não vinha agindo direito e as alegrias da sua vida – cana, mulheres e amor – estavam sendo jogadas fora.

Percorreu o mesmo caminho que fez com Nestor até Cuba: foi de trem até Miami Beach, onde ficou com uns amigos que tocavam nos grandes hotéis da região. Depois, fazendo das tripas coração, seguiu para Havana. Em 1958, o assunto do momento em Cuba era a revolução contra o governo de Batista. Uma tarde, ele ia visitar a filha na Calle 20, uma rua calma e ensolarada da outra Havana dos seus sonhos, e precisava de uma dose de coragem. Parou num bar e viu que a conversa ali era sobre a revolução.

"Esse Castro, dizem que ele e o seu pessoal estão apanhando lá em Oriente. Será verdade?"

"É, ele está apanhando. Não dá pra imaginar o Batista fugindo do país."

Essa era a versão oficial divulgada pelo rádio. E a única diferença que César notou foi um policiamento mais ostensivo no aeroporto. E no trajeto do aeroporto para a cidade viu no acostamento dois veículos pesados do exército, um tanque e um caminhão para o transporte das tropas. Só que os soldados estavam sentados na beira da estrada perto dos veículos, sem capacete, almoçando. (E aqui ele não consegue deixar de lembrar o que uma ex-empregada dos Batista lhe disse anos depois: "O problema era que o Batista era bom demais e meio preguiçoso. Ele poderia ter mandado executar o Fidel em 53 e não mandou. Ele era preguiçoso e gostava de se divertir com o pessoal da alta roda. Estava tão por fora que, quando a revolução estourou, ele não entendeu nada do que estava acontecendo, sabe?".) Fora isso, para ele, aparentemente, continuava tudo igual na cidade. Os homens com suas *guayaberas* e seus paletós de linho encostados no balcão. César fumando um cigarro, bebericando a sua *tacita de espresso* traçada com duas doses de conhaque Tres Medallas, o sol batendo nos muros de pedra com tijolinho do outro lado da rua, além da sombra do toldo. E ele reparou, olhando por cima da *tacita*, numa mulher bonita de calça comprida rosa.

Cuba já fazia César sentir-se melhor. Ele ligara de Nova York para a ex-mulher, comunicando que pretendia visitar a filha, Mariela. Luísa, que se casara com um professor secundário, de bom grado facultou-lhe esse direito e, logo, ele estava a caminho da residência delas. Comprara uma boneca de pano para Mariela e um ramo de hibiscos e crisântemos para Luísa. No pátio interno do *solar*, ao passar pelo portão da escada de caracol, ele sentiu remorso por ter estragado o seu casamento. Por isso, ali diante da porta, ele parecia uma versão arrasada e exausta do que fora. A alegria do reencontro, porém, foi uma surpresa para ambos. Isto é, Luísa abriu a porta, convidou-o a entrar num apartamento amplo e arejado e sorriu.

"A Mariela está no banho, César. Ela já vem ver você."

E ficaram conversando um pouco na mesinha da cozinha. Na parede, um crucifixo e uma fotografia de Julián Garcia. (Olhar para Julián e pensar em sua bondade deixou César tremendo por dentro.) Luísa estava bem. Estava no início de uma gravidez. O marido era diretor de uma grande escola de Havana e o casal depositava grandes esperanças em Fidel Castro.

"*Y Mariela?*"

"Ela é uma menina precoce, César. Com pendores artísticos."

"Para que lado?"

"Ela quer ser bailarina clássica. Está estudando no Liceu."

Minutos depois, linda e nervosa, Mariela apareceu para cumprimentar o pai que há anos não via. E saíram para as lojas e para almoçar num restaurante do porto, como de hábito. Com treze anos, ela o beijara, mas andava cabisbaixa ao seu lado. Era uma menina esquisita e magra, de olhos esgazeados, e deveria estar com medo, pensou o Mambo King, que ele a achasse feia. Foi por isso que ele não cansava de repetir: "Mariela, estou orgulhoso por você ter ficado tão bonita". E ainda: "Você tem os mesmos olhos bonitos da sua mãe". Ela também adquirira um pouco daquela tristeza da família e não tinha, ou não sabia, o que falar com o pai que a abandonara. Ele mencionou esse abandono algumas vezes quando passeavam na Galiano, uma rua cheia de lojas.

"Você sabe que o que houve entre mim e a sua mãe não teve nada a ver com você, filha... Eu sempre pensei em você, não é, filha? Sempre lhe escrevi e lhe mandei presentes. Não é verdade? Eu só não quero pensar que você possa fazer uma imagem negativa de mim, eu não sou assim. Você me vê assim, filha?"

"Não, *Papi*."

Ele ficou animado e ficou falando com a menina como se fosse voltar no dia seguinte, e nos outros, para vê-la.

"Quem sabe da próxima vez a gente vai ao cinema?"

"Se você quiser, um dia a gente pode ir a Oriente. Ou você pode vir me visitar em Nova York."

E em seguida: "Sabe, filha, agora que você está ficando crescida, talvez eu devesse voltar aqui para Havana. Você gostaria?".

E ela respondia que sim com um gesto de cabeça.

Quando ele a levou para casa, ela estava feliz. Da porta, ele viu um homem com um bom aspecto sentado na sala, com um livro ao colo.

"Posso voltar amanhã para vê-la?"

"Não, amanhã vamos sair."

"E quando eu voltar de Oriente?"

"Pode, se estivermos aqui. Mas você sabe que ela não é mais sua filha, César. Agora ela é filha do meu marido e se chama Mariela Torres."

O PIOR TELEGRAMA que passou na sua vida foi para Las Piñas pouco depois do acidente com seu irmão: "Nestor sofreu um acidente e nunca mais vai se recuperar". Escrever essa mensagem demandou-lhe muito tempo, já que era incapaz de dizer a verdade nua e crua. Imaginou a mãe lendo e relendo essas palavras. Poderia ter escrito: "Nestor estava dirigindo e eu estava bolinando uma moça, mas eu seria idiota se não quisesse nada com ela, que era tão bonita: eu estava brincando com os botões da blusa dela, tocando os seus seios, os seus mamilos estavam duros, ela estava tocando em mim, quando as coisas se descontrolaram. Ele estava bêbado e o carro derrapou, batendo numa árvore!".

E ele tornou a ver: um beijo, gargalhadas, o som de uma buzina, as palavras *"Dios mío"*, o terrível baque da lataria, cheiro de gasolina, fumaça, sangue, o chassi destroçado de um DeSoto esporte 1956.

(E por detrás disso? Uma vaga ideia, já que ele próprio estava agora perto da morte, do que o irmão sentiu. Dentro de um quarto sem porta e querendo sair, o irmão indo de encontro às paredes, socando-as.)

DOIS DE SEUS irmãos mais velhos, Eduardo, que fora a Nova York para o enterro, e Miguel, esperavam-no na estação de Las Piñas. Ele os abraçou com todas as suas forças. Ambos estavam de guaiaberas e pantalones de linho. A música "Cielito Lindo" tocava no rádio da sala do agente ferroviário, que estava debruçado no guichê, lendo um jornal. Na parede, um quadro com a fotografia de Batista, o presidente da República de Cuba, e um ventilador no teto.

César sempre planejara um retorno triunfal a Las Piñas. Inspirado pelos filmes de Hollywood, costumava brincar com Nestor descrevendo como chegaria a Las Piñas: num carro de luxo, carregado de presentes dos Estados Unidos e cheio de dinheiro no bolso. Que pena sentia de ter ficado onze anos sem voltar para lá, apesar de ter retornado a Havana algumas vezes para passar o carnaval e para se mostrar aos amigos. E agora? Ele voltara por culpa: a mãe lhe escrevera cartas dizendo coisas do tipo "Toda noite rezo a Deus para rever você enquanto eu não for velha demais. Eu me sinto vazia sem você, meu filho".

Os três seguiram de charrete para a fazenda por uma estrada de terra beirando o rio. De um lado, erguia-se um renque de casas e palmeiras, e do outro, uma mata fechada. As árvores estavam carregadas de melros e ele não pôde deixar de pensar no dia em que ele e Nestor saíram pela floresta à procura de troncos ocos para fazer tambores. Já haviam caminhado vinte minutos pela mata densa, quando chegaram numa clareira e ouviram um farfalhar nas árvores. Lá em cima, alguns pássaros voavam de um lado para o outro e iam pousar nos galhos mais altos. E, de repente, havia uns vinte, cinquenta, cem pássaros ali. Então ouviram uma vibração ao longe, como se um vento forte estivesse passando pelas copas das árvores. Mas aquilo não era vento. As copas das árvores balançavam como se estivessem sendo sacudidas, a vibração aumentou de intensidade e depois se esclareceu: era um rio caudaloso de pássaros azuis e marrons em migração pela floresta. E os irmãos ali olhando, o céu coalhado de pássaros, milhares deles, passando como bólidos por entre as árvores. Eram tantos que a floresta escureceu totalmente e o céu ficou preto durante quase uma hora, o tempo que os pássaros levaram para passar.

Lembra disso, irmão?

Depois, veio aquela cabana onde aquele preto magro chamado Pancho, que tocava violão e cuidava das suas galinhas, lhes deu as primeiras aulas de música. Passaram por um moinho d'água em ruínas e, em seguida, pela torre de pedra do tempo dos conquistadores. Passaram a estrada da fazenda Díaz e a da fazenda Hernández.

Então, chegaram à deles. Ele lembrava bem da entrada. Antigamente, ele fazia os cinco quilômetros até Las Piñas em lombo de burro, com o violão a tiracolo e chapéu de palha caído no rosto. Quando entraram no caminho que levava à casa, ele avistou a mãe que havia muito tempo que não via. Ela estava no alpendre da casinha modesta de telhado de zinco, conversando com Genebria, a ama-de-leite do Mambo King.

A propriedade tinha uns quatro hectares, um chiqueiro com porcos cinzentos, uns cavalos cansados e um enorme galinheiro que dava para um campo rodeado de árvores frutíferas.

Ao ver a mãe, César pensou que ela fosse dizer: "Por que você foi deixar seu irmão morrer? Sabe que ele era a luz dos meus olhos?".

Entretanto, a mãe tinha muito amor por ele, e falou: "Ah, meu filho, estou tão feliz em ver você por aqui".

Os beijos dela eram ternos. Ela era magra, leve como uma pluma nos braços dele. Ficou um bom tempo abraçada a ele, repetindo: "*Grandón! Grandón!* Como você é grande!".

Era bom estar em casa. O sentimento da mãe era tão forte que, por um breve instante, ele soube o que era o amor: unidade. Ela era apenas isso nesses momentos: o desejo de se dar, o princípio do amor, a proteção do amor, a grandeza do amor. Porque por alguns momentos ele sentiu um alívio daquela dor, sentiu que afrouxara um pouco a pressão na base da sua espinha; sentiu que a mãe era um campo de flores onde ele podia correr, aproveitando o sol, ou como o céu noturno com os planetas passando e as névoas do além, aquele véu na face oculta de Deus, como ela costumava dizer. E ali, abraçada a ele, ela só tinha a dizer: "Ah, filho, ah, meu filho".

(Ao mesmo tempo, a lembrança de como ele se sentiu em 1962, ao receber a notícia de que a mãe morrera aos sessenta e nove anos. O telegrama emitia uns raios negros que entravam direto nos seus olhos, machucando como ciscos. Por isso ele, o homem que nunca chorava, chorou. "Minha mãe, a única mãe que eu posso ter". E ficou relendo o telegrama como se a sua concentração pudesse alterar o sentido das palavras. Soluçou convulsivamente até sentir cãibras no estômago, até o desejo de conter a tristeza crescer no seu peito e ele sentir o coração apertado por uma cinta de ferro.)

"Ah, filho, estou tão feliz em ver você por aqui."

AQUELE AMBIENTE TRAZIA boas recordações dos seus tempos de criança, na maior parte ligadas às mulheres da casa. Quando sonhava com a mãe quando garoto e, depois de já falecida, ela era uma luz. Seus momentos mais felizes eram aqueles em que passava no alpendre ou no quintal, dormitando com a cabeça no colo dela, debaixo da sombra prateada das árvores. A mãe, Maria, chamando: "Psiu, *niño*, venha cá" e levando-o pela mão para aquela banheira do pátio, debaixo do frondoso pé de acácia, onde ela lavava seus cabelos grossos e encaracolados. Aí o Mambo King teve os mais ternos pensamentos sobre as mulheres: Em sua mãe, que era a luz da manhã. Genebria, cujo seio exalava sal e canela, trazia a água quente, e essa água, colorida pelo sol, escorria-lhe pela cabeça e pelas partes secretas; como era bom olhar para os olhos atentos e amorosos da mãe. Agora, sujo da longa viagem, ele foi para o antigo quarto perto do pátio dos fundos, botou um calção e uma camiseta sem mangas e gritou para a mãe na cozinha: "*Mamá*, por favor, quer me lavar o cabelo?".

E assim se repetiu a velha cena, com o Mambo King debruçado na banheira do pátio, o prazer do amor mais puro estampado no rosto. Nada parecia ter mudado: a mãe, agora mais velha, derramava água em sua cabeça, esfregava com sabão e massageava o seu couro cabeludo com as mãos carinhosas.

"*Ay, hijo*", repetia ela como um refrão de clarim, "estou tão feliz em ver você por aqui."

GENEBRIA ESTAVA ALI para secar a cabeça. Depois desses anos todos, o Mambo King não passava por ela sem beliscá-la no traseiro. Sempre tivera uma afeição especial por ela, envaidecido pela reação de surpresa que ela tivera havia muitos e muitos anos. Ele estava naquela idade em que sonhava que seus ossos estavam crescendo, em que seu corpo era um campo de sensações, em que o prazer cantava em sua espinha, envolvia-o pela cintura e explodia pelo seu sexo. Aquela idade em que queria exibir para todo mundo a recém-descoberta virilidade, como um garoto arrastando um crocodilo pela casa. Ele estava dentro da banheira lavando as suas partes secretas quando a sua peça, intumescida e prestes a liberar seu leite, subiu na água, borbulhando como uma garrafa. Genebria limpava a casa e, ao ouvi-la cantarolando, ele a chamou: "Genebria, por favor, vem cá".

E quando ela apareceu, o futuro Mambo King se levantou e exibiu a peça:

"*Mira! Mira!*"

"Para com isso, seu animal! seu porcalhão!", exclamou ela, boquiaberta, antes de sair dali correndo.

Rindo, ele prosseguiu naquilo e afundou na banheira, o leite saindo dentro d'água como tinta de polvo branca. Então ele fechou os olhos e viu uma explosão colorida, sentindo que o mundo virara de cabeça para baixo. Ele passou muitos dias sonhando em puxar, excitar, espremer, manipular, molhar e detonar o seu novo instrumento. E Genebria? Qual foi o novo apelido que deu a César, aquele que ela chamava com carinho e curiosidade?

De "*Hombrecito*" foi promovido a "*El macho*".

AGORA, QUANDO A viu e exclamou "*Mira, mira!*", foi com grande tristeza.

"Olha, Genebria, eu trouxe um perfume para você."

E deu-lhe um vidrinho de Chanel No. 5.

PARA A MÃE, ele trouxe um perfume e um chapéu, para os irmãos, carteiras italianas e isqueiros Ronson. E, claro, um pacote de discos e fotos de Nestor e da família.

A mãe ficou olhando os discos, sentada no alpendre, numa cadeira de balanço de junco, achando graça naquelas capas no estilo dos anos cinquenta, com notas musicais, paisagens de Nova York e congas pontiagudas.

E as palavras estavam escritas em inglês e Nestor aparecia em três capas ao lado do irmão mais velho.
"Nestor", ela o chamou. "Meu filho que está no céu."

EM SEU QUARTO, César vestiu-se sem pressa, sabendo que faltava pouco para o reencontro com o pai, Pedro Castillo. Ouviu os passos dos cavalos e seu pai esculhambando um dos filhos: "Eu não vou ficar lhe pagando para você não fazer nada", naquele tom alterado de sempre.

O que era mesmo que o velho costumava dizer? "Você quer desperdiçar a sua vida nos cabarés? Muito bem, mas não venha me pedir ajuda quando estiver precisando de dinheiro. Se quiser ser músico, você vai ser pobre para o resto da vida."

Ele ouviu o ranger da porta de tela do alpendre e os passos do pai na sala. Já, já, ele sairia para abraçar aquele homem que pouco estava ligando que seu filho, apesar dos pesares, ainda tentasse lhe dar mostras de respeito e afeição.

Diante do espelho, passando uma loção lilás no cabelo grosso, César tornou a ouvir a voz do pai. "Maria, você está dizendo que ele chegou? Mas onde é que ele está? Veio fazer algum trabalho por aqui?"

E César fechou os olhos, sem saber como conservar a calma, porque a voz do pai era um convite à violência física. Sentindo a raiva lhe subir à cabeça, ele ficou remancheando ali perto do espelho, dizendo a si mesmo: "*Tranquilito, hombre, tranquilo*".

Tornou um trago de rum e rumou para a sala para rever o pai. Estava com quarenta anos.

SENTADO NO HOTEL Splendour, num porre de fazer gosto, César não conseguia direito pensar no pai; mesmo lembrar o seu rosto era difícil. Sempre gostou de uma fotografia que tinha com ele, dessas que têm um papel fino e marcado, amareladas em volta, com um carimbo no verso dizendo: "Oliveres Studios, Calle Madrid nº 20, Holguín". Era a única que guardava do pai. Uma foto engraçada tirada por volta de 1926, o pai de gravata-borboleta e terno de linho, chapéu de caubói, bigodão de *guajiro* caído, o olhar triste dos Castillos, sisudo, apoiado numa bengala. E bem atrás dele, um cartaz de Charlie Chaplin do filme *A Corrida do ouro*, Chaplin na mesma pose.

"Os anos dourados...", pensou.

Ele guardava uma única lembrança boa do pai levando-o com os outros filhos a Las Piñas, onde passaram a manhã num botequim cheio de homens, comendo sanduíches e tomando *batidas* – sucos com a polpa da fruta batida. Fazendeiros lá dentro, gaiolas de galinhas do lado de fora e as frutas sendo picadas em cima de uma bancada, com o caldo escorrendo. Nesse dia, ele ficara no colo do pai, Dom Pedro, que conversava com os conhecidos no bar. Ele era um homem magro, com um sarro de fumo e precisava limpar os bigodes depois do cafezinho. Tinha os dedos grossos e a tez acobreada de quem vive trabalhando no campo.

E não houve outro momento como esse. Quando criança, César lembrava que ficava tremendo como um animal assustado na presença do pai. Via estrelas e seu corpo todo doía das surras de vara que levava. Os irmãos, que eram mais bem comportados, também apanhavam – para saberem quem era a autoridade e porque o pai tinha que extravasar a raiva e a agressividade de alguma maneira. Tornaram-se rapazes respeitosos e tristonhos, cabisbaixos e fracos. César, por sua vez, ficava cada vez pior, segundo o pai. E nunca entendeu por que apanhava tanto do pai. Acuado num canto, ele gritava: "O que foi que eu lhe fiz? Por que o senhor está me batendo assim?".

Sentia-se como um cãozinho querendo apenas um pouco de carinho daquele homem, e só levava pancada. Chorou muito por causa disso. Mas depois de algum tempo as lágrimas secaram. Para dar a volta por cima, ele vivia pregando peças nos irmãos e correndo pela casa, extravasando aquela energia acumulada, que apareceria em sua dança e em sua música, de tanto tapa que levou. Acostumou-se tanto às surras do pai que depois até parecia gostar daquilo e se punha a zombar dele, provocando-o para que continuasse a bater. E rolava no chão de rir quando o via com os punhos doendo de tanto socá-lo. Ele só parava de bater quando seus olhos ficavam com uma expressão estranha de tristeza e fracasso.

"Filho", dizia ele, "eu só quero o seu amor e o seu respeito."

"VOCÊ SABE QUE o seu pai chegou em Cuba sem um tostão no bolso. Nunca teve um pai para cuidar dele do jeito que ele cuida de vocês. Só conheceu trabalho, *hijo*, e suor."

"O destino passou a perna no seu pai. Ele é muito crédulo. Está sempre sendo roubado porque tem um bom coração. Deus não foi generoso com ele. Ele vai mudar. Deus há de perdoá-lo. Ele é um homem trabalhador e responsável. Você precisa ser tolerante com ele. Perdoe o seu pai. Nunca se esqueça que ele é seu pai. Nunca se esqueça que ele é o seu sangue."

Um rosto sem doçura, sem bondade e sem piedade o de Pedro. Ele era um homem autêntico. Trabalhava duro, tinha as suas mulheres nas horas vagas, mostrava aos filhos que era forte. Sua masculinidade era de tal ordem que impregnava a casa com um cheiro de carne, fumo de tabaco e rum caseiro. Era um cheiro tão forte que a esposa, Maria, espalhava vasos de flores por todos os cômodos. E potes de eucalipto para absorver a inhaca daquele corpo másculo que deixava um rastro denso como o vapor que sai das ruas.

Ele não tinha muito dinheiro, era analfabeto e assinava o nome com um X. Impunha-se na sociedade de Las Piñas porque tinha sangue galego e era um espanhol de raça branca, o que o colocava acima dos mulatos e negros da cidade.

O Mambo King lembrou-se de um furacão que quase acabou com a criação da fazenda, arrastando cavalos, vacas e porcos para o rio, onde os animais foram encontrados no dia seguinte, com os corpos inchados e as línguas de fora. Lembrou-se da noite em que se ouviram batidas na porta, o pai foi abrir e levou uma facada no ombro. Lembrou-se dos milicos com quem o pai fazia negócios em Holguín. O pai fora passado para trás mais de uma vez e depois daqueles anos todos de trabalho considerava-se um "homem pobre".

Era um homem muito tenso e vivia cheio de mazelas que tinham a ver com o seu temperamento, dívidas e excesso de trabalho. Às vezes, aparecia com um eczema pruriginoso de fundo nervoso e ficava com a pele ressecada como papel. O Mambo King lembrava das vezes em que o corpo do pai ficava todo lanhado e coberto de feridas, como se ele tivesse acabado de passar no meio de uma floresta de espinhos. Ele ficava tão nervoso com o calor que, nos dias muito quentes, só andava de *calzoncillos*. O pai saía daquela casa de pedra perto do campo, onde o filho por vezes se escondia, alucinado de dor e com o corpo ardendo do suor salgado que o encharcava. Sem dirigir palavra a ninguém, ia direto para a banheira do pátio, onde ficava de molho num banho que Maria preparava com água de rosas, o que só servia para piorar o seu estado. Ali, imerso, à sombra de um pé de romã, ele descansava a cabeça na borda da banheira e ficava tomando rum, agoniado, olhando para o céu.

Era a época em que seu pai cuidava do gado no campo. Ao fundo, entre pés de fruta-pão, mamoeiros e bananeiras, erguia-se o matadouro de pedra onde ele abatia os animais. Ao meio-dia, um dos filhos levava uma tigela de comida, que ele devorava irritado. Depois voltava ao que estava fazendo: quando matava um porco, ficava com os *pantalones* de linho branco, a *guayabera* de algodão, a pele, as unhas e o bigodão de camponês cheirando a sangue. Os pobres animais se debatiam e muitas vezes fugiam para o campo, galopando até caírem.

(E agora vem tudo à sua mente e ele se lembra do dia em que o pai avançou nele com uma machadinha. Não conseguia se lembrar do motivo do incidente. Seria por causa de um daqueles seus olhares insolentes, sua habitual falta de respeito ou porque ele estava sentado no alpendre tocando violão?)

Só sabia que o pai correu atrás dele pelo canavial, brandindo a machadinha, aos berros: "Volte aqui". Ele correu para salvar a pele, numa disparada louca entre os pés de cana e a sombra do pai, imensa, atrás dele. Ia em direção à mata quando ouviu um grito lancinante: o pai estava caído no chão, segurando a perna.

"Me ajude aqui, garoto!", gritava o pai. "Me ajude!"

E depois: "Aqui, garoto. Eu enfiei o pé numa estaca".

Ele queria ajudar o pai, mas seria um truque? E se fosse socorrê-lo e levasse uma machadada? O pai continuava chamando e o Mambo King foi se aproximando aos poucos, até se certificar de que o pai falava a verdade, ao ver a estaca ensanguentada espetada no pé dilacerado do homem.

"Puxe", ordenou ele ao filho.

Quando ele puxou, o pai soltou um grito que espantou todos os pássaros para as árvores.

E quando o homem se pôs de pé novamente, mancando e se amparando nele, César pensou que as coisas mudariam.

Chegaram em casa e o pai, estirado numa cadeira, chamou:

"Venha cá."

Ele foi e, na mesma hora, levou um forte bofetão na cara.

O pai estava vermelho com um olhar perverso – e é essa a imagem que ele guarda agora.

EM 1958, PORÉM, sua dor era tanta que ele abraçou o pai. Gostava do pai. Depois de tantos anos longe de casa, já não se sentia como um filho perto daquele homem. O velho mancava em consequência do acidente com a estaca, e o Mambo King se espantou com o forte abraço que recebeu.

E ficaram sentados na sala, calados como antes. A mãe veio servi-lo e o Mambo King ficou ali tomando uma bebida. À noite, como se ela estivesse chorosa pela morte de Nestor, abraçou-a, tentando consolá-la.

Foram os discos. Ela escutara o trompete do filho e pensara nos meninos pequenos, lembrando de Nestor sempre adoentado, pálido e asmático.

"Ele tinha adoração por você, César", disse ela. "Ficava na maior felicidade quando você fazia alguma coisa por ele. Quando saía com você para ir cantar, dançar e tocar para as pessoas..."

E o silêncio, as lágrimas da mãe.

O QUE MAIS podia lembrar?

Das visitas aos amigos na cidade. De voltar a andar a cavalo. Ele foi a atração dos bares da região, falando de Nova York e convidando todo mundo que conhecia para ir lá visitá-lo. Foi ver a primeira mulher com quem transara ("Foi só pra ver se você gosta. Da próxima vez eu cobro, viu?") E ele passou pelo cemitério, para ir à casa do seu ex-professor de música, Eusébio Stevenson, que tocava em orquestras de cinema, no tempo do cinema mudo. O homem falecera havia muito. ("Seu moço! Seu moço! Dá pra me mostrar como é que o senhor faz no piano?") Passeou entre os túmulos e se animou, falando com os espíritos.

EM 1958, NO alpendre de casa, às vezes ele imaginava o universo sendo descascado como uma laranja, revelando o paraíso, para onde fora o seu pobre irmão. O paraíso de sua mãe, sua mãe muito religiosa que acreditava em tudo isso. O paraíso, para onde vão os anjos, os santos e os justos, lá em cima no céu, entre as estrelas luminosas e as nuvens perfumadas... Então por que ela chorava? De dia, ele ia com essa pergunta na cabeça para a cidade visitar os amigos e olhar as modas. Depois tocava para a fazenda num burrico emprestado por aquelas estradas de terra afora, com uma garrafa de rum debaixo do braço. Essa garrafa ele bebia à noite. Bebia até ver Deus pairando no céu como um manto pesado. Bebia até sentir um halo róseo agradável no branco dos seus olhos, como o reflexo do sol numa asa de rouxinol, e até ouvir a respiração, que só os bêbados ouvem, das árvores em volta da fazenda. Bebia até que era hora de levantar e ele entrava em casa, fagueiro, para se barbear diante do espelho do seu quarto de garoto, antes de ir para a companhia das mulheres, curtindo o movimento da cozinha.

Foi numa dessas manhãs que escutou a mãe dizer a Genebria: "Leve esse prato de comida para o infeliz daquele meu filho porrista".

Depois, a lembrança das despedidas: de Miguel e Eduardo, os quais passaria nove anos sem ver; de Pedrocito, de seu pai e de sua mãe, a quem nunca mais veria.

Abraçado à mãe, conservou aquela atitude de machão, mas disse-lhe ao ouvido: "Só quero que a senhora saiba que eu *no soy borrachón*".

A mãe balançou a cabeça como quem diz "eu sei", com um olhar diferente, complacente, estóico, talvez convencida de que determinadas coisas estavam escritas. E aquela dúvida que não saía dos olhos dela, a consciência de que havia várias outras coisas também erradas no centro de onde ele estava, incomodaram-no.

ESSA SENSAÇÃO PERSEGUIU-O durante o voo da Pan Am, onde comeu uns sanduíches de queijo servidos em sacos de papel encerado e paquerou a comissária, rindo e piscando o olho para a moça cada vez que ela se aproximava; perseguiu-o no desembarque na estação de trem em Nova York e na escada do prédio da Rua La Salle, perseguiu-o até quando Eugênio, seu sobrinho querido, abriu a porta e se pendurou na sua perna e Letícia, que era a coisa mais carinhosa do mundo, veio correndo pelo corredor, os cachinhos balançando, para abraçá-lo e ver os presentes que ele lhe trouxera. Perseguiu-o nas visitas ao Hotel Splendour com Vanna Vane, à sepultura do irmão, por muitos anos, e até o momento em que ele acabou mais um copo de whisky naquela noite nebulosa no Hotel Splendour, anos depois. Uma aguilhoada indelével na memória, sempre presente.

ACHANDO QUE ERA preciso fazer alguma coisa para mudar de vida, César entrou para a Marinha Mercante. Seu pistolão foi o namorado de Ana Maria, Raul, que trabalhava no sindicato.

César passou dezoito meses embarcado num navio e voltou na primavera de 1960, com a pele castigada pelo sol e exibindo uma barba grisalha. Seus olhos estavam rodeados de rugas profundas formadas naquelas incontáveis noites passadas na amurada do navio para não pensar no mal-estar no estômago e nem no desapontamento com a monotonia dos dias. Tratava-se quase de um quadro de bulimia. O trabalho de foguista despertara-lhe um apetite de leão, que ele satisfazia à mesa para mais tarde ir deitar cargas ao mar. O seu distúrbio era acentuado pelas quantidades industriais de vinho português e conhaque espanhol que custavam uma ninharia para os marinheiros e que o ex-Mambo King mandava para dentro como se fosse água durante as refeições: os ácidos entravam em ação e, em poucas horas, o seu estômago estava em pandarecos. Aí, ele ia para o convés olhar as estrelas e sonhar e vomitava as tripas nas belas águas fosforescentes da costa da Sardenha, do Mar Mediterrâneo e do Mar Egeu. Em Alexandria, no Egito, onde passou três dias de licença, tirou um retrato num bar da baía de Stanley com um chapéu de comandante na cabeça, sentado num trono de junco, entre um colega porto-riquenho chamado Ernesto e um italiano risonho chamado Ermano, cercado de vasos de palmeira que tanto lhe lembravam Havana (isso, também, no Hotel Splendour).

Seu olhar parecia toldado por uma nuvem negra de tristeza. Eram olhos contritos e estranhos que diziam: já vi muita coisa. O César Castillo que olhou melancólico para a câmera era macilento, tinha olhos escuros e desencantados. Agora, ele parecia ter adquirido a melancolia do irmão. Num mercado árabe, ele viu o fantasma de Nestor perto de um camelô com um tabuleiro coberto de pulseiras de ônix e colares de escaravelhos.

E o dono daquele cenho brilhoso também pensava nas escalas da viagem: Marselha, Cagliari, Lisboa, Barcelona, Gênova, Tânger, San Juan, Biloxi. (Nas mulheres também. Lembrava daquela noite enevoada em Marselha quando conheceu Antoinette, uma mulher deliciosa que gostava de chupar seu membro. Algumas mulheres se intimidavam com ele, mas Antoinette tratou-o como se fosse a sua boneca predileta. A francesa enlouqueceu com a elasticidade e o tamanho da peça e esfregava a boca rasgada pela glande até ficar com o brilho do seu sêmen nos lábios e os mamilos intumescidos, deixando uma trilha de prazer desde o seu joelho até a ponta do seu pé. *Vive la France!*) Ele emagrecera bastante e com isso seu andar ganhara um balanço. O saco que trazia a tiracolo estava cheio de presentes da viagem: gravatas de seda, castiçais de ébano, um tapete persa pequeno, um rolo de seda oriental que um colega de copo lhe vendera por uma ninharia – presente para Ana Maria, que gostava de costura. Já fazia um ano que ele embarcara e não cantara uma nota, nem tocara nenhum instrumento.

Para ele, a música era uma coisa do passado. Subindo a ladeira com aquele saco a tiracolo, César Castillo era outra pessoa. Tinha as mãos calejadas e marcadas, ganhara uma cicatriz no ombro direito em consequência da queimadura que sofreu com o vazamento de uma caldeira e, embora custasse a reconhecer, o desgaste dos últimos anos o deixara ligeiramente míope. Agora, ele apertava os olhos para ler o jornal ou aquele livro de D. D. Vanderbilt.

A maior novidade que aconteceu na sua ausência foi o casamento de Delorita com o contador Pedro, numa cerimônia íntima na pretoria; o homem agora pertencia à família. Não era um mau sujeito; sem ser brilhante nem chamar atenção pela simpatia, ele se instalava na poltrona da sala, com os pés num banquinho, e às vezes tirava os olhos do jornal para olhar para a televisão. De Nestor, só sobraram umas poucas fotografias espalhadas pela casa. O apartamento adaptara-se à presença de outro homem. Não um músico, mas uma pessoa de confiança e estável que não trabalhava com congas, violões e nem trompetes, mas sim com livros de contabilidade, réguas e lapiseiras. Com toda a sua chatice, Pedro era bom para a família. Aos sábados, levava Delorita e as crianças para jantar fora ou ir ao cinema; nos domingos, alugava um carro para fazerem um passeio. Era um homem reservado e carrancudo, com estranhos hábitos de banheiro. Era para o banheiro que ele ia em busca de paz e sossego quando estava no escritório e era para onde ia em casa, quando Eugênio, de implicância, atirava os brinquedos na parede, gritava, olhava-o às avessas ou tentava perturbar a sua paz de algum outro modo. Ele não era mau, mas também não era Nestor. As crianças tratavam-no com certa má vontade e desconfiança e o pobre homem não tinha outra alternativa senão aceitar com estoicismo, procurando ser gentil e interessado.

Foi isso o que César encontrou. Ninguém o reconhecia na rua. Ele não se parecia com o César Castillo da capa do disco "The Mambo Kings Plays Songs of Love" e nem com o Alfonso Reyes do programa "I Love Lucy". As crianças gostavam de puxar a sua barba. Eugênio estava com nove anos e se conformara mais ou menos com a situação. Tornou-se um menino fechado e tristonho, não muito diferente do pai. Ao ver o tio, com aquele cheiro de mar e cigarro, a cara séria e desconfiada de Eugênio se iluminou.

"*Nene!*", chamou o tio. O menino veio correndo e aquele vazio que sentia no peito desapareceu quando o tio o levantou no colo.

Naquela noite, a família e os amigos do bairro lhe deram uma festa de boas-vindas. Ele foi ao banheiro, com Letícia grudada no seu pé, raspou a barba comprida e apareceu com um belo bronzeado na pele encarquilhada e o bigodinho elegante reconstituído.

Evidentemente, a família passou a noite ouvindo as aventuras de César. Quase com quarenta e dois anos, ele conhecera um pouco do mundo. Lembrava de quando ia com o irmão fazer compras de Natal nas docas. Dos brinquedos japoneses que compravam. Os mais divertidos eram os carrinhos imitando as viaturas da polícia de Nova York, movidos a pilha e controle remoto. Os irmãos compravam cada carrinho por vinte e cinco centavos e os distribuíam entre a garotada da rua e do prédio bancando os papais noéis. Vendo os imponentes vapores atracados com a chaminé fumegando e os elegantes carregadores franceses, eles fantasiavam que iriam tocar para o *café society* de Paris.

Era com um aceno de cabeça de homem experiente e a exclamação "*Salud!*" que César cumprimentava as pessoas da casa nessa época, com o sobrinho Eugênio sempre no seu pé. Da viagem, ele trouxe uns bons presentes para Eugênio: um punhal de caça africano com cabo de marfim, comprado em Marselha e atribuído aos Iorubás do Congo Belga e um cachecol de seda italiana que Eugênio usou durante muitos anos. E ainda lhe deu uma nota novinha de vinte dólares. (Eugênio, bisbilhotando o que havia dentro do saco, encontrou uma coisa incrível: uma revista francesa cujo nome poderia ser traduzido como *O mundo das ninfas*, com umas fotos onduladas e desfocadas de mulheres lindas e boazudas fornicando com marinheiros, artistas de circo e garotinhos pela Europa afora, e chupando-os também.) Isso, com uma piscadela, o indicador encostado na boca e um tapinha no ombro do sobrinho.

Eugênio se orgulhava do tio e acompanhara com interesse a sua viagem. Pedira emprestado um atlas ao seu amigo Alvin para poder procurar as cidades e portos que os postais esporádicos mostravam. (Quase vinte anos depois, Eugênio achou um desses cartões e lembrou que as palavras pouco mudavam: "Saiba que estou pensando sempre em você e que o seu tio César te ama.") Eugênio guardava esses postais debaixo da cama dentro de uma sacola de plástico, junto com centenas de indiozinhos e caubóis de borracha, uma página de um artigo da revista *Life* sobre o Folies Bergère de Paris (uma barreira de lindas francesinhas lado a lado levantando a perna, com aqueles peitos empinados e cobertos de purpurina que despertaram a sua concupiscência) e a coleção de cartas de beisebol e cartões de Natal.

Um cartão de Natal de 1958 era uma foto de família de Desi, Lucille, Desi Jr. e Lucy Arnaz, o grupo em frente a uma lareira e um pinheiro carregado de enfeites, o ambiente com uma aura de prosperidade e espírito natalino. O cartão de 1959 era mais fraco: uma paisagem de inverno e um trenó passando pelo campo – com os dizeres "Da família Arnaz" impressos. E embaixo disso, à mão: "Com muito amor e interesse, Desi Arnaz". César sempre dava os cartões a Eugênio, que os guardava porque o Sr. Arnaz era famoso: todos os garotos da rua acharam o máximo a participação do seu pai e do seu tio naquele programa e esse cartão era mais uma prova do fato. O que mais o impressionava e o fazia mostrar o cartão para todo mundo era a palavra "amor".

Na noite do regresso, o tio bebeu até às quatro da manhã. Estava abatido e congestionado com os pensamentos que faziam o sangue subir à cabeça. Quando o amigo Bernardito lhe perguntara: "Então, César, quando é que você vai formar outra orquestra? Todo mundo no Palladium está perguntando por você". O ex-Mambo King respondera vermelho e irritado: "Não sei!".

Aí, começou: "Ora, César, deixa disso, canta um bolerinho pra gente", ao que ele respondia: "Não tenho andado muito a fim de cantar ultimamente".

Quando Delores apareceu na cozinha para expulsar Frankie Bernardito, pois já passava de meia-noite e Pedro precisava levantar cedo para trabalhar, o tempo já se dissolvera e ele só queria saber de beber rum e sentir na alma aquela claridade solar que passava por amor.

"Por que você quer expulsar os meus amigos?"

"Porque está ficando muito tarde."

"E quem é você para me dizer isso? Em primeiro lugar, quem arranjou esse apartamento fomos eu e o Nestor. O meu nome está lá no contrato!"

"Por favor, César, seja sensato."

Aí, Bernardito e Frankie levantaram-se da mesa da cozinha, onde, havia horas, bebiam e confraternizavam com o amigo, falando de mulher, Cuba, beisebol e amizade. Levantaram-se porque Delorita já estava gritando, pedindo, por favor, para eles irem embora.

Naquela noite, antes de ir dormir, Pedro, o contador, disse a Delores: "Tudo bem se ele ficar aqui algum tempo, mas ele precisa urgentemente arranjar um lugar para morar".

Quando os amigos se foram, César deitou a cabeça na mesa como se tivesse sofrido uma traição. Eugênio, sentado em frente, permaneceu leal ao seu lado. Quando Delorita saiu da cozinha, Eugênio ficou escutando as pequenas observações que aquele tio escolado e machão ali debruçado proferia sobre a vida: "Menino, se a gente não toma cuidado, as mulheres podem arruinar a nossa vida. A gente oferece amor e recebe o que em troca? Castração. Ordens. Desilusão. Ora, eu sei que todo mundo pensa que eu fiz mal ao seu pai. Foi o contrário. Ele é quem me levou pra baixo com aquela infelicidade dele".

Às vezes, ele percebia com quem estava falando e emudecia, mas aí, pelo que podia ver com o seu olhar embriagado, Eugênio tinha sumido.

"Os homens devem se unir, menino, para evitar o sofrimento. A amizade e uma caninha, isso é que é bom. Os amigos. Sabe quem foi bom pra mim? Um bom sujeito? Vou te dizer, menino. O Machito. O Manny. Tem outros que agora não lembro. Todos bons pra mim. Sabe quem foi um cara legal, um cara do diabo que gostava de mim e do seu pai? O Desi Arnaz". Então Pedro apareceu na porta, aproximou-se de mansinho e falou com jeito para o Mambo King: "Vamos, *hombre*, você já bebeu demais e já é muito tarde".

Pedro tinha segurado o seu braço.

"Eu vou pra cama", disse César, "mas não porque você me ameaçou, mas porque você é homem e eu respeito quando um homem me pede alguma coisa".

"Certo, *hombre*, fico contente com isso. Agora vamos embora."

"Eu vou, mas guarde isso: não me provoque, porque às vezes eu me enfezo."

"Certo, certo, vá dormir que amanhã vai estar tudo bem."

No quarto, de camisola de flanela rosa, com a boca contraída e socando a perna com uma das mãos, Delorita continuava esperando que o ex-Mambo King fosse dormir.

Pedro estava tendo paciência com aquilo tudo.

E Eugênio? Quando o tio, afinal, deitou todo vestido no sofá-cama, Eugênio tratou de tirar os seus sapatos e as meias.

NINGUÉM QUERIA VER César Castillo sofrendo, Eugênio muito menos. Ele ficava ansioso para acordar o tio de manhã. Vinha do seu quarto e encontrava o homem brigando com os lençóis, falando sozinho numa voz engrolada como se estivesse mordendo a bochecha ou um *puro* dos grandes: "Cuba... Nestor, quer conhecer uma mulher ótima?... Eu tenho uma *pinga* grande e faminta, gatinha... E agora, senhoras e senhores, uma *canción* que eu e o meu irmão, esse trompetista bonitão aqui, escrevemos – agradece e mostra essa cara para as senhoras, mano. Na noite imperativa a alegria brilha em meu coração como as estrelas. Irmão, porque você está chorando desse jeito tão sentido?... Há muito tempo eu devia ter casado e criado juízo, não é, sua vaca? Alguém aí, depressa! Apaga o fogo! É, eu me dou muito com o Sr. Arnaz, somos velhos amigos da província de Oriente, sabe. Sabe, se não fosse a porra dessa revolução lá em Cuba, eu voltaria".

O tio ali dormindo, o rosto contraído e atormentado como se tivesse um inferno por dentro, recheado de cavernas, labaredas e rolos de fumaça negra. Um inferno refrescado, igual ao da capa de "Mambo Inferno". A capa era do artista Bernardito (e a de "Welcome to Mamboland", também.) Um inferno com diabos tocando conga e mulheres de chifres com umas malhas vermelhas e os vultos pretos dos músicos empoleirados nas pedras ao fundo. Aquele inferno lá dentro deveria ter coisa ruim, pois ele gemia e se revirava na cama, e aí, de repente, como se percebesse as boas intenções do sobrinho, abria os olhos.

ELE SE ENQUADROU ao ambiente, mas sabia que em pouco tempo teria que se mudar dali. Suas economias eram escassas, embora de vez em quando pingasse um dinheirinho dos direitos de "Beautiful Maria of My Soul", que fora registrada em nome de Nestor e César Castillo. Os amigos vinham sempre chamá-lo para tocar ou ir às boates, mas se ele aceitava o convite, acabava não aparecendo ou então já dizia de saída que preferia apenas sair para comer e beber alguma coisa.

Para quem vivia tão agoniado até que ele era uma pessoa bastante sociável. Tinha a agenda, onde costumava anotar telefones de negócios e compromissos, com muitos jantares marcados. Passou três meses saindo quase diariamente. Toda tarde, ele passeava nervoso por aquelas seis quadras da Rua La Salle até o começo da West Side Highway. Ainda gostava de sair com as mulheres, mas agora se contentava igualmente com uma farta refeição. O melhor era ir jantar na casa de alguém e acabar saindo com uma desconhecida. Passava sempre no frigorífico para arranjar uns filés de graça com o primo Pablito. Ficou barrigudo e precisou mandar alargar os ternos no alfaiate. Foi adquirindo uma papada, os dedos foram engrossando e as mãos alargando. Quando tomava o seu cafezinho no bar da esquina da La Salle, em sua mão, a xícara parecia de boneca.

Deixara de cantar, de compor, de tocar e agora vivia sem fazer nada pelas esquinas. Em festinhas de embalo do pessoal de jazz, ele puxava fumo e passava de um estado de graça a uma profunda depressão. Continuava gostando de se divertir. Queria dançar, faturar todas as mulheres que conseguisse e encher a cara, mas quando isso acontecia, em geral, ele se descontrolava. A lembrança que ficou dessa época? Ele, sendo carregado por quatro homens numa escada. Ele, parado na plataforma do metrô, incapaz de ler os números no trem. E, além disso, Delorita diariamente lembrando que ele tinha que arranjar um canto para morar.

"É, eu sei. Hoje mesmo", dizia ele.

Quando o viam nas festas, as pessoas se perguntavam como ele pudera se largar daquela maneira. Não sabia que ainda gostavam de ouvi-lo cantar? Não era significativo que seu retrato estivesse na parede do restaurante Violeta's, ao lado de Tito Puente, Miguelito Valdez e Noro Morales? E o que sentia ao passar pela vitrine da barbearia, do estúdio fotográfico de Benny e da loja de ferragens e se ver com aquele terno branco de seda, ao lado de Nestor e de Desi Arnaz? Certamente não se esquecera do Sr. Arnaz. Habituara-se a ficar sentado na frente do prédio, escrevendo cartas. Cartas para Cuba, onde aconteciam mudanças políticas; cartas para a filha, cartas para velhas amigas e cartas para o Sr. Arnaz.

E daí? Um dia cansou de não fazer nada e caiu na asneira de investir duzentos dólares da sua poupança comprando com um amigo uma carrocinha de *coquitos*, isto é, mamão picado, servido na casquinha com gelo picado e calda de morango. Cada *coquito* custava quinze centavos. Ele fazia ponto na esquina da Rua 124 com a Broadway e passou o verão vendendo e dando de graça essas casquinhas para a garotada dos conjuntos habitacionais, cuja afeição enchia-o de alegria. Para se refrescar, bebia cerveja Rheingold. Às vezes, escutava as escalas de alguém estudando trompete e ficava prestando atenção, com o olhar perdido, o sol batendo no rosto, viajando para o passado e estremecendo com as lembranças que lhe ocorriam. Um dia, ele se encheu e deu a carrocinha para um garoto chamado Louie, um porto-riquenho magrelo, que tomou o seu lugar na esquina e tirava um bom lucro para conseguir comprar boas roupas. Às vezes, ele ficava uma hora sentado no sofá da sala, imóvel. Letícia, aquele pingo de gente com os cabelos presos em dois rabinhos, subia nas costas do tio adorado, amassando-o como se ele fosse feito de massa de modelar. Eugênio só gostava de brincar perto do tio. Era bom estar ao lado dele e sentir aquela ligação como uma coisa concreta no ar.

Pablito, preocupadíssimo com o primo predileto, uma vez que ele passou no frigorífico para comprar carne, ofereceu-lhe o emprego de volta, em regime temporário, fazendo as férias dos funcionários. César aceitou e trabalhou como um animal durante o mês de setembro de 1960, carregando no lombo carcaças de mais de setenta quilos. Sensação que não era muito diferente da que sentia quando sonhava que estava carregando o corpo do irmão, cujo braço ele puxava para ver se o acordava. (O irmão que, às vezes, abria os olhos e pedia para ser deixado em paz.)

Ele não sabia o que queria fazer da vida. De vez em quando, já meio alto, subia até a Rua 135 para visitar Manny, o ex-baixista dos Mambo Kings, que tentava convencê-lo a formar outro conjunto. Os Mambo Kings acabaram se dissolvendo um ano depois da saída de César. Miguel Montoya foi para a Califórnia, onde enriqueceu com seu piano, gravando discos de música ambiente. Os outros, como Manny, passado o momento de glória, dedicaram-se a resolver os problemas cotidianos.

Manny estava se saindo bem. Ele era o tipo da pessoa prática que não se excedia nas festas e ia sempre economizando o seu dinheirinho. Em sete anos com os Mambo Kings, juntara o suficiente para comprar uma bodega que administrava com o irmão. É bem verdade que evidenciava-se um desaquecimento da economia, com pouca oferta de emprego. Para ganhar pouco, não faltavam sábados dançantes nas paróquias, bailes de formatura, festas em clubes e intercâmbios latinos, mas os grandes hotéis de temporada davam preferência a músicos mais famosos como Machito, Puente e Prado e, de qualquer maneira, a temporada era limitada. Nos grandes cabarés, como o Palladium, o Tropic Palms e o Park Palace, era a mesma coisa. E numa cidade como Havana? Castro correra com a máfia e fechara todas as grandes casas noturnas, o Club Capri, o Sans Souci e o Tropicana. Os músicos que agora emigravam para os Estados Unidos aumentavam a concorrência e as coisas iam ficando ainda mais apertadas. Com mulher e três filhos para sustentar, Manny estava feliz por ser dono daquele negócio. À tarde, César ia até o armazém e ficava dando uma mãozinha ao amigo, oferecendo-se para ir ao depósito apanhar fieiras de chouriços ou mais uma caixa de banha. Também atendia a garotada no balcão. Pegava com uma pinça os quadradinhos de goiabada e as jujubas nos potes de plástico guardados no compartimento envidraçado acima das carnes, embrulhava a mercadoria em papel encerado e a entregava ao freguês. Um rádio tocava. Na parede atrás do balcão, Manny tinha aquela foto dos Mambo Kings, os treze músicos de branco naquele cenário *art-déco* em forma de concha, sorrindo para todo mundo por entre os autógrafos, mas César não gostava de aparecer e ia buscar um pedaço de bacalhau ou fazer uns ovos com chouriço atrás do balcão para eles comerem no almoço.

Quando um freguês o reconhecia e perguntava se ele não era o cantor César Castillo, ele fazia um gesto afirmativo com a cabeça e dava de ombros. Continuava elegante. De camisa de algodão e calça mexicana de pregas, usava pulseiras de ouro, três anéis em cada mão e um chapéu panamá caído no rosto. Quando lhe perguntavam o que estava fazendo, ele simplesmente tornava a dar de ombros. Ficava vermelho. Com o tempo, achou melhor começar a dizer que estava organizando outra orquestra, o que parecia satisfazer as pessoas.

Às vezes, Manny vinha lhe propor algum negócio. Vivia incentivando César a usar os talentos que tinha: a aparência, o charme, a boa voz.

"Sabe, César, se você não estiver mais a fim de se aporrinhar com uma orquestra, talvez a gente possa fazer alguma coisa diferente, como uma boate-restaurante. Um lugar sossegado, mais para o pessoal da nossa idade do que para a garotada. Um lugar para se jantar e, quem sabe, ouvir música ao vivo."

"Quem sabe, algum dia", dizia César. "Mas agora... sei lá."

O fato é que qualquer coisa ligada à música lhe lembrava Nestor. O irmão nunca fora feliz e agora estava morto. Ponto, fim da *canción*. Só de pensar em formar uma nova orquestra, como Manny sugeria, ele sentia um vazio por dentro e se arrepiava de saudades do irmão, visualizando a decomposição do seu corpo.

Um estremecimento, um gole de rum. A melodia de "The Cuban Cha-cha-cha" tocando no Hotel Splendour e o Mambo King sentindo o corpo moído, levantando da cadeira para se esticar um pouco. Uma comichão entre as pernas e, de novo, aquelas vozes no quarto ao lado, cremosas de prazer.

Ele ainda gostava de jogar bola no parque com Eugênio quando o tempo estava bom. Às vezes, ia sozinho, uma figura solitária sentada na relva da colina olhando para o rio e pensando. Às vezes, ficava assim uma hora. O rio corria e os barcos passavam. A água encrespada com as ondas de través, a espuma batida. Reflexos luminosos triangulares e ondulados, como uma poeira prateada espargida pelo vento. O vento empurrava as nuvens. Pássaros voavam no céu e o rio seguia seu curso. Tráfego nas duas pistas da autoestrada. O vento agitava as árvores, penteava a relva, as painas se dissipavam e a relva se dividia, farejada pelos cães. Uma borboleta branca. Uma borboleta tigrada. Uma lagarta encaroçada descendo uma árvore. Insetos de cabeça pontuda pululando nos nós da árvore. Gente passando, garotos jogando bola, universitários jogando críquete, um cantor sentado num muro de pedra tocando música folclórica numa guitarra de cordas de aço e balançando as pernas, vaivém de ciclistas, carrinhos de bebê, amas de rolinhos na cabeça e calças de brim empurrando carrinhos, o sino do sorveteiro e as crianças correndo e o ex-Mambo King se dando ao luxo de observar a vida à sua volta e recostando-se no chão e controlando o ritmo da respiração para poder começar a discernir o movimento circular da terra, o desvio dos continentes e o fluxo das marés, tudo em movimento, a terra, o céu e, lá em cima, como pensou uma tarde, as estrelas.

Começara a ler o livro de Nestor, o único que já vira o irmão ler. Ao separar as coisas dele, sem saber por que, resolvera ficar com o livro. Folheava-o e lia as passagens sublinhadas e assinaladas: passagens sobre a ambição e a força de caráter, sobre a superação das dificuldades e a conquista do futuro.

"Por que, Sr. Vanderbilt", perguntou ele ao livro, "o meu irmão, por acidente ou não, se matou?".

O livro não respondeu, embora as passagens em geral fossem positivas em relação à questão do arbítrio.

Prosseguindo na leitura, de repente sentiu sua ambição estimulada. Por um momento, ele considerou a ideia de planejar alguma coisa, por mais vaga que fosse. Um objetivo para o futuro. Algo que o ocupasse. Ele tinha consciência de que se não fizesse alguma coisa acabaria virando um daqueles vagabundos de rua. Leu mais algumas passagens estimulantes e não demorou a adormecer. Foi um sono protegido de todos os ruídos do mundo, um sono profundo, impenetrável.

UM DIA, ERNIE, o irmão da senhoria, caiu numa escada e quebrou a espinha. Semanas depois, apareceu um cartaz de papelão com letras pretas no canto da janela da senhora Shannon, que passava a vida ali fumando, vendo televisão e bisbilhotando os outros. Agora, com o irmão preso na cama, ela não dava conta dos afazeres normais do prédio. O cartaz dizia: "Precisa-se de zelador. Tratar no ap. 2".

Ela estava assistindo ao programa "Queen For a Day" quando ouviu baterem na porta.

César estava ali, segurando o chapéu, cabelo gomalinado penteado para trás, todo perfumado com água-de-colônia e Sen-Sen. Ela pensou que ele tivesse vindo reclamar da água, que andava dando problemas, mas em vez disso ele disse: "Vi o anúncio na janela e queria falar com a senhora a respeito do trabalho".

Ela sentiu uma coceirinha no corpo porque César parecia aquele tal Ricky Ricardo falando.

A senhoria sorriu e convidou-o a entrar naquele caos que era a sua sala de visitas, cheirando a mofo, cerveja e repolho. Ela estava excitada, honrada até, de poder fazer alguma coisa por aquele homem. Ora, ele era quase uma celebridade.

"Está mesmo interessado?"

"Estou, sim." Ele dizia "si" em vez de "sim" e "estoy" em vez de "estou". "Sabe, esse negócio de música anda meio devagar pra mim e eu estou precisando de um salário certo no fim do mês."

"Você entende alguma coisa de manutenção, eletricidade, encanamento, esse tipo de coisa?"

"Ah, claro, quando eu cheguei aqui nos Estados Unidos trabalhei dois anos como zelador de um prédio lá no centro da cidade", mentiu ele. "Na Rua 55."

"É? Bom, não é um trabalho dos melhores, também não é dos piores", disse ela. "Se você estiver disposto, podemos fazer uma experiência. Se não der certo, tudo bem."

"E se der certo?"

"Você vai receber um salário e não paga aluguel. Mês que vem vai vagar o apartamento de uns universitários. Você vai receber vinte e cinco dólares por semana. Se der certo." E acrescentou: "Não tem carteira assinada, sabe". E depois: "Aceita uma cerveja?".

"Aceito."

Ela entrou na cozinha e ele deu uma olhada na sala. Não era de criticar a casa de ninguém, mas a sala da senhora Shannon tinha jornal por todo lado, garrafas cheias de guimbas de cigarro, copos de cerveja e copos amarelados com resto de leite. Uma bonita fotografia chamou sua atenção: era uma foto colorida a mão de um campo de trevos na Irlanda, o país dos ancestrais da senhoria. César gostou daquilo.

Trazendo os dois copos de cerveja, ela ficou encantada e de certa forma eufórica por ter César Castillo como empregado.

Sentou-se na poltrona e falou: "Sabe, ainda não me esqueço de você e do seu irmão no 'I Love Lucy'. Parece mentira, mas uma vez eu vi a Lucille Ball em frente ao Lord and Taylor na época do Natal. Ela tinha cara de ser boa gente".

"Ela era."

"E o Ricky, vocês eram amigos?"

"Éramos."

Ela olhou admirada para ele; ele não sabia o que se passava com ela. Queria resolver logo essa parada. Não estava a fim de penar procurando emprego. Nem pensar em voltar àquela vida de líder de conjunto, por mais saudades que tivesse. Chegando do parque, animado pelo conselho prático do Sr. Vanderbilt, ele vira o cartaz na janela e resolvera dar o primeiro passo para uma vida segura. Melhor do que lidar com proprietários de boate, com marginais sem gabarito e com a agonia da memória. Além do mais, parece que tudo fazia sentido. O trabalho não era muito e ele sempre teria uma casa para morar. E se mudasse de ideia e quisesse voltar a tocar, teria tempo para isso. Pelo que se lembrava, o zelador daquele prédio nunca se matara de trabalhar. Muitas vezes, via-o descendo para o porão. De certa forma, achava a ideia do porão atraente.

"É", prosseguiu ele. "O senhor Arnaz é um lorde."

Ele floreou a história como pôde, encantando a senhoria, que lhe ofereceu outra cerveja.

Ela saiu e voltou em seguida com uma cerveja na mão e uma guitarra ordinária com o braço empenado.

"Dá para você cantar um pouquinho pra mim?"

Ele limpou as cordas da guitarra com um lenço que ficou imundo de poeira. Colocou os dedos na posição de mi menor, dedilhou o acorde e, pigarreando, disse: "Sabe, eu quase não tenho cantado ultimamente. A barra anda meio pesada para mim".

Ele entoou "Bésame Mucho" com uma voz que, se havia mudado, estava mais sentida e vulnerável. Agora saía de fato trêmula por causa da melancolia e do desejo de libertação do sofrimento e a sua interpretação deixou a senhora Shannon, que sempre tivera uma quedinha por ele, na maior felicidade.

"Ah, que maravilha!", exclamou ela. "Você devia gravar mais discos."

"Quem sabe algum dia."

Quando ele terminou a cerveja, a mulher já anunciara que faria a experiência com ele e, com um sorriso de orelha a orelha, sacudindo aquele corpanzil sob o vestido eternamente pingado de sopa, acrescentou: "Mas você tem que prometer que vem cantar para mim de vez em quando, certo?"

"Certo."

"Agora, me dê um minutinho que eu vou trocar de sapato e pegar a chave do porão para mostrar o serviço para você."

E LÁ FOI ele, rumo à sala da caldeira e a das máquinas de lavar. Então, pela centésima ou milésima vez, César Castillo, o ex-Mambo King, que chegara a estrelar o programa "I Love Lucy", encontrou-se diante da porta blindada à prova de fogo que dava acesso à sua oficina. Uma lâmpada solitária queimando como uma língua de fogo pendurada no teto, as paredes cheias de crateras, de onde pareciam brotar longos fios de cabelo humano. Ele não estava de terno branco de seda, nem de camisa de mangas bufantes e muito menos de sapatos de fivela dourada, senhoras e senhores: ao invés disso, envergava um macacão cinza, sapatos pretos de sola de borracha reforçada e um cinto de onde pendia uma penca com as chaves de vinte e quatro apartamentos, de vários depósitos e dos quadros de força. Nos bolsos, recibos amassados da loja de ferragens, bilhetes com reclamações dos moradores e uma folha de papel pautado amarelo onde, depois de dois anos de inatividade, ele começara a escrever a letra de uma música nova.

Ali no porão ele se sentia bem. Assoviava, varria animadamente e gostava de andar com as chaves inglesas e alicates pendurados na cinta, chacoalhando como uma armadura; andava por aquele prédio com o mesmo ar que o capitão do seu navio adquiria no mar: os braços cruzados atrás das costas e uma expressão inquisitiva e de posse no olhar. Gostava de ver aqueles relógios de luz enfileirados tiquetaqueando no compasso 3/2 como as baquetas, gostava de ouvir as válvulas dos canos assoviando e a água chiando lá dentro. Gostava de ouvir o jorro das torneiras, o batuque como o das congas no quarto de secar roupa: o estrondo do carvão caindo no depósito. Na verdade, ele estava tão realizado vivendo naquele purgatório que foi ficando mais animado.

"*Me siento contento cuando sufro*", cantou ele um dia.

Na antessala da oficina, ficava o seu cão Poochie, um vira-lata peludo de rabo enroscado que parecia o famoso Pluto do desenho animado, com aquela cara comprida, as patas parecendo ganchos e as unhas largas como mexilhões. Na porta blindada, uma folhinha mostrando uma moça bonita e boazuda, de olhos verdes, com um maiô diminuto, andando numa piscina e levando à boca uma garrafa de Coca-Cola bem gelada.

Lá dentro, a sua mesa de trabalho – um verdadeiro caos de potes com pregos, parafusos, porcas e arruelas, latas, rolos de arame, de barbante, pedaços de compensado, pingos de solda e de tinta –, chaves etiquetadas dos apartamentos penduradas na parede e outra folhinha, esta da Joe's Pizzeria, com a "Última Ceia", de Da Vinci. Caixas de madeira espalhadas por todo lado e um telefone todo respingado que ele atendia: "Pois não, aqui é o zelador".

Ele era desleixado com as ferramentas, largando-as sujas de graxa em qualquer lugar, sem nunca limpá-las. Um ventilador empoeirado, com as pás enferrujadas, ficava sobre uma pilha de *National Geographics* velhas, que às vezes ele gostava de ler. Havia dois grandes depósitos e uma galeria cheia de prateleiras onde ele sempre encontrava alguma coisa interessante. Entre elas, um alaúde de seis cordas, que agora estava em sua casa com os outros instrumentos, e um capacete alemão da Primeira Guerra Mundial terminando em ponta que ele guardava num suporte de peruca para dar um toque de humor ao ambiente. E tinha revistas de todo tipo: revistas de nudismo como a *Sun beach California* que exibia homens com testículos como estilingues e mulheres muito vermelhas com regadores e chapeuzinhos xadrez no jardim da vida; uma raça de gente estranha, para dizer a verdade. E uma pilha de sumários científicos e geográficos, refugo do apartamento do senhor Stein, o intelectual do sexto andar. E César tinha uma grande poltrona estofada, um tamborete, um rádio velho e uma vitrola que trouxera de um dos depósitos.

Uma pilha de discos também, incluindo os 78 e os três LPs que gravou com Nestor e os Mambo Kings. Esses ele não punha para tocar, mas, de vez em quando, ouvia uma das músicas nas jukeboxes ou na rádio de língua espanhola, assim anunciada pelo *disc jockey*: "E agora um numerozinho da Época de Ouro do Mambo!". Ele também guardava alguns desses discos lá em cima, naquele apartamentinho que ganhara com o emprego: aquele buraco entulhado de instrumentos musicais, lembranças das viagens e da sua vida artística, além dos móveis avulsos que, com maior ou menor abnegação, trazia do porão.

Seu apartamento refletia os maus hábitos de um solteirão inveterado, mas ele pagava a Eugênio e Letícia para irem uma vez por semana varrer a casa, lavar a louça, as roupas e assim por diante. A cunhada, feliz por ele já não morar com ela e querendo passar por cima de várias coisas, deixou claro que ele estava sempre convidado a fazer as refeições lá em cima. Ele aceitava o convite umas três ou quatro vezes por semana, principalmente para estar com os filhos do seu falecido irmão e certificar-se de que eram bem tratados pelo padrasto Pedro.

Ali instalado, ele trabalhava com prazer. Acabou conhecendo todos os vizinhos, pessoas com quem quase nunca trocara mais do que umas poucas palavras. Algumas sabiam que ele havia sido músico, outras não. A maioria das suas tarefas envolvia pequenos consertos em torneiras, bocais de lâmpadas, embora, às vezes, ele tivesse que chamar técnicos de fora – como no dia em que a sala do senhor Bernhart desmoronou. Aos poucos, foi ganhando prática no trabalho: empenhou-se para aprender o serviço de bombeiro, pintor, gesseiro, eletricista e também aprendeu a fazer a manutenção das caldeiras. Algumas vezes por semana, postava-se diante do incinerador de lixo e ficava olhando as chamas consumirem as embalagens de leite, ouvindo os ossos estalando, as peles chamuscadas se dissolvendo, tudo virando fumaça. Ele ficava se lembrando de coisas, com os olhos grudados no fogo, atiçando as brasas que morriam.

Eugênio se intrigava com essa atitude do tio. Aquele homem imóvel, olhando para o fogo. Não tanto por ele não tirar os olhos das brasas ou às vezes falar sozinho, mas porque ele parecia não estar ali.

O que via ele naquelas cinzas? O porto de Havana? Os campos de Oriente? O rosto do irmão pairando naquela fogueira de lixo?

Não importa. O tio de repente acordava, dava-lhe um tapinha nas costas e dizia: "Vamos". Então colocava as cinzas dentro dos latões de lixo que depois arrastava pelo piso irregular de cimento e, a duras penas, levava para a calçada lá em cima para serem despejados no caminhão do lixo.

Agora ele já conhecia outros zeladores. Luís Rivera, o senhor Klaus, Whitey. Os moradores do prédio eram, em sua maioria, irlandeses, negros e porto-riquenhos, havendo entre eles alguns acadêmicos e universitários. Os problemas hidráulicos eram resolvidos por um siciliano caolho chamado Leo, que chegou a tocar violino na orquestra de Tommy Dorsey, mas, na Segunda Guerra Mundial, perdera o olho e a vontade de tocar. César nunca deixava de oferecer-lhe uma bebida. Quando terminava o serviço, Leo acompanhava César ao escritório para uma cervejinha e ficava contando os seus dramas.

O esfuziante César Castillo aprendeu a ser um bom ouvinte e passou a ser considerado uma pessoa com quem se podia desabafar. Agora, os amigos que vinham procurá-lo eram pessoas aflitas com problemas ou interessadas em conseguir alguma coisa do ex-Mambo King. Sujeitos querendo um empréstimo ou alguém com quem pudesse passar a noite bebendo. Na vizinhança e nas boates, as mesmas pessoas que, antes da morte do irmão, o tachavam de sedutor e insensível, agora comentavam que talvez essa tragédia tivesse servido para transformá-lo num homem melhor. Na verdade, quase todo mundo tinha pena dele e desejava que ele se acertasse. Seu telefone não parava. Eram músicos, alguns também conhecidos, querendo saber dele: o grande Rafael Hernández convidando-o para ir até sua casa na Rua 113 falar de música e comer bem, Machito chamando-o para umas reuniões da pesada no Bronx e tantos outros querendo saber se o ex--Mambo King voltaria a tocar.

LADO B
Algumas horas depois,
no Hotel Splendour

De madrugada recomeçou a barulheira no quarto ao lado, um arrastar de cadeiras e o homem rindo, satisfeito da vida. O Mambo King tirara um cochilo, mas acordara com uma cólica violenta e agora estava ali sentado no Hotel Splendour, custando a focalizar as coisas à sua volta. Sentia a mão ardendo porque adormecera com o cigarro aceso entre os dedos, e agora tinha uma bolha no local da queimadura. E aí notou que estava com os braços e as pernas cobertos de bolhas e hematomas mais feios ainda. "Carajo!"

Ele foi até o banheiro urinar e, ao lado da privada, ouviu barulho de vozes vindo do quarto ao lado. Prestou atenção e percebeu que falavam dele.

A mulher: "Volta aqui, não vai chatear os outros, não".

"Mas tem gente ouvindo música sem parar naquele quarto. Eu só vou perguntar."

Dali a pouco, bateram à porta do Mambo King. O preto era forte, magro e estava com um pijama listrado todo enrugado e chinelos de veludo. Tinha um grande topete e marcas de mordida no pescoço.

"Sim, o que deseja?"

"Eu sou o seu vizinho de quarto. Posso lhe pedir uma coisa?"

"O quê?"

"Olha, a minha cana acabou. Se der para o senhor me ceder um pouco da sua até amanhã, eu pago."

O Mambo King abrira apenas uma fresta da porta para poder ver o homem. Considerou o pedido e ficou com pena do casal, ilhado ali no Hotel Splendour sem nada para beber. Lembrou-se de uma noite em que estava com Vanna Vane e a bebida acabou. Ele, que estava na cama, nu e com preguiça de sair, foi até a janela e gritou para um garotinho que passava na rua: "Vai naquela loja ali da esquina e diz pro dono que o cara que toca mambo está pedindo uma garrafa de whisky Seagram's. Ele sabe quem é! E pede um pouco de gelo também, viu?".

Deu cinco dólares ao garoto pelo favor e depois acertou as contas com o proprietário da loja. Foi assim que resolveu o problema.

Que diabo, pensou com os seus botões.

"Espere aí."

"Bondade sua, colega."

O negro então percebeu que César andava com dificuldade.

"Ei, tudo bem aí?"

"Tudo."

"Ótimo! Quanto eu lhe devo?", acrescentou.

"Não se preocupe. *Mañana.*"

"É? Porra, o senhor é gente fina."

O Mambo King riu.

"Olha aqui, vem dar um alô pra minha gata. Vem tomar uma bebida com a gente!"

Com "Beautiful Maria of My Soul" tocando mais uma vez, ele lentamente enfiou as calças. Bastariam umas três ou quatro horas de bebedeira para os seus músculos enrijecerem. Atarraxando a tampa da garrafa de whisky que já estava pela metade – na cama havia outras duas –, César acompanhou o homem até o quarto ao lado.

"Gatinha, consegui!", anunciou à mulher, perguntando em seguida ao Mambo King: "Como é seu nome, colega?".

"César."

"Hum, feito o Júlio?"

"Era o nome do meu avô."

César entrara se arrastando no quarto e sentira o cheiro de sexo nos lençóis. Engraçado, ele mal conseguia sustentar a cabeça. Tinha a sensação de que seus ombros estavam sendo empurrados para a frente; sua postura era toda encurvada. Viu a sua imagem no espelho – um velho, inchado e cansado. Graças a Deus pintara o cabelo de preto.

"Gatinha, esse é aqui é o nosso vizinho que veio te dar um alô."

Na cama, com um *negligée* lilás, a companheira do homem.

Estendida como aquela dançarina de Chicago, a Chama da Paixão Argentina. Os mamilos escuros, brotando por debaixo do tecido. Pernas esguias, ventre largo, quadris macios e curvilíneos como aquele corrimão lustroso do Clube dos Exploradores de Havana. E unhas do pé pintadas de dourado! Ele gostou de outro detalhe: parecia que ela estava com uma coroa ou uma tiara segurando aquela cabeleira preta escovada para trás que lhe batia nos ombros.

"Você parece uma deusa de Arará", disse o Mambo King.

"De onde?"

"Do Arará."

"Você está bem, cara?"

"Arará. É um reino africano, berço de toda a magia."

Disse isso, lembrando de Genebria contando-lhe essa história, no pátio de sua casa em Cuba, quando ele tinha seis anos.

"E quando a pessoa morre, vai para esse reino. A entrada é uma caverna."

"Ele falou que é na África!"

O negro esclareceu a mulher: "Toda loja espírita tem esse nome. Arará isso, Arará aquilo".

"Você é linda", disse César, mal podendo manter a cabeça erguida para olhar para ela. Quando finalmente conseguiu, o Mambo King sorriu, pois, embora estivesse sentindo-se mal e soubesse que sua aparência era patética, surpreendera a moça admirando os seus belos olhos.

"Olha aqui o seu copo, amigo. Não quer sentar um pouco?"

"Não. Se eu sentar, eu não levanto."

Se ele fosse jovem, pensava César, iria de joelhos até aquela cama, balançando a cabeça como um cachorrinho. Ela fazia o gênero de quem acharia graça naquilo e ainda ficaria lisonjeada. Então, ele pegaria aquele seu pé esguio, colocando-o meio de perfil para realçar a perfeição da perna e começaria a lambê-la do tendão de Aquiles até o meio da bunda morena; aí a encostaria na parede, abriria as suas pernas e descansaria o corpo no dela.

Imaginou o sabor ancestral e imutável de carne, sal e cereais, tornando-se mais molhado e adocicado à medida que sua língua penetrava...

Ele deve ter apagado por alguns minutos, parecendo que ia cair, ou talvez, tenha começado a debater-se, porque de repente sentiu o negro segurando-o pelos cotovelos e dizendo: "Ei? Ei? Ei?".

Talvez ele tenha cambaleado e dado a impressão de que ia cair, porque a mulher disse: "Mel, diz pra ele que já são duas e meia da manhã. Está na hora dele ir dormir".

"Tudo bem."

Ao sair, César virou-se para olhar mais uma vez a mulher e reparou que ela estava com o *negligée* mais puxado para cima. Ficou curioso para ver mais e, exatamente nessa hora, ela mudou de posição e o tecido diáfano subiu mais uns centímetros, desnudando quase toda a coxa e a anca direita.

"Bom, boa noite", disse ele. *"Buenas noches."*

"Tá, obrigado, cara."

"Cuidem-se."

"Você também", disse a mulher.

Caminhando lentamente para o seu quarto no Hotel Splendour, o Mambo King lembrou como em Cuba, no fim do ano, de dezembro a janeiro, os brancos faziam fila nos prostíbulos para dormir com uma negra, quanto mais escura melhor. Acreditavam que dormir com uma negra naquela época do ano, cravar o pênis naqueles ventres mágicos, purificava. Em Las Piñas, ele frequentava aquela casa velha, o *Bayu*, com um jardim maltratado, perto de um pasto, e, em Havana, assim como centenas de homens, frequentava a zona de La Marini, onde ele, Nestor e Pajarito moravam. Ele visualizou tudo isso: as ruas de paralelepípedo fechadas ao tráfego e milhares de homens batendo nas portas das casas. Nessa época do ano, havia sempre um sujeito gigantesco, em geral homossexual, como leão de chácara. Pouco iluminadas, as casas tinham dezenas de quartos e recendiam a perfume e óleos adocicados. Eles chegavam a uma sala onde as mulheres, nuas e estendidas em sofás velhos ou em poltronas imensas, aguardavam os clientes, ansiosas para serem escolhidas. Nessa época, as prostitutas brancas ficavam revoltadas porque o negócio entrava em baixa para elas, enquanto as mulatas e as negras reinavam, nadando em rios de saliva e esperma, com as pernas abertas, recebendo um homem atrás do outro e saciando o apetite de todos eles, purificando-os um a um. E era engraçado que, depois daquilo, eles saíam na rua sentindo-se revigorados.

Agora, ao fechar a porta do quarto e ir pegar mais uma garrafa de whisky ao som dos trompetes, piano e bateria da sua antiga orquestra, o Mambo King, enfraquecido, sonhou em comer a mulher do lado e ouviu de novo o casal falando: "Pssst, ai, amor".

"Mais devagar, querido."

"Ahhh, mas eu gosto assim!"

"Então me molha com a sua boca."

O Mambo King ouviu de novo os barulhos da cama, o colchão batendo na parede e a mulher gemendo... a música mais doce desse mundo.

ELE BEBEU O whisky e estremeceu de dor, sentindo a bebida cair como vidro picado em seu estômago. Lembrou do tempo em que podia passar a noite tocando e bebendo, chegar em casa, traçar um bom bife com batatas e cebolas fritas arrematado com uma taça de sorvete e acordar quatro ou cinco horas depois sem sentir absolutamente nada. O problema do corpo da pessoa pifar era que qualquer coisinha fazia mal. Recostado na cadeira, sentia o whisky queimando-lhe o estômago, escorrendo pelas úlceras, que ele imaginava como cortes e equimoses, vazando para o fígado e os rins, que latejavam como se tivessem sido agredidos por um soco. Isso para não falar naquela língua de fogo, do tamanho do seu pênis, que lhe saía do estômago e transpassava o coração. E bebendo ali naquele quarto do Hotel Splendour, chegava a ficar com as mãos tremendo quando a dor apertava demais, mas o whisky ajudava e assim ele podia continuar.

ELE TINHA UM amigo de juventude, um indivíduo chamado Dr. Víctor Lopez, que estava nos Estados Unidos desde 1975 e montara um consultório em Washington Heights. Uma noite, três anos atrás, o Mambo King encontrou este Dr. López num clube do Bronx onde fora tocar. Os dois não se viam desde 1945 e confraternizaram como velhos amigos, beijando-se e abraçando-se, relembrando os velhos tempos de Las Piñas, na província de Oriente.

Num dado momento, notando que as mãos de César tremiam, o amigo falou: "Por que um dia desses você não passa no meu consultório que eu examino você, de graça, meu amigo. Você já não é mais nenhuma criança, sabe".

"Eu passo, sim."

Acompanhado da esposa, o médico saiu daquele ambiente iluminado com luzes vermelhas e o cantor foi direto para o bar, onde pediu mais uma bebida e um bom sanduíche de chouriço frito.

Ele não foi ver o amigo, mas um dia, vinha descendo a La Salle, e sentiu de novo umas dores, como se estivesse todo cortado por dentro. Normalmente, quando isso acontecia, e já vinha acontecendo havia anos, ele bebia um copo de rum ou de whisky, tomava uma aspirina e ia tirar um cochilo. Depois, subia para ver a viúva do irmão e os sobrinhos ou ia para a rua conversar com os velhos amigos Bernardito Mandelbaum e Franky Pérez, "El Fumigador" – o Exterminador. Ou convidava o sobrinho Eugênio para tomar uma bebida se o encontrasse por ali. O melhor era quando ouvia os toques insistentes da campainha anunciando que a namorada estava esperando na portaria. Naquele dia, porém, a dor passava dos limites e o Mambo King foi ao Dr. López. Conhecendo-o de tão longa data, César confiou cegamente no médico e achou que o patrício lhe daria umas pílulas milagrosas que acabariam com as suas dores. Chegou ao consultório imaginando que seria uma coisa rápida, mas a consulta levou uma hora: fez exame de sangue, de escarro, de urina, foi auscultado no peito e nas costas, tirou pressão, teve os ouvidos e o cu devassados, os testículos avaliados e, ao cabo de tudo isso, o médico fitou-o no fundo daqueles olhos verdes escuros que fizeram dele o grande sedutor que era quando jovem e falou: "Eu não sei como vou lhe dizer isso, meu amigo, mas você está num estado deplorável. Acho melhor você se internar no hospital".

Ao ouvir isso, ele ficou rubro e seu coração disparou. Pensou: Víctor, como é que pode? Ainda outro dia eu fodi a minha namoradirinha como o diabo gosta...

"Sabe, você está com sangue na urina, pressão altíssima, parece ter pedra no rim, está com o fígado aumentado, seu pulmão não está expandindo e sei lá em que estado está o seu coração."

Sabe, ela estava gritando. Eu estava fazendo-a gozar. Eu, um velho.

"Olhe aqui, Víctor, quer saber o que eu acho disso tudo? O negócio é que eu prefiro morrer como homem a ir apodrecendo aos poucos como uma fruta velha ou como aqueles velhinhos que eu vejo por aí."

"Bem, você não é mais criança."

Ele foi arrogante com o médico, irritando-se como fazia quando era garoto e ouvia o que não queria.

"Então, *coño*. Se eu já estou com o pé na cova, vou morrer e depois descobrir um monte de coisas, não é?"

"Meu amigo, se você não se tratar enquanto é tempo, você vai apodrecer devagarinho como uma fruta velha. Pode não ser hoje e nem amanhã, mas isso tudo, se não for tratado, pode ser o começo de um bocado de sofrimento."

"Obrigado, doutor."

Mas ele não levou muito a sério os conselhos do amigo e foi por isso que, dois anos depois, se despedira dos amigos, escrevera as suas cartas e fizera as malas para passar os seus últimos dias no Hotel Splendour.

AGORA, O MAMBO King mal conseguia levantar-se. Quando precisou fazê-lo para virar o disco, sentiu dores generalizadas. Conseguiu virar o disco e chegar até o lavabo do quarto: podia ser o mesmo lavabo em que Vanna Vane esteve na frente do espelho, nua em pelo, passando batom e dizendo alegremente: "Estou pronta!". Quem dera não estivesse sentindo tantas dores, não estivesse tão quente lá fora e o irmão não estivesse morto. Diante da privada, ele tirou a peça para fora e sua urina gorgolejou na água. Então ele ouviu um barulho, parecendo socos na parede, e, quando terminou, ficou ao lado da cômoda e prestou atenção. Não era ninguém socando a parede, e sim o casal ali do lado mandando brasa! O homem dizia: "Assim, boneca. Assim, agora". O homem ia ter um orgasmo e César Castillo, Mambo King e ex-astro do programa "I Love Lucy", era um poço de dores. Os rins estavam ruins, o fígado estava ruim, tudo estava ruim, menos a *pinga*, que continuava funcionando muito bem, embora um pouco mais desanimada ultimamente. Ele tornou a sentar na cama e ligou o som. Em seguida, tomou mais um longo e glorioso trago de whisky, recordando-se do que haviam dito no hospital poucos meses atrás: "Senhor Castillo, desta vez o senhor vai ficar bom. Nós reduzimos o edema, mas isso significa que o senhor está proibido de beber e terá que seguir uma dieta especial. Está me entendendo?".

Sentiu-se um idiota, sentado na cama do hospital só de avental. A enfermeira ao lado do médico, porém, era jeitosa, e ele tentou conquistar-lhe as boas graças, sem se importar que sua peça se insinuasse pela abertura da roupa quando voltou a deitar.

"Nunca mais", disse o médico. *"No más. Comprende?"*

O médico era judeu e se esforçava para ser simpático com o Mambo King, que balançou afirmativamente a cabeça, para ver se ele se mandava logo daquela porra. Já estava internado havia um mês e achava que ia morrer, de tão espetado e revirado que fora. Escapara daquela, porém, e agora precisava se conformar com a humilhação de ver o seu corpo apodrecendo. Ele passava longos períodos dormindo por causa dos remédios. Sonhava acordado com Cuba, com ele e o *pobrecito* Nestor garotos, com mulheres, bebida e frituras gostosas. Imaginava ser nisso que um defunto pensaria. Nisso e no amor. O mais estranho era que ele continuava ouvindo música naqueles sonos profundos. Então, o Dr. Victor López Jr. estava certo quando o alertara, assim como o médico do hospital.

"O senhor tem duas escolhas, apenas duas. A primeira é portar-se bem e viver. A segunda é se agredir. O seu corpo não consegue metabolizar o álcool, compreende?"

"Sim, doutor."

"É a mesma coisa que tomar veneno, entende?"

"Sim, doutor."

"Deseja fazer alguma pergunta?"

"Não, doutor. Obrigado, doutor. E boa noite, enfermeira bonita."

QUANDO TERMINOU A primeira garrafa, abriu a segunda e encheu o copo. Então, recostou-se curtindo a música, uma baladinha chamada "A Woman's Tears", uma canção sincera composta na escada de incêndio da casa de Pablo nos velhos tempos. Sempre gostou de ouvir o trompete de Nestor e, naquele instante, em sincronia com os bongôs parecendo palmas na floresta, o homem do lado começara a gemer, num orgasmo profundo e rico, e ela gemia também. O Mambo King resolveu acender outro cigarro.

Quando dera entrada no hospital, levado à força por Raúl e Bernardito, tinha as pernas e as mãos inchadas e a comida não lhe parava no estômago. Mesmo assim, ficou surpreso, como se esperasse sair incólume daquela vida de comer e beber até se fartar, sem limites para nada. Os sintomas já estavam lá havia muito tempo, desde 1968, mas ele sempre os ignorava.

Pensando naquela temporada no hospital, ele lembrava que dormia demais. Parecia que passava dias e dias dormindo. No começo, sonhava muito com o porão e, ocasionalmente, com a sua vida artística. Num desses sonhos, as paredes do porão começaram a descascar e ficaram cobertas de bolhas de onde pingava um líquido rosa. E nos sonhos ele era bombeiro, fazendo mais ou menos o mesmo serviço que fazia no prédio da Rua La Salle. O encanamento estourava dentro das paredes e o reboco amolecido caía com o teto ou desmanchava quando ele encostava a mão. Ele abria os armários e uma parede de insetos, pretos e espinhosos, desabava em cima dele. Verificando um ruído na sala da caldeira, ele rastejava por um túnel que ia se estreitando até deixá-lo tão apertado e confinado lá dentro, à procura do cano, que mal conseguia se mexer. (Eram as faixas que ele tinha nos pulsos e nas pernas.) Quando, afinal, encontrava o vazamento, uma água imunda escorria pela cara e entrava na boca. Quando sonhava que encostava numa superfície de madeira ou de metal, levava um choque.

Outras vezes nada de extraordinário acontecia. Ele se via sentado na oficina do porão, olhando as reclamações dos moradores acumuladas durante o dia: "senhor Stein, consertar janela", "senhora Rivera, privada". Bem-humorado, começava a cantar, e sua voz agradável era ouvida até na área interna do prédio.

E, INFALIVELMENTE, LÁ vinha a senhora Shannon metendo a cabeça pela janela, dizendo, quando ele passava lá embaixo: "Ah, a sua voz é igualzinha à daquele Ricky Ricardo, sabe?".

E ele ia tratar da vida.

Cantava: "Minha vida está sempre tomando um rumo engraçado".

Nos sonhos (como na vida real), ele surpreendia drogados forçando as janelas dos fundos com chaves de fenda e furadores de gelo, varria neve e desentupia privadas. Às vezes, estava fazendo um serviço e acontecia um problema grave (como na vida real): uma toalha presa no ralo atrás da pia. Agachado, tentava pescá-la com um gancho, desesperando-se quando a coisa se enfiava pelo cano e tentava desintegrá-la com um cabo de aço giratório, que sempre desentope tudo, mas que fica enroscado no pano. Quando, finalmente, consegue puxá-la com um safanão, estava todo sujo de graxa, bolos de cabelo e restos de comida; e ele só queria tomar um banho, mas não conseguia se mexer.

Lembrava-se ainda do sonho em que o cano da cozinha da senhora Stein estourou, inundando a casa toda e fazendo desabar o teto do apartamento de baixo, como já acontecera realmente, só que no sonho ele ficava às gargalhadas na área de serviço olhando a cascata que jorrava das janelas da senhoria.

E tinha também o sonho em que ele se sentia um monstro. Era tão pesado que os seus passos retumbavam como tambores caindo de um caminhão em movimento e abriam buracos no chão. Era tão disforme que rachava os degraus da escada quando subia para a sua casa no quarto andar e até de lado tinha dificuldade de passar pela porta.

Um sonho mais agradável? O do prédio sem paredes e ele observando tudo o que se passava ali dentro. Lindas universitárias peladas (que ele às vezes espiava do telhado) entrando no banho, falando ao telefone, sentadas com suas bundinhas gostosas nas privadas em pleno ato de defecar. Homens urinando, casais trepando, famílias reunidas à mesa do jantar: vida.

Sonhava muito com música, porém, mais ainda, com coisas desmoronando: paredes ruindo, canos se desmanchando, assoalhos podres e comidos de cupim, tudo mole e se esfarelando.

Uma noite, sentindo-se imundo e saturado de remédios, melado de suor e sujeira, sonhou com a mãe. Ela se sentou na cama ao seu lado com uma *palangana* de água e sabão e deu-lhe um banho gostoso, esfregando-o carinhosamente com uma esponja e, delícia das delícias, lavando a sua cabeça, com aquelas mãos muito macias tocando seu rosto novamente.

Ele passou os três primeiros dias dormindo e, quando acordou, viu o sobrinho Eugênio sentado ao seu lado.

O garoto já estava com vinte e tantos anos. Solteiro, tinha o mesmo olhar triste do pai. Em uma cadeira ao lado da cama do tio, Eugênio lia para passar o tempo. De vez em quando se aproximava e perguntava bem alto: "Tio, o senhor está me ouvindo? O senhor está me ouvindo?".

E embora estivesse, o tio não conseguia responder, só abria os olhos e adormecia novamente.

"Tio!"

Uma enfermeira: "Por favor, não grite, meu senhor".

Pensando nisso, César desejou ter respondido ao sobrinho. Quase chorou, emocionando-se ao lembrar da dedicação do rapaz à sua cabeceira. Impaciente, levantava toda hora para caminhar pela enfermaria, entre aquelas máquinas.

"Enfermeira, a senhora pode me dizer o que está acontecendo com meu tio?"

"Fale com o doutor."

"Para começar, ele está sem as funções eletrolíticas."

"Ele vai acordar?"

"O tempo vai dizer..."

Então, um dia, César viu a linda enfermeira porto-riquenha debruçar-se para aplicar uma injeção num pobre coitado todo amarelo. Foi aí que ele se sentou pela primeira vez, quis fazer a barba, tomar um banho, ficar bom e sair dali novo em folha.

"Que bom que você está melhor, todo mundo está contente por isso", disse Delores. "Eu trouxe uns livros pra você."

Livros de religião, vida de santos, meditação.

"Obrigado, Delores."

E vendo o garoto ali – Bem, o sobrinho já era um homem, não era? –, chamou-o e apertou seu ombro. "Está contente que eu já esteja bom? Isso não foi nada."

O sobrinho ficou calado.

(É, tio, não foi nada. Só três dias de cão que a gente passou achando que o senhor ia morrer e eu aqui sentindo o mundo desmoronar.)

"Vamos, garoto, que cara é essa? Dá um sorriso pro seu tio." Só que aí ele fez uma careta de dor.

Eugênio estava impassível.

"Me ajuda aqui a sentar, garoto."

Calado, Eugênio ajudou-o, mas sem aquela expressão preocupada de antes. Agora, seu olhar era frio.

Eugênio, parecidíssimo com Nestor, saiu do quarto sem dizer uma palavra.

E o que mais ganhou no hospital? Umas revistas de sacanagem de Frankie, um sanduíche de rosbife com maionese, alface e tomate de Raúl, um radinho de pilha cor-de-rosa daquela mulher com cara de índia que era dona da padaria em frente, um ramo de flores de Ana Maria, um chapéu novo de Bernardito. E a namorada Lydia veio com os filhos, trazendo uns desenhos com crianças correndo debaixo de um sol amarelo e laranja no céu. Lydia, sentada ao lado dele, tentando parecer alegre.

Então, foi sentindo as forças chegarem, como o sol quando se insinuava na enfermaria. Era um calor em volta da cintura, como se ele estivesse andando em águas tropicais, e até chegou a acordar com uma ereção. Só de avental, por causa das sondas e da comadre, o velho músico deixou a enfermeira loura que veio atendê-lo boquiaberta diante do seu aparato sexual. Enrubescendo ao arrumá-lo na cama, ela não conteve aquele sorrisinho como se dissesse: "Ah, seu safadinho". A expressão da enfermeira deixou-o tão satisfeito que o fez dizer, quando ela ia saindo do quarto: "Obrigado, enfermeira, muito obrigado! Passe bem!".

Nesse momento, ele reparou no outro sujeito. Não no perneta, mas naquele cara estufado que chegou na UTI todo ligado, com o fígado e os rins pifados, a vesícula entupida e falência geral do metabolismo. O Mambo King esteve cinco dias ao lado desse homem e, apesar do seu próprio sofrimento, não parava de pensar: Meu Deus, ainda bem que eu não sou ele.

O homem só piorava. Os dedos eram bolas com uma secreção escorrendo pelas unhas e os braços inchadíssimos. A cara parecia uma abóbora maquiada com uma expressão de dor. A boca, o nariz e os ouvidos escorriam e o que devia sair não saía por onde devia. Também com problemas de edema, o Mambo King via aquilo e balançava a cabeça pensando no pesadelo do infeliz.

"Está vendo?", alertou um médico. "Se continuar bebendo, vai acabar assim."

Agora, a dor estava muito forte – mas que diabo! –, pelo menos ele se retirava com estilo. O sangramento nos tornozelos, a tonteira, a certeza absoluta, absoluta mesmo, de que ele estava no fim, nada disso era coisa que um trago de whisky não resolvesse. E, para comemorar esse trago, ele foi botar "The Mambo Kings Play Songs of Love".

PELO MENOS ELE tivera alta e nunca mais pisaria no hospital. Isso foi no mês de junho e ele ria, apesar da dor, pensando nas enfermeiras. Teve a mocinha porto-riquenha que no começo parecia antipática, sempre com a cara fechada e sem lhe dar nem bom dia, mas que ele conquistou com uma boa lábia; quando se sentiu melhor, até encomendou a Frankie um ramo de flores para ela. (Ele quase morria quando ela vinha com aquela blusa moderna de zíper na frente, lhe tomar o pulso ou verificar os tubos e agulhas que ele tinha espetados pelo corpo, pois era uma tortura o decote acabar onde começava o melhor. Um dia, ela fazia força para virá-lo na cama e o fecho abriu até embaixo. Foi a glória. Ele viu os detalhes do sutiã, a tensão do tecido cor-de-rosa fino e diáfano para conter aqueles peitos que transbordavam dos bojos macios; peitos gostosos, grandes e redondos.) A outra enfermeira, uma americana loura como Vanna Vane, sempre foi simpática e nunca se incomodou com as suas cantadas. Apenas sorria e tratava do seu serviço, talvez, de fato, meio inibida, já que era uma mulher de quase um metro e oitenta, mãos e braços enormes, ombros largos e devia se achar pouco feminina e desajeitada; no entanto, ele não hesitaria em levá-la para a cama com toda aquela sua altura. E ela se sentiria amada, deslumbrante e tão bem fodida que ficaria dias sem poder andar. Por isso, quando estava acordado, sem a medicação que o deixava dopado, ele cantava essa enfermeira e ficava feliz porque ela botava a mão na cintura e respondia à cantada, chamando-o de "meu paciente predileto e mais lindo de todos" e de "meu amor". Isso lhe dava uns momentos de alegria. Aquele seu vizinho de leito, porém, um diabético que ficara paralítico das pernas, só ficava dizendo: "Esquece isso, *hombre*. Você está muito velho, o que é que uma moça dessas vai querer com você?".

Obrigado, amigo.

E agora tudo é instrumento de percussão, bateria e congas numa descarga enlouquecida, os músicos sacudindo o corpo numa espécie de transe. O chove-chove da chuva, só que cem vezes mais rápido, a porta-batendo, o balde-caindo, o chute-no-para-lama. E tambores de circo e cocos-despencando-no-chão e tambores-de-pele-de-leão e mão-dando--porrada-em-parede e alguém-batendo-travesseiro, pedregulhos-em-muro, os tambores-de-troncos-de-árvores-de-madeira-de-lei-rufando e explosão--de-pedreira e passarinhos-aprendendo-a-voar e pássaros-de-grande-envergadura-pousando-no-telhado-e-batendo-as-asas e o-chape-dos-remos-de--um-barco-no-rio e um-homem-comendo-uma-mulher-e-fazendo-a-cabeceira-da-cama-bater-na-parede e aí uma pessoa-pulando-no-chão-de-tábua e aí um-gordo-fazendo-a-barriga-de-tambor e aí uma-mulher-caindo-de--bunda-no-chão e aí as-batidas-do-código-Morse e aí o estrondo-do-céu--desabando-com-o-peso-do-universo, e aí uma-bateria-respondendo-bap--bap-bap e passos-de-criança-correndo-numa-igreja-vazia e os-canhões-do--conquistador-disparados-contra-a-aldeia-indígena e escravos-sendo-atirados-no-porão-do-navio, alguém-deixando-bater-uma-porta-descascada--de-carvalho-maciço e aí o-bate-bate-das-panelas e aí o-estrondo-do-raio e aí um-elefante-rolando-no-chão e aí o-coração-palpitando e um-beija-flor--zumbindo e aí um tique-taque-e-para. E um-furacão-varrendo-cem-casas e as-persianas-batendo-com-o-vento e velas-impelidas-por-uma-rajada-forte e peitos-subindo-e-descendo-de-encontro-ao-estômago-de-um-macho, o--suor-tirando-peidos-do-umbigo, seringueiras-vergando, pé-de-vento-na--floresta, melros-voando-no-meio-do-arvoredo, uma-pilha-de-pires-e-xícaras-de-café-chacoalhando, selvagens-batucando-numa-fileira-de-tartaruga, batuque-numa-bunda-gorda-requebrando, carrilhões-chineses e homens--se-batendo, gente-levando-correiada-na-cara, uma-galhada-nas-costas e aí a-batida-no-caixão, tambores de todo tipo, batas, congas, *bongôs, quintos, tumbadoras* troando numa tempestade, mulheres-bonitas-mexendo-as-cadeiras, um-milhão-de-sinos-caindo-do-céu, uma-onda-lambendo-a-terra, marchinha-rasgada-na-rua, rufar-de-tambores-em-casamento, disparos-de-artilharia, um-homem-gemendo-de-gozo e gritos, bocejos, risos, prantos percutindo, percussão do coração da floresta além de uma campina, a percussão de caras doidões no palco botando pra quebrar, o velho Pito nos timbales e Benny nas congas num interludiozinho de dez segundos numa daquelas músicas antigas dos Mambo Kings.

Então por que o Mambo King voltara a tocar, depois de ter perdido tanto da alegria de viver? Ele foi levado a isso por problemas familiares em Cuba; os irmãos Miguel e Eduardo que escreviam pedindo dinheiro, remédios e roupas. Agora esta era a sua "causa". Embora nunca tivesse se interessado por política, o que mais podia fazer quando alguém da família lhe pedia ajuda? A princípio, ele começou a pegar qualquer tipo de biscate, fazendo serviços de pintura em apartamentos para ganhar um extra; depois, por insistência de Manny, seu velho baixista, passou a aceitar convites para tocar aqui e ali. (O primeiro trabalho dessa fase? Foi hilário. Um casamento no Queens, em 1961, de um patrício que fora flagrado pela noiva beliscando a bunda da dama de honra. Mais tarde, enquanto os músicos guardavam os instrumentos no carro, a noiva dava chutes e bofetões nele.) O dinheiro que ele não conseguia torrar para manter aquela sua generosidade de gastos era reservado para comprar remédios e alimentos que eram enviados a Cuba. Com o dicionário *Webster's* de Delores aberto à sua frente, ele preparava cuidadosamente rascunhos de cartas para o governo, pedindo instruções quanto aos procedimentos para tirar sua família do país. Depois, mostrava esses rascunhos a um dos inquilinos mais espertos do prédio, um ex-professor universitário conhecido como Senhor Bernhardt. Por trás dos óculos bifocais, Bernhardt, um sujeito gordo de ar distinto, fazia as correções necessárias e, em seguida, datilografava as cartas cuidadosamente numa velha máquina de escrever inglesa. (E César ficava dando uma olhada na sala. Bernhardt fora professor de alguma disciplina ligada à História e as mesas de sua casa eram cobertas de papéis, livros de latim e grego, maços de fotografias de sítios arqueológicos, além de uma coleção de livros grossos e velhíssimos sobre bruxaria e várias pastas de fotos pornográficas.) As respostas informavam-no que, basicamente, era preciso obter autorização do governo de Castro; mas parecia que aquelas cartas para Cuba se perdiam pelas repartições do país e iam apodrecer num cesto com milhares de outras. No fim das contas, foram cinco anos para tirá-los de lá.

E ainda tinha mais. Certas noites, ouvindo música, ele se lembrava de quando era garoto e ia até o engenho ver as famosas orquestras que se apresentavam em Cuba: orquestras como a dos Melody Boys de Ernesto Lecuona. Em 1932, o ingresso para ouvir Lecuona tocar custou um dólar e Las Piñas em peso compareceu, pois aquele foi o grande acontecimento cultural do ano. Famílias das cidades vizinhas acorriam ao engenho de charrete, automóvel ou carroça. Muitos iam a cavalo. Conversas varando a noite, o cricri dos grilos e o pacatá dos cavalos. As estrelas tilintando como finos sinos de vidro. No pavilhão de concertos do engenho, havia um imponente salão de baile em estilo mourisco, com lustres no teto, pesados reposteiros nas janelas em arco e um assoalho reluzente como o sol. Uma noite, quase cinquenta anos atrás, Ernesto Lecuona subiu ao palco e César Castillo, então garoto, estava na plateia. O maestro não era alto e, à primeira vista, parecia-se com Rodolfo Valentino, mas um pouco mais forte. Ele estava de smoking preto, camisa de botões de pérola e gravata-borboleta de cetim vermelha. Tinha olhos penetrantes e escuros e mãos esguias. Sentado ao piano, com uma expressão serena, ele tocou os primeiros acordes pungentes daquela sua música famosa, "Malagueña".

No intervalo, o idolatrado Lecuona desceu do palco em direção à plateia. Naquela noite, ao ver Lecuona circulando no meio do povo, César Castillo, com seus quatorze anos, aproximou-se para cumprimentar aquele grande senhor. Nessa noite, César se apresentou: "Meu nome é César Castillo, senhor Lecuona, e eu gostaria de lhe mostrar uma música que eu fiz. Uma balada".

Lecuona suspirou, exalando um aroma de colônia de limão. Com um ar de enfado, ele assentiu com um gesto de cabeça e disse ao garoto: "Venha falar comigo depois no salão".

Após o concerto, num salão contíguo ao salão de baile, o jovem César Castillo sentou-se nervoso ao piano, tocando e cantando a sua *canción*.

Lecuona foi honesto e delicado: "Você tem uma boa voz, os seus versos são monótonos, mas você compôs um bom refrão".

"Obrigado, senhor Lecuona, muito obrigado." César lembrava-se de acompanhar o maestro de volta ao salão dizendo "obrigado", mas essa imagem logo se desvaneceu em sua memória, enquanto o desejo de voltar para dentro daquela música, que lhe parecera tão bonita, permanecia.

Depois de algum tempo, ele estava trabalhando em lugares como o Sunset Club e o Latin Exchange da Rua 146 (Um motorista de táxi: "Sabe quem eu peguei outro dia? O Pérez Prado!"), nas noites de sexta e sábado, livre das responsabilidades da administração de uma banda e tocando apenas quando era convidado. Não cobrava um cachê muito alto, de vinte a vinte e cinco dólares por noite, o que o ajudava a arranjar trabalho, pois (quer se desse conta ou não) ele ainda tinha uma boa reputação.

Só que ele nunca soube disso.

Até aceitava se apresentar como menestrel ambulante, tocando guitarra e cantando em restaurantes como o Mamey Tree e o Morro Castle no Brooklyn.

Sem dúvida, era um prazer voltar a tocar para as pessoas. Distraía-o de certas coisas. E ficava feliz quando alguém vinha pedir-lhe um autógrafo (*"Ciertamente"*). Era bom passar pelos mercados da Rua 125 num domingo à tarde e ouvir um cara de camiseta gritar da janela: "Ei! Mambo King, como é que vão as coisas?".

Ainda sentia aquela triteza. Às vezes, quando ia trabalhar com Manny, pegava uma carona de volta para casa. Geralmente andava de metrô, já que agora preferia não dirigir à noite. Depois de acabar com o DeSoto, comprara um Chevrolet 1954. Sempre que dirigia esse carro, tinha vontade de jogá-lo de encontro a um muro. Saía com ele uma vez ou outra para dar uma volta no Riverside Drive quando fazia um dia bonito, lavava-o aos domingos e, com o rádio sempre ligado, usava-o como uma espécie de escritório para receber os amigos. Na verdade, o carro era uma aporrinhação; ele estava sempre pagando multas e emprestando-o aos amigos. Por isso, vendeu-o em 63 por $250. De qualquer maneira, ele gostava de beber e, andando de metrô, não precisava se preocupar com o carro nem ter medo de machucar alguém. O único porém era que ele ficava nervoso quando, de madrugada, o trem demorava a passar na estação. Já estava ficando difícil de viver em Nova York no início dos anos sessenta; por isso, ele ia para o fim da plataforma e esperava o trem escondido atrás de uma coluna.

Uma figura anônima atrás de uns óculos escuros, chapéu caído na testa e a guitarra ou o trompete encaixado entre as pernas, o Mambo King seguia para os seus compromissos profissionais pela cidade. Era fácil voltar para casa quando o compromisso era num bar do Village ou da Madison Avenue, onde ele cantava de mesa em mesa para aquela clientela de executivos, tipo Fred MacMurray e suas companheiras ("Agora, meninas, cantem comigo, Babaluuuu!"), já que o trabalho estava encerrado por volta das onze horas. Quando, porém, ia tocar em inferninhos da periferia de Brooklyn ou do Bronx, chegava em casa às quatro e meia ou cinco horas da manhã. Viajando várias vezes sozinho nos trens, ele lia o *La prensa*, o *El diario* ou o *Daily news*.

Fez uma porção de amigos nos trens. Conhecia um espanhol de Toledo chamado Eloy Garcia que tocava guitarra *flamenca* no Café Madrid; o acordeonista de uma orquestra de tango em Greenwich Village, um gordinho chamado Macedônio que tocava de chapéu de gaúcho. ("Tocar as músicas de Matos Rodríguez é trazer Matos de volta", dizia ele.) Conhecia Estela e Nilda, que eram cantoras de zarzuelas e ficariam velhas usando cravos murchos nos cabelos. Conhecia um trio de bailarinos negros com penteados batidos, sujeitos simpáticos e confiantes, tinindo nuns *smokings* brancos e polainas, sempre a caminho de um teste qualquer. ("Agora a gente está esperando ser chamado para o programa do Ed Sullivan".) E tinha os mexicanos com aquelas guitarras e trompetes exagerados e um acordeão parecendo um altar, com o teclado crivado de medalhas religiosas de Nossa Senhora, de Cristo e dos apóstolos, com umas figuras cobertas de chagas, sustentando-se em muletas com o coração transpassado de flechas. Os homens usavam sombreiros grandes, calças de guizos chacoalhando, botas de caubói de salto fino com pespontos formando flores e estavam sempre com uma mulher e uma garotinha. A mulher usava uma mantilha e um vestido rodado de um tecido que parecia coisa asteca e a garotinha tinha um vestido vermelho e tocava um tamborim realçado por uma cara parecida com a de João Batista em esmalte. Ia irrequieta no banco, com um ar infeliz, enquanto César puxava conversa com a mãe dela. ("Como é que estão as coisas?", "Agora anda tudo meio devagar, o melhor é no Natal, quando todo mundo fica generoso".)

O grupo seguia até o fim da linha, indo em direção ao terminal das barcas para Staten Island onde tocavam *bambas, corridos* e *rancheras* para os passageiros que aguardavam.

"*Que Dios te bendiga.*"

"Igualmente."

Havia outros ainda, muitos músicos latinos como ele, seguindo para aquela labuta às altas horas da noite nos confins do Brooklyn e do Bronx.

Alguns eram jovens e nunca tinham ouvido falar em Castillo, mas a velha guarda, a turma que circulava em Nova York desde os anos quarenta, essa sabia quem ele era. Trompetistas, guitarristas e bateiristas vinham sentar-se com o Mambo King.[7]

E ainda havia os túneis, a escuridão, a solidão palpável de uma estação às quatro da manhã, e o Mambo King sonhando com Cuba.

Ele sentiu muito não poder tomar um avião e dar um pulo até Havana ver a filha e visitar a família em Las Piñas.

Quem iria imaginar uma coisa dessas? Que Cuba se ligaria com a Rússia? Isso tudo era uma tristeza nova.

Sentado no Hotel Splendour (já cambaleando), o Mambo King preferia não pensar na revolução em Cuba. Porra, quando é que ele se interessara pela política cubana, além das vezes em que via a possibilidade de tocar nas províncias, em comícios dos coronéis locais? Quando é que ele se interessara, se no consenso dos seus colegas de profissão, qualquer um que assumisse o poder era igual antes de Fidel. E o que poderia ele ter feito, no fim das contas? A coisa devia estar preta. O maestro René Touzet fugira com dois filhos para Miami, onde tocava nos grandes hotéis e dava concertos para os cubanos. Por Miami também passara o grande mestre da música cubana, Ernesto Lecuona, que chegou lá arrasado, com a criatividade bloqueada, incapaz de tocar uma nota ao piano, antes de ir para Porto Rico, onde terminou os seus dias "amargurado e desencantado", segundo o que se dizia. Amargurado porque a sua Cuba acabara.

Meu Deus, todos os cubanos estavam alvoroçados. Até aquele *compañero* – que nunca os esquecera – Desi Arnaz acrescentou no seu cartão de Natal: "Nós, cubanos, devemos nos unir nesses tempos difíceis".

Como é que um amigo seu se referiu a revolução? "A rosa que virou espinho."

---

[7] Sempre um alô simpático, eventualmente uma reunião, os colegas músicos convidando para uma *jam session*. No Hotel Splendour, ele lembrou que uma das melhores *jam sessions* da sua vida foi no Museu de História Natural, a convite do Benny das congas, reencarnado em guarda do museu. Lá pelas nove horas, o prédio deserto, César aparece com mais uns outros músicos. Acabam tocando numa salinha perto da Galeria Principal dos Dinossauros: Benny na percussão, um sujeito chamado Rafael na guitarra e César no vocal e no trompete, com a música ecoando e palpitando nos ossos daquelas criaturas pré-históricas – o Estegossauro, o Tiranossauro Rex, o Brontossauro e o mamute animados pela melodia, reverberando pelo mármore daquela sala imensa e fazendo vibrar as suas ameaçadoras mandíbulas e intermináveis espinhas dorsais.

A grande Célia Cruz também viria para os Estados Unidos, em 1967. (Por outro lado, o músico Bola de Nieve e a cantora Elena Burke optaram por não sair do país.)

Em 1962, quando a mãe faleceu, César foi informado por um telegrama de Eduardo. E isso também foi curioso, porque naquela semana ele andava pensando muito na mãe, com o coração apertado e a cabeça cheia de recordações. Ao ler as primeiras palavras, "Tenho más notícias", na mesma hora pensou: "Não". Quando acabou de ler o telegrama, não conseguiu fazer mais nada a não ser passar horas afogando as mágoas na bebida, só pensando na mãe lavando a sua cabeça na banheira do pátio, naquelas mãos macias recendendo a água de rosas esfregando o seu couro cabeludo e tocando o seu rosto, no sol filtrado pelas árvores refletido nos cabelos dela...

O homem chorou e chorou, até ficar com os olhos inchados e acabar adormecendo na mesa de trabalho.

Desejou ter visto a mãe mais uma vez. Tentou se convencer de que, não fosse por Fidel, teria ido visitá-la um ano antes, quando soube que ela adoecera.

Às vezes, ele se pegava em discussões ferrenhas com Raúl, o marido de Ana Maria, sobre a situação do seu país. Sindicalista de longa data, Raúl vivia organizando encontros nas fábricas localizadas entre as Ruas 20 e 30 no lado Oeste, cujos operários eram, na grande maioria, imigrantes da América Central e de Porto Rico. Apesar de discordarem, César e ele continuavam amigos. Raúl vivia tentando doutrinar o Mambo King a favor de Castro. Uma vez, chegou a levá-lo, numa sexta-feira, a um barzinho na Rua 14, ponto de encontro de esquerdistas espanhóis e portugueses. César ficou sentado no fundo ouvindo aqueles senhores, calejados por espancamentos e passagens pelo cárcere na Espanha de Franco, proferirem longos discursos inflamados sobre "a atitude a ser tomada", que sempre acabavam em *"Viva el socialismo!"* e *"Viva Fidel!"*.

Não havia nada errado em se querer acabar com os males do mundo. Ele os conhecia bem. Em Cuba, vira gente morando em barracos de papelão e tábuas de caixote, crianças subnutridas e cães moribundos. Um cortejo fúnebre numa cidadezinha chamada Minas. No caixão de pinho, um cartaz: *"Muerto de hambre".* Na mesma esquina em que *os suavecitos* bem apanhados se reuniam para conversar, um sujeito, que perdera a perna num acidente de trabalho nas caldeiras da refinaria de açúcar, pedia esmola. Para César, a imagem do sofrimento era aquele cão morto que ele vira numa rua perto do porto de Lisboa: um cãozinho pequeno, com uma cara doce e orelhinhas em pé, estirado no chão com as patinhas para cima, a barriga aberta e o estômago escuro e inchado como uma melancia.

Ele não discordava de que era preciso ajudar os outros. Em Cuba, as pessoas ajudavam o povo. Famílias faziam donativos em roupas, alimentos e dinheiro; às vezes até contratavam empregados para suas casas ou empresas.

"A minha mãe mesmo, Raúl, me escute. A minha mãe mesmo estava sempre dando dinheiro aos pobres, mesmo quando a gente não tinha muito. O que mais se pode pedir?"

"Mais."

"Raúl, você é meu amigo. Eu não quero discutir com você, mas o pessoal está indo embora porque não está dando para aguentar."

"Ou porque é fraco."

"Ora essa, vamos beber alguma coisa."

Uma carta, datada de 17 de junho de 1962:

"Ao meu estimado irmão,

Apesar desses anos todos de separação, nós nunca nos desligamos. A verdade é que a situação aqui ficou feia. Pedrito é o único de nós que teria alguma simpatia pelo governo Castro. É deprimente, para mim, escrever o que vou escrever. Há apenas um ano eu ainda conseguia ajudar os outros com o dinheiro que eu ganhava na oficina, mas o governo me levou isso, fechou a oficina e me informou que o meu trabalho lá seria bem recebido, mas que eu não podia mais ser o dono do negócio. Escrotos. Isto é o comunismo. Eu me neguei a voltar e [riscado]. Sei que você está bem de vida e espero que possa dar um jeito de nos mandar qualquer coisa que conseguir. Já bastava a tragédia que a gente teve que enfrentar com a morte do Nestor, mas agora parece que, com essa situação, as coisas estão ainda piores. Eu não lhe pediria se não soubesse que você tem dinheiro. Se você pudesse nos mandar cinquenta ou cem dólares por mês, daria para a gente viver decentemente até conseguir os vistos de saída – se é que algum dia a gente vai conseguir. Mas esta é outra história. Que Deus o abençoe. Carinhos de todos.

Eduardo"

Portanto, ele trabalhava para ajudar os irmãos, mandava dinheiro e presentes para a filha Mariela, embora ela não parecesse muito necessitada. Dirigindo uma escola na época da revolução, o padrasto de Mariela publicara um jornal clandestino pró-Castro e, depois da vitória, fora agraciado com uma boa colocação no Ministério da Educação. Instalada num confortável apartamento na Calle 22 no bairro de Vedado, em Havana, a família prosperava, gozando as benesses da posição do chefe da casa, enquanto Mariela estudava balé.

(Entre as fotos preferidas que o Mambo King levara para o Hotel Splendour, estava a da filha vestida de bailarina em frente a uma janela em arco numa sala de colunatas e azulejos decorados. A foto, tirada em 1959 na escola de balé, mostra uma menina magra e aristocrática, com um rosto oval e grandes olhos castanhos, uma figura frágil e elegante de sapatilhas de balé, com a expressão sonhadora de quem estava ouvindo uma bela música. Em outra foto, de 1962, ela aparece dançando num ensaio de "Giselle"; observando-a, estão Alicia Alonso e a professora de balé, uma bela cubana chamada Glória.)

De vez em quando, ele frequentava os bares e cantinas de Washington Heights e, mais raramente, de Union City, em Nova Jersey, onde muitos cubanos inflamados vieram se instalar no início dos anos sessenta. Tomando o seu cafezinho, ele ficava só escutando as conversas políticas. Os cubanos recém-chegados, amargurados e perdidos e os que já lá moravam havia mais tempo tentando entender o que se passava em Cuba: um, que tremia da mão direita, tinha um irmão mais velho joalheiro que se suicidara em Havana; outro perdera um bom emprego de jardineiro na propriedade da DuPont; outro tinha um primo que fora preso por ter sido pego na rua com meio quilo de açúcar escondido na roupa. Outro perdera a fazenda. Outro tinha um tio condenado a vinte anos de prisão por ter gritado "Abaixo Castro!" numa reunião municipal. Outro tinha agora a sobrinha querida, uma moça bonita, na gélida Moscou, casada com um russo barrigudo e carrancudo. Outro fora ferido no cotovelo na invasão da Baía dos Porcos.

Vozes:

"E eles nos chamam de 'vermes.'"

"Castro começou com quatro mil hectares de terra e agora é dono da ilha!"

"Eu contrabandeei armas para aquele filho da puta."

"Será que ele chegaria aonde chegou se a gente soubesse que ele era comunista?"

"Dizem que Castro só foi solto por Batista em 54 porque tinha sido castrado."

"Para eles, a nossa revolta é só um problema de estômago. Dizem que fomos embora porque em Havana já não havia comida decente. É verdade, pois os russos todos estão comendo a nossa comida. E tem mais. Eles nos tiraram o direito de nos sentarmos em paz com as nossas famílias numa mesa farta graças ao nosso trabalho."

"Então nós saímos, *hombre*, e esse Castro, *mojón guindao*, que vá para o inferno."

"Ele é igual ao Rasputin."

"Não tem pão, come brioche; é o que ele pensa."

"Ele tem parte com o diabo."

"Só tivemos traição."

"É, eu sei", costumava dizer o Mambo King. "Ainda tenho meu pai e meus três irmãos em Oriente e eles dizem a mesma coisa, que querem sair." Um golinho de café. "Menos o meu pai. Ele já está velho, tem mais de setenta anos e não anda muito bem de saúde."

E não resistia: "Eu tenho uma filha em Havana. Na minha opinião, já fizeram a cabeça dela".

O Mambo King subia a ladeira da Rua La Salle preocupado, cabisbaixo, encurvado e com a barriga estufada apertada pelo cinto, pensando em Cuba. Naquela oficina caótica do porão, ele lia os panfletos anticastristas que os amigos lhe davam. Entre as páginas do *Forward America!* do irmão ("Sejam quais forem os seus problemas, lembre-se de que há sempre uma saída quando há força de vontade e determinação!"), esse pedaço de um panfleto de 1961-62, sublinhado de vermelho, pousado na mesa daquele quarto no Hotel Splendour:

> ... Não podemos negar que, na era republicana, tivemos líderes políticos que nem sempre usaram de honestidade e patriotismo para implementar os justos e magníficos princípios da nossa Constituição. No entanto, sequer poderíamos imaginar o tipo de tirania desencadeada por Fidel Castro e seu bando. No passado, os ditadores de opereta pelo menos procuravam soluções democráticas para suas falhas morais. Só se tornavam ditatoriais quando provocados por comunistas que perturbavam a ordem pública e atraíam para as ruas os jovens inocentes, crédulos e

fanáticos, usando-os como bucha de canhão. Há quem diga que Cuba renascerá com Fidel Castro, que a desnutrição, a prostituição, o analfabetismo, a corrupção e a miséria serão definitivamente erradicados; que a ilha será um oásis de igualdade, com um governo efetivamente voltado para o bem-estar coletivo. Perguntem àqueles que sofreram torturas brutais e hoje jazem em valas comuns se é assim. A verdade é diferente: Fidel Castro e sua gangue de ladrões e assassinos, como o odioso argentino Che Guevara, os criminosos espanhóis Lister e Bayo e os torturadores e carrascos da laia de Raúl Castro e Ramiro Valdés, chefe do G-2, venderam Cuba às potências euroasiáticas. Potências sem nenhuma ligação geográfica, espiritual ou histórica com o Caribe e que transformaram Cuba numa colônia tropical e numa base militar da Rússia. Desde 1º de janeiro de 1959, Cuba tornou-se um estado miserável, sem recursos e nem liberdade, e a genuína alegria de viver dos cubanos foi substituída por uma amargura trágica. A vida fervilhante de Cuba, impulsionada pelo comércio de rum e dos bons charutos, pela fartura do açúcar e de seus subprodutos, reduziu-se a um severo racionamento em nome das relações comerciais cubano-soviéticas. A classe média cubana é obrigada a apertar os cintos estoicamente, enquanto Fidel só fuma dos melhores havanas de vinte dólares, bebe o seu rum e se farta de caviar russo. Enquanto milhares de cubanos partiram para o exílio, centenas de milhares de outros apodrecem nas prisões por crimes políticos. O resto da população se divide entre os traidores que apoiam a ditadura e os que optaram por continuar no país por razões pessoais ou estão impossibilitados de sair porque não conseguem autorização do governo. Não nos esqueçamos deles! Viva Jesus Cristo e viva a liberdade!

Inspirado pelo tom inflamado desses panfletos e pelas notícias de Cuba, o Mambo King se trancava na oficina, bebia cerveja e escrevia para Mariela – cartas que, ao longo dos anos, foram ficando mais súplices.

O teor era o seguinte: "Pelo que ouço a respeito de Cuba, não acredito que você esteja feliz aí. Quem sou eu para lhe dizer o que fazer, mas no dia em que você quiser vir para os Estados Unidos, fale comigo que farei tudo o que estiver ao meu alcance, e farei de coração, porque você é meu sangue".

E terminava: "Seu pai solitário que muito a ama".

Sem jamais ter recebido uma palavra da filha acusando essas ofertas, ele pensava: Claro que as cartas são interceptadas e destruídas antes de chegarem às mãos dela! Ela só lhe escrevia falando das aulas de balé ("dizem que sou uma das alunas mais promissoras") e de eventos culturais importantes, como a apresentação do "Pássaro de Fogo" de Stravinsky pelo Balé Bolshoi na ópera da capital (o que não lhe disse nada, porque ele só conhecia os balés pornográficos do famoso Teatro Shangai de Havana).

Muitas vezes (numa fantasia nostálgica), ele achava que seria bom se Mariela quisesse vir morar com ele e imaginava-a fugindo de navio ou conseguindo por milagre uma autorização do governo ("É, a pobrezinha quer ficar com o pai verdadeiro. Vamos lhe dar a nossa benção e deixá-la partir"). E ela tomaria conta dele, faria a sua comida, ajudaria a cuidar da casa e, acima de tudo, seria alguém para ele amar e lhe dar amor; e esse seria um laço de seda envolvendo o seu coração, protegendo-o de todo mal.

De certa forma, pensar em Mariela ajudou-o a entender por que Nestor se atormentava tanto naquele sofá cantando "Beautifiul Maria", mesmo sabendo que tudo aquilo era um sonho impossível. Uma miragem do amor e de uma eterna primavera, o tempo suspenso – o Mambo King via-se sentado ao lado da janela ensolarada, cabeça inclinada para trás, olhos fechados e a filha Mariela cortando o seu cabelo do mesmo jeito que a sua mãe cortava, a voz melodiosa (imaginava ele) de Mariela cantarolando em seu ouvido e o rosto dela irradiando felicidade e amor por ele. Essas fantasias tanto o mobilizavam que, de vez em quando, ele ia até a Macy's e, adivinhando o seu tamanho, comprava meia dúzia de vestidos e blusas, além de batons, rímeis, ruge. Numa ocasião, comprou-lhe um lenço de seda de um amarelo radiante. Corria a loja toda com determinação, como se a escolha dos artigos adequados pudesse mudar as coisas. Depois mandava os presentes com um bilhete: "Só para que você saiba que o seu pai a ama".

E todo dia 17 de novembro, o aniversário de Mariela, ele enviava um pacote de produtos que não eram encontrados em Cuba, tudo o que ele achava que agradaria a adolescente: barras de chocolate, biscoitos, geleias, chicletes, batatas fritas: a prova concreta da fartura da vida nos Estados Unidos.

Ela nunca correu para os seus braços.

Em junho ele saiu do hospital debilitado e desinteressado de tudo. Sim, todo mundo era bom para ele. Recebeu a visita de Machito e de vários outros colegas de profissão. No entanto, a sua fraqueza era de tal ordem que ele mal podia andar (por causa dos remédios) e não queria sair da cama. Isso era vida para o fabuloso César Castillo? O trabalho de zelador, já era! Ele foi obrigado a chamar Frankie e uns amigos para substituí-lo. Quando Lydia, a jovem namorada que andava lhe dando dor de cabeça, não vinha cuidar dele, ele subia para comer com Pedro e Delores e, como agora ele já não fosse aquele garanhão de antigamente, mas um velho moribundo, o mal-estar entre eles acabara. Para culminar, ele tinha que seguir uma aborrecida dieta hipocalórica e sem sal, à base de cereais, enquanto só pensava em *plátanos*, carne de porco e um bom prato de feijão com arroz, acompanhados de um copo de cerveja, vinho ou whisky.

Que prazeres lhe restavam? A companhia de Frankie, sair para pescar com ele para os lados da Bear Moutain, ouvir música na casa de Bernardito, os programas de televisão e as revistas de sacanagem, como a *Foto pimienta!*, com aquelas imagens pornográficas em preto e branco com a impressão granulada e aqueles anúncios: "Revolucionário Método Europeu para Aumentar o Tamanho do Seu Pênis!" ("Minha coroa nunca me considerou o garanhão que ela queria, *mas ahora la penetro muy profundo* e ela pensa em transar comigo!"); anúncios de loções e poções de amor ("Lubrificante Bronha, Loção Lambe-Lambe") e, no final, classificados pessoais de ambos os sexos. ("Mexicano honesto e asseado de Veracruz, 38 anos, aparentando menos, com um pênis de 22cmx6cm, procura mulheres de vinte a sessenta anos para um relacionamento amoroso", "Porto-riquenho bissexual de Santurce, com um pênis de 16cm, procura casais a fim de um fim de semana animado, posso viajar", "Cubano solitário, 50 anos mas bem conservado e superdotado, residente em Coral Gables e saudoso de Cuba, procura parceira para viver um romance", "Sou uma mulher de 34 anos, abandonada com um filho de seis anos, muito romântica, que se sente só e triste. Sou cidadã americana, branca, gordinha, de busto grande, e sou uma amante ardente. Se você é um homem saudável com idade entre 35 e 50, um bom emprego e um caráter decente, queira enviar informações e uma fotografia". E abaixo, a fotografia dela, mostrando uma mulher nua inclinando-se à frente.)

"Dios mío!"

E claro que gostava de assistir ao programa de variedades no Canal 47 de Nova Jersey, uma emissora de língua espanhola. Seu quadro favorito era o da voluptuosíssima Iris Chacón, cujos quadris adornados com colares de contas e os seios fartos enlouqueciam o Mambo King. Ele também gostava dos velhos musicais mexicanos, como aqueles cuja trilha sonora o seu ex-arranjador Miguel Montoya fazia: faroestes com muita sedução, filmes de ação/detetives/cantores de boates e as novelas sobre o amor e as famílias, com jovens bonitas e galãs másculos, enquanto agora ele não passava de um velho de sessenta e dois anos e aparência de setenta e cinco. Gostava também dos filmes de Hollywood, sobretudo aqueles com atores como Humphrey Bogart, William Powell e Fredric March e atrizes como Veronica Lake, Rita Hayworth e Marilyn Monroe. (Embora adorasse quando passavam os filmes do Gordo e o Magro. Já era fã da dupla desde Las Piñas, onde ia vê-los no cinema da cidade. O filme de que mais gostava era "Os Demônios Voadores". Neste, o Gordo e o Magro caem com o seu bimotor quando estão fugindo da Legião Estrangeira e o Gordo morre. O filme acaba com o Magro caminhando por uma estrada num belo dia de primavera, carregando uma trouxa amarrada num pau às costas, triste com a morte do velho amigo. Borboletas voando, árvores balançando ao vento, pássaros piando, o sol brilhando e a natureza viva à sua volta. "Pô, Ollie, você ia gostar de um dia como esse", diz ele. E nesse instante, numa curva, ele encontra uma mula, uma mula de bigode, franja e com um chapéu igual ao do Gordo. O Magro reconhece o Gordo encarnado na mula e, com lágrimas nos olhos, diz: "Pô, Ollie, que bom te ver". Ao que o Gordo responde mais ou menos assim: "Mais uma confusão em que você me meteu". Quando a cena se dissolve, fica uma imagem agradável, e o Mambo King pensa na Ressurreição e em Cristo surgindo resplandecente à porta do túmulo, imagina como seria maravilhoso o irmão voltar e também acaba com lágrimas nos olhos.)

Ocasionalmente, ele assistia ao programa "I Love Lucy" e chegou a ver, uma última vez, aquele episódio antes de ir para o Hotel Splendour. Viu o irmão e chorou, pensando em como a vida ficara triste depois de sua morte. Fechando os olhos, ouviu as batidas na porta de Ricky Ricardo, voltou à sala de Lucy e de Ricky, e poderia jurar que, se esticasse a mão, poderia encostar na perna do irmão e fazer um sinal de cabeça quando Lucille Ball entrava no quarto, com café e biscoitinhos para eles, o que o deixou louco por uma caninha, mas ele continuava pensando na proibição dos médicos e sabia que o sensato seria cuidar da saúde, mas ele estava desesperado de tédio, parecia que só tinha recordações e que agora todos os seus prazeres se encontravam no passado. O resto era uma complicação, até andar no quarto, e ainda com aquele reumatismo, os dedos duros e inchados, nem dava mais para pegar no violão e muito menos no trompete.

(E sempre havia reprises de episódios do programa, além daquele em que ele apareceu ao lado do irmão. Semanas antes de ir para o Hotel Splendour, às quatro da manhã, ele assistiu a dois:

No primeiro, Lucy está toda nervosa porque a mãezinha de Ricky vai chegar de Cuba e Lucy só sabe algumas palavras em espanhol, que a mãe vive corrigindo. A sogra chega, muito formal e serena, esperando ver o filho querido e ficam as duas caladas na sala, sem saber o que dizer, cada uma esperando que a outra fale. Dão a impressão de que a porta é o centro vital do mundo em que vivem e Lucy não tira os olhos de lá, esperando que o marido venha acudi-la, e assim passam um longo tempo, sorrindo uma para outra. Lucy irrequieta, a mãe cubana muito satisfeita ali no sofá à espera do filho, cantor de cabaré, que é o seu orgulho, e pode-se constatar isso quando ele entra, pois ela levanta, beija-o com ternura e fica abraçada com ele. Constrangida, porque até seu filho de quatro anos Ricky Jr. fala espanhol melhor do que ela, Lucy tenta se virar de alguma maneira, pois não só tem a sogra como hóspede, mas também está esperando uns primos cubanos do marido para jantar. Acontece que Ricky contratara um sensitivo para apresentar um número de transmissão de pensamento na boate Tropicana e esse sensitivo, um sujeito distinto, com um sotaque cubano, "lê" os pensamentos graças a um dispositivo auditivo. Ele empresta o aparelho a Lucy e, da cozinha, sopra no microfone o que ela deve dizer. Os parentes chegam e ficam impressionados com a fluência súbita de Lucy, só que o sensitivo tem que ir embora porque a mulher ganhou neném, e aí Lucy estraga tudo, tropeçando no espanhol e fazendo um papel ridículo. No entanto, tudo termina bem, os cubanos comovidos com o seu esforço, abraços gerais, e Ricky Ricardo dando-lhe um beijo apaixonado.

No segundo, Ricky e Lucy moram no campo, longe do tumulto da cidade, e Lucy resolve criar galinhas. Ela compra uma quantidade industrial de ovos e, na falta de chocadeira, traz os ovos para dentro de casa e aumenta a calefação, sem pensar que todos os pintos vão sair da casca de uma vez. Assim, quando Desi Arnaz, ou Ricky Ricardo, chega com aqueles seus olhos muito expressivos, depara-se com dez mil pintos piando e passeando alegremente pela sala, metendo-se debaixo dos móveis e trepando em tudo. Ricky fica olhando da porta, estupefato, depois bate na testa e dá aquele seu olhar tipo *"Lucy! Non me digas que compraste um casaco de visom que costaba $5.000!"*. E começa a esbravejar com um espanhol corrido, e Lucy fica assustada, mas Desi se acalma e tudo acaba bem...

Que episódios divertidos! pensou, bebendo o seu whisky no Hotel Splendour.)

E Lydia, sua última namorada, que ele conheceu numa boate do Bronx, em 1978, já não queria fazer amor com ele. Isso foi o que mais doeu. Ela vinha sempre ver se estava tudo bem com ele e isso o deixava feliz como um cachorrinho, só que agora ela se esquivava quando ele a tocava.

"Você ainda não está bom."

Ele insistia. Quando ela estava preparando a comida dele, ele ficava se encostando nela por trás, até se excitar com o calor do corpo dela. E, sem pestanejar, ele desabotoava as calças e botava a peça com aquele cabeção para fora que, mesmo sem estar de todo rija, ainda trabalhava melhor do que a de muito rapaz.

"Por favor", pedia ela. "Vim aqui pra cuidar de você."

Ele insistia: "Segura um pouquinho".

"*Dios mío*, você parece criança."

E ela pegava a peça dele, dando-lhe esperanças, mas a enfiava de volta nas calças.

"Agora, sente e tome a sopa que eu fiz pra você."

Ela fazia a limpeza da casa, cozinhava para ele, fazia a cama, arrumava as revistas e os jornais na sala, e ele só pensava numa coisa: despi-la e transar com ela. Mas nenhum artifício seu parecia funcionar. Não adiantava cantar, fazer brincadeiras e nem elogios. Ele acabou apelando para a chantagem afetiva: "Você nunca gostou de mim. Agora eu estou me sentindo uma pessoa inútil. Assim, é melhor morrer". E ela passou semanas ouvindo essa ladainha, até que se cansou, tirou a roupa, ficou só de sutiã e calcinha pretos, ajoelhou na frente dele e começou a chupar o seu membro senil. Segurando as melenas pretas e afastando-as dos seus olhos, César percebeu neles uma expressão de total repugnância e murchou, pensando: será que estou tão velho e acabado que ela não me quer mais?

Ela o chupou até ficar com as mandíbulas cansadas e então começou a masturbá-lo com vigor, acabando por provocar o tremor que ele tanto esperava. Quando terminou, sentiu que não conseguia olhar para ele, aquele velho gordo de cabelo branco, e virou as costas, apertando as mãos fechadas em punho contra a boca e mordendo os nós dos dedos agoniada com o que acabara de fazer. E quando ele a tocou suavemente, ela se esquivou, como todo mundo fazia agora com ele.

"Você está assim porque, ultimamente, eu não estou podendo lhe dar dinheiro? No banco, eu tenho uma grana que posso dar a você e às crianças. Mas se você puder esperar até eu voltar a trabalhar ou se pintar um cheque dos direitos autorais, eu lhe arranjo algum, tá? Se é isso o que você quer, eu faço qualquer coisa para ver você feliz."

"*Hombre*, eu não quero mais tocar em você porque é a mesma coisa que tocar a morte."

E ela começou a chorar.

Já vestida, ela dizia coisas do tipo: "Desculpe, eu não devia ter dito aquilo. Mas você me forçou demais. Por favor, entenda".

"Eu entendo", disse ele. "Agora, por favor, vai embora desse cemitério com esse velho moribundo, vai."

Ela foi, prometendo voltar, e ele ficou em pé, olhando-se no espelho. A *pinga* colossal e vermelha pendurada entre as pernas. Uma pança balofa. Puxa, ele estava quase com seios de mulher.

Pensou: perder uma mulher quando a gente tem quarenta anos é uma coisa, mas, aos sessenta e dois, o negócio é outro.

Pensou na esposa, Luísa, em Cuba. Na filha, Mariela.

Nas outras todas.

Ah, Vanna Vane.

Lydia.

Mamá.

"... a mesma coisa que tocar a morte".

Ele custou muito a tomar as suas decisões e a primeira delas era mandar a dieta e a abstinência de álcool para a puta que pariu. Arrumou-se todo com um terno branco de seda e foi para aquele restaurantezinho na Rua 127 com a Manhattan Avenue, onde pediu duas porções de croquete de banana, uma doce e outra verde, um prato de *yuca* ao alho e óleo com bastante sal e uma porção de pernil assado, tudo isso regado com meia dúzia de cervejas.

Ficou tão empanturrado que a volta para casa foi uma das provas mais difíceis da sua vida.

Foi aí que ele resolveu mandar tudo para o inferno. Tirou as economias do banco e comprou presentes para todo mundo (entre eles uma dentadura para Frankie, um chapéu de peninha para Pedro, que não tivera coragem de comprar um, uma velha gravação de Don Aziapaú intitulada "Havana Nights" para Bernardito e, para o sobrinho Eugênio, que gostava de desenhar, coisa que aprendera na universidade, o livro de arte mais grosso que encontrou, um sobre a obra de Francisco Goya). Depois, passou o mês todo visitando os amigos. Que merda se despedir de Delores, ir até Flushing, no Queens, levando doces e presentes para o primo Pablo, jantar com a família e abraçar o amigo pela última vez.

Agora César ri, comparando o sorridente Bernardito Mandelbaum de hoje com a figura que ele era em 1950, quando o conheceu: magro, desgrenhado, calças engole-ele-que-o-irmão-mais-velho-era-maior, camisa xadrez, sapatos da Sears com muito quilômetro rodado e meias brancas! Era assim que ele ia trabalhar na gráfica Tidy Print onde, durante um tempo, César também trabalhara, no almoxarifado. Numa sala cavernosa com o barulho das impressoras ecoando, eles ficaram amigos. Bernardito simpatizara com César à primeira vista, gostara do seu jeito alegre e cordial e sempre fora prestativo com ele. De manhã, ia buscar café para o Mambo King e lhe trazia doces feitos em casa para o lanche. Quando o Mambo King precisava sair mais cedo para algum compromisso, Bernardito se encarregava de bater o seu cartão de ponto. Em troca, o Mambo King chamava Bernardito para o seu círculo de amigos na gráfica, cubanos, porto-riquenhos e dominicanos, que se reuniam na hora do almoço para conversar e falar de sacanagem. Bernardito, que aprendera espanhol no colégio e queria ser cartunista, ficava atento ouvindo aquelas conversas e depois fazia César explicar determinadas expressões, anotando-as num caderno.

Ele parecia um bom garoto e foi por isso que o Mambo King um dia se aproximou dele e falou: "Olha, garoto, na sua idade você tem mais é que se divertir. Vem sair com a gente amanhã depois do trabalho. Eu e o meu irmão vamos tocar naquele baile no Brooklyn, perto de onde você mora. Eu quero que você venha com a gente, tá? Mas dá uma caprichada na roupa, bota um paletó e uma gravata, feito gente fina".

E assim começou uma vida nova, pois, no dia seguinte, Bernardito acompanhou os irmãos Mambo Kings numa noitada, começando com um filé e um prato de croquetes de bananas doces. Em seguida, foram para o Imperial Ballroom, onde o rapaz ficou fascinado com a música e acabou rodopiando feito um louco diante do palco, parecendo um hieróglifo animado, confundindo as damas com seus movimentos crípticos e seu estranho modo de vestir: paletó marrom, camisa amarela, gravata verde, calça branca e sapatos marrons.

Fascinado com os cabarés, ele não quis mais saber de Bensonhurst e passou a sair com o Mambo King nos fins de semana, raramente chegando em casa antes de três da manhã. Aos poucos, sob a supervisão de César – e de Nestor –, Bernardito transformou-se num almofadinha de cabaré. A primeira coisa que mudou foi a sua maneira de vestir. Uma vez, num sábado, César deu um banho de loja em Bernardito. E adeus calças engole-ele. Com as próprias economias, Bernardito comprou um enxoval completo da última moda: dez calças de pregas, jaquetões de lapela larga estruturados, cintos italianos e um sapato esporte bicolor. Deu ainda um corte no cabelo, passando a usar um topete, e deixou crescer um bigodinho, seguindo a moda dos mais novos amigos.

E começou a colecionar discos de músicas latinas. Passava os domingos vasculhando as lojas de disco do Harlem e da Flatbush Avenue e assim, ele, que antes confundia Xavier Cugat com Jimmy Durante, foi acumulando raridades gravadas por músicos do quilate de Ernesto Lecuona, Marion Sunshine e Miguelito Valdez. E conseguiu formar uma das melhores coleções da cidade, com centenas de discos, sendo necessárias três estantes para acomodá-los.

Ia tudo muito bem até começarem as brigas com os pais por causa da sua nova vida. Os pais, contara ele ao Mambo King, não estavam lá muito satisfeitos com os seus horários e nem com as suas novas amizades. E qual não deve ter sido a surpresa deles, dois imigrantes russos, ao se depararem com os dois amigos do filho batendo à sua porta numa tarde de domingo. Os irmãos estavam de terno e traziam flores e uma caixa de bombons da Schrafft's da Rua 107 com a Broadway. Passaram aquela tarde tomando café com biscoitinhos, revelando-se companhias tão agradáveis que os pais de Bernardito acabaram mudando de opinião a respeito deles.

Pouco depois, Bernardito foi a uma festa dos Mambo Kings e conheceu Fifi, uma espoleta de trinta anos que logo o conquistou com o seu carinho e os prazeres do seu corpo. Ele se mudou para o seu apartamento na Rua 122 e passaria os vinte e cinco anos seguintes tentando fazer as pazes com os pais. Morando com Fifi, ele iniciou uma rotina de vida que pouco mudou. De dia, tinha um emprego fixo e de noite, trabalhava como *freelancer*, fazendo ilustrações. Era quem desenhava os quadrinhos de The *adventures of atomic mouse* e fez a capa de três discos dos Mambo Kings, entre elas a do "Mambo Inferno".

Então, Bernardito se acomodou, levando uma vida tranquila de cubanófilo. Nos trinta anos em que foi amigo de César Castillo, ele se latinizou em todos os sentidos. Além de falar um espanhol cheio de gírias cubanas e de dançar mambo e chá-chá-chá como um autêntico cubano, transformou o apartamento em que morava com Fifi numa mistura de museu do mambo e salão de residência de Havana dos anos vinte. Sua sala tinha persianas nas janelas, muitas palmeiras em vasos, um ventilador no teto, armários e mesas com pés de garra, aquários com peixes tropicais, móveis de vime, uma gaiola com um papagaio, velas e candelabros e, além de uma moderna aparelhagem de som RCA com um grande televisor, uma legítima Victrola a manivela de 1920. Nos últimos tempos, o seu aspecto era o de quem saíra dessa época. Usava o cabelo repartido ao meio, óculos de aro de metal, bigodinho, *pantalones* largos com suspensórios, gravatas-borboleta e chapéus palheta.

E tinha fotos autografadas de vários dos melhores músicos: César Castillo, Xavier Cugat, Machito, Nelo Sosa e Desi Arnaz.

Quando o Mambo King foi à casa de Bernardito para se despedir, encontrou o amigo sentado perto da janela, debruçado numa prancheta com um lápis na mão, trabalhando nuns desenhos publicitários. Ele era desenhista contratado da agência *La prensa* e ganhava um extra trabalhando como *freelancer*. Era especialista em charges picantes para revistas de sacanagem, coisa que fazia com a maior facilidade – uma gata boazuda de bunda de fora, abaixando-se para colher uma rosa, e um homem vidrado nela com a esposa amatronada ao lado, dizendo: "Eu não sabia que você gostava tanto de flores!". Naquela tarde, Bernardito continuou trabalhando, ao mesmo tempo que punha o papo em dia e tomava uma bebida com o amigo. Ele sempre trabalhava ouvindo música e nesse dia não foi diferente: ao fundo, a orquestra de Nelo Sosa, tocando lindamente.

Depois de uma hora de conversa, sentindo toda a tristeza daquele momento, o Mambo King ofereceu ao velho amigo um pacote contendo cinco

78 do Sexteto Habanero, raridades que ele encontrou numa banca de rua em Havana nos anos cinquenta.

"Isso é para você, Bernardito."

E o Mambo King olhou bem para o amigo, agora quase cinquentão, mas com o mesmo sorriso bobo de encanto que tinha aos dezenove.

"Mas por que você está me dando tudo isso?"

"Porque você é meu amigo", explicou o Mambo King. "Sem contar que eu não ouço mais esses discos e é melhor você ficar com eles."

"Tem certeza?"

"Claro."

Feliz da vida, Bernardito Mandelbaum botou naquele seu velho KLH, com regulagem para 78 rotações, a antológica gravação de "Mamá Inez" pelo Sexteto Habanero.

E botou os outros todos, sempre perguntando: "Você quer mesmo me dar isso?".

"Os discos são seus."

Ficaram ouvindo música e, depois de algum tempo, César perguntou: "E a sua *señora*? A que horas ela chega?".

"Já deve estar vindo aí."

Sim, e tinha mais essa. Depois de vinte e cinco anos, finalmente os pais haviam falecido, e Bernardito se casara com Fifi.

Fifi só apareceu uma hora depois, querendo preparar um saudável jantar para o Mambo King, um bom bife com bananas fritas, e sapecando--lhe um beijo na bochecha que o fez corar.

Mas ele não aceitou, alegando não estar se sentindo bem.

Na porta, despediu-se de Bernardito com um forte e longo abraço.

"Volta aqui no domingo", disse Bernardito, quando o Mambo King estava descendo as escadas. "Domingo, não esquece."

A PIOR DESPEDIDA foi a de Eugênio. Ele não queria deixar o garoto "para trás" sem vê-lo pela última vez. Assim, ligou para a Pearl Paints, uma firma de artigos de pintura na Rua Canal, onde ele trabalhava na contabilidade, e o convidou para jantar naquele dia, relembrando os velhos tempos. Encontraram-se na Rua 110 e foram a um restaurante dominicano na Amsterdam Avenue, onde comeram bem. Depois, foram a um barzinho chamado La Ronda, onde cada cerveja custava cinco dólares, mas, em compensação, a mulher que fazia striptease dentro de uma gaiola era ótima. Quando eles chegaram, ela estava sem nada. (De vez em quando, ela acertava com um freguês e ia para um quarto nos fundos, deitava-se numa cama e abria as pernas.)

"*Mambero*", gritou quando viu César. "Você está melhor?"

Ele deu de ombros. Em seguida, ela olhou Eugênio de alto a baixo e o Mambo King ofereceu uma nota de vinte dólares ao sobrinho, dizendo: "Quer ir com ela? Não me faz diferença".

"Vai você, tio."

O Mambo King olhou para a mulher ali na gaiola com aquelas pernas firmes e coxas macias. Ela se raspara toda e a fenda do seu sexo parecia uma boca ao contrário, brilhante de vaselina e sabe-se lá o quê mais. Embora fosse tentador, ele disse: "Não, estou aqui para ficar com você".

A essa altura, já era público e notório na família que César largara a dieta e o tratamento, ficara gordo e apático, e se emocionava à toa. Foi um golpe para Eugênio. Ali, ao lado do tio, voltaram certos desejos antigos – correr, fugir, ser outra pessoa.

Ficaram ouvindo a música quase sem falar. O garoto parecia infelicíssimo.

"Lembra quando a gente saía e ia tocar juntos?"

"Lembro, tio."

"Bons tempos, né?"

"Era legal."

"Bom, as coisas mudam. Você não é mais neném e eu não sou mais garoto."

Eugênio deu de ombros.

"Lembra quando eu levei você naquela mulher da Rua 145?"

"Lembro!"

"Eugênio, não fique assim zangado comigo. Ela era um avião, né?"

"Era bonita, tio."

Depois: "A gente vai demorar muito aqui, tio?".

"Não, só o tempo de beber alguma coisa, menino", respondeu César sorvendo a bebida. "Só quero que você saiba... que você mora aqui" e bateu no peito.

Eugênio, coçando a testa e a mulher se debruçando para fora da gaiola, balançando os peitos.

"Espero que acredite em mim, menino. Quero que você acredite em mim."

"Tio..."

"Eu só queria dizer uma coisinha a você, de homem pra homem, do fundo do coração", a cara dele era uma coisa vermelha e imensa, a respiração pesada. *"Que yo te quiero.* Eu te amo, sobrinho. Entendeu?"

"Entendi, tio, foi por isso que você me chamou pra vir aqui?"

Depois: "Olha, tio, eu achei realmente que tinha alguma coisa errada. Bom, é uma da manhã e eu tenho que ir para casa".

O Mambo King fez um gesto afirmativo com a cabeça, querendo dar um grito lancinante de dor.

"Bem, fico contente que você tenha vindo ver o seu velho tio *mambero*", disse ele.

Ficaram algum tempo sentados no bar, assistindo ao striptease e falando pouco. Na jukebox, a todo volume, músicas latinas do momento – de autoria de compositores como Oscar de Léon e outros já consagrados, como Tito Puente.

Depois disso, estavam ambos na estação da Rua 110 com a Broadway.

Eugênio tinha que descer para a Rua 10, onde morava, enquanto o Mambo King ia pegar a linha que subia. Suas últimas palavras para o sobrinho foram as mesmas que ele sempre dizia quando estava bêbado. "Bom, não me esqueça, sim? E não esqueça que o seu tio ama você."

E abraçou o sobrinho pela última vez.

À espera do seu trem, ele ficou observando o sobrinho do outro lado da estação. Eugênio estava sentado num banco, lendo um jornal sofisticado, o *The New York Times*. O sobrinho, que frequentara a universidade, era melancólico como o pai e estava piorando com a idade. Vendo o seu trem chegar, o Mambo King assoviou para Eugênio, que mal teve tempo de ver o tio acenando. Com o rosto colado à janela e apertando os olhos por detrás dos óculos escuros, o tio ficou olhando para o sobrinho até seu carro mergulhar no túnel escuro.

ISSO FORA HAVIA poucos dias, lembrava-se o Mambo King ali no Hotel Splendour.

Lembrando-se de outra coisa, ele foi pegar dentro da mala uns envelopes e umas cartas que ainda queria ver e, tateando os compartimentos de pano, tirou uma bela navalha de cabo preto que ganhara de um amigo, muitos anos atrás. Colocou-a à sua frente na mesa, caso aquela noite no Hotel Splendour demorasse muito a passar.

Compositor, cantor e zelador, no início dos anos sessenta, ele também fora professor. Nas tardes de domingo, reunia um grupo de cinco ou seis alunos e Eugênio, que começara a aprender trompete aos doze anos, durante muito tempo esteve entre eles. O clima permitindo, a aula era dada no parque; se não, era no seu apartamento mesmo. Lecionava sem cobrar nada, porque isso o fazia sentir-se um pouco como o seu velho professor Eusébio Stevenson e o afável Julián Garcia, que olhara por ele tantos anos atrás.

E porque não gostava de ficar só.

Feliz no meio dos garotos, ele sempre tinha refrigerantes e bolinhos para oferecer; se lhe sobrava algum dinheiro no bolso, dava cinco dólares a Eugênio e mandava-o na venda em frente comprar frios, pães de forma e sacos de batata frita para que aqueles meninos, muitos dos quais nem sempre se alimentavam adequadamente, pudessem fazer um bom lanche.

Reunidos na sala, os meninos esperavam o maestro aparecer com uma pilha de discos e a vitrola portátil. Conforme o seu estado de espírito, ele dava uma aula técnica ou, como nesse dia, botava uns mambos e umas velhas canciones para tocar e começava a divagar, usando as músicas para ensinar as mesmas coisas que o seu professor, Eusébio Stevenson, lhe ensinara: "Bem, a rumba vem do *guancancô*, que é do tempo em que os espanhóis trouxeram a música *flamenca* para Cuba, faz mais de quatrocentos anos. Esse estilo espanhol se misturou com os ritmos que os africanos tocavam nos atabaques e originou as primeiras formas da rumba. A palavra '*rumba*' quer dizer grandeza. Os escravos que inventaram essa dança geralmente estavam acorrentados pelo pé à noite, de modo que eram obrigados a limitar os movimentos: mexiam muito as cadeiras e pouco os pés. Essa é a autêntica rumba do século XIX, com tambores, vozes e frases melódicas que parecem, ao mesmo tempo, uma coisa espanhola e africana... E o que é o africano? O africano me lembra de um povo cantando na selva ou gritando de uma margem de um rio para a outra. Essas primeiras rumbas eram tocadas apenas com trompetes e atabaques. Quando vocês estiverem ouvindo uma música contemporânea e escutarem um improviso da percussão, uma *descarga*, saibam que essa é a parte que se chama *rumba*. De qualquer maneira, essas rumbas se popularizam no século XIX. Em Cuba, as pequenas bandas municipais costumavam apimentar as valsas e marchas militares comportadas com o ritmo da rumba para as pessoas se soltarem e se divertirem".

"O mambo é outra coisa. É uma dança que começou em 1940, antes de vocês nascerem. Como dança, parece com a rumba, só que com muito mais movimentos dos pés, como se as correntes tivessem sido retiradas. É por isso que as pessoas parecem loucas e "pegam fogo" quando estão dançando mambo."

E ele lhes ensinava alguns passos, com aquele corpanzil todo e movimentando-se com agilidade, e os meninos riam.

"A liberdade do mambo vem da *guaracha*, uma dança folclórica cubana, sempre alegre."

"Essas danças novas, como a *pachanga*, são apenas uma variação. Quase tudo o que vocês tocarem, se algum dia tocarem num conjunto, será no compasso 2/4 e, por cima disso, ouvirão as baquetas no ritmo 3/2, que é assim: um-dois-três, um-dois."

"Ora, os arranjos da maioria das orquestras têm três partes estruturais. A primeira é a 'cabeça' ou melodia; a segunda é o coro, a parte em que entram os cantores e, finalmente, a parte do mambo ou da rumba. Os arranjos de Machito, em geral, são assim."

Em seguida, ele discorria sobre os diferentes instrumentos e esquemas rítmicos, usando a erudição para disfarçar a sua incapacidade de ler música.

Depois, a parte prática da aula e os exercícios com os vários instrumentos. Os alunos mais atentos eram Miguelito, um porto-riquenho franzino, que queria aprender saxofone; Ralphie, filho de Leon, o bombeiro caolho, e Eugênio, que tinha um bom ouvido e era menino cauteloso. Ambos tocavam trompete. Revezando-se, cada aluno se levantava e tocava uma música. Em seguida, o Mambo King comentava a sua técnica e mostrava como corrigir os erros. E esse método funcionava, pois vários alunos aprendiam a tocar muito bem e passavam para outros professores que sabiam ler música. Essa era uma falha que envergonhava o Mambo King. Embora conseguisse fazer os meninos identificarem as notas no papel, ele jamais conseguiu ler com rapidez. Ficava vermelho e evitava os olhos dos alunos; nem pensar em seguir as partituras complicadas dos livros que Miguelito trazia, cheios de arranjos de Duke Ellington.

No entanto, não lhe faltavam alunos. Sempre havia um garoto pobre na rua, no Harlem ou no Bronx, que ouvira falar num Mambo King que dava aulas grátis de música, com sanduíches e tudo. E o Mambo King nunca se arrependeu dessa atividade. Sua única experiência negativa foi com um garoto bexiguento e rouco, com uma fala acelerada como a de Phil Silvers no seriado de televisão "Sergeant Bilko". César conhecia Eddie da vizinhança. No meio da segunda aula, o garoto foi pegar um copo d'água na cozinha. Mais tarde, quando foi se vestir para sair, o Mambo King deu por falta do Timex de ouro e de vinte dólares que deixara na gaveta da cômoda do quarto. Faltava também um isqueiro Ronson de outra gaveta e um anel de prata que o Mambo King ganhara de um fã. Eddie foi pego tentando empenhar o anel numa loja de penhores do Harlem e passou uma tarde no xadrez do juizado de menores. Nunca mais foi admitido na casa do Mambo King que, mesmo assim, continuava dando aulas para os seus meninos, muitos dos quais vieram a ser profissionais realizados e trabalhadores.

AGORA, ELE OUVIA Eugênio tocar trompete e chovia. Dominado por uma leseira de fim de tarde, ele escutava com atenção o sobrinho, que parecia tão longe. Às vezes, o barulho da chuva na janela o transportava para Cuba, e ele se revirava na cama sentindo-se feliz como se voltasse à infância, quando o sono era uma beleza e o mundo parecia uma coisa sem fim. Aos poucos, ele foi saindo desse estado (o cão Poochie começara a latir porque um alarme de incêndio disparara na rua), sentou-se na cama e acendeu um cigarro. Tinha uma vaga ideia de uma mulher com um minivestido verde beijando-o na frente de uma jukebox e de ter penado para arranjar um táxi naquelas ruas desertas do Bronx às quatro da manhã. Depois, do que podia lembrar? Só sabia que caiu na cama e sentiu alguém lhe tirando a gravata, desabotoando a sua camisa e tentando puxá-la. Depois, o prazer de se ver livre dos sapatos e sentir o ar fresco da noite nos pés cansados. Em seguida, um "boa noite, tio" e a luz apagando.

Bom, ele precisava levantar, pois tinha outro compromisso para tocar no Bronx, mas qualquer outra noite, meu Deus, menos hoje. Ele queria ficar na cama e adormecer novamente ouvindo aquele barulho gostoso da chuva nas calhas, que sempre lhe lembravam das tempestades tropicais que o extasiavam em Cuba. (O estrondo de um raio trazia-lhe a imagem do garotinho que ele fora, dançando e rodopiando no pátio ladrilhado, eufórico com a chuvarada.) Ele não queria que a chuva parasse, não queria se levantar, mas acabou saindo da cama. Eugênio tocava "Bésame Mucho" e, enquanto estava no banheiro fazendo as suas necessidades e se barbeando, o Mambo King pensou que, afinal, depois de dois anos, o garoto começava a mostrar algum progresso. Não que na família alguém achasse que ele deveria ser músico profissional: de jeito nenhum, menino! É melhor você estudar para não ter que trabalhar como um escravo, pegando no pesado ou indo tocar no fim do mundo às quatro da manhã. E entenda, não há nada de errado em querer divertir os outros e nem com a curtição de tocar. Não, é o resto todo comendo a gente, as viagens para casa às altas horas, o cansaço nos ossos, os tipos desonestos com quem às vezes a gente tem que lidar e a sensação de que as noites serão iguais para todo o sempre.

A menos que tenha muita sorte, diria ele ao garoto, você tem que dar duro. A menos que você seja um Frank Sinatra ou um Desi Arnaz, com uma bela casa na Califórnia, sabe, garoto? Acho bom você ser sensato. Arranje uma moça direita, case-se, tenha filhos e trabalhe. E se for pensar em sustentar uma família com um salário de músico, fique sabendo que mais cedo do que imagina precisará arranjar um emprego fixo. Portanto, se quiser tocar, vá em frente, mas lembre-se de que isso deve ser um *hobby* para você. Quer dizer, menino, você não vai querer acabar feito o seu tio, vai?

(O garoto sempre abaixava a cabeça.)

Depois, quando subia, encontrava o sobrinho, já jantado, esperando ansioso por ele. Na cozinha, o Mambo King sentava-se à mesa com a linda Letícia e com o apagado Pedro e jantava ouvindo Delores se queixar do garoto: "Você precisa dizer pra ele sossegar. Ele vai se dar mal. Está entendendo?".

A família vinha tendo problemas com Eugênio havia um ano. Ele continuava não se dando bem com o padrasto e começara a andar com más companhias. Tentaram de tudo: perseguiram-no, levaram para conversar com o padre, com o conselheiro de jovens e, uma vez, Delores chamou a polícia. Nada funcionara: o garoto acabou fugindo de casa, metendo-se num trem que o levou, no auge do inverno, para Búfalo, no estado de Nova York, onde ele passou três dias na estação e quase pegou uma pneumonia. E a mãe não estava nem um pouco satisfeita em vê-lo sair de madrugada para tocar com o Mambo King, mas, pelo menos, era melhor do que vê-lo na rua.

"Veja se dá uns conselhos a ele", pedia Delores. "Diga que não é bom ele ser assim."

"Pode deixar."

Quando iam para esses compromissos, César dizia para Eugênio ouvir a mãe, para esquecer os moleques da rua.

"Sabe que eu nunca encostei um dedo em você, menino, mas se continuar assim vou ser obrigado a fazer alguma coisa."

"O que você vai fazer?"

"Bom, eu, eu não gostaria de fazer nada porque você é meu sangue", e ele pensava nas surras que levara, "mas você tem que ter respeito pela sua mãe".

"Eu não respeito mais ela não."

"Não, não, sobrinho, não seja assim."

Mas ele entendia que o garoto estivesse cheio de Pedro. O cara era um chato.

"Eugênio, pense o que quiser, mas lembre-se de que a sua mãe é uma ótima pessoa e que ela não faria nada de errado. Quer dizer, você não deve ficar com raiva só porque ela resolveu casar de novo. Ela fez isso por você, entende?"

E o garoto assentia com a cabeça.

"Eu ouvi você hoje", comentou. "Você tocou bem."

Em seguida: "Vamos".

A boate ficava no alto de uma ladeira, depois de uma escada estreita e um cartaz dizendo: "PROIBIDO ENTRAR ARMADO", e tinha uma velhinha vendendo ingressos na porta. Os dois chegaram enregelados. O calor da plateia confortava.

Vozes:

"Ei, olha quem está aqui!"

"*Mambero!*"

"Prazer em ver vocês. Esse é o meu sobrinho, um gigante, hein?"

Depois: "Ótimo, está todo mundo aqui".

Às vezes, ao dar um tapinha nas costas de Eugênio e sentir a estrutura de um homem feito, César se espantava como o tempo passava rápido.

Quando chegaram ao pequeno estrado de madeira que servia de palco, César encontrou os músicos com quem já tocara antes, mas que não conheciam Eugênio.

"Ele está aprendendo trompete", disse o Mambo King para o pianista do conjunto, Raúl.

"Então deixa ele tocar com a gente."

"Não, para ele está bom ficar nos bongôs."

E ficar comigo. Quando ele era menor, havia pouco tempo, o garoto ficava o dia inteiro lá em casa, vendo televisão, numa boa. Uma vez ele me perguntou se podia vir morar comigo.

E eu respondi: "Mas *chico*, você já quase mora."

Naquela noite, o Mambo King cantou bem. Ele tocou o seu repertório sempre misturando músicas rápidas e lentas, brincando com a plateia e, por vezes, descendo para a pista. Rodopiando (como fazia na chuva, desejando estar debaixo daquela árvore açoitada pelo vento), ele notava o sobrinho sentado numa caixa preta, batucando num jogo de bongôs colocado entre as pernas, parecendo um adulto. Em pouco tempo, isso aconteceria mesmo. O garoto sairia de casa e as coisas nunca mais seriam iguais. Seria por isso que ele andava grudado no tio? O que poderia aquele garoto estar pensando? Talvez estivesse apenas concentrado na música ou sonhando – mas com o quê?

"Depois você quer tocar trompete? A gente pode tocar 'Bésame mucho', que tal?"

"Não, pra mim está bom assim."

Ele deixava o garoto à vontade, sem nunca forçá-lo. Contudo, não entendia porque o sobrinho treinava tanto se não queria tocar.

"Tem certeza?"

"É, *hombre!* Toca com a gente", insistiu um dos músicos.

Mas ele ficou nos bongôs. E aí o Mambo King pensou que Eugênio era ainda mais reservado que o seu pobre pai.

Solando um trecho de "Santa Isabel de las Lajas", ele viu que simplesmente não entendia Eugênio. Delores lhe dizia que o garoto era revoltado, que atirava coisas de cima dos muros, espalhara os livros de contabilidade de Pedro e a sua coleção de selos pelo chão, que fora pego jogando pedras nas casas das pessoas. Que na rua ele era esquentado, puxando briga por tudo.

"Você não está vendo isso, César?"

Se era assim, por que o garoto me tratava tão bem?

Lá estava ele, batucando, compenetrado, como é que alguém podia dizer que as coisas não iam bem com ele?

Sabe, garoto, eu vou sentir quando você sair de casa.

Inclinando a cabeça para trás, ele viajou na música, visualizando o Eugênio que ele conhecia.

Um garoto que dormia no seu colo à tarde e que o amparava quando ele vinha para casa à noite mal se aguentando em pé. A mão no seu rosto, o garoto calado que preferia ver televisão na casa do tio, em vez de na dele. (Ele gostava daquele programa em que eu apareci com o meu irmão.) E era um menino respeitador, um menino que ele levava aos parques de diversões de Coney Island e de Palisades ou na casa de Machito ou no mercado da Rua 125. Um menino que não podia vê-lo triste sem tentar animá-lo, como naquela vez, havia três anos, quando ele estava parado na frente do prédio olhando para ontem, sofrendo de saudades da mãe, a quem nunca mais veria. Um menino que, nesse dia, o pegou pela mão e levou para o mercado, onde se vendia de tudo, de boneca Barbie a bambolê; um menino que o tirara da depressão correndo alegremente de lojinha em lojinha e encontrando para ele nada mais nada menos do que um sebo de discos, onde ele achou uma raridade em matéria de mambo gravada por Alberto Iznaga, um dos seus ídolos!

Não sabia e nem queria saber mais nada sobre o garoto. E nem saberia.

Se eu pudesse, eu te daria o mundo, menino, mas não tenho esse poder.

Ele se afastou mais do microfone, tocando a cabeça de Eugênio. Depois foi para a janela olhar o movimento na rua, com um copo de whisky na mão, aliviava um pouco a sua dor.

Se eu pudesse, eu traria o seu *Papi* de volta num segundo.

"Eugênio, por favor, vai me pegar outro whisky."

"Tá bom, tio."

Eu estalaria os dedos...

E quando o whisky chegou e ele começou a tomá-lo, tentou tranquilizar o menino:

"Não se preocupe, hoje estou exausto e não vou ficar até tarde."

Por volta de uma e meia, começou a parte final: "El Bodegueiro", "Tu", "Siempre en Mi Corazón", "Frenesí" e "Qué Mambo!".

E lá estavam eles, às três da manhã, na estação da Rua 149 esperando o expresso para Manhattan.

O silêncio da estação, o menino encostado no tio, e o tio numa pilastra, o estojo preto do trompete no chão.

O Mamey Tree era um restaurante enorme na esquina da Quinta Avenida com a Rua 18 no Brooklyn, com duas salas de jantar e uma lanchonete que tomava toda a esquina e abria para a rua.

O dono, Dom Emílio, passava o dia numa cadeira de rodas ao lado do caixa, controlando a sala de jantar. Usava óculos de aro de metal e tinha os bolsos da *guayabera* sempre recheados de *panatela* e esferográficas de tampa vermelha, arrumados lado a lado. Suas pernas balançavam dentro dos *pantalones* pretos.

O infeliz chegara aos Estados Unidos, fora morar no Brooklyn e, como milhares de cubanos, trabalhara como um animal para juntar umas economias e montar um negócio, o restaurante, que foi muito bem e, de repente, pronto, um derrame inutilizou suas pernas e ele acabou numa cadeira de rodas paralisado da cintura para baixo.

"Era um cara legal", diziam os garçons a César. "Se orgulhava do trabalho e nos tratava bem, mas agora encucou que está sendo roubado... Do mesmo jeito que Deus lhe roubou as pernas."

Entrando na sala de jantar repleta naquele sábado à tarde, meio sem jeito, o Mambo King tirou o chapéu e, com uma mesura, falou: "Boa tarde, Dom Emílio".

"Como vai, meu amigo?"

"Bem, Dom Emílio. Vim buscar o meu violão que eu deixei aqui ontem à noite."

(Porque ele estava bêbado e não queria levá-lo no metrô).

"Minha mulher me disse. Acho que ela deixou o seu violão na cozinha."

"É?"

César foi entrando e chegou na cozinha, onde três cozinheiros se dividiam febrilmente entre os fogões industriais, assando frangos e costeletas de porco, fazendo panelões de arroz, caldo de carne e sopa de peixe, fritando bananas e cozinhando *yucas*.

"O patrão me mandou aqui pra pegar o meu violão."

"A Carmen levou ele lá pra cima. Disse que podia estragar com o calor."

E o cozinheiro, com um avental comprido todo respingado, apontou para uma porta que dava para um pátio.

"Sobe por ali, é no segundo andar."

César atravessou um patiozinho de concreto em cujas rachaduras vingavam uma árvore e umas flores teimosas, e subiu para o apartamento de

Dom Emílio no segundo andar. A esposa abriu a porta de uma casa ensolarada e perfumada. Lá dentro, uma profusão de flores em todas as mesas e janelas, tantas que suas cores se refletiam pela sala toda.

(E, mais uma vez, ele lembra-se de como a mãe enchia a casa de flores.)

O Mambo King tirou o chapéu e, com um sorriso caloroso e uma voz macia, falou: "Carmencita, eu vim pegar o meu violão".

Bonita, aparentando menos de quarenta anos e certa frustração, a mulher de Dom Emílio, Carmem, estava com um vestido rosa sem manga, antiquado e impecável. Com os cachos duros de laquê, a boca muito pintada e os cílios pesados de rímel, ela parecia pronta para sair. Não havia criança em casa, aqui e ali se viam algumas fotos. Entre elas, um retrato de casamento tirado numa praça de Holguín em Cuba, antes da revolução, quando Dom Emílio ainda se sustentava nas pernas. (Ele era aquele homem alto e sorridente, abraçado com a esposa.) Um crucifixo antigo atrás do sofá (Valha-me Deus!), um relógio raiado, um grande televisor a cores e um sofá de plástico. Era um apartamento antigo com um banheiro recém-reformado, dispondo de uma moderna cadeira-retrete com alças no assento.

"Entra, César."

"Está certo, mas eu só vim pegar o meu violão."

Dentro da caixa preta, o violão estava encostado no aquecedor.

"Eu queria falar com você", disse Carmem.

O Mambo King balançou a cabeça.

"Estou ouvindo, mas não venha me falar do seu marido que eu não quero saber. Eu não tenho nada contra o Dom Emílio, e..."

"E eu não tenho nada", atalhou ela desesperada. "Quando eu não estou trabalhando lá embaixo, estou aqui, sozinha. Nem posso sair de casa se não for com ele atrás."

Depois: "*Hombre...*" e desabotoou totalmente o vestido, mostrando-se para ele. Ela não tinha mais nada em cima da pele. Era uma mulher baixa e cheinha, com uma boa bunda e seios grandes marcados de estrias. Recostada no sofá, ela anunciou: "César, estou esperando".

Quando ele hesitou, ela tomou a iniciativa, sentando-se no sofá e desabotoando as suas calças, fazendo com que, à sua revelia (ele gostava de Dom Emílio), a sua peça se manifestasse. E ela o chupou como um animalzinho chupa um favo de mel na floresta.

O instinto falou mais alto e, com as calças e as ceroulas arriadas, ele lhe deu o que ela queria, o tempo todo temendo ser flagrado por Dom Emílio ou um dos irmãos dele. A primeira vez fora lá embaixo na câmara frigorífica, um ano atrás, num dia em que Dom Emílio estava acamado com gripe. Era muito tarde e ele estava esperando para receber o cachê da noite (César era contratado para ir de mesa em mesa tocando "Malagueña", cantando "Bésame Mucho" e "Cuando Cualienta el Sol", enquanto as pessoas jantavam), quando ela o chamou para acompanhá-la até o escritório, pois não queria que os garçons vissem quanto lhe pagaria. Aí ela abriu a porta da câmara frigorífica, levantou a saia até a cintura e foi a conta. Já que ele estava meio de porre, a calcinha dela tinha sido abaixada com charme e ela estava de meias pretas e sapatos vermelhos de salto alto. O telefone não parava de tocar na sala do lado: era Dom Emílio ligando para saber a que horas a mulher voltaria para casa. E a "Santa Isabel de las Lajas" de Beny More ecoando, ele, roçando os joelhos nas sacas de cinquenta quilos de lentilha, Dona Carmem se esfregando no seu peito (e mordendo o que conseguia morder), e aí tudo acabou rápido. Não demorou nem dois minutos para ela conseguir o que queria. Depois ele ficou com remorso, pois, quando voltou a tocar e começou a procurar trabalho pelos restaurantes para arranjar dinheiro para a família em Cuba, Dom Emílio fora um dos primeiros a lhe oferecer serviço.

Porém, era preciso admitir que, já que tinham começado, era quase impossível parar... Bastaria ela ter encostado nele, e ela fizera mais do que isso: grossa como um pé de mesa, sua peça ia penetrando nela. (De sete em sete centímetros, mais ou menos, ela o fazia parar, jogava a cabeça para trás e mexia o corpo até aquele espaço apertado quente tornar-se uma seda úmida e ela pedir mais, virando a cabeça de um lado para o outro e cerrando os dentes para não gemer.) Uma vez dentro dela, com apenas sete cravadas, ele a sufocou com o seu peso, sentiu o osso pélvico dela pressionando o seu, tudo se contorcendo embaixo dele, a ponta do seu pênis beijando a flor cervical dela e ela dizendo: "Dom Emílio já foi assim dotado como você. Eu dizia que ele era o meu *caballo*".

E, aí, acabou-se; ela se desmanchou toda e derrubou um abajur, e ele mal teve tempo de se vestir, dizer "passe bem" e tomar um copo d'água. Com a vara túrgida guardada dentro das calças, ele se viu do lado de fora da porta, nervoso como se tivesse escapado por um triz de um atropelamento.

E lá foi ele descendo com a guitarra em punho, passando pela cozinha, atravessando a sala de jantar, pensando na bunda de Carmem e em como ela tapara a boca com a mão dele quando gozara, na língua dela se enfiando entre os seus dedos indicador e médio, pensando em Cuba e em Dom Emílio e na sala cheia de gente, no cheiro de costeletas de porco e feijão e arroz e bananas fritas, e ficou imaginando se alguém sentiria o cheiro de Dona Carmem nas suas mãos ou no seu rosto. Na saída, ele abotoou o seu sobretudo da London Fog e, quando estava acenando para se despedir dos amigos, pois só voltaria na semana seguinte, Dom Emílio o chamou.

"César, já que você está aqui eu queria lhe pedir um favor", disse Dom Emílio, segurando-o firme pelo pulso. "Cante um pouquinho para aqueles recém-casados ali. Ele é filho de um grande amigo meu."

"Claro, o senhor é quem manda, Dom Emílio."

"Eu ficaria feliz com isso."

E Dom Emílio deu um tapinha amigável nas costas de César, o Mambo King pegou o violão, passou a alça de veludo a tiracolo e encaminhou-se para a mesa dos recém-casados. Primeiro, cantou a canção de Ernesto Lecuona, "Siempre en Mi Corazón", e, em seguida, dedilhando suavemente os acordes de lá menor e mi maior (os acordes iniciais de "Beautiful Maria of My Soul", disse as seguintes palavras):

"Meus filhos, que Deus abençoe vocês nessa viagem. Vocês estão entrando numa fase especial de suas vidas, uma fase preciosa e difícil... O futuro trará muitas provas e muitas coisas boas para vocês e, em certas ocasiões, vocês talvez venham a brigar um com o outro, como marido e mulher, arrependendo-se de terem assumido esse compromisso. E talvez se distanciem um do outro, se desesperem com uma doença. Se isso acontecer, lembrem-se de que a vida é curta e que sem amor a vida é vazia. Mas o amor que um homem e uma mulher têm um pelo outro e por seus filhos é como o sol no coração. E esse sol os acompanha sempre, protege a vida dos dois, até os últimos dias da sua velhice, quando, chegando perto do fim, talvez os dois temam a hora em que serão chamados pelo Criador. Nesse momento, lembrem-se de que o amor de vocês haverá de preservá-los e confortá-los para sempre."

E quando acabou, César fez uma mesura e o jovem casal, radiante de felicidade, agradeceu-lhe.

"*Bueno*", disse César a Dom Emílio, "agora preciso voltar para Manhattan".

"Obrigado, meu amigo", disse ele, batendo nas costas de César e dando-lhe uma nota de cinco dólares. "Pela sua boa vontade, meu amigo. Podemos contar com você na semana que vem, não é?"

"Claro, Dom Emílio."

Nervoso e com um vago sentimento de euforia, César voltou para casa. No banheiro, ele desabotoou as calças para se lavar na pia e, embora se sentisse um traidor, a imagem dos arroubos de Carmencita excitava o seu membro como uma língua de mulher e, de repente, como da boca de um golfinho, três gotas de sêmen jorraram, alongando-se no ar como um fio prateado, ligando a ponta da sua peça ao ponto em que ela se soltou dos seus dedos grossos.

E lembrava-se daquele domingo em que subira para tomar um bom café da manhã com Delores e as crianças. Estava saboreando um sanduíche de ovo com chouriço quando ouviu a buzina de Frankie, o Exterminador, lá embaixo.

"Ei!", gritou Frankie da rua.

Na rua, ele estava na maior excitação.

César desceu.

"Sabe o Georgie, aquele meu amigo de Trinidad?"

"Sei."

"Bom, ele quer que a gente vá passar o carnaval lá."

Ele já tinha pensado que há muito tempo não tirava umas boas férias, só ficava entre o Bronx e o Brooklyn e não saía disso.

"É o seguinte: o Georgie tem casa lá e a gente só precisa pagar a passagem e a comida, que lá é barata."

Na noite da quinta-feira seguinte, César, Frankie e Georgie pulavam num bloco de carnaval. Com um lençol e uma máscara de couro, César dançou, tocando trompete. Frankie foi de diabo e Georgie, de prostituta assanhada. Pularam nas ruas no meio do povo, subiram em jangadas floridas, jogaram moedas e balas para as crianças, paqueraram as moças bonitas de maiô e biquíni, de dia, curtindo o sol dos trópicos, e, a noite, os lampiões das varandas nas casas em festa, de onde vinha a música aos altos brados do incomparável Mighty Sparrow, aquele trinidadense que César admirava desde os anos cinquenta.

A alegria e o porre eram gerais. As mulheres ficavam de seios de fora e os homens, como safados que eram, enlouqueciam e beliscavam bundas, agarravam peitos e beijavam as mulheres. As máscaras ajudavam, já que escondiam as rugas e a flacidez do rosto acabado dos homens. Correspondendo às cantadas, as mulheres se requebravam e, lambendo os beiços lascivamente, esfregavam as suas partes mais provocantes, e esfregavam os homens também.

Em cada beco, havia pelo menos um tocador de bumbo, um trompetista, um alto-falante aos berros e meia dúzia de casais fornicando despudoradamente. Tinha tanta gente trepando, dançando e pulando que as ruas cheiravam a suor, perfume e esperma. Bandos de vira-latas ganiam de alegria e acabaram correndo para frente da casinha rosa e azul de Georgie, onde eles estavam se espojando no chão com as novas companheiras, na maior esbórnia.

Os homens estavam se divertindo tanto que quase não dormiam. Na primeira noite, César não dormiu mais do que meia hora. Eles tinham comprado duas caixas de rum e enchido a casa de mulheres, desde gatinhas gostosas e tenras de dezesseis anos até cinquentonas maduras, mas dispostas. Georgie botou o som no máximo e todo mundo dançou mais. A noite inteira eles ficaram ouvindo o Mighty Sparrow e sua célebre orquestra de calipso e, quando não estavam dançando e bebendo, estavam na rua ganindo como os bandos de vira-latas.

Foram férias de sonho, salvo pelas fraquezas e os limites do corpo humano de homens quase cinquentões. O sangue fervilhando, o estômago encharcado de rum, a cabeça rodando, a excitação sexual, a digestão perturbada, tudo isso, sem trégua, durante todos os dias. Esses sujeitos nunca haviam lido coisa alguma sobre saúde e nenhum estudo médico sobre o número de ereções que um homem podia ter. Mas não deixaram cair, respirando aqueles miasmas sufocantes e estupefacientes, só pensando em brincar.

E por que lembrar de repente de outro amigo que era vigia do cemitério perto da casa de Edgar Allan Poe, no Bronx?
"Não é fácil trabalhar aqui nesse cemitério", disse o homem ao Mambo King. "Vou te contar, *coño*. Vem muito macumbeiro aqui fazer despachos porque isso aqui é solo consagrado. E sei disso porque, de manhã, encontro sangue no chão, cinzas e ossos de pequenos animais espalhados pelos túmulos. Às vezes, as lápides amanhecem pintadas de sangue."

"Eu ficaria com medo."

"Não, essa gente não é das piores; conhecendo, tem gente boa. Às vezes, vejo umas pessoas dessas chegando de manhã. Tem muito turista também. Está vendo?", apontou. "Lá embaixo fica a casa do escritor Edgar Allan Poe. Foi lá que ele morou uns tempos e foi lá que a mulher dele morreu de pneumonia no inverno. Eles eram tão pobres que não tinham dinheiro nem para comprar lenha, e ele cobria a mulher com jornal e botava os gatos em cima dela para esquentar. Ela acabou morrendo mesmo, ao lado do coitado. De qualquer maneira, segundo os macumbeiros, da casa dele emana uma grande força sobrenatural e os espíritos passeiam por ali; por isso é que eles gostam tanto deste cemitério. O vigia da casa do Poe, que também é empregado da prefeitura, falou-me que às vezes ele encontra ossos, sangue e penas espalhados na entrada da casa."

ELE LEMBRAVA MAIS:
Teve a *pachanga* em 1960.
A bossa nova em 1962.
O Moçambique e o *bugaloo* em 1965.
Depois era difícil acompanhar o que acontecia.
Uma coisa com a qual ele nunca conseguiu se acostumar foi com a moda. Claro que 1949 já ficara para trás. Parecia que a elegância era coisa do passado e os jovens agora andavam fantasiados. Os homens de uniformes de campanha e botas pesadas, as mulheres de camisa de lenhador e vestidos largões. Ele não entendia. E tinha umas calças boca de sino, uns paletós floridos e umas camisas de colarinho frouxíssimo. E o cabelo. Costeletas, cavanhaques, bigodes caídos, cabelos pelos ombros. (Até Eugênio entrou nessa, usando um rabo de cavalo até as costas e parecendo um índio desgarrado.) Ele balançava a cabeça e tentava conservar a elegância da juventude, apesar de Letícia chamá-lo de "Seu Antiquado". Olhando em volta, ele via que muitos músicos latinos seus amigos estavam mudados, de cabelo comprido, barba e penteados afro. *Carajo*, estavam indo na onda!
Foi por isso que, em 1967, quando resolveu se relançar nas paradas, ele gravou um 45 pelo selo Hip Records, gravadora que ficava na Marcy Avenue no Brooklyn. O disco chamava-se *Psychedelic baby* e a música título era um *bugaloo* essencialmente latino. O lado B trazia um *boogie-woogie*, um cruzamento do rock com o ritmo latino (ele estava usando músicos jovens), desenvolvido numa progressão de doze tempos, própria do blues,

e temperado por congas e harmonias 3/5/7 dos sopros. (Nesse disco, ele usou um jovem pianista do Brooklyn chamado Jacinto Martínez, seu baixista Manny, um saxofonista chamado Poppo, Pito na bateria e três desconhecidos nos sopros.) O disco vendeu duzentas cópias e o seu grande destaque era a foto de capa em preto e branco, a única foto do Mambo King de cavanhaque à la Pérez Prado. De óculos escuros, com uma *guayabera* combinando com a calça azul de linho e sapatos brancos de fivelas douradas, ele posara para a fotografia diante da Unisfera da Feira Mundial de 1964, em Flushing Meadows, Queens.

(Gravou ainda mais um disco no relançamento de sua carreira naquele ano, o LP "The Fabulous César Castillo Returns!", que incluía um novo bolero chamado "Sadness" e uma nova versão de "Beautiful Maria of My Soul", em que César, no violão e nos vocais, era acompanhado por cinco instrumentos. Uma gravação memorável que rapidamente desapareceu nos cestos de 39 centavos das Woolworth's e John Bargain's da vida.)

Pouco depois, César submeteu-se a um teste para um *spot* na discoteca Cheetah e foi preterido por um alguém chamado Johnny Bugaloo.

E 1967 foi o ano em que seus irmãos Eduardo e Miguel, finalmente, saíram de Cuba com suas famílias e se estabeleceram em Miami, deixando o irmão Pedrocito e o pai para trás. (O velho, já um setentão rabugento de cabelos brancos, ainda trabalhava no campo com o filho. Muito tempo depois, quando o Mambo King estava no quarto do Hotel Splendour, seu pai continuava firme e forte, encurvado, falando sozinho, praguejando e talvez sonhando com os tempos de juventude na cidade de Fan Sagrada na Galícia, Espanha.) Os irmãos já beiravam os sessenta, mas tinham filhos jovens e ambiciosos que acabaram montando um negócio próprio – uma tinturaria e loja de roupas. O Mambo King foi vê-los em Miami e eles não podiam estar mais gratos pela ajuda que receberam durante cinco anos. Eles disseram ao Mambo King que ele seria sempre recebido de braços abertos por suas famílias alegres e numerosas e que viesse ficar com eles quando quisesse. César fez isso quatro vezes, mas começou a achar meio deprimente os dois irmãos caipiras, envelhecendo, sentados na calçada em frente às lojas de Little Havana, com os olhos sonhadores e as feições pesadas refletindo a monotonia daquela vida, enquanto os filhos progrediam, vendendo a última moda de Malibu e de Nova York para sul-americanos endinheirados, enchendo as casas de eletrodomésticos e economizando para formarem os filhos em Direito ou em Economia. Para César, a casa dos irmãos lembrava um asilo. Eles pareciam fantasmas deslocados no corre-corre diário da família. Quando saíam com os filhos à noite, para tomar um cafezinho, embaixo do banco da frente tinha sempre um 38 dentro de um saco de papel – quem é que podia gostar de uma vida dessas? (E também se lembrava da vez que eles foram a Nova York e os primos se conheceram. Os recém-chegados passaram a noite inteira estudando o cabeludo Eugênio e a bela Letícia, e nenhum deles abriu a boca.)

No ano seguinte, ele amassou o trompete quando foi tocar com um grupo numa festa ao ar livre no Bronx. Vivia-se um período de "inquietação racial", segundo os jornais. Martin Luther King estava morto, Malcom X estava morto e a juventude negra andava nervosa. (Um dia depois do assassinato de Martin Luther King Jr., as lojas da Broadway e da Amsterdam Avenue fecharam as portas e policiais irlandeses truculentos se postaram nas esquinas esperando os tumultos se alastrarem para baixo da Rua 125.) Eles tocavam no pátio da Roosevelt High School quando foram cercados por uma turba que queria ouvir uma música chamada "Cool Jerk" e batia palmas pedindo essa música, enquanto o grupo de sete músicos continuava a tocar seus mambos, cha-cha-chas e velhos sucessos como "Bésame Mucho" e "Tú". Só que naquela turba tinha gente bebendo e logo garrafas começaram a voar para os lados dos porto-riquenhos, dominicanos e cubanos, a quem a imprensa batizou de "contingente espanhol". As garrafas voltaram e apareceu uma faca, e zás, começou a gritaria, e zás, feriram o braço do fulano das congas e um punguista chutou o estômago do baixista. Quando o tumulto começou, César estava no meio de um solo romântico. Estava tocando bem e sentindo-se bem depois de ter batido, antes do show, uma caixa de Rheingold com o velho amigo Frankie, o Exterminador e o baixista Manny, ex-Mambo King. Um garoto veio para roubar o violão de César, que estava guardado ali perto, mas César deu com o trompete na cabeça dele. Aí, as coisas se acalmaram. A polícia chegou. O representante da Rheingold, um dos patrocinadores do evento, veio pedir ordem e foi vaiado. El Conjunto Castillo enfiou a viola no saco e foi para casa. Coisas assim aconteciam de vez em quando, e eles achavam graça.

Novamente a lembrança daquela mulher na escada rolante da Macy's carregada de presentes de Natal. O Mambo King ia dar brinquedos para os sobrinhos, um relógio de pulso para a cunhada e um rádio japonês para o marido dela. *La Nochebuena* – a Noite de Natal – era um dos seus dias preferidos. Ele corria as lojas do centro da cidade, do cais do porto, de Chinatown, da Rua Delancey, sem contar as grandes lojas de departamentos, e ia juntando caixas de echarpes, luvas, meias, relógios envenenados, discos e vidros de perfume e colônia importados que distribuiria entre os amigos e conhecidos. E adorava receber presentes: no ano anterior, ganhara "da família" um cachecol branco de seda. Achava que ficava muito bem de chapéu, sobretudo e luvas de couro espanholas. Ia todo garboso com esse cachecol no pescoço, quando viu a sacola da mulher arrebentar e os presentes rolarem escada abaixo. Como cavalheiro que era, ele se abaixou para ajudá-la a catar os pacotes e, por acaso, ainda acabou no mesmo trem que ela, um na linha 2 que subia.

Ele mentiu, dizendo que aquele era o seu caminho, e perguntou se ela queria ajuda com os pacotes. Ela ficou encantada com a sua gentileza e, deslumbrada, quando soube que ele era músico. Ela morava na Allerton Avenue, a uma hora da casa dele, mas, mesmo assim, ele a acompanhou até a porta do prédio. Ela agradeceu e os dois trocaram endereços e votos de Feliz Natal. Uma semana depois, ela lhe telefonou da companhia telefônica – ela era telefonista – e uma noite eles saíram e foram parar num restaurante siciliano onde ela era conhecida. Depois, acompanhou essa mulher até em casa – o nome dela era Betty, lembra ele, agora no Hotel Splendour – despedindo-se educadamente com uma mesura. Ela deu a impressão de ser uma pessoa muito conservadora, com quem ele não teria futuro. Levava-a ao cinema e aos restaurantes. Um dia, ela apareceu num baile onde ele tocava com o seu grupo e ficou a noite toda dançando com estranhos. Mas não passava pelo palco sem lhe abrir um sorriso.

Quando ele a seduziu, às três da manhã, num quarto decorado em tons mediterrâneos – azul-rei, rosa forte e laranja – ela tirou o vestido preto de botões forrados, depois a anágua, a calcinha e as ligas. Quando ele ficou nu, a sua ereção apareceu e ele começou a beijá-la e apalpá-la toda; cada vez que ele ia montar nela, porém, ela o afastava. Achando que ela estava inibida, ele apagou a luz, mas ela tornou a acender. De tanto tentar penetrar a moça, que não abria as pernas, o seu membro acabou chorando copiosamente e veio como uma mola bater na sua barriga quando ele, finalmente, sentou na cama.

Em seu quarto no Hotel Splendour, ele riu, balançando a cabeça, apesar da dor. O Mambo King olhara para ela, dizendo: "Meu Deus, eu sou humano, mulher. Por que você está me torturando assim?".

"É que eu nunca fiz isso antes."

"E quantos anos você tem?"

"Quarenta."

"Quarenta? E você não acha que já está na hora?"

"Não, primeiro eu tenho que me casar."

"Então o que é que você está fazendo aqui?"

Ele ficou vermelho e já ia se vestir para sair, quando a mulher lhe mostrou o que gostava de fazer. Ela pegou aquela sua peça grande (pesada, segundo ela) e começou a chupá-lo como uma profissional. Quando ele começou a gozar, Betty se contorceu toda, esfregando-se na cama, e, com um frêmito no corpo e corada como uma rosa, gozou também.

Animado, o Mambo King achou que a mulher devia estar brincando quando dizia que era virgem, mas, ao tentar montá-la novamente, ela trancou as pernas e lhe disse num tom solene: "Por favor, tudo, menos isso". E começou tudo de novo, pegando a sua peça e chupando-o até ele gozar e ela também. Aí, os dois adormeceram, mas às cinco e meia, ele acordou porque ela o estava chupando outra vez. Ele estranhou aquilo de acordar no escuro e ver a mulher para cima e para baixo na sua peça. Era gostoso sentir aquela boca com a língua molhada de saliva, mas ela o mordera e manipulara tanto que a peça já começava a doer. Jamais imaginou que chegaria a dizer isso a uma mulher, mas disse: "Por favor, me dá um tempo".

No Natal, César deu uma festa de arromba em seu apartamento. Primeiro, foi almoçar com a família lá em cima. Comeu o peru que Ana Maria e Delores tinham preparado e cumpriu as suas obrigações de tio. No fim da tarde, já estava de volta em casa, recebendo os músicos e os amigos da noite que apareceram com as respectivas famílias. Às seis e meia, o apartamento de solteiro de César botava gente pelo ladrão. Eram crianças e bebês por todo lado, muita comida e adultos comendo, dançando, cantando e bebendo.

Batuque de bongôs, Bing Crosby e cha-cha-cha no toca-discos... e o chão tremendo com a animação da dança.

Às oito e meia, quando a mulher ligou para lhe desejar um Feliz Natal, ele ficou atordoado e não pensou em outra coisa senão transar com ela. Bêbado e imbuído de espírito natalino, acabou dizendo: "Eu te amo, boneca. Estou louco para te ver de novo".

"Então, vem aqui hoje."

"Tá certo, amor."

Deixando Frankie e Bernardito fazendo as honras da casa, ele disse que em duas horas estaria de volta e seguiu para os confins do Bronx. Determinado como um aviador completando a volta ao mundo, irrompeu esfuziante pela casa dela, levando uma garrafa de champanhe e uma quentinha de comida da festa. No caminho, ele pensava: dessa vez ela não me escapa.

Ele chegou e, na mesma hora, os dois já estavam na cama trocando carícias – ela estava meio alta e toda amorosa depois de uma festa de família – e a coisa já ia tomando o rumo conhecido quando ele começou a rolar com ela na cama, ambos rindo como se estivessem brincando, ele decidido a lhe abrir as pernas. Dessa vez, quando ela as trancou, ele realmente fez força para abri-las. Da vagina dela, subia um calor que tornava inevitável a penetração e inúteis aqueles "César, para, eu estou falando sério". Inebriado com o cheiro da feminilidade dela e ardendo de desejo, ele não escutava, ou não queria escutar, o que ela dizia: caindo sobre ela com o seu peso, ele a penetrou e ela sentiu o corpo sendo invadido por uma coisa viva do tamanho de um gato de uns dois anos. Quando chegou ao clímax, só via as cores mediterrâneas daquele quarto dançando em sua cabeça. Depois que se acalmou, achou que talvez tivesse sido meio bruto, mas, que diabo, ele era homem. Além disso, tratara-a bem, afagara os seus cabelos, dissera que ela era bonita e compensara a brutalidade com elogios.

Porém, ela chorava e, por mais que ele tentasse fazê-la parar beijando-a no pescoço, afastando-lhe o cabelo dos olhos, beijando-lhe os seios, desculpando-se e garantindo que nunca mais tornaria a forçá-la daquela maneira – "Foi paixão, mulher. Entende? Um homem como eu, às vezes, se descontrola, entende?" –, ela não se continha. Ela chorou as duas horas em que ele ficou sentado na cama ao seu lado, sentindo-se o homem mais cruel do mundo e, no entanto, incapaz de entender por que ela estava tão perturbada.

"Já estava na hora disso acontecer com você", disse, com tapinhas no ombro dela e piorando as coisas.

O Mambo King lembrou que ela ainda chorava quando ele saiu. Nunca mais tornou a vê-la. Tomando o seu whisky no Hotel Splendour, ele balançou a cabeça, ainda querendo entender como uma mulher de boca voraz podia se ofender e magoar-se tanto se tudo o que ele queria era que ela desse para ele do jeito mais natural de todos.

Naquela época ele andava sempre às voltas com as suas tarefas de zelador, com a música e com as mulheres, embora estas últimas já rareassem em relação ao passado. Ainda assim, Delores ou Ana Maria, de vez em quando, viam-no saindo do prédio todo paramentado de terno azul para ir ao encontro da sua nova paixão. Umas eram simpáticas como a amiga de Ana Maria, Célia, que, com um temperamento forte e dominador, esmagara o Mambo King, além de ter feito o seu julgamento sobre ele: "Você precisa aprender a se contentar com o que tem, *hombre*" – coisa que ele não queria ouvir. Os dois ficaram seis meses juntos e a família tinha esperanças de que com ela o Mambo King sossegasse, tivesse uma vida mais tranquila e parasse de beber.

Por fim, ele rompeu com ela, alegando que não era homem para viver amarrado. E falava sério, pois Célia não permitia que ele saísse da linha. Ela era uma cubana dura que vivera quase a vida toda em Nova York e sempre se defendeu sozinha. Fumava charuto quando queria, era desbocada como um marinheiro e estava sempre se virando de alguma maneira. No Natal, aparecia com perfumes para as senhoras e com sacolas de brinquedos coreanos e japoneses a preços de ocasião. E fazia ponto na Broadway, com um gorro de lã e uma camisa de lenhador, vendendo árvores de Natal que ela ia buscar, num caminhão preto, em Poughkeepsie. Escandalosa na cama – "Vamos ver se você consegue me satisfazer!" –, ela agia como homem e gostava de mandar em César, a fim de ajudá-lo. Tinha fama de vidente e vivia sentindo presenças na casa – da mãe e do irmão de César. Quis governar a vida dele, empurrá-lo para frente, recuperar o seu passado quase glorioso e incentivá-lo a cultivar a amizade de pessoas como Machito e Desi Arnaz.

"Por que você não vai à Califórnia ver se ele lhe arranja um emprego. Você diz que ele é tão bom. A pessoa precisa usar os contatos para subir na vida".

Por que ele nunca os procurou? Porque nunca quis incomodar Machito nem Desi Arnaz, não quis que eles pensassem que os procurava por interesse.

E embora reconhecesse que Célia era uma pessoa bem intencionada, depois de tantos anos vivendo sozinho, ele não aturava ser pressionado para mudar de hábitos. Uma noite, ela fora à sua casa para assistirem à televisão juntos. Ele tomou um porre e quis sair para dançar, mas Célia tentou dissuadi-lo argumentando que já era tarde e ele reagiu, dizendo: "Chega dessa babaquice doméstica, eu vou sozinho!". Ao que ela o imobilizou e o amarrou na poltrona com uma corda de secador de roupas de quinze metros e sentenciou: "Não senhor, você não vai a lugar algum".

Primeiro, ele achou graça e mudou de atitude.

"Ora, Célia, você sabe que eu prometi que não vou sair."

"Não, isso é pra lhe ensinar que, quando uma pessoa tem um compromisso com outra, como você tem comigo, não tem nada que querer sair pra gandaia. Você pintou e bordou com essas fulanas por aí, mas comigo não tem disso não."

Então, ele ficou quieto e depois pediu que ela o soltasse, mas já em outro tom, com uma expressão séria no rosto. Como ela se recusou, ele quis testar a sua força hercúlea e tentou arrebentar a corda expandindo o peito e os bíceps, mas não conseguiu. Aí desistiu e adormeceu derrotado. Quando amanheceu, Célia e a corda já não estavam lá.

O caso acabou aí, por mais que ele gostasse dela, por mais que todo mundo achasse que eles poderiam ser felizes juntos, por mais que ele tivesse vontade de lhe dar flores e apreciasse como ela cuidava dele; ela exagerara.

"Você passou dos limites comigo, Célia. Mulher nenhuma", disse ele, brandindo o dedo na cara dela, "pode fazer isso com um homem. Você me humilhou e me desrespeitou. Você tentou me rebaixar. Isso é uma coisa que eu nunca vou admitir nem perdoar! Nunca".

"Perdoar? Eu estava tentando impedir que você se prejudicasse."

"Eu já falei, mulher. Agora aguente as consequências."

E fim de papo. Ele arranjou outra, Estela, uma mulher que passeava no parque com dois poodles miniaturas. O Mambo King enlouquecia quando ela falava daquele jeitinho com os bichos, pintados de cor-de-rosa, com um vistoso laçarote vermelho na cabeça e coleira de guizos no pescoço. Eles o desprezavam solenemente e ficavam arranhando a porta do quarto, sempre latindo e pulando quando ele caía na farra com ela. Era um custo excitar Estela, amaciar aquele couro ressecado que havia entre as sua pernas e deixá-lo orvalhado como uma pétala de rosa. Quando chegava nesse ponto, os bichos já haviam desistido e estavam deitados à porta do quarto, mal-humorados e frustrados. E parecia que toda vez que ele penetrava Estela – ela era uma mulher trêmula e tensa que trabalhava no gabinete do diretor da escola católica do bairro – os cães começavam a chorar e a ganir de um modo tão sentido que despertavam o instinto maternal de sua dona, que acabava se desvencilhando dele e, nua, ia acalmar os pobrezinhos, enquanto o Mambo King ficava na cama querendo atirá-los pela janela.

Depois, tivera a professora de espanhol da universidade, que César conheceu quando estava no salão cortando o cabelo. (Ele adorava a pressão do corpo de Ana Maria ou de Delores quando elas lhe cortavam o cabelo.) Ela se chamava Frieda e sofrera uma grande desilusão amorosa em Sevilha, na Espanha, anos antes de conhecê-lo, de modo que aceitou quando o Mambo King a convidou para jantar fora, feliz com a oportunidade de exercitar o seu espanhol e conhecer um pouco do mundo dele. Devia ter uns trinta e cinco anos e o Mambo King já era um cinquentão um tanto barrigudo, sem dúvida ainda garboso, abrindo-lhe portas e sempre dançando merengue, e ela o levava aos auditórios ricamente atapetados e iluminados da universidade para assistir a conferências de intelectuais latino-americanos e espanhóis. Ele nunca entendeu muito o que se discutia, mas adorou ouvir o escritor Borges, que tinha um ar muito agradável e paternal, e, na sua opinião, devia ser um sujeito que sairia para beber com qualquer pessoa que o convidasse. E foi por isso que ele cumprimentou Borges (o infeliz era cego). Outra característica dessa mulher era ser muito meticulosa na cama. A primeira vez que fizeram amor, ela pegou uma fita métrica e mediu o Mambo King dos testículos até a pontinha do membro e anotou esta alentadora medida no diário. Em seguida, excitados com o calor do conhaque espanhol e do ritmo *flamenco*, amaram-se lascivamente. Ele a achava uma pessoa muito séria e agradável, mas dispensava os seus amigos e sempre se sentiu como um índio naquelas reuniões culturais. Quando eles terminaram, foi um golpe para Delores, que, às vezes, acompanhava-os a essas palestras. (Ela também viu Borges e, no dia seguinte, foi à biblioteca e leu um livro dele.)

Houve outras. Uma delas foi só uma curtição. Quase todos os anos ele embarcava para San Juan de Puerto Rico (e estremecia quando o comandante anunciava que estavam sobrevoando o extremo leste de Cuba). De lá, pegava um teco-teco que fazia a ponte aérea para Mayaguez, uma linda cidade na costa oeste da ilha. Aí, ele tomava um ônibus, subia a serra e chegava na cidade em que essa mulher morava, passando por lugares parados no tempo, com os fazendeiros conduzindo os rebanhos pela estrada e os homens ainda a cavalo. Ele a conhecera num baile no Bronx, em 1962. Fora nesse ano que a levara para cama pela primeira vez, conhecera a estrada de terra da sua cidade e o rio descendo caudaloso da lavoura de abacaxi do Dole. Ele sempre se divertia. A mulher tinha dois filhos crescidos e não queria nada do Mambo King a não ser companhia. Ele lhe levava presentes – vestidos, brincos e pulseiras, perfumes e rádios portáteis. Um ano, ele levou um televisor. Bons tempos, lembraria ele. Jogava cartas, via televisão, conversava com a família, comia, dormia, comia, dormia. Às três e meia, durante meia hora, desabava um toró que chegava a engrossar o rio, e ele ficava cochilando na varanda, embalado por aquele barulho (da chuva e do rio) até o sol voltar. Aí, ele ia tomar banho de rio, escorando-se nas pedras por causa da correnteza. Em volta dele, a garotada nadando, pulando da margem e das árvores perfumadas. E ele ficava ali até o rio lotar demais para o seu gosto. Às cinco e meia, quando os operários da lavoura de abacaxi chegavam para dar um mergulho, ele pegava as coisas e voltava para casa.

Eram duas semanas de descanso. O seu nome era Carmela e ela gostava de vestidos floridos. Devia ter um metro e sessenta e pesar uns oitenta quilos, mas era um prazer na cama e a doçura em pessoa. Na sua casa, o som vivia ligado no máximo. Quando ganhava uma jóia dele, ela ficava na varanda esperando alguém passar para mostrar o presente. Uma noite, eles foram assistir ao filme "Ben Hur" que estava passando no cineminha poeira da cidade. O local, infestado de insetos verdes que saíam aos milhares do assoalho depois de uma chuva especialmente forte e ficavam andando pelas cadeiras e por cima dos espectadores e voando no meio da corrida de Judá Ben Hur no Circo Máximo. Por causa desses insetos, eles saíram antes do filme terminar. Na volta para casa, ela apertou mais a mão dele, como se não quisesse que ele fosse embora, mas ele não podia ficar. Quando se separavam nunca havia problemas.

Depois, teve uma Cecília, uma Maria, uma Anastasia e assim por diante.

COMO SE TODA música, toda cana e todas as mulheres do mundo pudessem mudar o que ele sentia por dentro: uma tristeza profunda por causa de Nestor.

Essa dor o perseguiu inflexivelmente por mais de quinze anos, deixando-o até inclinado a apelar para as orações quando queria que uma mão celestial o afagasse para acalmá-lo e perdoar-lhe, como sua mãe fazia.

Subindo a La Salle, cabisbaixo, meio encurvado – suas costas começavam a sentir o peso daqueles latões de cinzas – tinha dias que ele achava que se purificaria pelo sofrimento. Às vezes, era desnecessariamente bruto consigo mesmo: um dia, machucou-se com o formão e em outro, segurou sem querer o cano de água quente quando estava mexendo na caldeira. Não ligava para a dor, apesar das cicatrizes e feridas. Porque era macho até debaixo d'água e achava que, quando sofria, estava pagando os seus pecados.

Um dia, vinha do trabalho pela Amsterdam Avenue quando foi atacado por três homens que o jogaram no chão e começaram a chutá-lo. O Mambo King rolou e cobriu a cabeça como fazia quando apanhava do pai.

Dentes abalados, lábio cortado, cara inchada, costelas doendo... de certa forma, que conforto!

Tinha muitos amigos assim, perturbados. Estavam sempre alegres – especialmente se o assunto era mulher ou música; porém, quando acabava a camada de euforia que os defendia, abriam os olhos e só viam dor e tristeza em volta.

Frankie era um desses. Frankie com uma vida de azares. Adorava um filho, que, quando foi ficando mais velho, passou a desprezá-lo. César vivia apartando as brigas dos dois na rua e acompanhando Frankie ao Juizado de Menores para tirar o garoto do xadrez. Depois, veio a Guerra do Vietnã. O filho de Frankie já estava um homem feito: tinha um metro e oitenta e cinco, ombros largos e um boa-pinta; era o filho espertinho, tesudo e saudável de um operário cubano.

E o que aconteceu? Um dia ele apareceu na rua com um uniforme todo engomado, botas de cano alto e um reluzente quepe preto, falando em "amarelo" a torto e a direito. Estava embarcando para o Vietnã onde, no primeiro assalto, pisou logo numa mina e foi despachado para casa num recipiente de metal do tamanho de uma caixa de Kleenex. Na tampa do caixão com alças de metal trabalhadas, uma pequena bandeira, uma condecoração e um pequeno retrato. César amparou Frankie durante o enterro, cuidou dele e lhe deu um porre de uma semana.

Sentia um certo conforto quando abraçava o amigo e dizia: "Ora, ora, isso vai passar".

Sentia um certo conforto em partilhar a dor do amigo, como se isso viesse a engrandecer ou glorificar a sua. Às vezes, ele tinha três ou quatro amigos assim, em casa ou na oficina, bebendo até perderem a máscara e o rosto não ser mais que uma sombra.

Expressões tristes e bocas contraídas falando tão engrolado que ninguém se entendia.

Naquela época, ele era amigo de um contraventor comum, conhecido por financiar negócios. Chamava-se Fernando Pérez e foi tido durante muito tempo como um elemento respeitável do bairro. Havia muito que andava por lá e era dono de todos os pontos de jogo da Amsterdam Avenue e do norte da Broadway. Era um sujeito atarracado, de cara quadrada, braços curtos e dedos cotós. Elegante, com ternos esportivos de flanela cinza, ele gostava de usar chapéus brancos e sapatos de crocodilo brancos com salto oito. Jantava muito no Violeta's e em outro restaurantezinho da Manhattan com a 127, onde, às vezes, encontrava César. Embora andasse escoltado por dois sujeitos truculentos, ele era a civilização em pessoa. Possuía um apartamento na Rua La Salle, uma casa no Queens, outra perto de Mayaguez, em Porto Rico, e um lendário apartamento na 107, entre Broadway e Amsterdam, conhecido como "a fortaleza". Segundo se dizia, o homem guardava o dinheiro todo num cofre imenso embutido na parede. Para se chegar a esse cofre era preciso arrombar três portas e nocautear vários guarda-costas postados na entrada do prédio, no hall de entrada e em três salas diferentes.

Ele fora um grande fã de César Castillo. Começara a namorar sua mulher Ismelda nos cabarés em que o Mambo King tocava e nessas noites sempre mandava uma garrafa de champanhe do bom para a mesa do Mambo King. Eles se cumprimentavam e mandavam seus respeitos às respectivas famílias em bares como o do Park Palace. O único atrito que tiveram, agora já esquecido, foi na época em que os Mambo Kings estiveram mais perto da fama, depois de aparecerem no "I Love Lucy". Fernando Pérez queria fazê-los assinar contrato, mas César e Nestor não queriam nada com ele. Ele ficou tão sentido que passou dez anos sem falar com o Mambo King.

Em 1972, César estava um dia no Violeta's e Pérez entrou com um séquito de amigos. Ele exibia um maço de dinheiro e jogava notas de vinte dólares numa moça, que pegava o dinheiro dando gritinhos de alegria e jogando beijos. Aí, ele anunciou, com toda a pompa: "Hoje todo mundo vai jantar por minha conta".

Os clientes aplaudiram-no, e ele sentou-se. Sua mesa pediu leitão assado e vários pratos de arroz, feijão, *yuca* e *tostones*. César o reconheceu o ao entrar e o cumprimentara respeitosamente com um gesto de cabeça. Depois, Pérez foi até ele e os dois se abraçaram como se fossem amigos da vida toda.

"Que prazer em vê-lo, meu velho amigo", disse Fernando Pérez ao Mambo King. "Não podemos mais nos dar ao luxo de perder tempo com bobagens. A vida é muito curta."

Eles conversaram: Pérez acabara de sair de um infarto e, passando a dar mais valor à vida, aparentemente se tornou uma pessoa mais magnânima. E não era só: em volta do seu pescoço brilhava um enorme crucifixo de brilhantes, do tipo que as viúvas usam. Que ele não largou enquanto durou o interrogatório de César.

"O que eu estou fazendo?", disse o Mambo King. "Estou trabalhando com músicos. Sabe, não é nada que vá me deixar rico, mas eu vou arranjando os meus trocados. E continuo morando ali na La Salle."

Ele dizia isso envergonhado, pois muito tempo atrás Pérez lhe dissera: "Se você não fizer alguma coisa para garantir o seu futuro, as pessoas vão se esquecer de você assim" – e estalou os dedos.

Agora que via tudo com certa perspectiva e podia passar por cima dos problemas, o Mambo King se perturbava quando pensava nas coisas que não tinha. Estava ficando velho. Tinha cinquenta e quatro anos e passara a vida torrando dinheiro com as mulheres, com o jogo e com os amigos.

Ele não possuía seguro de saúde, aposentadoria, nem casinha na Pensilvânia, como o seu amigo violinista. Nem uma pequena *bodega* como Manny.

O que tinha ele? Umas cartas de Cuba, uma parede de fotos autografadas, um punhado de lembranças, quase sempre embaralhadas.

(De novo ele se lembra das palavras do pai em Cuba: "Se você quer ser músico, vai ser pobre pro resto da vida.")

César fez um gesto de aprovação: "Bom, você está em forma", disse a Pérez.

"Eu quase morri, sabe?", contou ele a César. "E quando eu estava nas últimas, tive uma revelação: vi um clarão vindo do céu e tive uma visão instantânea de Deus. Eu disse a ele: 'Dai-me a oportunidade de ajudar o próximo, permita que eu me torne vosso humilde servo'. Eu estou aqui hoje graças a isso, sabes? E posso dizer que quero ajudá-lo. O que é que eu posso fazer por você, César? Precisa de dinheiro? Quer um empurrãozinho na carreira? Por favor, fale, eu quero saber".

"Não quero nada, Fernando. Não se preocupe comigo."

"Espero que, no mínimo", disse Fernando antes de voltar aos seus convidados e às belas mocinhas cujos seios transbordavam do decote apertado de seus vestidos de babados vermelhos, "você venha me fazer uma visita no Queens. Você vem?"

"Vou."

"Ótimo, e *que Dios te bendiga!*"

E largou uma nota de cinco dólares no bar, dizendo:

"Sirva uma bebida ali pro meu amigo."

Depois, abraçou César e voltou à sua mesa: "Agora não esqueça".

Daí em diante, os dois reataram a amizade. Pérez vinha com um Cadillac Eldorado branco e estacionava em frente a *bodega* de onde comandava os negócios de agiotagem e jogo. Ele fazia isso com um ar de santidade e recolhimento estampados no rosto, abençoando os clientes que saíam da loja com o sinal da cruz. E quando avistava César na rua, Pérez buzinava e acenava para o Mambo King. Era sempre a mesma coisa: "Quando é que você vai me visitar no Queens?". E: "Por que você me trata com tanta distância, meu amigo?".

"Não, não, o que é isso?", defendia-se César. E ele ficava falando de amenidades, abaixado na janela do carro, e acabava saindo com um Havana legítimo (Pérez arranjava com um amigo que morava em Toronto).

Numa quinta-feira à noite, César foi ao Queens, onde Pérez morava numa mansão de três andares e vinte cômodos. Todos os quartos com cortinas fartas, TV em cores e telefone. Aquários de peixes tropicais e uma grande tela abstrata na sala, aparelho de som, bar. E três Cadillacs na porta. Mas o que mais impressionou o Mambo King foi a piscina.

Eles jantaram numa varanda fechada com biombos nos fundos da casa. Pérez e a mulher sentados nas cabeceiras de uma mesa comprida e coberta de travessas, César entre eles. Ismelda tocava um sino e aparecia uma empregada peruana, a quem o casal dava ordens: "Leve o feijão que já esfriou", "Não tem um pão mais fresco?", "Traga outra garrafa de vinho".

Eles falaram dos velhos tempos. Fernando, volta e meia, levantava e pegava a mão cheia de anéis da mulher.

"Nosso amor começou", disse Fernando, "naquele lugar onde a sua orquesta tocava no Brooklyn."

"No Imperial Ballroom", atalhou com ternura a mulher.

"Cara, você estava o máximo naquela noite, ali naquele palco. Qual era mesmo a primeira música da noite? Tenho um disco com ela."

"A gente costumava começar com um bolero instrumental chamado 'Twilight in Havana'."

"Que o seu irmão, que Deus o tenha, abriu com um solo de trompete bem longo, não foi? Num estilo entre o Chocolate Armenteros e o Harry James. Lembro bem disso porque eu estava no bar vendo a orquestra. Me lembro muito bem dessa música" – e cantarolou um trecho da melodia. "Lembro porque essa música estava tocando quando o meu irmão me apresentou à minha mulherzinha aqui. Isso foi há quase trinta anos e, veja, continuamos juntos e prosperando."

Ele fez um brinde.

"Sabe o que estamos planejando fazer no ano que vem? Vamos ao Vaticano na Páscoa para ir a uma daquelas audiências com o Papa. Quero ter essa honra e essa alegria antes de entrar na minha velhice."

E começou a discorrer sobre a prosperidade dos filhos: tinha dois trabalhando com ele, muito bem de vida, e dois na universidade; tinha sete netos e dinheiro suficiente para o resto dos seus dias.

"Mas o meu maior bem é a saúde", disse, batendo na mesa. "Dinheiro, mulheres, bens materiais não são nada diante da morte. No fim, tudo é merda. Era nisso o que eu pensava, aliás, antes de ver a luz."

Eles comeram costeletas de porco e frango a passarinho, arroz e feijão, bananas fritas, uma vasta salada mista, dobradinha, torradas italianas e, de sobremesa, doces caramelados de limão ao rum e café expresso. Em seguida, veio a garrafa de Courvoisier, tão aveludado e delicioso que César não resistiu e tomou um copo atrás do outro.

Depois, ficaram na sala ouvindo a música melodiosa do conjunto de Miguel Montoya, o Ten Thousand Hollywood Strings. Comendo bombons franceses, César relaxou e sentiu uma imensa gratidão, cheia de nostalgia, por conhecer o contraventor Fernando Pérez. Comoveu-se também com o gigantesco crucifixo de mogno que tomava quase toda a parede em frente ao sofá.

"A gente se conhece há uma vida" – disse o Mambo King, com os olhos marejados. "Acho que nossa amizade é pra valer, não é, Pérez?"

"É, graças ao Nosso Senhor Jesus Cristo."

César passara boa parte da noite pensando que, no fundo, um sujeito escuso como Pérez, que andara metido com prostituição e drogas, não merecia aquela prosperidade toda. O conhaque funcionou, porém, mudando a opinião do Mambo King sobre aquilo tudo. E ele se emocionou quando Pérez lhe deu a mão e o puxou para frente do crucifixo, pedindo que ele se ajoelhasse para rezar.

"Eu não sei rezar, *hombre*", disse César, rindo. "Não ando rezando muito ultimamente."

"Como você quiser, meu amigo."

Pérez e a mulher ajoelharam-se e fecharam os olhos: quase instantaneamente, seus rostos ficaram muito vermelhos e lacrimejando. Pérez falava depressa. O Mambo King, no seu porre, pescou umas palavras: "Ah, a paixão, a paixão de Nosso Senhor que morreu por nós, pecadores".

Depois disso, eles ficaram assistindo à televisão até às onze horas. E aí Pérez chamou um táxi particular para levar o Mambo King para casa.

"Nunca se esqueça, meu amigo", Pérez insistiu. "Se precisar de mim para alguma coisa, é só dizer, sim?"

"Sim, sim."

"*Vaya con Díos.*"

O táxi, cujo motorista tinha um ar cínico e malicioso, seguiu viagem.

No dia seguinte, César acordou sentindo-se um fracasso total. Esse sentimento vinha-lhe volta e meia, mas acabava passando, sobretudo se ele estava entretido com a música ou com as mulheres. Só que, ultimamente, o seu ritmo vinha decaindo. Seu corpo estava mudando. Ele estava ficando inchado, cheio de rugas em volta dos olhos e, para culminar, as entradas estavam aumentando. Era muito mais cauteloso com as mulheres, fixava-se mais nos prazeres das lembranças, embora às vezes enjoasse disso e procurasse uma velha paixão. A senhorita Vanna Vane agora era madame, mas ele ainda se encontrava com ela no centro da cidade, onde ela trabalhava como secretária. Levava-a para almoçar e a bolinava por debaixo da mesa. Ele saía com outras mulheres, mas estava mais calmo. Embora continuasse crescendo como sempre, sua peça andava meio desanimada. Uma caminhada à toa até a esquina para falar com Eugênio ou encontrar o baixista Manny já o deixava exausto. E, às vezes, quando estava deitado, sentia dores terríveis no peito, nos rins, no fígado e dores de cabeça no meio da testa.

Difícil aceitar que ele já não era um garanhão. Delores, que lia de tudo, dissera-lhe que ele passava por uma "crise da meia-idade".

"Você se sente assim porque não tem muitas perspectivas pela frente. Mas o fato é que você pode viver mais uns trinta anos."

(Ele riu em seu quarto no Hotel Splendour).

E ainda tinha outra coisa: o que faria quando estivesse velho demais para se sustentar? Então, ele tocava quando era chamado e sempre havia alguém incentivando o relançamento de sua carreira, como no caso do Pérez. Mas, do jeito que ele andava por fora das novidades, fusão de rock com jazz, *salsa* ácida e disco-boleros, era inútil. Nessa época, ele costumava arranjar trabalho principalmente quando um conjunto de músicos mais jovens cancelava. Ainda agradava o pessoal da velha guarda, mas quem mais se lembrava dele? Tudo isso o deixava deprimido.

Se ele tivesse ficado com Xavier Cugat.

Se tivesse continuado casado.

Se o irmão estivesse vivo.

Se ele tivesse dinheiro.

Na porta da oficina, a mulher da folhinha, com aqueles peitos grandes, aquele maiô colante e enfiando a garrafa de Coca-Cola na boca, não mexeu com ele. Ele deitou a cabeça na coberta de papel durante meia hora, levantou, tocou um pouco de violão. Então pensou que a afirmação da sua virilidade pudesse animá-lo e tirou da gaveta uma revista pornográfica, desabotoou as calças e se masturbou. Na poltrona da oficina, tomou uma cerveja e voltou a cochilar. Ouvindo a agradabilíssima música da água correndo no encanamento, ele viu que era o tema de "I Love Lucy". E, ao abrir os olhos, estava ao lado de Nestor, nos bastidores, ambos se preparando para entrar em cena.

"*Óyeme, hombre*" – disse, arrumando a gravata-borboleta de Nestor – "Seja forte. Vai ser o máximo. Não fique nervoso, faça como fizemos nos ensaios com o senhor Arnaz".

O irmão assentiu com um gesto de cabeça e alguém avisou: "A deixa de vocês está chegando".

E Nestor falou: "Irmão, não fique nervoso. Leia aquele livro".

E então se adiantaram, como tantas vezes, para entrar na vida de Ricky e Lucy e cantar "Beautiful Maria of My Soul".

Quando acordou desse "sonho", ele se lembrou do conselho do irmão. Depois de procurar na sua mesa de trabalho, achou o velho "Forward

America!" embaixo de uma pilha de bilhetes de queixas de moradores e notas de compras de material de construção. Folheou-o e releu uma das frases, há tantos anos sublinhada por Nestor: "Mesmo nas piores circunstâncias, não recue. Olhe para o horizonte. Não olhe para trás e marche sempre para a frente... E lembre-se: É o general com o exército avançando quem *ganha a guerra!*".

ANGUSTIADO, ELE NÃO conseguiu produzir muito naquele sábado. O Mambo King ficou na oficina ouvindo rádio e arrumando a papelada na mesa até às três da tarde, quando resolveu ir para o bar Shamrock.

Tomava um whisky quando ouviu o proprietário, um sujeito chamado Kennedy, dizer a uma pessoa que o bar estava à venda.

"E quanto você está querendo?", perguntou a pessoa.

"Trinta e cinco mil."

O Mambo King ficou no seu canto bebendo e, ocasionalmente, prestando atenção no jogo de beisebol na televisão. Em geral, ele não se demorava muito. Naquele dia, porém, no segundo copo ele já estava calibrado e sem muita vontade de voltar para a oficina.

Então, o irlandês das cicatrizes entrou e foi sentar ao lado de César. Tinha a cara toda retalhada com pequenos cortes em forma de X de um assalto que sofrera. Fora esfaqueado uma noite, quando voltava trôpego para casa. Mas continuava fazendo o mesmo caminho e era sempre assaltado.

"Agora você tem que se cuidar", disse o Mambo King.

"Não, não", disse Dickie. "Eu sei o que me espera."

Ele ficou mais uma hora no bar, observando o proprietário, o senhor Kennedy, um homem anguloso e sanguíneo, de mãos trêmulas e com um narigão coberto de manchas senis, lavar a louça e preparar as bebidas. Pagou uma dose para Dickie, a sua terceira, e resolveu ir para casa. Foi essa tarde que, subindo para o seu apartamento, César encontrou a senhora Stein, moradora do segundo andar, na porta de casa.

"O meu marido não quer acordar", disse ela.

Ainda bem que ele estava calibrado. Quando ela o levou até o quarto, o senhor Stein estava sentado na cama segurando um maço de papéis, de boca aberta e a língua meio para fora como se ele fosse falar alguma coisa. Era um intelectual, uma pessoa ensimesmada, mas educada, que deixava César à vontade no serviço. Certa vez, consertando um bocal de lâmpada naquele quarto e inspirado na papelada cheia de caracteres estranhos do senhor Stein, o Mambo King tivera vontade de lhe fazer uma pergunta.

"Hebraico e alemão", dissera-lhe o senhor Stein. "E isso é grego."

E perguntara: "O senhor acredita em Deus?".

"Acredito", respondera o senhor Stein.

Era isso que César lembrava do homem.

Agora ele cobria a cabeça do senhor Stein com um lençol. Não antes de fechar os seus olhos, claros e azuis, olhando para uma rachadura na parede encardida.

"Senhora Stein, eu não sei como lhe dizer isso, mas a senhora precisa chamar uma ambulância. Ou a senhora tem algum parente com quem eu possa falar?"

Então ela percebeu a situação: "Agora eu fui jogada no inferno", disse.

Naquela noite, ele não conseguiu dormir direito e ficou horas se torturando com ideias. Por que haveria ele, que fora um machão arrogante e cheio de si, de estar agora assustado com a solidão. Por que os seus joelhos doíam? Por que, às vezes, era como se ele estivesse carregando um cadáver nos ombros, parecendo reviver o período após a morte do irmão?

De vez em quando, ele pensava no bar. Havia anos (desde que voltara da Marinha Mercante) Manny andava atrás dele para fazerem uma sociedade, montarem um negócio qualquer, tipo um cabaré ou uma boate. E ele agora pensava: não seria má ideia se um músico do ramo como ele abrisse um cabaré latino ou uma boate. O maior problema seria o dinheiro. Ele pensou em todas as pessoas prósperas que conhecia, pessoas que lhe haviam prometido ajuda para tirá-lo de enrascadas. Tinha Miguel Montoya, agora vivendo no Arizona, Bernardito, Manny, o primo Pablo. Todos esses tinham alguns mil dólares de poupança. E Pérez. Mas trinta e cinco mil? E, além disso, quanto mais precisaria? O bar estava caindo aos pedaços, mas ele podia fazer uma reforma, dar uma pintura, botar uma iluminação e um palco. Sairia em conta. Sem dúvida, para ele, vários amigos músicos não cobrariam muito. Fazendo as vezes de mestre de cerimônias, ele iria para o microfone e, elegantemente, apresentaria jovens e antigos talentos. E se a casa pegasse, criando a fama do San Juan ou do Tropicana de Havana? Aí seria uma beleza: dinheiro, mulheres e bom astral.

Ele pensou no tipo de clientela da boate. Casais jovens, respeitáveis, com alguma grana no bolso e querendo se divertir, gente de meia-idade podendo gastar mais, que gostasse de uma mistura dos sucessos antigos e modernos. Passou a noite especulando e só foi dormir de manhãzinha, achando que sua ideia tinha alguma coisa.

TODOS ACHARAM LOUCURA ele se envolver com Pérez, apesar dele frequentar a igreja e circular por todo canto com um crucifixo no peito. Ele sabia que era, mas não ligou: achou melhor não pensar no assunto. E fazia planos, vendo a boate luxuosamente decorada como um pequeno paraíso tropical e ele, como Desi Arnaz fazia, cantando e comandando o espetáculo (e, participando dessa cena, Nestor), agora com mais status que um mero zelador ou músico freelancer. E ignorou todos os conselhos. Mesmo depois de ter sonhado que a boate começaria muito bem, sabia que depois de algum tempo o pessoal de Pérez assumiria a direção e a transformaria numa coisa diferente. Mesmo assim, ele foi em frente. Manny e uns amigos entraram com sete mil, Pérez entrou com o resto, metade como um investimento pessoal e metade como um empréstimo a César.

"Eu disse que queria ajudar você, meu amigo."

Em junho, ele já era proprietário do Shamrock com todo o seu equipamento: máquinas de gelo, freezer, moedor de carne, bar, balcão de refeições, jukebox, mesas e cadeiras, caixa registradora, espelho envelhecido e bancos do bar. Levou do porão o pequeno piano vertical, mandou afiná-lo e encostou-o numa parede: a área de refeições dali já conhecera dias bem melhores. Ele arrancou os lambris de madeira e o contact verde claro das paredes e as revestiu com pastilhas espelhadas, que um amigo seu do Bronx lhe vendeu por uma ninharia. Depois, mandou fazer o palco, repetindo as dimensões do palco do Mambo Nine Club, como se isso fosse garantia de sorte. Com 1,80m x 3,60m, era a conta para acomodar um pequeno conjunto. Ele forrou o estrado com tapete de pelúcia vermelho e laqueou a porta de preto.

Os irlandeses da vizinhança perceberam que as coisas estavam mudando ao verem César apagando os trevos da vitrine. Terminado esse serviço, ele convidou seu amigo artista Bernardito para ser o seu diretor artístico e encheu a casa de palmeiras de borracha e abacaxis de papel machê. Numa parede, ele pendurou uma grande paisagem de Havana que comprara em Nova Jersey. Depois, instalou um toldo salmão que chegava até o meio-fio e, na janela, um letreiro chamativo de néon com as palavras Club Havana piscando em turquesa e vermelho.

Finalmente, escolheu algumas fotos dos seus dias de glória na era do mambo, mandou enquadrá-las e pendurou-as na parede do bar... fotos autografadas por todo mundo, de Don Aziapaú a Marion Sunshine. E, no meio, colocou o quadro com a sua foto ao lado de Arnaz e Nestor.

Tabelou o *couvert* em dois dólares, a dose de bebida em um e resolveu oferecer um cardápio simples que incluiria pratos como arroz com frango, arroz e feijão, bananas fritas e sanduíches cubanos, arranjando uma cubana pobre para cuidar da cozinha. Mandou fazer mil volantes promocionais e contratou três garotos, a um dólar a hora, para colocar os volantes em postes, portarias de edifícios e para-brisa de carros. Feito isso, ele pegou o hábito de ir para lá depois do trabalho. Circulava pela casa como se aquilo fosse um sonho realizado, fumando um enorme charuto com um ar de aprovação, batendo no balcão, fazendo pose diante do espelho do bar e servindo-se de bebidas.

Obviamente, a coisa foi mais complicada. Ele precisou de alvarás permitindo a venda de bebidas alcoólicas e enquadrando o estabelecimento na categoria de boate e restaurante. A casa teve que passar por vistorias do departamento de obras e de saúde pública, mas a licença de funcionamento só veio depois que Pérez molhou a mão dos fiscais. Depois disso, não houve problemas. Pedro assessorava César na contabilidade e Pérez fornecia a "segurança".

"Que Deus nos abençoe, mas, sabe, meu amigo", disse-lhe Pérez, "se agora não tomarmos as devidas precauções, depois podemos ter todo tipo de problema".

Ficou decidido que o leão de chácara seria um homem de Pérez e o mesmo deu a César num belo embrulho de papel encerado azul, um revólver Smith & Wesson calibre 38 que o Mambo King enrolou numa toalha e escondeu no porão atrás da caldeira.

Teve uma coisa engraçada. Uma semana antes da inauguração da boate, César recebeu uma visita. Frankie, que estava esfregando o chão, foi até a salinha dos fundos que ele fazia de escritório e lhe disse: "Tem uma dona aí querendo falar com você".

Era uma jovem *hippie* dos seus trinta anos, talvez. Entrou vestida com uma jaqueta de caubói de camurça e botas de guizos. Apresentou-se como cineasta e disse trabalhar com o tema da "diversidade cultural no cadinho da cidade".

"É?"

"A gente só quer vir aqui uma noite e filmar. Você se importaria?"

"Você paga pra isso?"

"Não, não, não é uma coisa comercial. Eu não ganho nada. É pra um filme sobre os latinos na cidade de Nova York que estou fazendo pra uma amiga minha da Universidade de Colúmbia."

"Não é a professora Flores?"

Flores era uma amiga cubana que dava aulas de espanhol naquela universidade.

"Não."

Ela lhe disse que só queria trazer uma pequena equipe com uma câmera e um técnico de som para filmar as pessoas dançando e fazer umas entrevistas.

Ele pensou um pouco e respondeu: "Preciso discutir isso com os meus sócios, mas vou lhe dizer que sim. A inauguração é no próximo sábado. Se quiser, pode vir nesse dia e fazer o seu filme".

Com a notícia de que a inauguração do Club Havana seria filmada, criou-se um certo clima hollywoodiano sofisticado em relação ao evento. A cineasta apareceu no dia com a sua equipe. A boca-livre atraiu gente de toda parte: velhos amigos dos cabarés, músicos com suas mulheres, amigos da família, clientes do salão de beleza onde Ana Maria trabalhava meio expediente, antigos da rua. Logo, os homens estavam entrando com suas belas acompanhantes. Naquela primeira noite, César comandou o espetáculo e cantou acompanhado por um conjunto de oito músicos freelancers. De terno branco com um cravo na lapela e um charutão na mão, decantou, requebrou, deu tapinha nas costas das pessoas, riu, insistiu para os amigos aproveitarem a boca-livre e comerem e beberem à vontade e achou incrível não ter pensado naquilo antes. E parecia que as pessoas estavam adorando a casa.

César convidara para a festa uns bons dançarinos que conhecia. De fato, Bernardito de Brooklyn tornara-se um emérito dançarino de mambo. E Frankie, embora já velho e acabado, continuava saracoteando como um profissional. Com os refletores e as câmeras na pista, as pessoas dançaram numa animação louca e a orquestra botou pra quebrar, os dois percussionistas se espalhando numa batucada épica, o piano, os dois trompetes (entre eles, César, todo suado atrás dos óculos escuros), a flauta, o saxofone e o baixo tocando com toda a alma. E quando foi focalizado pela câmera, o Mambo King deu uma exibição em regra, segurando o trompete, empinando o rabo, rodopiando, dizendo "vai, boneca", agitando os braços como se estivesse com os dedos em brasa, movimentando-se com agilidade, apesar do peso, como se fosse feito de mola. (Depois, numa outra música, já parecia mais um robô, como se tivesse engrenagens e algodão nas juntas.)

As pessoas batiam palmas e riam, adorando a música. Até a garotada enfastiada da vizinhança, que preferia um som como o dos Rolling Stones, do Smokey Robinson ou dos Miracles, divertiu-se. O próprio Eugênio, que havia muito deixara de dançar regularmente e depois de se calibrar com algumas doses, entrou no mambo e na *pachanga*, embora sem a mesma categoria do tio e de outros tantos ali.

Depois de algum tempo, César e seus amigos se acostumaram com a câmera, mas não com o fato de estarem recebendo ordens de uma mulher. Ela era alta, com uma enorme juba e olhos penetrantes e inteligentes. Frankie a chamava de *señorita jefe* e fazia mesuras irônicas quando ela passava com um ar superior.

Naquela noite, o casal mais emocionante de se ver na pista era o gordo primo Pablo com a mulher. Apesar de não passar de um metro e sessenta e cinco, ele estava arrasando de terno azul, camisa branca e gravata vermelha. Pablito e a mulher nunca saíam, mas agora, com os filhos crescidos, estavam livres. (Suas duas filhas estavam casadas e o filho Miguel tinha um bom emprego de mecânico e morava no Bronx.) A especialidade do casal era a *pachanga* e a certa altura da noite, a boate inteira parou para vê-los dançar: ao perceber a câmera localizada neles, Pablito realmente se soltou, exibindo todos os passos que sabia. No final, até a equipe de cinegrafistas hippies se comoveu e aplaudiu, com assovios e tudo.

A inauguração acabou sendo um enorme sucesso. Extravasando animação, as pessoas dançaram e beberam das nove da noite às quatro e meia da manhã. Tinha gente até na calçada, que ficou tão apinhada quanto a calçada de uma capela funerária durante um velório, e tão barulhenta quanto. Quando o conjunto parava de tocar, o som de Reny More na jukebox invadia a rua. De barriga cheia, animados com a bebida e com os pés doendo de tanto dançar, os clientes se retiraram prometendo ao orgulhoso proprietário que voltariam.

Ainda no auge da festa, a cineasta agradeceu a ajuda do Mambo King e retirou-se com a sua equipe depois de terem arrumado o equipamento em caixas de metal.

(E o filme? A noite de trabalho resultou em apenas dez minutos de projeção que seria exibida no Museu Whitney e incluía uma entrevista com César, que apareceu debaixo da legenda "diretor da boate". Sentado no bar, com um terno elegante e segurando um enorme charuto, ele dizia: "Cheguei aqui com o meu irmão no fim dos anos quarenta e formamos um conjuntinho, os Mambo Kings. Eu fiz uma música em parceria com o meu irrmão, 'Beautiful Maria of My Soul', e a música chamou a atenção do cantor Desi Arnaz, que nos convidou para ir ao programa dele na televisão, o 'I Love Lucy', já ouviu falar?".

E a montagem pulava de volta ao ponto em que ele começava a dizer: "... Desi Arnaz, que nos convidou para ir ao programa dele na televisão, o 'I Love Lucy'." Voltando sempre, mostrava umas dez vezes a cena numa sucessão corrida.

Em seguida, vinha um corte e o mesmo tratamento era dado à cena de Pablito dançando com a mulher, os mesmos passos repetidos várias vezes aos solavancos. A fita foi exibida muitas vezes na cinemateca do Whitney e depois na França, onde ganhou um prêmio).

E LÁ PELAS cinco da manhã, quando, por ser domingo, muita gente já estava com o pensamento voltado para Deus e para a Eucaristia, Pérez se despediu. A essa altura a festa se resumia a César, Pablito, Manny, Bernardito e Frankie, que comandara o bar naquela noite. E Eugênio, agora universitário e com vinte e um anos, que trabalhara na cozinha. Ao sair, Pérez anunciou: "Tenho uma coisa para vocês. Esperem aí mais um pouquinho".

Assim fizeram e, embora já estivessem bocejando de exaustão, ficaram logo acesos ao se depararem com três gracinhas cintilantes de minissaias prateadas que chegaram, despiram-se e começaram a dançar.

A CASA TERMINOU garantindo o seu faturamento com as noites de sábado. Nos outros dias, o Mambo King dependia do pessoal do bairro que vinha tomar uma cerveja e dos universitários que vinham atrás do prato do dia. César também alugava a boate para festas particulares, cedia o espaço para bailes da paróquia e, em várias ocasiões, promoveu eventos para angariar fundos. As noites de quarta-feira eram reservadas para as *jam sessions*. Com comida e bebida a preços módicos, os músicos que apareciam à meia-noite usavam o Club Havana como uma segunda casa, tocando até quatro da manhã, como César fazia em Havana nas *jam sessions* dos inferninhos da praia. Sentado num dos bancos altos do bar, charuto aceso entre os dedos grossos, ele sorria, cumprimentava os clientes com um gesto de cabeça e aplaudia calorosamente os jovens músicos que subiam ao palco. Ao longo dos anos, a luz dos refletores lhe causara certa fotofobia, de modo que ele não tirava os óculos escuros. Por trás das lentes, era como se os seus olhos estivessem dentro d'água e, embora, às vezes, aparentemente, seu olhar lânguido se concentrasse no movimento da casa, sua mente divagava, fixando-se em projetos de músicas sobre o amor, as mulheres e a família.

Os lucros dessa casa só lhe permitiam uma vida modesta. As longas noitadas deixavam-no exausto para o trabalho no prédio. Essa exaustão, a dor nos ossos, as indisposições estomacais, o seu pênis já menos disposto, tudo isso fez o Mambo King dar-se conta de que estava envelhecendo. Começaram a aparecer fios brancos nas costeletas (que ele disfarçava com uma rinsagem). As pontadas no intestino, a acidez no esôfago – queimando nos sonhos à noite – e as dores difusas e constantes no ventre – sintomas de males do fígado e dos rins – proliferavam.

Em nome do mambo, da rumba e do chá-chá-chá da juventude, ele ignorou isso tudo.

E, mesmo assim, continuava trabalhando no prédio, embora agora se desse ao luxo de contratar conhecidos para certas empreitadas. Pagava a Eugênio, que largara a música, para fazer o seu serviço. No primeiro ano de existência daquela casa noturna, era Eugênio quem, depois das aulas no City College, aparecia na casa dos moradores de ferramentas na mão.

Nessa mesma época, César ficou conhecido em Nova York como um dos cubanos que abrigavam músicos exilados em casa e os ajudavam a encontrar trabalho. Estava sempre chegando de Cuba um trompetista, um *conguero*, um pianista, um cantor de baladas ou de boleros para se hospedar num dos quartos vagos do apartamento. Antes de abrir a boate, o Mambo King recorria a seus contatos para encaminhar os recém-chegados para uma colocação qualquer na vizinhança: Pablo no frigorífico; Bernardito no ramo publicitário; donos de boate ou de restaurantes, como Rudy López do Tropic Sunset, ou Violeta, que talvez precisassem de lavadores de prato ou de garçons. Um emprego de músico era mais difícil de achar. Ainda que a população cubana de Nova Jersey estivesse aumentando e a oferta de empregos fosse maior do que antes, não chegava para todos. Portanto, ele deixava esses patrícios ficarem em sua casa, muitas vezes lhes emprestava dinheiro e os ajudava a encontrar instrumentos musicais nas casas de penhor do Harlem. (Ou lhes emprestava um dos seus.) Ele fazia isso como se estivesse ajudando alguém da sua família. Como a estada média era de cerca de um mês, novas caras estavam sempre surgindo em sua casa.

Mas agora, com a boate, tornava-se mais fácil para César arranjar emprego para esses refugiados que, em geral, ele contratava como garçons ou lavadores de pratos. Pagava-os do próprio bolso, mesmo quando não havia movimento na casa. E sempre tinha bons músicos trabalhando com ele. Teve Pascual Ramírez, um homem altamente politizado que odiava a revolução e dava socos nas mesas quando provocado. Teve também Ramón, um saxofonista sincero e esperançoso de que a situação mudasse em Cuba. (O infeliz acabou se enforcando em Miami em 1978.)

Quase sempre César levava esses hóspedes à casa da cunhada para apresentá-los à família, mas agora, dividido entre a boate e o prédio, ele não tinha muito tempo de folga para visitar Pedro, os meninos e Delores, a qual sempre lhe despertava olhares de adoração. Com sorte, conseguia dormir uma hora se largasse o trabalho às quatro da tarde. Depois, vestia-se e ia ao Club Havana. Embora estivesse sempre cansado, acostumou-se com essa rotina.

Numa dessas tardes, enquanto se arrumava para ir à boate, ele recebeu um telefonema de Miami. Era o amigo de um amigo de Cuba, um sujeito chamado Rafael Sánchez, que disse ao Mambo King:

"Eu e o Rico, meu irmão caçula, estamos indo pra Nova York e a gente queria saber se daria para você arranjar um lugar pra gente ficar."

"Claro", respondeu o Mambo King.

Uma semana depois, os dois batiam à sua porta, cada um com a sua malinha de vime e o seu estojo preto, onde um levava um trompete e o outro, um saxofone.

"Senhor Castillo?", perguntou o irmão mais velho. "Eu sou o Rafael Sánchez e esse é o meu irmão Rico".

O mais velho andava na casa dos trinta, tinha um olhar espantado, era meio careca, mas bonitão. Estava de calça jeans, camisa branca, blazer azul-marinho surrado, sobretudo preto e chapéu marrom. Com uma mesura, ele e o irmão Rico cumprimentaram o Mambo King. Rico tinha uns vinte e cinco anos, era magro e macilento, com uma juba preta e olhos azuis. Estava de jeans, um suéter escuro, sobretudo e um gorro de lã na cabeça.

"Entrem", falou o Mambo King. "Vocês devem estar cansados."

E os levou para a cozinha, onde lhes ofereceu sanduíches de filé, batatas e cebolas fritas, *pasteles* e salada temperada com bastante sal e azeite. Ficaram bebendo cerveja e ouvindo rádio, e César meteu a cabeça na janela e assoviou para Delores, chamando-a para vir conhecer os irmãos. Ela desceu com Letícia, que estava com dezoito anos, trêmula e gostosa como o flã que serviram aos recém-chegados.

"E como foi a viagem?"

"Cansativa, viemos de trem. Deu para ver a paisagem", disse o mais velho. "Eu já tinha estado aqui nos Estados Unidos uma vez, mas o meu irmão nunca esteve."

O mais moço falou, num tom muito pausado:

"Imagino que aqui não precisa muito para a pessoa se perder."

O Mambo King concordou com um gesto de cabeça.

"Você está falando em espírito ou na rua?"

"Em espírito."

E ele serviu mais cerveja, pois ela o deixava mais descontraído e aberto. Confraternizou com os irmãos, que lhe contaram como chegaram aos Estados Unidos via Madri, onde passaram três meses antes de embarcarem para Miami – onde ficaram outros três meses hospedados com um primo. Ambos tocavam jazz em Cuba; o mais velho tocava violão e saxofone e o caçula, trompete.

"Antes da revolução", disse Rafael, "em Havana a gente ouvia jazz na CMQ e ficava rondando os grandes hotéis para ouvir as grandes bandas e as *jam sessions* com gente como Dizzie Gillespie..."

"Ele é o máximo", disse Rico.

"Naquele bar de La Concha", contou, referindo-se a uma praia muito frequentada pela nova geração e pelos músicos, a uns quarenta minutos de Havana, "a gente ouvia música e conhecia o pessoal de música. Bons tempos. Agora, depois da revolução, só se ouve um arremedo de jazz, uma coisa branca e europeia com ar de valsa e de vez em quando, a gente dava a sorte de arranjar um rádio de ondas curtas e pegar uma estação dos Estados Unidos ou do México que tocava o jazz autêntico. A gente trabalhava em Havana, mas só pensava em sair de lá. O Rico trabalhava numa fábrica de charutos e eu era motorista de ônibus, quer dizer, que futuro a gente tinha lá? O Fidel fechou quase tudo que era hotel e boate e o trabalho que aparecia, pra tocar nas festas dos russos, não era do nosso agrado. Pra dizer a verdade, até que ele estava fazendo coisas boas pros pobres, mas, e pra gente? O que é que tinha? Nada. De qualquer maneira, foi o Rico que forçou a barra pra gente sair. Mas não foi fácil".

A expressão dos irmãos? De exaustão e desencanto, seguida por sorrisos saudáveis e satisfeitos.

Contaram o caso de um amigo baixista que pulou a janela do banheiro do hotel, correu vários quarteirões e depois tomou um táxi para a embaixada americana, desertando da Tropicana Review de Havana na Cidade do México. Outro, de um cantor que fugiu do camarim em Londres vestido de mulher.

"... Mas, antes que essa reuniãozinha descambe para o sentimentalismo", lembrava o Mambo King de ouvir da boca do irmão mais velho, "faço um brinde ao nosso amigo César Castillo."

"E a essas moças tão simpáticas que chegaram aqui com esse pudim gostoso e esses sorrisos encantadores", disse César. "E aos nossos novos amigos."

"E a Dizzy Gillespie, Zoot Sims e John Coltrane", disse o mais moço.

"*Salud!*", disseram todos, até Letícia, corada depois de tomar um copo de vinho.

Gostando da posição de *patrón*, César ergueu o copo para um último brinde: "Ao futuro de vocês!".

Delores e Letícia se despediram e, depois de instalar os irmãos num dos quartos dos fundos, o Mambo King seguiu, meio alto, para a boate.

No dia seguinte à tarde, ele levou os irmãos Sánchez para conhecer a vizinhança e os seus amigos. E apontando para a boate falou: "Estão vendo aquela boate ali em frente? É o Club Havana. É meu". E em seguida: "Vamos ver o que eu posso arranjar pra vocês fazerem. Talvez ajudar na cozinha, se quiserem".

Os irmãos passaram algumas semanas trabalhando como garçons e lavadores de pratos no Club Havana. Ocasionalmente, quando o movimento caía, eles faziam uma *jam session*. César ao piano e os irmãos no palco, ao seu lado, tocando os respectivos instrumentos. César, que escutara muito jazz nos anos cinquenta e dava as suas tacadinhas no blues, agora que estava mais velho, indiscutivelmente, preferia tocar boleros e canções cubanas. Contudo, tentava animadamente acompanhar os irmãos, que mais pareciam gralhas e rouxinóis engaiolados tocando uma música selvagem e cheia de balanço.

Ele se lembrava disso.

Uma vez, ele sonhou o seguinte: ouviu os irmãos chamando-o da rua e quando foi à janela viu que eles estavam de *guayaberas* e calças de linho branco, parecendo mortos de frio. A cidade estava coberta de neve e ele gritou para os dois: "Não se preocupem, eu vou deixar vocês entrarem". Gritou tão alto no sonho que o irmão mais velho apareceu na porta do quarto querendo saber se estava tudo bem.

(E um sonho mais esquisito: o bairro todo preso dentro de uma geleira, tudo parado, mas com música ecoando no meio do gelo.)

"É sim. É a boate. Às vezes eu penso demais na boate."

(E, com frequência, ele fechava os olhos e imaginava-se de volta a 1949.)

Gostando dos irmãos, ele esforçou-se para fazê-los sentirem-se em casa e arranjar-lhes trabalho. Informou a líderes de conjuntos e proprietários de casas noturnas que havia dois músicos disponíveis. Levou-os a Macy's e a Gimbels, onde lhes comprou bons ternos e bons sapatos, levou-os ao salão de beleza, onde Ana Maria lhes cortou o cabelo. César sentia-se mal vendo-os lavar pratos e pagava-os até quando havia pouco movimento e quase nada para lavar. Ao saber da mania do irmão mais velho pela cantora Célia Cruz, imediatamente saiu para lhe comprar uma pilha de discos dela; e ao saber da falta que Rico sentia do seu aparelho de som, foi a uma casa de penhores da Rua 116 na altura da Manhattan Avenue e comprou-lhe um. (Agora, à noite, ele ouvia Rico acompanhando os discos de Machito e Miles Davis.) Ele os levava às reuniões de cubanos em Washington Heights; aos domingos levava-os à casa de Delores, onde eles curtiam a hospitalidade da família. ("Quando quiserem vir almoçar ou jantar", Pedro lhes havia dito, "é só aparecer".) César culpava-se quando via Rico claustrofóbico, com saudades de casa, bocejando diante da televisão; culpava-se nos dias mais cinzentos, quando Rico e o irmão mais velho iam para a janela e lá ficavam, desolados. Apesar de não ser homem de dar lição de moral a ninguém, ele se surpreendeu apontando para o conjunto habitacional da Rua 123, dizendo que a vida lá é que metia medo. Identificou os viciados da rua e os traficantes que às vezes apareciam na esquina. Quando percebia tristeza nos olhos dos irmãos, oferecia-lhes uma bebida e em meia hora batiam meia garrafa de rum.

Uma vez, quase lhes contou sobre Nestor. Eles viram uma fotografia dele na cristaleira do canto da sala e as fotografias do Mambo King no hall. Não falou, por não ver razão para partilhar a sua tristeza.

Por outro lado, poderia ter falado de Nestor com eles mais de dez vezes e não se lembrou.

Às vezes, ele ficava olhando para Rico e pensando em Nestor, perguntando-se para onde aquele tempo todo tinha ido. Depois, sentava-se à mesa, lamentando os prazeres que o irmão estava perdendo e os prazeres que o irmão nunca tivera, principalmente afeição e conforto.

Num domingo, ele adormeceu no sofá da sala quando voltou da casa da cunhada, onde passara uma noite animada com Bernardito, Frankie e as respectivas mulheres. Teve então outro sonho, lindo.

Encontrava-se num campo em Cuba, andando no meio das flores silvestres com o irmão, colhendo-as para a mãe.

Havia muito tempo não tinha um sonho tão bonito.

OS SÁNCHEZ PASSARAM três meses com o Mambo King, ajudando-o na boate e nos serviços do prédio, ao mesmo tempo que procuravam trabalho como músicos. Deram-se bem com todos, mas um deles deixou Letícia gamada. Estonteantemente bonita com os seus dezoito anos, ela aposentara os vestidos sérios e os livros que a mãe lhe comprava e começara a usar minissaias de lamê prateado, blusas cor-de-rosa e sutiãs raiados só para impressionar Rico, que mal reparava nela. O Mambo King não tinha a mínima ideia do que se passava na cabeça da sobrinha e ficou de queixo caído ao descobrir esse drama, que já se arrastava havia meses. Já a vira chorosa, mas atribuíra este estado ao ciclo menstrual. Ouvia Delores dizendo à filha que os homens não prestavam e ameaçando mandá-la para o convento se ela não endireitasse, mas, mesmo assim, continuava cego aos detalhes da vida da menina. Só se deu conta da situação no dia em que Letícia foi visitar Rico no Club Havana com um vestido vermelho tão provocante que Delores veio atrás dela com um cinto e deu-lhe uma surra. Intervindo como apaziguador, o Mambo King mandou Delores para casa e abraçou a sobrinha que chorava copiosamente, pensando: quem é essa mulher transbordando de emoção?

Ficou meia hora ouvindo Letícia se queixar de que se sentia como um cão numa coleira, que a mãe nunca a deixava fazer nada sozinha e que ela queria apenas um pouquinho de independência. E as lágrimas rolando, e o Mambo King sem saber o que dizer a não ser: "Isso passa".

Mais tarde, quando estava sozinho no bar, ele tentou conciliar a imagem daquela menininha magra e carinhosa correndo para os seus braços no passado com aquela morena linda e apaixonada cujas emoções profundas e feminilidade o confundiam. Tentou fazê-la parar de chorar oferecendo-lhe presentes infantis – um sorvete de casquinha, uma boneca, uma corda de pular –, mas foi inútil. Associou aquelas lágrimas às de várias outras mulheres – a mãe chorando na cama, a esposa chorando na rua, Delores chorando na cama –, mas não soube o que fazer. Acabou lhe dando um abraço, uma nota de vinte dólares e levando-a para casa, sem dizer mais nada.

E OS IRMÃOS? Enquanto Rafael, o mais velho, gostava de sair nas noites de folga para visitar os amigos (que às vezes apareciam na boate para beber barato quando ele estava de serviço) e ir aos clubes do Village (especialmente no Half Note da Rua Spring) ouvir jazz, Rico botava o seu terno de risca de giz comprado na Macy's e tomava o metrô, recendendo a colônia de rosas com mel; essa era uma história muito bonita, ele voltar a namorar uma conhecida sua de Cuba. Ela morava em Nova Jersey com a família. Ele ia vê-la algumas vezes por semana, depois de pentear-se e arrumar-se na frente do espelho. Às quatro da manhã, pegava um dos trens interestaduais para casa e entrava sem fazer barulho, a fim de não acordar ninguém. Em geral, encontrava o Mambo King sentado à mesa da cozinha com Frankie ou outro amigo, falando baixinho e lutando contra o sono. Ou, então, encontrava-o na sala, vendo televisão ou de bloco em punho, tentando se lembrar de um arranjo antigo ou compor uma música.

Uma noite, Rico chegou e sentou-se com o Mambo King, contando-lhe que ia se casar com aquela mulher e que ele e o irmão mudariam para a casa da família dela em Elizabeth.

O Mambo King deu de ombros: "Me diga o que gostaria de ganhar de presente", pediu a Rico, dando-lhe um tapinha amigável nas costas. Depois, sorrindo, acrescentou: "Eu sabia que isso estava me cheirando a amor!".

E teve mais uma coisa: ele convidou os irmãos para tocarem na boate.

Foi tudo combinado. Uma noite, Rafael e Rico Sánchez apareceram no palco do Club Havana, acompanhados por Manny no contrabaixo, um sujeito chamado Eddie Torres no piano e o velho Pito, aquele que nunca fazia feio, na percussão. Tocaram muitos números instrumentais puxando para o jazz e algumas canções românticas antigas. De vez em quando, o irmão mais velho tomava o microfone e cantava um bolero, naquele estilo tradicional dos cantores de bolero, com a voz trepidando, os olhos fechados e uma expressão triste e sincera. Numa mesa ao fundo, Delores, Letícia, Eugênio e Pedro. E no bar, sorvendo o seu rum, o Mambo King, ouvindo atentamente e satisfeito com a repetição de certos feitos.

"*Adiós*, meus amigos", lembrava ter dito quando eles saíram.

Depois disso, as coisas começaram a mudar na boate. César devia milhares de dólares a Pérez e embora parecesse estar-se saindo bem, não amortizava a dívida alegando falta de dinheiro. E por quê? Porque continuava a dar uma de bacana, contratando amigos, como os irmãos de Cuba, mantendo em folha duas garçonetes, uma cozinheira chamada Esmeralda, Frankie no bar, lavadores de prato e, para culminar, pagando cachês decentes aos músicos, fosse qual fosse o movimento da casa.

Tendo notícia da generosidade ostensiva de César, Pérez um dia chamou-o para uma reunião de sócios.

"Não sei como hei de lhe dizer isso, meu amigo", começou, "mas, na minha opinião, você deve achar que está dirigindo um clube social, não é?".

"Não, mas a casa é minha."

"Sim, mas tocada com o meu dinheiro."

No total, Pérez alegava ter investido mais de quarenta mil dólares no negócio. Manny, que investira os seus cinco mil, nem queria saber o que César fazia ou deixava de fazer, contanto que o Mambo King estivesse feliz, mas Pérez colocou a coisa da seguinte maneira: como empresário, precisava cuidar dos seus interesses.

"Eu só quero que você deixe a direção por minha conta, certo? Você pode continuar fazendo o que gosta, trazendo conjuntos para tocar e recebendo os clientes. É nisso que você é melhor, entende?"

Em seguida, deu a César um caloroso abraço.

"Pode crer, Deus é testemunha de que isso é o que deve ser feito."

Pérez acabou mandando dois de seus homens para a boate. Um deles se parecia com o pugilista Roberto Durán, com o mesmo olhar penetrante antes do ataque mortal. O outro parecia uma pessoa mais fácil e comedida, até falar com um sorrisinho sarcástico nos lábios. Os dois tratavam o Mambo King por *Papi* e eram complacentes com ele. Não gostavam muito de Eugênio e nem dos amigos dele. Torciam o nariz para Frankie, "o aproveitador", controlavam a bebida, não davam choro e jamais alimentavam a jukebox com moedas de vinte e cinco centavos do caixa.

Despediram uma das garçonetes, dando a César uma sensação de pobreza que o deixou deprimido. Com a nova direção, surgiu uma nova clientela. Uns sujeitos do Brooklyn, que estacionavam os Cadillacs lilases em fila dupla e ostentavam grossas correntes de ouro no pescoço. Nas mesas, eles sacavam maços de notas de vinte dólares e davam preferência à música soul, cujo tom surdo e pesado do contrabaixo quase arrebentava os alto-falantes da jukebox. Os conjuntos agora só se apresentavam uma vez por semana, aos sábados. Aos poucos, as antigas músicas latinas foram escasseando, assim como os antigos clientes. Os novos eram generosos, davam gordas gorjetas e sempre convidavam o "chefe" César Castillo para rodadas de bebida. À meia-noite, ele deixava a boate com Frankie, tão bêbado que não enxergava o outro lado da rua. Foi numa noite dessas que ele teve outro lindo sonho: o Club Havana pegava fogo, um fogo silencioso como o das brasas no incinerador, sem sirenes e nem vidraças explodindo, apenas a casa queimando e, lá dentro, todas as pessoas ruins. Às vezes, ele ficava sentado na frente do prédio sem fazer nada, torcendo para a boate pegar fogo.

SENTADO NO HOTEL Splendour, ele não gostava de lembrar que aqueles homens faziam do Club Havana um ponto de venda de drogas, segundo se dizia no bairro. Mesmo naquela época, ele sabia que alguma coisa estava errada pela maneira como as pessoas o olhavam. O velho irlandês de queixo vermelho que sempre o cumprimentava tocando o chapéu cinzento meio de banda na cabeça agora desviava o olhar quando César passava. Nem a gentil Ana Maria sorria mais quando lhe cortava o cabelo. Fora os casos, ou coincidências, que não entravam na sua cabeça. Alvin, aquele negrinho simpático, segundo ele "um dos melhores", caindo de um telhado. Johnny C., aquele irlandesinho, encontrado duro numa taverna da Broadway, morto. Outro irlandesinho morto num porão. Outro garoto, um italiano chamado Bobby, estabacando-se quando puxava um carro, cheiradão; outro negrinho, chamado Owen, sugado pelo esgoto. Garotos amarelos de icterícia e sabe-se lá mais o quê, cumprimentando-o quando ele passava: "Como vai, senhor Castillo?", com um olhar morto. Tommy, o garoto mais engraçado da rua, morto de hepatite. A jornaleira cega da Rua 121, com a cara esfaqueada por causa de alguns dólares; o técnico de rádio esfaqueado de orelha a orelha. E vários outros casos esquecidos porque ele não queria pensar neles. Só lembrava que muitos daqueles garotos, parecendo saudáveis com suas calças de brim pretas, suéteres com gola em V e tênis envenenados, ficavam no maior bochicho na porta do Club Havana à noite. Poderia ter ganhado muito dinheiro se não tivesse desfeito a sociedade; um dia ele e os outros sócios procuraram Pérez para vender a parte deles. Paga a dívida, César saiu da boate com cinco mil dólares no bolso – Pérez fora generoso. Aí foi passar duas semanas com uns amigos em Porto Rico numa cidade serrana perto de Mayagüez. Na volta, sentiu que não tinha mais nada a ver com aquilo. Porém, quando passava na rua, escutava a música e as vozes que vinham da boate. Tirara todas as suas fotografias da parede do bar e Pérez teve a gentileza de trocar o nome de Club Havana para Star Club. No ano seguinte, houve outra mudança para Club Carib e, um ano depois, quando Pérez morreu (levado aos céus pelos anjos), a casa fechou definitivamente, com vidraças pintadas de branco e cobertas com um tapume.

E, de repente, outra frase melódica traz a lembrança de um guatemalteco alto, com pinta de machão chamado Enrique, que César conhecia da época do Park Palace. Anos depois, os dois se encontraram na rua e entraram num bar, onde o homem relatou ao Mambo King como fora o que ele chamava de sua "primeira relação". Um dia, ele voltava da escola por uma estrada de terra e ouviu uma voz de mulher vindo do mato, chamando-o. Ele era adolescente e, ao entrar no meio da vegetação, encontrou uma índia deitada no chão com a saia levantada e as pernas abertas para ele.

"Ela tinha um corpo bom", disse ele ao Mambo King, que balançou a cabeça e sorriu. "E me disse: 'me mostra o que você tem aí'", e ela o excitou, deixando-o com a peça grande, "muito grande", enfatizou ele, com uma preocupação machista com esse tipo de detalhe. Então, eles "copularam" (foi o termo que ele usou) na estrada mesmo e, apesar de ter gozado e satisfeito a mulher, ele disse que, para ser sincero, teria preferido a companhia de um rapaz bonitinho que morava mais adiante, um bom amigo.

Ora, esse rapaz tinha uma irmã chamada Teresa, que vivia lançando olhares para Enrique. Eles chegaram a namorar, com beijos e tudo, mas, no final, ambos viram que, em termos amorosos, ele preferia homem. Mesmo sem ter nada com o irmão dela, todo mundo ficou sabendo. Essa foi a primeira parte da história. Aí, ele a retomou quinze anos depois, quando já vivia em Nova York e recebia cartas de Teresa pedindo que se casassem para ela poder obter a cidadania americana, dizendo que, depois do casamento, eles poderiam providenciar a vinda do irmão. Gostando de Teresa como de uma irmã, Enrique lhe escreveu respondendo que cuidaria de tudo e estaria esperando por ela no aeroporto. Um mês depois da chegada da moça, os dois se casaram na prefeitura e viveram mais ou menos como marido e mulher durante um ano, embora não partilhassem carnalmente o leito conjugal.

O Mambo King balançou a cabeça.

A essa altura, ela começara a fazer amigos, recebendo casais em casa, e era preciso que ele realmente agisse como um bom marido, o que significava que ele não podia ter os seus garotos em volta. Na verdade, ela baniu os seus amigos, alegando achá-los desagradáveis. E não foi só: ela se cansara de acordar ao lado de Enrique e presenciar as ereções viris que ele costumava ter durante o sono, detalhe que ele frisou bem ao Mambo King. E, embora conhecesse a indiferença do marido pelas mulheres, ela passou a excitá-lo noite após noite, até se tornarem amantes, curtindo-se mutuamente. Esse idílio durou vários meses e ele começou a barganhar com ela a companhia dos amigos em troca dos seus serviços viris, uma proposta que piorou a situação entre eles, porque, diante disso, ela falou: "Enrique, mas você não entende, eu te amo. Eu sempre te amei". E mais: "Se eu não puder ter você, não sei o que vou fazer", e disse isso (novamente segundo Enrique) como uma atriz num filme de quinta categoria. Como ele se recusou a acreditar nela, ela tomou uma atitude e começou a pegar homem na rua, criando fama de prostituta, o que levou Enrique, um homem enorme, a ter que se manifestar e lutar pela honra, sabe-se lá de quem, mas ele o fez. Aí tentou manter certa paz em casa; ela dera para fazer cenas, quebrando pratos e gritando da janela que era casada com uma "bicha", chorando aos prantos durante horas e fazendo com que ele tivesse até vergonha de sair na rua.

Então a situação acalmou. Um dia, segundo contou ao Mambo King, ele chegou do restaurante onde era garçom e viu que ela tinha saído de casa: pouco depois, ele recebia o pedido de divórcio, com a alegação da sua incapacidade para o desempenho das funções matrimoniais. Além de não lhe ter feito justiça, ela ainda foi agraciada com uma pensão de cinquenta dólares semanais, o que era muito dinheiro naquela época.

"Graças a Deus", desabafou ele. "Até que enfim ela voltou a casar há uns anos."

"Que loucura", disse o Mambo King, sacudindo a cabeça. Então, ele se levantou e bateu amigavelmente no ombro de Enrique dizendo: "Bom, espero que agora a situação esteja melhor para você."

"Está sim."

"Ótimo", e retirou-se.

E a lembrança do guatemalteco, que dera azar, trouxe a lembrança do pobre inglês rico, um sujeito alinhado que também frequentava o Park Palace, aquele que se apaixonara por uma morena que o levou ao suicídio.

Tantos anos passados.

Lembrava-se do padre baixinho ali da paróquia que era parecido com Humphrey Bogart e estava sempre de olho nos vestidos das mulheres.

Agora tem um homem que cometeu um grande erro.

Falando em azar, e o seu amigo Giovanni, que era o empresário do pugilista Kid Chocolate, um cubano peso médio lépido e fagueiro? Garçom também, Giovanni tinha um bilhete premiado na mão e o que aconteceu? O seu pugilista xingou o campeão de bicha e pagou pela língua no ringue, em estado de coma.

O que aconteceu com a sua Cuba? Suas lembranças?

Depois de assistir à luta pela televisão, o Mambo King foi esperar o amigo Giovanni, que morava no prédio vizinho, voltar para casa. Viu-o subindo a rua por volta de uma da manhã com o filho, carregando uma sacola de lona. César correu atrás dele só para dizer: "Eu vi o que aconteceu. Como é que ele está?".

"Mal."

"Olha, então vai lá pra casa comigo e a gente toma umas e outras."

"Tudo bem."

E enquanto esvaziavam uma garrafa, Giovanni disse:

"Psssst, num piscar de olhos. Aquele treinamento todo, aquelas lutas. Psssst, é de chorar, você sabe?"

O final daquela música agourenta realmente o tocou, trazendo-lhe à lembrança a cena entre Elva e René, sua dupla de bailarinos, em pé de guerra, aos gritos um com o outro. René, acusando sua vistosa esposa de traí-lo e Elva, negando, aos prantos. Em seguida, como ele não acreditava nela, mudou completamente de atitude e começou a se gabar de todos os jovens bonitos e viris com quem ela já havia transado, o que fez René perder a cabeça e matá-la com uma faca de cozinha. Depois disso, ele se atirou pela janela.

Esse foi outro acontecimento, ocorrido em 1963. Graças a Deus, pensou o Mambo King, a música mudou logo e continuou.

Chegando ao fim,
ao som da melancólica melodia de
"Beautiful Maria of My Soul"

Resumindo a ópera: ele acabou se dando conta de que o biscate que arrumara para preencher o tempo vago durara quase vinte anos. Passando pela portaria, lembrando-se do tempo em que era um músico convencido e arrogante, falava com os seus botões: quem diria que eu acabaria assim? (E os milhões de espectadores, vendo-o na reprise do "I Love Lucy", jamais imaginariam a vida que ele levava agora, jamais o veriam como um zelador.) Ele se acostumara a cheirar a graxa de bombeiro que lhe deixava as unhas encardidas. Os moradores batiam nos canos (em ritmo de batucada) e ele prontamente atendia, executando tarefas que, muitas vezes, eram verdadeiros pesadelos. (Entalado debaixo de uma pia no calor de uma cozinha, deitado num chão de linóleo infestado de baratas, pingentes crespos de picumã roçando o seu rosto, ele pelejando com a chave de grifo para desatarraxar o joelho e se ver livre daquele calor escaldante. Ou entrando na cozinha de um apartamento trancado há um mês e constatando que os moradores haviam desligado a geladeira antes de saírem de férias e, como se tivessem esquecido de deixar a porta aberta, um fungo azulado proliferou e tomou conta do chão, servindo, então, de repasto a um tapete vivo de baratas. Ou o dia em que ele abriu um armário e milhares de baratas caíram sobre ele como uma capa velha. Isso estava entre as coisas de que ele não gostava.) Quando os moradores chamavam, ele sempre atendia com presteza. Desejando preencher o vazio dos seus dias, passara anos fixando portas, consertando torneiras, calafetando janelas, desempenando paredes, mudando a fiação de bocais de lâmpadas. Instalara uma requintada luminária de canaleta em bronze, como as que se veem em velhos postos de correio e em repartições de bibliotecas, acima das caixas de correspondência e até arranjara um espelho novo para a portaria estreita, tirando o velho da moldura e deixando-o na calçada para os lixeiros levarem. (As crianças da rua, chegadas a um ato de vandalismo, fizeram uma farra destruindo o espelho.)

Redondo e engordando a olhos vistos, ele foi ganhando a forma de um sino de catedral. Mandou alargar os ternos umas treze vezes em poucos anos, até que o alfaiate resolveu botar elástico no cós das calças. Espantado com a própria corpulência, ele até gostava de sentir a estrutura frágil da escada se abalar sob o peso dos seus passos. Embora já respirasse com certa dificuldade e andasse mais lentamente, o Mambo King se comprazia com o fato de ocupar mais espaço nesse mundo.

Quando afundava na banheira, elevava o nível da água até a borda.

Foi nessa época que as dores foram apertando e o seu velho amigo Dr. López quis interná-lo no hospital.

Naquele ano, ele foi convidado para um programa de rádio, a hora da saudade. O pianista, arranjador e líder de conjunto Charlie Palmieri era o outro entrevistado. Palmieri contou que começara com Tito Puente e depois se desligara nos anos cinquenta para seguir seu próprio caminho, fazendo turnês pelo país afora antes da queda das "barreiras raciais", tocando em bailes em cidades serranas. Contou também que fora ele quem descobrira Johnny Pacheco, um lavador de pratos que tocava flauta na cozinha e entrava tão redondamente em sintonia com o conjunto que Palmieri contratou-o no ato.

Aí, ouviu-se o "Obrigado, Charlie Pairnieri" e, introduzida por um eco oceânico, a melodia "Twilight in Havana".

"Meu próximo convidado de hoje é alguém que foi uma figura obrigatória do cenário musical de Nova York nos anos cinquenta. É com prazer que apresento aos ouvintes o cantor e líder de conjunto César Castillo. Seja bem-vindo ao nosso programa."

E César se pôs a contar a sua história com Nestor, falando do ambiente da época nos cabarés onde os Mambo Kings costumavam tocar, o Imperial Ballroom, o Friendship Club, o Savoy do Bronx, destacando acontecimentos inusitados, como o concurso dos carecas e as guerras entre os conjuntos, coisas desse tipo – e o entrevistador pontuava o bate-papo fazendo tocar algumas das gravações antigas dos Mambo Kings.

"E o que acha do Desi Arnaz?"

César riu.

"Uma boa pessoa."

"Em termos musicais, quero dizer."

"Um talento extraordinário, sem muito polimento, mas uma pessoa maravilhosa no trato com os músicos. Sabe, eu e o meu irmão, uma vez, tocamos no programa dele."

"Sei."

"Mas voltando ao talento dele. Um dia, eu encontrei o Chico O'Farrill e surgiu o assunto de leitura de partituras. Quer dizer, eu nunca aprendi a ler e, pelo que eu sabia, nem o Arnaz, e por isso eu resolvi perguntar ao Chico o que ele achava do Desi Arnaz como artista, e ele me disse que, para um músico sem maior erudição, ele era ótimo."

"Mas a autenticidade e a originalidade dele sempre foram questionadas."

"*Bueno*, acho que ele fez coisas difíceis. Para mim, ele tinha um lado cubano muito forte e o estilo da música dele naquela época me parecia autenticamente cubano. Sabe que naquele programa ele sempre cantava baladas cubanas antigas?"

Mas a tônica da conversa foram os cabarés, em que casas tocavam tais e tais conjuntos, o intercâmbio dos músicos, o colegismo dos compositores.

"Uma época passada", concordaram.

"E agora, de quem você gosta?"

"Basicamente dos mesmos. Meus preferidos continuam mais ou menos os mesmos."

"Os Mambo Kings?"

"Não, eu sempre gostei do Tito Puente, do Rodríguez, do Fajardo, do Palmieri, do Machito, do Beny More, do Nelo Sosa. Sei lá, gosto de todos dessa época. E tem a Célia Cruz e o cantor Carlos Argentina. Eu poderia continuar citando, tem tanta gente boa ainda trabalhando."

"E você?"

César riu e deu uma tragada no cigarro.

"Ainda estou na luta por aí. Nada de extraordinário, compreende, não parei de exercitar as minhas cordas vocais."

"Que coisa boa para você". E emendou: "Bom, agora estamos chegando ao fim do programa, mas antes de terminar, deixo vocês com essa bela *canción*".

Dito isso, o entrevistador pediu "Beautiful Maria of My Soul", que tocou nas casas, nos carros e nas praias, onde foi ouvida pelas jovens que se douravam ao sol, com corpos lustrosos de bronzeador e a mente cheia de planos para o futuro.

Ocasionalmente, agentes ou homens de marketing o procuravam falando em reconduzi-lo às paradas.

E geralmente, nada acontecia.

Certo dia, quando retirava o lixo do porão, arrastando os latões pesados do incinerador para a rua, eis que ele ouve uma buzina. Uma Mercedes-Benz parou e, ao volante, aconchegado num casaco de zibelina e com chapéu de peninhas com uma tira de pele de leopardo na cabeça, estava o seu velho pianista dos Mambo Kings, o fabuloso Miguel Montoya.

César custou um pouco a reconhecê-lo.

"Miguel, *hombre!*"

E logo estavam se abraçando.

"Meu Deus, você deve estar numa boa."

"É", disse ele. "Não posso me queixar."

Depois, foram para um dos lugares preferidos de César na Rua 129. Miguel devia estar beirando os oitenta, mas continuava forte e, segundo contou, se dera bem fazendo gravações de música ambiente na Califórnia – era dele aquele acompanhamento aveludado e suave do piano em "Moon River"; "Quizás, Quizás, Quizás" e "Beautiful Maria of My Soul" saindo dos alto-falantes de supermercados, aeroportos, terminais rodoviários do mundo inteiro – e compondo trilhas sonoras para filmes de terror mexicanos baratos com títulos tipo "As Belas Vampiras da Fazenda do Terror!". (César vira esse filme no Bronx em 1966. Fora com Eugênio e uns amigos – Louie, um porto-riquenho magrelo, e Víctor, um cubano recém-chegado – e, envoltos pela luz mortiça e aterrorizante da projeção, eles arranjaram um lugar no cinema lotado de crianças já escoladas que riam e batiam palmas zuando as vampiras – com aqueles peitos redondos e protuberantes, suculentos sob a transparência das vestes negras – saltavam pelas varandas, onde músicos de sombreiro tocavam, e atravessavam vidraças em busca dos favores amorosos e do sangue de suas vítimas masculinas.)

Uma tarde gostosa de muita bebida e confraternização, e Miguel, finalmente, mencionou o motivo, além da amizade, da sua visita.

"Eu conheço um inglês que mora em Londres e quer promover um show com a velha guarda no Palladium de Londres. Ele me pediu para organizar uma orquestra e selecionar uns cantores. Evidentemente, eu falei de você."

"É?"

A ideia de viajar para a Europa, para a Inglaterra, que ele não conhecia, deixou o Mambo King feliz.

"Está tudo sendo planejado ainda, mas eu já fiz uma boa seleção. E, quem sabe, talvez a gente possa levar o show até Madri, Paris, Roma e todos esses lugares lindos."

Miguel estava tão entusiasmado que ligava para o Mambo King quase todo mês para colocá-lo a par dos preparativos. Depois de algum tempo, como os telefonemas cessaram, o Mambo King resolveu ligar para a casa de Miguel em Fénix, Arizona, e foi informado pela pessoa que cuidava das coisas do seu velho amigo que ele havia falecido.

"*Coño!*"

Uma vez, ele quase voltou a ver a filha. Continuavam se correspondendo, mas o que era ela além de umas linhas de tinta esmaecida numa folha de papel? Então, ela escreveu contando que a sua companhia de balé iria apresentar-se em Montreal, no Canadá, dançando *Giselle* com Alicia Alonso. Já com os seus trinta e poucos anos, ela tinha algo a ver com a direção do corpo de balé da companhia e perguntou se ele gostaria de ir vê-la naquela cidade gelada. Gostaria, escreveu ele. Combinaram tudo, ele comprou a passagem, mas, na manhã do voo para Montreal, permitiu que seus sintomas se manifestassem e não conseguiu sair da cama. Às dez e meia da noite, resolveu telefonar para a filha e teve com ela uma longa conversa arranhada pela estática. Com a voz cansada, tentou explicar as dores que sentia no corpo e no coração.

E a filha: "Bom, que pena que não deu pra gente se ver, *Papi*."

"É, minha filha, eu também acho. Quem sabe em outra oportunidade?"

"É."

"Cuide-se, minha filha."

"Tá, e você também, *Papi*."

E adeus para sempre.

EM OUTRA OCASIÃO, uma noite de trabalho, ele chegou do porão gelado, onde o outono nunca terminava, e despiu-se diante do espelho. Tirou o macacão, o cinto com a penca de chaves dos apartamentos, as cuecas e as meias encardidas, e foi direto para o banheiro no corredor.

Depois, ao contrário, ele foi se vestindo. Primeiro, a colônia atrás das orelhas e na nuca e o talco nas axilas e no peito cabeludo com aquela cicatriz acima do mamilo direito. Cuecas limpas e as meias de cano alto com ligas abaixo do joelho. A camisa salmão e o terno amarelado, apertado na barriga, com os botões quase explodindo. A gravata azul-clara e o prendedor de prata. Passou Brylcreem no cabelo, um toque de vaselina debaixo dos olhos para disfarçar as rugas, retocou o bigodinho com lápis de cera, feito César Romero nos filmes antigos, e calçou os sapatos brancos de fivela dourada, sem esquecer-se de dar uma cuspida num pedaço de camurça para puxar o brilho do couro macio. Terminado o ritual, ele se olhou no espelho. Satisfeito por não ter deixado detalhe algum fora do lugar, estava pronto para sair.

Mais tarde, César e seus músicos estavam no palco do Tropical Paradise, no Bronx, uma casa de espetáculos comandada por porto-riquenhos que, no passado, haviam sido grandes fãs do Mambo King, terminando o segundo ato com uma seleção de clássicos como "El Bodegueiro" e "Cachita", que fez até as vovós e os vovôs se sacudirem e gargalharem como se fossem jovens de novo. Ele notara que uma mulherzinha esquálida, retorcida como um galho de árvore, com um vestido preto de babados antiquado, virara uma menina de doze anos, meneando os ombros como se tivesse acabado de entrar na fila da conga. Inspirado, o Mambo King soprara o trompete com vigor, dera uma piscadela e gritara *"Vaya!"*, as notas do seu solo navegando no compasso batido de 3/2 fazendo um som tão bom que até despertou o sonolento baixista Manny, cansado do trabalho daquele dia.

E, com isso, o conjunto atacou outra música e o Mambo King controlou a vontade desesperada de urinar e começou a dançar, movimentando o corpanzil na pontinha dos sapatos brancos de fivela dourada. Ele cantou e tocou com fôlego, como se fosse um jovem em Havana tomando um porre e correndo na rua com a maior energia, tocou até ficar vermelho, o ventre doer e a cabeça parecer prestes a explodir. Recuando, ele se voltara para os músicos, sinalizando o arremate da música.

"Senhoras e senhores", ele falou.

... no Hotel Splendour, desejando não sentir tantas dores... – no microfone "Muito obrigado. É um prazer para nós que vocês estejam se divertindo".

E com a bexiga já doendo de tão cheia (fígado, rins, vísceras em frangalhos), ele desligou o microfone, desceu da plataforma de madeira e foi abrindo caminho entre as pessoas que dançavam no escurinho da pista, esbarrando sem querer em várias bundas gostosas. Atravessando aquele salão, César sentiu-se rodeado, comprimido, esmagado pela juventude. No meio daquele público predominantemente jovem, ele se sentiu um embaixador, como se estivesse ali representando a velha geração decadente, mais perto da morte, como se diz, do que da luz da juventude.

Correndo num campo, caminho voando aos seus pés, passando...

Tantas moças bonitas com brincos dourados em forma de meia lua e pagode chinês, mechas luminosas nos cabelos e rabos gostosos sustentados por pernas esguias de bailarina. Blusas de seda esbanjando feminilidade, tremeluzindo à luz dos refletores vermelhos. Pesado, ao ser empurrado, deu um encontrão numa mulher cheirando a jasmim e a suor.

Já era quase sessentão. E estariam as cabritinhas olhando-o de alto a baixo, como antes, torcendo para ele vir puxar assunto? Agora elas o tratavam com simpatia e respeito, com olhares que diziam: puxa, ele deve ter sido um conquistador. Nos velhos tempos, não havia uma vez que ele saísse na rua e não fosse alvo de olhares doces e langorosos de uma bela mulher, e agora? *Dios mío*, ele tinha que batalhar muito mais para seduzir alguém e só pagando arranjava uma mulher mais jovem, porque agora as que o desejavam já não eram novinhas e ele não se conformava com isso.

Mas aí, quando se dirigia ao toalete, sentiu um puxão na manga do seu paletó e, segurá-lo pelo braço, viu uma bela mulher dos seus trinta e poucos anos. *Coño!*

"Senhor Castillo? Meu nome é Lydia Santos. Esse aqui é o meu primo Alberto", sentado ali em frente a ela, um homem de bigodinho que parecia o ator Leon Errol dos filmes da década de trinta. "Eu só queria lhe dizer que adoro as suas músicas. Sabe, há muito tempo, quando eu era pequena, eu via o senhor. O meu pai me levava ao Teatro Hispano para ver todos os shows. Eu vi o senhor lá e no Brooklyn. E também no Bronx. Como é que se chamava aquele lugar?"

"The Savoy", ajudou o primo.

"É. Nós tocamos lá algumas vezes. Com a orquestra da gloriosa Tina Maracas. Há muitos anos. Em 1954."

(E agora, puxado por essa lembrança, a gloriosa Tina Maracas e Sua Orquestra de Rumbeiras tocando uma versão em ritmo de rumba da "Sonata ao Luar". César e Tina, juntinhos, numa mesa tomando daiquiris. Tina, deslumbrante, com um vestido vermelho e um pente antigo no cabelo, dizendo ao Mambo King: "Vocês gostariam de dividir o cartaz com a gente naquele lugar na Catskills?", e isso se converte na noite enluarada com o Mambo King e a gloriosa Tina passeando na beira de um lago às três da manhã, encantados com o reflexo da lua e das estrelas tremeluzindo na água e com os pinheiros azulados ao longe; os dois músicos estão juntinhos, um sente a respiração do outro, e, nesse momento, com dois dedos Tina acaricia o seu peito por baixo da camisa, passando as unhas pelos seus pelos enroscados e pergunta, no jargão da época: "E aí, seu panaca, por que você não me beija?".)

"Eu era garotinha, mas adorei a sua orquestra."

"Obrigado, isso é mesmo um elogio. Vindo de uma moça bonita", disse com uma mesura. Ele estava com um ar de sofrimento. O Mambo King queria ficar conversando, mas sua bexiga doía.

"Sirva mais bebida aqui!", gritou ele para o garçom.

E, aproximando-se dela, falou: "Depois eu volto pra gente conversar, tá?".

Seguiu para o banheiro do corredor, pensando na jovem dos seus trinta e poucos anos. Lydia Santos. A maioria das jovens que encontrava nunca ouvira falar na orquestra dele, os Mambo Kings, e, para as poucas que eventualmente os conheciam de nome, eles eram apenas uma das orquestras que os pais ouviam na hora da saudade.

"Eu era garotinha, mas adorei a sua orquestra", tornou ele a ouvir ao passar pela jukebox a todo volume.

No final da galeria estreita havia uma porta de emergência trancada, o que o deixou aflito. Uma vez, numa boate no Queens, a fritadeira da cozinha se incendiara e o fogo começara a se alastrar na hora em que ele estava tocando e tiveram que quebrar a saída de emergência a machadadas. (Quem dera isso tivesse acontecido no Club Havana.) Emboladas na porta, as pessoas tossiam e choravam por causa da fumaça e do medo. Por isso, ele sempre verificava as saídas de emergência.

O ronco dos carros dos bombeiros na noite da morte de Nestor...

No corredor, vários jovens esperando na fila do banheiro (para urinar, defecar, se ajeitar, queimar fumo, cheirar cocaína) e, entre eles, o noivo, o homenageado da noite. Os jovens estavam realmente excitados e felizes. Uma brincadeira da fila? Corria que no dia seguinte o órgão sexual do noivo estaria doendo. O noivo respondeu: "Já está doendo há muito tempo" e todos bateram as mãos, celebrando.

Na presença dos jovens e estimulado pela atenção que recebeu de Lydia Santos, o Mambo King esqueceu a idade que tinha e bancou o garotão, afrouxando o colarinho e a gravata-borboleta. O peito grisalho e cabeludo ficou à mostra, revelando o crucifixo, a moedinha para dar sorte e a cabeça de Xangô beijando a sua pele. Um sujeito comprido cumprimentou o Mambo King (embora tivesse tentado fazer a cabeça do noivo para chamar um desses grupos de discoteca com máquinas sofisticadas e sintetizadores para tudo, mas o pai da noiva falara que "um grupo é sempre um grupo e esse César Castillo é um profissional de mão cheia", o que significava que César cobrava um cachê muito menor que o dos outros, e quem ia ligar se a música dele fosse meio antiquada?) e ofereceu ao Mambo King e ao seu baixista uma tragada de maconha.

"Não, obrigado", ele preferia rum a fumo, porque o fumo o deixava muito louco, ouvindo vozes e achando que o irmão ia aparecer a qualquer momento.

Outro jovem entabulou uma conversa educada e perguntou a opinião do Mambo King sobre Ruben Blades, um panamenho que começava a aparecer e que César já ouvira e gostara. "Na sua época, o senhor deve ter conhecido um bocado de músicos famosos, hein?"

"É, quase todos... Puente, Eddie Palmieri, Ray Barretto, Pérez Prado. Conheci muitos caras nesses anos todos. Caras talentosos, que tinham estilo e boas ideias, e desapareceram. E tinham que batalhar muito. Onde está a maioria dessa gente? Um amigo meu, um *conguero* espetacular, toma conta de esqueleto de dinossauro no Museu de História Natural. Tenho outro amigo que é passador de roupa lá embaixo no distrito da moda. Ele já está velho demais para fazer outra coisa, mas quando era moço era um bom trompetista. Agora, a gente fica com pena, mas ele teve os seus dias de glória, além do mais, sabe-se lá porque, foi isso o que ele escolheu. Ele sabia onde estava se metendo, *sabes?*"

"Não me leve a mal, meu amigo", prosseguiu ele, "dá pra gente se sustentar, mas não é fácil. Ficar rico, nem pensar". Espiou para ver se a fila estava andando e disse a Manny: "Quanto tempo aquele cara vai ficar lá dentro, hein?".

Quando afinal conseguiu entrar no banheiro enfumaçado, espantou-se ao ver uma pena de papagaio verde e azul boiando na privada. Sacou a sua peça grande e esvaziou a bexiga. Fechou os olhos por causa da fumaça e pensou na jovem que conhecera: imaginou-a ajoelhada no chão de ladrilho, desabotoando a sua calça.

Espera lá, *hombre*, dá uma folguinha pra ela, censurou-se, e esse relance de desejo se dissolveu numa onda de melancolia. Ele sempre achou que a sua *pinga* resolvia tudo, que, para ele conseguir o que queria, bastava olhar nos olhos de uma mulher com aquele seu ar de galã e afirmar a sua masculinidade tratando as mulheres com desconsideração e arrogância, como se elas não valessem nada depois de satisfazê-lo. E agora que estava velho, no fim desses anos todos, o que lhe restara? Estremecimento de dor com a lembrança do irmão nos seus ombros no quintal de casa em Cuba: seu irmão adorado seguro nele, a sensação das mãos magras do irmão caçula agarradas ao seu pescoço, o garoto rindo quando César corcoveava e relinchava como um cavalo. Foi na sua garupa até aquela sombra onde as mulheres da casa se reuniam para costurar, lavar-se e conversar. Aquela banheira grande, cheia de água quente com sabão de rosas até a borda, a mãe lhe dizendo: "Primeiro Nestor, depois você, meu filho".

As mulheres da casa: *Mamá*, Genebria e suas amigas, quatro crioulas fortes, metidas com magia, que viviam rindo dele e gozando a sua vaidade que ainda haveria de lhe causar problemas. Como se chamavam elas – agora ele tentava lembrar. Tomasa, Pereza, Nicolena e Nisa, dançando em volta dele com saias coloridas, rindo. Havia muito tempo ele não pensava nelas, aquelas mulheres alegres enchendo-o de beijos e deixando-o mal acostumado para o resto da vida.

A imagem recorrente da expressão de bondade e afeição que encontrava sempre nos olhos da mãe.

A bondade em pessoa, a sua mãe, mas totalmente impotente contra a força do seu pai que batia nela, batia nele e tentava dominá-lo de todas as maneiras. Por causa do pavor que tinha dele, o seu irmão caçula agiria sempre como... uma menininha. Ah, essa bondade inútil.

Por que ele estava pensando nisso, tantos anos depois no Hotel Splendour?

Diante do espelho do banheiro, ele riu de si mesmo: "Que vergonha, *viejito*, você se lembrar dessa mulher".

Como é que ele podia pensar naquela jovem se estava usando uma cinta?

O que lhe haviam dito os médicos no hospital?

Agora ele se examinava de perfil, chupando a barriga. Com o queixo empinado numa atitude nobre, ele tinha alguma semelhança com o famoso César Castillo do conjunto Mambo Kings cujo rosto aparecia na capa daquele disco inesquecível "The Mambo Kings Plays Songs of Love".

Lépido, ele saiu do banheiro de peito estufado e barriga encolhida e foi dando tapinhas no ombro das pessoas e na cabeça das crianças que corriam em volta dos adultos, acenando e piscando para as senhoras mais velhas. Então, voltou ao palco e, já diante do microfone, quando foi ligar um dos amplificadores sobressalentes, sentiu uma azia violenta. Naquela noite, ele comera dois pratos de leitão assado, que temperara com muito sal e o suco de um limão dos grandes; depois *tostones* douradinhos e crocantes, batatas fritas, *arroz moro, yuca*.

Aquela queimação, porém, era por causa do rum. Ele descia na garganta como gelo e, na altura do diafragma (tão beijado pelas mulheres), começava a queimar. Ocasionalmente, ele chupava uma pastilha antiácida. Ao longo dos anos, consumira litros e litros de leite de magnésia e de leite comum para aliviar a angústia. Às vezes, recorria a uma mistura que inventara e batizara de "69": leite com rum e licor de menta ou Amaretto, como se aquele coquetel com gosto de bala e textura límpida fosse um antídoto para a dor. E, por mais que acordasse no meio da noite com cólicas no intestino, no fígado e nos rins e que bons amigos como Manny, o baixista, Bernardito e o Dr. López o aconselhassem a se tratar, ele continuava não ligando.

Dali a pouco, o Mambo King e os seus músicos davam início a mais um bloco da apresentação, com músicas como "The Cuban Mambo", "The Tremendo Cumbancha" e "Cua, Cua, Cua". Depois passaram aos boleros e à "Beautiful Maria of My Soul".

O Mambo King interpretou esse bolero com a mesma voz trepidante e a mesma expressão sentida de sempre: imenso, ele abriu os braços e cantou com toda a alma para as mulheres. E na plateia, seus olhos encontraram Lydia: ela olhava para ele, com um canudo torto entre os lábios de cereja. Ele cantou o último verso da música para ela, exclusivamente. Enquanto singrava a beleza melancólica daquela melodia, ele pensara: Lá está aquela gatinha olhando de novo para mim.

(Ai, meu Jesus Cristo, meu senhor e salvador, por favor, dizei-me nesta noite triste por que tanta gente tem chorado.)

Eram três e meia quando os músicos pararam de tocar e foram sentar numa mesa à espera do cachê. A pista de dança continuava cheia de vultos colados, sombras avermelhadas pela luz dos refletores, grupos de gente revelados intermitentemente pelo clarão da jukebox computadorizada piscando: "SELEÇÃO DE SUCESSOS!" No bar, sem pressa nenhuma, o pai da noiva pensava na vida. Tudo bem: os músicos estavam exaustos, principalmente Manny, afundado na cadeira, resmungando: "Quando é que esse homem vai resolver nos pagar, hein?"

"Deixa comigo. Não se preocupe."

"Sim, claro, como é que eu poderia esquecer, meu amigo!"

E o pai da noiva entregou a César Castillo um envelope com trezentos dólares – cinquenta para cada um dos cinco músicos por sete horas e meia de música ao vivo e mais cinquenta para serem rachados como gorjeta – uma noite boa.

Enquanto os músicos recolhiam os instrumentos, cabos e microfones, o Mambo King, de gravata frouxa e camisa aberta, parou na mesa de Lydia para se despedir. Primeiro despediu-se do primo com um vigoroso aperto de mão, mas tomou ares de cavalheiro quando chegou a vez de Lydia, dando-lhe um beijo nas costas da mão direita. E nessa hora sentiu que a mão dela ficou quente. E ela também corou.

Então, ele disse: "Será que esse velhote poderia ter o prazer de lhe telefonar um dia desses?".

"Claro."

Atrás de uma bolacha de cerveja Budweiser, ela escreveu: "Lydia Santos, 989-8996".

"Obrigado."

Será que ela estava mesmo interessada nele ou só estava sendo gentil com um velho? Apesar da dúvida, ele não resistiu e beijou-lhe novamente a mão, despedindo-se com um sorriso terno. Depois, saiu como um pavão ao lado de Frankie.

Ele e Frankie pegaram uma carona com Manny. Voltando pela via expressa do Bronx, o Mambo King estava longe de se sentir cansado. Não bocejou, não cochilou e quase esqueceu as cólicas na barriga. Foi o tempo todo batendo o pé, como se estivesse acompanhando uma música. Manny deixou o Mambo King e Frankie perto da Rua La Salle e seguiu para casa, exausto, pois ainda deixaria o baixo e o amplificador na bodega. E César?

"Frankie, você quer subir pra gente tomar um trago?"

"São cinco da manhã."

"Você pode dormir lá em casa."

"Deixa eu ir embora. Minha mulher está esperando."

"Ora, ela sabe que você está comigo."

E lá subiram os dois para o apartamento, indo direto à cozinha, onde César serviu uma dose caprichada para cada um. Depois foram para a sala onde ele botou um dos seus discos preferidos para tocar, "Dancemania" de Tito Puente, e lá ficaram os dois bebendo no sofá. *Coño*, aquela moça gostara dele e tudo vibrava com aquela sensação de bem-estar. Ele se sentia alvo de uma onda de calor humano, no centro de um universo benevolente e belo. Exausto, Frankie logo começou a cochilar. César continuou aceso, eufórico, como se tudo naquele ambiente o estivesse recebendo com carinho: o velho sofá, a poltrona, as cadeiras vitorianas que ele trouxera do porão, o grande televisor Zenith a cores, as congas, as maracas dizendo "Cuba", o aparelho de som. O reflexo da lombada dos discos velhos e novos no armário, a meia garrafa de rum Bacardi, a caixa preta do trompete, tudo lhe transmitindo amor.

Ele deixava uma bandeirinha de Cuba sempre em cima da televisão e, no canto da sala, tinha uma pequena vitrine dedicada à memória de Nestor. Ele, Nestor e os demais Mambo Kings agora lhe sorriam naquele cenário *art-déco* em forma de concha, aproximadamente de 1950. E os outros retratos da parede também sorriam: Tito, Pérez e, sim, ele e Nestor de novo ao lado de Desi Arnaz.

(Por um instante, sentado perto da janela no quarto abafado do Hotel Splendour no verão, César Castillo sentiu que estava na porta da casa de Desi Arnaz, com o irmão Nestor vivo, jovem e bem disposto ao seu lado.)

E havia outras fotografias de família. Os sobrinhos, bebês de colo, depois já andando, depois em outros momentos da vida: Letícia vestida de primeira comunhão, Letícia de barrete azul com uma borla pendurada no dia da formatura na Sacred Heart of Mary High School, Letícia no dia do casamento com um judeu simpático chamado Howard. Eugênio como um soldado de Cristo no dia em que foi crismado, na Capela de Corpus Christi, empunhando um missal preto, banhado pela luz radiante de Cristo. Uma foto de César com o falecido irmão e Delores em frente a um restaurante em Chinatown, horas antes do casamento dos dois. Delores com um vestido de bolinhas, segurando uma flor; Nestor elegante com um terno de flanela azul. Fotos da filha, Mariela, tiradas em Havana quando ela era pequena.

E entre essas fotografias, o Mambo King imaginava um retrato seu com Lydia e se via como um jovem com muitas noites de amor e um futuro brilhante de felicidade pela frente, como se pudesse reviver e voltar a fazer certas coisas. Até o relógio da cozinha parecia sorrir para ele.

Então, de repente, o sol começou a despontar no leste, incendiando a janela de matizes avermelhados. E como um personagem de bolero, o

Mambo King sentiu-se novamente jovem: enquanto Frankie, o Exterminador, roncava na mesa da cozinha. Um nome, leve como uma pluma, entrou voando na alma de César, atravessando as camadas de machismo, de dúvida, de rancor e de desprezo: "Lydia".

NA SEMANA SEGUINTE, o Mambo King ligou, nervoso, para Lydia Santos, convidando-a para jantar fora.
"Ótimo, com muito prazer", respondeu ela.
Na primeira noite em que saíram, o Mambo King viu-se andando de um lado para o outro na plataforma da estação da Rua 96, esperando o trem expresso que a traria do Bronx. Estava com um terno esporte lilás, sapatos brancos de biqueira furadinha e chapéu palheta. Grandes óculos escuros, para ela não perceber as marcas do cansaço sob seus olhos. Parecia que a cidade estava infestada de vagabundos. Havia muito uma pessoa não podia tirar uma sesta à sombra de uma árvore no parque sem o risco de ser assaltada. Ele, que andava muito de metrô, cansou de presenciar assaltos: o sujeito ficava disfarçadamente em frente à porta do trem, lendo a seção de esportes do *Daily News* e, quando a porta ia fechar, zás, ele arrancava uma corrente de ouro, uma bolsa ou um rádio de alguém que entrava e saía correndo. Assim, num piscar de olhos. Uma vez ele viu um sujeito entrar num carro e rasgar a camisa de um infeliz para tomar sua carteira: a vítima nem se mexeu. Já vira gente arrancando o paletó e até os sapatos de passageiros que dormiam. E a quantidade de mendigos! Antes não havia tantos. Ele só dava esmola para velhos; para moço, não. Tinha aquele índio que parecia ter sido cortado ao meio. Ele se locomovia pelos trens em cima de uma tábua de skate, com uma lata na mão, onde César sempre deixava uns trocados. (Quando é que aquele infeliz ia ao banheiro? Que tipo de amor a vida lhe dava?)

E agora tudo era uma imundície: nos anos cinquenta, o metrô era limpo. Em cada coluna das plataformas havia uma máquina de vender chiclete ou chocolate por um centavo, não havia bancas de jornal, nem pizzarias, nem biroscas de hambúrguer e cachorro-quente. Nem merda, nem mijo, nem andrajos e nem montes de lixo...

Passagem a 10 centavos, assentos de vime e alças de segurança brancas. (Agora, ele fecha os olhos e se vê outra vez andando na rua com Nestor.)

Ele tentou ficar na dele, enquanto bandos de adolescentes arruaceiros, ouvindo rádio aos berros, tomavam conta da plataforma. *Coño*, pensou o Mambo King, chegando mais para a beira da plataforma. *Coño*.

"Ei, cara, você tem cigarro?"

"Claro."

"Chesterfield? Quem é que fuma Chesterfield?"

A essa pergunta, o Mambo King teve vontade de responder: "É a marca preferida do Mambo King, César Castillo". Em vez disso, olhou para o outro lado.

"Você tem uma moeda de vinte e cinco centavos?"

"Não."

"Tá dizendo que tá liso?"

"Estou, sinto muito."

"Sente muito o quê, sua bicha velha?"

ELA SE ATRASOU meia hora.

"A minha irmã que olha as crianças pra mim custou a chegar lá em casa."

Ele estava irritado por ter tido que esperar por ela; quinze anos atrás, ela não o encontraria mais. Ele teria esperado uns dez minutos e ido embora sem ela.

"Então vamos." E eles pegaram a linha que descia para a rua 23.

Ficaram calados boa parte do percurso, mas uma hora ele falou para ela: "Você está linda".

Ela estava com um vestido azul-marinho, debruado de branco com botões pretos, meias escuras e sapatos pretos de salto alto. Prendera o cabelo num rabo-de-cavalo e se pintara com um ruge quase marrom, mesma cor do rímel, e um batom rosa-claro; tudo estudado para disfarçar as suas poucas rugas, bem como a sua tristeza. Ela era bonita, tinha boa pele, salvo por uma pequena cicatriz na testa em forma de estrela ou flor.

"Pensei que a gente podia comer alguma coisa e depois ir dançar", falou ele.

Foram ao Violeta's, onde César era sempre bem tratado, tomaram alguns jarros de sangria e tentaram emendar uma conversa. Além das cantadas, César nunca soubera conversar com uma mulher. Cantar boleros românticos ele sabia, vir com conversa mole para seduzir, do tipo: "Você é linda, boneca", também. Mas o que tinha a dizer a uma mulher com quase trinta anos a menos do que ele?

Quando o garçom passou, César Castillo segurou-o pelo braço e disse a Lydia: "Quero que você escute uma musiquinha, Lydia".

E ao garçom: "Me faça um favor, Júlio, bote uma fita daquelas pra mim".

De um toca-fitas atrás do balcão, ouviu-se uma versão invernal de "Twilight in Havana".

"Essa era a minha orquestra, os Mambo Kings. Você gosta?"

"Acho ótima!"

"No tempo dos seus pais, eu fiz algum sucesso. Quantos anos você tem, querida?"

"Mais de trinta."

"É mesmo?"

Ficaram ouvindo a música durante algum tempo e ele falou de Cuba. Naquela época, esse era um grande assunto para ele.

"Há vinte anos que não vou lá. Agora com o Castro, acho que não volto nunca mais."

"E você tem família lá?"

"Tenho. Tenho um irmão, que parece aceitar a situação e outros dois que estão em Miami. E tenho o meu pai. Ele ainda mora na fazenda em que eu nasci. Em Oriente."

E contou da filha, Mariela, que dançava numa companhia de balé comunista dirigida por Alicia Alonso. Sua filha, que existia para ele sob a forma de algumas cartas ocasionais.

Talvez ele também tivesse filhos bastardos. Mas se os tinha, não sabia como se chamavam.

"Sabe, o pior de tudo é que as coisas acabaram."

"Que coisas?"

"Cuba."

"A situação pode mudar", disse ela. "Tenho uns amigos que dizem que o Fidel está pra cair."

"Todo mundo diz isso. Mas mesmo que ele caia, não será mais a mesma coisa. Lá tem muita gente querendo acabar com a raça do outro... E além do mais, eu já estou velho."

"Não diga isso!"

"Eu uso esses óculos grandes para que você não veja o quão velho sou."

"Ah, tira! Deixa eu fazer meu julgamento."

E ele tirou os óculos escuros.

"Os seus olhos são jovens. São verdes, não são?"

"Los Guajiros" sucedeu a "Twilight in Havana" e o ritmo *caliente* dessa velha *guaracha* levou Lydia a tamborilar no copo.

O que mais lhe dissera ela naquela noite – ele tentava lembrar.

"Tenho dois filhos, Rico e Alida. Moro lá perto de onde você estava tocando. Trabalho numa fábrica no centro da cidade."

"E você foi casada?"

"Meu marido está em Porto Rico."

"Porto Rico, boa terra. Eu já passei umas temporadas lá. Em San Juan e em Mayaguez. Aquilo é uma beleza."

DEPOIS (E ERA um prazer recordar isso), o Mambo King levou-a ao Club 95, onde dançaram merengue a noite inteira. (Isso foi do lado do pavilhão dos velhos, onde uma vez ele vira Machito trepado numa escada colocando cortinas numa janela.) Aquela dança cheia de piruetas, típica da República Dominicana, voltava à moda e César Castillo, um velho, ensinava Lydia como dançá-la. E ela ficou impressionada por ele conhecer quase todo mundo na casa. E embora bebesse e fumasse demais, ele se comportava dignamente como um cavalheiro. Todo mundo que vinha cumprimentar o Mambo King na mesa parecia ter uma palavra simpática e o tratava com respeito – era exatamente o que ela queria.

E ele era generoso. Às duas da manhã, com as dores recomeçando, ele bocejou e disse: "Já é tarde, Lydia".

Os dois saíram juntos da boate. Ela pensou que iriam para a estação de metrô, mas ele chamou um táxi para ela.

"Não, entre aqui", disse ele, e entrou com ela no táxi.

Na Rua La Salle, ele falou: "Eu moro ali naquele prédio. Agora, diga ao motorista aonde você quer ir. E pense em mim".

Da esquina, debaixo do elevado da Rua 125, ele ficou olhando o táxi seguir viagem. Primeiro ela pensara em mandar o motorista parar na esquina da 125 com a Lexington, tomar o metrô e embolsar a diferença; mas já era muito tarde e ela sentiu que, velho ou não, esse César Castillo era um bom sujeito, o tipo da pessoa que iria ajudá-la. Parcimoniosa nos gastos, mulher de aproveitar a sua bebida até a última gota do gelo e do limão, ela refestelou-se no banco traseiro, segurando-se na alça perto da janela, aproveitando aquele conforto inesperado. E, ao saltar na Rua 174, deu um dólar de gorjeta ao motorista.

ELE A LEVAVA para sair no mínimo uma vez por semana, todas as vezes em que conseguiam conciliar os horários. Com o seu macacão cinza, os pés para cima apoiados naquela mesa de trabalho entulhada de coisas, o Mambo King ligava para ela no fim da tarde, fazendo perguntas que produziam um efeito maravilhoso e tranquilizador em Lydia: "Como vão as crianças? Será que elas não estão precisando de nada que eu possa arranjar? E você? Não está precisando de lâmpada ou fusível pra sua casa? Se quiser alguma coisa, *mí vida*, é só me falar".

Revigorado pela companhia da moça, o Mambo King voltou a ser alegre naquela época. Ana Maria, a irmã de Delores, só de olhar para ele na hora do jantar, comentara: "É incrível, o seu cunhado com essa idade toda está apaixonado! Olha só o olhar meloso dele!".

Eles iam a boates como o Tropic Sunset ou o Sans Souci, lugares onde ele já havia tocado. Eram boas casas, dizia ele, mas não chegavam aos pés das antigas: boates com decoração de templo egípcio, boates com trinta e cinco coristas dançando, lustres riquíssimos, vendedoras de cigarro de pernas esguias, engraxates e um ambiente requintado exigindo das pessoas formalidade no vestir.

"Essa geração", dizia-lhe ele, repetindo o que dizia a Eugênio, "perdeu o sentido da elegância".

Às vezes, ele a levava ao Roseland Ballroom, um reduto da velha guarda. Se os dois não estavam na pista dançando mambo, estavam numa mesinha ao fundo, de mãos dadas e tomando cuba libre. Volta e meia algum saudosista se juntava a eles e ficava relembrando os tempos dos grandes cabarés.

De vez em quando, ela o achava com um ar angelical e comentava: "Você está parecendo um garoto".

Ele nunca tentou beijá-la e se contentava em ser visto com ela nos lugares. E vivia lhe dando presentes: vestidos, caixas de bombons e perfumes que comprava na drogaria.

Então, na data nacional de Porto Rico, ele encontrou Lydia e as duas crianças na estação da Rua 59 e os levou para a Quinta Avenida para assistir à grande parada. Num dos carros alegóricos, cercado por mocinhas de biquínis de visom e sutiãs cor-de-rosa, adereços de plumas na cabeça, agitando pompons, desfilava o rei da *salsa* em pessoa, Tito Puente, encanecido e majestoso, acenando para os fãs. Depois, alas de dançarinos e alas de personalidades do canal 47 de televisão – um carro carregando a fascinante Iris Chacón; um carro da indústria de alimentos Goya, com os tocadores de conga fantasiados de feijão; e outros carros com conjuntos de *salsa*; um carro com a forma da ilha de Porto Rico onde se via um trono com a deslumbrante Miss San Juan; danças folclóricas, guitarristas e vocalistas cantando *pregones* da região das montanhas.

Depois desse grande espetáculo, eles atravessaram o parque, dando várias paradas nas barraquinhas de cerveja e comprando guloseimas para as crianças: *cuchifritos*, *pasteles* e sanduíches de linguiça. Latas de lixo transbordando com sorvetes derretidos, abelhas por todo lado e correições de formigas na boca doce das latas de lixo. Foram até o zoológico e entraram na casa dos macacos, que pulavam de trave em trave com aqueles cus rosados proeminentes feito beiçolas, agarrando-se nas barras das jaulas com seus braços magrelos. Eles ficaram um bom tempo vendo os macacos comerem tudo o que se jogava para eles: restos de chocolate, pipoca, pão de hambúrguer, amendoim, chiclete e até pedaços de plástico de uma bandeira de Porto Rico. As famílias debruçadas na barra de proteção – *"Mira, mira el mono!"* –, o Mambo King com a sua franguinha, abraçado com ela e de mão dada com a filha dela.

Nos restaurantes onde os levava sempre, ele os deixava escolher o que quisessem; quando seus olhos brilhavam ao passarem por uma sorveteria ou uma loja de brinquedos, o Mambo King os fazia entrar. Ele tirava do bolso uma nota de cinco dólares amassada e dizia: "Vão lá". E no fim desses passeios, ou ele os botava num táxi ou pegava o metrô com eles e os escoltava até o Bronx, defendendo-os com sua bengala de cabo de espada.

AOS POUCOS, ELE foi conhecendo Lydia. Ela trabalhava na Rua 26, perto da Sexta Avenida, numa fábrica de armações de óculos. Seu trabalho consistia em furar cavidades nas armações com uma broca do tamanho de uma caneta (protegendo os olhos com óculos especiais); as cavidades eram posteriormente preenchidas com pedacinhos de estrasse. Ela foi contratada porque o homem que fazia esse serviço antes dela ficou cego. Ela não tinha seguro, trabalhava oito horas e meia por dia e recebia $2.50

por hora. Nesse emprego, ganhava apenas o suficiente para pagar as contas e ir trabalhar. E já haviam aparecido vários homens interessados nela, contanto que as crianças evaporassem. Ele, porém, gostava das crianças e era bom para ela.

Era a única coisa que ela queria, dizia-lhe, sem ir além: "Que você seja bom para mim".

Eles já saíam havia dois meses e estavam na casa dela no Bronx, vendo televisão na sala. O Mambo King massageava os seus pés: ela estava cansada de tanto ficar em pé durante a semana. Dos pés, ele passou ao tornozelo, foi subindo para a coxa e achou que ela iria mandá-lo parar, pois quem haveria de querer um velho? Mas ela disse *"Sigue"*, fechou os olhos e logo a mão dele estava dentro dela depois de afastar a calcinha molhada e os pelos enroscados. E aí ele fez aquilo de que os velhos sempre falam, ajoelhou-se entre as pernas dela e, enquanto passava um filme de caubói, com vaqueiros tocando uma manada, ele arriou-lhe a calcinha, beijou-a e mal acreditou quando ela o fez avançar. Ficou diante dela ainda com as calças na mão, parecendo ter uma garrafa de cerveja ali na frente, pois ela perguntou: "E o que é isso?", e o tocou lá e ficou embasbacada quando viu a peça, do mesmo jeito que Genebria ficara quando ele era garoto e, por um momento, ele se sentiu imortal.

Então, ele amassou-a com aquele seu peso: ela era cheinha e gostosa, com uma cicatriz de cesariana acima da nascente dos pelos pretos e grossos, o que não era nenhum empecilho, e os peitos cobertos de estrias. Mas ele achou-a linda. E, apesar do reumatismo e das dores intestinais, ele deu no couro por um bom tempo e quando, finalmente, explodiu com aquela sua pança toda, mergulhou num campo avermelhado, cerrou os dentes e sentiu as entranhas dela se dobrarem como uma luva de seda quente virada pelo avesso.

Daquela noite em diante, ela passou a chamá-lo de "meu velhote lindo" e *"meu machito"*. Apesar de sessentão, ele sugava-lhe os seios como um bebê e pensava: "Que sorte a minha! Nasci em 1918 e estou aqui com essa gatinha".

Quando terminaram, ele caiu na cama como um morto e, com a cabeça aninhada nos seios dela e um olhar perdido, ficou sonhando com coisas como juventude, força e velocidade.

Depois, disse: "Eu te amo, Lydia".

Entretanto, ele não sabia se era mesmo isso o que o seu coração sentia: tanto mentira para as mulheres, tantas maltratara e interpretara mal, que já se conformara a deixar o amor e o romantismo de lado... essas duas coisas de que costumava falar nas músicas.

A noite inteira, como um rapazinho, ele murmurou com uma voz cantada: "Não consigo suportar a ideia de não ter você".

Era uma tarde de domingo e a paróquia organizara uma festa ao ar livre na Rua 121. O padre Vincent encarregara César de tratar da música. César chamara uns amigos e pedira aos porto-riquenhos de cabelos pretos e lustrosos para tocarem rock.

Lydia apareceu com um tailleur de verão cor-de-rosa. Entre tantos outros presentes, César lhe dera essa roupa, que lhe caiu bem quando ela a estreou. Só que, sempre que a visitava em sua casa no Bronx, o Mambo King levava quilos de mantimentos, guloseimas e filés do frigorífico da Rua 125; depois que soube do seu fraco por chocolate então, levava-lhe sacos de meio quilo de um chocolate amargo holandês que comprava numa *delicatessen* de luxo perto da universidade. Viviam comendo fora. Nas vezes em que ficavam em casa, Lydia sempre se metia a exibir os dotes culinários. Pegava o dinheiro dele e perdia a cabeça no supermercado. Depois, preparava todos aqueles pratos da cozinha cubana e porto-riquenha, como croquetes de banana, porco assado, arroz e feijão, além de outros da cozinha italiana. Fazia travessas enormes de lasanha e espaguete com frutos do mar (*alle vongole,* como dizia) e saladas enormes encharcadas de azeite. Com tudo isso, começara a engordar.

Com o peso dos anos, o prodigioso apetite sexual de César foi declinando (o seu pênis engrossara e esticara de tanto gasto, jazia como um gato de armazém dentro das suas calças) e o seu interesse gastronômico foi aumentando. Ela não se incomodava, embora estivesse ficando com o traseiro mais avantajado. E as crianças? Essas nunca haviam comido tão bem e adoravam quando o Mambo King aparecia.

Portanto, ela ganhara quilos a mais. Que importância tinha isso se a fartura da sua carne jovem era gratificante para ele? Ele podia passar uma hora extasiado sugando o seu mamilo e deixá-lo roxo e distendido de tanto mordê-lo; ele se deliciava manipulando a sua carne trêmula. E as suas ancas estavam muito maiores, quase arrebentando a costura das roupas.

Mais homens a olhavam e puxavam conversa quando ela passava. E embora isso fosse motivo de orgulho para o Mambo King, assim como era no passado entrar em algum lugar escoltando uma Vanna Vane da vida, ele fechava a cara para esses paqueradores, estufando o peito como se estivesse pronto para uma briga.

Depois de arrumar o palco, ele esperara por ela lá mesmo. Enquanto o padre fazia um sermão, explicando que os pobres não haviam herdado a terra, mas "outras riquezas" de Deus, César localizou Lydia na multidão e só o fato de vê-la já o deixou feliz. Ele pensou coisas do tipo: eu te amo, boneca, e te mando beijos; não vejo a hora de estar abraçadinho com você.

Foi nessa época que ele começou a se convencer de seu amor por Lydia. Um amor que não sentia desde Oriente, como nos anos quarenta quando se apaixonara pela esposa.

(O passado voltava para ele na velhice. Fantasiava como teria sido a sua vida se tivesse continuado com ela, se não tivesse ido para Havana ao encontro do seu destino. Talvez ele tivesse arranjado um bom emprego por influência da família dela, quem sabe como capataz na usina de açúcar. Talvez tivesse organizado uma pequena orquestra para tocar nos fins de semana e nos festivais, satisfazendo pelo menos um pouquinho da sua vocação musical. E o seu irmão Nestor também teria continuado em Cuba com ele. Poderia ter tido uma prole de filhos amorosos, em vez de uma filha única, para lhe fazer companhia na velhice. E em vez de tanta xoxota? Talvez tivesse se contentado com uma amante ou outra na cidade, como o seu pai, Pedro. Mas até essa fantasia era furada, pois ele acabaria tendo que sair de Cuba.)

Naquele dia, os músicos iniciaram a apresentação com um improviso instrumental chamado "Traffic Mambo". O Mambo King estava com um terno leve riscadinho e o cabelo emplastrado de tônico capilar. Sua voz ecoou nos prédios quando ele anunciou ao microfone: "E agora, senhoras e senhores, está na hora de um pouquinho de *charannnnnnga!*".

Tendo visto Lydia, ele caprichou para impressioná-la. Circulava pelo palco, espantado com o amor que sentia por ela: até a sensação de nó nas tripas e de azia parecia desaparecer quando pensava nela. Pensamentos superpostos: Lydia nua, Lydia na frente do espelho escovando o cabelo, suas nádegas rechonchudas com aquela coisa escura com a aparência de uma ameixa no meio, o membro envelhecido do Mambo King em repouso e, de repente, endurecendo – só de olhar para ela. Aí ele a comia por trás, enfiando-se naquele buraco escuro, e aquilo lhe dava exatamente o que parecia prometer: calor e umidade; compressão na medida certa.

(*Dios mío, Dios mío* – brindando internamente ao fato – eu realmente me apaixonei por aquela mulher e, *coño*, me apaixonei pra valer, como o coitado do meu irmão se apaixonou por aquela Bela Maria de merda e eu me apaixonei pela minha mulher. E, por isso, ele engoliu o rum e teve uma experiência agradável: uma ligeira euforia, a sensação de estar quebrando a lei da gravidade e levitando com a cadeira, o ventilador em cima da cômoda no quarto do Hotel Splendour virado para ele, o vento batendo bem no meio das duas pernas e chegando no seu pênis pela abertura da cueca, afagando-o como o frescor matinal da juventude, e zás, ele viu a sua peça endurecer, embora não totalmente, devido ao golpe de ar, ao rum e às lembranças de Lydia, uma bela sensação: se fosse mais jovem, o Mambo King teria se masturbado, embarcado em nuvens de fantasia e esperança de seduções futuras. Agora, na sua atual condição, a masturbação era uma coisa triste e sem sentido; então, em vez disso, ele tomou mais um trago de rum. Estava tocando aquele grande sucesso dos Mambo Kings, "Traffic Mambo", só que a música parecia muito diferente do que o que ele lembrava: era como se estivesse sendo tocada por uma orquestra de cem músicos, com os mais variados instrumentos: sinos de vidro e harpas, órgãos de igreja e carrilhões orientais. Parecia que se ouvia um rio correndo ao longe e a zoeira de cem carros buzinando ao mesmo tempo. Fora que ele não lembrava que o solo de trompete do seu falecido irmão Nestor fosse tão longo e o daquela versão que ele estava ouvindo parecia não ter fim. Por causa dessa confusão, o Mambo King se levantou. Em cima da pia, havia um espelho pequeno: o banheiro era apertado, com espaço apenas para a privada e o chuveiro. Tão bêbado ele já estava que, no espelho, as marcas dos anos e do sofrimento pareciam mais ou menos apagadas do seu rosto: o grisalho do seu cabelo ganhava um brilho prateado e o inchaço das suas feições revelava antes substância do que excesso. Ele lavou o rosto e sentou-se novamente. Viu que estava esfregando as pernas: na parte de baixo, elas eram cortadas por uma rede de varizes grossas, azuladas e sinuosas como a veia que se intumescia como um rio caudaloso cheio de afluentes na ponta da sua peça imensa. Não eram pequenas varizes como as que as meias elásticas das velhinhas não disfarçam, mas verdadeiras minhocas, serpenteando pela parte posterior das suas pernas. Ele tocou nelas e riu: em Cuba, quando descobriu que a mulher estava ficando com varizes, implicara com ela, chamando-a de feia... e ela era tão jovem ainda e tinha lá a sua beleza.)

Do palco, ele tomava conta de Lydia como aquele cão tomava conta da portaria daquele prédio da rua. Um velho pastor alemão com o pelo emaranhado e olhos leitosos, latindo para quem passava e cheirando o rabo de todos os cães que se metiam no seu caminho. Lydia prestou atenção no Mambo King como uma companheira fiel; depois, foi pegar um sanduíche numa das mesas e os homens começaram a puxar conversa com ela.

O que diziam?

"Por que você não dança comigo?"

"Não posso."

"Mas por quê?"

"Porque estou com o intérprete daquele conjunto ali."

"O César Castillo?"

"É."

"Mas você é tão moça! Por que está com aquele velhote?"

Para ele, era isso o que eles diziam.

Os homens, porém, só estavam sendo simpáticos. Quando o Mambo King a viu dançando com um deles, sentiu uma vertigem. Por que ela estava dançando *pachanga* com aquele sujeito? Vinte anos antes ele teria rido e pensado: "e daí?". Mas agora a humilhação lhe subiu à cabeça e ele teve vontade de descer do palco e ir separá-los.

Então imaginou um estratagema para reconquistar-lhe a atenção e lembrá-la da sua lealdade. "Dedico essa música à minha mulher, Lydia Santos."

Mas ela continuou dançando com o filho da mãe e ele ficou deprimido.

Trabalho era trabalho, porém, e o Mambo King e seu conjunto tocaram outras músicas: mambos, rumbas, merengues, boleros e alguns chá-chá-chás. Ele não enfrentava um bloco de músicas como este desde a morte de Nestor. Quando, finalmente, encerraram a apresentação e começaram a arrumar as coisas pois tinha um conjunto de rock esperando para subir ao palco, ele foi direto à Lydia, que fingiu que nada estava acontecendo.

"César! Eu estava esperando você!", e deu-lhe um beijo. "Esse aqui é o Richie."

O homem com quem ela dançara estava com uma *guayabera* em ordem, era magro e bem apessoado, apesar do rosto esburacado.

"*Mucho gusto*", disse o jovem, mas o Mambo King nem se dignou a cumprimentá-lo.

Então disse a Lydia: "Vamos, quero falar com você".

"POR QUE VOCÊ está fazendo isso comigo?"

"Porque eu é que mando e não quero que você se meta com mais ninguém."

"A gente só estava dançando. A música estava boa. A gente só estava se divertindo um pouco."

Eles estavam na portaria do prédio de César.

"Eu posso ser velho pra você, mas não há de ser por isso que vou ser corneado. Eu sempre fui assim e não vou mudar agora."

"Tudo bem, tudo bem", e ela ergueu os braços e deu-lhe um beijo no pescoço. Ele deu uns tapinhas nas suas *nalgitas* e, quando a raiva passou, disse: "Desculpe se eu fui rude com você. Está cheio de paqueradores por aí. Vem que eu vou lhe comprar um sorvete; depois quero apresentar uma pessoa a você e às crianças."

Ele emitiu chiado: "Psssshh, nossa, como você está bonita, Lydia".

E depois: "Olhe o que você faz comigo".

Eles participaram da festa como todo mundo, César tratando os filhos dela como um pai – ou um avô. Nessa tarde, ele apresentou Lydia aos amigos. Frankie e Bernardito já a conheciam. Já haviam jantado fora com ela e as respectivas mulheres. Assim mesmo, César deu-lhe a mão e foi como um pavão apresentá-la aos outros amigos da rua. Agora ele parecia mais calmo. E ela não se sentia tão mal. Não se importava com a diferença de quase trinta anos que havia entre eles, embora na cama, às vezes, se sentisse esmagada por aquele peso terrível da mortalidade. A sexualidade dele era uma coisa impressionante, provocando convulsões no seu corpo: ele ficava um pimentão com o esforço que fazia para impressioná-la e ela temia que ele tivesse um ataque do coração ou um derrame. Como nunca tivera um homem como ele, ela o mimava de tal maneira que ele começou a se convencer de que era imune ao estrago dos anos. Ele a deixava esmagada. Ela achava que, com aquela bestialidade toda, provavelmente ele tivera milhares de mulheres antes dela.

Quando ele a penetrava, ela fazia questão de dizer coisas do tipo: "Você vai me rasgar toda" e *"Tranquilo, hombre. Tranquilo"*. E gemia e gritava.

Não queria vê-lo com aquele olhar de tédio com que outros homens a olhavam depois de certo tempo. Queria dizer e fazer tudo o que ele quisesse, simplesmente porque ele era bom para ela e para as crianças.

Pois bem, ele estava com ciúmes. Ela perdoava; afinal de contas, mesmo bonito, ele não deixava de ser um velho. Era assim que ela passara a chamá-lo, lembrava ele. *"Dame um besito, mi viejito lindo."* E embora as pessoas falassem que ele era um zelador e um músico sem prestígio, ele já tivera a sua fama. Ela, com trinta e cinco anos, ainda se assombrava com os cantores da geração dele como nos tempos de criança. E até na televisão ele já tinha aparecido. Ela sabia do episódio do programa "I Love Lucy" em que ele e Nestor apareceram: ele até levara para casa dela uma caixa de fotografias para verem juntos e lhe dera uma em que aparecia ao lado do falecido irmão e de Arnaz. Com orgulho, ela mostrou a foto a algumas vizinhas.

Ele era o tipo da pessoa que realizara muita coisa. Não vivera à toa como tantos outros. Era experiente e poderia ajudá-la. Ela suspirava quando via uma fotografia dele jovem e bonito. Às vezes, ela ficava doente pensando nos rapazes. É claro que desejava que ele fosse mais jovem; no entanto, sabia que nos bons tempos ele nunca teria ficado com ela. Agora, no ocaso, ele era seu. E se ele estava gordo, barrigudo, com os testículos quase no joelho (*como a pinga!*), que diferença fazia?, dizia ela. Por que se importar com isso, já que ele prometera ajudar a criar seus filhos?

(Ela precisava se convencer disso, não é?.)

E FINALMENTE ELE teve a oportunidade de apresentá-la à família.

"Então, essa é a sua franguinha?", disse-lhe Delores.

Ele deu de ombros.

Na televisão a todo volume da casa de Delorita, passava o filme *Godzilla*. Pedro lia o jornal em sua poltrona cativa, tomando uma bebida. No sofá, atrás dele, estava Letícia com o bebê. Ela viera de Long Island para fazer uma visita. Brincava com os pezinhos da criança, conversava com ela num tatibitate infantil, sem prestar atenção na televisão e nem no alvoroço da casa. O irmão, Eugênio, estava na outra ponta do sofá, mais perto da janela. Ele a abrira um pouco e colocara um cinzeiro no parapeito para poder fumar em paz e curtir o mau humor. César adorava estar com ele, o que raramente ocorria, mas havia muito tempo o garoto vivia emburrado. (Eugênio nunca entendeu nada disso. Era uma pessoa pura, mas, puxando o lado masculino da família Castillo, ficava impossível quando era acometido por um ataque de melancolia e sofria com as próprias recordações. Na hora da raiva, ele dizia coisas que não eram verdadeiramente o que ele queria dizer, tipo: "Quero que todo mundo se foda" e "Não preciso de ninguém", o que afastava as pessoas.)

Agora, ele chegava na casa da mãe frustrado e amargo.

Quando Lydia apareceu na sala com César, Eugênio ficou impressionado de ver como ela era bonita. Ele também gostava de mulheres bonitas e teve um rompante de simpatia, desemburrando a cara por alguns momentos. "Oooi". Eugênio foi cordial com ela, mas assim que as apresentações foram feitas, voltou ao estado anterior e ficou no seu canto, pensando. Cada dia o seu temperamento ficava mais parecido com o do pai. Passava por longas fases de angústia e insatisfação: seu olhar se entristecia por qualquer motivo e suas feições murchavam porque a vida não era perfeita. Embora não se desse conta, ele adquirira uma expressão igual à da imagem que guardava do pai, a mesma expressão agoniada de Nestor Castillo no papel de Alfonso Reyes, que continuava aparecendo na porta de Desi Arnaz. A expressão agoniada do pai, entrando naquela sala, de chapéu na mão, meio sem jeito, carregando o violão, com um olhar esgazeado.

(Quando Eugênio era pequeno, seu pai tinha um olhar tipicamente cubano: melancólico e saudoso. Arnaz era assim, seu tio César era assim, Frankie, Manny e a maioria dos cubanos que aparecia em sua casa, com suingue e tudo mais, também.)

"Eugênio, quero que você conheça a Lydia!"

Eugênio levantou e fez uma mesura. Estava com uma camisa de gola rulê preta – em pleno verão! – jeans e tênis. Era para ele ter ido se encontrar com uns amigos que queriam lhe arranjar uma mulher para sair, mas ele não estava a fim. Pelo menos lá no apartamento tinha a tia Ana Maria para lhe dar um bom beijo de vez em quando, sem ficar lhe perguntando o porquê do seu mau humor, como as suas namoradas.

"Então, você é a Lydia? A franguinha com o galo velho", comentou Delores, rindo e dando o tom do encontro.

NA HORA DO jantar César reparou como Delores olhava para Lydia. Não podia ser por inveja da beleza dela. Delores era bem conservada. Então o que era?

Bem, pensou o Mambo King, zonzo, no quarto do Hotel Splendour, na família ninguém achava que Delores amava Pedro, nem mesmo no tempo em que ele lhe fazia a corte.

E ela podia ter a mim, pensou.

Seria isso?

O problema tinha mais a ver com o fato de que agora Eugênio e Letícia tinham saído de casa e já não havia por que ela ficar com Pedro.

O Mambo King uma vez a ouvira dizer: "Se ele morrer, vai ser melhor para mim".

Não era só isso: depois de tantos anos para tomar a decisão, ela finalmente se matriculara na faculdade. Um dia, em plena aula de literatura, ela se dera conta de que não suportava quando Pedro vinha com a mão se insinuando por baixo da sua camisola: não era preciso muito para os seus mamilos se enrijecerem, bastava um toque, mas Pedro atribuía esse resultado especificamente à fricção que lhe fazia com o mesmo polegar com que segurava um lápis; achava que o seu polegar tinha o dom de excitar o mamilo da esposa. E aí o seu pênis fino, mas com um cabeção a penetrava. E ela pensava em outra coisa, ia para longe daquele quarto.

(Ela estava numa cama com Nestor, sendo comida por trás, levantando bem as ancas porque parecia que ele chegava sempre com pressa, sempre com um terno branco de seda, igual ao da noite do acidente e ao que ele apareceu na televisão – mal tinha tempo de arriar as calças, mas ela estava sempre na cama à sua espera. E como ele gostava de comê-la por trás – dizia que assim a penetração era maior – ela sempre deixava. Sentada, muitas vezes, ficava toda molhada e tinha que se controlar. Cansara-se de passar noites chorando e de usar os livros e as tarefas comezinhas como fuga. Nessa época, ela não aguentava mais.)

E dava para perceber o que sentia, porque mais tarde, quando César voltou depois de levar Lydia em casa, Delores experimentou um enorme prazer em tripudiá-lo: "Ela é ótima, César. Mas será que não é um pouco moça para você?". (Gozando dele, como trinta anos atrás).

"Por que se iludir com ela? O que é que você pode lhe dar a não ser dinheiro?"

"Imagine o que ela pode querer com um velho como você."

(E ele ficou quieto porque todo mundo sabia o que tinha acontecido à cunhada na época em que ela fazia um curso à noite no City College.

Apaixonara-se por um aluno de literatura com ares aristocráticos, mais moço que ela, e com ele teve um caso que durou meses. O sujeito deu-lhe o fora e por isso ela andava com a cabeça no ar, sem prestar atenção por onde andava. Um dia, ela voltava para casa por uma rua perigosa e dois crioulos a arrastaram para um beco, arrancaram o colar bonito que Nestor lhe dera, tiraram o relógio e a pulseira que ela ganhara de Natal. Aí um deles arriou as calças e o outro ameaçou mata-la se ela desse um pio, mas ela deu um berro que acordou toda a vizinhança e os homens fugiram, deixando-a estendida no chão, com a roupa rasgada e os livros espalhados em volta.)

"Olhe, aqui, Delorita. Você pode me dizer o que quiser, mas seja boazinha com ela, viu? Ela é a minha última chance."

ENTÃO, A ALEGRIA voltou à vida do Mambo King. Como personagem de uma *habanera* alegre, ele passava os dias ouvindo violinos sonoros, envolto numa nuvem de perfume de flores, parecendo que tinha saído de uma *canción* de Augustin Lara.

(Agora, ele vê a cena em que vinha pelos caminhos e terra de Las Piñas montado numa mula emprestada, com um chapéu de palha caído no rosto e um violão a tiracolo e passou por um campo de flores silvestres, apeou da mula e se embrenhou entre as flores: lá, onde elas eram mais densas, ele se abaixou e ficou olhando a paisagem, sob o sol a pino, ouvindo um farfalhar nas árvores; colheu hibiscos, violetas e crisântemos, íris e jacintos, calmamente no meio das abelhas, com besouros e formigas pululando no chão ao lado dos seus sapatos de couro macio. Uma brisa desse ar perfumado e o mundo não tendo fim. Depois, ele se vê de novo montado na mula, chegando à fazenda. Na varanda da casa, a mãe e Genebria, sempre felizes em vê-lo. E o Mambo King, já homem feito, entrando em casa, beijando a mãe, e oferecendo-lhe as flores; a mãe cheirando-as, contente, dizendo: "*Ay, niño*".)

E ele parecia feliz. Assoviava e se barbeava diariamente e usava uma colônia adocicada e gravata sempre que saía com ela. Felicidade, era só disso que ele falava com os amigos, pelas esquinas e em frente ao prédio. Gabava-se de que ela o estava rejuvenescendo. Estou rejuvenescendo, pensava, e esquecendo os meus problemas.

Ele só desejava que as dores passassem e que ele pudesse fazer de tudo, sem ser perturbado.

E Lydia? Ela achava que estava se apaixonando por ele, mas tinha lá as suas dúvidas. Estava desesperada para cair fora daquela fábrica. Queria qualquer coisa um pouco melhor do que o que tinha.

Desejava ter terminado os estudos, desejava que o seu emprego fosse melhor, desejava não ter transado com o chefe de seção, porque todo mundo na fábrica descobriu e, no final, nada mudou. Ela fez isso porque, como todo homem, ele lhe prometera coisa melhor. Mas uma vez que se sujeitou a deitar-se na mesa dele e levantar a saia, ele considerou uma ofensa que ela não fizesse o resto: ajoelhar-se e satisfazê-lo assim. "O nosso trato está desfeito", gritou ele para ela, depois da quinta ou sexta vez em que ela o visitou. "Esqueça tudo!", e mandou-a embora como se ela fosse uma criança.

Desejava ser inteligente como Delores (embora dispensasse a infelicidade dela) ou ter um emprego como Ana Maria num salão de beleza (esta parecia feliz).

Desejava que o Mambo King tivesse trinta anos a menos.

Contudo, ela reconhecia as vantagens dele: valorizava o respeito que ele inspirava nas pessoas e o fato de ele ser um homem esforçado. (Quando saíam ou quando ela o via em cena, achava incrível que aquele velho passasse várias horas por dia deitado no chão, pelejando com uma chave de grifo para desentupir uma pia ou trepado numa escada rebocando paredes, embora sua coluna estivesse em frangalhos.)

Ele era bom para Lydia e isso a enlevava como música, fazendo os seus ossos assoviarem como uma flauta de cujas válvulas escorria um mel. Sua companhia o deixava tão feliz que ele já nem queria aceitar compromissos profissionais, pois isso significava menos horas ao lado de sua amada. Depois de uma apresentação, louco para vê-la, ele lhe aparecia em casa às três e meia da manhã, levando um ramo de flores murchas e um saco com as sobras da festa. Com a chave que ela lhe dera, ele abria a porta de mansinho e ia para aquele quarto cor-de-rosa. Tanto ela podia estar acordada à sua espera como ferrada no sono; o Mambo King, esquecendo os seus problemas todos, despia-se e ia-se deitar de cueca e camiseta ao seu lado, envolvia-a em seus braços encanecidos e adormecia.

Cada vez que transavam, ela acabava convencida do seu afeto por ele. Ela gostava de trepadas selvagens e esperava com ansiedade aqueles momentos de satisfação sexual, aqueles orgasmos que a faziam gritar. Gostava quando ele a beijava toda. O corpo já meio preguiçoso e a sua grande experiência acumulada tornavam-no mais paciente no ato amoroso. Languidamente, explorando o broto tentador da feminilidade de Lydia, ele descobrira um sinal dentro dos seus grandes lábios, e beijava esse sinal até sentir o sabor de uma seiva doce. Quando ela gozava, esfregando-se no seu rosto, ele tinha a sensação de estar sendo devorado também.

Depois, ele mordia todos os nozinhos da espinha dela e, quando chegava nas *nalgitas*, ela as afastava bem e ele chupava a sua bunda empinada, a flor do seu cu, e montava-lhe em cima. Era como flutuar num mar revolto, sentindo-a debater-se debaixo das suas pernas e dos seus testículos: ele flutuava ali como uma jangada, fechava os olhos e enfrentava o mar que para ele era deslumbrante, uma imensidão azul que o impressionara nos tempos da Marinha Mercante, quando passara pela costa da Sardenha e que se tingia com reflexos dourados salpicados de vermelho ao raiar do sol. Esses momentos alegres sempre o faziam pensar em casamento, mas ele se controlava, sabendo que esse desejo era passageiro e que ele estava velho.

Já estavam juntos havia quase um ano quando ele a convidou para mudar-se com os filhos para a sua casa, porque as viagens entre o Bronx e Manhattan já estavam ficando meio cansativas. Nesse dia, ele a levou a um depósito do porão e mostrou-lhe as duas caminhas, uma cômoda, um pequeno televisor em preto e branco e um abajur que comprara para as crianças. Mas ela precisava ser sincera: "Não posso, *hombre*. As crianças têm o colégio e os amigos e isso não seria justo". E acrescentou: "Mas elas podem vir comigo nos fins de semana".

Ela sempre questionara essa decisão. Poderia ter largado o emprego, ficado algum tempo com ele e procurado outro. Mas ele tinha qualquer coisa que a assustava; de vez em quando ficava com um olhar estranho, sonhador demais para o seu gosto. Ela achava que poderia ser um início de senilidade e, nesse caso, como é que ela acabaria? Cuidando dele feito uma enfermeira. E ela estaria se enganando se dissesse que, às vezes, não olhava para homens mais jovens e mais magros, com um rosto tranquilo e sem rugas, ou que não se constrangia quando ele saía para dançar com ela com aquele chapeuzinho de veludo com uma pena, camisa laranja, terno de linho branco e uma corrente de ouro no pescoço, feito um *chulo*. Preferia quando ele procurava ser elegante, e lhe dizia isso, mas ele alegava sempre: "Não, eu também quero ser jovem".

No entanto, para ela era um bom negócio levar os filhos para passar o fim de semana com ele: canalizava a generosidade dele para a sua família.

César dava tudo que os meninos precisavam: roupas, livros, sapatos, brinquedos, remédios, mesada. (Eles o adoravam por isso e cobriam-no de beijos – faziam-no pensar em Eugênio e Letícia quando eram pequenos.) Ele os levava para passear nos mercados, escolhia roupas das araras para ela e até a levava às grandes lojas de departamento do centro, onde chegava a pagar de 60 a 70 dólares por um único vestido. Fez lugar para ela na sua cômoda e ela passou a deixar algumas roupas ali: uma gaveta cheia de calcinhas e sutiãs rendados e um lado do armário cheio de vestidos. Quando não se questionava, sentia-se feliz com ele. Gostava do seu apartamento espaçoso e considerava aquele endereço chique em comparação ao seu, a Rua 174 com a Grand Conncourse, no sul do Bronx.

E nos sábados de manhã Ana Maria lhe fazia o cabelo no salão de beleza.

"Que bom que você está com o César. Ele parece tão satisfeito", dizia a boa Ana Maria.

"Você não acha que ele é velho demais para mim?"

"Não! Olha só, o Cary Grant vive com uma gatinha, o Xavier Cugat tem aquela Charo, que é um tesão de garota. E a última mulher do Pablo Picasso podia ser filha dele. Não, o fato de um solteirão como ele acabar encontrando a mulher ideal não tem nada demais, mesmo na idade dele."

"Quantos anos ele tem?"

"Quase sessenta e dois, acho eu."

Esmerando-se sempre, Ana Maria deixava Lydia parecendo uma estrela de cinema dos anos quarenta. Aliás, com o seu rosto oval de espanhola, seus olhos amendoados e seus lábios carnudos, ela lembrava um pouco a atriz italiana Sophia Loren. Maquiada por Ana Maria, com um vestido daqueles novos e sapatos de salto alto, ela desfilava de volta para a Rua La Salle, pisando primeiro a ponta do pé e depois o calcanhar, como se estivesse numa corda bamba, toda se rebolando e provocando comentários dos homens na rua. Ela bem que gostava. Como o marido teria reagido diante disso? Assim que lhe apareceram estrias no busto, um pouco despencado depois dos partos, ele começou a chamá-la de "velha". E ela só tinha vinte e oito anos. Ele acabou largando-a porque estava sendo convocado para a guerra e achou melhor se mandar para Porto Rico e depois para a República Dominicana. E tinha o Pacito, aquele sujeito que trabalhava na floricultura e sempre lhe dava uma rosa quando ela passava, convidando-a para sair, para jantar ou só para conversar, mas ela se mantinha fiel a César.

Não foi nada bom quando Delores a puxou num canto e disse: "O César é uma ótima pessoa, mas você precisa tomar cuidado com ele. É só isso que eu quero lhe dizer, cuidado".

Nem era bom ver a senhora Shannon sempre debruçada na janela com aqueles braços gordos e aquela juba grisalha, olhando-a como se ela não valesse nada.

ELA SENTIA PENA dele. Do seu sofrimento. Às vezes, parecia que o Mambo King, que costumava dormir como um anjo, também tinha pesadelos.

No meio da noite, ele sonhava que estava levando chicotadas do pai. Ficava acuado como um cão da fazenda, um cachorro escondido num canto. Ouvia a voz de sua mãe a chamá-lo, de muito longe, da estrela mais remota do céu: "César! César!". Contorcia-se na cama, pois quando abria os olhos não a via ali.

E, agora, ele lembrava-se de um sonho que começou a persegui-lo na época em que vivia com Lydia; um sonho mais ou menos bonito.

No sonho, tinha um rio parecido com o que beirava a estrada da fazenda para Las Piñas, um rio cujas margens eram cobertas por um mato cerrado, cheio de pássaros. E ele aparecia sempre num cavalo branco. Apeava, atravessava o mato e ia até o rio, de águas frescas e encrespadas, borbulhantes de vida, com insetos de olhos puxados e asas transparentes deslizando na superfície. Ajoelhando-se (mais uma vez), ele apanhava um pouco d'água com as mãos em concha, molhava o rosto e depois matava a sede. Que delícia era aquela água! Então, ele se despia, dava um mergulho e ficava boiando, olhando o sol filtrado pela folhagem frondosa das árvores e pensando naquilo que ouvira certa vez quando estava no primário (a escola dele? Um salão único, perto dos alojamentos de uma usina de açúcar vizinha): que na época de Colombo havia uma raça de índios que morava nas árvores e ele se punha a imaginar a vida desses índios, pulando de uma acácia para um mogno, do mogno para um pé de fruta-pão. De repente, sempre, o céu escurecia e ele sentia um cheiro de sangue na água, como o sangue que às vezes aparecia em sua urina, ele olhava e via mais adiante centenas de mulheres nuas no rio, lindas e douradas pelo sol, seus corpos molhados esbanjando juventude e feminilidade. Umas lhe estendiam os braços implorando, outras se deitavam no chão abrindo as pernas e ele sentia um desejo louco de possuí-las, de fazer amor com cem mulheres de uma vez, como se isso o tornasse imortal. Mas aí ele ouvia um barulho nas árvores e quando olhava só via uns esqueletos pendurados em todos os galhos, tilintando como plaquetas de metal ao vento, assustando-o.

Quando Lydia acordava para urinar, encontrava-o sentado na cama, respirando com dificuldade ou então agoniado, falando coisas ininteligíveis e debatendo-se na cama como se estivesse se afogando. Ela o observava, incapaz de imaginar com o que ele sonhava, e jamais soube o que fazer quando ele se levantava e ia para a cozinha, onde ficava bebendo rum ou whisky ou lendo um livro. Durante muito tempo eles foram felizes, apesar da insegurança que a idade dele dava a ela e das dores que às vezes quase o entrevavam. De repente, as coisas começaram a desandar. Uma noite ele teve umas cólicas lancinantes quando já estava deitado, depois de ter saído com Lydia e as crianças para jantar fora e ter batido uma travessa enorme de arroz com frango à dominicana com muita linguiça. Com um esforço hercúleo, ele conseguiu levantar (todo trêmulo, pois engordara muito) e chegar até o banheiro, onde tentou expelir o que lhe queimava o estômago, botando para fora a cerveja, os croquetes de banana e o resto junto com coágulos de sangue em forma de girino agitando a cauda raiada na água da privada. Depois se arrastou de novo para o quarto e desabou na cama, sacudindo as banhas e tremendo de medo. Foi nessa noite que teve um sonho estranho com sete espíritos, cinco dos quais ele reconheceu à primeira vista: Tomasa, Pereza, Nicolena, Nisa e Genebria, suas conhecidas de Cuba. Havia também dois homens andrajosos e descalços de chapéu de palha, com o rosto emplastrado de branco, como se estivessem fantasiados de defunto. Rodeando o Mambo King, eles cantavam:

"César Castillo, sabemos que você está muito cansado e a sua hora está chegando."

E repetiam isso sem parar.

"César Castillo, sabemos que você está muito cansado e a sua hora está chegando", como se fosse uma canção de ninar.

Os espíritos o assediaram durante meia hora e depois sumiram na noite (voltariam três meses depois, ao seu quarto escuro no hospital), e o Mambo King, desfeito em suor, arfando e com um nó no estômago, afundou na cama sentindo os seus membros incharem. Ao acordar no dia seguinte, estava com o corpo todo empolado, com uma daquelas erupções que costumavam atacar o pai em Cuba quando a situação ficava preta. E ele ficou com vergonha de se despir na frente de Lydia e passou a transar de camisa, virando para o lado quando ela olhava para ele.

Quando a dor piorou, ele procurou um velho amigo que trabalhava numa farmácia e às vezes lhe dava um analgésico para dor de dente. O amigo lhe deu um remédio para a dor, mas recomendou que ele consultasse um médico. Só que, em vez de ir, César limitou-se a tomar os comprimidos e beber whisky, sentindo-se tão melhor que até descia para curtir o ar do início da primavera na frente do prédio. Era bom sentir o sol batendo no rosto e ele foi ficando bastante animado. E agora as coisas estavam muito interessantes. Naquele dia, ele olhou para a calçada em frente e se viu subindo a rua ao lado de Nestor. Depois parou um táxi dos grandes com uma faixa xadrez e quem saltou foi Desi Arnaz, tirando o chapéu – atrás dele, saltaram Miguel Montoya e Lucille Ball.

E, do outro lado, ele viu uma fila de gente esperando para entrar no Club Havana. Mas a fila desapareceu num piscar de olhos.

Depois, ele viu uma mulher estonteante em frente à bodega e, quando olhou melhor, viu que era a Bela Maria que roubara a alma do seu irmão. Alguém precisava lhe dar uma lição. Então, ele se aproximou dela, agarrou-a pelos pulsos e arrastou-a para o seu apartamento. Quando chegaram ao quarto ele já estava inteiramente despido: "Agora vou te mostrar uma coisa, mulher".

E ele enrabou-a com aquela sua peça enorme, mas sem a menor delicadeza e sem nem ao menos excitá-la com o dedo para ela gozar. Foi violento com Maria, para lhe dar uma lição. Só que não era Maria, e sim Lydia.

"Querido, por que você está querendo me machucar assim?"

"Ah, não, *mami*. Eu não estou querendo te machucar, eu te amo."

Mas ele continuava tomando aqueles comprimidos que o deixavam de mau humor.

"Agora vou contar uma coisa pra você", disse ele um dia, na casa dela no Bronx. "E é o que eu acho dos porto-riquenhos. Todo mundo sabe que vocês, porto-riquenhos, têm inveja dos cubanos; antigamente um cubano se via em maus lençóis quando entrava num bar de porto-riquenhos. Mas você não tem culpa nenhuma disso, de jeito nenhum. Porto-riquenhos odeiam a gente porque até o cubano mais miserável que chegou aqui com uma mão na frente e outra atrás hoje tem alguma coisa."

"Crianças, vão lá pra sala ver televisão", disse Lydia aos filhos. Depois, interpelou o Mambo King: "Por que você vem me dizer essas coisas sabendo da minha situação?".

Ele deu de ombros.

"Sabe do que mais? Você é louco. O que foi que eu lhe fiz?"

Ele tornou a dar de ombros.

"Eu digo o que eu penso."

"Se você está achando que eu aceito as coisas de você porque eu não tenho grana, você está enganado."

"Eu só estava falando de alguns porto-riquenhos, não de todos."

"Eu acho que você está a fim de me provocar. Ora, *hombre*, por favor, relaxe e venha sentar aqui. Eu vou preparar uma comida gostosa para você, posso fazer uma fritada de ovos com chouriço e batatas."

"Tá bom."

Ele ficou ali sentado um bom tempo, olhando-a cozinhar. Fumou um cigarro e depois se levantou para ir abraçá-la. Ela estava com uma combinação rosa da Woolworth's sem nada por baixo e, ao sentir a carnadura jovem do seu traseiro, ele se deprimiu.

"Eu não passo de um velho e certamente só vou piorar, você ainda me quer?"

"Claro, *hombre*. Deixe de ser bobo, sente e tome o seu café que depois a gente vai ao cinema na Fordham Road."

Dentro de casa, andando para baixo e para cima, ele estava cada vez mais parecido com aquele pastor alemão velho de pelo emaranhado e olhos leitosos que vigiava a entrada de um dos prédios da rua. Passava o dia esperando Lydia voltar, olhando na janela, parado na porta. E, quando afinal ela chegava, feliz da vida com a rosa na mão, começava a discussão.

"Onde é que você estava?"

"Na floricultura."

"Bom, eu não quero mais que você vá lá."

Ela fazia o maior esforço para entendê-lo e dizia: "César, acho que você está exagerando um pouco. Não se preocupe comigo, querido, eu sou sua. Você tem que se preocupar é com você, *hombre*. Uma pessoa da sua idade não pode deixar de ir ao médico quando se sente mal".

Mas ele fingia que não ouvia.

"Bom, mesmo assim eu não quero você de conversa com homem nenhum."

ESSAS FASES DE mau humor iam e vinham. Uma noite, era uma sexta-feira, ele estava se enxugando depois do banho, pensando em Lydia. Ela devia chegar às oito e eles iam pegar um cinema na Broadway, jantar num bom restaurante e depois passar a noite juntos. Ele se imaginava chupando o seu mamilo rijo e beijando a sua coxa carnuda. Quando ela gozava, seu corpo se convulsionava todo, como se o prédio estivesse sacudindo. Era bom pensar nisso, era bom sonhar com esse momento, com isso e com aquele flã que Delores prometera fazer para ele. César adorava aquele flã e resolveu que depois de beber alguma coisa subiria para fazer uma visita à viúva do irmão.

Ele passara mal naquele dia, com dores pelo corpo todo. Nem os comprimidos estavam dando resultado. E ele andava tendo uns *mareos*, uns atordoamentos. Nos momentos de lucidez, ele via que não estava sendo muito correto com Lydia e queria consertar as coisas. Ela vinha com as crianças para passar o fim de semana com ele. No sábado, ele ia tocar numa festa na School of the Ascension.

Precisava descansar, mas como já passava das sete, ele se serviu de mais um trago. Melhor beber do que tomar aqueles comprimidos. Sentou-se e ficou pensando em Lydia. Tomou a decisão de mudar. E aquele remédio estava fazendo com que ele a maltratasse. Então, com toda a calma, ele foi até o banheiro, pegou os comprimidos e jogou-os na privada. Melhor ficar só na bebida, pensou ele. Tenso, ele subiu para comer um pedaço de flã. Continuava sentindo atração por Delores e não resistia em cumprimentá-la com uma palmadinha no traseiro. Mas os tempos estavam mudando. Quando ele fizera isso de brincadeira com Letícia, ela ralhara com ele: "Um homem educado não faz uma coisa dessas, ainda mais um tio".

E agora Delores disse: "César, você vai estar de porre quando a sua mulher chegar?"

Será que isso era a sua maneira de reagir a uma palmadinha na bunda?

"*Óyeme*, César, eu só estou lhe dizendo isso porque gosto de você."

"Eu vim aqui pra comer o flã, e não pra ouvir sermão."

Ela lhe serviu o flã num prato de sobremesa e ele devorou o doce. Depois foi para a sala, onde costumava compor aquelas músicas com Nestor, cumprimentou Pedro e fez uma horinha tomando um café e vendo televisão com ele. Quando ouvia o barulho do metrô na estação, ele ia até a janela para ver se Lydia estava chegando. Às oito e meia, começou a ficar preocupado e achou melhor descer para esperá-la em casa. Tomou mais um whisky às nove, depois ficou esperando na frente do prédio até dez horas.

A essa altura, ele já não fazia outra coisa senão caminhar do prédio até a estação e voltar. Sua vontade era gritar e, dependendo da maneira como as pessoas o olhavam, ele ficava vermelho, com as orelhas queimando. Ao passar pelos amigos em frente à bodega, ele os cumprimentava com um toque no chapéu, mas não falava nada. Assoviava uma melodia alegre para disfarçar. Os amigos tinham levado para a rua um engradado de leite e uma televisão. Estavam sentados ali, entretidos com uma luta de boxe.

"Chega aqui, César, o que é que você tem?", chamavam eles, mas César passava reto.

Às onze, ele chegou à conclusão de que devia ter acontecido alguma coisa com Lydia: no mínimo fora assaltada no metrô. Na esquina, fumando um cigarro atrás do outro, ele imaginou Lydia nua, num quarto, indo se deitar com um rapaz numa cama fresca, beijando o peito do homem e, em seguida, levando a peça dele à boca. O florista? Ou um daqueles homens que ficavam pelas esquinas olhando quando ela passava e imaginando o que ela fazia com o velho? Se pudesse, ele iria correndo até o Bronx como um cachorrinho. Tentou ligar para ela, mas ninguém atendeu. Ele ficou com remorso por ter desconfiado dela e pediu a Deus (se é que Deus existia) que nada de mau lhe tivesse acontecido. À meia-noite, estava de porre na sala de casa, ouvindo mambo e vendo televisão. Depois de já ter ligado para ela umas doze vezes e ninguém ter atendido, começou a achar que ela o estava traindo. Disse a si mesmo que não precisava de mulher nenhuma.

À uma hora, Lydia ligou. "Desculpe, mas o Rico teve um febrão. Eu tive que ficar plantada no pronto-socorro a noite toda."

"Por que você não me ligou?"

"Só tinha um telefone e eu fiquei às voltas com o menino. Tinha sempre gente no telefone." E em seguida: "Por que você está sendo tão duro comigo?". E começou a chorar. "Você é tão duro."

"Como é que ele está?", perguntou César mais brando.

"Ele teve uma intoxicação alimentar."

"E você vem para cá?"

"*Hijo*, bem que eu quero, mas já é muito tarde. Vou ficar com as crianças."

"Então, boa noite."

"O que você está querendo dizer com isso?"

"Que eu não caio numa história dessas com ninguém. *Que te lleve el demonio!*"

No Hotel Splendour, o Mambo King estremeceu ao tomar mais um gole de whisky. Embora já quase não conseguisse ver as horas, sentisse que estava sendo carregado para uma floresta densa por uma lufada de vento e o mesmo disco de mambo, "The Mambo Kings Plays Songs of Love", não parasse de tocar, estava louco por mais um trago, da mesma maneira que ficara louco para reatar com Lydia naquela noite.

Batendo o telefone, ele esperou que Lydia ligasse para ele aos prantos, como as mulheres acabavam fazendo quando as sacaneava. Ficou algum tempo ao lado do telefone e, como nada aconteceu, disse a si mesmo: que ela vá pro inferno. Horas depois, já estava achando que fora cruel e idiota e que iria explodir se não conseguisse fazer alguma coisa para se livrar da culpa. Aos poucos, foi entendendo o que afligira o irmão, essa depressão profunda. Adormeceu sem ter comido nada mais que um pedacinho de flã e parecia que estavam puxando de dentro dele um trapo ensanguentado. Dor era uma coisa engraçada. Aquela era tão aguda que ele até se sentia mais magro, menos pesado. As dores se multiplicaram e se tornaram tão fortes que ele nem conseguia se mexer. Ele queria tomar um daqueles comprimidos para dor de dente que arranjara sem receita, mas cada vez que ele se mexia, a dor piorava. Às seis da manhã, o sol começou a entrar pelas janelas, e a claridade o animou e ele conseguiu se levantar com um grande impulso. Então, numa demonstração épica de força de vontade e se escorando na parede, ele chegou até o banheiro.

A SITUAÇÃO NÃO melhorou. Ele tomava o trem para o Bronx e aparecia de surpresa na casa dela, bêbado e convencido de que tinha algum homem escondido ali. Dobrava a esquina e encontrava aquele cachorro velho ao pé da escada do porão; uma vez assistiu a uma briga deste com um vira-lata mais novo e adorou. O velho deu uma ferrada nas pernas do novo, que meteu o rabo entre as pernas e fugiu ganindo. Era isso que faria, disse a si mesmo, com todos os homens dela – aqueles jovens que via transando com ela todas as noites, pois agora, com os vestidos que ele lhe dera e cheirosa à suas custas, ela era a mulher mais desejável do mundo.

Essa época era meio confusa em sua cabeça. Tinha mais alguma coisa acontecendo, não tinha? A sua saúde piorava a cada dia. Urina rosada, dedos inchados e aquela incontinência humilhante de vez em quando, com a sensação da sua urina escorrendo pelas pernas e ele querendo, em vão, se controlar. Essa humilhação lhe dava vontade de chorar, pois embora fosse velho, tinha orgulho de se considerar uma pessoa asseada. Só que, para sua tristeza, isso parecia ser coisa do passado.

E LYDIA? ELA ficou lívida: lembrou que quase chegara a se mudar do Bronx com as crianças e pensou no que fora capaz de fazer por aquele homem; até relevara a idade e o mau gênio dele por conta do amor, mas sentia que por mais que ela fizesse, ele sempre acabaria estragando tudo. Pela primeira vez, ela deu para pensar em outros homens. Se aparecesse um bom sujeito, ela bem que iria atrás. Sentia que o desencanto de César estava sendo um veneno para ela e parecia que nem a sua doçura era capaz de imunizá-la. Ia para cama e ficava sem dormir, chorando até três horas da manhã.

Ele chegava tarde, despia-se e se enfiava na cama ao lado dela, comendo-a, às vezes, sem ela nem ter aberto os olhos.

Ele dizia baixinho: "Aconteça o que acontecer, Lydia, esse velho aqui ama você".

E a situação foi ficando insuportável. Ele nunca lhe dava ouvidos quando ela queria falar com ele. Dava-lhe flores e vestidos, dava brinquedos para as crianças. Jogava-lhe beijos quando ela estava na cozinha, mas não lhe falava.

Um dia, convidou-a para passar o fim de semana com ele e ela lhe disse: "César, estou indo com as crianças para a casa da minha irmã em Nova Jersey".

Ele balançou a cabeça, desligou o telefone, ficou trancado três dias em casa e a sua saúde entrou de vez pelo cano.

AGORA, OS REMÉDIOS, os tubos, as máquinas sempre piscando, as enfermeiras bonitas e o médico repetindo: "Seu organismo está dando sinais de falência generalizada. Seus rins e seu fígado estão se desmanchando.

Se continuar bebendo o senhor vai acabar no necrotério. Desculpe a franqueza, mas a verdade é essa".

"O negócio é tão sério assim?"

"É."

"Obrigado, doutor."

Há mais de cinquenta anos, lembrou-se, a senhora Ortiz, sua professora em Cuba, obrigava-o a encher páginas e páginas de jornal com somas e subtrações, pois, em matéria de números, ele usava uma lógica meio esquisita. Por exemplo, escrevia 3 + 3 = 8, simplesmente porque os números eram arredondados na base feito um 8. Como ela o mandou para fora contar as coisas que visse e somá-las, ele se pegava contando as casas da cidade (cento e vinte e oito) e o número de cavalos de uma determinada rua (sete amarrados ao longo da Tacón). Certa vez, ele tentou até contar quantos hibiscos havia num campo, mas perdeu as contas e adormeceu na relva macia quando chegou na casa dos duzentos (belo dia!).

E há quase cinquenta anos ele subiu pela primeira vez num palco para cantar.

E há quase quarenta anos ele se casara.

Há trinta e um saíra de Havana.

Quantos milhões de cigarros fumara? Quantas mijadas dera? Arrotos? Fodas e esporradas? Quantas vezes se roçara numa cama com uma ereção, pensando que o colchão era uma mulher, e acordando com a cueca molhada?

Lembrava que em Cuba uma vez fugira do pai e ficara deitado no pasto contando as estrelas e sentindo que a Via Láctea o engoliria. Tanto tempo passara olhando para o céu e tantas vezes perdera as contas que ficara zonzo.

À sua maneira, ele queria ser uma pessoa significativa.

Quantas doses bebera naquela noite?

Calculou uma dúzia de doses generosas, como diziam alguns anúncios.

Fez outros cálculos. As garrafas de rum e de whisky que consumira dariam para encher um depósito, mas agora tudo virara mijo. A comida que comera e o que já cagara encheriam o Fort Knox. (A lembrança de uma dor de barriga que ele teve na estrada perto de Cleveland; um aperto tão forte que o ônibus dos Mambo Kings precisou parar para ele ir se aliviar no meio do mato, com os caminhões e os carros passando a toda ali perto.)

Cigarros que não acabavam mais.

Um milhão de sorrisos, de beliscões em bundas gostosas, de lágrimas.

Mulheres lhe dizendo como Vanna Vane lhe dizia: "Eu te amo", e ele retrucando: "é, eu estou vendo" ou então "eu também te amo, boneca".

E para quê?

E quantas vezes, quando criança, rezara de joelhos na igreja? Ou invocara dormindo "Ai, meu Deus" ou "Jesus Cristo"? Ou vira o rosto de uma mulher se crispar de prazer enquanto ela gritava "Jesus, Jesus, Jesus"?

Sua vida ficava muito mais bela quando ele imaginava que havia um anjo da guarda ao seu lado.

Havia vinte e três anos Nestor deixara esse mundo. Ele conservava o santinho fúnebre, guardado entre as cartas e o resto das coisas que trouxera consigo naquela noite.

Quando a música se acelerava, ele ora se sentia como uma criança subindo e descendo as escadarias íngremes de Santiago de Cuba, ora viajava no embalo de um ritmo mais rápido para longe do Bronx, para Nueva Gerona, para El Valle de Yumurí e para as montanhas de Escambray, passeava pelas ruas de Matanzas, mergulhava na lagoa da cachoeira de Hanabanilla em Las Villas, cruzava o vale sossegado de Viñales em Pinar del Rio montado num cavalo alazão, ficava encarapitado numa pedra no alto de um morro em Oriente, contemplando o leito sinuoso do rio Cauto. A música o deixou cochilando à sombra de uma palmeira em Holguín. Depois, ele voltou a Santiago, a uma rua em que havia anos não pensava, com seus sobrados apertadinhos de dois andares e águas de zinco muito inclinadas e venezianas altas, palmeiras e arbustos e muros floridos de trepadeiras silvestres. Ele se achou no alto de uma escadaria, olhando para uma pracinha que havia três lances abaixo, com uma fonte cercada de flores e arbustos e o busto de um herói colocado no lugar de honra. Num banco, uma moça bonita com um vestido de bolinhas de mangas curtas lendo um jornal. O Mambo King, com dezesseis anos, sorrindo com um gesto de aprovação, o Mambo King sentado ao lado dela.

"Que dia lindo, não é?"

"É."

"Depois você gostaria de sair comigo para dançar?"

"Gostaria."

E a música reconstituiu o céu sem nuvens e o sol invadiu o seu quarto no Hotel Splendour, com seus raios vermelhos e arroxeados tingindo o ambiente, e ele ouviu os sinos de bronze das catedrais de Santiago e de Havana tocando em uníssono, ouviu o tlin-tlin de uma bicicleta e quando piscou estava na noite de Havana, toda iluminada, mil trompetes e tambores ao longe, carros buzinando e o burburinho dos notívagos parecendo um marulho.

Agora, ele passava correndo pela Casa Potín, pela Surtida Bodega e sentia o cheiro gostoso de pão fresquinho na Gran Vía!

Um trago no Café Pepe Antonio com um pessoal de música por volta de 1946; uma trepada com uma mulher que ele conhecera quando passeava na Obispo, olhando as vitrines (que rabo tinha aquela dona, nossa, e que gostosa ela era com aquele cheiro de suor misturado com sabonete Candado, aqueles mamilos rijos, escuros e lisos como contas de vidro). Bons tempos aqueles, quando pegava o Beny More na La Palma, aquela boate da praia de Jibacoa, ou passava pelo Paseo del Prado com o irmão Nestor a caminho de La Punta, perto do Malecón, a avenida do porto, para tomar a barca para Guanacaboa e os dois ficaram debruçados na amurada, olhando as moças bonitas. Com uma *guayabera* impecável, ele abaixa os óculos escuros para aquela coisinha linda de blusa de marinheiro e saia justa, com uma fenda generosa atrás, e ter uma boa visão dos seus olhos verdes sedutores. Cheiro de mar, sol batendo no rosto, barcos de turismo no porto, barulho de boias. E aí eles estão subindo as escadas de um restaurantezinho simpático de frutos do mar, El Morito, uma casa rosa com telhado de zinco e uma varandinha dando para o mar inspirador, e eles batem uma travessa de arroz amarelo feito no caldo de galinha e na cerveja, cheio de camarões, vieiras, ostras, amêijoas, azeitonas e pimentões vermelhos. Esse dia tão tranquilo, para onde foi? Tão tranquilo que lhes deu uma preguiça de gaivota.

Às vezes, ele fechava os olhos e se via como um garotinho sentado na primeira fila do pequeno cinema que havia em sua cidade, prestando atenção na orquestra que tocava no fosso regida pelo sisudo maestro Eusébio Santos. Tangos, rumbas e foxtrotes faziam o fundo musical dos filmes mudos com Tom Mix, Rodolfo Valentino, Douglas Fairbanks Jr. e tantos outros que galopavam, dançavam e se metiam em peripécias. O futuro Mambo King, espichando-se para ver o preto com as suas mãos nodosas, que a penumbra do cinema deixava cinzentas, sentado ao piano comandando a orquestra com gestos circulares. Ele lembra-se de, depois, ter ido atrás do maestro até o botequim da esquina. O maestro sentou-se numa mesa do fundo e comeu calmamente seu prato de *chuletas* com arroz e feijão. Enquanto isso, ele esperava, vendo Eusébio bater um copo de conhaque atrás do outro até sua expressão ganhar uma certa leveza e ele sair do botequim. César indo ao seu encalço, puxando-o pela roupa, suplicando para ele lhe mostrar como fazia aquelas notas e acompanhando os seus passos trôpegos (E isso lhe lembra quem, *hombre*?) pelas ruas de paralelepípedo, mesmo quando ele o enxotava, dizendo: "Me deixe em paz, garoto, isso não é vida para você". Mas o futuro Mambo King insistia, pedindo por favor, e essa foi uma das poucas vezes, em toda a sua vida, que ele chorou. "Por favor, por favor", repetia ele com tanta firmeza que Eusébio olhou-o demoradamente, levantando um pouco o chapéu, e disse: "Bem, e digamos que eu lhe ensine, quanto é que você vai me pagar? Você tem dinheiro? A sua família tem dinheiro?".

Depois: "Me deixe em paz, aula só pagando". Mas César não desgrudou, e quando Eusébio, exausto, sentou-se para descansar na escadaria da igreja, ele disse: "Eu trago comida para o senhor e também posso trazer rum".

"Rum? Então está bom. Me parece um trato justo."

Então, ele começou a tomar aulas de música, sempre levando para Eusébio uma panela de guisado ou de feijão com arroz ou qualquer outra coisa que sua mãe preparasse (ela lhe dava a comida) e uma moringa de rum tirado do barril que seu pai guardava na casa de pedra que servia de abatedouro para os porcos, e tudo correu bem. César já ia arranhando o piano e o trompete, até o dia em que seu pai o pegou enchendo a moringa e arrancou-lhe o couro, esbofeteando-o e arrancando um galho da acácia para melhor acertar suas pernas e suas costas, dando-lhe a maior surra de sua vida. E ele lembra que, depois disso, eles realmente passaram a não se dar, o pai achando que o filho, além de independente, era ladrão! E o filho não se dando por vencido e indo sempre atrás do rum, por mais que o pai o escondesse, e sendo pego e apanhando de novo até que aprendeu a proteger a cabeça com os braços e apanhar como homem, sem chorar, insolente e forte, porque depois de algum tempo já nem sentia mais a vara, nem a correia e nem o punho do pai. Às vezes, chegava à casa de Eusébio coberto de manchas roxas, e essas marcas comoviam Eusébio. (Por que estava se lembrando dessas coisas?).

E a figura de Eusébio Stevenson a esperá-lo na varanda, batendo palmas quando ele despontava na estrada. "Venha!"

Havia um colchão no chão de tábuas da sala, algumas cadeiras, uma mesa, um bule de café e, perto de uma porta que dava para o mato, um penico. Mas no meio disso tudo, centrado numa das paredes, um piano vertical Móntez & Co. com incrustações de rouxinóis, estrelas e crescentes em madrepérola na caixa harmônica.

"Cadê o rum?"

César o trouxera embrulhado num lenço de cabeça da mãe. Dava-lhe a moringa que Eusébio esvaziava numa garrafa de cerveja.

"Pronto", dizia ele. "Agora sente aqui pra gente começar."

As primeiras lições foram dedicadas à demonstração de acordes simples, para relacionar a mão esquerda ao tom baixo e a direita à melodia e aos acordes. Eusébio fazia coisas que pareciam cruéis, como abrir bem os dedos de César e apertá-los contra o teclado sem dó e nem piedade. Mandava o garoto decorar as escalas, dando a maior importância a isso, já que não podia ensinar César a ler música. Impressionava-o, porém, falando sobre os tons maiores e menores, tons de alegria e expansividade e tons de tristeza e introspecção. Depois demonstrou os múltiplos recursos de um único acorde, usando-o para tocar todo tipo de melodia. E agora César ouvia Eusébio falar uma coisa que ele guardou para sempre.

"Quando você está tocando você tem que ter em mente que quase todas as composições têm a ver com amor. Especialmente quando você aprender as músicas mais antigas, como as habaneras, as zarzuelas e as nossas *contradanzas* cubanas. Tudo isso fala em sentimentos românticos, o homem abraça a mulher, faz mesuras para ela e chega até a lhe dizer segredos, o que as mulheres adoram. Nas *contradanzas*, faz-se uma pausa de um minuto, daí o nome, 'contra a dança'. E essa pausa é para dar ao homem a oportunidade de falar com a mulher."

Em seguida, ele começou a tocar "La Paloma" e depois fez uma demonstração dos vários ritmos de música, entre eles o do *ragtime*, que aprendera quando morou em Nova Orleans.

"E não se esqueça, menino, de que, quando ouvem uma música, as pessoas querem mesmo é erguer os braços dizendo: '*Qué bueno es!*'. Você entende?"

É, o amor era uma coisa maravilhosa, conforme ele aprendeu com a música, atraindo-o para os campos à noite, quando as corujas piavam e as estrelas cadentes cortavam o firmamento, as estrelas e os planetas derretendo-se todos como uma cera.

Um não acabar de desgostos, e pelo campo, fogueiras tristes e a voz do seu *Papi*, seu *Papi* dando-lhe uma surra e ele cruzando os braços com os cotovelos levantados na frente do rosto para se proteger, sem derramar uma lágrima, recebendo o castigo feito homem. Até naquelas noites em que achava inacreditável o que o pai fazia, ele, um garotinho segurando a porta que o pai esmurrava violentamente querendo entrar para machucá-lo.

Y coño, ele me chamava e me puxava com força pelo braço, apertando o meu cotovelo. Ele tinha mãos fortes de trabalhador, cortadas e calejadas, e ele dizia: "Garoto, olhe para mim quando eu falo com você. Agora me diga exatamente o que é que eu estou vendo nos seus olhos, *niño*? Por que é que você foge toda vez que eu entro nessa casa, o que você está escondendo de mim?". E se eu dissesse que não estava escondendo nada, ele me apertava com mais força ainda e não me largava de jeito nenhum e nem parava com aquilo (eu me recusava a chorar... o Mambo King nunca chorou por causa de homem) e ele só me soltava quando o meu braço ficava roxo ou depois de muito ouvir as súplicas da minha mãe para que ele não me provocasse, que eu era um *niño*. "Se está querendo provocar alguém, por que você não volta para a cidade e provoca aqueles homens que lhe disseram desaforos?" E aí ele começava a descontar nela. Assim, nesses dias em que ele chegava em casa de mau humor e perguntava a mim ou a um dos meus irmãos por que a gente estava com um olhar maldoso ou desrespeitoso, eu me adiantava, pois era eu que tinha as respostas desrespeitosas. Quando ele me perguntava por que eu estava olhando para ele daquele jeito, eu não ficava calado como antes, eu respondia que era porque ele estava bêbado e ele me batia até ficar com as mãos vermelhas, até cair em si e ver como estava sendo mau. E aí ele vinha me pedir desculpas e, como ele era o meu *Papi*, eu achava bom voltar às boas graças dele, e assim vocês ficam sabendo por que eu aturava isso dele, porque pai é pai.

E ele viu de novo a mãe, viu o rosto amoroso da mãe que se confundia com as estrelas que ele contemplava à noite da varanda em Cuba.

"*Te quiero, niño*", era o que ela costumava dizer.

Ele era só um garotinho naquela época. Adormecia no colo da mãe, apertado contra o seu seio, ouvindo as batidas do seu coração e aqueles pequenos suspiros. Foi essa a época em que as mulheres representaram o que havia de mais doce para ele, quando sua mãe era a luz da manhã, a luz que brilhava nas árvores. Foi essa a época em que ele se sentia parte dela, desejando de coração (e aqui o Mambo King sente os seus olhos se apertarem) poder fazer algo para acabar com a sua tristeza.

Apertando a cabeça contra o ventre da mãe, ele pensava: "O que tem aí dentro?".

Muitos anos depois, já homem feito e beijando as partes íntimas de uma mulher, ele estremecia lembrando-se de como imaginara o mundo inteiro dentro do ventre de sua mãe.

"Minha mãe, a única mãe que eu posso ter."

ELA ESTAVA COSTURANDO a camisa dele e consertando a sola do seu sapato com um barbante grosso. "Ai, eu adorava dançar quando eu era mocinha."

A mãe tinha um bem precioso, a única coisa de valor que ele se lembrava de ter em casa, uma velha caixa de música, de mogno maciço, feita na Espanha, uma herança de família. A caixa tinha uma grande chave de bronze, em forma de borboleta, e tocava uma zarzuela alegre. Ela dava corda e dizia: "Vem dançar comigo, filho".

Ele mal lhe batia na cintura, mas ela o tomava pela mão e o guiava dançando pela sala.

"E quando terminava essa parte da dança, o homem fazia uma mesura e a mulher segurava a barra da saia assim, levantando-a um pouquinho do chão, naquela época as mulheres usavam uns vestidos que arrastavam no chão e tinham umas caudas compridas. E muitas camadas por baixo."

"Muitas camadas?"

"É, filho, algumas mulheres tinham umas cem camadas em baixo da saia. *Vente!*"

"Cem camadas...". Nos seus melhores sonhos, ele seduzia uma mulher com um vestido de cem camadas, mas como era sonho, debaixo de cada camada, ele encontrava uma liga, uma coxa quente, umas ceroulas de seda, e por baixo disso, um ventre se abrindo para ele. "Cem camadas...", ele não pensava nisso havia anos e anos. "Isso é tudo coisa do passado, entende". Ela o levantou do chão e a sala rodou em volta dele. Então ele via Genebria na porta da cozinha. Ela batia palmas e saiu toda empertigada dançando uma valsa como se estivesse apresentando uma dança lenta no carnaval. Três passos à frente e ela sacudia os ombros, sacudindo também a cabeça como um cavalo.

Ai, pobre *Mamá*, morta, mas a gritar-lhe daquela cozinha em rebuliço: "Quantos *plátanos* você quer?". E era lá que ele estava agora, na cozinha em Cuba, olhando a mãe descascando as bananas-de-são-tomé, e pela janela ele via as bananeiras, as mangueiras, os mamoeiros, as goiabeiras, as *yucas* e os abacateiros que davam por ali. Genebria picando alho, cebola e tomates e, numa outra panela, a *yuca* cozinhando. Lindo ver de novo essa cena.

E ele lembrava que, quando estava na frente da loja do turco com o irmão caçula, *el pobre* Nestor, com um toicinho, o arroz, o açúcar, o café, as fieiras intermináveis de linguiças, perto dos vestidos e dos trajes de primeira comunhão, dos rolos de corda e de arame, das pás e machados, da prateleira de bonecas com saias de seda, encontrou um violão. E quem lhe ensinou violão? Um mulato magrelo com cara de inseto chamado Pucho, que morava numa floresta de caixotes e palmeiras. Ele estava sempre no quintal de casa, sentado no capô de um carro abandonado, cantando com tanta alma que as galinhas ficavam circulando em volta dele. Ele as dominava com a música e as fazia cantar, "cooocccocó". O seu violão de compensado fora fabricado por ele mesmo, com pregos e arame, e o instrumento parecia uma harpa dominicana. Mas ele sabia tocar, entendia de magia, sabia os cânticos a Xangô.

Adiós, meu amigo... *Adiós*.

Sim, o amor era tão lindo, mostrava-lhe a música, levando-o de novo aos amigos. *Adiós*, Xavier, sentado defronte da sua fábrica de gelo envolto numa névoa, com a sua tigela de arroz com feijão e o seu acordeão.

Adiós!

E ele viu o maestro Julián Garcia num palco, agitando a batuta à sua frente e ele, nervoso, colocando-se ao lado do maestro e começando a cantar *adiós, adiós*. E viu Ernesto Lecuona, "um cara do diabo, digno, meio nariz pra cima, mas um verdadeiro cavalheiro, que me ensinou o que era uma boa *habanera*". É carnaval e ele corre pela praça para chegar perto da banda que está tocando; ele fica ali, ao lado do coreto, tentando acompanhar as mãos dos músicos nos instrumentos. Mas é difícil, pois os lampiões não iluminam o suficiente, e é aí que ele vê a mão que vem na sua direção e o puxa para a glória do palco, onde ele se apresenta para o público.

E, de repente, passam diante dos seus olhos todos aqueles rostos bonitos, rostos de mocinhas cuja paquera lhe custou uma dose infinita de energia, mocinhas que ele amou ou mal conheceu.

E eu amei você, Ana, não pense que me esqueci daquele passeio que fizemos em Holguín, embora já faça muito tempo. Nós nos afastamos tanto da casa de seus pais que você achou que o seu *Papi* viria atrás de nós de cinto na mão. Então, fomos para o parque e, sempre que passávamos por um lugar mais escuro, onde não podíamos ser vistos, você apertava a minha mão e nós sentíamos tudo vibrando a nossa volta e nos beijávamos. Foram poucos beijos e eu nunca mais vi você, mas não pense que não guardei essa lembrança, uma lembrança de juventude e carinho. Quantas vezes não imaginei como as coisas teriam sido entre nós... E eu amei você, Miriam, embora eu fosse um garoto grosso que lhe mostrava a língua porque você era uma garota rica e esnobe saindo daquela mansão com a sua mãe, que tinha uma bunda grande e andava de sombrinha. Eu sei que você estava interessada em mim pelos olhares que você dava, eu reparava mesmo quando eu fingia ignorar você. Lembra como eu ficava cantando na porta do cinema? E você aparecia com aquele seu arzinho esnobe, até o dia em que você riu e as coisas mudaram. Namoramos escondido um mês e aí nos flagraram aos beijos no parque atrás das moitas, éramos duas crianças... Então seu pai, um juiz, com uma alta posição no Gallego Club, ouviu falar no nosso namoro e mandou você para a casa da sua tia. Como é que eu podia saber que eu era "inferior"? Como é que eu podia saber que o seu pai criaria tanto caso por causa de uns beijinhos inocentes? E amei você, Verônica – lembra como a gente ficava só de mão dada e as minhas calças quase explodiam, e por mais que você quisesse, você não conseguia deixar de olhar para mim. Lembra da vez em que você não resistiu e me passou a mão rapidamente? Senti um espasmo me percorrendo na hora que você corou e virou para o outro lado; saiu leite de mim e você ficou no canto com os dedos abertos, esperando o rubor passar, e eu fui para casa com aquela coisa grudenta nas calças, mas a gente não ia dar certo nunca... E amei você, Vivian – quando os adultos estavam cansados demais para vigiar, a gente ia para a varanda para ouvir melhor os conjuntos de cordas, ficava sentado no muro de pedra de testa colada e às vezes você deixava eu lhe dar um beijo; não um beijo comum, mas um beijo de língua. Você abria a boca na medida certa para caber só a pontinha da língua, não ela toda e eu fedia demais a cigarro. "Sempre querendo bancar *un gran macho*", você dizia. E teve a vez em que a gente se encontrou na igreja e foi no Cemitério para visitar a sepultura da sua tia, só que a gente se encostou numa árvore, ficou se beijando e você me disse: "Espero que você seja o homem que se case comigo e com quem eu perca a minha virgindade", mas eu era um idiota e fiquei com raiva, pensando: "por que esperar?". Sobretudo por causa do estado em que eu estava. Eu era insaciável quando era rapaz, Vivian, insaciável! E era por isso que os meus dedos tentavam romper as suas defesas até você não ter outra saída a não ser ficar vermelha e correr para casa, mas eu amei você, entende?... E amei você, Mimi – embora você nunca tenha me deixado transar com você do jeito normal. Você me levava para longe do barracão do seu pai e levantava a saia e deixava eu enrabar você ou botar só no meio da bunda, não lembro bem, só lembro do creme e do cheiro do seu corpo e de como você ficava levantando a bunda como se me quisesse dentro da vagina, mas você não tirava a mão de lá e me empurrava pra longe, lembra? E como no fim a gente ia para a cidade sem se tocar nem dar a mão: eu achava que você estava meio triste, mas depois do que a gente tinha feito, eu ficava com uma certa vergonha, como se todo mundo soubesse. A gente transou assim toda semana durante meses, e aí você foi à casa do meu pai e eu não deixei você entrar e você chorou, eu chorei, mas você nunca acreditou em mim... E amei você, Rosário, por causa do sorriso que você me dava quando a gente se encontrava na rua... e amei você, Margarita, embora a gente nunca tenha transado realmente, não tenha passado dos beijinhos no rosto, mas você transava com a palma da minha mão direita, afundando as unhas nela e me olhando como se dissesse: "Está vendo, machão, o que você pode esperar de mim?". Eu estava curioso, encantado, Rosário, mas você sabe que os seus irmãos não queriam me ver perto de você, muita gente não queria me ver perto de muita gente. Alguém precisa lhe dar uma lição, era o que quase todo mundo achava, e você sabe quantas pessoas, entre elas os seus irmãos, tentaram. Eu nunca fui um Tarzan e nem um Hércules; eu só queria um pouco de carinho e uns beijinhos. Algum dia eu lhe contei que naquela noite de 11 de junho de 1935, quando passei pra pegar você pra irmos ao baile, fui atacado numa ruela por uma gangue de uns seis ou sete garotos? Eles só queriam me arrastar pela terra e pela merda e me bater porque eu não revidava, só levantava os braços e perguntava: "Qual é, gente, o que vocês estão fazendo?". Eles não só me bateram, mas também me atiraram numa poça de lama e merda e eu só fui acordar uma hora depois do fim do baile, sentindo aquele fedor e achando que você nunca mais olharia para mim, que todo mundo iria saber que eu tinha sido atirado na merda e foi por isso que eu nunca mais procurei você – achei que todo mundo sabia, entende?... E amei você, Margarita, porque você ficava lá do outro lado da praça, embaixo da lanterna chinesa, de vestido branco com um laço vermelho na cintura e ria para mim com um risinho tímido, porque você se achava bonita demais para eu lhe dar bola, mas se você soubesse o que eu sentia, teria sido diferente; foi por isso que eu nunca lhe dei aqueles olhares que eu dava para muitas garotas, por isso eu olhei para o outro lado quando você acabou arranjando coragem para vir sorrindo até onde eu estava – porque lá em casa o pessoal me fazia achar que eu era uma merda, de modo que, por mais bonito que eu fosse, quando eu me olhava no espelho eu me achava horrível. Só o jeito que algumas mulheres me olhavam é que me mostrava que eu valia alguma coisa, mas se não fosse isso, eu teria passado a vida me escondendo feito um monstro. Eu amei você porque achei que você acabou gostando de mim...

E agora cai uma neve linda, neve de Bing Crosby, daquelas que dá vontade de comer, e a gente tenta aparar com a boca. Neve de Baltimore em 1949, caindo do céu.

Depois, ele estava na rua com Nestor, indo para todos os cabarés: o Palladium, o Park Place, o Savoy, alguém dizendo: "Benny, Myra, quero apresentar a vocês dois grandes amigos meus, *compañeros* de Cuba, que além do mais são grandes músicos. Eles realmente sabem o que é um *son* e uma *charanga*. Benny, esse aqui é o César Castillo, ele é cantor e instrumentista, e esse é o irmão dele, Nestor, um dos melhores trompetistas que você vai ouvir na vida".

"César, Nestor, quero apresentar a vocês um cara legal, sabem, um músico da pesada. Gente, esse é o Frank Grillo: o Machito."

"Muito prazer."

"César Castillo."

"Xavier Cugat."

"César Castillo."

"Pérez Prado, *hombre!*"

"César Castillo."

"Vanna Vane."

... levantando o vestido de verão... tirando a calcinha, e o órgão sexual dele intumescido, queimando. Gemidos de prazer na mata deserta. Sua língua grossa enfiada lá em cima entre as pernas dela. Um bom gole de vinho, um beijo no tornozelo dela.

"Ai, Vanna, esse nosso piquenique não está ótimo?"

"Concordo mesmo."

Com a música, ele se lembrou daqueles jantares em Cuba, quando a gordura das costeletas de porco lhe escorria pelo rosto e lhe melava os dedos que ele lambia com prazer. Lembrou-se de uma puta pelejando para enfiar uma camisinha grossa no seu membro, ele tentando puxar o preservativo sem a ajuda dela, ela interrompendo-o e usando as duas mãos para vesti-lo na sua peça. Lembrou-se de apertar as válvulas do trompete mil vezes, lembrou-se da beleza de uma rosa, lembrou-se dos seus dedos se enfiando por baixo da armação de arame de um sutiã 46, o de Vanna, e os seus dedos afundando naquela carne quente. Lembrou-se de ouvir os gatos no beco, o rádio lá embaixo sintonizado no programa de Red Skelton. Do sexto andar, vinha o programa de Jack Benny e, muitos anos depois, da área, o "I Love Lucy".

Nuvens de fumaça do incinerador irritando os seus olhos, nuvens de fumaça subindo do telhado.

Sua mãe, de mão dada com ele; sua mãe, apertando a sua mão.

O palpitar suave do coração da mãe...

E ele sobe a escada correndo e encontra Nestor tocando outra vez aquela música – Ah, irmão, se você soubesse como eu pensei em você esse tempo todo – e ele canta aquela música nova, a porra daquela música em que tanto trabalha, e, ao terminar, diz: "É isso o que eu sinto pela Maria". E, apaixonado, ele olhou pela janela como se estivesse vendo uma chuva de flores e não a neve caindo.

"Embora eu não queira dar o braço a torcer, irmão, essa musiquinha que você fez é linda. Por que a gente não canta ela com o coro?"

"É, fica muito melhor."

E com um sorriso irônico, ele fez um sinal para o percussionista, que atacava freneticamente o seu *quinto* com os dedos enfaixados, tocando a introdução, bap, bap, bap, bap! Aí entrou o piano, depois o baixo, os metais e o resto da percussão. Outro sinal de César e Nestor iniciou o seu solo de trompete, as notas voando pelo quarto como pássaros de fogo, numa harmonia tão alegre que todos os músicos comentavam: "É, é isso aí. Ele sabe das coisas".

César dançando com aqueles seus sapatos brancos de fivela dourada que se moviam para dentro e para fora parecendo os ponteiros de uma bússola enlouquecida e ele se sentia um garoto correndo pelas ruas de Las Piñas, tocando cornetas, batendo panelas e fazendo barulho nas arcadas...

Flutuando num mar de ternura numa noite estrelada, ele se apaixonava de novo: por Ana e Miriam e Verônica e Vivian e Mimi e Beatriz e Rosário e Margarita e Adriana e Graciela e Josefina e Virgínia e Minerva e Marta e Alícia e Regina e Violeta e Pilar e Finas e Matilda e Jacinta e Irene e Iolanda e Carmencita e Maria da Luz e Eulália e Conchita e Esmeralda e Vivian e Adela e Irma e Amália e Dora e Ramona e Vera e Gilda e Rita e Berta e Consuelo e Heloísa e Hilda e Joana e Perpétua e Maria Rosita e Delmira e Floriana e Inês e Digna e Angélica e Diana e Ascención e Teresa e Aleida e Manuela e Célia e Emelina e Vitória e Mercedes e...

E ele amava a família: Eugênio, Letícia, Delores e os irmãos, vivos e falecidos; amava muito a todos.

AGORA, NO SEU quarto no Hotel Splendour, o Mambo King viu o braço do toca-discos chegando ao fim do "The Mambo Kings Plays Songs of Love". Em seguida, viu o braço levantar e voltar com um clique para a primeira música. O clique do mecanismo era lindo, como o seu último gole de whisky.

Quando a gente está morrendo, pensou, a gente sabe, porque parece que estão arrancando um pano pesado de dentro da gente.

E ele sabia que estava indo, pois sentiu uma luz queimando no coração. E estava cansado, precisando de alívio.

Quis levar o copo à boca, mas já não conseguia levantar o braço. Para quem olhasse, parecia que ele estava sentado sem se mexer. Em que estaria pensando nessa hora?

Ele estava feliz. No início, tudo ficou muito escuro, mas depois ele viu Vanna Vane no quarto do hotel, tirando os sapatos e levantando a saia, dizendo: "Me faça um favor, querido. Desabotoe as minhas ligas".

Aí ele se ajoelhou todo contente na frente dela e depois que desabotoou as suas ligas e puxou as suas meias, deu-lhe um beijo na coxa e depois mais outro na bunda, no lugar em que a pele muito macia, redonda e sedosa, transbordava da calcinha, que ele abaixou até o joelho, e, com aquele seu rosto majestoso e castigado mergulhado entre as pernas dela, deu-lhe um profundo beijo de língua. E num instante os dois estavam na cama, fazendo aquelas brincadeiras, e ele ficou com uma ereção poderosa e sem sentir nem um pingo de dor nos quadris. Foi uma ereção tão grande que ela se viu cortando um dobrado com aquela sua linda boca para dar conta das proporções exageradas do membro dele. Eles ficaram bastante tempo abraçados e ele a comeu até ela se desmanchar; aí ele sentiu certa calma e, pela primeira vez naquela noite, ficou com vontade de dormir.

Na manhã seguinte, encontraram-no com um copo na mão, um sorriso tranquilo nos lábios e esse pedaço de papel, apenas uma música, na mesa ao lado do seu cotovelo. Apenas uma das músicas que ele compusera:

> Bellísima María de mi Alma
>
> ¿Oh, bristeza de amor,
> porqué tuviste que venir a mí?
> Yo estaba feliz antes que
> entraras en mi corazón. (repetir)
>
> ¿Cómo puedo odiarte
> si te amo como te amo?
> No puedo explicar mi tormento
> porque no sé como vivir sin tu amor.
>
> Que dolor delicioso
> el amor me ha traído
> en la forma de una mujer.
> Mi tormento y mi éxtasis.
> Bella María de mi Alma,
> María, mi Vida...
>
> ¿Por qué me maltratabas?
> Dime por qué sucede de esta manera?
> ¿Por qué es siempre así?
> María, mi Vida,
> Bellísima María de mi alma.

Quando liguei para o número que aparecia ao lado do nome de Desi Arnaz, eu esperava falar com uma secretária, mas foi o próprio senhor Arnaz quem atendeu o telefone.
"Sr. Arnaz?"
"Sim."
"Quem fala é Eugênio Castillo."
"Ah, Eugênio Castillo, o filho do Nestor?"
"É."
"Prazer em ouvi-lo, você está me ligando de onde?"
"De Los Angeles."
"Los Angeles? O que você está fazendo por aqui?"
"Passando umas férias."
"Ora, já que você está tão pertinho, por que não vem me fazer uma visita?"
"É?"
"Claro, daria para você vir amanhã?"
"Daria."
"Então venha. No fim da tarde. Estarei à sua espera."

Custei muito a arranjar coragem para ligar para Desi Arnaz. Um ano atrás, quando lhe escrevi contando do meu tio, ele foi tão gentil que até me mandou um cartão de pêsames, com um convite para eu aparecer na casa dele. Depois que decidi aceitar o convite, tomei um avião e fui para Los Angeles, onde passei duas semanas num motel perto do aeroporto, pensando em ligar para ele todos os dias. Mas fiquei com medo que a gentileza dele fosse só da boca para fora, como tantas coisas nessa vida, ou que ele não fosse quem eu imaginava. Que fosse uma pessoa dura e desinteressada ou simplesmente não estivesse de fato a fim de perder tempo com um estranho como eu. E em vez de ligar, eu ficava bebendo cerveja na piscina do motel e passava o dia olhando para o céu, vendo o movimento dos jatos. Aí conheci uma das louras que frequentavam a piscina e achei que ela devia ter uma quedinha por caras do meu tipo e a gente viveu uma paixão louca de uma semana. Depois, a coisa acabou mal. Alguns dias depois, quando eu estava descansando no quarto à tarde, folheando aquele livro velho do meu pai, *Forward America!*, o simples contato com aquelas páginas que ele – e meu tio – haviam manuseado (os espaços em todas as letrinhas pareciam uns olhos tristes me olhando) me fez pegar o telefone. Marcado o encontro, o meu próximo problema era chegar na casa dele. Pelo mapa, Belmont ficava uns cinquenta quilômetros ao norte de San Diego pelo litoral, mas eu não sabia dirigir. Então, acabei pegando um ônibus que me deixou em Belmont por volta das três da tarde. Aí tomei um táxi e logo estava diante da mansão de Desi Arnaz.

Um muro de pedra coberto de buganvílias, parecendo os muros floridos de Cuba, e flores por todo lado. Do lado de dentro do portão, um caminho terminando no casarão rosa parecendo uma casa de fazenda com telhado de zinco, um jardim, um pátio e uma piscina.

Portas em arco e janelas de veneziana. Sacadas de ferro no segundo andar. E tinha um jardim cheio de hibiscos, crisântemos e rosas. De certa forma, eu estava esperando ouvir o tema do "I Love Lucy", mas ali, além do canto dos pássaros, do farfalhar das árvores e do barulho de uma fonte, reinava o maior silêncio. Pássaros chilreando por todo lado e um jardineiro de macacão azul na porta da casa, olhando a correspondência espalhada em cima de uma mesa. Ele tinha a cabeça branca e era um pouco encurvado, barrigudo e com uma cara bolachuda; numa das mãos ele tinha um maço de cartas e na outra um charuto.

Quando eu cheguei perto dele e disse oi, ele se virou para mim, estendeu a mão, e falou: "Desi Arnaz".

Ao cumprimenta-lo, eu senti que ele tinha as mãos calejadas. Elas eram salpicadas de manchas senis, com os dedos manchados de nicotina. Aquele rosto que conquistara milhões de pessoas estava muito mais velho, mas seu sorriso revelava o rosto do jovem Arnaz.

Na mesma hora ele falou:

"Ah, você deve estar com fome. Quer um sanduíche? Ou um bife?", acrescentou: "Venha comigo".

Eu acompanhei Desi Arnaz pelo corredor de sua casa. Nas paredes, fotos enquadradas de Arnaz com quase todas as figuras importantes da música e do cinema, de John Wayne a Xavier Cugat. Tinha também uma ótima foto colorida a mão de Lucille Ball de *glamour-girl* no tempo em que ela era modelo na década de trinta. Acima do armário cheio de livros antigos, um mapa de Cuba emoldurado, datando de cerca de 1952, e mais fotografias. Entre elas aquela de César com Desi Arnaz e Nestor.

Então, também emoldurado, esse texto: *Venho porque não sei quando o Mestre há de voltar. Rezo porque não sei quando o Mestre há de querer que eu reze. Olho para a luz do céu porque não sei quando o Mestre há de acabar com a luz.*

"Atualmente estou aposentado", disse o Sr. Arnaz, guiando-me pelos aposentos da casa. "Às vezes, faço um programinha de televisão, como o Melvin Griffin, mas passo a maior parte do meu tempo com os meus filhos ou cuidando do meu jardim."

Saímos da casa por uma porta em arco e chegamos num pátio que dava para o jardim em níveis, cheio de pereiras, damasqueiros e laranjeiras, e para um lago com nenúfares flutuando. Moitas e moitas de flores rosa, amarelas e de um vermelho lustroso. E como pano de fundo, o Oceano Pacífico.

"... Mas não posso me queixar. Adoro as minhas flores e as minhas plantinhas."

Ele tocou uma campainha e de dentro de casa saiu uma mexicana.

"Faça uns sanduíches e traga uma cerveja para a gente. A que eu gosto, Dos Esquis, sim?"

Com uma mesura, a empregada se retirou.

"Então, o que posso fazer por você, meu filho? O que é que você tem aí?"

"Eu trouxe uma coisa para o senhor."

Eram apenas uns discos antigos do meu pai e do meu tio, gravações dos Mambo Kings. Eram só cinco, uns 78 velhos e um LP, "The Mambo Kings Plays Songs of Love". Olhando para o primeiro deles, Arnaz fez um ruído de excitação. A capa mostrava meu pai e meu tio juntos, um tocando conga e o outro trompete para uma mulher de vestido colante. Ele balançou a cabeça aprovando, deixou-o de lado e pegou os outros.

"Seu pai e seu tio. Eram bons sujeitos." E acrescentou: "Bons compositores".

Então ele começou a cantar "Beautiful Maria of My Soul" e como não se lembrava da letra toda, cantarolava os trechos que não sabia.

"Uma ótima música cheia de emoção e amor."

Aí ele deu uma olhada nos outros.

"Você quer vender esses discos?"

"Não, quero dar para o senhor."

"Ora, obrigado, meu filho."

A empregada trouxe os nossos sanduíches de pão de centeio, com várias fatias gostosas de rosbife, alface, tomate e mostarda, e as cervejas. Comemos em silêncio. De quando em quando, Arnaz olhava para mim com os seus olhos pesados e sorria.

"Sabe, *hombre*", disse Arnaz, mastigando, "eu gostaria de poder fazer alguma coisa por você". E em seguida: "A coisa mais triste do mundo é quando morre alguém, não acha, *chico*?"

"O que foi que o senhor disse?"

"Perguntei se você está gostando da Califórnia."

"Estou."

"É uma beleza. Eu escolhi esse clima daqui porque me lembra Cuba. Aqui dão quase todas as plantas e flores que dão lá. Sabe, eu, o seu pai e o seu tio somos da mesma província, de Oriente. Já tem mais de vinte anos que eu não vou lá. Dá para você imaginar a reação do Fidel vendo o Desi Arnaz voltando para Cuba? Você já esteve lá?"

"Não."

"Bem, é uma pena. É desse tamanhinho." Ele se espreguiçou e bocejou.

"A gente vai fazer o seguinte, menino, você vai se instalar no quarto de hóspedes e depois a gente sai pra dar uma volta pra você ficar conhecendo isso aqui. Você monta a cavalo?"

"Não."

"Que pena." Ele estremeceu, endireitando as costas. "Me faça um favor, menino, me dê aqui uma mãozinha". Arnaz me deu a mão e eu o puxei da cadeira.

Depois do piano, num plano um pouco mais baixo, saía outra escada que levava a um outro pátio, todo murado. Um perfume forte de flores no ar.

"Esse jardim é a cópia de uma das pracinhas que eu mais gostava em Santiago. A gente passava por ela quando ia para o porto. Eu levava lá as minhas namoradas", acrescentou com uma piscadela. "Isso tudo é coisa do passado."

"E dessa pracinha dava para ver toda a baía de Santiago. Quando o sol se punha, o céu se incendiava de vermelho e era nessa hora que, se a gente estivesse com sorte, dava para conseguir uns beijinhos. Ou fazer como o Pete Cubano. Essa foi uma das músicas que fizeram ele famoso."

Nostalgicamente, Arnaz cantou: "Meu nome é Pete Cubano, eu sou o Rei da Rumba!".

Aí nós ficamos uns minutos olhando o Pacífico, que parecia não ter fim.

"Um dia, pode ser que tudo isso tenha acabado, ou então não vá acabar nunca. O que você acha?"

"De quê?"

"Da vida depois da morte. Eu acredito. E você?"

Eu dei de ombros.

"Pode ser que não tenha nada depois. Mas eu me lembro quando parecia que a vida duraria para sempre. Você é garoto, não dá para entender. Sabe o que era lindo, menino? Quando eu era pequeno e a minha mãe me abraçava."

Eu queria me ajoelhar e implorar que ele me salvasse. Eu queria abraçá-lo com força e ouvi-lo dizer que me amava, só para eu poder mostrar a ele o valor que eu dava ao amor e que eu não era só de ficar falando nisso da boca para fora. Só que em vez disso, eu voltei com ele para dentro de casa.

"Agora eu tenho que dar uns telefonemas. Mas não faça cerimônia. O bar é ali."

Arnaz desapareceu e eu fui me servir do bar. Pela janela rasgada, o céu luminoso da Califórnia e o oceano.

Sentado na sala de visitas de Desi Arnaz, eu me lembrei do episódio do programa "I Love Lucy" com a participação do meu pai e do meu tio, só que agora parecia que eu estava vendo as cenas diante de mim. Pisquei e vi o meu pai e o meu tio sentados no sofá em frente a mim. Aí ouvi o barulho das xícaras de café e das outras coisas na bandeja e a Lucille Ball entrou na sala. E ela serviu café para os irmãos.

Quando eu pensei, Poppy, o meu pai, olhou para mim e riu com uma expressão triste.

"Estou tão feliz em ver você de novo!"

"E eu também, meu filho."

Meu tio também sorriu.

Foi aí que o Arnaz entrou, mas ele não era aquele senhor de cabelos brancos, rosto inchado e olhos cansados e meigos que tinha me mostrado a propriedade. Era o Arnaz bonitão e convencido de antigamente.

"Nossa, gente", disse ele. "Que bom ver vocês de novo. Como vão as coisas lá em Cuba?"

E eu não consegui me conter. Fui sentar no sofá e me abracei com meu pai. Eu esperava abraçar o ar, mas dei com um ser de carne e osso. E com um pescoço quente. A expressão dele era tímida e sofrida, como a de um caipira desembarcando. Ele estava vivo!

"Poppy, mas que bom ver você."

"Que bom ver você, meu filho. É sempre bom ver você."

Abraçado a ele, senti que eu ia caindo num espaço infinito, no coração do meu pai. Não o coração de carne e osso que parara de bater, mas aquele seu outro coração, cheio de luz e de música, e senti que era puxado novamente para um mundo de puro amor, anterior ao sofrimento, à perda e à consciência.

DEPOIS, UM ENORME coração de cetim foi se dissolvendo numa bruma por entre a qual apareceu o interior da boate Tropicana. Virada para uma pista de dança e um palco, distribuída por umas vinte mesas com toalhas de linho e velas no centro, via-se a clientela típica da casa, pessoas comuns, mas vestidas com elegância. Cortinas pregueadas de alto a baixo, vasos com palmeiras pelo ambiente. Um maître de *smoking* segurando uma carta de vinhos imensa, uma vendedora de cigarros de pernas esguias e os garçons circulando por entre as mesas. Depois, a pista de dança propriamente dita e, por fim, o palco, a boca de cena e os bastidores pintados para dar ideia de tambores africanos, com pássaros e inscrições de vodu, o mesmo padrão se repetindo nas congas e nas estantes das partituras atrás das quais se viam os músicos da orquestra de Ricky Ricardo, que eram uns vinte, dispostos em quatro fileiras de arquibancada, todos de camisas de mangas bufantes e coletes com palmeiras bordadas em paetê (exceto a harpista de vestido longo e óculos de estrasse), os músicos parecendo bem humanos, bem comuns, melancólicos, indiferentes, felizes, compenetrados e a postos com seus instrumentos.

No centro do palco, um grande microfone, refletores, rufar de tambores e Ricky Ricardo.

"Bem, gente, hoje eu tenho uma atração especial para vocês. Senhoras e senhores, tenho o prazer de apresentar, diretamente de Havana, Cuba, Manny e Alfonso Reyes cantando um bolero de sua própria autoria 'Beautiful Maria of My Soul.'"

Os irmãos se adiantaram, os dois de branco, um com um violão e o outro com um trompete, fizeram uma mesura para o público e assentiram com um gesto de cabeça quando Ricky Ricardo olhou para a orquestra e, erguendo a batuta, pronto para começar, perguntou: "Estão prontos?".

O mais velho deu o tom da música no violão, lá menor; a harpa entrou como que descendo das nuvens; o baixo iniciou uma habanera e aí o piano e os metais executaram uma variação em torno de quatro acordes. Diante do microfone, de cenho franzido na concentração e expressão sentida, os irmãos começaram a cantar aquele bolero romântico chamado "Beautiful

Maria of My Soul". Uma canção falando de um amor tão distante que chega a doer; uma canção falando de prazeres perdidos e juventude, do amor tão fugidio que está sempre nos escapando; de um homem tão apaixonado que não se assusta com a morte; uma canção falando dessa paixão que não se esgota nem depois que o nosso amor nos abandonou.

Cantando ali com aquela voz trepidante, César parecia estar contemplando uma cena profundamente bela e dolorosa. Seu olhar apaixonado tinha uma expressão sincera que parecia perguntar: você está vendo quem eu sou? O caçula conservava os olhos fechados, a cabeça ligeiramente para trás. Parecia um homem à beira de um abismo sem fundo de saudade e solidão.

O líder do conjunto acompanhou os irmãos nos versos finais. Afinado com eles, ficou tão empolgado com a música que arrematou a interpretação com um gesto cortando o ar e, com uma mecha do cabelo grosso caída na testa, gritou: "Olé!". Enquanto os irmãos sorriam e agradeciam, Arnaz, no papel de Ricky Ricardo, repetia: "Vamos dar a eles um bom incentivo, gente?". Os irmãos tornaram a agradecer os aplausos, apertaram a mão de Arnaz e saíram acenando.

Oh, love's sadness,
Why did you come to me?
I was happy before you
entered my heart.

How can I hate you
if I love you so?
I can't explain my torment,
for I don't know how to live
without your love...

What delicious pain
love has brought to me
in the form of a woman.
My torment and ecstasy,
Maria, my life...
Beautiful Maria of my soul,

Why did she finally mistreat me so?
Tell me, why is it that way?
Why is it always so?
Maria, my life,
Beautiful Maria of my soul[8].

E agora estou sonhando, o coração do meu tio cresceu, ficando do tamanho do coração de cetim do programa "I Love Lucy", e vai saindo do seu peito para flutuar no céu, sobrevoando os telhados da La Salle, tão imenso que pode ser visto de vários quarteirões. O cardeal Spellman foi à paróquia crismar a turma da sexta série e os meus amigos e eu estamos na rua, olhando o auê que foi anunciado em todos os jornais: limusines, repórteres, representantes do clero de todos os níveis, de seminaristas a bispos, aglomerados do lado de fora. E quando eles vão entrando em fila na igreja, eu vejo o enorme coração de cetim que me dá medo, de modo que eu vou para a igreja, mesmo com os meus amigos, uns matolões de camisetas pretas sem manga, me chamando de mulherzinha por causa disso, mas só que quando eu estou lá dentro, não tem crisma nenhuma acontecendo, e sim uma cerimônia fúnebre. No meio da nave tem um caixão bonito, todo coberto de flores, com alças de bronze trabalhadas. O cardeal acabou de rezar a missa e dá a bênção. E aí o organista começa a tocar, só que a cada tecla que ele aciona, ao invés de se ouvir um som de órgão ou a música de Bach, ouve-se um trompete tocando mambo, um acorde de piano, uma conga e, de repente, é como se tivesse uma banda de mambo completa lá em cima no coro. E quando eu olho, vejo uma orquestra de mambo vigorosa do ano de 1952 tocando um bolero lânguido e, no entanto, eu ouço aquela chiadeira oceânica que tem nos discos antigos. Aí, na hora que levam o caixão, a igreja fica muito triste e, na rua, sai outro coração de cetim de dentro dele e vai subindo, subindo e aumentando de tamanho à medida que se eleva no céu, deslizando para longe, atrás do outro.

---

8   Ai, tristeza de amor, / por que me chegaste? / Eu era feliz / antes de entrares no meu coração. / Como te odiar / se te amo tanto? / Por que me torturar / se não sei viver / sem teu amor... / Como é gostosa essa dor / que o amor trouxe para mim / em forma de mulher. / Meu tormento e êxtase, / Maria, minha vida... / Bela Maria da minha alma.
Por que me maltrataste assim? / Por que fizeste isso comigo? / Por que a vida é sempre assim? / Maria, minha vida, / Bela Maria da minha alma.

Posfácio

No início dos anos 1980, quando comecei a escrever um romance que contava a história de dois irmãos cubanos que migraram de Havana para Nova York em 1949 para participar do florescimento da música latina, eu não imaginava nenhuma das grandes editoras interessadas no assunto. Por que haveria eu de sonhar com elas? Dava para contar nos dedos das mãos os livros publicados que poderiam ser classificados como de "temática latina" e escritos por autores "genuínos" (dê uma olhada em quantos livros pré-1989 ainda estão em catálogo). Na verdade, na época, quando os leitores ditos mais sérios pensavam em ficção "latina/hispânica", faziam a associação com a grande repercussão que tiveram escritores do nosso hemisfério sul – Garcia Márquez, Vargas Llosa e Carlos Fuentes (entre outros) – e, na medida em que esses eram justamente celebrados, os nossos escritores nativos de origem latina ainda não eram apreciados na mesma escala, fosse pela crítica, fosse pelos leitores.

Digo isso porque quando comecei a escrever este livro, minhas expectativas eram nulas; ficaria muito feliz se conseguisse publicá-lo, onde fosse. Mas essa baixa expectativa teve uma contrapartida positiva: enquanto ainda aprendia o meu ofício, senti-me totalmente livre para experimentar, soltar minhas asas e voar com a minha prosa, colocando em prática ideias um tanto malucas sobre a estrutura do romance – afinal de contas, quem estaria me espiando?

No decorrer do processo, tive algumas interrupções. Meu primeiro romance, *Our house in the last world*, foi lançado em 1983 por uma pequena editora de Nova York, a Persea Books, e senti-me privilegiado com o fato; ou tão cheio de sorte quanto os autores latinos, cuja grande maioria era publicada por editoras universitárias ou regionais (como a inestimável Arte Publico Press). Fui surpreendido por uma crítica favorável no *New York Times Sunday Book Review*, onde também foi resenhado outro autor "imigrante", Wendy Law-Yone e seu *The coffin tree*. Suponho que o pessoal do American Institute of Arts and Letters ficou impressionado com a resenha e acabei sendo agraciado com o Rome Prize, um programa de residência em literatura em 1985. Com o objetivo de encorajar jovens escritores (eu ia completar trinta e quatro anos naquele verão), fui mandado para uma temporada de outono/verão (1985-1986) na Academia Americana em Roma. Foi uma experiência incrível: alojado num cômodo do segundo andar, fora do pátio principal, com uma vista para uma fonte e ciprestes altos, e tendo um estúdio com decoração rústica, bem na ponta dos floridos jardins dos fundos, recebia ainda uma modesta ajuda de custos. Foi um dos melhores períodos da minha vida de escritor: livre e despreocupado.

Para alguém acostumado a uma vida de tempo integral no escritório, tendo passado os últimos oito anos trabalhando no tráfego de uma agência de propaganda da Madison Avenue, aquele período de mais tranquilidade parecia um milagre. Antes dessa bolsa, eu nunca havia viajado para a Europa, ainda mais para uma cidade tão interessante, embora caótica, como Roma. Naquele mundo diferente, tive que navegar em uma nova língua e fazer alguns ajustes internos; meu estado de espírito variava de uma euforia absoluta até uma melancolia decorrente de um sentido de deslocamento (sim, mesmo num lugar incrível como aquele). Ou seja, minha nova vida em Roma me pareceu a oportunidade perfeita para continuar o meu romance sobre os dois irmãos cubanos, César e Nestor Castillo – eles também, um tanto desorientados naquele novo lugar.

Diariamente eu caminhava até o estúdio e lá ficava escrevendo na minha Olivetti até o final da tarde, quando saía passear pelas calçadas de Trastevere, com um caderno de notas no meu bolso traseiro, tentando encontrar um modo de juntar os muitos fragmentos daquele manuscrito que se empilhava sobre minha mesa. Eu já tinha algumas convicções sobre o romance, como se fosse uma espécie de pastiche pós-moderno, com momentos de Guillermo Cabrera Infante, Jorge Luís Borges e James M. Cain (entre outros), mas eu ainda não conseguia captar o todo. Tinha a nítida sensação de ser um pianista clássico descobrindo o jazz, aprendendo a improvisar.

Apesar de aquele livro ser sobre música e músicos, estava de algum modo relacionado com um único parágrafo do meu *Our house*, onde um dos personagens, um líder de banda chamado Alberto, fora vagamente baseado num tio meu que então morava em Miami, mas tinha tocado contrabaixo em uma das orquestras de Xavier Cugat nos anos 1940. Na infância, quando eu visitava esse tio na Flórida, ficava fascinado com as fotografias que ele mantinha nas paredes, imagens de um homem garboso, vestido com muito esmero, sentado ao lado de estrelas de cinema e mulheres maravilhosas em boates

luxuosas de Havana ou Manhattan. Sem me dar conta, enquanto imaginava a vida de um músico, criava um Alberto com várias das características que depois seriam potencializadas no exuberante Mambo King César Castillo.
Do *Our house*:

> ... Ele tinha mulheres em todos os lugares. Na Europa, México, Estados Unidos e em Cuba. Mulheres que não faziam nenhum segredo sobre o que esperavam dele. (Alberto) era bonito, esguio como um caballero daqueles salões dos anos 1930, cabelo liso, repartido no meio como Rudy Vallee, um sorriso enorme e sedutor que hipnotizou sua esposa quando eles se conheceram em Havana em 1927...

Our house também continha algumas descrições cheias de energia, em *Technicolor*, de alguns salões ou boates de Nova York nos anos 1950. E embora eu quisesse revisitar toda essa ambientação em outro livro, quando compus César Castillo, todos aqueles lugares se transformaram em um pano de fundo para a vida dele. Havia as esquinas para onde íamos ao final do dia para esquecer o trabalho penoso como zelador de um cortiço do West Harlem, muito parecido com o lugar onde eu cresci. Desde o início César mostrou-se um mulherengo extrovertido, com *cojones*, uma espécie de King Kong, mas ao mesmo tempo alguém com uma alma poética, um grande senso de cuidar. Embora soubesse pouco sobre ele – sim, sabia que havia vindo de Havana para Nova York, deixando um passado glorioso e trágico ao mesmo tempo (o primeiro título que dei ao livro era *Os segredos da vida de um homem pobre*).

Quando eu comecei o *Mambo Kings*, escrevi muito sobre os dias de César como zelador; e escrevi bastante, até que, em um determinado momento, enquanto cruzava um pátio, as ferramentas quase caindo do seu cinto de utilidades, César Castillo começou a cantar, a voz chegou até o meu ouvido interno enquanto eu o imaginava, majestoso. Naquele momento eu me dei conta que César Castillo havia sido um músico bastante conhecido, e, naquele mesmo instante, vi sua imagem: um homem bonitão com um LP na mão, o título aparecia de forma clara – *Os Mambo Kings tocam canções de amor* (ainda não tenho a mínima ideia de onde veio aquele nome, surgiu com o vento).

Foi um daqueles momentos mágicos que surgem quando se está escrevendo um romance, quando vários elementos, que estavam lá no fundo da mente do escritor, juntam-se e fazem todo o sentido. A partir dali, comecei a juntar os bastidores da vida do César, adicionei detalhes de cada banda de mambo que eu tinha visto até então nas festinhas de rua ou no colégio. Comecei a pensar naqueles músicos latinos que viram o sucesso passar e então lutavam para sobreviver – excelentes músicos, e existiam muitos deles em Nova York, topando qualquer coisa para ganhar uns trocos. Sem contar minha própria experiência tocando baixo ou guitarra em grupos de rock ou pseudo-jazz, o que quer dizer que eu já sentira na pele o que é tocar em inferninhos às três da manhã. Estava ficando muito prazeroso dar vida ao César.

Depois que me convenci que ele havia obtido certa fama, outros fatos começaram a se encaixar: César Castillo se tornou um Mambo King, e a tragédia do seu passado, estava ligada a outro lado de sua personalidade, de uma pessoa séria e sensível, capaz de escrever tocantes canções de amor. E isso era realmente algo a mais. Como eu poderia encaixar tal alma poética em um personagem cuja filosofia de vida era a busca de "rum, bunda e rumba"? Foi aí que tive outro insight: criei um irmão mais novo que iria incorporar as aspirações mais puras e o lado mais romântico, Nestor.

Eis aqui uma visão inicial e não publicada de César, como zelador, retirando uma lata de lixo do porão, onde muitos dos elementos que mencionei entram em jogo (do *Literary outtakes*, editado por Larry Dark):

> Apoiado, numa grua um pouco barulhenta, ele vence o último degrau até a calçada, deixa lá o lixo e, quando se prepara para descer, vencer de novo o corredor tortuoso onde ficam os medidores elétricos, ele para. Em algum lugar, não muitos prédios distante dali, um jovem músico está ensaiando trompete. Faz exercícios que parecem interromper o caminho do meu tio, o mesmo tio que tivera uma orquestra importante, Os Mambo Kings, do qual o meu pai fazia parte. Ouve tentando descobrir qual era a escala e começa a comparar o tal jovem músico com seu irmão morto. Nestor, meu pai, sentado num parapeito, sonhando acordado com os amores perdidos, com Cuba, bem longe dali...

A partir deste ponto, a história da vida deles começou a se desenrolar para mim: músicos que imigraram de Havana para Nova York – César, com uma ambição evidente, e Nestor, com o coração partido devido a um amor passado, mas cheio de lealdade ao irmão mais velho. Começaram a trabalhar num frigorífico, além de vários outros lugares, montaram uma banda, Os Mambo Kings, e batalharam até que finalmente o momento de glória e sucesso chegou – o que aquele momento implicava eu não posso ainda dizer, nem pude formá-lo por inteiro na minha mente, até aquela manhã em Roma.

Eu estava sentando no meu escritório quando um outro elemento crucial para o romance surgiu na minha cabeça: o programa "I Love Lucy", um dos favoritos do meu pai cubano. Ele não gostava de perder um episódio e sempre ria muito, e alto. Quando assisti aquelas reprises de "I Love Lucy" nos anos 1960, eu sempre pensava o que teria acontecido com aqueles personagens, imigrados de Cuba, que apareciam no palco da boate Tropicana do Ricky Ricardo. Quem seriam eles? Pareciam-me idênticos aos *cubanos* que costumam visitar a minha família, e, mesmo que soubesse que eram atores, insistia em pensar que eles também deveriam ter uma história própria bastante peculiar. Mas que vidas teriam tido? Escrever sobre eles era uma ideia que ficou na minha cabeça por um bom tempo, mas nunca ia adiante.

Mas eu precisei ir para Roma, quase trinta anos depois, já tendo trabalhado em algumas encarnações do Mambo Kings para então me dar conta que Desi Arnaz e Lucille Ball poderiam ser fundamentais para minha história. Naquela manhã florida e púrpura de primavera, fiz as conexões e decidi que aquele seria um momento único da vida de César e Nestor Castillo, o máximo da glória. Que eles estariam tocando em uma boate quando alguém importante os descobriria, eu já sabia. Mas quem seria essa pessoa, um empresário? Um agente famoso? Precisava de alguém que fizesse sentido. Foi aí que o meu carinho e interesse por Desi Arnaz dominou a cena. Eu descobrira a pessoa ideal, queria sair para andar e comemorar naquela agradável tarde romana, mas antes escrevi:

> Em 1955, na noite de uma terça-feira, o homem de televisão e líder de orquestra cubano Desi Arnaz foi ao Mambo Nine Club na Rua 58 com a Oitava Avenida para uma avaliação. Alguém lhe falara nos irmãos cubanos César e Nestor Castillo, dizendo que, além de bons cantores, eram bons compositores, e talvez pudessem ter alguma coisa para o seu programa.

Depois disso, a estruturação do romance ficou muito clara para mim.

EMBORA A ESCRITA fluísse bem, eu ainda estava cético quanto à possibilidade dos Mambo Kings verem a luz do dia. Ainda interrompi o processo mais uma vez – acho que foi em 1987 – quando, de volta de Roma e sem nenhuma reserva financeira, decidi que deveria sentar e escrever "literatura". Na opinião da minha agente, era hora de produzir o livro mais pretencioso de toda a minha vida. Acossado, decidi então mostrar lhe no que eu vinha trabalhando: "uma história sobre dança e músicos cubanos". Ela resolveu enviar para o editor da Farrar, Straus and Giroux, que não só gostou, como resolveu me pagar um adiantamento. Com o aluguel do ano seguinte garantido, finalizei o romance.

No todo, acredito que fiquei seis anos trabalhando em *Os Mambo Kings tocam canções de amor*. Muita pesquisa, muitas entrevistas com músicos daquele período e muitas horas de intenso prazer ouvindo as canções da grande época do Mambo. Fui aumentando minha coleção de LPs e 78s com a desculpa de buscar ideias para as tais composições próprias dos Mambo Kings. Também fui me dando conta de que o tom um tanto anedótico das músicas latinas me mostravam um método de transmitir histórias ao longo do livro. Acho que fui colocando todas as peças do quebra-cabeça gigante, retomando o bairro onde eu cresci, as muitas histórias que ouvia nas reuniões de família, as personalidades que povoavam a mídia e a minha imaginação.

Os Mambo Kings tocam canções de amor foi lançado no verão de 1989 e rapidamente escolhido como destaque dos críticos e da mídia. Para minha surpresa, aquele projeto que não me inspirava grandes pretensões, foi traduzido em muitas línguas, em várias partes do mundo. E o livro que deixou até mesmo o meu editor um tanto cético foi destaque na capa do suplemento literário do *The New York Times* (apenas uma semana depois que um livro do Mario Vargas Llosa ocupara o mesmo espaço, como se algum critério parecido a alguma cota houvesse sido utilizado). Mas eu não fiquei muito orgulhoso deste livro apenas pelo seu sucesso ou reconhecimento de crítica. Além da sua estrutura um tanto pós-modernista, ele mostra uma Cuba pré-Castro e relata uma história de imigração no seu cerne, com as ilações e desapontamentos inerentes. Também posso considerar que ele contribuiu para que as grandes editoras abrissem um pouco suas mentes, e catálogos, para outros autores latinos. Muitos livros de ficção e não-ficção foram publicados, algo inimaginável vinte e tantos anos atrás. Se eu posso me considerar uma nota de rodapé desta história, já valeu muito a pena.

Oscar Hijuelos
Nova York, 2009

Sim, ela existe. A canção que Desi Arnaz ouviu no tal Mambo Nine Club os Mambo Kings tocando é uma canção de amor. Este livro escrito por Nestor, o irmão mais novo, descreve uma linda mulher que ele deixara em Cuba. "Beautiful Maria of My Soul" é uma homenagem à Maria, uma personagem tentadoramente deliciosa e importante que entra em cena, mas não ocupa o centro da narrativa. Como ficou na mente de Nestor, Maria também deve ter ficado na mente de Oscar Hijuelos, a ponto de ele decidir revivê-la e criar um romance só para ela: *A musa de uma canção de amor.*

A seguir, o primeiro capítulo dessa outra visão desta história. Visite o site da editora (www.livrosdesafra.com.br) e verifique se já está no mercado. Depois de acabar a história da Maria, ficará claro que a vida tem sempre mais do que um ponto de vista.

OSCAR HIJUELOS

Romance que retoma a
história Os Mambo Kings
tocam canções de amor
vencedor do Pulitzer

A musa de uma
canção de amor

Beautiful María
of my soul

Virgiliae

Parte 1 - Cuba, 1947

1

Há mais de 40 anos, quando o futuro amor de Nestor Castillo, uma tal Maria García y Cifuentes, deixou seu querido *valle* no extremo oeste de Cuba, ela poderia ter ido para a capital provincial de Pinar del Río, onde suas possibilidades de encontrar trabalho eram as mesmas, boas ou ruins, do que em qualquer lugar. Mas pelo fato do caminhoneiro (com sua cara de gárgula escondida sob a aba baixada de um chapéu de palha envernizada) que lhe deu carona no final de uma manhã, não estar indo naquela direção, e por já ter ouvido tantas coisas, maravilhosas e tristes, sobre Havana, Maria decidiu acompanhá-lo na boleia fedida até não poder mais, não só por causa dos animais na traseira, mas também pelas milhares de horas que ele deve ter dirigido o barulhento caminhão a diesel, com o piso encardido de esterco e precisando de uma boa limpeza. O homem não poderia ter sido mais simpático e, no início, parecia até sentir dor de tanto se segurar para não olhar o corpo maravilhoso da moça. No entanto, não conseguia deixar de sorrir pelo jeito com que aquela beleza jovial animava a viagem. Tudo bem, ele não tinha metade dos dentes – quando abria a boca parecia que havia engolido sombras – e tinha uma cara bulbosa, nodosa, o típico homem feio, que talvez nunca tenha sido bonito, nem quando menino, lá pelos seus quarenta ou cinquenta anos (ela não tinha certeza). Mas depois que ele levantou a aba do chapéu, ela viu que seus olhos transbordavam bondade e, apesar das unhas sujas, gostou dele por causa do crucifixo que trazia no pescoço na sua opinião um sinal certeiro de que só podia ser um sujeito bom, *un hombre decente.*

Seguindo rumo ao nordeste por estradas de terra, o interior cubano com extensas fazendas e pastos, florestas densas e planícies se elevando gradualmente, levantavam nuvens de poeira vermelha. Em alguns trechos era tão difícil respirar que Maria tinha que cobrir o rosto com um lenço. Mesmo assim, correr a tais velocidades desconcertantes, cerca de quarenta ou cinquenta quilômetros por hora, lhe assustava. Ela nunca tinha andado de caminhão antes, muito menos em qualquer coisa mais veloz do que um cavalo e uma carroça. E a emoção de andar tão rápido pela primeira vez na vida parecia compensar o enjoo em seu estômago. Era tão empolgante e amedrontador ao mesmo tempo... Naturalmente, eles começaram a conversar.

"E por que você quer ir para Havana?", perguntou-lhe o sujeito, cujo nome era Sixto. "Está com algum problema em casa?"

"Não", ela balançou a cabeça.

"Mas o que vai fazer lá? Tem conhecidos?"

"Devo ter alguns primos na cidade, do lado da família da minha *mamá*" – ela fez um sinal da cruz pela memória da mãe falecida. "Mas não sei direito. Acho que eles moram num lugar chamado Los Humos. Já ouviu falar?"

"Los Humos?" Ele pensou. "Não. Mas tem tantos bairrozinhos desconhecidos naquela cidade... Tenho certeza de que alguém poderá te dizer como encontrá-lo." Depois, cutucando um dente com o mindinho: "Você já tem trabalho? Um emprego?".

"No, *señor*, ainda não."

"Então o que vai fazer?"

Encolheu os ombros.

"Eu sei costurar", afirmou. "E enrolar tabaco. Meu *papito* me ensinou."

Ele fez que sim, coçou o queixo. Maria se olhava no retrovisor, do qual pendia um rosário. E, enquanto isso, Sixto não resistiu a perguntar-lhe: "Bom, mas quantos anos você tem, *mi vida*?".

"Dezessete."

"Dezessete! E você não tem ninguém por lá?" Ele balançou a cabeça. "É melhor tomar cuidado. É um lugar difícil para quem não conhece ninguém."

Aquilo a preocupou; viajantes que passavam pelo *valle*, às vezes, chamavam Havana de cidade de mentirosos e criminosos, de pessoas aproveitadoras. Mesmo assim, ela preferia pensar no que seu *papito* contou-lhe sobre o lugar, onde viveu por um tempo nos anos 1920, quando era um músico viajante. Dizia que era a cidade mais bonita que já tinha visto, com lindos parques e edifícios de pedra adornada que a deixariam de olhos arregalados. Ele teria ficado por lá se alguém tivesse gostado do tipo de música campestre que seu trio tocava. Apresentar-se para turistas em cafés nas calçadas ou em hotéis era duro, entretanto, depois que aquela coisa terrível aconteceu – não só quando os preços do açúcar despencaram, mas quando veio a Depressão e nem os turistas americanos apareciam tanto quanto de costume –, não havia razão para continuar ali. Para ele restou voltar à vida de *guajiro*.

Aquele período de ambições frustradas deixou seu *papito* entristecido, e, um pouco descuidado com o tratamento dado à família, mesmo à sua adorável filha, Maria, em quem, conforme se passaram os anos, às vezes, descontava as perdas de sua juventude. Por isso, toda vez que o caminhoneiro Sixto abruptamente alcançava o câmbio para mudar de marcha, ou golpeava uma mosca irritante que zumbia no ar, ela se esquivava, quase como se esperasse levar um tapa sem razão nenhuma. Ele nem percebia, tal qual o pai, nos dias em que a melancolia tomava conta dela.

"Mas eu ouvi dizer que é uma cidade boa", disse a Sixto.

"*Coño, sí*, se você morar em um lugar bom e tiver um bom emprego, mas..." E espanou o pensamento com a mão. "Ah, tenho certeza de que você ficará bem. Na verdade", continuou, sorrindo, "talvez eu possa te ajudar, hein?"

Ele coçou o queixo, sorriu de novo.

"Mas como?"

"Estou levando esses porcos para um matadouro dirigido por uma família que conheço, os Gallegos. Sou suficientemente amigo do filho para que ele aceite lhe conhecer..."

E continuou: uma vez que descarregasse os porcos, levá-la-ia ao escritório e, daí, sabe-se lá o que poderia acontecer. Ela já havia lhe contado que crescera no campo. E que garota do campo não sabe como pelar animais e outras coisas? Mas quando Maria fez uma careta, não conseguindo nem dar um sorriso, como ela havia feito todas as outras vezes que ele dissera qualquer coisa, Sixto sugeriu que talvez ela pudesse trabalhar na administração, fazendo o que quer que as pessoas façam nesses escritórios.

"Você sabe ler e escrever?"

A pergunta a deixou envergonhada.

"Só algumas palavras", conseguiu dizer. "Mas eu sei escrever o meu nome."

Vendo que a havia deixado sem jeito, ele bateu no joelho da moça e falou: "Bem, não se sinta mal, eu mesmo também quase não sei ler e escrever. Mas o que quer que você faça, não se preocupe, seu novo amigo Sixto vai lhe ajudar. Prometo!".

Ela não ficou nervosa ao viajar com ele em nenhum momento, mesmo quando passaram por aqueles trechos de estrada onde os trabalhadores interrompiam a lida no campo para lhes acenar com o chapéu, depois dos quais não viam mais viva alma por quilômetros, só plantações de tabaco ou cana-de-açúcar se estendendo ao longe eternamente. Teria sido tão fácil para ele parar no acostamento e se aproveitar dela. Felizmente, Sixto não era desse tipo, mesmo tendo Maria o surpreendido olhando para o seu corpo quando ele pensava que ela não estava vendo. *Bueno*, o que ela podia fazer se até o vestido mais simples e esfarrapado ainda a deixava sexy?

Graças a Deus, Sixto manteve-se um sujeito respeitoso. Umas poucas vezes ele parou em alguma barraca de beira de estrada para que ela tomasse uma xícara de café com uma rosca doce embebida em mel, pelos quais ele pagava, e, enquanto a moça usava o reservado, ele fazia questão de se afastar. Quando finalmente estavam na Rodovia Central, que se estendia de uma ponta à outra da ilha, o caminhoneiro só teve que parar uma vez em um dos postos de gasolina da Standard Oil que havia no caminho, para comprar cigarros para si e deixar aquela adorável *guajira* ver os banheiros modernos brilhando pela limpeza. Ele até colocou uma moeda numa máquina de bebidas para comprar-lhe um *ginger ale* Canada Dry, e quando ela arrotou delicadamente por causa daquelas *borbujas* todas – as bolhinhas –, Sixto não conteve um leve tapa nas próprias pernas, como se aquilo fosse a coisa mais engraçada que já tinha visto na vida.

Sixto era tão gentil que, apesar da feiura, ela quase se afeiçoou a ele, daquele jeito que as mulheres bonitas, mesmo as mais jovens, se afeiçoam a homens comuns e sem atrativos – horrorosos – como se sentissem pena de um cachorro ferido. Conforme eles começaram a se aproximar de uma das estradas litorâneas – aquele ar tão maravilhoso com o aroma do mar do Golfo – e ele sugeriu que, se ela ficasse com fome, poderia levá-la a um restaurantezinho especial em Havana, para *obreros* como ele – trabalhadores que ganham a vida honestamente, com o suor da própria cara – Maria teve que dizer-lhe que não poderia. Ela tinha acabado de pegá-lo encarando-a de um jeito... E não queria se arriscar a descobrir que ele não era tão santo assim, mesmo que isso pudesse magoá-lo. É claro que ele começou a falar da família, sua mulher fiel, seus oito filhos, sua casa simples numa cidadezinha lá para cima em Cienfuegos, e do seu amor por porcos, mesmo sabendo que eles seriam abatidos, tudo para agradar a adorável passageira.

Mas uma coisa aconteceu. Quanto mais se aproximavam de Havana, mais viam *outdoors* na beira da estrada – "Fume Camels!", "Coca-Cola Refresca!", "Beba Rum Bacardi!" – e, ao lado de belas propriedades com entradas ladeadas por palmeiras reais e piscinas, extensos bairros pobres, favelas com ruas lamacentas e crianças nuas perambulando. Depois mais um posto de gasolina, seguido de alguns quilômetros de bucólicas terras cultivadas, camponeses segurando os arados e conduzindo os bois, logo outra propriedade maravilhosa e uma barraca de beira de estrada vendendo melões em pedaços e frutas, seguida por uma nova favela, uma mais precária e decrépita que a outra. É claro que o trecho mais bonito serpenteava pelo litoral norte, o que deixou Maria completamente encantada, suspirando pelos efeitos hipnóticos e calmantes do oceano – aquele aroma de sal e peixe no ar, a luz do sol dividindo-se em cacos ondulantes na água – tudo parecendo tão puro e limpo, até eles passarem por um lixão maciço, os montes cobertos por nuvens de dimensões bíblicas de fumaças ácidas e barracos quase se desmanchando, feitos de todo tipo de sucata imaginável, erguendo-se em terraços, mas cambaleando, como que à beira de despencar numa ladeira de lama gerada pela chuva cheia de cinzas e exalando o pior cheiro possível, uma montanha de pneus queimando numa fogueira infernal. E pensar que pessoas, *los pobrecitos*, viviam ali!

Eles chegaram a outro posto de gasolina, em seguida a uma casa que vendia bolinhos fritos, com burros e cavalos amarrados à cerca (ela suspirava, já estava com um pouquinho de saudades de casa). Naquele dia, Maria viu pela primeira vez um carro de bombeiros, um grupo apagando com a mangueira um incêndio num barraco feito de caixotes e palha perto de uma passagem para uma praia; uma betoneira caída de lado numa plantação de cana-de-açúcar, pela traseira, um fluxo de concreto vazando em espiral como merda. E depois mais *outdoors*, anunciando sabonete e pasta de dente, programas de rádio e, entre outros, um filme estrelado por Humphrey Bogart e Lauren Bacall, cujos rostos eram bem conhecidos até pelos *guajiros* de Cuba! Outro mostrava a feição encantadora da atriz mexicana de formas arredondadas, Sarita Montiel. O seguinte, o comediante Cantinflas. Ao longo do caminho, Maria só teve que pedir ao novo amigo Sixto, o feio, para parar novamente poucos quilômetros a oeste de Maria, onde cruzaram com uma feira de beira de estrada, igual àquelas que se pode encontrar na praça de qualquer cidade, com bancas e mesas longas exibindo de tudo, de panelas e frigideiras a roupas e sapatos usados. Meio asfixiado pelos gases suínos que se infiltravam em sua boleia, Sixto não se incomodava nem um pouco. O que mais chamou a atenção dela foram as araras de vestidos sobre as quais pendia uma placa.

"O que está escrito, *señor*?", perguntou Maria a Sixto, que, esfregando os olhos e puxando o freio. "Está escrito *'rebaja'*", o que significa que estavam em liquidação. Um grupo de mulheres, todas *negritas*, examinava as araras. Então Maria, que precisava de um vestido novo para usar em Havana, desceu do caminhão e sacou todas as suas economias, uns poucos dólares, que ela mantinha numa meia escondida embaixo do vestido, mais precisamente, entre os seios.

Bem contente e com a inocência de uma menina do campo, Maria examinou o tecido e a costura de cada um dos vestidos, satisfeita em descobrir que os vendedores eram muito gentis, diferente do que ela esperava. Ficou olhando por meia hora, enquanto a mulher que trabalhava naquelas bancas e mesas a elogiava pela perfeição da sua pele mulata: nem uma espinha ou mancha sequer para enfear seu rosto. Um tipo de pele que tinha brilho próprio, como nos anúncios de cosméticos, considerando-se o fato de ela não usar maquiagem, o que era comum naquela época; um brilho que inspirava nos homens o desejo de beijá-la e tocá-la. Os homens a mediam de alto a baixo, as crianças travessas corriam em volta dela e puxavam sua saia.

Veja bem, minha filha; se eu era inacreditavelmente bela lá pelos vinte, vinte e poucos anos, imagine como era quando mocinha, quando garota de dezesseis, dezessete anos... Eu parecia saída dos sonhos dos homens, com uma pelecor de mel tão luminosa e um rosto tão inocente e perfeito que eles não conseguiam evitar quererem me possuir... Mas como era jovem e inocente demais, mal percebia essas coisas, só que – bom, como posso dizer, meu amor? – de alguma forma eu era diferente da cubanita típica.

Naquela tarde ela comprou, por preços bem razoáveis, umas delicadas roupas íntimas – eram tão baratas – assim como uma blusa, um par de sapatos de bolinhas, de salto alto, aos quais ela teria que se acostumar, e, por fim, depois de pechinchar com o camelô, escolheu um vestido rosa de modelo floreado, que disseram ser feito segundo a moda de Paris, com babados cascateando sobre os ombros e quadris; vestido que ela, sendo frugal, conservaria por uns dez anos. De posse de tais artigos e depois de ela e Sixto, seu benfeitor, meio banguela, comerem qualquer coisa numa barraquinha, seguiram para o leste entrando em Havana, a cidade dos sofrimentos e do amor.

RR DONNELLEY

IMPRESSÃO E ACABAMENTO
Av Tucunaré 299 - Tamboré
Cep. 06460.020 - Barueri - SP - Brasil
Tel.: (55-11) 2148 3500 (55-21) 3906 2300
Fax: (55-11) 2148 3701 (55-21) 3906 2324

IMPRESSO EM SISTEMA CTP